AF644597

निकोलाई ऑस्त्रोवस्की

निकोलाई ऑस्त्रोवस्की का जन्म 29 सितम्बर, 1904 को यूक्रेन के एक गाँव विलिया में हुआ। वहीं से उनकी औपचारिक शिक्षा शुरू हुई। 1915 में उनका परिवार यूक्रेन के श्वेतावोका आ गया। वहाँ इंटेग्रेटेड लेबर स्कूल से ग्रेजुएट हुए। मात्र 1921 में उन्होंने कीव इलेक्ट्रोमेकैनिकल टेक्निकल सेकेंडरी स्कूल में दाख़िला लिया लेकिन स्वास्थ्य कारणों से एक साल बाद ही उन्हें पढ़ाई छोड़नी पड़ी। ख़राब होते स्वास्थ्य के बीच उन्होंने अपना पहला और मशहूर उपन्यास—'हाउ द स्टील वाज़ टेम्पर्ड' लिखना शुरू किया, जो 1931 में पूरा हुआ। अप्रैल, 1932 में 'मोलोदाया गवार्दिया' पत्रिका ने इसे प्रकाशित किया। नवम्बर, 1932 में यह उपन्यास पुस्तकाकार प्रकाशित हुआ। इसके कई संस्करण प्रकाशित हुए। कई भाषाओं में अनुवाद हुआ। वे इसका अगला खंड भी लिखना चाहते थे पर यह सम्भव नहीं हो पाया। सोवियत साहित्य के सर्वश्रेष्ठ उपन्यासों में गिने जानेवाले इस उपन्यास पर फ़िल्में भी बनीं। निकोलाई अपने अगले उपन्यास 'बॉर्न बाई स्टॉर्म' पर काम कर रहे थे। इसका पहला खंड पूरा करने के एक हफ़्ते बाद ही 22 दिसम्बर,1936 को उनका देहान्त हो गया। मॉस्को के नोवोदेविच सेमिटेरी में उन्हें दफ़नाया गया।

अमृतराय

अमृतराय का जन्म 15 अगस्त, 1921 को कानपुर, उत्तर प्रदेश में हुआ। साहित्य की सभी प्रमुख विधाओं में उन्होंने विपुल लेखन किया है। वे दस वर्षों तक 'हंस' पत्रिका के सम्पादक रहे। प्रेमचन्द की ढेर सारी अप्रकाशित रचनाओं को एकत्रित और प्रकाशित करने का श्रेय भी अमृतराय को जाता है। उनकी प्रमुख कृतियाँ हैं—'बीज', 'नागफनी का देश' (उपन्यास); 'भोर से पहले', 'सरगम' (कहानियाँ); 'चिन्दियों की एक झालर', 'शताब्दी', 'हमलोग' (नाटक); 'प्रेमचन्द : कलम का सिपाही' (जीवनी); 'अग्निदीक्षा', 'आदिविद्रोही', 'ख़ौफ़ की परछाइयाँ', 'फाँसी के तख़्ते से', 'समरगाथा', 'हैमलेट', 'रवीन्द्रनाथ के निबन्ध' (अनुवाद)।

उन्हें 'साहित्य अकादेमी पुरस्कार', 'सोवियत लैंड नेहरू पुरस्कार', 'भारत भारती पुरस्कार' और 'स्पार्टकस' के अनुवाद 'आदिविद्रोही' के लिए 'सर्वश्रेष्ठ अनुवाद पुरस्कार' से सम्मानित किया गया।

14 अगस्त, 1996 को प्रयागराज, उत्तर प्रदेश में उनका निधन हुआ।

हंस प्रकाशन

अग्निदीक्षा

निकोलाई ऑस्त्रोवस्की

अनुवाद

अमृतराय

लोकभारती पेपरबैक्स

मूल रूसी कृति *Kak Zakalyalas Stal* के अंग्रेज़ी अनुवाद
How the Steel was Tempered से अनूदित

पहला संस्करण 1954 में पीपुल्स पब्लिशिंग हाउस (बम्बई) से और
हंस प्रकाशन (इलाहाबाद) से पहली बार 1988 में प्रकाशित

लोकभारती पेपरबैक्स में
पहला संस्करण : 2025

लोकभारती पेपरबैक्स : उत्कृष्ट साहित्य के लोकप्रिय संस्करण

एकमात्र वितरक
लोकभारती प्रकाशन
पहली मंजिल, दरबारी बिल्डिंग, महात्मा गांधी मार्ग
प्रयागराज-211 001
द्वारा प्रकाशित

शाखाएँ : 1-बी, नेताजी सुभाष मार्ग, दरियागंज, नई दिल्ली-110 002
अशोक राजपथ, साइंस कॉलेज के सामने, पटना-800 006
1, अनमोल सोराबजी संतुक लेन, धोबी तलाव, मरीन लाइंस, मुम्बई-400 002

वेबसाइट : www.lokbhartiprakashan.com
ई-मेल : info@lokbhartiprakashan.com

विकास कंप्यूटर एंड प्रिंटर्स
ट्रॉनिका सिटी-201 102
द्वारा मुद्रित

मूल्य : ₹499

AGNIDEEKSHA
Novel by Nikolai Ostrovsky
Translated by Amrit Rai

ISBN : 978-93-48229-73-1

देश के प्रति
निष्ठा और समर्पण की यह अद्भुत कहानी
अपने देश की नई पीढ़ी को

प्रकाशकीय

इस पुस्तक का प्रथम संस्करण लगभग पैंतीस वर्ष पहले पीपुल्स पब्लिशिंग हाउस, बंबई से प्रकाशित हुआ था। पाठकों के बीच इसको जैसी असाधारण लोकप्रियता मिली, उससे इतने वर्षों में अब तक इसके कितने ही संस्करण प्रकाशित हो चुके हैं, और सम्भव है आगे भी होते रहें।

हमें आपको यह सूचना देते हुए बड़ा हर्ष है कि प्रथम प्रकाशक के सौजन्य से ऐसी विशेष व्यवस्था की गई है कि आगे से यह पुस्तक हंस प्रकाशन से भी प्रकाशित हुआ करेगी।

1988 —**अमृतराय**

निकोलाई ऑस्त्रोवस्की और उसका उपन्यास

सोवियत साहित्य के इतिहास में निकोलाई ऑस्त्रोवस्की के उपन्यास **अग्निदीक्षा** की बहुत महत्त्वपूर्ण जगह है। इस पुस्तक की रचना, और इसी की रचना नहीं, ऑस्त्रोवस्की का समूचा साहित्यिक कृतित्व एक वीर बोल्शेविक के साहस की कहानी है।

ऑस्त्रोवस्की का जन्म 1904 में रोवनो प्रदेश के ऑस्त्रोवस्की ज़िले के विलिया नामक ग्राम में हुआ था। उसका पिता मज़दूर था मगर आमदनी इतनी कम थी कि उसकी माँ और छोटी बहनों को खेत मज़दूर का काम करना पड़ता था। उसका बड़ा भाई एक लोहार का अपरेंटिस था जो अपने मज़दूरों के साथ बहुत बुरा बरताव करता था। इस भावी लेखक के बचपन पर बेहद ग़रीबी और कठोरतम शोषण की जो छाया पड़ी थी, उसने उसके हृदय में अपने वर्ग-शत्रुओं के विरुद्ध तीक्ष्ण घृणा का बीज बो दिया था और सामाजिक अन्याय और मनुष्य के अपमान के विरुद्ध प्रतिवाद करने की प्रेरणा भी डाल दी थी। नौ बरस की उमर में वह गड़रिये का काम करता था और ग्यारह बरस की उमर में उक्रेन के शेपेतोवका नामक नगर के स्टेशन पर एक छोटे-से रेस्तराँ के बावर्चीख़ाने में काम करता था।

रेस्तराँ में गन्दगी और ग़ुलामी का जो वातावरण था, उससे बचने के लिए किशोर निकोलाई अपना अधिकांश समय अपने भाई के साथ गुज़ारता था जो रेलवे डिपो में एक मिस्त्री था।

इसी जगह पर उसने मानव अधिकारों के लिए मज़दूरों के संघर्ष की बात सीखी और बोल्शेविकों के मुँह से लेनिन और उनके विचारों के बाबत सुना।

गाँव के स्कूल में किशोर निकोलाई ऑस्त्रोवस्की ने अपना परिचय एक असाधारण मेधावी विद्यार्थी के रूप में दिया। जब वे लोग शेपेतोवका आ गए तो निकोलाई के माता-पिता ने उसको एक-दो साल स्कूल में भेजा। मगर कुछ ही महीनों बाद धर्मशास्त्र पढ़ानेवाले पादरी की सिफ़ारिश पर उसको वहाँ से निकाल दिया गया क्योंकि वह टेढ़े-टेढ़े सवाल करके पादरी साहब को तंग किया करता था।

1917 की क्रान्ति ने निकोलाई ऑस्त्रोवस्की के लिए शिक्षा के दरवाज़े खोले।

वह बिजलीघर में आगवाले का काम भी करता था और उसके साथ ही साथ पढ़ता भी था और स्कूल से निकलनेवाले एक साहित्यिक पत्र और अपनी ही स्थापित की हुई एक साहित्यिक गोष्ठी के संचालन में भी योग देता था। किशोरावस्था में निकोलाई ऑस्त्रोवस्की के सबसे पूजनीय वीर गैरीबाल्डी और गैडफ्लाई जैसे लोग थे। वह बहुत पढ़ता था और उक्रेन के महान क्रान्तिकारी कवि तारस शेवचेन्को की कृतियाँ, गोगोल की रोमानी कहानी 'तारस बुल्बा' और दूसरे महान प्राचीन लेखकों की कृतियाँ किशोर ऑस्त्रोवस्की को सबसे ज़्यादा भाती थीं और उसके मन पर उन्हीं का सबसे ज़्यादा असर था।

उक्रेन में घमासान गृहयुद्ध हो रहा था और नई पीढ़ी के लोगों को अपनी ओर खींच रहा था। किशोर ऑस्त्रोवस्की और उसके अन्य मित्र, आक्रमणकारियों से और देश के साथ विश्वासघात करके जर्मन सेनाओं से मिल जानेवाले उक्रेनी पूँजीपतियों से लड़ने में गुप्त क्रान्तिकारी कमिटी को मदद पहुँचाते थे। शेपेतोवका के मुक्त हो जाने पर नौजवान ऑस्त्रोवस्की ने आगे बढ़कर वहाँ की ज़िन्दगी को व्यवस्थित करने और चोरबाज़ारी करनेवालों और क्रान्ति के दुश्मनों से लड़ने में क्रान्तिकारी कमिटी को मदद पहुँचाई।

निकोलाई ऑस्त्रोवस्की शेपेतोवका के सबसे पहले पाँच नौजवान कम्युनिस्टों में से एक था। अगस्त, 1919 में वह घर से भाग गया और लाल सेना में दाख़िल हो गया और यहाँ पर उसने अपना परिचय एक बहादुर सैनिक के रूप में दिया। 1920 के ग्रीष्म में वह पहली घुड़सवार सेना की एक टुकड़ी के साथ, जिसने क्रान्ति-विरोधी पोलों के विरुद्ध संघर्ष में बड़ी कीर्ति अर्जित की थी, अपने नगर लौटा। मगर युद्ध अभी खतम नहीं हुआ था और पन्द्रह वर्षीय ऑस्त्रोवस्की फिर मोर्चे पर जाने के लिए सेना में भरती हुआ। लुओव की लड़ाई में वह बुरी तरह घायल हुआ और उसकी दाहिनी आँख की रोशनी जाती रही। अस्पताल में दो महीना गुज़ारने के बाद उसे सेना से छुट्टी दे दी गई और वह शेपेतोवका लौट आया।

1921 के ग्रीष्म में ऑस्त्रोवस्की कीव चला गया जहाँ वह एक स्थानीय कोमसोमोल (नौजवान कम्युनिस्ट) संगठन का प्रधान बना और उसके साथ ही साथ एक रेलवे कारख़ाने में इलेक्ट्रीशियन का काम भी करता रहा। ये बहुत कठिन दिन थे। रोटी और ईंधन की सख़्त कमी थी। निकोलाई ऑस्त्रोवस्की नौजवान मज़दूरों की एक टुकड़ी का नेता बना जिसका काम कुछ दूर के एक जंगल से शहर में लकड़ी लाने के लिए नई रेलवे लाइन बिछाना था। यह काम बहुत ही कठिन हालातों में किया गया और गोकि इस काम में कामयाबी मिली मगर इसमें शक नहीं कि निकोलाई ऑस्त्रोवस्की की तन्दुरुस्ती टूट गई। इसके तुरन्त बाद ही पतझड़ के दिनों में, जबकि अभी निकोलाई ऑस्त्रोवस्की अपनी बीमारी के बाद ठीक भी नहीं हो पाया था, वह अपने कोमसोमोल साथियों के साथ मिलकर बाढ़ में से लकड़ी

के पट्टे बचाकर निकालने में लग गया और इस काम के लिए उसे नीपर नदी में घुटने-घुटने भर बर्फ़ानी पानी में खड़ा रहना पड़ता था।

लड़ाई का उसका ज़ख़्म, टाइफस बुख़ार और भयंकर गठिया—तीनों ने मिलकर ऑस्त्रोवस्की की तन्दुरुस्ती को इस बुरी तरह से तोड़ दिया कि उसे कीव का अपना काम छोड़ना ही पड़ा। मगर यह बात उसके गले के नीचे नहीं उतरती थी कि उसे बाक़ायदा रोगी क़रार दिया जाए और देश के राजनीतिक और रचनात्मक जीवन से उसका सम्बन्ध-विच्छेद कर दिया जाए। वह बराबर आग्रह करता था कि उसको काम दिया जाए और तब फिर मजबूर होकर उसकी इच्छा का पालन करने के लिए उसे बेरोज़दोव भेजा गया। बेरोज़दोव पुरानी पश्चिमी सीमा पर एक छोटा-सा उक्रेनी नगर था और वहाँ पहुँचकर ऑस्त्रोवस्की तुरन्त ही पार्टी और कोमसोमोल के महत्त्वपूर्ण काम में जुट गया।

1924 में ऑस्त्रोवस्की कम्युनिस्ट पार्टी का सदस्य बना। तब तक उसकी तन्दुरुस्ती इतनी चौपट हो चुकी थी कि उसके लिए कोई भी काम करना असम्भव था। अच्छे से अच्छे विशेषज्ञों ने उसकी चिकित्सा की और उसे बहुत दिन तक सेनेटोरियम में भी रखा गया, मगर उस सबसे कोई नतीजा नहीं निकला और उसकी बीमारी बराबर तेज़ी से बढ़ती गई। 1926 के अन्त तक आते-आते यह बात साफ़ हो गई कि यह वीर नवयुवक इसी तरह आजीवन शैयाग्रस्त ही रहेगा। तीन साल बाद वह बिलकुल अन्धा हो गया और 1930 में हाथों और कुहनियों को छोड़कर सारा शरीर ऐसा जकड़ गया कि हिल-डुल भी न सकता था।

अब उसके अच्छे होने की कोई उम्मीद न थी और ऐसी हालत में निकोलाई ऑस्त्रोवस्की ने एक ऐसी योजना अपने लिए निकाली, 'जो उसके जीवन को कुछ सार्थकता दे सके।' उसकी अपनी स्थिति चाहे जितनी करुण रही हो, यह नौजवान बोल्शेविक ऐसे जीवन की कल्पना भी न कर पाता था जो जनता के कार्यों और संघर्षों से अलग हो। उसने लड़नेवालों की क़तार में एक बार फिर शरीक होने का संकल्प किया और इस बार उसके हाथ में एक नया हथियार था—उसकी क़लम। उसको एक ऐसी किताब लिखने की लौ लगी थी जिसमें गुज़रे हुए बहादुर ज़माने की कहानी हो और जो पार्टी की नई पीढ़ी को कम्युनिस्ट भावना के अनुसार ढालने में मदद पहुँचा सके। पार्टी के प्रति उसकी यही सेवा होगी।

शायद 1925 या 1926 में अपनी भयानक बीमारी के पहले दौर में, यह विचार पहली बार ऑस्त्रोवस्की के मन में आया। बीते हुए सबसे शुरू के दिनों के कोमसोमोल सदस्यों के बहादुरी से भरे कारनामों और उन बीते दिनों के बारे में बातें करना उसे अच्छा मालूम होता था और जिस तरह वह कहानी सुनाता था, उससे साफ़ पता चलता था कि उसको कहानी कहना आता है। मगर उन दिनों ऑस्त्रोवस्की यह नहीं सोचता था कि वह लेखक बनेगा। वह तो बाद में जब कम्युनिस्ट विश्वविद्यालय ने

चिट्ठी-पत्री के कोर्स के ज़रिए उसको मार्क्सवाद और लेनिनवाद की ख़ूब अच्छी शिक्षा दी, तब वह अपने अनुभवों को नई रोशनी में देखने लगा और उसने इस बात को समझा कि उसकी मातृभूमि की आज़ादी में लेनिन की पार्टी ने कितना अधिक योग दिया है और कम्युनिज़्म के विचारों में वह कौन-सी ताक़त है जिसने उसके देश को, देशवासियों को और ख़ुद उसको भी एकदम बदल दिया है।

ऑस्त्रोवस्की बड़े मनोयोग से पुराने रूसी लेखकों—पुश्किन, गोगोल, तुर्गनेव, तोल्सतोय, चेखोव और सबसे अधिक गोर्की की कृतियाँ पढ़ता था। गोर्की की कुछ चुनी हुई रचनाओं का एक संग्रह, 'माँ' और ऐसी ही कुछ और किताबें ऑस्त्रोवस्की बराबर पढ़ा करता था। बाद के सालों में जब उसकी आँख की रोशनी चली गई थी, तब वह अपने दोस्तों और सम्बन्धियों से अनुरोध करता था कि वे उसको गोर्की पढ़कर सुनाएँ और साहित्य के सम्बन्ध में और मज़दूर वर्ग के लेखक के कर्तव्यों के सम्बन्ध में गोर्की के विचार नक़ल करके उसको दें। उसने गृहयुद्ध के बारे में समस्त राजनीतिक साहित्य बहुत अच्छी तरह पढ़ा और उसमें भी ख़ास तौर पर दिमित्री फुर्मानोव की दो कृतियाँ 'चपाइएव' और 'म्युटिनी', सेराफिमोविच का 'आयरन फ्लड' और फादियेव का 'डिबेकिल'। इन सभी किताबों में रूस के स्वतंत्रता संग्राम और नये सोवियत मानव के जन्म की कहानी थी।

इसके बाद प्रथम पंचवर्षीय योजना के वर्ष आए।

अन्य सोवियत नागरिकों की तरह लाखों कोमसोमोल सदस्यों ने भी मेगनिटोगोर्स्क के लोहे के कारख़ाने, नीपर के लेनिन हाइड्रोइलेक्ट्रिक स्टेशन, वोल्गाग्राद ट्रैक्टर प्लांट और इसी तरह के दूसरे विशाल निर्माण-कार्यों में हाथ बँटाया। दूसरी ओर इन्हीं दिनों करोड़ों किसानों ने सामूहिक खेती के आन्दोलन में अपना योग दिया।

इन्हीं महान घटनाओं के असर से निकोलाई ऑस्त्रोवस्की के नायक का अन्तिम रूप उसके मन में आया, वह नायक जिसे उसका सृष्टा 'हमारे युग का चरितनायक' पुकारता है।

नवम्बर, 1930 में एकदम अन्धे और अशक्त हो जाने पर उसने अपने उपन्यास 'अग्निदीक्षा' पर काम करना शुरू किया। इस किताब का कुछ हिस्सा लेखक ने अपने हाथ से लिखा था, बावजूद उन तमाम कठिनाइयों और उस दर्द के जो निश्चय ही उसे महसूस हुआ होगा। बाक़ी उसने अपनी पत्नी, बहन और सबसे आत्मीय मित्रों को बोलकर लिखाया था। जून, 1933 में यह किताब पूरी हुई।

'अग्निदीक्षा' नये मानव के जन्म की कहानी है, समाजवादी युग के उस नये मनुष्य की, जो मानवता के सुख के लिए होनेवाले संघर्ष में सब कुछ करने की योग्यता अपने अन्दर दिखलाता है, जो बड़े-बड़े काम अपने सामने रखता है और उन्हें पूरा करके दिखलाता है।

जिस हालत में यह किताब लिखी गई—इसको लिखने के लिए लेखक को जिस तरह यंत्रणा से और रोग से लड़ना पड़ा, पार्टी और सोवियत अधिकारियों ने जिस तरह उसकी सहायता की जो न तो उसके मित्र थे और न सम्बन्धी—वह ख़ुद इस बात का परिचायक है कि मानव-सम्बन्धों में कितना बड़ा परिवर्तन आ चुका है और नये मनुष्य का जन्म हो गया है।

जीवन की घोषणा करनेवाले जिस सशक्त विचार ने इस युवा लेखक के मन को पकड़ लिया था, और जिस तरह लेखक ने अपने-आप को 'संसार की श्रेष्ठतम वस्तु : मानवता की स्वतंत्रता' के संघर्ष पर अपने-आप को न्योछावर कर दिया था, यही वह चीज़ थी जो उन सब लोगों को अपनी गिरफ़्त में ले लेती थी जो निकोलाई ऑस्त्रोवस्की के सम्पर्क में आते थे।

'अग्निदीक्षा' लेखक की अपनी ज़िन्दगी की कहानी है मगर वह इससे भी ज़्यादा कुछ है—'वह एक उपन्यास है और केवल कोमसोमोल के सदस्य ऑस्त्रोवस्की का जीवन-चरित्र नहीं है,' जैसा कि उसके लेखक ने स्वयं लिखा है। यह बात कि पावेल कोर्चागिन के रूप में हम आसानी से उसके स्रष्टा को पहचान लेते हैं, ऑस्त्रोवस्की का एक विशेष गुण है—अपने नायक के साथ उसका अत्यन्त घनिष्ठ सम्पर्क। नायक और लेखक दोनों के निजी, सामाजिक व रचनात्मक जीवन घनिष्ठ रूप में एक-दूसरे से जुड़े हुए हैं और दोनों ही का लक्ष्य जनता की सेवा है। यह गुण सभी सोवियत लेखकों में पाया जाता है और यही कारण है कि उनके विभिन्न चरित्रों में सचाई और विश्वसनीयता आती है।

अपने जीवन-चरित्र को नये साँचे में ढालते हुए, जोकि बहुत हद तक उसकी समूची पीढ़ी का जीवन-चरित्र है, निकोलाई ऑस्त्रोवस्की अपना उपन्यास अपने नायक के बचपन की एक तस्वीर देकर शुरू करता है और पाठक को दिखलाता है कि किस तरह एक शत्रुता से भरे हुए परिवेश के विरुद्ध संघर्ष करते हुए पावेल कोर्चागिन के मन और चरित्र का निर्माण होता है; कैसे उसके विचार पकते हैं और उसकी इस आवश्यकता की जागृति होती है कि परिवेश और सम्पूर्ण समाज-व्यवस्था को नये सिरे से बनाना है; कैसे समाजवाद के लिए जनता का संघर्ष सामाजिक जीवन की आर्थिक स्थितियों को बदलकर एक नई समाजवादी चेतना को जन्म देता है और सामाजिक और वैयक्तिक आचरण के एक नये मानदंड की स्थापना करता है, जोकि वास्तव में एक मानवीय आचार का आधार है।

समाजवादी प्रणाली में श्रम की प्रकृति, उसका रूप और प्राण दोनों बदल जाते हैं और करोड़ों आदमी निर्माण में लगी हुई एक ही समष्टि के अंग बन जाते हैं जो एक ही योजना के अन्तर्गत अपनी मातृभूमि के लिए एक नये जीवन का निर्माण करते हैं। ये परिवर्तन फिर ऑस्त्रोवस्की के नायकों के विचारों, भावनाओं और उनके आपसी सम्बन्धों को बदल देते हैं।

जहाँ तक पावेल कोर्चागिन की बात है, श्रम और समाजवादी सम्पत्ति के प्रति नया दृष्टिकोण उसके अन्दर लड़ाई के मोर्चे से लौटने के तत्काल बाद ही दिखाई देने लग जाता है। उसके अन्दर इस भावना का जन्म होता है कि वह अपने कारख़ानों और अपने देश का मालिक है। उत्पादन के नये सम्बन्धों से पैदा होनेवाली यह नई भावना ही कोर्चागिन के उस संघर्ष की अनुप्रेरक शक्ति है जो वह आलसी और स्वार्थी लोगों के ख़िलाफ़ करता है, उन मज़दूरों के ख़िलाफ़ जो अपने औज़ारों के प्रति लापरवाही बरतते हैं और इस बात को भूल जाते हैं कि वे सब अब जनता की मिल्क़ियत हैं। वही भावना कोर्चागिन को कोमसोमोल का एक कर्मठ कार्यकर्ता बनाती है, तोड़-फोड़ करनेवालों और चोरी-छिपे व्यापार करनेवालों के ख़िलाफ़ डटकर लड़नेवाला सैनिक बनाती है और गाँवों में सामूहिक खेती का एक अत्यन्त उत्साही संगठनकर्ता बनाती है। समाजवादी निर्माण के युग में स्वामित्व की भावना एक नये उच्चतर धरातल पर पहुँच जाती है। करोड़ों आदमी समाजवादी उद्योग-धन्धों और सरकारी व सामूहिक खेतों के सजग निर्माता बन जाते हैं। अपनी जनता के रचनात्मक श्रम में योग देने की अदम्य भावना ही पावेल को अपनी उस अन्तिम रचनात्मक सिद्धि के पास पहुँचाती है।

पावेल कोर्चागिन की वीरता रूस के मज़दूर वर्ग के अन्दर निहित वीरता है। इस वीरता की प्रकृति पावेल कोर्चागिन की ज़िन्दगी के हर नये दौर के साथ बदलती जाती है। वह लड़का जो जुखराई को पेतल्युरा के सिपाही के चंगुल से छुड़ाता है, अभी पूर्ण रूप से क्रान्तिकारी नहीं है। अपनी जीवन स्थिति के ख़िलाफ़ जो सहज प्रतिवाद पावेल कोर्चागिन करता है, वह उसको वर्ग-संघर्ष के भीतर खींच लाता है और उसी रास्ते पर बढ़ते हुए उसके अन्दर समाजवादी चेतना का उदय होता है। गृहयुद्ध के दिनों में ऊँचे आदर्शों के लिए उसके भीतर जो आत्मोत्सर्ग की भावना रहती है, उसी से उस सजग कम्युनिस्ट आत्म-अनुशासन का जन्म होता है जो जनता के लिए एक उदाहरण बनता है और फिर धीरे-धीरे उपन्यास के अन्त तक पहुँचते-पहुँचते एक प्रौढ़ समाजवादी चेतना का रूप ले लेता है, जो कोर्चागिन के चरित्र और आचरण का नियमन करता है। इसमें कोई सन्देह नहीं कि वह बीमार और अशक्त नायक निर्माण के संघर्ष में लगे हुए लोगों की पंक्ति में एक बार फिर से आने के लिए जिस तरह का अनोखा संघर्ष करता है, उसके लिए वह किसी रूप में बाध्य नहीं है और अगर कोई बाध्यता है तो यही कि वह भी समाजवाद के लिए संघर्ष करनेवाली करोड़ों जनता का एक अंग बनना चाहता है और इसी की अदम्य प्रेरणा उसको निरन्तर आगे बढ़ाती रहती है।

पावेल कोर्चागिन ने शुरू-शुरू में क्रान्ति के प्रति अपने कर्तव्य को जिस रूप में समझा था उसमें अपनी व्यक्तिगत ज़िन्दगी के लिए कोई भी जगह न थी, यहाँ तक कि उस प्रेम के लिए भी कोई जगह न थी जो यौवन का एक नैसर्गिक गुण

है। पावेल मध्यवर्गीय घराने की लड़की तोनिया से अपनी दोस्ती को खतम कर देता है और कम्युनिस्ट लड़की रिता उस्तिनोविच के प्रति अपने प्रेम को शुरू में ही दबा देता है।

मगर कुछ ही वर्षों बाद पावेल कोर्चागिन अपने स्रष्टा की भाँति, अपने वैराग्य को छोड़ता है और अपनी इच्छाशक्ति का कड़े-से कड़ा इम्तहान लेने के लिए अकारण ही अपने-आप को कष्ट देना, जो कि उन दिनों कोमसोमोल के पहले सदस्यों में बहुत हुआ करता था, बन्द कर देता है।

पावेल की माँ और उसकी पत्नी ताया क्रान्तिकारी संघर्ष में उसकी साथिनें हैं। वह ख़ुद उन्हें कम्युनिस्ट पार्टी के अन्दर लाता है और इस तरह उनके ज़रिए निस्स्वार्थ भाव से जनता की सेवा करता है और उस क्रम को टूटने नहीं देता।

अपने नायक का चित्रण करने में निकोलाई ऑस्त्रोवस्की दिखलाता है कि किस तरह पावेल कोर्चागिन के सबसे अच्छे गुण, समाजवाद के लिए जनता के संघर्ष में योगदान देने की प्रक्रिया में पैदा होते, मँजते और निखरते हैं। ऑस्त्रोवस्की के नायक का जो आन्तरिक सौन्दर्य है, जिस चीज़ के लिए वह खड़ा है, उसकी विजय का बीज उन तमाम घटनाओं में है और उनकी ऐतिहासिक सचाई में है जिसका चित्रण उपन्यास में हुआ है। यही वह चीज़ है जो पावेल कोर्चागिन को अपनी पीढ़ी का एक प्रतिनिधि नायक बनाती है।

समष्टि से हटकर हम पावेल कोर्चागिन की कल्पना भी नहीं कर सकते। हम उसे अपने ऐसे साथियों से अलग करके देख ही नहीं सकते—जैसे सर्योजा ब्रुजाक जो कि इसलिए युद्ध में जाता है ताकि फिर युद्ध न हो; जैसे सर्योजा की बहन वालिया, वह वीर युवती देशभक्त जिसे क्रान्ति-विरोधी पोल मार डालते हैं, जैसे इवान ज़ार्की, वह अनाथ लड़का जिसे लाल सेना की एक कम्पनी गोद ले लेती है; जैसे ज़िला कोमसोमोल का मंत्री ओकुनेव; और नौजवान जहाज़ी मज़दूर इवान पांक्रातोव।

अपने साथियों की भाँति पावेल कोर्चागिन ने भी अपने सबसे अच्छे गुण पुराने बोल्शेविकों से पाए हैं, जो क्रान्तिकारी संघर्ष में उन नौजवानों के नेता और शिक्षक हैं। उपन्यास में इस पुरानी बोल्शेविक पीढ़ी का नेतृत्व इस तरह के लोग करते हैं, जैसे बोलोस्त की गुप्त क्रान्तिकारी कमिटी का प्रधान दोलिनिक जो थकना नहीं जानता, जैसे वह बहादुर क्रान्तिकारी फियोदोर जुखराई जो पहले मल्लाह था और 1915 से ही बोल्शेविक पार्टी का सदस्य था; जैसे तोकारेव जो गुप्त क्रान्तिकारी आन्दोलन का कार्यकर्ता था; जैसे फ़ौजी कमिसार क्रेमर और इसी तरह के और भी बहुत से लोग। ये दोनों पीढ़ियाँ आपस में ऐसे धागों से जुड़ी हुई हैं जो दिखाई नहीं देतीं मगर अटूट हैं।

कोर्चागिन के बहादुरी के कारनामे वैसे ही हैं जैसे उसके साथियों के। पावेल

कोर्चागिन किसी मतलब में उन हज़ारों लोगों से अलग नहीं है जो उसी रास्ते पर चलते हैं। बिना इस बात की चिन्ता किये कि इसका क्या नतीजा होगा, पावेल गिरफ़्तार जुखराई को पकड़कर ले जाने वाले पेतल्युरा सैनिकों पर हमला बोल देता है; सर्योजा ब्रुजाक, जिसके मन में अन्याय और अत्याचार के विरुद्ध विद्रोह और मानवता के प्रेम की भावना है, अपने को एक बूढ़े यहूदी के आगे डाल देता है जब एक नशे में चूर पेतल्युरा सैनिक बुड्ढे पर अपनी तलवार चलाता है। पावेल कोर्चागिन पहली घुड़सवार सेना की मशहूर कार्रवाइयों में हिस्सा लेता है; इवान ज़ार्की क्रान्ति-विरोधियों के हाथ से क्रीमिया को मुक्त कराने की लड़ाई में नाम कमाता है।

रेल की पटरी बिछाने के काम में कोर्चागिन के मित्र भी उसी लगन और निस्स्वार्थ सेवा-भावना का परिचय देते हैं जो स्वयं पावेल में पाई जाती है। यह भी ग़ौर करने की बात है कि सर्गेई ब्रुजाक का चरित्र भी ऑस्त्रोवस्की ने जीवन से ही लिया है। इस उपन्यास के अनेक चरित्रों में एक से ही मानवगुण पाए जाते हैं और यही चीज़ उनको उतना सजीव और प्रातिनिधिक बना देती है।

पावेल और उसके मित्रों के सामने प्रेम और मैत्री क़ा एक बहुत ही ऊँचा और नैतिक दृष्टि से अत्यन्त पवित्र मानदंड रहता है। उपन्यास में प्रेम और मैत्री की भावना अजस्त्र भाव से बहती रहती है और उसको अनेक दृश्यों में विशेष महत्त्व दिया गया है—जैसे पावेल और तोनिया की मुलाक़ात और सर्योजा और रिता की मुलाक़ात, जिसमें कि प्रेम के उदय का वर्णन किया गया है, और पावेल व ताया, उसकी पत्नी और साथिन के परस्पर सम्बन्ध का चित्रण। रिता उस्तिनोविच, आना बोर्हार्ट, लिदिया पोलेविख और दूसरे नारी पात्र, सभी पवित्र और ऊँचे चरित्रवाले हैं और उन सबसे पता चलता है कि मानव-सम्बन्धों में कितने महान परिवर्तन हो चुके हैं।

यह उपन्यास उन सभी बातों की भर्त्सना करता है जो कुत्सित हैं और मनुष्य का अध:पतन दिखलाती हैं। इस चीज़ का पता बहुत सी बातों से चलता है—जैसे पावेल का रवैया उस पतित त्रात्स्कीपन्थी दुबावा की ओर; उस दुश्चरित्र फ़ाइलो से उसकी मुलाक़ात; और फिर लेखक ने राजवालिखिन और लिदा के बीच की बातों का चित्रण जिस प्रकार से किया है, उससे भी इस बात का पता चल जाता है। निकोलाई ऑस्त्रोवस्की दिखलाता है कि किस तरह राजनीतिक ज़िन्दगी में दुरंगी चाल चलने और अपनी निजी ज़िन्दगी में नैतिक रूप से पतित होने का चोली-दामन का साथ है। वह दिखलाता है कि जनता के दुश्मन और पार्टी और कोमसोमोल के क्षणिक अनुयायी किस प्रकार स्त्री-पुरुष के सम्बन्धों को कुत्सित दृष्टि से देखते हैं। इस उपन्यास के भीतर-भीतर चलनेवाला एक सबसे महत्त्वपूर्ण विचार यह है कि बोल्शेविक आदर्श ऊँचे-से-ऊँचे नैतिक मानदंड के साथ अभेद्य रूप से जुड़े रहते हैं और दोनों को एक-दूसरे से अलग नहीं किया जा सकता।

इस उपन्यास के अलग-अलग जो व्यक्ति पात्र हैं, वे सब मिलकर जनता की

एक विशाल मूर्ति बन जाते हैं और यह कहा जा सकता है कि जनता ही इस उपन्यास की नायक है। पूरे उपन्यास में जनता की सामूहिक कार्रवाइयों के जो चित्र मिलते हैं, उन सब में जनता का चित्रण बहुत अच्छी तरह किया गया है—जैसे लड़ाई, रेल की पटरियों का बिछाना, पार्टी और कोमसोमोल की मीटिंगें जिनमें त्रात्स्कीपन्थियों को पीछे ढकेला जाता है, सोवियत-पोलिश सीमा पर उत्सव मनाया जाना। ये दृश्य पात्रों के निजी जीवन के साथ जुड़े हुए हैं। इन सभी दृश्यों में वे बड़ी-बड़ी समस्याएँ, जो कि समूचे राष्ट्र के सामने हैं, अपना हल पा लेती हैं। देश से प्रेम, देश के शत्रुओं से दुर्दान्त घृणा, सभी छोटी-बड़ी बातों में वीरता और ऊँचे आदर्श, अन्तरराष्ट्रीयता की एक गहरी चेतना जो कि मज़दूर वर्ग की अपनी ख़ास चीज़ है और समाजवादी मानवता—ये सब चीज़ें ऑस्त्रोवस्की के नायकों के वैयक्तिक गुण या विशेषता न होकर एक समूचे राष्ट्र का गुण बन जाती हैं। यह ध्यान देने की बात है कि जहाँ रेल की पटरी बिछाने का वह कमरतोड़ काम हो रहा था, वहीं पर ये शब्द बोले गए थे—लोहा इसी तरह आग में तपकर फ़ौलाद बनता है!

कलाकार ऑस्त्रोवस्की जीवन के तीक्ष्ण अन्तर्विरोधों से कन्नी नहीं काटता और न अत्याचार और शोषण से दम तोड़ते हुए संसार के ख़िलाफ़ एक नये संसार, रचनात्मक श्रम के संसार के निर्माण के लिए होनेवाले संघर्ष की कठिनाइयों को ही कम करके देखता है। वह इस बात को नहीं छिपाता कि वह पिछला अभिशप्त अतीत किस प्रकार मज़दूर वर्ग पर अपना प्रभाव डालता रहता है और किस प्रकार यह प्रभाव नये समाज के निर्माण की क्रिया में ही खतम होता है। वह अपने नायक पावेल कोर्चागिन की कमज़ोरियों से भी आँख नहीं चुराता। ऑस्त्रोवस्की के उपन्यास की लोकप्रियता का एक बड़ा कारण यह है कि वह जहाँ यह दिखलाता है कि किस प्रकार एक वीर चरित्र का निर्माण होता है, वहाँ साथ ही यह भी दिखलाता है कि व्यक्तियों की चेतना में से पूँजीवाद के अवशेषों को कैसे दूर किया जाता है।

रूसी उपन्यास की यह जो ख्याति रही है कि उसमें भावों की गहराई और सामाजिक अन्तर्विरोधों और सामाजिक संघर्षों के भीतर गहरी अन्तर्दृष्टि मिलती है, रूसी उपन्यास की इस परम्परा को ऑस्त्रोवस्की आगे ले जाता है। रूसी साहित्य में अब तक जितने भी वीर चरित्रों की सृष्टि हुई है, उन श्रेष्ठतम वीर चरित्रों में से पावेल भी एक है। मगर ऑस्त्रोवस्की ने अपने नायक में एक नये गुण का समावेश किया है जो कि पावेल कोर्चागिन के किसी भी पूर्वज में नहीं था। समाजवाद के निर्माण की क्रिया ने, समाजवादी समाज ने उसके अन्दर इस गुण का समावेश किया और वह गुण था एक आगे बढ़े हुए सामाजिक आदर्श के संघर्ष की क्रिया में व्यक्ति का अभिव्यक्ति-स्वातंत्र्य। 1928-29 के आसपास से लेकर 1933-34 के आसपास तक की ज़िन्दगी ने ही लेखक को यह बात दिखला दी थी कि सोवियत मनुष्य केवल नेता या सेनापति या संगठनकर्ता नहीं है, बल्कि एक साधारण बोल्शेविक

या साधारण कोमसोमोल सदस्य के नाते उसके पास अपनी एक समृद्ध आन्तरिक दुनिया है और अपने सामाजिक उत्तरदायित्वों के प्रति अपना नया दृष्टिकोण है, और ख़ुद अपनी निजी ज़िन्दगी है।

पावेल कोर्चागिन, जो अपने-आप में एक बहुत संगठित चरित्र है, सोवियत समाज के विकास के एक पूरे दौर का प्रतिनिधित्व करता है, उस दौर का, जिसमें इतिहास के प्रांगण में एक नये मनुष्य का आविर्भाव होता है।

जनता समाजवाद के लिए जो संघर्ष करती है, वही इस उपन्यास के कथानक की पृष्ठभूमि है। लेखक ने जिस प्रकार इस संघर्ष का चित्रण किया है और जिस प्रकार उपन्यास के चरित्रों के अनुभवों, कार्यों और भाग्यों का चित्रण किया है; जिस प्रकार उसने श्रम का चित्रण किया है जो जीवन का रूपान्तर कर देता है और उसके साथ ही श्रम करनेवालों का भी रूपान्तर कर देता है; और सबसे अन्त में जिस प्रकार उसने मनुष्यों के पारस्परिक नये सम्बन्धों का चित्रण किया है—उस सबके कारण ऑस्त्रोवस्की का उपन्यास समाजवादी यथार्थवाद की एक सच्ची कृति बन गया है। दूसरे सोवियत लेखकों की तरह निकोलाई ऑस्त्रोवस्की भी गोर्की की परम्परा का लेखक था। लेकिन इसका यह मतलब नहीं कि वह केवल अनुसरण करता था। ऑस्त्रोवस्की ने नई बातों का आविष्कार भी किया और एक नये साहित्यिक नायक की सृष्टि की।

आनेवाली अनेक पीढ़ियों तक पावेल कोर्चागिन नवयुवकों का आदर्श रहेगा। हर पीढ़ी पिछली पीढ़ी से ज़्यादा बड़ी संख्या में कोर्चागिन की धातु के नवयुवकों को जन्म देती है। उसके महान शिक्षक मैक्सिम गोर्की में जो अन्तर्दृष्टि थी, वैसी ही अन्तर्दृष्टि ऑस्त्रोवस्की में भी दिखाई देती है जिसके द्वारा उसने अपने काल की वास्तविकता में से आगे आनेवाले सत्य को पहचान लिया। पावेल कोर्चागिन की वीरतापूर्ण विशेषताएँ सोवियत नवयुवकों में अधिकाधिक मिलती हैं। पिछली लड़ाई ने इस बात को दिखलाया कि ऐसे ही गुण लाखों-करोड़ों सोवियत जनता में भी पाए जाते हैं। आज के रोज़ बहुत से विशाल कारख़ानों में सबसे अच्छे काम करनेवाले नौजवान मज़दूरों की टोलियों ने अपने नाम निकोलाई ऑस्त्रोवस्की और उनके नायक पावेल कोर्चागिन के नाम पर रखे हैं।

निकोलाई ऑस्त्रोवस्की एक सोद्देश्य कलाकार था जो अच्छी तरह इस बात को जानता था कि उसे क्या करना है। वह जानता था कि उसे एक ऐसे युवा सैनिक के चित्र की सृष्टि करनी है, जिसके उदाहरण पर देश के नवयुवक चलें। इस काम को पूरा करने के लिए यह ज़रूरी था कि उसकी पुस्तक किसी एक सामान्य व्यक्ति का जीवन-चरित्र हो, जो यह दिखला सके कि कोई भी नवयुवक उस रास्ते पर आगे बढ़ सकता है। मगर उसके साथ ही साथ यह भी ज़रूरी था कि वह एक वीरतापूर्ण जीवन चरित्र हो, क्योंकि ऑस्त्रोवस्की प्रतिदिन के जीवन में

देश की सामान्य मेहनतकश जनता को जिस प्रकार संघर्ष करते देखता था, उसमें उसको एक गहरा रोमानी गुण मिलता था और ऐसी बहुत सी बातें मिलती थीं जो कि अनुकरणीय थीं और यही वह भावना थी जिसे उसने अपने मुख्य नायक और दूसरे पात्रों के अन्दर डाला। कहानी की तफ़सीली बातों को उसने अपने और अपने साथियों के तजुर्बों से लिया और उन्हें चित्रित किया।

यह ध्यान देने की बात है कि उसने अपनी ज़िन्दगी के बहुत से बहादुरी के कारनामों के बारे में सिर्फ़ इसलिए नहीं लिखा कि उसको डर था कि उनके बारे में लिखते समय वह बात को बढ़ा-चढ़ा देगा। उसने कहीं भी इस बात का उल्लेख नहीं किया कि एक बार जब वह अभी छोटा-सा लड़का ही था, तब उसने गुप्त क्रान्तिकारी कमिटी के बहुत से इश्तिहार एक जर्मन सन्तरी के ठीक नाक तले दीवार पर चिपकाए थे, और न इस घटना का कि जब वह पन्द्रह साल का छोकरा ही था तभी उसने नोवोग्राद-वोलिन्स्की के पास एक पुल को बारूद से उड़ा दिया था और न यही कहानी उसने कहीं पर लिखी कि कैसे वह एक कुलक गिरोह के क़ब्ज़े में आए हुए एक क़स्बे के अन्दर गया और वहाँ की सारी बातें, जिनकी क्रान्तिकारी आन्दोलन को ज़रूरत थी, पता लगाकर लौट आया। एक सच्चे कलाकार की भाँति ऑस्त्रोवस्की ने वे सभी चीज़ें छोड़ दीं जिनका समावेश करने के कारण उसके नायक के जीवन की कहानी असाधारण बन जाती।

जहाँ यह बात सच है कि ऑस्त्रोवस्की ने अपनी पुस्तक में अपने जीवन के कुछ जोखिम के कारनामे लिये हैं, वहाँ यह भी सच है कि उनको लेते समय वह उनके जोखिम को और उनके पीछे काम करनेवाली बहादुरी को कम करके दिखाता है। उदाहरण के लिए, जब वह यह वर्णन करता है कि वह कैसे एक जोखिम से भरी हुई सड़क पर होकर बहुत सी बेशक़ीमती चीज़ें बेरेजदोव से सूबाई केन्द्र ले गया, तब वह सिर्फ़ इतना कहता है कि वे चीज़ें हिफ़ाज़त के साथ पहुँच गईं, जबकि सच बात यह है कि ऑस्त्रोवस्की और उसके साथ के दो सैनिकों के साहस के कारण ही वह यात्रा सफल हुई थी और उन्हें रास्ते में डाकुओं के एक हमले का मुक़ाबला भी करना पड़ा था।

कोर्चागिन के बाद के जीवन में रेडियो एक बहुत महत्त्व की चीज़ हो जाती है। उपन्यास में जो रेडियो सेट शैयाग्रस्त पावेल के जीवन में आनन्द का संचार करता दिखलाया गया है, उसके बारे में बताया गया है कि उसके दोस्त बेरसेनेव ने उसको बनाया था। मगर सच बात यह थी कि ऑस्त्रोवस्की ने ख़ुद उसको बनाया था और इस काम में उसको डेढ़-दो महीना लगा था। इस काम को पूरा करने के बाद ख़ुद ऑस्त्रोवस्की ने कहा था :

"ज़रा सोचो! मैं एकदम अन्धा और उस पर से मैंने एक रेडियो फिट करना शुरू किया और पुरजे भी मुझे इतने गए-गुज़रे मिले कि अच्छी-भली आँखवाला

आदमी भी पसीने-पसीने हो जाता। कैसा मुश्किल काम था वह! उस समय मुझे केवल स्पर्श ज्ञान का सहारा था! जहन्नुम में जाए! जब यह काम पूरा हुआ और मेरा रेडियो सेट बनकर तैयार हुआ तो मैंने क़सम खाई कि फिर कभी ऐसा कोई काम न करूँगा।"

इसमें सन्देह नहीं कि ऑस्त्रोवस्की के जीवन की सबसे बड़ी वीरता थी उन अत्यन्त कठिन स्थितियों में उपन्यास को लिखना। आज जब हम ऑस्त्रोवस्की के बारे में सोचते हैं तो उसकी इसी वीरता का ध्यान हमको आता है। मगर तब भी उपन्यास में इस वीरता पर ज़ोर नहीं दिया गया है, बल्कि नायक के जीवन की उन बातों पर ही ज़ोर दिया गया है जो कि दूसरों के भी उन्हीं गुणों का प्रतिनिधित्व करती हैं। ऑस्त्रोवस्की के जीवन में जिस चीज़ को पाने में बरसों का वीरतापूर्ण संघर्ष लगा था, वह सब कोर्चागिन की कहानी में कुछ महीनों में ही पूरा हो जाता है। सच्चे वीर की सहज विनयशीलता से ऑस्त्रोवस्की इस पुस्तक की सृष्टि के बारे में केवल दो-तीन पृष्ठ लिखता है।

1935 में जब उसने सुना कि उसको 'ऑर्डर ऑफ़ लेनिन' का पदक मिला है, तब निकोलाई ऑस्त्रोवस्की ने उत्तर में धन्यवाद देते हुए लिखा था :

'मेरा लालन-पालन पार्टी की सच्ची सहायिका कोमसोमोल ने किया है और जब तक मेरी जान है, तब तक मेरा जीवन अपनी समाजवादी मातृभूमि की नई पीढ़ी की बोल्शेविक शिक्षा-दीक्षा के लिए लगा रहेगा।'

इस नौजवान लेखक ने अपने कौल को पूरा किया। जनता के भीतर उसका मान बढ़ा, समाज के निर्माताओं की क़तार में वह एक बार फिर और बड़ी शान से शामिल हुआ, उसके उत्साही पाठकों की हज़ारों चिट्ठियाँ उसके पास आईं और सैकड़ों मिलने-जुलने वाले आए जो उसका परिचय प्राप्त करना चाहते थे। उसके देश ने, सोवियत राज्य ने, कम्युनिस्ट पार्टी और कोमसोमोल ने हर तरह से उसकी देख-रेख की और इन सब चीज़ों से ऑस्त्रोवस्की के ज़िन्दगी के आख़िरी साल सुखी जीवन की दीप्ति से भर उठे और उन्होंने उसकी प्रतिभा को और भी पैना बनाया।

अभी जब वह अपने पहले उपन्यास के ही एक नये संस्करण पर काम कर रहा था, तभी निकोलाई ऑस्त्रोवस्की ने एक दूसरी पुस्तक की रचना में भी हाथ लगा दिया था। उसका नाम था 'तूफ़ान के बेटे'। उस वक़्त क्षितिज पर दूसरे विश्वयुद्ध के काले-काले बादल मँडरा रहे थे। अंग्रेज़-अमरीकी साम्राज्यवाद की ओर से प्रोत्साहन पाकर जर्मन और जापानी फ़ासिस्ट समाजवाद के देश के ख़िलाफ़ युद्ध की तैयारी कर रहे थे।

निकोलाई ऑस्त्रोवस्की ने लिखा : "हम सब शान्तिपूर्ण श्रम में लगे हुए हैं। शान्ति ही हमारा झंडा है। पार्टी और सरकार ने इस झंडे को ऊपर उठाया है...

हम शान्ति चाहते हैं क्योंकि हम कम्युनिज़्म की आधारशिला रख रहे हैं। मगर हम अपने देश के साथ गद्दारी करेंगे अगर हम उन क्रूर दुश्मनों को भूल जाएँ जो हमें घेरे हुए हैं।"

ऑस्त्रोवस्की ने अपनी नई पुस्तक में अपने सामने यही लक्ष्य रखा था कि नई पीढ़ी को, जो समाजवादी समाज में ही पली और बढ़ी थी, यह दिखलाए कि उसके दुश्मन कौन हैं।

निकोलाई ऑस्त्रोवस्की ने अपने इस उद्देश्य की व्याख्या करते हुए लिखा: "मैं ऐसा इसलिए कर रहा हूँ ताकि अगर आगे चलकर लड़ाई होती है—यानी अगर हमारे ऊपर लड़ाई थोपी जाती है—तब उस हालत में किसी नौजवान का हाथ अपनी बन्दूक़ पर काँपे नहीं।"

अपने इस नये उपन्यास में लेखक का ध्यान पोलैंड की उच्च मध्यवर्गीय और जमींदार श्रेणियों पर जाता है और पोलैंड उस समय फ़ासिज़्म के रास्ते पर था। वह अपनी इस किताब का केवल पहला ही भाग पूरा कर पाया था जब उसकी मृत्यु हो गई। निकोलाई ऑस्त्रोवस्की की मृत्यु 22 दिसम्बर, 1936 को हुई, ठीक उसी दिन जिस दिन उसके दूसरे और अन्तिम उपन्यास 'तूफ़ान के बेटे' का पहला भाग प्रकाशित हुआ था।

निकोलाई ऑस्त्रोवस्की ने कहा : "इससे अच्छी बात किसी आदमी के लिए और क्या हो सकती है कि वह मरने के बाद भी मानवता की सेवा करता रहे।"

इस बोल्शेविक उपन्यासकार की रचनाएँ, उसके उत्साह से भरे हुए लेख और भाषण जो उसने नवयुवकों के सामने दिये थे, आज भी संसार की जनता के उस संघर्ष को उसकी एक अनमोल देन हैं, जो शान्ति और रचनात्मक श्रम के लिए तथा मानवता के सुख के लिए किया जा रहा है।

—एन. वेन्ग्रोव

पहला भाग

एक

"खड़े तो हो जाओ तुम सब जो ईस्टर की छुट्टियों के पहले इम्तहान देने मेरे घर पर आए थे!"

बोलनेवाला पादरी की पोशाक पहने एक मोटा थुलथुल आदमी था। एक बड़ा-सा क्रॉस उसके गले में लटक रहा था। उसने क्लास के लड़कों को ग़ुस्से की निगाहों से देखा।

ऐसा लगता था कि उसकी दो छोटी-छोटी कठोर आँखें उन छह बच्चों को, जिनमें चार लड़के थे और दो लड़कियाँ, आर-पार छेद देंगी। बच्चे सीट पर से उठे और उन्होंने पादरी का चोग़ा पहने हुए उस आदमी को सहमी-सहमी निगाहों से देखा।

पादरी ने लड़कियों की ओर संकेत करते हुए कहा, "तुम लोग बैठ जाओ।"

लड़कियों ने इत्मीनान की साँस ली और तुरन्त आदेश का पालन किया।

फ़ादर वासिली की छोटी-छोटी आँखें उन बाक़ी चार पर गड़ गईं।

"अच्छा भाईजान, अब आप ज़रा इधर तशरीफ़ लाइए!"

फ़ादर वासिली उठे, अपनी कुरसी उन्होंने पीछे सरकाई और उन लड़कों के पास पहुँचे जो एक-दूसरे से बिलकुल सटे खड़े थे।

"तुममें से कौन बदमाश तम्बाकू पीता है?"

"हम लोग नहीं पीते, फ़ादर," चारों ने डरते-डरते जवाब दिया।

पादरी के चेहरे पर ख़ून उतर आया।

"अच्छा, तो तुम लोग तम्बाकू नहीं पीते, क्यों? बदमाश कहीं के! तब फिर मेरे आटे में तम्बाकू किसने मिलाई? बोलो! ठहरो अभी पता चल जाता है कि पीते हो कि नहीं। उलटो, अपनी जेब उलटो! देर मत करो, मैं कहता हूँ उलटो, फ़ौरन उलटो!"

तीन लड़कों ने अपने-अपने जेब की चीज़ें निकाल-निकालकर मेज़ पर रखना शुरू किया।

पादरी ने तम्बाकू के चूरे की तलाश में सीवनों को बड़े ग़ौर से देखा मगर उन्हें कुछ नहीं मिला। और तब वह उस चौथे लड़के की तरफ़ मुख़ातिब हुए। इस छोकरे की आँखें काली-काली थीं और वह भूरे रंग की क़मीज़ और नीला पतलून पहने हुए था जिसके घुटने पर थेगड़ा लगा था।

"तुम ऐसे कैसे खड़े हो पुतले की तरह?"

लड़के ने सवाल करनेवाले को ख़ामोश नफ़रत की आँखों से देखा।

उसने आक्रोशपूर्ण स्वर में जवाब दिया—"मेरे कोई जेब-वेब नहीं है।"

"जेब नहीं है, क्यों? तुम समझते हो मुझे मालूम नहीं है कि किसने मेरा आटा ख़राब किया? कि यह बदमाशी किसकी है? तुम समझते हो कि इस बार भी मैं तुमको छोड़ दूँगा? वह नहीं होने का, तुम्हें इसकी सज़ा मिलेगी। पिछली बार मैंने तुमको स्कूल में रहने दिया था, क्योंकि तुम्हारी माँ मेरे पास आकर रोई-गिड़गिड़ाई, मगर अब बस। बाहर निकल जाओ!" उसने लड़के का कान उमेठकर उसे बरामदे में ढकेल दिया और अन्दर से किवाड़ झटके से बन्द कर लिया।

लड़के ख़ामोश बैठे रहे, सहमे हुए। उन बच्चों में से कोई भी नहीं समझ सका कि क्यों पावेल कोर्चागिन को क्लास से बाहर किया गया। किसी की समझ में यह बात नहीं आई, एक सर्गेई ब्रुजाक को छोड़कर, जो पावेल का सबसे गहरा दोस्त था। उसने पावेल को पादरी साहब के बावर्चीख़ाने में ईस्टर के केक के आटे में मुट्ठी-भर घर की उगाई तम्बाकू छिड़कते देखा था—वहीं, पादरी साहब के उसी बावर्चीख़ाने में, जहाँ क्लास के छह पिछड़े हुए लड़के पादरी साहब का इन्तज़ार कर रहे थे कि वे आएँ और उनका सबक सुनें।

क्लास से निकाला जाकर पावेल स्कूल की इमारत की सबसे निचली सीढ़ी पर बैठ गया और परेशान होकर सोचने लगा कि जब वह आज की घटना अपनी माँ को बताएगा तब वह क्या कहेगी, उसकी ग़रीब, मेहनती माँ जो सवेरे से लेकर रात तक आबकारी के दरोग़ा साहब के यहाँ रसोई में बेटे के लिए खटती थी।

आँसुओं से उसका गला रुँध गया।

"मैं क्या करूँ अब? यह सब उसी कम्बख़्त पादरी के कारण हुआ। मगर मुझे भी क्या सूझी कि गया और उसके आटे में तम्बाकू मिला आया। यह सर्योजका की सूझ थी। उसने कहा था, आओ ज़रा इस बूढ़े खूसट की ख़बर ली जाए। और वही हमने किया। मगर सज़ा तो देखो, सर्योजका तो साफ़ निकल गया और मेरी शामत आ गई; ठोकर मारकर मुझे क्लास से बाहर कर दिया गया।"

फ़ादर वासिली से उसका झगड़ा बहुत पुराना था। इसकी शुरुआत उस दिन हुई थी जब मिश्का लेव्चुकोव से उसका झगड़ा हुआ था और सज़ा के तौर पर स्कूल के बाद उसको रोक लिया गया था। ख़ाली कमरे में लड़का कोई शरारत न करे, इस ख़याल से मास्टर साहब उसे दर्जा दो में ले गए जहाँ पढ़ाई चल रही थी।

पावेल पीछे की एक सीट पर बैठ गया। मास्टर साहब, जो दुबले-पतले, चुसे हुए-से छोटे से आदमी थे और काला कोट पहने हुए थे, क्लास को पृथ्वी के बारे में और आकाश के ग्रह-नक्षत्रों के बारे में बतला रहे थे; और पावेल ने तब मारे अचरज के मुँह बा दिया जब उसे पता चला कि यह पृथ्वी करोड़ों साल से अस्तित्व

में है और ये तारे जो दिखाई देते हैं, ये भी दुनियाएँ हैं। उसने जो कुछ सुना उससे उसे इतना अचम्भा हुआ कि बड़ी मुश्किल से वह यह कहने से अपने को रोक पाया : "मगर बाइबिल में तो ऐसा नहीं लिखा है।" पर बोला नहीं क्योंकि वह और मुसीबत में नहीं पड़ना चाहता था।

पादरी साहब ने हमेशा पावेल को धर्मशास्त्र में पूरे-पूरे नम्बर दिये थे। उसे प्रार्थना की लगभग पूरी किताब कंठस्थ थी—और बाइबिल के पुराने और नये टेस्टामेंट भी। उसे ठीक-ठीक पता था कि सप्ताह के किस दिन परमात्मा ने क्या बनाया था। अब उसने निश्चय किया कि फ़ादर वासिली से इसके बारे में सवाल पूछेगा।

अगले ही दिन क्लास में, इसके पहले कि पादरी साहब ठीक से अपनी कुरसी पर बैठ पाएँ, पावेल ने हाथ उठा दिया और बोलने की इजाज़त पाते ही सीट पर से उठ खड़ा हुआ।

"फ़ादर! दर्जा दो के मास्टर साहब यह क्यों कहते हैं कि यह पृथ्वी करोड़ों साल पुरानी है, जबकि बाइबिल में लिखा है कि वह पाँच ह—ज़ा—र..."

फ़ादर वासिली की भारी चीख़ ने उसकी बात को बीच ही में काट दिया।

"क्या कहा तुमने? बदमाश कहीं के! तो इसी तरह तुम अपनी धर्म-पुस्तक पढ़ते हो!"

इसके पहले कि पावेल समझ पाए कि बात क्या हुई, पादरी साहब ने उसका कान पकड़ा और दीवार से उसका सिर टकराने लगे। कुछ मिनट बाद, दहशत और दर्द से काँपते हुए उसने क्लास के बाहर के बरामदे में अपने-आप को खड़ा पाया।

उस बार माँ ने उसको ख़ूब फटकार बताई थी और उसके दूसरे रोज़ वह स्कूल गई थी और फ़ादर वासिली से उसने विनती की थी कि पावेल को फिर से स्कूल में रख लें। उस दिन से पावेल जी-जान से पादरी साहब से घृणा करने लगा था। वह उनसे घृणा करता था और डरता था। उसका बच्चे का हृदय किसी भी अन्याय के ख़िलाफ़, चाहे वह कितना ही छोटा क्यों न हो, विद्रोह करता था। वह कभी उस मार के लिए, जो उस पर बेजा पड़ी थी, पादरी साहब को माफ़ नहीं कर सका और उसका मन गुस्से और नफ़रत से भर उठा था।

उसके बाद पावेल को बराबर फ़ादर वासिली से द्वेषपूर्ण उपेक्षा ही मिली। पादरी साहब बराबर उसे क्लास के बाहर कर देते थे, ज़रा-ज़रा सी ग़लती के लिए उसे लगभग रोज़ ही कोने में खड़ा कर देते थे और कभी उससे कोई सवाल नहीं पूछते थे। नतीजा यह कि ईस्टर की छुट्टियों के ठीक पहले पावेल को क्लास के दूसरे पिछड़े हुए लड़कों के साथ पादरी साहब के मकान पर दुबारा इम्तहान देने के लिए जाना पड़ा, और वहीं बावर्चीख़ाने में उसने उनके आटे में तम्बाकू मिला दिया था।

किसी ने उसको ऐसा करते देखा नहीं था, लेकिन पादरी साहब फ़ौरन ताड़ गए कि यह किसकी करतूत होगी।

आख़िरकार क्लास खतम हुई और बच्चे बाहर निकलकर हाते में आए और पावेल को घेरकर खड़े हो गए। पावेल उदास ख़ामोशी में डूबा खड़ा रहा। सर्गेई ब्रुजाक क्लास में ही रुका रहा। वह महसूस कर रहा था कि वह भी अपराधी है। मगर, वह अपने दोस्त की मदद के लिए कुछ नहीं कर सकता था।

हेडमास्टर, एफ्रेम वासीलियेविच ने मास्टरों के कमरे की खुली खिड़की में से सिर बाहर निकाला और आवाज़ लगाई :

"कोर्चागिन को फ़ौरन मेरे पास भेज दो।" हेडमास्टर साहब की गहरी भारी आवाज़ सुनकर पावेल चौंक पड़ा और धड़कते हुए दिल से वह उनके पास चला।

रेलवे स्टेशन रेस्तराँ के मालिक ने, जो पीला-सा अधेड़ आदमी था और जिसकी आँखें बेरंग और बुझी-बुझी-सी थीं, कनखियों से पावेल को देखा।

"क्या उमर है इसकी?"

"बारह।"

"ठीक है। रह सकता है। इसे महीने में आठ रूबल मिलेंगे और खाना भी, जिन दिनों काम करेगा। एक दिन छोड़कर हर दूसरे रोज़ चौबीस घंटे काम करना होगा। लेकिन हाँ, एक बात अच्छी तरह समझ लो : चोरी-चकारी नहीं चलेगी।"

"अरे नहीं साहब, कैसी बात कहते हैं। वह चोरी नहीं करेगा। मैं इसका ज़िम्मा लेती हूँ," माँ ने डरकर फ़ौरन आश्वस्त करने के लिये कहा।

"तो फिर आज से ही काम शुरू कर दे," मालिक ने आदेश दिया और काउंटर के पीछे खड़ी औरत की ओर मुड़ते हुए कहा, "जीना, इस लड़के को बावर्चीख़ाने में ले जाओ और फ्रोसिया से कहो कि ग्रिश्का की जगह इसको काम पर लगा दे।"

उस औरत ने अपने हाथ की वह छुरी रख दी जिससे वह गोश्त के टुकड़े कर रही थी, पावेल को इशारा किया और आगे-आगे चलते हुए हॉल को पार करके किनारे के दरवाज़े पर पहुँची जो बरतन धोने की कोठरी में खुलता था। पावेल उसके पीछे-पीछे गया। उसकी माँ भागती हुई आई और जल्दी-जल्दी उसके कान में फुसफुसाकर कहा : "देखो बेटा पावलुश्का, ख़ूब जी लगाकर काम करना और कभी कोई गन्दी हरकत मत करना।

उदास आँखों से माँ ने उसे जाते हुए देखा और वापस चली गई।

भीतर काम ज़ोरों के साथ चल रहा था। रकाबियों, काँटों, छुरियों का ढेर मेज़ पर लगा हुआ था और बहुत सी औरतें अपने कन्धों पर पड़े तौलियों से उन्हें पोंछ रही थीं।

एक लड़का जिसके सिर में बड़े-बड़े लाल-लाल बालों का गुच्छा था, और जो पावेल से थोड़ा बड़ा था, दो बड़े समोवारों[1] को ठीक कर रहा था।

वह जगह बड़े से कंडाल में खौलते हुए पानी की भाप से भरी हुई थी। उसी पानी से रकाबियाँ धुल रही थीं। भाप के कारण पावेल एकाएक उन औरतों के चेहरों को न देख सका। वह अनिश्चय की हालत में खड़ा रहा कि कोई उसे बतलाए कि क्या करना है।

शराबख़ाने की नौकरानी जीना ने एक रकाबी धोनेवाली के पास जाकर उसका कन्धा छुआ और बोली :

"देखो फ्रोसिया, मैं तुम्हारे लिए ग्रिश्का की जगह एक नया लड़का ले आई हूँ। तुम इसको काम बतला दो।"

जिस औरत को उसने फ्रोसिया कहकर पुकारा था, उसकी ओर इशारा करते हुए जीना ने पावेल से कहा, "यहाँ का इन्तज़ाम इन्हीं के हाथ में है। यह तुम्हें बतला देंगी कि तुमको क्या करना है।" यह कहकर वह मुड़ी और वापस अपनी जगह पहुँच गई।

"अच्छा," पावेल ने धीरे-से कहा और प्रश्न करती हुई आँखों से फ्रोसिया को देखा। फ्रोसिया ने माथे का पसीना पोंछते हुए बड़े ग़ौर से पावेल को सिर से पैर तक देखा जैसे उसे परख रही हो और आस्तीन ऊपर चढ़ाते हुए, जो कुहनी के नीचे आ गई थी, गहरी और बड़ी प्यारी आवाज़ में कहा :

"ऐसा कुछ बहुत काम नहीं है, भैया! मगर फँसे रहोगे ख़ूब। वह ताँबे की जो चीज़ तुम वहाँ देखते हो न, सवेरे से ही उसको सुलगा देना पड़ता है और हमेशा गरम रखना पड़ता है ताकि खौलता हुआ पानी हमेशा तैयार मिले। और फिर लकड़ी चीरनी होती है और समोवार हैं जिनकी फ़िक्र करनी पड़ती है। कभी तुम्हें छुरी-काँटे भी साफ़ करने पड़ेंगे और गन्दे पानी की बाल्टी भी बाहर ले जानी पड़ेगी। काम की यहाँ कोई कमी नहीं है भाई!"

उसका बोलने का ढंग और तमतमाया हुआ चेहरा और उसकी छोटी सी उठी हुई नाक, यह सब पावेल को बहुत अच्छे लगे।

"काफ़ी भली मालूम होती है", उसने अपने मन में कहा। फिर अपनी झप को बस में करते हुए बोला, "अब मुझे क्या करना है मौसी?"

रकाबी धोने वाली औरतें ठहाका मारकर हँस पड़ीं :

"हा! हा! देखो तो फ्रोसिया को बैठे-बिठाये एक भानजा मिल गया..."

पर फ्रोसिया दूसरों से भी ज़्यादा ज़ोर से हँस रही थी।

भाप के बादलों के बीच से पावेल ठीक से नहीं देख सका था कि फ्रोसिया

---

1. एक ख़ास तरह का बड़ा चूल्हा जिसके ऊपर सोने की भी जगह होती है। —अनु.

जवान लड़की है। उसकी उमर किसी भी हालत में अठारह से ज़्यादा न थी।

घबराकर वह दूसरे लड़के की तरफ़ मुड़ा और उससे पूछा :

"अब मुझे क्या करना है?"

मगर वह लड़का बेफ़िक्री से खड़ा रहा और बोला : "अपनी इन्हीं मौसी से पूछो, यही तुमको सब बतलाएँगी। मैं तो चला।" यह कहते हुए वह बावर्चीख़ाने में खुलने वाले दरवाज़े से तीर की तरह निकल गया।

"यहाँ आओ, इन काँटों को पोंछो।" एक रकाबी धोनेवाली अधेड़ औरत ने कहा।

"अपनी यह खी-खी बन्द करो।" दूसरों को डपटते हुए वह बोली : लड़के ने ऐसी कोई बात नहीं कही जिससे तुमको हँसी आ रही है। यहाँ आओ, यह लो," कहते हुए उसने पावेल को रकाबी पोंछने का तौलिया दिया, "इसका एक सिरा अपने दाँत से पकड़ लो और दूसरा सिरा हाथ से पकड़कर कसकर तानो। यह देखो, काँटा है। इसके दाँतों के बीच-बीच तौलिये को अन्दर-बाहर करो और देखो ज़रा भी मैल न रहने पाए। इन चीज़ों के मामले में यहाँ बड़ी सख़्ती बरती जाती है। गाहक हमेशा काँटों को बड़े ग़ौर से देखते हैं और अगर ज़रा सा भी मैल मिल जाता है तो बड़ा बावेला मचाते हैं। और तब, मालकिन खड़े-खड़े तुमको निकाल बाहर करेगी।"

"मालकिन?" पावेल ने उसकी बात को दुहराते हुए कहा, "मैं तो समझता था कि वह साहब जिन्होंने मुझे रखा वही मालिक हैं।"

रकाबी धोनेवाली हँसी और बोली, "इस मालिक को तो बस यहाँ की एक सजावट समझो। असली मालिक तो है मालकिन। आज वह यहाँ नहीं है। लेकिन अगर कुछ दिन यहाँ टिके तो ख़ुद ही देख लोगे।"

बरतन धोने की कोठरी का दरवाज़ा खुला और तीन नौकर बड़ी-बड़ी ट्रे लिये हुए दाख़िल हुए जिन पर गन्दी रकाबियों का ढेर लगा हुआ था।

उनमें से एक ने जिसका कन्धा बहुत चौड़ा था और जिसकी आँखें तिरपट और जबड़े भारी और चौखुटे थे, कहा, "ज़रा तेज़ी से हाथ चलाओ। बारह बजे की गाड़ी आने ही वाली है, और अभी तुम लोग यहाँ खेल ही कर रहे हो।"

उसने पावेल को देखा और पूछा, "यह कौन है?"

"अरे वही नयावाला लड़का है," फ्रोसिया ने कहा।

वह बोला, "अच्छा, वह नयावाला लड़का।...अच्छा ज़रा सुनो तो," कहते हुए उसने अपना भारी हाथ पावेल के कन्धे पर रखा और उसे ठेलकर समोवार के पास ले जाते हुए बोला, "तुम्हारा काम इनको सदा खौलाते रखना है। यह देखो, इनमें से एक तो बुझ भी गया और दूसरा किसी तरह आख़िरी साँसें गिन रहा है। आज तो तुम्हें माफ़ किया जाता है, लेकिन कल से ऐसा हुआ तो तुम्हारी मरम्मत होगी।"

पावेल बिना एक शब्द बोले समोवारों को ठीक करने में जुट गया।

और इस तरह उसकी मशक़्क़त की ज़िन्दगी शुरू हुई। आज पहले रोज़ उसे जितना काम करना पड़ा था, उतना अपनी ज़िन्दगी में पावलुश्का ने और कभी नहीं किया था। उसने महसूस किया कि यह उसका घर नहीं था जहाँ माँ का हुक़्म टाला जा सकता है। उस तिरपट आँखवाले बैरे ने यह बात बिलकुल साफ़ कर दी थी कि अगर वह कहे मुताबिक़ ठीक-ठीक काम नहीं करेगा तो उसे इसकी सज़ा भुगतनी पड़ेगी।

उसने अपना एक जूता चिमनी के ऊपर रखा और दूसरे से धौंकना शुरू किया। थोड़ी ही देर में उन बड़े-बड़े मटके जैसे समोवारों से चिनगारियाँ निकलने लगीं। उसने गन्दे पानी की बाल्टी उठाई और जाकर कूड़े की टीन में उलट दी, गरमे में और ईंधन डाल दिया, रकाबी पोंछनेवाली गीली तौलियों को गरम समोवार पर सुखाया—ग़रज़, उसने वह सब कुछ किया जो उसे करने को कहा गया था। बहुत रात बीत जाने पर जब थका हुआ पावेल बावर्चीख़ाने की तरफ़ चला तो उस अधेड़ रकाबी धोनेवाली ने पावेल के पीछे बन्द होते दरवाज़े की ओर देखते हुए कहा :

"उस लड़के में कुछ अजीब सी बात है। देखो, कैसे पागल की तरह दौड़ता है। कौन जाने इसीलिए उसे काम से लगाया गया हो।"

फ्रोसिया ने कहा, "अच्छा काम करनेवाला है। उसे ठेलना नहीं पड़ता।"

लूशा की राय थी, "जल्दी ही उसका जोश ठंडा हो जाएगा। शुरू-शुरू में सब इसी तरह ज़ोरों से काम करते हैं...।"

दूसरे रोज़ सवेरे सात बजे से रात-भर खड़े रहने के कारण थककर चूर पावेल ने खौलते हुए समोवार को उस लड़के को सँभलवाया जो उसकी जगह लेनेवाला था। इस लड़के ने, जिसके गाल फूले-फूले से थे और आँखों में बड़ी भद्दी-सी चमक थी, खौलते हुए समोवारों का मुआइना किया और इस बात का इत्मीनान हो जाने पर कि सब कुछ ठीक है, उसने अपने हाथ जेब में डाल लिये और पावेल को नीची नज़र से देखते हुए बड़ी ऐंठ से, दाँत बन्द किये-किये पिच्च से थूका।

"सुन बे नकचपटे!" उसने चुनौती के स्वर में कहा और पावेल को अपनी बेरंग आँखों से देखा। "देखना, कल तुझे ठीक छह बजे सवेरे अपने काम पर हाज़िर हो जाना है।"

"क्यों, छह बजे क्यों?" पावेल ने जानना चाहा, "शिफ़्ट तो सात बजे बदलती है न?"

"इसकी फ़िकर तू छोड़ दे कि शिफ़्ट कब बदलती है, तुझे यहाँ पर छह बजे हाज़िर हो जाना है। और देख, ज़्यादा बकबक मत करना नहीं तो वह झापड़ रसीद करूँगा कि मुँह टेढ़ा हो जाएगा। ज़रा ढिठाई तो देखो, आज ही काम शुरू किया और अभी से दिमाग़ सिकहर पर।"

रकाबी धोनेवाली औरतें, जिन्होंने अभी-अभी अपनी पाली का काम खतम किया था, दोनों लड़कों की बातचीत बड़ी दिलचस्पी से सुन रही थीं। पावेल को उस लड़के के इस तरह गुंडई ढंग से बात करने पर ग़ुस्सा आ गया। वह उस बदमाश की तरफ़ एक क़दम बढ़ा और क़रीब था कि उस पर हाथ छोड़ दे। लेकिन, यह सोचकर कि नई-नई लगी नौकरी से हाथ धोना पड़ेगा, वह रुक गया।

उसने ग़ुस्से से स्याह पड़ते हुए कहा, "बन्द करो यह शोर मचाना और मुझसे ज़रा दूर ही रहना, नहीं तो ठीक नहीं होगा। मैं यहाँ कल सात बजे आऊँगा। और जहाँ तक झापड़ की बात है, मैं तुमसे कमज़ोर नहीं हूँ, यह बात याद रखना। या यह चाहते हो कि एक-एक हाथ हो ही जाए? बोलो? मैं इसके लिए भी तैयार हूँ।"

उसका दुश्मन डरकर पीछे हटा और गरमे (ब्वायलर) से लगकर खड़ा हो गया। वह आश्चर्य से क्रोधित होकर पावेल को देख रहा था। उसे उम्मीद नहीं थी कि पावेल इतना तगड़ा प्रतिवाद करेगा।

"अच्छा-अच्छा देखेंगे," उसने बुदबुदाते हुए कहा।

काम का पहला रोज़ बिना किसी दुर्घटना के बीत गया था, इसलिए पावेल जल्दी-जल्दी घर की ओर चला। उसके मन में यह भाव था कि उसने ईमानदारी से मेहनत करके अपने विश्राम के इन घंटों को अर्जित किया है। अब वह भी एक मज़दूर था। अब कोई उस पर यह तोहमत नहीं लगा सकता था कि वह कुछ नहीं करता और दूसरे पर आश्रित है।

लकड़ी चीरने के कारख़ाने की छिटपुट फैली हुई इमारतों पर सुबह का सूरज चढ़ने लगा था। थोड़ी ही देर में पावेल का छोटा-सा मकान लेशचिन्स्की के बग़ीचे के पीछे दिखाई देने लगेगा।

"माँ अभी-अभी उठी ही होंगी और देखो मैं काम पर से लौट रहा हूँ।" पावेल ने सोचा और अपनी रफ़्तार तेज़ कर दी। चलते-चलते वह सीटी बजाता जा रहा था। "स्कूल से निकाला जाना बहुत बुरा नहीं रहा। वह कम्बख़्त पादरी किसी तरह मुझे चैन न लेने देता। और अब मुझे क्या, जहन्नुम में जाए वह, मेरे ठेंगे से," यही सोचते हुए पावेल घर पहुँचा और दरवाज़े को खोला। "जहाँ तक उस नवाज़ के नाती का ताल्लुक है, मैं ज़रूर किसी दिन उसको ठोकूँगा।"

उसकी माँ ने, जो आँगन में समोवार सुलगा रही थी, अपने बेटे को आते हुए देखा तो कुछ चिन्ता के स्वर में पूछा :

"कहो, कैसा रहा?"

"बहुत अच्छा," पावेल ने जवाब दिया।

माँ कुछ कहने ही वाली थी कि खुली हुई खिड़की से पावेल को अपने भाई आर्तेम की चौड़ी पीठ दिखाई दी।

"अच्छा, तो आर्तेम आ गया?" उसने उद्विग्नता से पूछा।

"हाँ, कल आया था। अब यह यहीं रहेगा और रेलवे यार्ड में काम करेगा।"

कुछ झिझकते हुए उसने सामने का दरवाज़ा खोला।

उस आदमी ने, जो मेज़ के सामने दरवाज़े की ओर पीठ किये बैठा था, कमरे में दाख़िल होते हुए पावेल की ओर अपनी विशाल काया को मोड़ा। घनी काली भवों के नीचे उसकी आँखों में कठोरता का भाव था।

"अच्छा, यह आया तम्बाकूवाला लड़का! कहो क्या हालचाल है?"

अब जो सवालों की झड़ी लगेगी, उससे पावेल को डर मालूम हो रहा था।

उसने सोचा, "आर्तेम को पहले से ही सब बातों का पता है। लगता है अच्छी-ख़ासी झड़प होगी और शायद मरम्मत भी।" पावेल अपने बड़े भाई से कुछ-कुछ डरता हुआ खड़ा रहा।

मगर आर्तेम का कोई इरादा लड़के को डाँटने-डपटने का नहीं था। वह मेज़ पर कोहनी टेके स्टूल पर बैठा रहा और पावेल के चेहरे को कुछ मनोरंजन और कुछ उपेक्षा के मिले-जुले भाव से ध्यानपूर्वक देखता रहा।

"अच्छा तो तुम यूनिवर्सिटी से दीक्षित होकर निकल आए, क्यों? जो कुछ लिखना-पढ़ना था, लिख-पढ़ चुके और अब रकाबियाँ धोने में लग गए हो, क्यों?"

नीचे फ़र्श में एक दरार थी। पावेल उसी पर आँख गड़ाए, एक कील के सिरे को बहुत बारीकी से देख रहा था। आर्तेम उठा और रसोईघर में चला गया।

इत्मीनान की साँस लेते हुए पावेल ने सोचा, "लगता है मार-वार नहीं पड़ेगी।"

बाद में चाय के वक़्त आर्तेम ने पावेल से स्कूलवाली घटना के बारे में पूछा। पावेल ने सब कुछ बतला दिया।

"बड़े होकर तुम इतने आवारा निकलोगे, तो ज़िन्दगी में क्या करोगे?" उसकी माँ ने उदास आवाज़ में कहा। "हम लोग इसके संग क्या करें? मेरी समझ में ही नहीं आता कि यह लड़का किस पर गया है! हे भगवान, इस लड़के के पीछे मुझे क्या-क्या नहीं भोगना पड़ा," उसने शिकायत के लहज़े में कहा।

आर्तेम ने अपना ख़ाली प्याला अलग सरकाया और पावेल की ओर मुड़ा।

"अब तुम मेरी बात सुनो दोस्त," उसने कहा। "जो हो गया सो हो गया। उसका कोई इलाज नहीं। हाँ इतना है कि अब आगे से सावधान रहो और जी लगाकर अपना काम करो। और देखो, कोई शरारत न करना। तुम माँ को काफ़ी दुख दे चुके हो। तुम यहाँ साल-छह महीना काम कर लो, फिर मैं कोशिश करके तुमको डिपो में अपरेंटिसी पर लगवा दूँगा, क्योंकि इस तरह तमाम ज़िन्दगी गन्दी रकाबियाँ धोते रहने से तो बेड़ा पार नहीं होगा। तुम्हें कोई न कोई धन्धा सीखना

ही होगा। अभी तुम ज़रा छोटे हो। मगर साल-भर में मैं कोशिश करूँगा कि तुम्हारा कुछ बन्दोबस्त हो जाए और शायद वे लोग तुमको लगा भी लें। अब मैं यहीं काम करूँगा। माँ को अब काम पर नहीं जाना पड़ेगा। सारी ज़िन्दगी उन्होंने बहुत काफ़ी ग़ुलामी की, एक-से-एक हरामज़ादों की। पावका, देखो तुम्हें आदमी बनना है।"

वह उठ खड़ा हुआ। उसकी विशाल काया के आगे आसपास की सारी चीज़ें बौनी नज़र आती थीं। कुरसी पर लटकते कोट को पहनते हुए उसने अपनी माँ से कहा, "मुझे घंटे-भर के लिए ज़रा बाहर जाना है," और बाहर निकल गया। दरवाज़े में से निकलने के लिए वह ज़रा झुका।

बाहर के गेट की ओर बढ़ते हुए वह खिड़की के पास से निकला और अन्दर झाँकते हुए उसने पावेल को आवाज़ देकर कहा, "मैं तुम्हारे लिए एक जोड़ा जूता और एक चाकू लाया हूँ। माँ से ले लेना।"

स्टेशन का रेस्तराँ दिन-रात खुला रहता था।

छह रेलवे लाइनें इस जंक्शन पर मिलती थीं और स्टेशन हमेशा मुसाफ़िरों से खचाखच भरा रहता था; सिर्फ़ रात को दो-तीन घंटे के लिए, दो गाड़ियों के दरमियान, वहाँ कुछ शान्ति रहती थी। सभी दिशाओं के लिए सैकड़ों गाड़ियाँ इस स्टेशन से गुज़रती थीं। गाड़ियाँ, जो मोर्चे के एक भाग से दूसरे भाग को जाती थीं और एक जैसे भूरे रंग के ओवरकोट पहने हुए नये लोगों को ले जाती थीं और यह आना-जाना अनवरत चलता रहता था।

पावेल ने दो बरस तक उस जगह काम किया—दो बरस, जिनमें उसने सिवाय रकाबी धोने की जगह और बावर्चीख़ाने के और कुछ नहीं देखा। वे बीस-बाईस लोग जो बावर्चीख़ाने में काम करते थे, दिन-रात पागलों की तरह जुते रहते थे। रेस्तराँ और बावर्चीख़ाने के बीच दस बैरे बराबर दौड़ लगाते रहते थे।

अब पावेल को आठ के बदले दस रूबल मिलने लगे थे। इन दो सालों में वह और लम्बा और चौड़ा-चकला हो गया था। इन्हीं दो बरसों में उसे बहुत सी परीक्षाओं का सामना भी करना पड़ा था। छह महीने उसने बावर्चीख़ाने में काम किया था, मगर फिर उसे गन्दी रकाबियाँ धोने के काम पर भेज दिया गया। बात यह थी कि सर्वशक्तिमान ख़ानसामा उससे रुष्ट था—बड़ा ख़तरनाक छोकरा है यह, ज़्यादा मारते डर लगता है, कौन जाने कब वह छुरा भोंक दे। और इसमें सन्देह नहीं कि अपने ग़ुस्सैल मिज़ाज के कारण पावेल की नौकरी अब तक न जाने कभी की छूट गई होती, बशर्ते उसमें कड़ी मेहनत का भी ज़बरदस्त माद्दा न होता। क्योंकि

यह बात सही है कि वह दूसरे किसी आदमी से ज़्यादा काम कर सकता था और थकता तो जैसे कभी था ही नहीं।

जिन घंटों में काम की बहुत भीड़ होती, वह लदी ट्रे लिये बावर्चीख़ाने की सीढ़ी पर ऊपर-नीचे, चार-चार पाँच-पाँच सीढ़ियों को एक-एक डग में भरता तूफ़ान की तरह दौड़ता था।

रात को, जब रेस्तराँ के दोनों हॉलों में शोरगुल मद्धिम पड़ जाता, तब बैरे नीचे बावर्चीख़ाने के भंडारघरों में इकट्ठे होते और सुध-बुध खोकर दीवानों जैसे ताश के जुए खेलने लगते। कई बार पावेल ने बड़ी रक़म के नोटों को एक हाथ से दूसरे हाथ में जाते देखा था। उसे इतना ढेर सा पैसा इस तरह पड़े हुए देखकर अचम्भा नहीं होता था, क्योंकि उसे मालूम था कि हर बैरे को रूबल-आधा रूबल की बख़्शीश से शिफ़्ट पीछे तीस-चालीस रूबल मिल जाते थे जिनको वे शराब और जुए में ख़र्च कर देते थे। पावेल को इनसे नफ़रत थी।

"सूअर के बच्चे हैं," उसने सोचा। "एक वह आर्तेम है, आला दर्जे का मेकैनिक और उसे महीने में कुल अड़तालीस रूबल मिलते हैं और मुझे मिलते हैं दस। और ये लोग हैं कि दिन-भर ही में इतना सारा पैसा बटोर लेते हैं और किस बात के लिए? सिर्फ़ इस बात के लिए कि यहाँ से वहाँ ट्रे लाते-ले जाते हैं। और फिर यह सारा पैसा शराब और जुए में ख़र्च किया जाता है।"

पावेल के लिए ये बैरे भी उतने ही बेगाने और दुश्मन जैसे थे जितना कि मालिक। "ये सूअर यहाँ तो पेट के बल रेंगते हैं मगर वहाँ शहर में इनकी बीवियाँ और बेटे रईसों की तरह इठलाते चलते हैं।"

कभी-कभी वे लोग अपने बेटों को भी लाते जो हाई स्कूल की ठाठदार वर्दियाँ पहने होते। कभी-कभी वे अपनी बीवियों को भी लाते जो अच्छी आराम की ज़िन्दगी के कारण नरम और गुदाज़ नज़र आतीं। पावेल ने सोचा, "मैं दावे के साथ कह सकता हूँ कि इन लोगों के पास उन रईसजादों से ज़्यादा पैसा है जिनकी मेज़ पर दौड़-दौड़कर वे चीज़ें पहुँचाते हैं।" रात को बावर्चीख़ाने के अँधेरे कोनों और भंडारघरों में जो कुछ हुआ करता था उससे भी अब पावेल को कोई आघात न लगता था। उसे अच्छी तरह मालूम था कि कोई भी रकाबी धोनेवाली या शराबख़ाने की नौकरानी ज़्यादा दिन तक अपनी नौकरी सलामत नहीं रख सकती थी, अगर वह चन्द रूबलों के लिए उन लोगों को अपना शरीर न बेचे जो यहाँ उसके स्वामी थे।

पावेल को ज़िन्दगी की घिनौनी खन्दक की सबसे निचली तहों की एक झलक मिलती थी और वहाँ से एक अजीब खट्टी बदबू निकल रही थी जो कि सड़ते हुए दलदल की बदबू थी। और यह बदबू पहुँची उसके पास जो हर नई और अनजान चीज़ को पाने के लिए ललक रहा था।

आर्तेम अपने भाई को रेलवे यार्ड में अपरेंटिसी पर लगाने में नाकाम रहा; पन्द्रह

साल से कम उमरवाले की उनको ज़रूरत नहीं थी। मगर पावेल धुएँ से काली उस ईंट की इमारत की तरफ़ एक खिंचाव महसूस करता था और उस दिन का इन्तज़ार कर रहा था जब वह रेस्तराँ से छुट्टी पा सकेगा।

वह अक्सर आर्तेम से मिलने के लिए यार्ड में जाया करता था और तब उसके संग गाड़ियों की देखभाल पर निकल जाता और जो मदद बन पड़ती, उसे दे देता था।

फ्रोसिया के चले जाने पर उसने ख़ासतौर से अकेलापन महसूस किया। उस ख़ुशदिल हँसती हुई लड़की के चले जाने पर पावेल को इस बात का और भी पैना एहसास हुआ कि उसके संग उसकी दोस्ती कितनी पक्की हो गई थी। अब, जब वह सवेरे काम पर आता और स्त्रियों के झगड़ों और तेज़ चीख़-पुकार को सुनता तो उसे अपना अकेलापन, अपना ख़ालीपन और भी शिद्दत से महसूस होता।

एक रात गरमे को सुलगाते हुए वह आतिशदान के सामने बैठा लपटों को देख रहा था। स्टोव की गरमी उसे सुख पहुँचा रही थी। इस वक़्त वहाँ पर वह अकेला ही था। न जाने कैसे अनायास वह फ्रोसिया के बारे में सोचने लगा और हाल ही में उसने जो एक दृश्य देखा था, वह उसके मन की आँखों के आगे घूम गया।

सनीचर की रात को फ़ुरसत के वक़्त पावेल नीचे बावर्चीख़ाने में जा रहा था, जबकि कुतूहलवश वह लकड़ी के एक ढेर पर चढ़ गया और वहाँ से उसने नीचे भंडारघर को देखा जहाँ जुआरी अक्सर इकट्ठा हुआ करते थे।

खेल पूरे ज़ोर पर था। इस वक़्त जालीवानोव नाल इकट्ठा कर रहा था। आवेश से उसका चेहरा लाल हो रहा था।

तभी सीढ़ी पर पैरों की आहट सुनाई दी। घूमकर पावेल ने प्रोखोर को नीचे उतरते हुए देखा और सीढ़ी के नीचे छुप गया ताकि वह आदमी बावर्चीख़ाने में चला जाए। सीढ़ी के नीचे अँधेरा था और प्रोखोर उसको देख न सका।

प्रोखोर ने जैसे ही सीढ़ी के मोड़ को पार किया, पावेल ने उसकी चौड़ी पीठ और बड़े से सिर की एक झलक पाई। ठीक तभी कोई और हलके पैरों से भागता हुआ उस बैरे के पीछे-पीछे आया और पावेल ने एक परिचित आवाज़ को बोलते सुना।

"रुको प्रोखोर!"

प्रोखोर रुक गया और पीछे घूमकर सीढ़ी के ऊपर की ओर उसने देखा और गुर्राकर बोला, "क्यों, क्या चाहिए?"

क़दमों की आहट पास आ गई और फ्रोसिया दिखाई दी।

उसने बैरे की बाँह पकड़ ली और टूटती-सी रुँधती हुई आवाज़ में बोली : "प्रोखोर! लेफ़्टिनेंट साहब ने तुमको जो पैसा दिया वह कहाँ है?"

आदमी ने झटककर लड़की से अपनी बाँह छुड़ा ली।

"कैसा पैसा? मैंने तुम्हें दे दिया था न?" उसकी आवाज़ तेज़ और दुष्टता से भरी हुई थी।

"मगर उसने तो तुम्हें तीन सौ रूबल दिये थे?" फ्रोसिया की आवाज़ रुँधी हुई सिसकियों में तब्दील हो गई।

"कहीं दिया न हो! तीन सौ, हुँः!" प्रोखोर ने व्यंग्य के स्वर में कहा। "सब-का सब लेना चाहती हो, क्यों! ज़रा देखिए तो साहबज़ादी को, धोती तो हैं आप रकाबियाँ और दिमाग़ आसमान पर है! पचास जो मैंने तुमको दिये, बहुत हैं। तुमसे कहीं ज़्यादा ख़ूबसूरत और पढ़ी-लिखी लड़कियाँ भी इतना नहीं लेतीं। जो कुछ तुम्हें मिला, उसके लिए तुमको मेरा एहसान मानना चाहिए—एक रात के लिए पचास रूबल बहुत होते हैं। मगर ख़ैर, तुम कहती हो तो तुम्हें दस और दे दूँगा, बीस भी दे सकता हूँ, मगर और नहीं। और, तुम अगर बेवक़ूफ़ न होगी तो कुछ और भी कमा लोगी। मैं तुम्हारी मदद कर सकता हूँ।" यह कहकर प्रोखोर घूमा और बावर्चीख़ाने में पहुँचकर आँख से ओझल हो गया।

"बदमाश! सूअर!" फ्रोसिया ने चीख़ते हुए कहा और लकड़ी के ढेर से टिककर ज़ोर-ज़ोर से सिसकियाँ लेने लगी।

पावेल के उस वक़्त के मनोभावों को शब्द नहीं बयान कर सकते जब सीढ़ी के नीचे अँधेरे में खड़े-खड़े उसने फ्रोसिया को पागलों की तरह लकड़ी के कुन्दों पर सर पटकते देखा। मगर वह सामने नहीं आया; सिर्फ़ उसकी उँगलियाँ रह-रहकर जीने के लोहे के खम्भों को पकड़ लेती थीं।

"अच्छा तो उन्होंने इसको भी बेच डाला, ख़ुदा गारत करे! हाय फ्रोसिया, फ्रोसिया..."

प्रोखोर के लिए उसकी नफ़रत उसके दिल को पहले से कहीं ज़्यादा सुलगाने लगी और अपने चारों तरफ़ वह जो कुछ भी देखता था, उसी से उसको नफ़रत और घिन मालूम होती थी। "अगर मुझमें ताक़त होती तो मैं उस हरामज़ादे को पीट-पीटकर उसका हलुआ बना देता! मैं आर्तेम की तरह लम्बा-चौड़ा और मज़बूत क्यों नहीं हुआ।"

गरमे के नीचे लपटें उठीं और बुझ गईं, उनकी काँपती हुई लाल जीभ एक लम्बी नीली रेखा के संग लिपटी हुई थी। पावेल को ऐसा लगा मानो कोई नन्हा-सा शरारती भूत उसे जीभ दिखा-दिखाकर उसका मज़ाक़ उड़ा रहा हो।

कमरे में ख़ामोशी थी। सिर्फ़ आग के चटकने की आवाज़ सुनाई दे रही थी और बम्बे से पानी रुक-रुककर टपक रहा था।

क्लिम्का ने आख़िरी बरतन, जो इतना माँजा गया था कि चमक रहा था, आलमारी पर रखा और अपने हाथ पोंछे। बावर्चीख़ाने में और कोई नहीं था। ड्यूटी पर का रसोइया और उसका मददगार ग़ुसलख़ाने में सो रहे थे। रात के तीन घंटों के लिए बावर्चीख़ाने पर ख़ामोशी छा गई। यह घंटे क्लिम्का, पावेल के संग ऊपर गुज़ारा करता था क्योंकि उस बावर्चीख़ाने के छोकरे और इस काली आँख वाले

पावेल में, जो गरमे की देख-रेख करता था, गहरी दोस्ती हो गई थी। ऊपर क्लिम्का ने पावेल को खुले हुए आतिशदान के आगे पलथी मारे बैठा पाया। पावेल ने एक परिचित, झबरे बालों वाली आकृति की छाया दीवाल पर पड़ते देखी और बिना उस ओर मुड़े बोला :

"बैठ जाओ, क्लिम्का।"

लड़का लकड़ी के ढेर पर चढ़ गया, और इत्मीनान के साथ लेटकर, ख़ामोश पावेल को देखने लगा।

"आग में अपना भाग्य पढ़ रहे हो क्या?" उसने मुस्कराते हुए पूछा।

पावेल ने ज़ोर लगाकर अपनी दृष्टि लपटों की उन ललिहान जिह्वाओं से फेरी और क्लिम्का को अपनी उन दो बड़ी-बड़ी चमकती हुई आँखों से देखा जो एक अव्यक्त व्यथा से भरी हुई थीं। क्लिम्का ने कभी अपने दोस्त को इतना उदास नहीं देखा था।

थोड़ी देर की ख़ामोशी के बाद क्लिम्का ने पूछा, "आज तुम्हें क्या हुआ है पावेल? कोई ख़ास बात हो गई है क्या?"

पावेल उठा और जाकर क्लिम्का के पास बैठ गया।

उसने धीरे-से जवाब दिया, "नहीं, कुछ हुआ नहीं है। बस यह है क्लिम्का कि मेरा यहाँ रहना कठिन है।" और घुटनों पर टिके हुए उसके हाथों की मुट्ठियाँ बँध गईं।

"क्या हो गया है तुम्हें आज?" क्लिम्का ने कुहनियों का सहारा लेकर उठते हुए जानने के लिए आग्रह किया।

"आज? आज की बात नहीं है। जिस दिन से मैं इस काम पर आया, उसी दिन से मुझे ऐसा लग रहा है। ज़रा देखो कैसी जगह है यह! हम खच्चरों की तरह काम करते हैं और हमें मिलता क्या है? शुक्रिया नहीं, लात-घूँसे! कोई भी तुम्हें मार सकता है, फिर कोई नहीं मिलेगा जो तुम्हारी तरफ़दारी करे। मालिक लोग हमको रखते हैं नौकरी करने के लिए, मगर कोई भी आदमी जिसके बदन में ताक़त हो, बड़े अधिकार के साथ हमको पीट सकता है। भले ही तुम दौड़-दौड़कर अपनी जान ही क्यों न दे दो, तुम कभी सबको ख़ुश नहीं कर सकते और जिसको ख़ुश न कर सको, वही तुम्हारी ख़बर लेने के लिए तैयार रहता है। तुम चाहे कितनी कोशिश इस बात की क्यों न करो कि हर काम ठीक से हो ताकि कोई ग़लती न निकाल सके, मगर तब भी, कोई-न-कोई ऐसा आदमी निकल ही आता है जिसका काम उसकी मनचाही मुस्तैदी से नहीं हो सका और बस, फिर तो तुम्हारी मरन रखी ही है, कुछ भी करो, ऐसे भी, वैसे भी...!"

"इस तरह चिल्लाओ मत, कोई यहाँ चला आएगा और सुन लेगा!" क्लिम्का ने डरते हुए उसको टोका।

पावेल उछलकर खड़ा हो गया।

"सुनने दो, मैं तो काम छोड़ने जा ही रहा हूँ। यहाँ इन चाँइयों, बदमाशों के अड्डे पर काम करने से अच्छा बेलचा भर-भरकर बर्फ़ फेंकने का काम होगा। देखो तो इनके पास कितना पैसा है। हमको तो वे धूल समझते हैं और लड़कियों के संग जो मन आए करते हैं। भली लड़कियाँ, जो उनके इशारों पर नहीं नाचतीं, ठोकर मारकर बाहर कर दी जाती हैं और उनकी जगह भूख से मरती हुई शरणार्थी औरतें लगा ली जाती हैं जिन्हें दुनिया में और कहीं जगह नहीं है। और फिर वे ज़रूर यहाँ टिक जाती हैं। क्योंकि यहाँ उन्हें कम-से-कम दोनों वक़्त खाने को तो मिल जाता है और इतनी बदहाल होती हैं वे कि एक टुकड़ा रोटी के लिए कुछ भी कर सकती हैं।"

वह इतने आवेश में बोल रहा था कि क्लिम्का को डर लगा कि कहीं कोई सुन न ले! बावर्चीख़ाने में खुलनेवाले दरवाज़े को बन्द करने के लिए वह जल्दी से उठ खड़ा हुआ। पावेल बदस्तूर अपनी आत्मा में भरे हुए तीखेपन को उड़ेलता रहा।

"और तुम, क्लिम्का, पिटते हो और कभी कुछ नहीं बोलते। यह ठीक नहीं है!"

पावेल मेज़ के सहारे एक स्टूल पर बैठ गया और थकान के मारे उसने अपना सिर हथेली पर टिका लिया। क्लिम्का ने आग में कुछ लकड़ी डाल दी और वहीं आकर बैठ गया।

उसने पावेल से पूछा, "आज हम लोग पढ़ेंगे नहीं क्या?"

"कुछ नहीं है पढ़ने को," पावेल ने जवाब दिया, "बुकस्टॉल बन्द है।"

क्लिम्का ने आश्चर्य से पूछा, "क्यों? आज बन्द क्यों है?"

पावेल ने जवाब दिया, "पुलिसवालों ने बुकसेलर को गिरफ़्तार कर लिया। उसके यहाँ उनको कुछ मिला है।"

"गिरफ़्तार कर लिया? काहे के लिए?"

"कहते हैं कोई सियासी बात है।"

पावेल की बात का मतलब समझने में असमर्थ क्लिम्का उसे आँख फाड़े देखता रहा।

"सियासी बात? वह क्या होती है?"

पावेल ने कन्धे उचका दिये : "पता नहीं क्या होती है। ज़ार के ख़िलाफ़ जाओ, तो वही सियासी बात कहलाती है, ऐसा लोग कहते हैं।"

क्लिम्का अचम्भे से देखता रहा : "लोग ऐसा क्यों कहते हैं?"

पावेल ने जवाब दिया, "मैं क्या जानूँ।"

दरवाज़ा खुला और ग्लाशा कमरे में दाख़िल हुई। उसकी आँखें नींद के कारण सूजी हुई थीं।

"तुम दोनों सो क्यों नहीं रहे हो? अगली गाड़ी आने के पहले घंटे-भर की नींद

निकाल लेने का वक़्त है। तुम ज़रा आराम कर लो पावेल और मैं तुम्हारी तरफ़ से अँगीठी को देख लूँगी।"

जितनी जल्दी सोचा था, उससे भी पहले ही पावेल ने काम छोड़ दिया। और इस तरह छोड़ा जिसकी उसने कल्पना भी न की थी।

जनवरी के महीने में एक दिन जब ख़ूब पाला गिर रहा था और पावेल अपना काम खतम करके घर जाने की तैयारी कर रहा था, तो उसने देखा कि उसकी जगह लेनेवाला लड़का नहीं आया है। पावेल मालिक की स्त्री के पास गया और उसने उसको बतलाया कि जो भी हो, वह तो घर जाएगा ही। मालिक की स्त्री यह सुनने को भी तैयार नहीं थी। लिहाज़ा पावेल को मजबूरन काम पर लगे रहना पड़ा, गोकि पूरे एक दिन और एक रात की मेहनत के बाद वह थककर चूर हो गया था। शाम होते-होते उसकी यह हालत हो गई थी कि लगता था कि थकान के मारे वहीं ढेर हो जाएगा। रात में फ़ुरसत के वक़्त उसे गरमे को भरना पड़ा और तीन बजे वाली गाड़ी के लिए समय से पानी खौलाकर तैयार रखना पड़ा।

पावेल ने बम्बा खोला मगर उसमें पानी नहीं था। ज़ाहिर था कि पम्प काम नहीं कर रहा है। बम्बे को खुला छोड़कर लकड़ी के ढेर पर लेट गया; मगर थकान ने उस पर क़ाबू पा लिया और थोड़ी ही देर में वह गहरी नींद में डूब गया।

कुछ ही मिनट बाद बम्बे में गुर्र-गुर्र सूँ-सूँ की आवाज़ होने लगी और गरमे में पानी भरने लगा। थोड़ी ही देर में गरमा लबालब हो गया और फिर पानी बहकर कोठरी के फ़र्श पर फैलने लगा। हस्ब मामूल कोठरी इस वक़्त वीरान थी। पानी बहता रहा, बहता रहा—यहाँ तक कि फ़र्श डूब गया और पानी दरवाज़े के नीचे से बहकर रेस्तराँ में पहुँचने लगा।

ऊँघते हुए मुसाफ़िरों के बिस्तरों और बक्सों के नीचे छोटे-छोटे चहबच्चे तैयार हो गए, मगर किसी का ध्यान इस चीज़ की तरफ़ तब तक नहीं गया जब तक कि पानी फ़र्श पर सोए हुए एक आदमी के पास नहीं पहुँचा और वह घबराकर चीख़कर जल्दी से उठ नहीं खड़ा हुआ। तब तो फिर सामान को बचाने के लिए बड़ी रेल-पेल मची और ग़ज़ब का हो-हल्ला हुआ।

पानी बहकर लगातार अन्दर आता रहा।

प्रोखोर, जो दूसरे हॉल में मेज़ों की सफ़ाई कर रहा था, शोर सुनकर अन्दर दौड़ा। पानी के ढेर पर से छलाँग लगाते हुए वह दरवाज़े की ओर लपका और तेज़ी से धक्का देकर उसे खोला। दरवाज़े का खुलना था कि वहाँ रुका हुआ पानी तेज़ी से हॉल में बह निकला।

तब तो फिर और ज़्यादा शोर मचा। ड्यूटी पर के बैरे भागकर गन्दे बरतनों वाली कोठरी में पहुँचे। प्रोखोर सोते हुए पावेल पर टूट पड़ा।

लड़के के सिर पर लात-घूँसे बरसने लगे। वह हक्का-बक्का रह गया।

अभी भी वह आधी नींद में था और उसकी समझ में नहीं आ रहा था कि यह क्या हो रहा है। उसे सिर्फ़ आँख के आगे टूटती हुई बिजलियों की तेज़ चमक, और जिस्म-भर में दौड़ते हुए दर्द की ऐंठन की चेतना थी।

पावेल को तो इस बुरी तरह मार पड़ी थी कि बड़ी मुश्किल से, लड़खड़ाते हुए, वह घर पहुँच पाया।

सवेरे, ग़ुस्से में भरे आर्तेम ने छोटे भाई से पूछा कि क्या बात हुई।

पावेल ने उसे सब कुछ बतला दिया।

आर्तेम ने भारी फटी हुई आवाज़ में पूछा, "तुमको किसने मारा?"

"प्रोखोर ने।"

"अच्छा, अब तुम चुपचाप पड़े रहो।"

बिना और एक शब्द बोले आर्तेम ने अपना कोट चढ़ाया और बाहर निकल गया।

"बैरा प्रोखोर कहाँ है?" उसने एक रकाबी धोनेवाली से पूछा। ग्लाशा ने अपने सामने खड़े हुए मज़दूर की पोशाक पहने इस अजनबी को देखा।

उसने जवाब दिया, "अभी आता है।"

यह भारी-भरकम आदमी दरवाज़े के हैंडिल से टिककर खड़ा हो गया। "अच्छा, मैं यहीं इन्तज़ार करता हूँ", उसने कहा।

एक ट्रे में रकाबियों का पहाड़ लादे प्रोखोर पैर से दरवाज़े को धक्का देता हुआ कोठरी में दाख़िल हुआ।

ग्लाशा ने बैरे की तरफ़ इशारा करते हुए कहा, "यही प्रोखोर है।"

आर्तेम आगे बढ़ा और प्रोखोर के कन्धे पर ज़ोर से हाथ मारते हुए उसकी आँखों में आँखें डालकर देखा।

"तुमने मेरे भाई पावका को क्यों मारा?"

प्रोखोर ने अपने कन्धों को उसकी गिरफ़्त से छुड़ाने की कोशिश की, लेकिन एक घूँसा जो कसकर पड़ा तो वहीं फ़र्श पर लम्बा हो गया। उसने उठने की कोशिश की, मगर पहले से भी ज़्यादा भयानक दूसरा घूँसा पड़ा तो वह लेटा का लेटा ही रह गया।

डर के मारे रकाबी धोनेवाली औरतें इधर-उधर जा खड़ी हुईं।

आर्तेम घूमा और दरवाज़े की तरफ़ बढ़ा।

प्रोखोर फ़र्श पर पड़ा रहा, उसके घायल चेहरे से ख़ून बह रहा था। उस शाम आर्तेम रेलवे यार्ड से घर नहीं लौटा।

उसकी माँ को पता चला कि पुलिस ने उसको पकड़ रखा है।

छह दिन बाद बहुत रात गए आर्तेम घर लौटा जब उसकी माँ सो गई थी। वह पावेल के पास गया जो अपने बिस्तर में बैठा हुआ था और बड़ी नरमी से उसने पूछा :

"अब कैसी तबीयत है भैये?" आर्तेम पावेल के पास बैठ गया। "मामला और भी बिगड़ सकता था।" फिर एक मिनट की ख़ामोशी के बाद उसने कहा, "कोई बात नहीं, तुम बिजलीघर में काम करने जाना। मैंने उनसे तुम्हारे बारे में बात की है। वहाँ तुम सचमुच ढंग का काम सीख सकोगे।"

पावेल ने आर्तेम के मज़बूत हाथ को अपने दोनों हाथों में थाम लिया।

दो

उस छोटे-से क़स्बे में एक तूफ़ान की तरह यह ज़बरदस्त ख़बर फैल गई कि "ज़ार का तख़्ता उलट दिया गया!"

क़स्बेवालों ने इस ख़बर को मानने से इनकार किया।

उन्होंने इस ख़बर को तब माना जब एक गाड़ी तूफ़ान में धीरे-धीरे रेंगती हुई-सी स्टेशन में दाख़िल हुई और उसमें से फ़ौजी बरानकोट पहने और कन्धों पर राइफ़लें लटकाए दो विद्यार्थी और लाल-लाल फीते बाँहों में बाँधे हुए क्रान्तिकारी सैनिकों का एक दस्ता प्लेटफार्म पर उतरा और उसने स्टेशन के फ़ौजी सिपाहियों, एक बूढ़े कर्नल और ग़ैरिसन के प्रधान को गिरफ़्तार कर लिया। बर्फ़ से ढकी सड़कों पर चलते हुए हज़ारों आदमी क़स्बे के चौक में आ पहुँचे।

आज़ादी, बराबरी और भाईचारा—ये लफ़्ज़, जो उन्होंने पहले कभी नहीं सुने थे, अब सुने और उन्हें प्यासों की तरह पी गए।

उसके बाद तूफ़ानी दिन आए, हलचल और ख़ुशी से भरे हुए दिन। फिर एक ठहराव-सा आ गया, और उस टाउन हॉल पर लहराता हुआ लाल झंडा ही होनेवाले परिवर्तन की अकेली निशानी रह गया। उसी टाउन हॉल में मेन्शेविकों और बुन्द के माननेवालों ने अपनी क़िलेबन्दी की थी। उस पर फहराते हुए लाल झंडे के अलावा और सब कुछ ज्यों का त्यों रहा।

जाड़े के अन्त में एक घुड़सवार रेजिमेंट उस क़स्बे में ठहराई गई। सवेरे ये घुड़सवार अपने दस्ते बनाकर दक्खिनी-पश्चिमी मोर्चे से भागनेवाले सैनिकों की तलाश में रेलवे स्टेशन पहुँचते थे।

ये सैनिक बहुत मोटे-ताज़े थे और उनके चेहरों से ज़ाहिर था कि उन्हें खाने-पीने का आराम है। उनके ज़्यादातर अफ़सर बड़े-बड़े काउंट और राजकुमार थे; उनके कन्धों पर सुनहरी पट्टियाँ थीं और बिरजिसों पर पतली रुपहली गोट लगी

हुई थी, ठीक वैसी ही जैसी कि ज़ार के ज़माने में—गोया क्रान्ति नाम की कोई चीज़ हुई ही न हो।

पावेल, क्लिम्का और सर्गेई ब्रुजाक के लिए कुछ भी नहीं बदला था। मालिक लोग अब भी बदस्तूर क़ायम थे। नवम्बर के महीने में पहुँचकर ही कुछ साधारण बातें शुरू हुईं। स्टेशनों पर एक नई तरह के लोग नज़र आने लगे जिन्होंने व्यवस्था में कुछ हलचल पैदा करनी शुरू की। इनमें से ज़्यादातर लोग मोर्चे पर से लौटे हुए सैनिक थे और उन्हीं की संख्या बराबर बढ़ती जा रही थी। उनका नाम कुछ अजीब-सा था—'बोल्शेविक'।

किसी को नहीं मालूम था कि यह तगड़ा और वज़नदार लफ़्ज़ कहाँ से आया।

मोर्चे से भागे हुए सैनिकों को रोककर रखना इन सैनिकों के लिए उत्तरोत्तर मुश्किल होता जा रहा था। स्टेशन पर राइफ़लें दगने और शीशे टूटने की आवाज़ें बराबर बढ़ती जा रही थीं। ये लोग दल बाँधकर मोर्चे से आते थे और जब उन्हें रोका जाता, तो संगीनों से लड़ते थे। दिसम्बर के शुरू में गाड़ी भर-भरकर ये लोग आने लगे।

सन्तरी लोग अपनी पूरी ताक़त से स्टेशन पर आए, इस इरादे से कि उन सैनिकों को रोक रखेंगे। मगर उन्होंने अपने को मशीनगनों की बौछार का सामना करते पाया। रेल के डिब्बों से निकलनेवाले इन सैनिकों के लिए मौत मानो एक खिलवाड़ थी।

मोर्चे पर से लौटे, भूरे रंग के कोट पहने इन लोगों ने सन्तरियों को वापस क़स्बे के अन्दर ढकेल दिया और फिर स्टेशन पर लौट आए और गाड़ियाँ भर-भरकर अपनी अगली मंज़िल के लिए रवाना हो गए।

1918 के वसन्त में एक रोज़ तीन दोस्त सर्गेई ब्रुजाक के घर से लौटते हुए, जहाँ पर वे ताश खेल रहे थे, कोर्चागिन के बाग़ीचे में आए और घास पर लेट गए। वे लोग ज़िन्दगी से ऊबे हुए थे। अब तक जो काम वे करते आ रहे थे, उनसे उनको उकताहट मालूम हो रही थी और वे अपने दिन ज़्यादा उमंग और उत्साह से बिताने का तरीक़ा खोजने के लिए परेशान होने लगे थे और तभी उन्होंने अपने पीछे घोड़ों की टापों की आवाज़ सुनी और एक घुड़सवार को तेज़ी से अपनी तरफ़ आते हुए देखा। एक छलाँग में घोड़े ने सड़क और बाग़ीचे की नीची-सी बाड़ी के बीच का गढ़ा पार कर लिया और घुड़सवार ने अपनी चाबुक़ से पावेल और क्लिम को इशारा किया :

"ओ छोकरो, ज़रा यहाँ आओ!"

पावेल और क्लिम उचककर खड़े हो गए और दौड़कर बाड़ी के पास गए।

घुड़सवार धूल से भरा हुआ था; धूल की एक मोटी-सी परत उसकी टोपी पर जमी हुई थी। उसके ख़ाकी ब्लाउज़ और बिरजिस पर भी धूल की परत जमी हुई थी। उसके भारी फ़ौजी कमरबन्द से एक रिवॉल्वर और दो जर्मन दस्ती बम लटक रहे थे।

घुड़सवार ने उनसे पूछा, "क्यों लड़को, तुम मुझे पानी पिला सकते हो?"

पावेल पानी लेने घर की तरफ़ भागा तो घुड़सवार अपनी ओर घूरते हुए सर्गेई की तरफ़ मुड़ा—"बतलाओ तुम्हारा क़स्बा किसके क़ब्ज़े में है?"

सर्गेई ने आगन्तुक को एक साँस में सारी मुक़ामी ख़बरें सुना डालीं।

"दो हफ़्तों से यहाँ पर किसी का क़ब्ज़ा नहीं है। आजकल तो होमगार्डों की ही सरकार है। यहाँ के सारे रहनेवाले रात को शहर की गश्त करते हैं। मगर तुम कौन हो?" सर्गेई ने पूछा।

घुड़सवार मुस्कराया और बोला, "देखो अभी से बहुत ज़्यादा जानने की कोशिश मत करो—सब बात अभी से जान जाओगे तो जल्दी बूढ़े हो जाओगे।"

पावेल एक मग्गे में पानी लिये घर से भागता हुआ आया।

घुड़सवार ने एक घूँट में मग्गे को ख़ाली कर दिया और उसे वापस पावेल को पकड़ा दिया। इसके बाद लगाम को झटका देते हुए वह तेज़ी से चीड़ के जंगलों की तरफ़ निकल गया।

पावेल ने क्लिम से पूछा, "वह कौन था?"

क्लिम ने कन्धे उचकाते हुए जवाब दिया, "मुझे क्या मालूम!"

"लगता है कि फिर सरकार में रद्दोबदल होगी। इसीलिए लेशचिन्स्की परिवार कल ही यहाँ से चला गया। अगर अमीर लोग भाग रहे हैं, तो इसका मतलब होता है कि छापेमार आ रहे हैं।" सर्गेई ने ऐलान किया, और दृढ़ता के साथ इस राजनीतिक सवाल को यूँ हल कर दिया जैसे अब उसमें और कुछ कहने-सुनने को बाक़ी न रह गया हो।

इस बात का तर्क इतना प्रबल था कि पावेल और क्लिम को झट विश्वास हो गया और उन्होंने फ़ौरन सर्गेई की बात मान ली।

अभी इन लड़कों की बहस खतम भी नहीं हुई थी कि बड़ी सड़क से आती हुई घोड़ों की टापों की आवाज़ सुनकर वे तीनों फिर दौड़कर बाड़ी के पास आ गए।

उधर जंगल के हाकिम के बँगले के पास, जो पेड़ों की झुरमुट में इस तरह छिपा हुआ था कि मुश्किल से ही दिखाई देता था, उन्होंने जंगल में से आदमियों और गाड़ियों को निकलते देखा और निकटतर, बड़ी सड़क पर, उन्होंने लगभग पन्द्रह घुड़सवारों के एक दल को देखा जिनके घोड़ों की काठी से राइफ़लें लटक रही थीं। घुड़सवारों के आगे-आगे एक अधेड़ आदमी अपने घोड़े पर सवार चला आ रहा था। वह ख़ाकी फ़ौजी कोट पहने और अफ़सरों का कमरबन्द लगाए हुए था। दूरबीन उसके गले से लटक रही थी। उस आदमी के ठीक पीछे था वह

जिससे अभी-अभी लड़कों की बात हुई थी। उस अधेड़ आदमी के सीने पर एक लाल फीता टँका हुआ था।

सर्गेई ने पावेल की पसली में उँगली गड़ाते हुए कहा, "मैंने क्या कहा था तुमसे? उस लाल फीते को देखते हो? ये लोग छापेमार हैं, चाहे शर्त बद लो...।" और ख़ुशी से नाचते हुए वह कूदकर बाड़ी के पार सड़क पर जा खड़ा हुआ।

दूसरों ने भी ऐसा ही किया और तीनों सड़क के किनारे खड़े हो गए और ग़ौर से अपने क़रीब आते घुड़सवारों को देखते रहे।

जब ये घुड़सवार काफ़ी पास आ गए, तब उस आदमी ने जिससे उनकी मुलाक़ात पहले हो चुकी थी, उनको इशारा किया और लेशचिन्स्की के मकान को अपनी चाबुक़ से दिखलाते हुए पूछा :

"उसमें कौन रहता है?"

पावेल घुड़सवार के संग-संग चलने लगा।

"लेशचिन्स्की वकील। वह कल भाग गया। ज़रूर आप लोगों का डर लगा होगा उसे...।"

"तुम्हें क्या मालूम कि हम लोग कौन हैं?" अधेड़ आदमी ने मुस्कराते हुए पूछा।

पावेल ने फीते की ओर इशारा करते हुए कहा, "क्यों, वह क्या है? कोई भी बतला सकता है...।"

शहर में दाख़िल होती हुई फ़ौजी टुकड़ी को देखने के लिए कुतूहल के मारे लोगों की भीड़ सड़क पर जमा हो गई। हमारे ये तीन नौजवान दोस्त भी इन गर्द से ढके हुए, थककर चूर लाल सैनिकों को वहाँ से गुज़रते हुए देखते रहे। और जब उस टुकड़ी की अकेली तोप और मशीनगनों की गाड़ियाँ सड़क के पत्थर पर आवाज़ करती हुई आगे बढ़ीं तो लड़कों की क़तारें भी छापेमारों के पीछे हो लीं और लोग तब तक अपने घर नहीं गए जब तक कि यह टुकड़ी शहर के बीचोबीच रुक नहीं गई और सिपाहियों को लोगों के घरों पर ठहराने का काम शुरू नहीं हो गया।

उस शाम को लेशचिन्स्की के मकान में, उसके लम्बे-चौड़े बैठकखाने में उस नक़्क़ाशीदार पायोंवाली लम्बी-चौड़ी मेज़ के इर्द-गिर्द चार लोग बैठे हुए थे : टुकड़ी के कमांडर कामरेड बुल्गाकोव, जो एक अधेड़ आदमी थे और जिनके बाल पकने शुरू हो गए थे और उनके तीन सहायक।

बुल्गाकोव ने उस सूबे का नक़्शा मेज़ पर फैला रखा था और उनकी उँगलियाँ उस पर चल रही थीं।

"कामरेड एरमाचेंको, तो तुम्हारा कहना यह है कि हम लोग इस जगह पर पैर जमाएँ," उन्होंने अपने सामने बैठे हुए उस आदमी को सम्बोधित करते हुए कहा जिसके गाल की हड्डियाँ बहुत चौड़ी और दाँत बहुत मज़बूत थे। "मगर मेरा तो ख़याल है कि सवेरे ही हमें यहाँ से चल देना चाहिए। रात ही को चल दें तो और

अच्छा हो। मगर वह शायद मुमकिन न हो, हमारे जवानों को आराम की ज़रूरत है। हमारा काम है जर्मनों के यहाँ पहुँचने के पहले ख़ुद पीछे हटकर कज़ातिन पहुँच जाना। अपनी मौजूदा ताक़त से उनका मुक़ाबला करना बेवक़ूफ़ी की बात होगी। एक तोप और तीस गोले, दो सौ पैदल सिपाही और साठ घुड़सवार। जबकि जर्मन लोग फ़ौलाद का एक पहाड़ लेकर आगे बढ़ रहे हैं। जब तक हम लोग पीछे हटती हुई दूसरी लाल टुकड़ियों के संग मिल नहीं जाते, तब तक हम मोर्चा नहीं ले सकते। इसके अलावा कामरेड, हमको यह भी याद रखना चाहिए कि जर्मनों के अलावा दूसरे क्रान्ति-विरोधी दस्ते भी होंगे जिनका मुक़ाबला हमें करना होगा। मेरा प्रस्ताव है कि हम लोग कल सवेरे स्टेशन के उस पार वाले रेलवे पुल को उड़ाने के बाद पीछे हट जाएँ। उसकी मरम्मत करने में जर्मनों को दो-तीन दिन लग जाएँगे और इस बीच रेलवे लाइन से उनका आगे बढ़ना रुक जाएगा। क्यों, तुम्हारा क्या ख़याल है साथियो? हम लोगों को ही निश्चय करना है...।" इतना कहकर वह मेज़ के चारों ओर बैठे हुए दूसरे लोगों की ओर देखने लगे।

स्त्रुजकोव, जो बुल्गाकोव के ठीक सामने बैठा हुआ था, अपने होंठों को चूस रहा था, उसने पहले नक़्शे को और फिर बुल्गाकोव को देखा और अन्त में अपनी राय दी :

"मैं बुल्गाकोव से सहमत हूँ।"

उनमें जो सबसे कम उमर का आदमी था और जो मज़दूरों के कपड़े पहने हुए था, उसने भी अपनी सहमति प्रकट की। बोला :

"बुल्गाकोव ठीक कहते हैं।"

लेकिन एरमाचेंको ने सिर हिलाया। एरमाचेंको वही आदमी था जिसने लड़कों से पहले बात की थी।

"अगर यही था तो हम लोगों ने फिर टुकड़ी बनाई ही क्यों? बिना लड़े जर्मनों को पीठ दिखाने के लिए? मैं समझता हूँ कि हम लोगों को इसी जगह पर जर्मनों से मोर्चा लेना चाहिए। भागते-भागते मैं तो थक गया। अगर मुझे तय करना हो तो मैं ज़रूर इसी जगह पर उनसे मोर्चा लूँ...।" उसने तेज़ी से अपनी कुरसी पीछे को सरकाई, उठा और कमरे में टहलने लगा।

बुल्गाकोव ने असहमति प्रकट करते हुए उसकी ओर देखा।

"एरमाचेंको! हमको अपनी अक़्ल से काम लेना चाहिए। हम अपने आदमियों को किसी ऐसी लड़ाई में नहीं झोंक सकते जिसका अन्त हार और तबाही में हो। यह भारी बेवक़ूफ़ी की बात होगी। हमारे ठीक पीछे बड़ी-बड़ी तोपें और बख़्तरबन्द गाड़ियों की एक पूरी डिवीजन है...कामरेड एरमाचेंको, यह लड़कपन का वक़्त नहीं है कि हम झूठ-मूठ बहादुरी दिखलाएँ...।" दूसरों की ओर मुड़ते हुए उसने बात जारी रखी, "अच्छा तो यह तय हो गया; कल सवेरे हम लोग यहाँ से जा

रहे हैं...और अब आइए अगले सवाल को तय करें। दूसरी फ़ौजी टुकड़ियों के साथ अपना सम्बन्ध क़ायम करने का सवाल है।...चूँकि हम लोग इस जगह को छोड़नेवाले आख़िरी लोग हैं, इसलिए यहाँ जर्मन पाँतों के पीछे काम के संगठन की ज़िम्मेदारी हमारी है। यह बहुत बड़ा रेलवे जंक्शन है और शहर में दो स्टेशन हैं। रेलवे के काम को जारी रखने के लिए हमें एक बहुत भरोसे का कामरेड चाहिए। हमको यहीं पर फ़ैसला करना होगा कि काम को शुरू करने के लिए हम किसको पीछे छोड़ जाएँ। क्या तुम्हारे ज़ेहन में कोई आदमी है?

एरमाचेंको ने मेज़ के पास आते हुए कहा, "मेरा ख़याल है कि मल्लाह फियोदोर जुखराई को यहाँ पर रहना चाहिए। पहली बात तो यह कि वह यहीं के आदमी हैं। दूसरी बात यह कि वह फिटर और मेकैनिक हैं और उनको स्टेशन पर काम मिल सकता है। और किसी ने फियोदोर को हमारी टुकड़ी के साथ देखा भी नहीं है। आज रात को वह यहाँ पर आएँगे। वह काफ़ी समझदार आदमी हैं और काम को अच्छी तरह चला सकेंगे। मैं समझता हूँ कि इस काम के लिए वही सबसे माक़ूल आदमी हैं।"

बुल्गाकोव ने हामी भरते हुए सिर हिलाया : "ठीक है, मैं तुमसे सहमत हूँ एरमाचेंको। साथियो, किसी को कोई आपत्ति तो नहीं है?" उन्होंने दूसरों की ओर मुड़ते हुए पूछा। "कोई नहीं। तो यह मामला भी तय। हम लोग जुखराई के लिए कुछ पैसा छोड़ जाएँगे और कुछ परिचय-पत्र जिनकी उसको ज़रूरत पड़ेगी...। अच्छा, अब तीसरा और आख़िरी सवाल साथियो! इस शहर में जो हथियार जमा हैं, उनका क्या हो? यहाँ पर हथियारों का अच्छा-ख़ासा स्टॉक है, बीस हज़ार राइफ़लें, जो ज़ार के ख़िलाफ़ लड़ाई के वक़्त यहाँ पर छूट गई थीं और जिनके बारे में सब लोग भूल चुके हैं। वे सब एक किसान के शेड में जमा हैं। शेड के मालिक ने यह ख़त मुझे लिखा है। वह जल्दी ही उनसे अपना पीछा छुड़ाना चाहता है। हम लोग ख़ामख़ा जर्मनों के लिए उनको नहीं छोड़ जाएँगे। मेरी राय में उनको आग लगा देनी चाहिए, और फ़ौरन, ताकि सवेरे तक यह काम खतम हो जाए। डर सिर्फ़ इस बात का है कि आग कहीं आस-पास के मकानों तक न फैल जाए। ग़रीब किसान शहर के एक छोर पर रहते हैं।"

स्त्रुजकोव अपनी कुरसी में हिला। वह बहुत मज़बूत, पुख़्ता आदमी था और उसके चेहरे पर जंगल की तरह दाढ़ी उगी हुई थी, क्योंकि एक अरसे से उसने उस्तरे की शक़्ल नहीं देखी थी।

"मगर राइफ़लों में आग क्यों लगाई जाए? मेरी राय में तो उन्हें लोगों में बाँट देना चाहिए।"

बुल्गाकोव तेज़ी से उसकी ओर मुड़ा : "क्या कहा तुमने, बाँट देना चाहिए?"

एरमाचेंको ने बड़े उत्साह के साथ उस बात की तसदीक़ करते हुए कहा,

"सचमुच बहुत अच्छा ख़याल है। हमें उनको मज़दूरों को दे देना चाहिए; और भी जो लोग लेना चाहें उन सबको। जब जर्मन उनकी ज़िन्दगी दूभर कर देंगे उस वक़्त उनके पास पलटकर हमला करने के लिए कुछ होगा तो। लाज़िमी बात है कि वे लोगों को ज़्यादा से ज़्यादा सताएँगे। और, जब यह चीज़ लोगों की बरदाश्त से बाहर हो जाएगी तो प्रतिकार के लिए उनके पास ये हथियार होंगे। स्त्रुजकोव ठीक कहता है; राइफ़लें ज़रूर बाँट देनी चाहिए। उनमें से कुछ को गाँव में ले जाना भी बुरा नहीं होगा। किसान उन्हें छिपाकर रख सकेंगे और जब जर्मन सभी कुछ हथियाने लगेंगे, उस वक़्त राइफ़लें बहुत कारगर साबित होंगी।"

बुल्गाकोव मन-ही-मन मुस्कराया।

"बात तो तुम लोग ठीक कहते हो। मगर भूलो मत कि जर्मन ज़रूर यह हुक्म निकालेंगे कि सारे हथियार जमा कर दिये जाएँ और फिर सभी उनकी आज्ञा का पालन करेंगे।"

एरमाचेंको ने आपत्ति की, "सब ऐसा नहीं करेंगे। कुछ लोग करेंगे, और बहुत से लोग नहीं करेंगे।"

बुल्गाकोव ने मेज़ के इर्द-गिर्द बैठे लोगों को प्रश्न करती हुई आँखों से देखा।

"मैं राइफ़लों को बाँट देने के पक्ष में हूँ," जवान मज़दूर ने भी एरमाचेंको और स्त्रुजकोव की बात का समर्थन किया।

बुल्गाकोव मान गया। "अच्छा तो यह बात भी तय हो गई," अपनी कुरसी से उठते हुए उसने कहा, "इस वक़्त तो इतने ही सवाल थे। अब हम लोग सवेरे तक आराम कर सकते हैं। जुखराई आए तो उसे मेरे पास भेजना, मैं उससे बात करना चाहता हूँ। एरमाचेंको, तुम जाकर ज़रा सन्तरियों की चौकियाँ देख लो।"

जब सब चले गए तो बुल्गाकोव बैठकखाने के बग़ल में सोने के कमरे में गया, गद्दे पर उसने अपना बरानकोट फैलाया और लेट रहा।

दूसरे रोज़ सुबह पावेल बिजलीघर से अपने घर लौट रहा था। वह पिछले एक साल से वहाँ फ़ायरमैन के मददगार के रूप में काम कर रहा था।

उसे फ़ौरन पता चल गया कि आज शहर में असाधारण खलबली है। जैसे-जैसे वह आगे बढ़ता गया, उसे और-और लोग मिलते गए जो एक, दो और कोई-कोई तो तीन-तीन राइफ़लें लिये चले जा रहे थे। उसकी समझ में नहीं आया कि हो क्या रहा है। वह तेज़ी से अपने घर की ओर लपका। लेशचिन्स्की के बाग़ीचे के सामने उसे कल के अपने परिचित लोग मिले। ये लोग अपने घोड़ों पर सवार हो रहे थे।

पावेल भागकर घर के अन्दर आ गया, जल्दी-जल्दी मुँह-हाथ धोया और माँ से यह मालूम करके कि आर्तेम अब तक घर नहीं लौटा है, फिर तेज़ी से बाहर निकल गया और जल्दी-जल्दी सर्गेई ब्रुजाक के घर की ओर चल दिया जो कि शहर के दूसरे छोर पर था।

सर्गेई का पिता इंजन ड्राइवर का सहायक था और उसका अपना एक छोटा-सा मकान और थोड़ी-सी ज़मीन थी।

सर्गेई घर में नहीं था और उसकी माँ ने, जो एक मोटी-सी पीले चेहरे की स्त्री थी, पावेल को अरुचि की निगाहों से देखा।

"पता नहीं वह कहाँ है! सवेरे-सवेरे जो पहली चीज़ उसने की वह यही थी कि ऐसे भाग निकला जैसे भूत सवार हो। कहता था, कहीं पर राइफ़लें बँट रही हैं। मेरा ख़याल है वहीं गया होगा। तुम सब जो चपटी-चपटी नाक वाले योद्धा हो न, उनको ज़रूरत इस बात की है कि उनकी ज़रा अच्छी तरह कुन्दी की जाए, बिलकुल कहे में नहीं रहे अब तुम लोग। चले राइफ़लों के पीछे। तुम उस आवारे को बतला देना कि अगर घर में एक भी कारतूस लाया तो उसकी खाल उधेड़ दूँगी। कौन जाने वह क्या उठा लाए और फिर मुझको तो उसकी जवाबदेही करनी पड़ेगी। तू भी तो कहीं उसी जगह नहीं जा रहा, क्यों?"

अभी सर्गेई ब्रुजाक की बातूनी माँ अपनी बात खतम भी न कर पाई थी कि पावेल उधर सड़क पर दौड़ता चला जा रहा था।

बड़ी सड़क पर उसे एक आदमी मिला जो दोनों कन्धों पर एक-एक राइफ़ल लिये हुए था। पावेल भागकर उस आदमी के पास पहुँचा।

"काका! काका! ज़रा मुझे भी बता दो कि ये कहाँ से मिली है?"

"वहाँ वेर्खोवीना में लोग बाँट रहे हैं।"

पावेल जितनी तेज़ी से दौड़ सकता था, दौड़ चला। दो सड़कें पार करने पर एक दूसरे लड़के से टकरा गया जो एक भरी-सी संगीन लगी राइफ़ल घसीटता आ रहा था। पावेल ने उसको टोका :

"तुम्हें यह बन्दूक़ कहाँ से मिली?"

"वहाँ स्कूल के सामने फ़ौजवाले बाँट रहे हैं मगर अब एक भी नहीं बची। सब खतम। रात-भर बाँटते रहे और अब तो सिर्फ़ ख़ाली बक्से रह गए हैं। यह मेरी दूसरी है।" लड़के ने गर्व के साथ बतलाया।

इस ख़बर से पावेल को गहरी निराशा हुई।

सोचते-सोचते उसका मन तीखेपन से भर उठा : "छिः, मैं भी कितना बेवक़ूफ़ हूँ। मुझे सीधे वहीं जाना चाहिए था। मैं कैसे गफलत कर गया?"

एकाएक उसके मन में एक विचार आया। घूमकर उसने दो-तीन छलाँगों में उस लड़के को जा पकड़ा और उसके हाथ से राइफ़ल छीन ली।

"तुम्हारे लिए एक काफ़ी है। यह मेरी है।" उसने अधिकार के स्वर में कहा।

दिन-दहाड़े इस डकैती से ग़ुस्सा होकर वह लड़का पावेल पर टूट पड़ा। मगर पावेल कूदकर पीछे हट गया और अपने दुश्मन की ओर संगीन साधकर ज़ोर से चिल्लाया :

"ज़रा सँभलकर रहना नहीं तो चोट खा जाओगे।"

वह लड़का खीज के मारे रोने लगा और बेबस ग़ुस्से में बकता-झकता भाग गया। अपने से बेहद ख़ुश पावेल ठाठ से घर आया, छलाँग लगाकर बाड़ी को पार करते हुए भागकर शेड में गया, ऊपर चढ़कर अपनी यह दौलत छत की बल्लियों पर टिकाकर रख दी और ख़ुशी से सीटी बजाता हुआ घर के अन्दर दाख़िल हुआ।

उक्रेन की गरमी की शामें बड़ी प्यारी होती हैं शेपेतोवका जैसे छोटे शहरों में, जो कि सच पूछिए तो मुफ़स्सिल के गाँवों जैसे होते हैं। गरमी की ये स्तब्ध रातें तमाम नौजवानों को जैसे अपने जादू से घर के बाहर आने पर मजबूर कर देती हैं। आप उनको टोलियों में और जोड़ों में देख सकते हैं—मकानों के सायबानों में, घर के सामने की छोटी-सी बग़िया में, या सड़क के किनारे पड़ी हुई इमारती लकड़ी के ढेरों पर आराम के साथ बैठे हुए। उनकी ख़ुशी से उबलती हुई हँसी और गाने शाम की निस्तब्धता में गूँजते रहते हैं।

हवा फूलों की ख़ुशबू से भारी है और काँप रही है। आसमान की गहराइयों में नन्हे-नन्हे तारे चमक रहे हैं और आवाज़ें हवा के पंखों पर दूर-दूर जा रही हैं...

पावेल को अपने अकार्डियन[1] से बहुत प्यार था। वह उस सुरीले बाजे को बहुत प्यार से अपने घुटनों पर लिटा लेता और उसके परदों की दोनों पंक्तियों पर बड़ी कोमलता से अपनी उँगलियों को ऊपर-नीचे दौड़ाने लगता। और कभी एक भारी आह और कभी उमंग और ख़ुशी के संगीत का इन्द्रधनुषी झरना उससे...

जब धौंकनी चल रही हो और अकार्डियन में से नरम-नरम संगीत, पागल कर देनेवाले सुर निकल रहे हों, तब भला कोई चुप कैसे बैठ सकता है। इसके पहले कि आप जानें कि क्या हो रहा है, आपके पैर उस संगीत का आदेश मानकर नाचने लग जाते हैं। आह, ज़िन्दगी भी कितनी अच्छी चीज़ हैं, कितनी प्यारी, कितनी सुन्दर!

आज की शाम ख़ास तौर से ख़ुशी में डूबी हुई है। पावेल के मकान के सामने लकड़ी के मोटे-मोटे कुन्दों का जो ढेर है, उस पर नौजवानों और नवयुवतियों की एक भीड़ इकट्ठी है। और उनमें भी सबसे ज़्यादा मस्ती में है गालोचका, पावेल

1. एक तरह का बाजा। —अनु.

के बग़ल के मकानवाले राजमिस्त्री की लड़की। गालोचका को लड़कों के संग नाचना-गाना बहुत ही अच्छा लगता है। उसकी अच्छी बुलन्द आवाज़ बहुत गहरी, मख़मली और मीठी है।

पावेल को उससे थोड़ा डर लगता है। वजह यह है कि गालोचका ज़बान की तेज़ है। वह पावेल के बग़ल में बैठ जाती और हँसते हुए अपनी बाँह उसके गले में डाल देती है।

कहती है, "कितने सजते हो तुम इस अकार्डियन के साथ! सचमुच बड़े दुख की बात है कि तुम अभी ज़रा छोटे हो, वरना तुमसे अच्छा आदमी मेरे लिए दूसरा न होता। मैं अकार्डियन बजानेवाले आदमियों पर जान देती हूँ। उनके सामने मेरा यह नन्हा दिल जैसे पिघल जाता है।"

पावेल लाज के मारे लाल पड़ जाता है—ग़नीमत है कि बहुत अँधेरा है और कोई देख नहीं सकता। वह उस चंचल छोकरी से दूर खिसक जाता है, मगर वह उसका पीछा छोड़नेवाली नहीं।

वह हँसते हुए कहती है, "प्यारे, अब क्या तुम मुझे छोड़ के भाग जाना चाहते हो, कैसे बेदर्द हो! तुम तो लड़कियों को भी मात करते हो।"

उसकी अच्छी कसी हुई छातियाँ पावेल के कन्धे से छू जाती हैं और वह एक अजीब ढंग से, अनायास अपने को आन्दोलित होता महसूस करता है, और टोली के दूसरे लोगों की ज़ोरदार हँसी ख़ामोशी को तोड़ती है, जो कि उस गली की हमेशा की साथिन है।

पावेल ने उसके कन्धे को हल्का सा धक्का देते हुए कहा, "ज़रा सरककर बैठो न, मुझे बजाने में दिक़्क़त होती है।"

इस पर हँसी का एक कहकहा फूट पड़ता है, मज़ाक़ों के नये तीर छूटने लगते हैं।

मरुसिया पावेल की रक्षा करती है, "कोई दर्दीली चीज़ बजाओ पावेल, जो दिल के तारों को खींचकर झनझना दे।"

अकार्डियन की धौंकनी धीरे-धीरे फैलती है। पावेल की उँगलियाँ बड़ी नरमी और बड़े प्यार से परदों को सहलाती हैं और एक बहुत जानी-पहचानी और सबकी प्यारी धुन हवा में भर उठती है। सबसे पहले गालीना गाना शुरू करती है, फिर मरुसिया और फिर बाक़ी सब :

एक जगह पर जमा हुए मल्लाह सभी मस्ताने
कितने अच्छे, कितने मीठे लगते दुख के गाने...

गानेवालों की गूँजती हुई जवान आवाज़ें हवा की लहरों पर दूर जंगलों तक पहुँच रही थीं।

"पावका"—यह आर्तेम की आवाज़ थी।

पावेल ने अपने अकार्डियन की धौंकनी दबाकर उसकी हवा निकाली और फीता लगा दिया।

"घर पर लोग मुझे बुला रहे हैं। मुझे जाना होगा।"

मरुसिया ने रुकने के लिए आग्रह करते हुए कहा, "उँह, जाना, मगर थोड़ी देर और बजाओ। ऐसी जल्दी तुम्हें किस बात की है?"

मगर पावेल जाने का निश्चय कर चुका था।

"नहीं, अब और नहीं रुक सकता। कल फिर और गाना-बजाना करेंगे, मगर अब तो मुझे जाना ही होगा। आर्तेम बुला रहा है।" यह कहते हुए वह दौड़कर सड़क के उस पार अपने छोटे-से मकान में घुस गया।

उसने दरवाज़ा खोला और कमरे में आर्तेम के अलावा और भी दो आदमियों को पाया जिनमें से एक आर्तेम का दोस्त रोमान था और दूसरे को पावेल नहीं जानता था। वे सब मेज़ के सामने बैठे थे।

पावेल ने पूछा, "तुमने मुझे बुलाया?"

आर्तेम ने सिर हिलाकर हामी भरी और उस नये आदमी की तरफ़ मुड़ते हुए कहा :

"यही मेरा भाई है, जिसके बारे में अभी हम लोग बातें कर रहे थे।"

उस नये आदमी ने अपना गठीला हाथ पावेल की तरफ़ बढ़ाया।

आर्तेम ने भाई से कहा : "सुनो पावका, तुमने मुझे बतलाया था कि बिजलीघर का इलेक्ट्रीशियन बीमार है। अब मैं चाहता हूँ कि तुम कल पता लगाओ कि उन्हें उस आदमी की जगह क्या किसी दूसरे आदमी की ज़रूरत है। अगर हो तो तुम आकर मुझे बतलाना।"

उस नये आदमी ने आर्तेम को टोकते हुए कहा : "नहीं, उसकी कोई ज़रूरत नहीं। ज़्यादा अच्छा होगा कि मैं ही ख़ुद इसके साथ चला जाऊँ और बड़े साहब से बातें कर लूँ।"

"यह भी कोई पूछने की बात है। ज़रूरत तो उन्हें होगी ही। आज बिजलीघर सिर्फ़ इसलिए बन्द रहा कि स्टेंकोविच बीमार है। बड़े साहब दो बार आए—उन्हें बड़ी तलाश थी ऐसे आदमी की जो उसकी जगह ले सके। मगर कोई मिला नहीं। सिर्फ़ एक फ़ायरमैन के भरोसे बिजलीघर चालू करने में उन्हें डर मालूम हुआ। इलेक्ट्रीशियन को टाइफस[1] हुआ है।"

उस नये आदमी ने पावेल से कहा, "अच्छा तो बात तय हो गई। मैं कल तुम्हारे पास आऊँगा और फिर हम लोग साथ चलेंगे।"

"अच्छा।"

पावेल की आँखें उस नये आदमी की शान्त भूरी आँखों से मिलीं। वह ग़ौर

1. एक तरह का बुखार। —अनु.

से पावेल को देख रहा था। उसकी दृढ़ अपलक दृष्टि से पावेल को उलझन-सी महसूस हुई। आगन्तुक भूरे रंग का एक कोट पहने था जिसके बटन ऊपर से नीचे तक बन्द थे—ज़ाहिर था, कोट उसके लिए ज़रूरत से ज़्यादा चुस्त था क्योंकि उसकी मज़बूत चौड़ी पीठ पर की सीवनें बहुत तनी हुई और उधड़ने के क़रीब थीं। उसके सिर और कन्धों को जोड़नेवाली चीज़ थी उसकी बैल की जैसी, मोटी, कसी हुई गर्दन। उसके पूरे शरीर को देखकर किसी पुराने शाहबलूत के दरख़्त की मज़बूती का ख़याल आता था।

आर्तेम ने दरवाज़े तक उनको पहुँचाते हुए कहा, "अच्छा जुखराई, सलाम, खुदा तुम्हें कामयाब करे। कल तुम मेरे भाई के साथ जाना और वहाँ उस नौकरी को ठीक कर लेना।"

इस टुकड़ी के जाने के तीन दिन बाद जर्मन शहर में दाख़िल हुए। उनके आने की घोषणा काफ़ी दिनों से उजाड़ स्टेशन के एक इंजन की सीटी ने की।

क़स्बे-भर में ख़बर फैल गई कि जर्मन आ रहे हैं।

क़स्बे में छेड़े गए दीमक के भिटे जैसी खलबली थी, क्योंकि गो शहरवाले कुछ दिनों से जानते थे कि जर्मन आनेवाले हैं, तब भी उन्हें जैसे इस बात का यक़ीन न आता था। और अब वे ही भयानक जर्मन रास्ते में नहीं, बल्कि यहीं, इसी क़स्बे में थे।

क़स्बेवाले अपने बाग़ीचों की बाड़ियों और छोटे-छोटे लकड़ी के फाटकों की हिफ़ाज़त में लगे हुए थे। उन्हें बाहर सड़क पर निकलने में डर लगता था।

बड़ी सड़क के दोनों तरफ़ एक-एक की क़तार में मार्च करते हुए जर्मन आए। वे हल्के जैतूनी रंग की वरदी पहने हुए थे और अपनी राइफ़लें साधे चल रहे थे। उनकी राइफ़लों में चौड़े छुरे जैसी संगीनें लगी हुई थीं। वे भारी-भारी लोहे के टोप लगाए थे और उनकी पीठ पर बड़े-बड़े फ़ौजी थैले लटके थे। एक अनन्त प्रवाह के रूप में वे स्टेशन से क़स्बे में आए। वे सतर्क होकर चल रहे थे और किसी भी हमले का जवाब देने के लिए बिलकुल मुस्तैद थे, गोकि उन पर हमला करने की बात किसी की कल्पना में भी न की थी।

आगे-आगे माउजर[1] हाथ में लिये दो अफ़सर चल रहे थे। सड़क के बीचोबीच दुभाषिया चल रहा था। यह दुभाषिया हेटमैन के नीचे काम करनेवाला एक सार्जेंट-मेजर था जो नीले रंग का उक्रेनी कोट पहने था और ऊँची-सी फर की टोपी लगाए था।

शहर के बीचोबीच चौक में जर्मन क़तार बाँधकर खड़े हो गए। नगाड़े बज

1. एक तरह का पिस्तौल। —अनु.

रहे थे। क़स्बे के कुछ अधिक साहसी लोगों की छोटी-सी भीड़ इकट्ठा हो गई थी। उक्रेनी कोट पहने हुए हेटमैन का वह आदमी दवाइयों की दूकान से सायबान पर चढ़ गया और वहाँ से उसके कमांडेंट मेजर कार्फ का जारी किया हुआ हुक्मनामा ज़ोर-ज़ोर से पढ़ना शुरू किया :

मैं हुक्म जारी करता हूँ कि :

(1) शहर के सारे लोग चौबीस घंटे के अन्दर-अन्दर सारी बन्दूक़ें और दूसरे ख़तरनाक हथियार जो उनके पास हों, जमा कर दें। जो इस हुक्म को नहीं मानेगा उसे गोली मार दी जाएगी।

(2) शहर में मार्शल लॉ जारी किया जाता है और लोगों को मनाही की जाती है कि आठ बजे रात के बाद सड़कों पर न निकलें।

मेजर कार्फ, शहर कमांडेंट

पहले जिस इमारत में म्युनिसिपैलिटी और क्रान्ति के बाद सोवियत शासन का केन्द्र था, उसी में जर्मन कमांडेंट ने अपना क्वार्टर क़ायम किया। इमारत के फाटक पर एक सन्तरी तैनात था जो सिर पर लोहे का टोप लगाए था। इस टोप पर जर्मनी का राजचिह्न, एक बड़ा-सा गिद्ध बना हुआ था। उसी इमारत के पीछे वह मालगोदाम था जहाँ शहरवालों को अपने हथियार जमा करने थे।

गोली मारे जाने के डर के मारे सारे दिन शहरवालों ने अपने हथियार ला-लाकर जमा किये। अधेड़ उमरवाले लोग तो आए नहीं; हथियार लाकर वापस किये नौजवानों और बच्चों ने। जर्मनों ने किसी को पकड़ा नहीं।

जो लोग ख़ुद नहीं आना चाहते थे, वे रात को अपने हथियार सड़क पर फेंक गए। सवेरे जर्मन सिपाहियों ने उन्हें बटोर लिया, अपनी फ़ौजी गाड़ी में लादा और कमांडेंट के दफ़्तर ले गए।

एक बजे दोपहर, जब हथियार जमा करने की मियाद खतम होती थी, जर्मन सिपाहियों ने बन्दूक़ों की गिनती शुरू की। चौदह हज़ार राइफ़लें। इसका मतलब हुआ कि छह हज़ार नहीं जमा की गईं। उनके लिए उन्होंने बड़ी ज़बरदस्त तलाशियाँ लीं। मगर कुछ ख़ास माल बरामद नहीं हुआ।

दूसरे रोज़ सवेरे दो रेलवे मज़दूरों को, जिनके घर में छिपाई हुई राइफ़लें पाई गईं, शहर के बाहर पुराने यहूदी क़ब्रिस्तान के पास गोली मार दी गई।

कमांडेंट के हुक्म के बारे में सुनते ही आर्तेम बड़ी तेज़ी से घर की ओर चला। बाहर हाते में ही पावेल मिल गया। उसका कन्धा पकड़ते हुए उसने धीरे-से, मगर मज़बूत

आवाज़ में, पावेल से पूछा : "तुम भी कोई हथियार घर लाए थे?"

पावेल का इरादा राइफ़ल के बारे में किसी को कुछ बतलाने का नहीं था, मगर अपने भाई से ही कैसे झूठ बोलता। साफ़-साफ़ सब बात बता दी।

दोनों साथ-साथ शेड में गए। आर्तेम ने बल्ली पर से, जहाँ वह छिपाकर रखी गई थी, राइफ़ल को उतारा। उसके बोल्ट और संगीन को अलग किया और बन्दूक़ की नली पकड़कर अपनी पूरी ताक़त से एक खम्भे पर उसको दे मारा। बन्दूक़ का कुन्दा चूर-चूर हो गया। और फिर उस राइफ़ल का अवशेष बाग़ीचे के उस पार, दूर घूरे में फेंक दिया गया। संगीन और बोल्ट को आर्तेम ने संडास में डाल दिया।

इस काम को खतम करके आर्तेम अपने भाई की तरफ़ मुड़ा।

"अब तुम बच्चे नहीं रहे पावका, और तुम्हें समझना चाहिए कि बन्दूक़ों के संग खिलवाड़ नहीं किया जा सकता। तुम्हें घर के अन्दर ऐसी कोई चीज़ नहीं लानी चाहिए। यह बहुत ही ख़तरनाक बात है। आजकल ऐसी चीज़ के लिए तुम्हें अपनी जान तक की क़ीमत अदा करनी पड़ सकती है। और देखो, कोई चालबाज़ी करने की भी कोशिश न करना, क्योंकि अगर ऐसी कोई चीज़ घर लाए और उनको पता चल गया तो सबसे पहले मुझको गोली मारी जाएगी। तुम्हारे जैसे छोकरों को वे हाथ नहीं लगाएँगे। अच्छी तरह समझ लो यह बहुत ही बुरा ज़माना है, बहुत ही बुरा।"

पावेल ने वादा किया।

हाता पार करके जब दोनों भाई घर के अन्दर जा रहे थे, तब एक गाड़ी लेशचिन्स्की के फाटक पर रुकी और उसमें से वह वकील और उसकी बीवी और दो बच्चे, नेली और विक्टर, बाहर निकले।

आर्तेम उनको देखकर ग़ुस्से में बड़बड़ाया, "अच्छा तो ये नाज़ुक चिड़ियाँ अपने घोंसले पर वापस आ गईं। अब असल तमाशा शुरू होगा। ख़ुदा ग़ारत करे इन हरामज़ादों को!" कहते हुए वह अन्दर चला गया।

सारा दिन पावेल उस राइफ़ल के बारे में सोच-सोचकर दुखी होता रहा। इसी बीच उसका दोस्त सर्गेई, एक पुराने वीरान शेड में, दीवार के पास, ज़मीन में गड्ढा खोदने में जी-जान से लगा हुआ था। आख़िर गड्ढा तैयार हो गया। उसके अन्दर सर्गेई ने तीन चमचमाती हुई नई राइफ़लों को अच्छी तरह चीथड़ों में लपेटकर रख दिया। उसको भी ये राइफ़लें उसी वक़्त मिली थीं जब लाल सेना ने जनता को राइफ़लें बाँटी थीं। उसका इरादा उनको जर्मनों के हवाले करने का क़तई नहीं था। रात-भर उसने उनको हिफ़ाज़त के साथ छिपाने के लिए कड़ी मेहनत की थी।

उसने गड्ढे को पाट दिया; पैर से दाब-दाबकर मिट्टी को बराबर कर दिया और फिर उसके ऊपर बहुत से कूड़े-कचरे का ढेर लगा दिया। अपनी मेहनत के नतीजे को बहुत बारीकी से एक आलोचक की तरह उसने देखा। उसे सन्तोष हुआ। उसने टोपी उतारी और माथे का पसीना पोंछा।

"अब ढूँढ़ने दो उनको, देखें कैसे पाते हैं। मान लो पा भी जाएँ तो यह नहीं जान सकते कि किसने इनको यहाँ रखा। यह शेड तो लावारिस है।"

पावेल और उस गम्भीर चेहरेवाले इलेक्ट्रीशियन में अनजाने में ही धीरे-धीरे दोस्ती पैदा हो गई। बिजली के स्टेशन पर उस आदमी को काम करते अब एक महीना हो गया था।

जुखराई ने आगवाले के सहायक, पावेल को दिखलाया कि डाइनमो कैसे बनता और कैसे चलता है।

उस मल्लाह को इस तेज़ लड़के से प्यार हो गया। वह अक्सर ख़ाली दिनों में आर्तेम के घर आता और बहुत धीरज के साथ माँ के घरेलू झंझटों और परेशानियों की कहानी सुनता—ख़ास करके तब, जब वह अपने छोटे लड़के की कारगुज़ारियों का ज़िक्र करती। जुखराई चिन्तनशील और गम्भीर आदमी था और मारिया याकोवलेवना को उससे बात करके बहुत शान्ति और सान्त्वना मिलती। जुखराई की संगत में वह अपनी परेशानियों को भूल जाती और बहुत ख़ुश रहा करती।

एक दिन जब पावेल बिजली स्टेशन के हाते में जलाऊ लकड़ी के ऊँचे-ऊँचे ढेरों के बीच से गुज़र रहा था तो जुखराई ने उसको रोका।

मुस्कराते हुए जुखराई ने कहा, "तुम्हारी माँ ने मुझे बतलाया है कि तुम्हें मार-पीट बहुत पसन्द है। वह कहती हैं, 'इस मामले में तो वह लड़नेवाले मुर्ग़े से भी गया-गुज़रा है।'" यह कहकर जुखराई सहमति-सूचक ढंग से जैसे मन-ही-मन मुस्कराया और बोला, "सच बात यह है कि लड़ना बुरी बात नहीं है, यदि तुम्हें इस बात का पता हो कि किससे लड़ना है और क्यों लड़ना है।"

पावेल ठीक नहीं समझ सका कि जुखराई मज़ाक़ में यह बात कह रहा है या संजीदा तौर पर।

"मैं झूठ-मूठ नहीं लड़ता," उसने जवाब दिया, "मैं हमेशा ठीक बात के लिए और इनसाफ़ के लिए लड़ता हूँ।"

"क्या तुम चाहोगे कि मैं तुम्हें ठीक से लड़ना सिखलाऊँ?" जुखराई ने अप्रत्याशित ढंग से पूछा।

पावेल ने उसकी ओर कुछ आश्चर्य से देखते हुए पूछा, "ठीक से लड़ने का क्या मतलब?"

"तुम्हें आप मालूम हो जाएगा।"

और तब उसने पावेल को घूँसेबाज़ी पर एक संक्षिप्त लेक्चर दिया।

इस कला में पावेल को दक्षता आसानी से नहीं मिली। कई बार जुखराई के

घूँसे से उसके पैर उखड़ गए और उसने अपने को ज़मीन पर लोटते पाया। मगर जो भी हो, पावेल बहुत मेहनती और धीरजवाला शिष्य सिद्ध हुआ।

एक दिन, जब मौसम गरम और ख़ुशगवार था और वह क्लिम्का के घर से लौटकर आया था और अपने कमरे में इधर-उधर लुढ़कता फिर रहा था, क्योंकि उसकी समझ में नहीं आ रहा था कि क्या करे, तब पावेल ने निश्चय किया कि अपनी प्रिय जगह पर चढ़ेगा। घर के पिछवाड़े के बाग़ीचे के कोने में खड़े हुए शेड की छत उसकी प्रिय जगह थी। पीछे का सहन पार करके वह बाग़ में आया। वह झोंपड़ी के पास पहुँचा और छत पर चढ़ गया। छप्पर के ऊपर लटकती हुई चेरी वृक्षों की घनी शाखों के बीच से अपना रास्ता बनाता हुआ वह छत के बीचोबीच पहुँच गया और धूप खाने के लिए वहीं लेट गया।

छप्पर का एक हिस्सा लेशचिन्स्की के बाग़ीचे में बढ़ा हुआ था और छत के सिरे से वह सारा बाग़ीचा और मकान का एक हिस्सा दिखाई देता था। वहाँ, उस किनारे से, अपना सिर बढ़ाकर पावेल ने हाते का एक हिस्सा देखा; एक गाड़ी वहाँ खड़ी हुई थी। लेशचिन्स्की के मकान में टिके जर्मन लेफ़्टिनेंट का अर्दली अपने मालिक के कपड़ों पर ब्रुश कर रहा था।

पावेल ने अक्सर लेफ़्टिनेंट को फाटक पर खड़े देखा था। वह चौड़ा-चकला, लाल मुँह का आदमी था। उसके चेहरे पर छोटी-छोटी कतरी हुई मूँछें थीं। वह नाक पर ठहरनेवाला फैशनेबल चश्मा लगाता था और एक ऐसी टोपी पहनता था जिसकी चोटी पर लाख का चमकदार काम था। पावेल को यह भी मालूम था कि वह उस बग़ल वाले कमरे में रहता है जिसकी खिड़की बाग़ में खुलती है और जो छप्पर की छत से दिखाई देता है।

लेफ़्टिनेंट साहब इस वक़्त मेज़ पर बैठे कुछ लिख रहे थे। फिर, उन्होंने जो कुछ लिखा था उसे उठाया और कमरे के बाहर चले गए। लिखा हुआ काग़ज़ उन्होंने अपने अर्दली को पकड़ाया और फाटक को जानेवाले कच्चे रास्ते पर चल दिये। बाग़ीचे के लता-मंडप में वह किसी से बात करने के लिए रुके। पल-भर बाद, नेली लेशचिन्स्की बाहर आई। लेफ़्टिनेंट साहब ने उसकी बाँह पकड़ी और फिर दोनों फाटक के बाहर निकल गए।

पावेल अपनी जगह से यह सब कार्रवाई देख रहा था। इस वक़्त उस पर आलस्य-सा छा रहा था और वह आँखें बन्द करनेवाला ही था कि उसने अर्दली को लेफ़्टिनेंट साहब के कमरे में घुसते देखा। अर्दली ने एक वरदी खूँटी पर टाँगी, बाग़ में खुलनेवाली खिड़की को खोला और कमरे की सफ़ाई की। इसके बाद कमरे को बन्द करता हुआ बाहर निकल गया। दूसरे ही पल पावेल ने उसको अस्तबल के पास खड़े पाया, जहाँ घोड़े बँधे थे।

खुली हुई खिड़की में से पावेल कमरे की हर चीज़ को अच्छी तरह देख सकता

था। मेज़ पर एक फ़ौजी कमरबन्द और कोई चमकदार चीज़ पड़ी थी।

प्रबल कुतूहल के मारे, जिस पर उसका कोई बस न था, पावेल धीरे-से वहीं छत पर से चेरी के पेड़ पर चढ़ गया और वहाँ से फिसलकर लेशचिन्स्की के बाग़ में उतर गया। झुके-झुके दौड़कर उसने बाग़ीचे को पार किया और खिड़की से कमरे के अन्दर झाँका। उसके सामने मेज़ पर एक कमरबन्द शोल्डर-स्ट्रैप समेत पड़ा हुआ था और रिवॉल्वर रखने का चमड़े का केस, जिसमें एक लाजवाब, बारह गोलियों वाला मानलिकर रिवॉल्वर रखा हुआ था।

पावेल की तो जैसे साँस रुक गई। कुछ सेकंड तक उसके भीतर ज़बरदस्त अन्तर्द्वन्द्व मचा रहा। मगर, आख़ीर में जीत साहसिकता की हुई और वह कमरे के अन्दर घुस गया। उसने रिवॉल्वर का केस उठाया, उसमें से नीले-नीले लोहे का वह हथियार निकाला और खिड़की से नीचे कूद गया। अपने चारों तरफ़ तेज़ी से निगाहें दौड़ाते हुए उसने बहुत सावधानी से पिस्तौल अपनी जेब में डाली और तेज़ी से भागकर बाग़ीचे को पार करता हुआ चेरी के पेड़ के पास जा पहुँचा। बन्दर की-सी फुर्ती से वह छत पर चढ़ गया। वहाँ क्षण-भर रुककर उसने पीछे देखा। अर्दली अब भी आनन्दपूर्वक साईस से बात कर रहा था। बाग़ीचा ख़ामोश और वीरान था। पावेल फिसलकर दूसरी ओर उतरा और घर की तरफ़ भाग चला।

उसकी माँ चौके में रात का खाना पकाने में तल्लीन थी। उसने पावेल की ओर कोई ध्यान नहीं दिया।

पावेल ने एक बड़े ट्रंक के पीछे से झटपट एक चीथड़ा उठाया और उसे जेब में डालते हुए फिर से कमरे के बारह निकल गया, इतने चुपके से कि उसकी माँ को भी उसकी आहट न मिली। वहाँ से उसने दौड़कर सहन को पार किया, बाड़ी को छलाँग लगाई और जंगल को जानेवाली सड़क पर आ निकला। भारी रिवॉल्वर को हाथ से पकड़े हुए, ताकि वह जाँघ से न टकराए, वह पास के ही ईंट के भट्ठे के वीरान खँडहर की तरफ़ अपनी पूरी ताक़त से भाग चला।

उसके पैर जैसे ज़मीन पर पड़ ही नहीं रहे थे और कानों में हवा सनसना रही थी।

पुराने भट्ठे के पास नीरव शान्ति थी। वह दृश्य मन को उदास करनेवाला था। लकड़ी की छत जहाँ-तहाँ गिरी हुई थी, एक ईंट-गारे का पहाड़ खड़ा था और टूटी-फूटी भट्ठियाँ मुँह बाए थीं। उस जगह तमाम जंगली घास उगी हुई थी, वहाँ कोई कभी जाता न था, सिवा पावेल और उसके दो दोस्तों के जो कभी-कभी वहाँ खेलने पहुँच जाते थे। पावेल को ऐसी बहुत सी जगहें मालूम थीं जहाँ वह अपने इस चोरी के ख़ज़ाने को छिपा सकता था।

एक भट्ठी में दरार थी। उसमें से वह ऊपर चढ़ा और आस-पास अपनी सतर्क आँखें दौड़ाईं। कोई दिखाई न दिया। केवल चीड़ के दरख़्त हल्की-हल्की आहें भर

रहे थे और धीमी-धीमी हवा सड़क पर धूल उड़ा रही थी। हवा चीड़ के गोंद की गन्ध से भारी थी।

पावेल ने चीथड़े में लिपटा हुआ रिवॉल्वर भट्ठी के फ़र्श के कोने में रख दिया और उसे पुरानी ईंटों के एक छोटे-से ढेर से ढक दिया। बाहर आते समय उसने उस पुरानी भट्ठी के दरवाज़े को ईंटों से चुन दिया, उस जगह की ठीक स्थिति दिमाग़ में बिठा ली और धीरे-धीरे घर की ओर चल दिया। उस वक़्त उसे अपने घुटने काँपते मालूम हो रहे थे।

"इस सबका अन्त क्या होगा?"—उसने सोचा और उसका हृदय आशंकाओं से भारी हो गया।

वह घर नहीं जाना चाहता था, इसलिए रोज़ से जल्दी ही बिजलीघर के लिए चल दिया। उसने चौकीदार से चाबी ली और बिजलीघर का विशाल दरवाज़ा खोला। और जबकि वह राख के गड्ढे की सफ़ाई कर रहा था, पम्प से ब्वायलर में पानी पहुँचा रहा था और आग सुलगा रहा था, उस तमाम वक़्त उसका ध्यान इसी बात पर अटका हुआ था कि इस वक़्त लेशचिन्स्की के यहाँ क्या हो रहा होगा।

उस वक़्त क़रीब ग्यारह बजा था जब जुखराई आया और उसने पावेल को बाहर बुलाया।

"आज तुम्हारे यहाँ तलाशी क्यों हुई थी?" उसने धीमी आवाज़ में पूछा।

पावेल चौंक पड़ा।

"तलाशी?"

जुखराई ने ज़रा देर की चुप्पी के बाद फिर कहा, "मुझे आसार अच्छे नहीं नज़र आते। तुम्हें तो कुछ नहीं मालूम कि किस चीज़ की तलाशी लेने वे लोग आए थे?"

पावेल को अच्छी तरह मालूम था कि उन्हें किस चीज़ की तलाश थी, मगर वह रिवॉल्वर की चोरी के बारे में जुखराई को कुछ नहीं बतलाना चाहता था। चिन्ता के मारे काँपते हुए उसने पूछा :

"उन्होंने आर्तेम को गिरफ़्तार कर लिया क्या?"

"नहीं, कोई नहीं पकड़ा गया। मगर, उन्होंने घर की हर चीज़ उलट-पुलटकर रख दी।"

इससे पावेल के मन को कुछ ढाढ़स हुआ, मगर उसकी चिन्ता मिटी नहीं। कुछ देर वह और जुखराई दोनों अपने-अपने विचारों में डूबे खड़े रहे। उनमें से एक को मालूम था कि तलाशी क्यों हुई थी और वह परेशान था कि इसका जाने क्या नतीजा हो; दूसरे को यह बात नहीं मालूम थी और इसलिए वह चौकन्ना था।

ज़ुखराई ने सोचा, "नास हो हरामज़ादों का! लगता है उनको मेरा सुराग़ मिल गया। आर्तेम तो मेरे बारे में कुछ नहीं जानता, मगर फिर सबों ने उसके घर की तलाशी क्यों ली? ज़रा और सावधानी बरतनी होगी।"

दोनों बिना एक शब्द बोले एक-दूसरे से अलग हुए और अपने-अपने काम में जा लगे।

लेशचिन्स्की के मकान पर आफत बरपा थी।

लेफ़्टिनेंट साहब ने रिवॉल्वर को ग़ायब पाकर अपने अर्दली को बुलाया। अर्दली ने बतलाया कि ज़रूर उसे कोई चुरा ले गया। इस पर अफ़सर साहब के स्वाभाविक संयम ने उनका साथ छोड़ दिया और उन्होंने पूरी ताक़त से अर्दली के कान पर एक लप्पड़ रसीद किया। लप्पड़ खाकर अर्दली एक बार काँपा; मगर फिर अटेंशन की मुद्रा में लकड़ी की तरह सीधा खड़ा हो गया और आँखें मुलमुलाते हुए, भीगी बिल्ली बना आगे आने वाले नतीजों का इन्तज़ार करने लगा।

वकील साहब को बुलाकर उनसे जवाबतलब किया गया। उन्होंने चोरी के सम्बन्ध में अपने ग़ुस्से का इजहार किया और लेफ़्टिनेंट साहब से माफी माँगी क्योंकि यह चीज़ उनके घर से गुम हुई थी।

विक्टर लेशचिन्स्की ने अपने बाप को सुझाया कि बहुत मुमकिन है रिवॉल्वर उनके पड़ोसियों ने चुराया हो और ख़ास तौर पर उस बदमाश पावेल कोर्चागिन ने। बाप ने फ़ौरन अपने बेटे की यह सूझ लेफ़्टिनेंट साहब तक पहुँचा दी और उन्होंने फ़ौरन तलाशी का हुक़्म दे दिया।

तलाशी बेकार रही। रिवॉल्वर की चोरी वाली घटना से पावेल को इस बात का विश्वास हो गया कि कभी-कभी ऐसी ख़तरनाक कोशिशें भी कामयाब हो जाती हैं।

तीन

तोनिया खुली हुई खिड़की के सामने खड़ी हो गई और अपने विचारों में डूबे-डूबे उसने अपने परिचित बाग़ीचे को देखा जिसके किनारे-किनारे मज़बूत, दैत्यों जैसे ऊँचे पोपलर के दरख़्त लगे हुए थे जो इस वक़्त धीमी-धीमी हवा में हौले-हौले डोल रहे थे। उसको इस बात का यक़ीन नहीं आता था कि यह जगह छोड़े, जहाँ उसका बचपन बीता था, पूरा एक साल हो गया था। उसको लगता था जैसे वह कल गई हो और आज ही सुबह की गाड़ी से लौट आई हो।

कुछ भी नहीं बदला था : रसभरी की झाड़ियों की क़तारें हमेशा की तरह आज भी बहुत सफ़ाई से छँटी हुई थीं और बाग़ीचे के रास्ते अब भी वैसे ही ज्यामिति के अनुसार बाक़ायदा ठीक-ठीक बने हुए थे और उनके किनारे-किनारे पैंसी की क़तारें लगी हुई थीं जो कि उसकी माँ का बहुत प्यारा फूल था। बाग़ीचे की हर चीज़ बहुत साफ़-सुथरी और बाक़ायदा थी। हर चीज़ पर हर जगह वृक्ष-विज्ञान-वेत्ता के

शास्त्रीय हाथ की छाप दिखाई देती थी। इन साफ़-सुथरे बाक़ायदा झाड़-लगे रास्तों को देखकर तोनिया को बड़ी ऊब मालूम होती थी।

उसने वह उपन्यास उठा लिया जिसे वह पढ़ रही थी, बरामदे में जानेवाला दरवाज़ा खोला और सीढ़ियाँ उतरकर नीचे बाग़ीचे में पहुँच गई। लकड़ी के छोटे-से रँगे हुए गेट को उसने धक्का देकर खोला और स्टेशन के पम्प हाउस से लगे हुए तालाब की ओर धीरे-धीरे चली।

पुल पार करके वह सड़क पर आ गई जिसके दोनों ओर पेड़ों की क़तारें थीं। उसके दाहिने हाथ पर था तालाब जिसके किनारे-किनारे विलो और ऐल्डर के दरख़्त लगे हुए थे और बाएँ हाथ पर जंगल शुरू हो जाता था।

वह पुरानी पत्थर की खान के पास वाली तलैयों की ओर जा रही थी कि मछली पकड़ने की बंसी को पानी पर डूबते-उतराते देखकर रुक गई।

एक टेढ़े-मेढ़े विलो के तने के सहारे बाहर को झुकते हुए उसने सामने की शाखों को हाथ से अलग किया और अपने सामने धूप में तपे हुए रंग के, नंगे पैर एक लड़के को देखा जिसने अपने पतलून की टाँगें घुटनों तक मोड़ रखी थीं। उसके पास ही एक जंग लगा टीन का डिब्बा रखा था जिसमें मछली का चारा था। यह लड़का अपने काम में इतना डूबा हुआ था कि इस लड़की की ओर उसका ध्यान नहीं गया।

"तुम समझते हो कि यहाँ मछली पकड़ सकते हो?"

पावेल ने पीछे मुड़कर ग़ुस्से में देखा।

विलो को पकड़े, पानी पर झुकी हुई थी एक लड़की जिसे पावेल ने पहले कभी नहीं देखा था। वह मल्लाहों जैसा एक सफ़ेद ब्लाउज़ पहने हुए थी जिसका कॉलर धारीदार नीला था और एक हल्का भूरे रंग का छोटा-सा स्कर्ट पहने थी। छोटे-छोटे मोजे, जो सिरों पर रंगीन थे, उसकी ख़ूबसूरत, धूप में तपे हुए रंग की टाँगों पर चिपके हुए थे। उसके सुनहरे बाल मोटी वेणी में गुँथे हुए थे।

बंसी को पकड़े हुए हाथ हल्के से काँप गए। बंसी भी काँप गई और शान्त पानी की सतह पर गोल-गोल घेरे फैल गए।

"देखो-देखो, मछली ने चारा चुगा!" पावेल के पीछे उस आवाज़ ने आवेश के साथ कहा।

अब वह अपने मन का सन्तुलन बिलकुल खो बैठा और उसने इतने ज़ोर से बंसी खींची कि चारा-लगा काँटा पानी में से उछलकर बाहर आ गया।

"जहन्नुम में जाए, कोई उम्मीद नहीं है मछली पाने की। यह लड़की यहाँ क्या करने आई है," पावेल ने खीज के साथ सोचा और अपने फूहड़पन को ढकने के लिए उसने बंसी के काँटे को और भी दूर फेंका। मगर वह गिरा ठीक वहाँ जहाँ उसे न गिरना चाहिए था, यानी सेवार की दो घनी झाड़ियों के बीच, जहाँ बंसी का फँस जाना लाज़िमी था।

उसकी समझ में आ गया कि क्या बात हो गई है और बिना पीछे मुड़े हुए उसने वहाँ ऊपर बैठी हुई उस लड़की से ग़ुस्से में दाँत पीसते हुए कहा :

"तुमसे चुप नहीं बैठा जाता? इस तरह तो तुम सब मछलियों को भगा दोगी।"

"तुम्हारी काली शकल देखकर तो मछलियाँ कब की भाग गई हैं! इस तीसरे पहर भला कभी कोई अच्छे घर का आदमी मछली पकड़ने निकलता है!"

पावेल अब तक तो पूरी नम्रता बरतने की कोशिश कर रहा था, मगर यह चीज़ उसकी बरदाश्त के बाहर थी। वह उठा और उसने अपनी टोपी आँख के ऊपर तक खींच ली, जैसा कि वह हमेशा उत्तेजित होने पर किया करता था।

"बहुत अच्छा हो देवी जी, अगर आप यहाँ से अपना रास्ता नापें," वह दाँत दबाए-दबाए बोला। स्पष्ट ही उसने अपनी शब्दावली के सभ्यतम शब्दों का इस्तेमाल किया।

तोनिया की आँखें ज़रा छोटी हो गईं और उनमें हँसी नाचने लगी।

"मैं क्या सचमुच तुम्हारे काम में बाधा पहुँचा रही हूँ?"

चिढ़ाने का स्वर अब मैत्री और समझौते के स्वर में बदल गया और पावेल जो इन 'देवी जी' के संग, जो न जाने कहाँ से टपक पड़ी थीं, सचमुच रुखाई से पेश आने की सोच रहा था, अब अपने को निरस्त्र होता महसूस कर रहा था।

"तुम चाहो तो रहो और देखो। मेरे लिए सब बराबर है," उसने अनिच्छापूर्वक कहा और फिर अपनी बंसी में दत्तचित्त हो गया। बंसी सेवार में फँस गई थी और इसमें शक नहीं कि उसका काँटा सेवार की जड़ों में उलझ गया था। पावेल को बंसी खींचते डर लगता था। अगर कहीं और फँस गई तो छुड़ाना नामुमकिन हो जाएगा। और फिर यह लड़की तो हँसेगी ही। उसकी इच्छा यही थी कि वह चली जाए।

मगर तोनिया तो पानी में हल्के-हल्के लहराते हुए विलो के तने पर और भी आराम के साथ बैठ गई थी और अपनी किताब घुटनों पर रखकर इस धूप में तपे हुए रंग के, काली-काली आँखवाले उजड्ड से किशोर को देख रही थी जिसने उसका ऐसा अजीब-सा रूखा स्वागत किया था और अब जान-बूझकर उसकी उपेक्षा कर रहा था।

पावेल तालाब के दरपन जैसे स्वच्छ पानी में लड़की की छाया साफ़-साफ़ देख रहा था और जब उसे लगा कि वह लड़की अपनी किताब में काफ़ी डूबी हुई है, तो उसने बहुत सावधानी से उलझी हुई बंसी को खींचा। बंसी डूब गई और उसकी डोरी और भी तन गई।

"फँस गई, हरामज़ादी!" बिजली की तरह यह बात उसके मन में आ कौंधी और तभी उसने कनखियों से उस लड़की के हँसते हुए चेहरे को देखा जो पानी के अन्दर से उसकी ओर ताक रही थी।

उसी वक़्त दो लड़के, जो स्कूल में सातवीं जमात में पढ़ते थे, पुल पार करके

पम्प हाउस आ रहे थे। उनमें से एक था रेलवे यार्ड के बड़े साहब, इंजीनियर सुखार्को का सत्रह साल का लड़का। उसके बाल सुनहरे थे और उसकी शक़्ल आवारों जैसी थी। उसके चेहरे पर तमाम भूरे-भूरे दाग़ थे जिनके कारण उसके स्कूल के साथियों ने उसे 'चेचकरू शुर्का' का नाम दे रखा था। वह एक बड़ी ख़ूबसूरत-सी बंसी लिये था और उसके मुँह के एक कोने में सिगरेट दबी हुई थी। उसके साथ था विक्टर लेशचिन्स्की, जो एक लम्बा सा जनानी-सी शक़्ल का लड़का था।

अपने साथी की तरफ़ झुकते हुए सुखार्को बहुत मानीखेज़ अन्दाज़ में उसे आँख मार रहा था, "यह लड़की तो सचमुच पटाख़ा है, इसका यहाँ पर जवाब नहीं। मैं तुमसे कहता हूँ कि इसके इश्क़ों की कोई इन्तहा नहीं। मेरी बात का यक़ीन करो। वह छठी जमात में पढ़ती है और कियेफ के स्कूल में जाती है। आजकल वह गरमियाँ बिताने अपने बाप के पास आई है—उसका बाप जंगलात का बड़ा हाकिम है। मेरी बहन लिज़ा इस लड़की को जानती है। एक बार मैंने उसे बहुत भावुक-सा पत्र भी लिखा था। तुम तो जानते ही हो, वही सब बातें, 'मुझे तुमसे बेहद प्यार हो गया है और मैं धड़कते हुए दिल से तुम्हारे जवाब का इन्तज़ार करूँगा!' इतना ही नहीं मैंने नेडसन की कुछ उपयुक्त कविताएँ भी ढूँढ़ निकालीं।"

"सो तो ठीक, मगर नतीजा क्या निकला?" विक्टर ने कुतूहल से पूछा।

सुखार्को ने झेंप-सी मिटाते हुए धीरे-धीरे बुदबुदाकर कहा, "अरे क्या पूछते हो, बहुत लगाती है अपने-आप को! मुझसे कहने लगी, क्यों ख़ामख़ा चिट्ठी लिखकर काग़ज़ बरबाद करते हो, और भी इसी तरह की बातें। मगर वह तो होता ही है हमेशा शुरू-शुरू में। इस मामले में मैं पुराना घाघ हूँ। और सच बात तो यह है कि मुझे यह सब आशिक़ी-माशूक़ी वाली बकवास पसन्द नहीं है—सदियों तक आहें भर रहे हैं, पागलों की तरह घूम रहे हैं। इससे कहीं आसान यह है कि किसी शाम को उठो और मरम्मत करनेवालों के बारिकों तक चले जाओ। वहाँ तीन रूबल में तुम्हें ऐसी हसीना मिल जाएगी कि देखकर मुँह में पानी भर आएगा। और न झंझट, न खिटखिट। मैं वालका तिखोनोव के संग जाया करता था—तुम जानते हो वालका तिखोनोव को? रेलवे में फ़ोरमैन है।"

नफ़रत से विक्टर का मुँह बिगड़ गया।

उसने कहा, "सच शुरा, तुम ऐसी गन्दी जगहों में भी जाते हो?"

शुरा सिगरेट चबाता रहा, फिर उसने थूका और मज़ाक़ उड़ाने के अन्दाज़ में जवाब दिया :

"देखो, इतने पाक-साफ़ न बनो। हमें भी मालूम है कि तुम कहाँ-कहाँ जाते हो!"

विक्टर ने उसकी बात काटते हुए कहा : "तुम अपनी इस सुन्दरी से मेरा परिचय नहीं कराओगे?"

"वाह, यह भी कोई पूछने की बात है। चलो जल्दी चलें, नहीं तो वह हमें

बुत्ता देकर निकल जाएगी। कल सवेरे वह अकेले ही मछली पकड़ने गई थी।"

दोनों दोस्त तोनिया के पास पहुँचे तो सुखार्को ने अपने मुँह से सिगरेट निकाल ली और बड़े बाँके अन्दाज़ में झुककर उसका अभिवादन किया।

"कहिए कुमारी तुमानोवा, कैसे मिज़ाज हैं? आप भी मछली पकड़ने आई हैं क्या?"

तोनिया ने जवाब दिया, "नहीं, मैं तो सिर्फ़ देख रही हूँ।"

सुखार्को ने विक्टर की बाँह पकड़कर उसे आगे करते हुए जल्दी से कहा, "आपकी इनसे मुलाक़ात है? मिलिए, ये हैं मेरे दोस्त विक्टर लेशचिन्स्की।"

विक्टर ने कुछ अचकचाते हुए तोनिया की तरफ़ हाथ बढ़ाया।

"क्यों, आज आप क्यों नहीं मछली पकड़ रही हैं?" सुखार्को ने बातचीत जारी रखने के ख़याल से कहा।

तोनिया ने जवाब दिया, "मैं अपनी बंसी लाना भूल गई।"

"तो मैं अभी आपके लिए दूसरी लिये आता हूँ। तब तक के लिए आप यह मेरी बंसी ले लीजिए। मैं अभी एक मिनट में लौट आता हूँ," सुखार्को ने कहा।

विक्टर से उसने वादा किया था कि उस लड़की से मिला देगा। अपना वादा उसने पूरा कर दिया था और अब दोनों को संग-संग अकेला छोड़ना चाहता था।

तोनिया ने कहा, "नहीं, कोई ज़रूरत नहीं, मैं नहीं चाहती। मैं ख़ामख़ा दूसरे का काम बिगाड़ना नहीं चाहती। देखते नहीं, कोई यहाँ पहले से बैठा मछली पकड़ रहा है!"

सुखार्को ने पूछा, "कौन? ओह, आपका मतलब उससे है।" पहली बार उसने पावेल को देखा जो एक झाड़ी तले बैठा था। उसको देखकर सुखार्को ने कहा, "उँह, उसकी चिन्ता आप न करें, उसको तो मैंने जहाँ दो बार पकड़कर हिलाया कि वह यहाँ से चलता बनेगा।"

इसके पहले कि तोनिया उसको रोक सके या कुछ कह सके, वह तेज़ी से पावेल के पास पहुँचा जहाँ वह बंसी लगाए बैठा था।

सुखार्को ने आदेश के स्वर में पावेल से कहा, "देखो अपनी बंसी-वंसी समेटो और यहाँ से चलते बनो।"

पावेल पर कोई असर न होता देखकर, क्योंकि पावेल पूर्ववत बैठा हुआ मछली पकड़ता रहा, सुखार्को ने दुबारा कहा, "जल्दी करो..."

पावेल ने आँख ऊपर उठाई और सुखार्को को ग़ुस्से से देखा :

"चुप रहो! क्या बकबक लगा रखी है!"

यह सुनकर सुखार्को फट पड़ा, "क्या! तेरी यह मजाल कि ज़बान लड़ाता है, बदमाश आवारा कहीं का! चलो भागो यहाँ से," यह कहते हुए उसने ज़ोर से उस टीन के डिब्बे में लात मारी जिसमें मछली का चारा रखा हुआ था। डिब्बा

हवा में चक्कर खाता हुआ जाकर तालाब में गिरा जिससे पानी उछलकर तोनिया के चहेरे पर आया।

वह चिल्लाई, "तुम्हें शर्म आनी चाहिए, सुखार्को!"

पावेल उछलकर खड़ा हो गया। उसे मालूम था कि जहाँ आर्तेम काम करता है, उसी रेलवे यार्ड के बड़े साहब का बेटा है सुखार्को और अगर पावेल ने उसके उस मोटे थुलथुल चूहे जैसे मुँह पर घूँसा मारा तो वह अपने बाप से जाकर शिकायत कर देगा और आर्तेम की मुसीबत होगी। इसी ख़याल ने उसको तुरत-फुरत वहीं मामला तय-तमाम कर डालने से रोका।

सुखार्को को यह अन्दाज़ा हुआ कि अगले ही क्षण पावेल उस पर वार कर देगा। यह ख़याल करके वह तेज़ी से आगे बढ़ा और दोनों हाथों से उसने पावेल के सीने में धक्का दिया। पावेल तालाब के किनारे खड़ा था, क़रीब था कि वह पानी में गिर जाता मगर बड़ी मुश्किल से हाथ हिलाकर अपने शरीर को सँभालते हुए उसने जैसे-तैसे अपने को पानी में गिरने से रोका।

सुखार्को पावेल से दो साल बड़ा था और गुंडा मशहूर था। पावेल के सीने में धक्का लगा तो उसकी आँखों में ख़ून उतर आया। "अच्छा तो तुम यों नहीं मानोगे! लो फिर!" कहते हुए उसने हाथ घुमाकर एक ज़ोर का घूँसा सुखार्को के मुँह पर मारा और इसके पहले कि सुखार्को अपने-आप को सँभाल सके, पावेल ने मज़बूत हाथों से उसकी वरदी का ब्लाउज़ पकड़ा और खींचता हुआ उसे पानी में ले गया।

ताल में घुटनों तक पानी में वह खड़ा था और उसके पॉलिश किये हुए जूते और पतलून भीगकर भारी हो रहे थे। सुखार्को ने पावेल की मज़बूत पकड़ से अपने-आप को छुड़ाने के लिए पूरी कोशिश की। अपने मन की बात कर चुकने पर पावेल कूदकर किनारे पर आ गया। ग़ुस्से से लाल हो रहा सुखार्को उसके पीछे दौड़ा, ऐसा लगता था कि वह पावेल की बोटी-बोटी अलग कर देगा।

अपने दुश्मन का मुक़ाबला करने के लिए जब पावेल घूमा तो उसे याद आया :

"अपना सारा वज़न बाएँ पैर पर दो और दायाँ पैर कड़ा रखो, दाएँ पैर का घुटना मुड़ा हो। अपने जिस्म का सारा वज़न अपने घूँसे में डालो और ठुड्डी के सिरे पर ऐसा घूँसा मारो जो बिछलता हुआ ऊपर को निकल जाए।"

"कटाक!"

दाँतों के आपस में टकराने की आवाज़ हुई। फिर उस भयानक दर्द से चिल्लाते हुए, जो उसकी ठुड्डी और दाँतों के बीच दब गई जीभ में फैल गया था, सुखार्को हाथ फैलाए लड़खड़ाता हुआ वापस उसी पानी में गिर गया और ज़ोर का छपाका हुआ।

ऊपर वहाँ किनारे पर तोनिया हँसी के मारे दुहरी हुई जा रही थी।

ताली बजाती हुई चिल्लाई, "ख़ूब, ख़ूब! ख़ूब किया, हो बहादुर!"

पावेल ने अपनी फँसी हुई बंसी को इतने ज़ोर से खींचा कि वह टूट गई और भीटे को चढ़कर पार करते हुए वह सड़क पर आ गया।

जाते-जाते उसने विक्टर को तोनिया से कहते हुए सुना, "यही पावेल कोर्चागिन है, अव्वल नम्बर का बदमाश।"

स्टेशन पर परिस्थिति गम्भीर होती जा रही थी। हवा में ख़बर गरम थी कि रेलवे मज़दूर हड़ताल करने जा रहे हैं। अगले बड़े स्टेशन के यार्ड के मज़दूरों ने कोई बड़ी चीज़ शुरू कर दी थी। जर्मनों ने दो इंजन ड्राइवरों को पकड़ लिया था जिन पर उन्हें शक था कि वे कोई इश्तिहार लिये जा रहे हैं। और उन मज़दूरों में भी, जिनका गाँव से सम्बन्ध था, बड़ी खलबली थी, क्योंकि वसूली की जा रही थी और जागीरदारों को उनकी जागीरें वापस दी जा रही थीं।

हेटमैन के सन्तरियों के कोड़ों से किसानों की पीठें लहूलुहान हो रही थीं। इस इलाक़े में छापेमार आन्दोलन बढ़ रहा था; बोल्शेविकों ने अब तक लगभग एक दर्जन छापेमार टुकड़ियाँ संगठित कर ली थीं।

इन दिनों जुखराई के लिए आराम नहीं था। इस शहर में रहते हुए इतने दिनों में उसने बहुत कुछ कर डाला था। उसने बहुत से रेलवे मज़दूरों से परिचय किया था, नौजवानों की गोष्ठियों में गया था और रेलवे यार्ड के मेकैनिकों और लकड़ी काटनेवाले मज़दूरों के बीच एक बहुत मज़बूत दल बना लिया था। उसने यह पता लगाने की कोशिश की कि आर्तेम की ठीक स्थिति क्या है और इस सिलसिले में उसने एक बार आर्तेम से पूछा कि बोल्शेविक पार्टी और उसके लक्ष्य के बारे में उसका क्या ख़याल है।

उस तगड़े भारी-भरकम मेकैनिक ने जवाब दिया, "देखो फियोदोर, मैं यह सब पार्टी-वार्टी ज़्यादा नहीं समझता। लेकिन हाँ, अगर तुम्हें मदद की ज़रूरत हो तो तुम मुझ पर भरोसा कर सकते हो।"

फियोदोर को इससे सन्तोष हो गया, क्योंकि वह जानता था कि आर्तेम सही धातु का बना हुआ आदमी है और अपने कौल को पूरा करेगा। जहाँ तक पार्टी का ताल्लुक़ है, अभी वह इसके लिए तैयार न था। "मगर कोई बात नहीं," जुखराई ने सोचा, "यह ज़माना ही ऐसा तूफ़ानी है कि सारी बातें जल्द ही उसकी समझ में आ जाएँगी।"

फियोदोर बिजलीघर छोड़कर रेलवे यार्ड में एक नौकरी पर लग गया। रेलवे यार्ड उसने इसलिए ज़्यादा पसन्द किया कि वहाँ अपना काम करना ज़्यादा आसान था। बिजलीघर में वह रेलवेवालों से कट गया था।

रेलवे पर आमदरफ़्त बहुत ही ज़्यादा थी। जर्मन, लूट की हज़ारों गाड़ियाँ जौ, गेहूँ, मवेशी वग़ैरह उक्रेन से जर्मनी भेज रहे थे...

एक दिन हेटमैन के सन्तरियों ने स्टेशन के तारघर के पोनोमारेंको को पकड़ लिया। यह बहुत अप्रत्याशित आघात था। उसे चौकी पर ले जाकर बहुत बेदर्दी से पीटा गया। ज़ाहिर है कि उसी ने आर्तेम के मित्र और सहयोगी रोमान सिदोरेंको का नाम बतला दिया।

दो जर्मन और एक हेटमैन का सन्तरी, स्टेशन कमांडेंट का सहायक, काम के घंटों में रोमान को पकड़ने के लिए आए। बिना एक शब्द बोले सहायक कमांडेंट उस बेंच के पास गया जहाँ रोमान काम कर रहा था और उसने अपनी चाबुक़ से उसके चेहरे पर चोट की और चाबुक़ समूचे चेहरे पर एक लकीर बनाती निकल गई।

उसने कहा, "ज़रा हमारे साथ चलो, सूअर का बच्चा कहीं का! हमें तुमसे कुछ ज़रूरी बातें करनी हैं।" चेहरे पर बड़ा क्रूर दुष्ट-भाव लिये उसने उस मेकैनिक की बाँह पकड़ी और बड़े ज़ोर से उसे मरोड़ा, "चलो हम ज़रा तुम्हें सिखलाएँ कि कैसे प्रचार किया जाता है, कैसे घूम-घूमकर लोगों को भड़काया जाता है!"

आर्तेम ने, जो रोमान के पास ही खड़ा काम कर रहा था, अपने हाथ की रेती वहीं डाल दी और सहायक कमांडेंट के पास आया। उस वक़्त उसका विशाल आकार बहुत भयानक दिखाई दे रहा था, जैसे वह कुछ भी कर डालने पर आमादा हो।

आर्तेम ने अपने चढ़ते हुए ग़ुस्से को भरसक संयत करते हुए अपनी भारी फटी हुई आवाज़ में कहा, "अबे हरामी के पिल्ले! अपनी ख़ैरियत चाहता हो तो अब उस पर हाथ न चलाना।"

सहायक कमांडेंट पीछे हटा और हटते हुए वह अपना रिवॉल्वर रखने का केस खोलने लगा। एक चौड़े-चकले गठीले बदन के जर्मन ने अपने कन्धे पर से वह चौड़ी संगीन-लगी भारी राइफ़ल उतार ली और झट से उसका बोल्ट चढ़ाया और चीख़ा :

"हाल्ट!" ज़ाहिर था कि दूसरे आदमी के हिलते ही वह गोली मार देगा।

उस ज़रा-से सिपाही के आगे वह ऊँचा, तगड़ा मेकैनिक असहाय खड़ा था और कुछ नहीं कर सकता था।

रोमान और आर्तेम दोनों को गिरफ़्तार कर लिया गया। आर्तेम को घंटे-भर बाद छोड़ दिया गया, मगर रोमान को वहीं एक मालगोदाम में बन्द कर दिया गया।

गिरफ़्तारी के दस मिनट बाद एक भी आदमी काम पर नहीं रह गया था। डिपो के मज़दूर स्टेशन के पार्क में इकट्ठे हुए और वहीं पर स्विचमैन और सप्लाई गोदाम में काम करनेवाले लोग उनसे आ मिले। लोगों में बड़ा आवेश था और किसी ने रोमान और पोनोमारेंको की रिहाई के लिए एक लिखित माँग का मसविदा तैयार किया।

मज़दूरों में ग़ुस्सा और भी बढ़ा जब सहायक कमांडेंट सन्तरियों की एक टुकड़ी

लेकर, रिवॉल्वर चमकाता हुआ पार्क में आया और चिल्लाया :

"सब लोग काम पर वापस जाओ, नहीं तो हम यहीं एक-एक को गिरफ़्तार कर लेंगे! और तुममें से कुछ को गोली मार देंगे।"

ग़ुस्से में भरे हुए मज़दूरों ने एक ज़बरदस्त हुंकार से उसका जवाब दिया जिसे सुनकर वह स्टेशन की ओर भागा। मगर इसी बीच स्टेशन कमांडेंट ने शहर से जर्मन सिपाही बुला लिये थे और उनके ट्रक-के-ट्रक स्टेशन की सड़क पर तेज़ी से चले आ रहे थे।

मज़दूर तितर-बितर हो गए और अपने-अपने घरों की ओर तेज़ी से चल दिये और एक भी आदमी काम पर नहीं रहा, यहाँ तक कि स्टेशन मास्टर भी नहीं। जुखराई का काम अब अपना असर दिखला रहा था। यह पहला मौक़ा था जब स्टेशन के मज़दूरों ने कोई सामूहिक क़दम उठाया था।

जर्मनों ने प्लेटफ़ॉर्म पर एक भारी मशीनगन खड़ी कर दी, वैसे ही जैसे शिकार का पता लगाकर शिकारी कुत्ता खड़ा हो जाता है। मशीनगन के पास ही एक जर्मन कार्पोरल राइफ़ल के घोड़े पर हाथ रखे बैठ गया।

स्टेशन वीरान हो गया।

रात को गिरफ़्तारियाँ शुरू हुईं। पकड़े जानेवालों में आर्तेम भी था। जुखराई बच गया क्योंकि रात को वह घर नहीं गया था।

सभी गिरफ़्तार आदमियों को भेड़-बकरियों की तरह मालगोदाम के एक विशाल शेड के नीचे इकट्ठा किया गया और उनसे कहा गया कि या तो काम पर वापस जाओ या कोर्ट-मार्शल का सामना करो।

सारी लाइन के लगभग सभी रेलवे मज़दूर हड़ताल पर थे। एक दिन और एक रात, एक भी गाड़ी नहीं गुज़री और यह भी पता चला कि वहाँ से क़रीब अस्सी मील की दूरी पर एक बड़ी छापेमार टुकड़ी से लड़ाई चल रही थी जिसने रेलवे लाइन काट दी थी और पुलों को उड़ा दिया था।

रात को जर्मन सिपाहियों की एक गाड़ी स्टेशन पर आई मगर और आगे नहीं जा सकी क्योंकि इंजन ड्राइवर, उसके मददगार और फ़ायरमैन तीनों इंजन छोड़कर ग़ायब हो गए थे। दो और गाड़ियाँ आगे जाने के इन्तज़ार में स्टेशन की साइडिंग पर खड़ी थीं।

मालगोदाम के शेड का भारी दरवाज़ा खुला और स्टेशन कमांडेंट, एक जर्मन लेफ़्टिनेंट, उसका सहायक और कुछ और जर्मनों की एक टोली अन्दर दाख़िल हुई।

"कोर्चागिन, पोलेनताव्स्की, ब्रुजाक," कमांडेंट के सहायक ने नाम पढ़कर सुनाते हुए कहा, "तुम्हें आदेश दिया जाता है कि तुम इंजन चलानेवालों का काम करोगे और फ़ौरन एक गाड़ी लेकर चले जाओगे। तुम इनकार नहीं कर सकते, इनकार करने पर तुम्हें यहीं गोली मार दी जाएगी। बोलो, तुम्हें क्या कहना है?"

तीनों मज़दूरों ने ग़ुस्से से अन्दर ही अन्दर घुटते हुए सिर हिलाकर अपनी स्वीकृति दी। उन्हें सन्तरियों के पहरे में इंजन तक ले जाया गया और कमांडेंट का सहायक अगली गाड़ी के लिए ड्राइवर, उसके मददगार और फ़ायरमैन का नाम पढ़ने लगा।

इंजन ने ग़ुस्से से फुफकार छोड़ी और चिनगारियों का एक फ़व्वारा-सा ऊपर उठा। भारी-भारी साँस लेता हुआ इंजन रात की गहराइयों में रेलवे लाइन को रौंदता हुआ अँधेरे में आगे बढ़ चला। आर्तेम ने फ़ायर-बॉक्स में अभी-अभी कोयला झोंका था। कोयला डालकर उसने उसके दरवाज़े को बन्द किया, औज़ारों के बक्स पर रखे हुए चपटी टोंटी के टी-पॉट से एक घूँट पानी पिया और बुड्ढे इंजन ड्राइवर पोलेनताव्स्की की ओर मुड़ा।

"तो क्यों काका, अब हम लोग इसे ले ही जाएँगे क्या?"

पोलेनताव्स्की ने अपनी घनी पलकों के नीचे अपनी आँखें कुछ खीज और चिड़चिड़ेपन से मुलमुलाईं।

"और करोगे क्या जब पीठ से संगीन लगी हो!"

ब्रुजाक ने इंजन से लगे हुए कोयले के डिब्बे पर बैठे हुए जर्मन सिपाही को कनखियों से देखते हुए सुझाव दिया, "हम क्यों न सब कुछ ऐसे ही छोड़कर भाग चलें?"

आर्तेम बुदबुदाया : "मैं भी ऐसा ही सोचता हूँ, मगर मुझे डर बस उस पीठ से लगी संगीन का है।"

"वह तो है," ब्रुजाक ने खिड़की में से सिर निकालते हुए अनिश्चयपूर्ण ढंग से कहा।

पोलेनताव्स्की आर्तेम के और पास आ गया और फुसफुसाकर बोला, "गाड़ी लेकर हम नहीं जा सकते, समझते हो न? वहाँ आगे लड़ाई हो रही है। हमारे आदमियों ने रेलवे लाइन उड़ा दी है। और हमको देखो, हम इन सूअर के बच्चों को लेकर जा रहे ताकि वे हमारे आदमियों को गोली से भून दें—नहीं, यह नहीं हो सकता। सच कहता हूँ बेटा, ज़ार के दिनों में भी मैंने हड़ताल के वक़्त इंजन नहीं चलाया था और अब भी नहीं चलाऊँगा, यह मेरा निश्चय है। अगर हम अपने ही लोगों की तबाही का कारण बनें, तो यह एक ऐसा कलंक का टीका होगा जो सारी ज़िन्दगी नहीं छूटेगा। इंजन चलानेवाले दूसरे लोग भाग गए कि नहीं? जान का ख़तरा उनको भी था, मगर तब भी उन्होंने ऐसा किया। हम हरगिज़ गाड़ी लेकर आगे नहीं जाएँगे। क्यों तुम्हारा क्या ख़याल है?"

"बात तो तुम ठीक कहते हो काका, मगर उस आदमी का क्या करोगे?" कहते हुए उसने आँख से उस सिपाही की ओर इशारा किया।

इंजन ड्राइवर का चेहरा चिन्ता से स्याह और भारी हो गया। मुट्ठी-भर रद्दी कपड़ा लेकर अपने माथे का पसीना पोंछा और लाल-लाल आँखों से प्रेशर-गेज

को घूरा जैसे वहीं उसको उस सवाल का जवाब मिल जाएगा जो उसे तंग कर रहा था। फिर ग़ुस्से और मायूसी की हालत में वह कुछ बकने लगा।

आर्तेम ने दुबारा टी-पॉट से पानी पिया। दोनों आदमी एक ही चीज़ के बारे में सोच रहे थे। मगर कोई उस कठिन चुप्पी को तोड़ने का साहस अपने में नहीं कर पा रहा था। आर्तेम को जुखराई की बात का ख़याल आया : 'क्यों भाई, बोल्शेविक पार्टी और कम्युनिस्ट विचारधारा के बारे में तुम्हारा क्या ख़याल है?' और फिर उसे अपने जवाब का ख़याल आया, 'मैं हमेशा मदद के लिए तैयार हूँ, तुम मुझ पर भरोसा कर सकते हो...।'

उसने सोचा, "क्या ख़ूब मदद...अपने ही लोगों को दबाने के लिए जर्मनों की फ़ौज को ड्राइव करके ले जा रहे हैं...।"

पोलेनताव्स्की आर्तेम के क़रीब रखे हुए औज़ारों के बक्स के ऊपर इस वक़्त झुका हुआ था। उसने भारी आवाज़ में कहा : "उस आदमी को देखते हो न, उसका तो काम तमाम करना ही होगा, समझे?"

आर्तेम चौंक गया। पोलेनताव्स्की ने दाँत पर दाँत जमाए इतना और कहा : "दूसरा कोई रास्ता नहीं। यह तो हमें करना ही होगा। हम उसके सिर पर भरपूर वार करके उसको लिटा देंगे और चोक और लिवर को उठाकर फ़ायर-बॉक्स में झोंक देंगे और भाग निकलेंगे।"

आर्तेम को ऐसा लगा कि जैसे उसके कन्धे से बोझ हट गया हो और वह हल्का हो गया हो। उसने कहा : "ठीक!"

ब्रुजाक की ओर झुकते हुए आर्तेम ने उसे यह निश्चय बतलाया।

ब्रुजाक ने फ़ौरन जवाब नहीं दिया। ये सभी लोग भारी ख़तरा उठा रहे हैं। सबके अपने-अपने परिवार थे जिनकी उन्हें चिन्ता करनी थी। पोलेनताव्स्की का कुनबा तो सबसे बड़ा था : उसके घर में नौ प्राणी थे जिनके लिए उसे आहार जुटाना पड़ता था। मगर इस सबके बाद भी उन तीनों को यह बात अच्छी तरह पता थी कि वे किसी सूरत से गाड़ी को अपनी मंज़िल तक नहीं ले जा सकते।

ब्रुजाक ने कहा, "मैं भी तुम्हारे साथ हूँ। मगर उसको कौन..." उसने अपना वाक्य पूरा नहीं किया मगर उसका मतलब आर्तेम के लिए बिलकुल साफ़ था।

आर्तेम पोलेनताव्स्की की ओर मुड़ा जो इस समय चोक के साथ कुछ कर रहा था। आर्तेम ने उसको जैसे यह बताने के लिए कि ब्रुजाक भी उनसे सहमत है, अपना सिर हिलाया। मगर एक सवाल अब तक तय नहीं हो सका था और आर्तेम को बहुत परेशान कर रहा था। उसी के सम्बन्ध में जानने को वह उस बुड्ढे के और पास पहुँचा और पूछा :

"मगर कैसे?"

पोलेनताव्स्की ने आर्तेम की ओर निहारा।

"तुम शुरू करो, तुम्हीं सबसे मज़बूत हो। हम इस लोहे के डंडे से उसे ढेर कर देंगे और बस फिर काम तमाम समझो।" वह बुड्ढा बहुत उद्विग्न हो रहा था।

आर्तेम के माथे पर बल पड़ गए और वह किसी गहरी सोच में डूब गया। "नहीं-नहीं मुझसे यह न होगा। ज़रा सोचो न, उस आदमी का भी भला क्या दोष है। उसे भी तो संगीन की नोक पर मजबूर किया गया है इस काम के लिए।"

पोलेनताव्स्की की आँखें अंगारों की तरह चमकने लगीं।

"तुम कहते हो कोई दोष नहीं? तब फिर हम जो यह काम करने जा रहे हैं, हमारा भी इसमें दोष नहीं। मगर एक चीज़ मत भूलो कि जिस फ़ौजी टुकड़ी को हम लोग ले जा रहे हैं, वह सज़ा देने के लिए भेजी जा रही है। तुम्हारे ये भोले-भाले लोग छापेमारों को गोलियों से भूनेंगे। तब फिर दोष क्या इसमें छापेमारों का है? नहीं भाई नहीं, तुम्हारे शरीर में ताक़त भले साँड़ की हो, लेकिन अक़्ल ज़रा कम ही है...।"

आर्तेम ने फटी हुई आवाज़ में कहा, "ठीक-ठीक।" उसने लोहे का डंडा उठा लिया मगर पोलेनताव्स्की ने उसके कान में धीरे-से कहा :

"यह काम मैं करूँगा, ज़्यादा ठीक रहेगा। तुम फावड़ा उठा लो और इंजन से लगी हुई गाड़ी में से कोयला नीचे देने के लिए उस पर चढ़ जाओ। ज़रूरी समझना तो उसी फावड़े से तुम भी एक हाथ लगा देना। मैं ऐसा दिखलाऊँगा कि जैसे कोयले के ढेर को हल्का कर रहा हूँ।"

ब्रुजाक ने इस बातचीत को सुना और सिर हिलाया। "बुढ़ऊ ठीक कहते हैं," उसने कहा और चोक के पास जाकर खड़ा हो गया।

वह जर्मन सिपाही अपनी टोपी लगाए, जिसके चारों तरफ़ लाल-लाल फीता लगा था, उस इंजन के पासवाले डिब्बे के सिरे पर बैठा था। उसकी राइफ़ल उसके पैरों के बीच पड़ी हुई थी और वह सिगार पी रहा था। बीच-बीच में वह इन इंजन चलानेवालों पर निगाह डाल लेता था।

जब आर्तेम उस डिब्बे पर चढ़ा तो सन्तरी ने उस पर कोई ध्यान नहीं दिया। और जब पोलेनताव्स्की ने इस बहाने से कि वह डिब्बे के उस सिरे पर रखे हुए कोयले के बड़े-बड़े ढोंकों के पास पहुँचना चाहता है, सिपाही को रास्ते से हटने के लिए इशारा किया तो सिपाही फ़ौरन इंजन के डिब्बे में जानेवाले दरवाज़े की ओर हट गया।

लोहे के डंडे से उस जर्मन की खोपड़ी चूर होने की अचानक आवाज़ आई तो आर्तेम और ब्रुजाक ऐसे उछल गए जैसे किसी ने उन्हें लाल-लाल लोहे से दाग दिया हो। जर्मन सिपाही का शरीर बेजान होकर इंजन के केबिन और कोयले के डिब्बे के बीच के रास्ते में पड़ा था।

ख़ून तेज़ी से उसकी भूरे रंग की ऊनी टोपी में से होकर चूने लगा था और उसकी राइफ़ल डिब्बे की दीवार से टकराकर बज रही थी।

पोलेनताव्स्की ने लोहे का डंडा फेंकते हुए धीरे-से कहा, "काम तमाम!" और फिर जोड़ा, "अब हमारे लिए लौटने की राह नहीं है।" उसके चेहरे की नसें तन गई थीं।

उसकी आवाज़ भर्रा गई। मगर फिर उस भारी निस्तब्धता को, जो उन तीनों आदमियों पर छा गई थी, चीरने के लिए एक बार फिर एक चीख़ के रूप में उठी। वह चिल्लाया, "चोक का पेंच ढीला करो, जल्दी-जल्दी!"

दस मिनट में सारा काम हो गया। इंजन के सारे कल-पुरजे ढीले कर दिये गए थे, और उसकी रफ़्तार धीमी होती जा रही थी।

इंजन के आस-पास रोशनी का जो घेरा था, उसमें रेलवे लाइन के किनारे खड़े हुए पेड़ों की काली-काली, कुछ सोचती हुई-सी आकृतियाँ जैसे आगे बढ़ आती थीं मगर फिर पीछे हटकर उस अभेद्य अन्धकार में खो जाती थीं। इंजन की हेडलाइट अपने दस ग़ज आगे भी रात की मोटी चादर चीर नहीं पाती थी और धीरे-धीरे उसका वह भारी-भारी साँस लेना कम होता जा रहा था, जैसे उसने अपनी ताक़त का आख़िरी अणु भी ख़र्च कर डाला हो।

"कूदो, बेटा!" आर्तेम ने पीछे से पोलेनताव्स्की की आवाज़ सुनी और हैंडिल छोड़ दिया। गाड़ी की उस तेज़ रफ़्तार में उसका वह तगड़ा शरीर किसी पत्थर की तरह नीचे गिरने लगा, मगर उसके पैर तभी एक धक्के के साथ ज़मीन पर लगे। वह एक-दो क़दम दौड़ा और फिर इतने ज़ोर से गिरा कि गुलाट खा गया।

तभी इंजन के डिब्बे के दोनों तरफ़ से एक-एक छायाकृति कूदी।

ब्रुजाक के घर पर अँधेरा छा गया था। पिछले चार दिनों में सर्गेई की माँ ऐन्तोनीना वासीलिएवना का चिन्ता के मारे बुरा हाल हो गया था। अपने पति का उसे कोई समाचार नहीं मिला था। उसे सिर्फ़ इतनी ही बात मालूम हो सकी थी कि जर्मनों ने उसे कोर्चागिन और पोलेनताव्स्की के साथ-साथ एक इंजन चलाने पर मजबूर किया था। और कल हेटमैन के तीन सन्तरी आए थे और उससे बहुत गाली-गुफ्ता करके उन्होंने बेहूदा सवाल किये थे।

उन्होंने जो कुछ कहा था उससे उसने अन्दाज़ लगाया कि कुछ गड़बड़ हो गई है और जैसे ही सिपाही चले गए उसने बहुत उद्विग्न होकर सिर पर रूमाल डाला और मारिया याकोवलेवना के पास चली गई, इस उम्मीद में कि शायद उसी से अपने पति के बारे में उसको कुछ ख़बर मिल जाए।

उसकी सबसे बड़ी लड़की वालिया ने, जो रसोईघर की सफ़ाई कर रही थी, उसे घर से बाहर जाते देखा।

लड़की ने पूछा, "कहाँ जा रही हो माँ?"

ऐन्तोनीना वासीलिएवना ने सजल आँखों से अपनी बेटी को देखा और जवाब दिया, "कोर्चागिन के यहाँ। मुमकिन है उन्हें तुम्हारे पिता का कुछ हाल मालूम हो। अगर सर्गेई घर आए तो उससे कहना कि स्टेशन जाकर पोलेनताव्स्की के घरवालों से मिल लेगा।"

वालिया ने अपनी माँ को बाँहों में भर लिया और उसे दरवाज़े तक पहुँचाती हुई बोली, "घबराओ नहीं, मेरी प्यारी माँ।"

मारिया याकोवलेवना ने हमेशा की तरह जी खोलकर ऐन्तोनीना वासीलिएवना का स्वागत किया। दोनों स्त्रियों को एक-दूसरे से उम्मीद थी कि उन्हें कुछ ख़बर मिलेगी, मगर बातचीत के दौरान सारी उम्मीदें खतम हो गईं।

कोर्चागिन के घर पर भी रात को तलाशी हुई। सिपाही आर्तेम की तलाश में थे और उन्होंने जाते समय मारिया याकोवलेवना से कहा था कि जैसे ही तुम्हारा लड़का घर आए, उससे कहना कि वह फ़ौरन जाकर कमांडेंट के दफ़्तर में ख़बर करे।

इन सिपाहियों के आने से कोर्चागिना के होश-हवास गुम हो गए। वह घर पर अकेली थी क्योंकि पावेल रोज़ की तरह आज भी बिजलीघर में रात की पाली पर काम कर रहा था।

पावेल जब ख़ूब सवेरे काम पर से घर लौटा और माँ से तलाशी की ख़बर सुनी तो उसे अपने भाई की हिफ़ाज़त की गहरी चिन्ता सताने लगी। उसके और आर्तेम के स्वभाव में अन्तर था। आर्तेम ऊपर से बहुत शुष्क था, मगर इसके बावजूद दोनों भाई एक-दूसरे को बहुत चाहते थे। दोनों के बीच एक अजीब कठोर-सा प्यार था जिसमें दिखावे के लिए कोई जगह न थी, मगर पावेल जानता था कि अपने भाई के लिए कोई भी क़ुरबानी करने में वह नहीं हिचकेगा।

आराम के लिए बिना रुके पावेल जुखराई से मिलने के लिए भागकर स्टेशन गया। जुखराई उसे नहीं मिला और जिन मज़दूरों को वह जानता था। वे उसे फ़रार लोगों के बारे में कुछ नहीं बतला सके। इंजन ड्राइवर पोलेनताव्स्की के घरवाले भी बिलकुल अन्धकार में थे। पोलेनताव्स्की के सबसे छोटे लड़के बोरिस से, जो उसे बाहर हाते में मिला, सिर्फ़ इतना मालूम हुआ कि कल रात उनके घर पर भी तलाशी हुई थी। सिपाही पोलेनताव्स्की को खोज रहे थे।

पावेल घर लौटा तो अपनी माँ को देने के लिए उसके पास कोई ख़बर न थी। थककर चूर, वह बिस्तर पर पड़ा रहा और फ़ौरन उखड़ी-उखड़ी-सी नींद में डूब गया।

दरवाज़े पर दस्तक पड़ी तो वालिया ने आँख उठाकर देखा।

ज़ंजीर खोलते हुए उसने पूछा, "कौन है?"

दरवाज़ा खुला तो क्लिम्का मारचेंको का लाल-लाल बालोंवाला सर दिखाई दिया जिसके बाल बिखरे हुए थे। स्पष्ट ही वह दौड़ता हुआ आया था, क्योंकि उसकी साँस फूली हुई थी और उसका चेहरा सुर्ख़ हो रहा था।

उसने वालिया से पूछा, "तुम्हारी माँ घर पर हैं?"

"नहीं, वह बाहर गई हुई हैं।"

"कहाँ?"

"मेरा ख़याल है, कोर्चागिन के यहाँ," यह कहते हुए वालिया ने तेज़ी से लौटते हुए क्लिम्का की आस्तीन पकड़ ली।

क्लिम्का ने संकोचपूर्वक लड़की को देखा, फिर बड़ी हिम्मत करके कहा :

"मुझे उनसे कुछ काम है।"

वालिया उसे जाने नहीं देना चाहती थी। बोली, "क्या है? झट से बोलता क्यों नहीं। लाल सिरवाले भालू, बोल झट से बोल और अब मुझे और शशोपंज में न रख," लड़की ने आदेश के स्वर में कहा।

क्लिम्का जुखराई की चेतावनी और उसके इस कठोर निर्देश को कि चिट्ठी एन्तोनीना वासीलिएवना के हाथ में ही देना, भूल गया, और उसने अपनी जेब से एक मैला-कुचैला सा काग़ज़ निकाला और उस लड़की को दे दिया। सर्गेई की इस ख़ूबसूरत, सुनहरे बालोंवाली बहन को वह किसी चीज़ के लिए इनकार नहीं कर सकता था। क्योंकि सच बात यह है कि उसे इस लड़की से प्यार था। यह बात अलग है कि वह इतना झेंपू था कि अपने-आप से भी इस बात को नहीं मान पाता था कि उसे वालिया पसन्द है। उस लड़की ने झटपट उस काग़ज़ के टुकड़े को पढ़ डाला :

> "प्यारी तोनिया, घबराओ मत। सब ठीक है। हम लोग हिफ़ाज़त से हैं। जल्दी ही तुम्हें और ख़बर मिलेगी। दूसरों को भी बता दो कि सब ठीक है। घबराने की कोई बात नहीं है। इस चिट्ठी को नष्ट कर डालना।
>
> —जखार।"

वालिया तेज़ी से क्लिम्का के पास गई।

"यह तुम्हें मिला कहाँ पागल राम? किसने दिया तुमको?" यह कहते हुए उसने क्लिम्का को इतने ज़ोरों से झकझोरा कि उसकी तो जैसे अक़्ल ही गुम हो गई और उसने अनजाने में ही दूसरी बड़ी भूल कर डाली।

"जुखराई ने मुझे दिया, स्टेशन पर।" फिर उसे ख़याल आया कि यह बात उसे नहीं कहनी चाहिए थी। तब उसने जोड़ा : "मगर उन्होंने मुझे ताक़ीद की थी कि मैं यह चिट्ठी तुम्हारी माँ के सिवा और किसी को न दूँ।"

वालिया ने हँसते हुए कहा, "ठीक है। मैं किसी से नहीं कहूँगी। और अब तुम, अच्छे नन्हे भालू की तरह, दौड़ते हुए पावेल के यहाँ जाओ और वहीं तुम्हें माँ मिलेंगी।" यह कहते हुए उसने लड़के को धीरे-से पीठ में धक्का दिया।

पल-भर बाद क्लिम्का का लाल सर बाग़ीचे के फाटक में से होकर ग़ायब हो गया।

तीनों में से कोई रेलवे मज़दूर घर नहीं लौटा। शाम को जुखराई कोर्चागिन के घर आया और उसने मारिया याकोवलेवना को ट्रेनवाली घटना बतलाई। उसने ख़ौफ़ज़दा माँ को शान्त करने की पूरी कोशिश की और उसे विश्वास दिलाया कि तीनों ब्रुजाक के चचा के यहाँ दूर के एक गाँव में बहुत हिफ़ाज़त से हैं। यह ठीक है कि वे लोग अभी लौटकर घर नहीं आ सकते, मगर जर्मनों की हालत पतली है और परिस्थिति किसी भी दिन बदल सकती है।

इन तीनों आदमियों के ग़ायब हो जाने से उनके परिवार एक-दूसरे के बहुत पास आ गए, जितना पहले कभी नहीं थे। उनकी चिट्ठियाँ जो कभी-कभार मिल जाती थीं, बड़े आनन्द से पढ़ी जाती थीं। उनके बग़ैर घर सूना और वीरान मालूम होता था।

एक दिन जुखराई पोलेनताव्स्की की बीवी से मिलने के लिए आया, कुछ इस तरह से कि जैसे रास्ते में यह घर पड़ गया हो, और उसे कुछ रुपया दिया।

उसने कहा, "तुम्हारे पति ने तुमको यह भेजा है, तब तक इसी से घर का ख़र्च चलाओ। मगर हाँ, देखना, किसी से इसका ज़िक्र न करना।"

उस बुड्ढी स्त्री ने कृतज्ञतापूर्वक जुखराई का हाथ पकड़ लिया और बोली, "शुक्रिया! हमें इसकी सख़्त ज़रूरत थी। बच्चों को खिलाने के लिए भी मेरे पास कुछ नहीं था।"

सच बात यह है कि यह पैसा उस फंड में से आया था जो बुल्गाकोव छोड़ गया था।

वहाँ से स्टेशन को लौटते हुए जुखराई सोचने लगा, "अब देखो आगे क्या होता है। अगर गोली का डर दिखलाकर हड़ताल तोड़ भी दी जाती है और मज़दूर काम पर भी लौट आते हैं, तब भी यह समझ लो कि आग सुलग गई है और अब उसे कोई बुझा नहीं सकता। जहाँ तक उन तीनों का ताल्लुक़ है, वे मज़दूर हैं, सच्चे प्रोलितारियन।" मन में यह कहते हुए वह उमंग से भर उठा।

बोरोबिओवा बाल्का नामक गाँव के छोर पर एक पुराने, लोहे के कारख़ाने में पोलेनताव्स्की सुलगती हुई भट्ठी के आगे खड़ा था। कारख़ाने का अगवाड़ा सड़क पर पड़ता था और धुएँ से काला हो रहा था। भट्ठी की चमक से उसकी आँखें

छोटी हो गई थीं और वह एक बहुत लम्बे हैंडिल की सँड़सी से लोहे के एक लाल-लाल टुकड़े को घुमा रहा था।

आर्तेम धरन से लटकती हुई धौंकनी चला रहा था!

"इन दिनों इन गाँवों में कोई कुशल मज़दूर भूखा नहीं मर सकता—जितना काम चाहे पा सकता है," इंजन ड्राइवर ने अपनी दाढ़ी के भीतर से मुस्कराते हुए कहा। "इसी तरह एक-दो हफ़्ता और चला तो हम लोग अपने घर बहुत काफ़ी आटा और रसद वग़ैरह भेज सकेंगे। बेटा, किसान लोहारों की बड़ी इज़्ज़त करते हैं। तू देखना हम लोग धीरे-धीरे खा-पीकर पूँजीपतियों जैसे मोटे हो जाएँगे। जखार हम लोगों से कुछ दूसरी तरह का है—वह किसानों से चिपका हुआ है, अपने उस चाचा के ज़रिये उसकी जड़ें ज़मीन में हैं। मैं उसे दोष नहीं देता। तुम्हारे और मेरे पास आर्तेम, सिवा अपनी मज़बूत पीठ और हाथों के क्या है—न हल, न गाड़ी, न और कुछ। हम लोग तो सदा-सदा के प्रोलितारियन हैं, सच्चे सर्वहारा, मगर बुड्ढा जखार जो है न, वह तो जैसे दो टुकड़ों में बँटा हुआ है। उसका एक पैर तो इंजन में है और दूसरा गाँव में।" हँसते हुए उसने यह बात कही। फिर अपनी सँड़सी से धातु के उस लाल-लाल टुकड़े को हिलाया-डुलाया और फिर कुछ गम्भीर स्वर में बोला, "बेटा, जहाँ तक हमारी बात है, लक्षण बहुत अच्छे नहीं हैं। अगर जल्दी ही जर्मनों का सफ़ाया नहीं किया जाता तो फिर जैसे भी हो हमें एकातेरीनोस्लाव या रोस्तोव पहुँचना पड़ेगा, नहीं तो हम लोग पकड़े जाएँगे और इसके पहले कि बात हमारी समझ में आए, लटका दिये जाएँगे।"

आर्तेम ने मुँह-ही-मुँह में कहा, "यह तो तुम ठीक कहते हो।"

"काश कि मुझे पता होता कि वहाँ पर हमारे लोगों का क्या हाल-चाल है। मैं तो नहीं समझता कि जर्मनों ने उन्हें वैसे ही छोड़ रखा होगा।"

"हाँ काका, हम लोग काफ़ी मुसीबत में हैं और अच्छा हो कि हम लोग घर के बारे में सोचना बन्द कर दें।"

इंजन ड्राइवर ने भट्ठी में से चमकता हुआ गरम धातु का नीला टुकड़ा निकाला और सधे हुए हाथों से निहाई पर रख दिया।

"बेटा, अब लगें इस पर!"

आर्तेम ने एक भारी-सा हथौड़ा उठाया, घुमाकर उसे अपने सर से ऊपर ले गया और निहाई पर पटक दिया। चिनगारियों का एक फ़व्वारा हिस् की आवाज़ के साथ फैल गया जिससे एक पल के लिए उस लोहारखाने के अँधेरे से अँधेरे कोने भी आलोकित हो गए।

पोलेनताव्स्की लोहे के उस गरम लाल टुकड़े को घुमाता रहा, उस पर हथौड़े की ज़बरदस्त चोटें पड़ती रहीं और वह गरम मोम की तरह चपटा हो गया।

लोहारखाने के खुले दरवाज़ों से अँधेरी रात की गरम साँस आ रही थी।

नीचे झील फैली हुई थी—अँधेरी, विशाल! उसके चारों ओर चीड़ के पेड़ खड़े अपने उन्नत शीश हिला रहे थे।

उनकी ओर देखते हुए तोनिया ने सोचा, "जैसे जान हो इनमें।" झील के चट्टानी किनारे पर वह घास से ढकी हुई एक नीची जगह पर लेटी हुई थी। उसके गड्ढे के उस पार ऊपर जंगल का छोर था और नीचे थी झील। झील पर अपना वज़न-सा डालती हुई पहाड़ियों की छाया से पानी की स्याही और भी स्याह हो गई थी।

स्टेशन के पास की यह पत्थर की खदान तोनिया की ख़ास प्यारी जगह थी। जिन गहरी-गहरी खदानों से पत्थर निकालकर अब छोड़ दिया गया था, उनमें पानी के सोते फूट गए थे, और अब वहाँ पर तीन तलैयाँ बनी हुई थीं। झील के किनारे छपाक की आवाज़ सुनकर तोनिया ने सिर ऊपर उठाया। अपने सामने की शाखों को हाथ से अलग करते हुए उसने उस ओर देखा जिधर से आवाज़ आई थी। एक चुस्त, फुर्तीला, धूप से तपे हुए रंग का शरीर ज़ोर-ज़ोर से हाथ मारता हुआ किनारे से दूर तैरता चला जा रहा था। तोनिया ने तैराक की ताँबे के रंग की पीठ और काला सिर देखा; वह ऊदबिलाव की तरह मुँह से हवा फेंक रहा था, और पानी के अन्दर तेजी से पैर चला रहा था। कभी उलट जाता था, कलैया खाता था और गोते लगाता था, फिर वह पीठ के बल होकर पानी पर लेट गया और बहने लगा। तेज सूरज की चमक से उसकी आँखें चौंधिया रही थीं, बाँहें फैली हुई थीं और शरीर थोड़ा मुड़ा हुआ था।

तोनिया ने शाख छोड़ दी और वापस अपनी जगह पर आ गई।

"इस तरह से झाँकना ठीक नहीं," कहते हुए वह अपने-आप मुस्कराई और फिर पढ़ने में लग गई।

लेशचिन्स्की ने उसे जो किताब दी थी, उसमें वह इतनी डूबी हुई थी कि उसने किसी को काले पत्थर की उस चट्टान पर चढ़ते नहीं देखा जो उसके खाले को चीड़ के जंगल से अलग करती थी। वह तो जब एक ढेला, जो इस आदमी ने अनजाने में लुढ़काया था, आकर तोनिया की किताब पर गिरा तब उसने आँख ऊपर उठाई और पावेल कोर्चागिन को अपने सामने खड़ा पाया। पावेल भी इस मुलाक़ात से अचकचा गया और अपनी घबराहट में पलटने के लिए मुड़ा।

"वही आदमी होगा जिसे मैंने अभी पानी में देखा था," तोनिया ने उसके गीले बालों को देखते हुए अपने मन में कहा।

"तुम डर गईं क्या? मुझे नहीं मालूम था कि तुम यहाँ पर हो," पावेल ने चट्टान के कगार पर हाथ रखते हुए कहा। उसने तोनिया को पहचान लिया था।

"नहीं, ऐसा क्यों कहते हो, तुम्हारे कारण मुझे कोई अड़चन नहीं है। तुम्हारा

मन करे तो थोड़ी देर रुको, और फिर हम दोनों बातें करें।"

पावेल ने तोनिया को आश्चर्य से देखा : "काहे के बारे में बातें करेंगे हम?"

तोनिया मुस्कराई।

एक पत्थर की ओर उँगली से इशारा करते हुए उसने कहा, "मिसाल के लिए, सबसे पहले यही कि तुम यहाँ पर क्यों नहीं बैठते? तुम्हारा नाम क्या है?"

"पावका कोर्चागिन।"

"मेरा नाम तोनिया है। लो अब हम लोगों ने एक-दूसरे को अपना परिचय दे दिया।"

पावेल अपनी उलझन और परेशानी में अपनी टोपी उमेठ रहा था।

तोनिया ने ख़ामोशी को तोड़ते हुए कहा, "अच्छा तो तुम्हारा नाम पावका है। क्यों, पावका क्यों? सुनने में बहुत अच्छा नहीं लगता। पावेल इससे कहीं अच्छा होगा। और मैं तो तुम्हें इसी नाम से पुकारूँगी—पावेल। तुम क्या यहाँ अक्सर आते हो..." इसके बाद वह कहना चाहती थी "तैरने" मगर चूँकि वह यह ज़ाहिर नहीं होने देना चाहती थी कि उसने पावेल को पानी में देखा है, उसने बात बदलकर कहा, "घूमने?"

पावेल ने जवाब दिया, "नहीं, बहुत नहीं। कभी-कभी जब फ़ुरसत होती है।"

"अच्छा तो तुम कहीं काम करते हो?" तोनिया ने उससे और आगे सवाल किया।

"बिजली के कारख़ाने में। मैं फ़ायरमैन हूँ।"

"बताओ, तुमने इतनी अच्छी तरह लड़ना कहाँ सीखा?" तोनिया ने अप्रत्याशित ढंग से पूछा।

"मेरे लड़ने से तुमको क्या?" न चाहते हुए भी पावेल के मुँह से निकल गया।

यह देखकर कि पावेल उसके सवाल से चिढ़ गया है, तोनिया ने जल्दी से कहा, "देखो नाराज़ न हो, कोर्चागिन। मैं सिर्फ़ जानना चाहती थी और क्या। क्या घूँसा था वह भी! तुम्हें इतना बेरहम नहीं होना चाहिए," यह कहते हुए वह ज़ोर से हँस पड़ी।

पावेल ने पूछा, "उसके लिए बड़ा दु:ख होता है तुम्हें, क्यों?"

"नहीं तो, ज़रा भी नहीं। उलटे, मेरा तो यह ख़याल है कि सुखार्को इसी के काबिल था। जो हुआ ठीक हुआ। मुझे तो ख़ूब ही मज़ा आया। मैं सुनती हूँ कि तुम अक्सर किसी-न-किसी से लड़ते-झगड़ते रहते हो।"

पावेल के कान खड़े हुए, "कौन कहता है?"

"क्यों, विक्टर लेशचिन्स्की का ही यह कहना है कि तुम पेशेवर लड़ाके हो।"

पावेल के चेहरे पर कालौंछ आ गई।

"विक्टर सूअर है और बिलकुल लौंडिया है। उसे अपनी किस्मत सराहनी चाहिए कि उस दिन उसकी भी कुन्दी नहीं हुई। मेरे बारे में उसने जो कुछ कहा, मैंने सब सुना था। लेकिन मैं अपने हाथ गन्दे नहीं करना चाहता था।"

तोनिया ने उसको टोकते हुए कहा, "ऐसी ज़बान का इस्तेमाल मत करो, पावेल। अच्छा नहीं मालूम होता।"

पावेल को ग़ुस्सा चढ़ने लगा।

उसने अपने मन में कहा, "मैं क्यों यहाँ खड़ा इस छोकरी से बातें कर रहा हूँ, आख़िर क्यों? मुझे हुक़्म दे रही है! पहले आपको पावका नाम नहीं पसन्द आया और अब मेरी ज़बान में दोष निकाल रही है!"

तोनिया ने पूछा, "लेशचिन्स्की से तुम इतने चिढ़े हुए क्यों हो?"

"कहा तो, वह लौंडिया है, अपनी अम्मा की बिटिया! उसमें ज़रा सी भी हिम्मत नहीं; ऐसों को देखकर मेरी उँगली खुजलाने लगती है। ऐसा दिखलाता है कि जैसे दूसरा कोई कुछ हो ही नहीं, सब के सिर पर पैर देकर चलने की कोशिश करता है, समझता है कि जो मन में आवे सो कर सकता है, सिर्फ़ इसलिए कि वह अमीर है। मगर मुझे ख़ाक परवाह नहीं उसकी अमीरी की। ज़रा किसी रोज़ मुझे छू भर तो दे, फिर देखो मैं उसकी कैसी मरम्मत करता हूँ। ऐसों की तो बस एक ही दवा है; कसकर एक घूँसा जबड़े पर," पावेल आवेश में बोलता गया।

तोनिया को अफ़सोस हो रहा था कि उसने क्यों ख़ामख़ा लेशचिन्स्की का ज़िक्र किया। वह साफ़ देख रही थी कि इस लड़के की उस रँगे-चुंगे, साहबी शानवाले स्कूली छोकरे से पुरानी लड़ाई है। बातचीत का रुख अधिक शान्त दिशा की ओर मोड़ने के ख़याल से उसने पावेल से उसके घरवालों और काम-काज के बारे में सवाल करना शुरू किया।

पावेल को इस बात का पता भी नहीं चला और यह भूलकर कि वह चला जाना चाहता था, उस लड़की के सवालों का जवाब बड़ी तफ़सील से देने लगा।

तोनिया ने पूछा, "तुमने पढ़ाई क्यों छोड़ दी?"

"स्कूल से निकाल दिया गया।"

"क्यों?"

पावेल को बताते लाज लगी।

"मैंने पादरी साहब के आटे में थोड़ी तम्बाकू डाल दी थी, इसी से सबों ने निकाल दिया। अजी बड़ा हरामज़ादा था वह पादरी, सता-सताकर जान मार डालता था।" और पावेल ने उसको पूरी कहानी सुना दी।

तोनिया बहुत दिलचस्पी से सुनती रही। पावेल की आरम्भिक झेंप अब खतम हो गई थी और अब वह उस लड़की से ऐसे बातें कर रहा था जैसे उसके संग उसकी बहुत पुरानी जान-पहचान हो। और बातों के साथ-साथ उसने उसको अपने भाई के ग़ायब हो जाने की बात भी बतला दी। उस नशेब में बैठकर दोस्ताना बातचीत में वे इस तरह खो गए थे कि उन दो में से किसी को पता ही न चला कि घंटों पर घंटे बीतते जा रहे थे। एकाएक पावेल उछलकर खड़ा हो गया।

"अब मेरे काम का वक़्त है। इस वक़्त मुझे ब्वॉयलर में आग डालनी चाहिए थी, न कि यहाँ बैठकर बकबक करना। दानिलो आज ज़रूर झंझट करेगा।" कुछ बेचैनी-सी महसूस करते हुए उसने एक बार फिर कहा, "अच्छा तो विदा! अब मुझे भागते हुए शहर जाना पड़ेगा।"

तोनिया भी उछलकर खड़ी हो गई और अपना जाकेट चढ़ाने लगी।

"मुझे भी अब जाना चाहिए। चलो साथ ही चलेंगे।"

"न भाई, वह नहीं होगा, मुझे तो दौड़ना होगा।"

"वह भी सही। मैं भी तुम्हारे साथ दौड़ लगाऊँगी, देखें कौन वहाँ पहले पहुँचता है।"

पावेल ने उपेक्षा की दृष्टि से देखा :

"मुझसे पहले? मुझसे पहले पहुँचना तुम्हारे लिए नामुमकिन है।"

"अभी तय हुआ जाता है। पहले यहाँ से तो निकलें हम लोग।"

पावेल ने पानी में निकले हुए उस चट्टानी टुकड़े को छलाँगा, फिर तोनिया को अपना हाथ पकड़ाया और फिर दोनों धीरे-धीरे जंगल को पार करके उस चौड़ी समतल पगडंडी पर पहुँच गए जो स्टेशन को जाती थी।

तोनिया सड़क के बीचोबीच रुक गई।

"अच्छा तो आओ : एक, दो, तीन! दौड़ो! मुझे छूना तो ज़रा!"

वह आँधी की तरह सड़क पर भागती चली जा रही थी, उसके जूतों के तल्ले चमक रहे थे और उसकी नीली जाकेट का पिछला हिस्सा हवा में उड़ रहा था।

पावेल उसके पीछे भाग रहा था।

'दो छलाँग में अभी मैं उसे पकड़े लेता हूँ।' पावेल ने उसकी उड़ती हुई जाकेट के पीछे भागते हुए अपने मन में कहा। मगर गली के बिलकुल आख़ीर में स्टेशन के काफ़ी पास पहुँचकर ही वह उसे पकड़ पाया। एक आख़िरी कोशिश करके वह उसके बराबर हो गया और उसने अपने मज़बूत हाथों से उसके कन्धों को पकड़ लिया।

"छू लिया! मगर दौड़ती तुम तेज़ हो!" वह हाँफते हुए ख़ुशी से चिल्लाया।

"हटो! तुम तो मेरा मलीदा बनाए डाल रहे हो!" तोनिया ने एतराज़ किया।

वे वहाँ पर हाँफते खड़े थे, उनकी नाड़ी तेज़ चल रही थी। इस दौड़ से हाँफते हुए तोनिया ने एक बार बहुत हल्के से पावेल का सहारा लिया और उस एक भागते हुए पल में पावेल को उसके स्पर्श से घनिष्ठता की ऐसी मीठी सुखद अनुभूति हुई जिसे वह जल्दी भूलनेवाला नहीं था।

"तुम्हारे अलावा और कोई मुझे कभी नहीं छू सका," उसने पावेल से अलग होते हुए कहा।

इसके बाद वे अलग हो गए और विदा में अपनी टोपी हिलाते हुए पावेल शहर की ओर दौड़ा।

जब पावेल ने ब्वॉयलर रूम का दरवाज़ा धक्का देकर खोला, उस वक़्त वह दूसरा आगवाला दानिलो ब्वॉयलर में आग डाल रहा था।

उसने गुर्राकर कहा, "इतनी जल्दी कैसे आ गए, कुछ और देर से आते! चाहते हो कि तुम्हारा काम मैं करूँ, क्यों?"

पावेल ने अपने साथी को मनाने के अन्दाज़ से उसके कन्धे को थपथपाया।

"हम लोग अभी पलक मारते आग लहका देंगे," उसने प्रसन्नतापूर्वक कहा और ईंधन को ठीक करने लगा।

आधी रात को जब दानिलो लकड़ी के ढेर पर लेटा ज़ोरों से खर्राटे भर रहा था, तब पावेल ने इंजन में तेल दिया, रद्दी कपड़े से अपना हाथ पोंछा और औज़ार रखने के बकस में से **गिसेपी गैरीबाल्डी** नाम की किताब का बासठवाँ खंड निकाला और नेपल्स के 'लाल कुर्ती वालों' के महान नेता की वीरता और साहस के असंख्य कारनामों का मोहक वृत्तान्त पढ़ने में डूब गया।

"उसने अपनी ख़ूबसूरत नीली आँखों से ड्यूक को निहारा...।"

पावेल ने सोचा, "उसकी भी आखें नीली हैं, मगर वह दूसरे तरह की हैं, वह अमीर लोगों की तरह ज़रा भी नहीं हैं। और दौड़ती कैसे है?"

तोनिया के संग अपनी दिन की मुलाक़ात की स्मृति में डूबा हुआ पावेल इंजन की तरफ़ से बिलकुल बेख़बर था। बहुत ज़्यादा भाप के दबाव के कारण इंजन सूँ-सूँ कर रहा था; उसका विशाल फ्लाई-व्हील तेज़ी से घूम रहा था और इंजन की सीमेंट की नींव भी काँपने लगी थी!

भाप का दबाव बतलानेवाले यंत्र पर नज़र जाते ही पावेल ने देखा कि उसकी सूई ख़तरा बतलानेवाली लाल रेखा से कई बिन्दु ऊपर है।

"ग़ज़ब हो गया!" पावेल लपककर सेफ़्टी वॉल्व के पास गया, जल्दी-जल्दी उसे दो बार घुमाया और एग्जॉस्ट पाइप से निकलती हुई भाप तेज़ी से आवाज़ करती हुई ब्वॉयलर रूम के बाहर निकली। पावेल ने लिवर खींचते हुए ड्राइव-बेल्ट को पम्प की पुली पर फेंका।

उसने दानिलो को एक नज़र देखा, मगर वह गहरी नींद में था, उसका मुँह खुला हुआ था और उसकी नाक डरावनी आवाज़ें निकाल रही थी।

आधा मिनट बाद भाप का दबाव बतलानेवाले यंत्र की सूई औसत पर आ गई थी।

पावेल से अलग होकर तोनिया घर की ओर चली। उसका मन उस काली आँख वाले नौजवान के संग अपनी मुलाक़ात में डूबा हुआ था, गो उसे ख़ुद इस बात का पता नहीं था कि वह पावेल के संग अपनी मुलाक़ात के कारण कितनी ख़ुश थी।

"क्या जोश है उसमें, क्या हिम्मत! और ज़रा भी वैसा बदमाश नहीं है जैसा मैंने सोचा था। और चाहे जो हो, वह उन गधे स्कूली छोकरों जैसा ज़रा भी नहीं है।"

पावेल दूसरे ही साँचे का आदमी था। वह एक ऐसे वातावरण से आया था जो तोनिया के लिए नया और अपरिचित था।

तोनिया ने सोचा, "मगर उसका जंगलीपन कम किया जा सकता है, उसे बस में किया जा सकता है, बड़ा दिलचस्प दोस्त होगा वह।"

घर पहुँचकर उसने लिजा सुखार्को, नेली और विक्टर लेशचिन्स्की को बाग़ीचे में देखा। विक्टर कुछ पढ़ रहा था। वे स्पष्ट ही तोनिया का इन्तज़ार कर रहे थे।

उन्होंने एक-दूसरे का अभिवादन किया और फिर तोनिया एक बेंच पर बैठ गई। उस खोखली-खोखली पोच-सी बातचीत के दरम्यान विक्टर आकर उसके पास बैठ गया और उसने पूछा :

"तुमने वह उपन्यास पढ़ा जो मैंने तुमको दिया था?"

"उपन्यास!" तोनिया ने आँख उठाकर ऊपर देखा। "ओह, मैं..."

उसने उसको लगभग बता ही दिया था कि किताब वह झील के किनारे भूल आई है।

"तुम्हें उसकी प्रेम-कहानी अच्छी लगी?" विक्टर ने प्रश्न करती हुई आँखों से उसको देखा।

तोनिया एक पल के लिए अपने विचार में डूबी रही। फिर उसने बालू पर अपने जूते की नोक से उलझी-उलझी रेखाएँ खींचते हुए सिर ऊपर उठाया और विक्टर को देखा।

"नहीं, अब मैंने उससे कहीं ज़्यादा रोचक प्रेम कहानी शुरू कर दी है।"

विक्टर ने चिढ़ते हुए पूछा, "सच! उसका लेखक कौन है?"

तोनिया ने उसको अपनी चमकती, मुस्कराती हुई आँखों से देखा और कहा, "उसका कोई लेखक नहीं है..."

तभी बारजे पर से तोनिया की माँ ने पुकारकर कहा, "तोनिया, अपने मिलने वालों को अन्दर बुला लो। चाय तैयार है।"

दोनों लड़कियों की बाँह पकड़कर तोनिया उन्हें अपने साथ घर में ले गई। उसके पीछे जाते-जाते विक्टर उसके शब्दों की पहेली को सुलझाने की कोशिश करता रहा, मगर उनका मतलब उसकी समझ में नहीं आता था।

इस नई अपरिचित अनुभूति ने, जिसने अनजाने में ही पावेल को पा लिया था, उसके मन में खलबली पैदा कर दी—मगर कुछ इस तरह कि उसकी रेखाएँ मन

में स्पष्ट न थीं; वह उसे समझ नहीं पाता था और उसका विद्रोही मन परेशान था।

तोनिया का बाप जंगलात का बड़ा हाकिम था। जिसका मतलब पावेल के लिए यह था कि वह भी लेशचिन्स्की वकील के ही वर्ग का आदमी है।

पावेल ग़रीबी में पला था और शायद इसीलिए जिस किसी को भी वह अमीर आदमी समझता था, उसके प्रति पावेल के मन में दुश्मनी का भाव पैदा हो जाता था और इसीलिए तोनिया के प्रति उसके हृदय में जो भावना थी, उसमें शंका और सन्देह का भाव मिला हुआ था। तोनिया उन्हीं में से एक नहीं थी। वह वैसी सरल और आसानी से समझ में आनेवाली लड़की नहीं थी जैसी कि मिसाल के लिए राजगीर की लड़की गालीना थी। तोनिया के संग वह सदा सतर्क रहता कि उसकी तरफ़ से व्यंग्य और उपेक्षा का हल्का-सा आभास मिलते ही वह तत्काल उसका जवाब दे सके, क्योंकि उसको अपनी जगह यह डर सदा बना रहता था कि उस जैसी सुन्दर और सुसंस्कृत लड़की मुझ जैसे साधारण आयवाले के प्रति व्यंग्य और उपेक्षा नहीं तो और क्या दिखलाएगी।

पूरे एक हफ़्ते से उसकी मुलाक़ात तोनिया से नहीं हुई थी। आज उसने झील किनारे जाने का निश्चय किया। उसने जान-बूझकर तोनिया के मकान के पास से गुज़रनेवाला रास्ता पकड़ा, इस उम्मीद से कि मुलाक़ात हो जाएगी। जब वह बाड़ी के पास से धीरे-धीरे टहलता हुआ चला जा रहा था, उसे बाग़ीचे के उस दूरवाले सिरे पर अपना परिचित वह जहाज़ियोंवाला ब्लाउज़ दिखलाई दिया। उसने सड़क पर पड़ा हुआ चीड़ का एक फल उठा लिया और उस सफ़ेद ब्लाउज़ का निशाना लेकर फेंका।

तोनिया घूमी और दौड़ती हुई उसके पास आई और बड़ी मीठी घनिष्ठ मुस्कराहट के साथ अपना हाथ बाड़ी के बाहर निकाला।

"तुम आ गए आख़िर," उसने कहा और उसकी आवाज़ में ख़ुशी थी। "इतने तमाम रोज़ तुम रहे कहाँ? वह किताब जो मैं भूल आई थी, उसे लेने मैं झील किनारे गई थी। मैंने सोचा, शायद तुम भी मिल जाओ। क्यों, अन्दर नहीं आओगे?"

पावेल ने सिर हिलाया : "नहीं।"

"क्यों?" और उसकी भवें कुछ आश्चर्य से खिंच गईं।

"मैं दावे के साथ कह सकता हूँ कि तुम्हारे बाप को यह चीज़ पसन्द न आएगी। मुझे ताज्जुब न होगा अगर वह मुझ जैसे आवारे को बाग़ीचे में ले आने के कारण तुम्हें बुरा-भला कहें।"

तोनिया ने ग़ुस्से से कहा, "कैसी बच्चों की-सी बातें करते हो, पावेल? फ़ौरन अन्दर आ जाओ। मेरे पिताजी कभी वैसी कोई बात नहीं कहेंगे। तुम ख़ुद देख लोगे। अब आ जाओ अन्दर।"

वह उसके लिए गेट खोलने को दौड़ी और पावेल हिचकते हुए उसके पीछे-पीछे आया।

"तुम्हें किताबें अच्छी लगती हैं?" तोनिया ने पावेल से पूछा जब दोनों बाग़ीचे में पड़ी हुई गोल मेज़ के गिर्द बैठ गए।

पावेल ने उत्साह से जवाब दिया, "बहुत।"

"कौन सी किताब तुमको सबसे अच्छी लगती है?

पावेल ने थोड़ी देर तक सवाल पर विचार किया, फिर बोला, "जीजेपी गैरीबाल्डी।"

तोनिया ने उसका उच्चारण शुद्ध करते हुए कहा, "गिसेपी गैरीबाल्डी। अच्छा तो वह किताब तुम्हें ख़ास तौर पर अच्छी लगती है।"

"हाँ, मैं उसके अड़सठों खंड पढ़ चुका हूँ। हर बार जिस दिन तनखाह मिलती है, मैं जाकर पाँच खंड ले आता हूँ। गैरीबाल्डी, वह है एक सच्चा मर्द!" पावेल ने आवेश के स्वर में कहा, "असल वीर! मैं तो भाई ऐसी चीज़ को असल माल कहता हूँ। वाह, कैसी-कैसी लड़ाइयाँ उसे लड़नी पड़ीं और जीत सदा उसके हाथ रही। और फिर यह भी तो देखो, वह सारी दुनिया घूमा था। वह अगर आज ज़िन्दा होता तो मैं ज़रूर उसकी सेना में भरती हो गया होता, ज़रूर। वह नौजवान मज़दूरों को अपने दल में लेता था और फिर सब मिलकर ग़रीबों के लिए लड़ते थे।"

"तुम हमारी लाइब्रेरी देखना चाहोगे?" तोनिया ने कहा और उसकी बाँह अपनी बाँह में ले ली।

"अरे नहीं, मैं घर के अन्दर नहीं जाऊँगा।" पावेल ने आपत्ति की।

"तुम इतने ज़िद्दी क्यों हो? डरने की कौन-सी बात है?"

पावेल ने अपने नंगे पाँवों को देखा, जिन्हें बहुत साफ़ नहीं कहा जा सकता था और सिर खुजलाने लगा।

"तुम्हें यक़ीन है कि तुम्हारी माँ या पिताजी मुझे घर से निकाल नहीं देंगे?"

यह सुनकर तोनिया बिफर पड़ी, "अगर तुम ऐसी बातें करना बन्द नहीं करोगे तो मैं सचमुच तुमसे नाराज़ हो जाऊँगी।"

"नाराज़ मत हो! लेशचिन्स्की को ही ले लो, लेशचिन्स्की कभी हम जैसों को अपने घर के अन्दर नहीं घुसने देता। वह बावर्चीख़ाने में ही हमसे बातें करता है। एक बार मुझको किसी चीज़ के लिए उसके यहाँ जाना पड़ा था और नेली ने मुझे कमरे के अन्दर जाने नहीं दिया—ज़रूर उसे यही डर होगा कि मैं उसकी कालीनें ख़राब कर दूँगा या इसी क़िस्म का और कोई बाँगड़ूपन," पावेल ने तीखी हँसी के साथ कहा।

"चलो-चलो," तोनिया ने आग्रह किया और उसका कन्धा पकड़ते हुए उसे हल्का-सा धक्का देती हुई सायबान की ओर ले चली।

खाने के कमरे में से होकर वह उसे एक कमरे में ले गई जिसमें ओक की लकड़ी की बनी, किताब रखने की खुली हुई बड़ी-सी आलमारी रखी थी। और जब उसने दरवाज़े खोले तो पावेल ने ख़ूबसूरत पाँतों में सजी हुई सैकड़ों किताबें देखीं। उसने अपनी ज़िन्दगी में ऐसा ख़ज़ाना नहीं देखा था।

"अच्छा आओ, तुम्हारे लिए एक अच्छी-सी किताब ढूँढ़ी जाए। मगर देखो, तुम्हें वादा करना पड़ेगा कि और किताबों के लिए तुम बराबर आया करोगे। आओगे न?"

पावेल ने ख़ुशी से सिर हिलाया।

उसने कहा, "मुझे किताबों से प्रेम है।"

उस दिन दोनों ने कुछ घंटे साथ-साथ बहुत अच्छे गुज़ारे। तोनिया ने उसका परिचय अपनी माँ से कराया। और वह कोई ऐसी कठिन परीक्षा पावेल को न जान पड़ी। सच तो यह है कि तोनिया की माँ उसे अच्छी लगी।

तोनिया पावेल को फिर अपने कमरे में ले गई और उसे अपनी किताबें दिखाने लगी।

सिंगार-मेज़ पर एक छोटा-सा आईना रखा हुआ था। तोनिया पावेल को उसके पास ले गई और ज़रा हँसते हुए बोली :

"तुम अपने बालों को ऐसे जंगल की तरह बढ़ने क्यों देते हो? तुम कभी उन्हें कटाते या उनमें कंघी नहीं करते क्या?"

पावेल ने सकुचाते हुए कहा, "बाल जब बहुत बढ़ जाते हैं तो मैं उनमें उस्तरा फिरवा देता हूँ। और करूँ भी क्या?"

तोनिया हँसी और सिंगार-मेज़ पर से एक कंघी उठाते हुए उसने कई बार तेज़ी से उसे पावेल के जंगली बालों में दौड़ाया।

कंघी कर चुकने पर उसने बहुत ग़ौर से अपनी इस कारीगरी को देखा और बोली, "हाँ, अब कुछ ठीक हुआ। बालों को ठीक से कटाना चाहिए, यह क्या भूतों की तरह शक़्ल बनाए घूमते रहते हो?"

उसने ग़ौर से पावेल की रंग-उड़ी भूरी क़मीज़ और भद्दी पतलून को देखा, मगर और कुछ कहा नहीं।

पावेल ने उसकी निगाह को भाँपा और उसे अपने कपड़ों पर शर्म आई।

चलते समय तोनिया ने उसे फिर आने की दावत दी। उसने पावेल से वादा करा लिया कि वह दो दिन बाद आएगा और उसके साथ मछली पकड़ने जाएगा।

पावेल को खिड़की से कूदकर घर के बाहर जाना ज़्यादा आसान मालूम हुआ; वह सब कमरों में होकर नहीं जाना चाहता था और न तोनिया की माँ से ही फिर मिलना चाहता था।

आर्तेम के चले जाने से कोर्चागिन परिवार की हालत काफ़ी ख़राब हो गई। पावेल की मज़दूरी से घर का ख़र्च पूरा नहीं पड़ता था।

मारिया याकोवलेवना ने पावेल से प्रस्ताव किया कि क्यों न मैं भी कोई काम कर लूँ; और लेशचिन्स्की को एक रसोईदारिन की ज़रूरत भी है। मगर पावेल ने इस प्रस्ताव का विरोध किया :

"नहीं माँ, मैं ही और कुछ काम कर लूँगा। उन्हें लकड़ी चीरने के कारख़ाने में शहतीरों को ठीक से जमाकर रखने के लिए आदमी की ज़रूरत है। आधा दिन मैं वहाँ काम कर लिया करूँगा और फिर उससे हमारा काम चल जाएगा। तुम किसी भी हालत में काम पर मत जाना, नहीं तो आर्तेम मुझसे ग़ुस्सा होगा कि मैंने क्यों तुम्हें ऐसा करने दिया और इसकी ज़रूरत ही क्यों पड़ी?"

पावेल की माँ ने आग्रह किया, मगर पावेल नहीं माना।

दूसरे दिन से वह लकड़ी चीरने के कारख़ाने में काम करने लगा, और यह काम था तत्काल कटे हुए लकड़ी के पटरों को सूखने के लिए फैलाना। वहाँ उसे बहुत से अपने जाने-पहचाने लड़के मिले—जैसे उसका एक पुराना सहपाठी मिशा लेवचुकोव और वालिया कुलेशोव। मिशा और वह मिलकर काम करने लगे और पीस-रेट के हिसाब से उनको ख़ासे अच्छे पैसे मिल जाते थे। पावेल दिन में लकड़ी चीरने के कारख़ाने में काम करता था और शाम को बिजलीघर में।

दसवें रोज़ शाम को पावेल ने अपनी मज़दूरी के पैसे अपनी माँ को दिये।

माँ के हाथ में पैसे देते हुए उसने थोड़ी परेशानी से ज़रा इधर-उधर किया, थोड़ा लजाया और आख़िरकार बोला :

"बात यह है माँ कि मुझे साटन की एक क़मीज़ ख़रीद दो, नीली-नीली, जैसी पिछले साल थी मेरे पास, याद है न? इसमें क़रीब आधा पैसा लग जाएगा, मगर तुम कोई चिन्ता न करो; मैं कुछ और कमा लूँगा। मेरी यह क़मीज़ काफ़ी भद्दी है," उसने ऐसे कहा जैसे अपनी इस इच्छा के लिए माफ़ी माँग रहा हो।

माँ ने कहा, "ज़रूर-ज़रूर, यह भी कोई कहने की बात है बेटा, मैं ज़रूर ख़रीद दूँगी। मैं आज ही जाकर कपड़ा ले आऊँगी और कल उसे सी दूँगी। तुम्हें सचमुच नई क़मीज़ की ज़रूरत है।" यह कहकर माँ ने दुलार-भरी आँखों से अपने बेटे को देखा।

पावेल हेयर कटिंग सैलून के दरवाज़े पर रुका और जेब में पड़े हुए रूबल को उँगली से टटोलते हुए दरवाज़े में दाख़िल हुआ।

हज्जाम बहुत साफ़-सुथरा नौजवान आदमी था। उसने पावेल को दूकान में

दाख़िल होते देखा और सिर के इशारे से उससे ख़ाली कुरसी पर बैठने के लिए कहा।

"अब आप आइए साहब!"

उस गहरी नरम गद्‌देदार कुरसी में बैठते हुए पावेल ने अपने सामने के आईने में एक घबराया हुआ-सा चेहरा देखा।

हज्जाम ने पूछा, "छोटे कर दूँ?"

"हाँ, यानी नहीं—बात यह है कि मुझे बाल कटाने हैं। क्या कहते हो तुम लोग इस चीज़ को?" पावेल ने गले का थूक निगलते हुए जैसे-तैसे अपनी बात कही और अपने आशय को स्पष्ट करने के लिए हाथ से इशारा किया।

"मैं समझ गया," हज्जाम ने मुस्कराकर कहा।

पन्द्रह मिनट बाद पावेल हज्जाम के यहाँ से निकला, पसीने में नहाया हुआ और इस कठिन परीक्षा से थककर चूर, मगर बाल साफ़-सुथरे कटे हुए और कंघी किये हुए। हज्जाम ने उन विद्रोही बालों को वश में करने के लिए बहुत संघर्ष किया था और अन्त में पानी और कंघी की विजय हुई और पहले के खड़े हुए बाल अब क़ायदे से अपनी जगह पर जम गए थे।

सड़क पर आकर पावेल ने चैन की साँस ली और अपनी टोपी आँख तक खींची।

उसने अपने मन में कहा, "माँ मुझे देखेगी तो क्या कहेगी!"

पावेल ने तोनिया के साथ मछली पकड़ने जाने का वादा किया था और जब उसने यह वादा पूरा नहीं किया तो तोनिया बहुत नाराज़ हुई और उसने अपने मन में कहा, 'इस आगवाले छोकरे को किसी का कोई ख़याल नहीं।' मगर जब कुछ और रोज़ निकल गए और पावेल नहीं आया तो उसका मन पावेल के साथ के लिए तरसने लगा।

एक रोज़ जब वह टहलने के लिए निकलने ही वाली थी, उसकी माँ ने आकर कमरे में झाँका और कहा :

"तुमसे मिलने के लिए कोई आया है, तोनिया। अन्दर भेज दूँ?"

पावेल दरवाज़े में दिखाई दिया, मगर वह इतना बदल गया था कि तोनिया एकाएक उसे पहचान नहीं सकी।

वह एकदम नई नीली साटन की क़मीज़ और काला पतलून पहने हुए था। जूतों में डटकर पॉलिश हुई थी, इतनी कि वे चमाचम चमकने लगे थे और इसके अलावा तोनिया ने यह भी देखा कि उसके बाल भी छँटे हुए हैं! धूल और धुएँ से अँटा हुआ वह नौजवान आगवाला अब बिलकुल बदल गया था।

तोनिया अपना आश्चर्य व्यक्त करने ही वाली थी, मगर रुक गई क्योंकि वह उस लड़के को, जो यों ही काफ़ी परेशान था और भी परेशान करना नहीं चाहती

थी। इसलिए उसने ऐसा बहाना किया कि जैसे उसके चेहरे-मोहरे की इस ज़बरदस्त तब्दीली को उसने देखा ही न हो, और उसे डाँटने लगी।

"तुम मछली पकड़ने के लिए मेरे साथ आनेवाले थे, क्यों नहीं आए? तुम्हें शर्म आनी चाहिए अपने-आप पर! इसी तरह वादा पूरा किया जाता है?"

"मैं आजकल लकड़ी चीरने के कारख़ाने में काम करने लगा हूँ और सच कहता हूँ आने का वक़्त ही नहीं मिला।"

उसने उसको यह नहीं बतलाया कि अपने लिए यह क़मीज़ और पतलून ख़रीदने के वास्ते वह पिछले कई रोज़ से बैल की तरह काम करता रहा था।

बहरहाल, तोनिया ने ख़ुद ही सचाई को भाँप लिया और पावेल के प्रति उसकी नाराज़गी ग़ायब हो गई।

तोनिया ने प्रस्ताव किया, "चलो हम लोग तालाब पर घूमने चलें," और फिर दोनों बाग़ीचे से निकलकर सड़क पर पहुँच गए।

थोड़ी ही देर में पावेल तोनिया को बतला रहा था कि उसने कैसे लेफ़्टिनेंट के यहाँ से रिवॉल्वर चुराया। उसने अपनी सबसे बड़ी भेद की बात तोनिया को वैसे ही बता दी जैसे कोई अपने बहुत गहरे दोस्त को बतलाए और उससे यह भी वादा किया कि जल्दी ही किसी रोज़ वे दोनों घने जंगल में जाएँगे और रिवॉल्वर चलाएँगे।

"मगर देखना, तुम मेरी यह बात किसी से कहना मत," पावेल ने एकाएक कहा।

तोनिया ने वचन दिया, "नहीं, मैं कभी तुम्हारी बात किसी से नहीं कहूँगी।"

चार

निर्मम और भयानक वर्ग-संघर्ष ने उक्रेन को जकड़ रखा था। हथियार उठाकर मैदान में उतरनेवालों की संख्या रोज़-ब-रोज़ बढ़ती जा रही थी और हर टक्कर से नये लड़नेवाले पैदा हो रहे थे।

भद्र नागरिकों के लिए शान्ति और सुव्यवस्था के दिन हवा हो चुके थे।

तोपों की तूफ़ानी गरज से छोटे-छोटे कच्चे मकान काँप उठते थे और बेचारा भद्र नागरिक अपने तहख़ाने की दीवार का सहारा लेकर दुबककर खड़ा हो जाता था या मकान के पिछवाड़ेवाली खाई में आश्रय खोजता था।

पेतल्युरा के सब तरह के, सभी रंगों के गिरोहों की उस क़स्बे-भर में बाढ़-सी आई हुई थी। सभी तरह के छोटे-बड़े सरदार इन गिरोहों के नेता थे, ज़माने-भर के गोलुब और आर्केंजिल और एंजिल और गार्डियस और बीसियों दूसरे लुटेरे!

ज़ारशाही फ़ौज के भूतपूर्व अफ़सर, उक्रेन के दक्षिणपन्थी और वामपन्थी

सोशलिस्ट-रिवोल्यूशनरी—कहने का मतलब यह कि कोई भी दुस्साहसी आदमी जो थोड़े से ख़ूनियों को जमा कर सकता था, अपने को ऐटमन घोषित कर देता था और फिर उन्हीं में से कोई-कोई पेतल्युरा का पीला और नीला झंडा फहराने लगते थे और अपनी ताक़त और मौक़े के हिसाब से जितने इलाक़े में मुमकिन हो, अपनी सत्ता क़ायम कर लेते थे।

इन्हीं छिटपुट गिरोहों में से आदमियों को लेकर और उनमें कुलकों और ऐटमन कोनोवालेत्स की फ़ौज में से गैलीशियन रेजिमेंट को शामिल करके प्रधान ऐटमन पेतल्युरा ने अपनी रेजिमेंटें और डिवीजनें बनाई थीं। और जब बोल्शेविक छापेमार टुकड़ियों ने इस सोशलिस्ट-रिवोल्यूशनरी और कुलक भभ्भड़ पर हमला किया तो सैकड़ों-हज़ारों टापों और तोपों व मशीनगन खींचनेवाली गाड़ियों के पहियों से धरती काँप गई।

उस तूफ़ानी सन् 1919 के अप्रैल महीने में भद्र नागरिक, डरा और बौखलाया हुआ, सवेरे अपनी खिड़की खोलता था और नींद से भरी आँखें लिये चिन्ताकुल प्रश्न से अपने बग़लवाले पड़ोसी का स्वागत करता था, "क्यों भाई आवतोनम पेत्रोविच, क्या तुमको मालूम है कि आज किसका राज है?"

और आवतोनम पेत्रोविच अपने पतलून की टाँगें ऊपर उठाते हुए डरी निगाहों से इधर-उधर देखने लगता और कहता :

"पता नहीं, अफ़ानस किरीलोविच। रात को कोई शहर में दाख़िल तो हुआ था। वह है कौन, यह अब जल्दी ही मालूम हो जाएगा। यहूदियों की लूटपाट शुरू होती है तो हम समझ जाएँगे कि पेतल्युरा के आदमी हैं, और अगर वे 'कामरेड लोग' हुए तो भी झट पता लग जाएगा—उनके बातचीत के तरीक़े से। मैं आँखें खोले हुए हूँ ताकि ठीक समय पर मुझे पता हो जाए कि अब मुझे किसकी तसवीर टाँगनी चाहिए। न बाबा, बग़लवाले जेरासिम लियोनतियोविच की तरह आफ़त में जान फँसाना मुझे मंज़ूर नहीं। तुम्हें मालूम है न, उसने ज़रा-सी असावधानी की और आफ़त में फँस गया। उसने लेनिन की तसवीर लाकर टाँगी थी, तभी तीन आदमी दौड़े हुए घर के अन्दर आए। जैसा कि जल्दी ही पता चल गया, ये पेतल्युरा के आदमी थे। उन्होंने तसवीर पर एक निगाह डाली और जेरासिम पर कूद पड़े—कम-से-कम बीस कोड़े लगाए होंगे उन्होंने। चिल्लाकर बोले, "अबे कम्युनिस्ट, सूअर के बच्चे, हम ज़िन्दा ही तेरी चमड़ी उधेड़ लेंगे।" और बेचारा बहुत चीख़ा-चिल्लाया, रोया-धोया, सफ़ाई दी, मगर कुछ काम नहीं आया।

हथियारबन्द लोगों के दलों को सड़क पर आता देखकर भद्र नागरिक अपनी खिड़की बन्द कर लेता है और छिप जाता है। बचकर रहना अच्छा होगा!

जहाँ तक मज़दूरों का ताल्लुक़ था, वे पेतल्युरा के लुटेरों के पीले और नीले झंडे को दबी नफ़रत से देखते थे। उक्रेन के पूँजीपतियों की इस साम्राज्यवादी लहर

के आगे वे अपने-आप को कमज़ोर महसूस करते थे, और उनका हौसला तभी बढ़ा जब उधर से गुज़रती हुई बोल्शेविक टुकड़ियाँ पीले और नीले झंडेवालों के ख़िलाफ़ भीषण लड़ाई लड़ते हुए उनकी पाँतों को चीरकर शहर में दाख़िल हुईं। एक-दो रोज़ तक मज़दूरों का प्यारा लाल झंडा टाउन हॉल पर फहराता रहा। मगर फिर टुकड़ी आगे बढ़ गई और अँधेरा लौट आया।

इस वक़्त शहर, ट्रांसनीपर डिवीजन के 'आशा और गौरव' कर्नल गोलुब के हाथ में था।

अभी एक रोज़ पहले, दो हज़ार हत्यारों के उसके गिरोह ने जीत के बाद शहर में क़दम रखा था। हुज़ूर कर्नल साहब सेना के आगे-आगे अपने शानदार काले घोड़े पर चल रहे थे। अप्रैल महीने की धूप के बावजूद उनकी साज-सज्जा में कोई कमी नहीं थी—काकेशस के लोगों का 'बुर्का', जापोरोज़िए के कोसैकों वाली भेड़ की खाल की टोपी, जिसका ऊपरी हिस्सा रसभरी के रंग जैसा लाल था, 'चेरकेस्का', वह सभी कुछ पहने थे। और इस टीम-टाम के साथ के सब हथियार भी बाक़ायदा उसके शरीर पर सुसज्जित थे—कटार और तलवार, जिनकी मूठें चाँदी की थीं। उनके दाँतों के बीच एक मुड़ा हुआ तम्बाकू पीने का पाइप दबा था।

हुज़ूर कर्नल गोलुब ख़ूबसूरत आदमी थे, काली-काली भवें और पीला-सा रंग, जिसमें अविराम भोग-विलास के कारण कुछ हरापन भी मिला हुआ था।

क्रान्ति के पहले कर्नल गोलुब एक शहर के कारख़ाने से सम्बद्ध चुकन्दर के खेतों में कृषि विशेषज्ञ थे। मगर ऐटमन के पद के मुक़ाबले में वह एक बिलकुल ही नीरस ज़िन्दगी थी। इसीलिए ऐसा हुआ कि जब सारे देश को अपनी लपेट में लेते हुए स्याह लहरें बहीं, तो उन लहरों के शिखर पर सवार होकर कृषि-विशेषज्ञ गोलुब 'हुज़ूर कर्नल गोलुब' बन गए।

शहर के एकमात्र थिएटर में इन आगन्तुकों के सम्मान में मनोरंजन की तैयारियाँ ख़ूब ठाठ-बाट से की गई थीं। पेतल्युरा के समर्थक बुद्धिजीवियों की सारी 'विभूतियाँ' अपनी पूरी संख्या में वहाँ उपस्थित थीं : उक्रेनी अध्यापक, पादरी की दोनों लड़कियाँ, सुन्दरी आनिया और उसकी छोटी बहन दीना, कुछ उनसे नीचे स्तर की स्त्रियाँ, काउंट पोतोकी के घराने के कुछ पुराने लोग, मुट्ठी-भर बड़े व्यापारी और उक्रेनी सोशलिस्ट रिवोल्यूशनरी पार्टी के कुछ गुंडे जो अपने-आप को 'आज़ाद कोसैक' कहते थे।

थिएटर का हॉल खचाखच भरा था। अध्यापकों के इर्द-गिर्द अफ़सर घूम रहे थे जो देखने-सुनने में ऐसे नज़र आते थे जैसे जापोरोज़िए के कोसैकों की पुरानी तसवीरों की हूबहू नक़ल हों। उनके अलावा पादरी की लड़कियाँ और बड़े व्यापारियों की स्त्रियाँ भी थीं जो चटख रंगों के काढ़े हुए फूलों और रंग-बिरंगे मनकों और फीतों से अलंकृत उक्रेनी जातीय परिधानों में सजी हुई घूम रही थीं।

रेजिमेंट का बैंड बज रहा था। स्टेज पर 'नजर इस्तदोलिया' नामक नाटक की तैयारियाँ ज़ोर-शोर से चल रही थीं। उस शाम यही नाटक खेला जानेवाला था।

मगर हॉल में बिजली नहीं थी, और इस बात की रिपोर्ट कर्नल साहब को उनके सहायक, सब-लेफ़्टिनेंट पोलियान्त्सेव ने हेडक्वार्टर पर दी। पोलियान्त्सेव ने अब अपने नाम को उक्रेनी रूप देकर अपने-आप को खोरूँजी पालियानित्स्या कहना शुरू कर दिया था। कर्नल साहब ने, जो शाम के थिएटर को अपनी उपस्थिति से सुशोभित करने की सोच रहे थे, पालियानित्स्या की पूरी बात सुनी और बहुत इत्मीनान के साथ, पर आदेश के स्वर में कहा :

"रोशनी ज़रूर होनी चाहिए। एक इलेक्ट्रीशियन तलाश करो और जैसे भी हो बिजलीघर को चालू करो।

"बहुत अच्छा, हुज़ूर कर्नल साहब।"

खोरूँजी पालियानित्स्या को आसानी से ही इलेक्ट्रीशियन मिल गए। दो घंटे के भीतर ही भीतर पावेल, एक इलेक्ट्रीशियन और एक मेकैनिक को हथियारबन्द सन्तरियों के पहरे में बिजलीघर ले जाया गया।

"अगर सात बजे तक लाइट ठीक नहीं हुई तो तुम तीनों को मैं फाँसी पर लटका दूँगा", पालियानित्स्या ने ऊपर लोहे की एक धरन की ओर इशारा करते हुए उनको जतला दिया।

स्थिति को जिस लट्ठमार तरीक़े से खोलकर रखा गया था, उसका असर यह हुआ कि ठीक समय पर रोशनी आ गई।

शाम का उत्सव पूरे रंग पर था जब हुज़ूर कर्नल साहब अपने साथ एक औरत को लिये हुए पधारे। जिसके घर में कर्नल साहब ठहरे हुए थे, उसी शराबख़ाने के मालिक की यह लड़की थी। इसका अच्छा गदराया हुआ जिस्म था और बाल पीले थे। लड़की का बाप पैसेवाला था, इसलिए उसकी पढ़ाई सूबे के सबसे बड़े शहर के स्कूल में हुई थी।

जब उन दोनों ने, सम्मानित अतिथि के रूप में, पहली क़तार में आसन ग्रहण कर लिया तो कर्नल साहब ने संकेत किया और परदा इतनी जल्दी से उठा कि दर्शकों ने मंच से भागते मंच-निर्देशक की पीठ की झलक देखी।

नाटक के दौरान अफ़सरों और उनके साथ की स्त्रियों ने अपना वक़्त जलपानगृह में गुज़ारा और घर में खींची हुई कच्ची शराब से, जिसका इन्तज़ाम सर्वशक्तिमान पालियानित्स्या ने किया था, और वसूली से प्राप्त सुस्वादु खाद्यों से अपना पेट भरा। खेल का अन्त होते-होते उनके ऊपर नशा अच्छी तरह चढ़ गया था।

खेल खतम होने पर परदा जब आख़िरी बार गिरा, तो पालियानित्स्या लपककर मंच पर चढ़ गया। बड़े नाटकीय ढंग से बाँह घुमाते हुए उसने ऐलान किया, "देवियो और सज्जनो, अब फ़ौरन नाच शुरू होगा।"

सबने बहुत हर्ष से इस प्रस्ताव का स्वागत किया। दर्शक लोग बाहर निकल गए ताकि सम्मानित अतिथियों की सुरक्षा के लिए नियुक्त पेतल्युरा सैनिक कुर्सियों को बाहर करके नाच के फ़र्श को ख़ाली कर दें।

आध घंटे बाद थिएटर का हॉल मस्तियों का अखाड़ा बना हुआ था।

पेतल्युरा के अफ़सर, संयम और मर्यादा को ताक पर रखकर, स्थानीय सुन्दरियों के साथ बड़े जोशोखरोश से 'होपाक' नृत्य कर रहे थे। इस श्रम की गरमी से सुन्दरियों के चेहरे लाल हो रहे थे और भारी फ़ौजी बूटों की रौंद से थिएटर की कच्ची दीवारें हिल रही थीं।

ठीक इसी दरम्यान हथियारबन्द घुड़सवारों का एक दस्ता आटे की चक्की की तरफ़ से शहर की ओर बढ़ रहा था। शहर की सीमा पर तैनात पेतल्युरा सैनिकों की चौकीवाले घबराकर अपनी मशीनगनों के पास पहुँचे और रात के सन्नाटे में मशीनगनों में गोले भरने की खट-खट सुनाई दी। अँधेरे में तीखी आवाज़ सुनाई पड़ी :

"हाल्ट! कौन जाता है? कौन है?"

अँधेरे में से दो काली आकृतियाँ बाहर निकलीं। उनमें से एक आगे बढ़ी और भारी आवाज़ में गरजकर बोली :

"ऐटमन पावल्युक, अपनी टुकड़ी के साथ। तुम कौन हो? गोलुब के आदमी?"

"जी हाँ," एक अफ़सर ने आगे बढ़ते हुए कहा।

पावल्युक ने पूछा, "मैं अपने सिपाहियों को कहाँ ठहराऊँ?"

"मैं अभी हेडक्वार्टर को फ़ोन करता हूँ," अफ़सर ने जवाब दिया और सड़क के किनारे की एक छोटी-सी झोंपड़ी में अन्तर्धान हो गया।

एक मिनट बाद वह फिर बाहर निकला और हुक्म देते हुए बोला : "जवानो, मशीनगन को रास्ते से हटा लो! हुज़ूर ऐटमन को गुज़रने दो!"

पावल्युक ने अपना घोड़ा जगमगाते हुए थिएटर के सामने, जहाँ बहुत से लोग खुली हवा में घूम रहे थे, रोका।

"देखता हूँ, बड़ी मस्तियाँ चल रही हैं यहाँ," उसने अपने बग़ल के एक घुड़सवार की ओर मुड़ते हुए कहा, "आओ गुकमाक, हम भी उतरें और इस नाच-गाने में शरीक हो जाएँ। हम लोग अपने लिए दो लड़कियाँ चुन लेंगे—मैं देखता हूँ कि यहाँ लड़कियाँ भरी हुई हैं। अरे एस्तालेज़्को," उसने चिल्लाते हुए कहा, "तुम हमारे ज़वानों को शहरवालों के यहाँ ठहरा दो। हम लोग यहाँ रुकेंगे। अर्दली, पीछे-पीछे आओ।" और वह घोड़े से उतर पड़ा।

थिएटर के दरवाज़े पर पावल्युक को पेतल्युरा के दो सैनिकों ने रोका।

"टिकट!"

पावल्युक ने उन्हें नफ़रत से देखा और एक को कन्धे से धक्का देता हुआ हॉल में दाख़िल हो गया। उसके साथ के एक दर्जन आदमी भी हाल में घुस गए।

उन सबके घोड़े बाहर बाड़ी से बँधे खड़े थे।

सबकी नज़रें नवागन्तुकों की ओर उठीं, विशेष रूप से भीमकाय पावल्युक की ओर। वह एक अच्छे कपड़े का अफ़सरों का कोट, गाड्र्स वाली नीली बिरजिस और ख़ूब बालोंवाली फर की टोपी पहने था। कन्धे से लटकते हुए फीते से एक माउजर पिस्तौल लटक रही थी और जेब से एक दस्ती बम झाँक रहा था।

"यह कौन है?"—यह फुसफुसाहट सारी भीड़ में फैल गई। गोलुब का नायब होश-हवास खोकर मस्ती में नाच रहा था।

पादरी की बड़ी लड़की उसकी साथिन थी। यह लड़की इतनी मस्त होकर चक्कर खा रही थी कि उसका साया ख़ूब ऊँचे उड़ रहा था, इतने ऊँचे कि उल्लसित योद्धागण उसके रेशमी अंडरवियर को आँखें भर-भर देख रहे थे।

भीड़ को कुहनियों से अलग करते हुए पावल्युक सीधे नाच के फ़र्श पर जा पहुँचा।

उसने पादरी की लड़की की टाँगों को आँखें फाड़कर देखा, अपने ख़ुश्क होंठों पर जीभ फेरी, फिर नाच का फ़र्श पार करके ऑरकेस्ट्रा के प्लेटफ़ॉर्म पर पहुँचा, रुका और अपनी चाबुक़ फटकारी।

"सुनो, 'होपाक' की धुन बजाओ!"

कंडक्टर ने आदेश की ओर ध्यान नहीं दिया।

पावल्युक का हाथ तेज़ी से घूमा और चाबुक़ सटाक से कंडक्टर की पीठ पर पड़ी। कंडक्टर उछल पड़ा, मानो बिच्छू ने काट लिया हो। संगीत भंग हो गया। हॉल निस्तब्धता में डूब गया।

"देखते हो इसकी हिम्मत!" शराबख़ाने के मालिक की लड़की ग़ुस्से से लाल हो रही थी। उसने अपने बग़ल में बैठे हुए गोलुब की कुहनी को पकड़ते हुए ज़ोर से कहा, "तुम उससे कुछ कहते क्यों नहीं? तुम्हारी आँख के सामने जो जी चाहे कर रहा है और तुम कुछ बोलते नहीं?"

गोलुब अपना भारी शरीर लिये खड़ा हुआ, ठोकर मारकर एक कुरसी रास्ते से अलग की, तीन क़दम आगे बढ़ा और पावल्युक के सामने जाकर खड़ा हो गया। उसने फ़ौरन इस नये आगन्तुक को पहचान लिया। उसे अपने इस पुराने प्रतिद्वन्द्वी से, जो स्थानीय तौर पर उसके हाथ से ताक़त छीन लेना चाहता था, पुराने झगड़े सुलझाने थे। अभी केवल एक हफ़्ता पहले पावल्युक ने हुज़ूर कर्नल साहब के साथ बड़ी कमीनी हरकत की थी। उस वक़्त जबकि एक लाल टुकड़ी के साथ, जिसने अनेक बार गोलुब की टुकड़ी की अच्छी तरह गत बनाई थी, लड़ाई अपने शिखर पर थी। पावल्युक ने पीछे से बोल्शेविकों पर हमला करने के बजाय शहर के अन्दर दाख़िल होकर और उन थोड़े से सिपाहियों को हराकर जिन्हें बोल्शेविक छोड़ गए थे, अपनी हिफ़ाजत के लिये कुछ सिपाहियों को तैनात कर दिया और फिर जी खोलकर उस जगह को लूटा। इसमें क्या शक कि सही माने में पेतल्युरा का

आदमी होने के नाते उसने यहूदी आबादी को ही अपना ख़ास शिकार बनाया। इस बीच बोल्शेविक गोलुब के दाहिने पार्श्व को चीरकर घेरे के बाहर निकल गए थे।

और अब वह घमंडी, घुड़सवारों का कप्तान यहाँ घुस आया था। और इसकी हिम्मत तो देखो, हुज़ूर कर्नल के अपने ख़ास बैंड-मास्टर को उनकी आँखों के सामने मार रहा था। नहीं, यह तो हद से बाहर की बात हो गई थी। गोलुब समझ गया कि अगर वह इस घमंडी छुटभैये ऐटमन को ठीक नहीं करता तो रेजिमेंट में उसकी धाक खतम हो जाएगी।

कई सेकंड तक दोनों आदमी आमने-सामने, एक-दूसरे को घूरते हुए, ख़ामोश खड़े रहे।

एक हाथ से अपनी तलवार की मूठ पकड़ते हुए और दूसरे से जेब में अपने रिवॉल्वर को टटोलते हुए गोलुब ने डपटकर कहा : "तेरी यह हिम्मत कि हमारे आदमियों पर हाथ छोड़े, हरामज़ादे!"

पावल्युक का हाथ धीरे-धीरे माउजर के हत्थे की तरफ़ बढ़ रहा था।

"ज़रा ज़बान सँभालकर बात कीजिए गोलुब साहब, वरना मुँह के बल गिरिएगा। मुझसे उलझना नहीं। मैं ग़ुस्से का तेज़ हूँ।"

गोलुब भला यह कैसे बर्दाश्त कर सकता था।

उसने चिल्लाकर कहा, "इन सबों को बाहर निकाल दो और एक-एक को पच्चीस-पच्चीस कोड़े लगाओ।"

एक गोली छूटी और ऐसी आवाज़ आई कि जैसे किसी ने बिजली का बल्ब फ़र्श पर पटक दिया हो और दोनों दलों के लोग शिकारी कुत्तों की तरह आपस में गुँथ गए। हॉल में तबाही मच गई। उस मारधाड़ में सब एक-दूसरे पर तलवारें चला रहे थे, एक-दूसरे के बाल नोच रहे थे और गले दबोच रहे थे। औरतें डर के मारे चीख़ती हुई लड़नेवालों से छिटककर दूर चली गई थीं।

कुछ मिनटों के अन्दर पावल्युक और उसके आदमियों के हथियार छीन लिये गए और उन्हें ख़ूब मारा गया, फिर हॉल से घसीटकर वे लोग बाहर ले जाए गए और सड़क पर ले जाकर खड़े कर दिये गए।

इस लड़ाई में ख़ुद पावल्युक अपनी फर की टोपी से हाथ धो बैठा। उसका चेहरा घायल हो गया था और हथियार छीन लिये गए थे। ग़ुस्से के मारे उसका बुरा हाल था। वह और उसके आदमी उछलकर अपने घोड़ों पर बैठे और तेज़ी से निकल गए।

वह शाम तो बरबाद हो गई। जो कुछ हुआ था, उसके बाद किसी का मन ख़ुशियाँ मनाने का नहीं हो रहा था। स्त्रियों ने नाचने से इनकार कर दिया, और हठ करने लगीं कि उन्हें घर पहुँचा दिया जाए। मगर गोलुब यह सब सुनने को तैयार न था।

उसने हुक्म दिया, "सन्तरी खड़े कर दो! कोई हॉल के बाहर नहीं जाएगा!"

पालियानित्स्या ने हुक्म पूरा करने में बहुत तेज़ी दिखलाई।

"देवियो और सज्जनो, नाच सवेरे तक चलेगा।" गोलुब ने तमाम आपत्तियों-प्रतिवादों को दूर ठेलते हुए हठपूर्वक कहा, "पहला वॉल्ज मैं ख़ुद नाचूँगा।"

ऑरकेस्ट्रा फिर बजने लगा। मगर इसके बावजूद, उस रात फिर ख़ुशियाँ न मनाई जा सकीं।

कर्नल ने पादरी की लड़की के संग नाच के फ़र्श का अभी एक चक्कर भी पूरा न किया था कि सन्तरी दौड़ते हुए हॉल के अन्दर आए और चिल्लाकर बोले :

"पावल्युक थिएटर को घेर रहा है।"

उसी वक़्त सड़क के सामनेवाली एक खिड़की टूटी और उसके टूटे फ्रेम के अन्दर से एक मशीनगन की नली अन्दर घुसी। वह पागलों की तरह कभी इधर और कभी उधर घूम रही थी, मानो उन भागते हुए लोगों में से किन्हीं ख़ास को चुन रही हो। लोग मशीनगन से घबराकर ऐसे तितर-बितर होकर भाग रहे थे, गोया वह शैतान हो।

पालियानित्स्या ने छत में लगे एक हज़ार कैंडिल पावर के लैम्प पर गोली चलाई। वह बम की तरह फूटा। उड़े हुए शीशे के टुकड़े हॉल के अन्दर सभी लोगों पर बरस पड़े।

हॉल अँधेरे में डूब गया। कोई बाहर से चिल्लाया :

"सब लोग बाहर निकलो!" और इसके बाद गोलियों की बौछार।

औरतों का वह पागलों की तरह चिल्लाना, वे तमाम हुक्म जो गोलुब हॉल के अन्दर इधर-उधर भागता हुआ अपने घबराए हुए अफ़सरों को बटोरने की कोशिश में जारी कर रहा था, सहन में गोली चलने और चीख़ने-चिल्लाने का शोर—इन सबसे एक अजब जहन्नुमी मंज़र पैदा हो गया था जिसे बयान करना मुश्किल है। इस हंगामे में किसी ने पालियानित्स्या को पीछे के दरवाज़े से निकलकर एक वीरान गली में जाते नहीं देखा, जहाँ पहुँचकर वह जी-जान से गोलुब के हेडक्वार्टर की तरफ़ दौड़ा।

आध घंटे बाद शहर में बाक़ायदा लड़ाई का मोर्चा जमा हुआ था। अनवरत राइफ़लें चलने की आवाज़ें और उनके बीच-बीच मशीनगनों का भारी शोर रात की निस्तब्धता को चीर रहा था। शहरवाले बिलकुल हैरान थे कि यह क्या हो रहा है। अपने गरम-गरम बिस्तरों से उठकर वे अपनी खिड़कियों के शीशों में मुँह सटाए खड़े थे।

आख़िरकार गोलियों का चलना कम हुआ। कहीं दूर, सिर्फ़ एक मशीनगन बीच-बीच में गोले छोड़ती रही—उसी तरह जैसे रात की तारीकी में कोई कुत्ता भौंक रहा हो।

उधर क्षितिज पर पौ फट रही थी और इधर लड़ाई खतम हुई...

शहर में अफ़वाह फैल गई कि यहूदियों का सफ़ाया करने की तैयारी हो रही है। आख़िरकार यह अफ़वाह यहूदियों की उन छोटी-छोटी, नीची छतवाली झोंपड़ियों तक भी पहुँची जिनकी खिड़कियाँ टेढ़ी-मेढ़ी थीं और जो किसी तरह अटकी हुई थीं। इन बुरी तरह गुंजान बस्तियों में, कच्ची खोलाबाड़ियों में, ग़रीब यहूदी रहते थे।

जिस प्रेस में एक साल से ऊपर से सर्गेई ब्रुजाक काम कर रहा था, उसके कम्पोजीटर और दूसरे मज़दूर यहूदी थे। उनके और सर्गेई के दरम्यान दोस्ती के मज़बूत रिश्ते पैदा हो गए थे। एक सुसम्बद्ध परिवार की तरह वे अपने मालिक, ख़ुशहाल और अपने में मगन मोटे-ताज़े मिस्टर ब्लुवस्टाइन, का मुक़ाबला कर रहे थे। मालिक और प्रेस-मज़दूरों में लगातार संघर्ष चल रहा था। ब्लुवस्टाइन सदा इसी कोशिश में रहता था कि ज़्यादा से ज़्यादा ख़ुद हड़प ले और मज़दूरों को कम-से-कम पैसा दे। प्रेस के मज़दूरों ने कई बार हड़ताल की थी और प्रेस दो-तीन हफ़्ते बन्द रहा था। कुल चौदह मज़दूर थे। उनमें सबसे छोटा सर्गेई था, जो दिन में बारह घंटे एक हैंड-प्रेस का पहिया घुमाता रहता था।

आज सर्गेई ने मज़दूरों में कुछ ऐसी बेचैनी देखी जिससे उसके मन में शंका हुई। पिछले कई गड़बड़ी के महीनों से प्रेस को 'चीफ़ ऐटमन' की तरफ़ से जारी किये हुए ऐलानों को छापने के अलावा और कुछ काम नहीं था।

मेंडेल नाम का एक कम्पोजीटर, जो दिल का मरीज़ था, सर्गेई को बुलाकर एक कोने में ले गया।

अपनी उदास आँखों से इस लड़के को देखते हुए उसने कहा, "तुमको मालूम है, हमारे क़त्लेआम की तैयारी हो रही है!"

सर्गेई ने आश्चर्य से उसे देखा, "मुझे तो कुछ भी नहीं मालूम।"

मेंडेल ने अपना पीला मुरझाया हुआ हाथ सर्गेई के कन्धे पर रखा और बड़े-बूढ़ों की तरह, राज़ की बात बतलाने के स्वर में कहा :

"हाँ, क़त्लेआम होनेवाला है—यह बात सच है। यहूदियों को पीटा जाएगा। मैं जानना यह चाहता हूँ कि इस मुसीबत में तुम अपने साथियों का साथ दोगे या नहीं?"

"ज़रूर दूँगा, जहाँ तक मेरे बस में होगा। मगर मैं कर क्या सकता हूँ, मेंडेल?"

सारे कम्पोजीटर इस बात को सुन रहे थे।

"तुम बड़े अच्छे लड़के हो, सर्गेई। हमें तुम पर भरोसा है। तुम्हारा बाप भी तो आख़िर हमारी ही तरह मज़दूर है। हम चाहते हैं कि तुम दौड़कर अपने घर जाओ और अपने बाप से पूछो कि क्या वह कुछ बूढ़े-बुढ़ियों को अपने घर में छिपा लेगा? उसका जवाब मिलने पर हम लोग तय करेंगे कि किसको कहाँ रखा जाए। अपने घर में तुम यह भी पूछना कि क्या उनकी जानकारी में ऐसा और कोई मिल सकेगा जो यही काम करे? कम-से-कम रूसी लोग तो इस वक़्त इन डाकुओं के हाथ से बचे ही रहेंगे। फ़ौरन दौड़ जाओ सर्गेई, वक़्त बहुत कम है।

"मेंडेल, मुझ पर यक़ीन रखो। मैं फ़ौरन जाकर पावका और क्लिम्का से मिलता हूँ...उनके घरवाले ज़रूर कुछ लोगों को रख लेंगे।"

"ज़रा रुको," मेंडेल ने सर्गेई को रोकते हुए चिन्ता के स्वर में पूछा, "यह पावका और क्लिम्का कौन हैं? तुम उन्हें अच्छी तरह जानते हो?"

सर्गेई ने विश्वास के साथ सिर हिलाया और कहा, "ज़रूर। वे मेरे लँगोटिया यार हैं। पावका कोर्चागिन का भाई मेकैनिक है।"

"अरे कोर्चागिन," मेंडेल के मन की शंका दूर हो गई। बोला, "मैं उसको जानता हूँ—हम लोग साथ-साथ एक ही घर में रहते थे। हाँ, तुम कोर्चागिन के घरवालों से जाकर बातचीत कर सकते हो। जाओ सर्गेई, और जल्द से जल्द जवाब लेकर लौटो।"

सर्गेई बन्दूक़ से छूटी गोली की तरह सड़क पर जा निकला।

पावल्युक और गोलुब की टुकड़ियों में जो जमकर लड़ाई हुई थी, उसके तीसरे रोज़ क़त्लेआम शुरू हुआ।

शेपेतोवका से खदेड़े जाने पर पावल्युक ने उसके पास-पड़ोस तक की जगह छोड़ दी थी और क़रीब के एक क़स्बे पर दख़ल कर लिया था। शेपेतोवका की उस रात की लड़ाई में उसके बीस आदमी मारे गए थे। गोलुब के भी इतने ही आदमी मारे गए थे।

मुर्दों को गाड़ियों पर लादकर जल्दी से क़ब्रिस्तान ले जाया गया और बिना किसी समारोह के उसी दिन दफ़न कर दिया गया। समारोह होता भी तो किस बात का? इस समूचे कांड में गर्व करने जैसी तो कोई चीज़ न थी। दो ऐटमनों ने सड़क के कुत्तों की तरह लड़ना शुरू कर दिया था और किसी भी तरह का कोई समारोह बेहूदा मालूम होता। पालियानित्स्या ने ज़रूर चाहा था कि इसको एक बड़ी शकल दी जाए और पावल्युक को बोल्शेविक लुटेरा घोषित किया जाए, मगर कमिटी ने, जिसके प्रधान पादरी वासिली थे, इस बात का विरोध किया।

इस झगड़े से गोलुब की रेजिमेंट के लोग और ख़ासकर उसके अंगरक्षक भुनभुना रहे थे क्योंकि उन्हीं के सबसे ज्यादा आदमी मारे गए थे। इस असन्तोष को खतम करने के लिए और उनके अन्दर फिर से जोश भरने के लिए, पालियानित्स्या ने क़त्लेआम का प्रस्ताव किया और गोलुब से कहा, "अच्छा रहेगा, इससे सिपाहियों का दिल बहल जाएगा।" उसने तर्क पेश किया कि सैनिकों में जो आक्रोश है, उसको देखते हुए यह चीज़ ज़रूरी है। और गो, कर्नल साहब शराबख़ाने वाले की लड़की से अपनी शादी के ठीक पहले शहर की शान्ति भंग नहीं करना चाहते थे, तो भी आख़िरकार उन्होंने अपनी रज़ामन्दी दे दी।

हुज़ूर कर्नल को इस काम में हिचक इसलिए भी थी कि कुछ ही दिन पहले वे सोशलिस्ट-रिवोल्यूशनरी पार्टी में दाख़िल हुए थे। ऐसा करने से मुमकिन है उनके

दुश्मन फिर से उनको बदनाम करते और उन्हें कत्लेआम करानेवाला कहते। इसमें तो शक ही नहीं कि वे 'चीफ़ ऐटमन' से ख़ूब नमक-मिर्च मिलाकर उसकी बुराई करते। मगर यह भी सही है कि गोलुब अब तक 'चीफ़' पर कुछ ख़ास निर्भर नहीं था क्योंकि अपना खर्च वह ख़ुद उठाता था। इसके अलावा, 'चीफ़' को भी यह बात अच्छी तरह पता थी कि उसके नीचे कैसे-कैसे लुच्चे-लफंगे काम करते हैं और उसने ख़ुद कई बार तथाकथित वसूली के पैसों में से डाइरेक्टरी के खर्च के लिए पैसे माँगे थे। जहाँ तक इस बात का सवाल था कि वह कत्लेआम करानेवाला मशहूर हो जाएगा, इसमें भी कोई नई बात न थी; इस सम्बन्ध में गोलुब की पहले से बहुत ख्याति थी और बड़े-बड़े कारनामे थे। इस काम से उसमें अब नया कुछ जुड़नेवाला न था।

यहूदियों का क़त्लेआम ख़ूब सवेरे शुरू हुआ।

शहर अभी पौ फटने के ठीक पहले के धुँधलके में लिपटा हुआ था। यहूदी बस्ती के बेतरतीब बने हुए उन छोटे-छोटे घरों के इर्द-गिर्द गीले कपड़े की चिन्दियों की तरह लटकी हुई सूनी-सूनी सड़कें अभी बेजान थीं। चुस्त परदों में से बन्द खिड़कियाँ अपनी अन्धी आँखों से घूर रही थीं।

बस्ती को बाहर से देखने से मालूम होता था मानो वह सवेरे की गहरी नींद में हो। मगर, घरों के अन्दर कहीं नींद न थी। समूचे परिवार पूरे-पूरे कपड़े पहने, आपस में सटे एक कमरे में बैठे हुए थे और आनेवाली तबाही के लिए अपने-आप को तैयार कर रहे थे। सिर्फ़ बच्चे, जो बहुत छोटे थे और नहीं समझ सकते थे कि यह सब क्या हो रहा है, अपनी माँओं की गोदियों में चैन से सो रहे थे।

गोलुब की अंगरक्षक टुकड़ी का प्रधान, सलोमिगा, जिसका जिप्सियों जैसा स्याह रंग था और जिसके गाल पर तलवार के घाव का लाल दाग़ था, गोलुब के सहचर पालियानित्स्या को जगाने की बड़ी कोशिश कर रहा था और पालियानित्स्या उस दुःस्वप्न की पकड़ से अपने-आप को छुड़ा नहीं पा रहा था जिसने सारी रात उसको सताया था : वह अजीब तरह से मुँह बनाए, दाँत निकाले कूबड़वाला राक्षस अब भी उसकी गर्दन को अपने नाख़ूनी पंजों से दबोच रहा था। आख़िरकार उसने आँखें खोलीं, अपना दर्द से फटता हुआ सिर उठाया और सलोमिगा को देखा।

सलोमिगा ने कन्धा पकड़कर उसको हिलाते हुए कहा, "उठ भी, अलाल! काम का वक़्त है और तुम पड़े सो रहे हो। लगता है रात को ज़रा ज़्यादा चढ़ा गए थे।"

पालियानित्स्या अब अच्छी तरह जग गया था। वह उठ बैठा था और सीने में जलन होने से मुँह बना रहा था।

सलोमिगा को ख़ाली-ख़ाली निगाहों से घूरते हुए उसने पूछा, "क्या काम है?"

"इन यहूदी हरामज़ादों का सफ़ाया जो करना है! भूल गए क्या?"

पालियानित्स्या को सारी बात याद हो आई। सचमुच, वह भूल गया था। फ़ार्म

पर शराब का दौर चला था, जहाँ हुज़ूर कर्नल अपनी प्रेयसी और कुछ लँगोटिया यारों को लेकर मौज उड़ाने चले गए थे, वहीं वह सचमुच बहुत चढ़ा गया था।

गोलुब को क़त्लेआम के वक़्त शहर छोड़कर चले जाना सुविधाजनक मालूम हुआ क्योंकि तब अगर बाद में कोई बात उठती भी, तो वह कह सकता था कि उसकी अनुपस्थिति में किसी ग़लतफ़हमी के कारण यह चीज़ हो गई है और इस बीच पालियानित्स्या को इस काम में खुलकर खेलने का पूरा मौक़ा था। इसमें शक नहीं कि 'तबीयत बहलाने' का प्रबन्ध करने में पालियानित्स्या माहिर था!

पालियानित्स्या ने अपने सिर पर एक बाल्टी पानी डाला जिससे उसके होश-हवास लौट आए। तरोताज़ा होकर हुक्म जारी करता हुआ वह हेडक्वार्टर में घूमने लगा।

अंगरक्षक टुकड़ी के सौ लोग अपने घोड़ों पर सवार हो चुके थे। किसी क़िस्म की कोई गड़बड़ी न हो, इसका विचार करके दूरदर्शी पालियानित्स्या ने ख़ास शहर और मज़दूरों की बस्ती और स्टेशन के बीच सन्तरी तैनात करने का हुक्म दे दिया था। सड़क के सामने लेशचिन्स्की के बाग़ीचे में एक मशीनगन लगा दी गई थी ताकि अगर मज़दूर कुछ गड़बड़ी करें तो उन पर गोली की बौछार की जा सके।

सारी तैयारियाँ पूरी हो जाने पर पालियानित्स्या और सलोमिगा अपने घोड़ों पर सवार हुए।

पालियानित्स्या ने चलते-चलते कहा, "रुको, मैं तो भूल ही गया था। गोलुब के लिए विवाह का उपहार लाने को हमें दो गाड़ियाँ भी तो ले लेनी चाहिए। हा: हा:! हमेशा ही की तरह लूट का पहला माल कमांडर साहब के लिए और पहली लड़की...हा: हा: हा:...उनके अनुचर के लिए—यानी मेरे लिए। समझे कि नहीं बुद्धूराम?"

यह अन्तिम बात सलोमिगा को सम्बोधित करके कही गई थी जो अपनी पीली-पीली आँखों से उसे घूर रहा था।

"घबराओ मत, लड़कियों की कोई कमी न होगी, सबके लिए इन्तज़ाम हो जाएगा।"

उन्होंने अपने घोड़ों को एड़ लगाई और घुड़सवारों के बेतरतीब गिरोह को लेकर आगे बढ़े।

कुहरा साफ़ हो गया था जब पालियानित्स्या ने एक दुमंज़िले मकान के सामने अपना घोड़ा रोका। मकान पर जंग लगा साइन बोर्ड लटक रहा था—'फुक्स, कपड़ेवाला।'

उसकी पतली-पतली टाँगों वाली, भूरे रंग की घोड़ी गली में लगे हुए पत्थरों पर पैर पटकने लगी।

पालियानित्स्या ने घोड़ी पर से नीचे कूदते हुए कहा, "अच्छा तो अब यहीं से हम शुरू करेंगे, ख़ुदा हाफ़िज़।

अपने चारों तरफ़ घिरते हुए सिपाहियों की भीड़ को मुख़ातिब करते हुए उसने कहा, "अपने घोड़ों से उतरो, दोस्त! अब खेल शुरू हो रहा है। मैं पहले ही तुमको बतला देना चाहता हूँ कि मैं नहीं चाहता कि अभी सिर-विर फोड़े जाएँ, उसका भी वक़्त आएगा। जहाँ तक लड़कियों की बात है, अगर मुमकिन हो तो शाम तक सब्र करो।"

एक आदमी ने अपने मज़बूत दाँत दिखलाते हुए आपत्ति की :

"और अगर हुज़ूर खोरूँजी, यह चीज़ दोनों की रज़ामन्दी से हो तब?"

बड़े ज़ोर का कहकहा पड़ा। पालियानित्स्या ने प्रशंसा और समर्थन की दृष्टि से उस आदमी को देखा जिसने यह बात कही थी।

"वह बात अलग है—रज़ामन्द हों तब फिर क्या बात है! तब फिर कैसा रुकना-रुकाना! इस चीज़ को कोई मना नहीं कर सकता है!"

पालियानित्स्या ने आगे बढ़कर दूकान के बन्द दरवाज़े पर ज़ोर से ठोकर लगाई। मगर दरवाज़े के मोटे-मोटे मज़बूत ओक के पल्ले हिले तक नहीं।

ज़ाहिर है कि शुरू करने के लिए यह जगह ठीक न थी। पालियानित्स्या घूमकर फुक्स के घर के दरवाज़े की ओर बढ़ा। आगे बढ़ते हुए उसने तलवार को अपने हाथ का सहारा दिया। सलोमिगा उसके पीछे-पीछे था।

घर के अन्दर के लोगों ने बाहर पक्की सड़क पर घोड़ों की टाप की आवाज़ सुनी थी और जब यह आवाज़ दूकान के सामने आकर रुकी और सिपाहियों की आवाज़ें दीवार को भेदकर अन्दर पहुँचीं, तो उन्हें ऐसा लगा जैसे उनके दिल की धड़कन रुक गई हो और उनका शरीर अकड़कर रह गया हो।

अमीर फुक्स एक रोज़ पहले ही अपनी बीवी और लड़कियों को लेकर शहर के बाहर चला गया था। केवल अपनी नौकरानी रीवा को जायदाद की देखभाल के लिए वह पीछे छोड़ गया था। रीवा बहुत सीधी-सादी, उन्नीस साल की भीरु-सी लड़की थी। यह देखकर कि वह उस सूने मकान में अकेले रहने से डर रही है, फुक्स ने उससे कहा था कि जब तक वे लोग लौट न आवें, तब तक के लिए वह अपने बूढ़े बाप और माँ को अपने साथ रहने के लिए बुला ले।

रीवा ने जब डरते-डरते इसका प्रतिवाद करने की कोशिश की तो उस चालाक व्यापारी ने उसके आश्वासन के लिए कहा था कि शायद बहुत करके मारकाट होगी ही नहीं, क्योंकि आख़िरकार भिखमंगों से उन्हें मिलेगा क्या? और उसने रीवा से यह भी वादा किया कि लौटने पर वह उसकी पोशाक के लिए बहुत अच्छा कपड़ा देगा।

इस वक़्त वे तीनों खड़े हुए डर के मारे काँप रहे थे। कोई आस न थी, मगर तब भी वे आस लगाए थे कि शायद घुड़सवार आगे निकल जाएँ; शायद समझने में उनसे भूल हुई थी, शायद यह उनका भ्रम था कि घोड़े उनके मकान के सामने

रुके हैं। मगर दूकान के दरवाज़े पर जो ठोकर लगी थी, उसकी भारी गूँज ने उनकी उम्मीदों को चूर कर दिया।

बूढ़ा, चाँदी जैसे बालोंवाला पेईसाख, दरवाज़े के पास खड़ा था। उसकी नीली-नीली आँखें सहमे हुए बच्चे की तरह माथे पर जा लगी थीं। एक कट्टर आस्तिक की तरह पूरे भावावेश से वह सर्वशक्तिमान जेहोवा की बुदबुदाकर प्रार्थना कर रहा था। वह भगवान से प्रार्थना कर रहा था कि इस घर को संकट से बचा लो और उसके पास खड़ी हुई बूढ़ी स्त्री ने थोड़ी देर को पास आते हुए क़दमों की आहट को नहीं सुना क्योंकि वह प्रार्थना के स्वर में खो गई थी।

रीवा भागकर सबसे दूरवाले कमरे में चली गई थी और वहाँ ओक की लकड़ी के बड़े साइड-बोर्ड के पीछे छिप गई थी।

दरवाज़े पर एक ज़बरदस्त, दरवाज़े को जैसे तोड़ देनेवाली चोट पड़ी, जिससे बूढ़े-बुढ़िया काँप गए।

"दरवाज़ा खोलो!" और फिर दूसरी चोट, पहले से भी ज़्यादा प्रबल, दरवाज़े पर पड़ी और फिर गालियों की आवाज़ें सुनाई दीं।

मगर वे जो अन्दर थे, डर के मारे सुन्न पड़ गए थे और दरवाज़े की कुंडी खोलने के लिए हाथ नहीं उठा सके।

बाहर, दरवाज़े पर राइफ़ल के कुन्दे बरस रहे थे। आख़िरकार दरवाज़ा टूट गया।

मकान हथियारों से लैस आदमियों से भर गया। ये लोग मकान के कोने-कोने को छानने लगे। राइफ़ल के कुन्दे की एक चोट से दूकान के भीतर खुलनेवाला दरवाज़ा टूट गया और फिर बाहर के दरवाज़े की कुंडियाँ भीतर से खोल दी गईं।

और फिर लूटपाट शुरू हुई।

जब गाड़ियाँ कपड़े की पेटियों, जूतों और लूट के दूसरे सामान से अच्छी तरह भर गईं, तो सलोमिगा इनको लेकर गोलुब के क्वार्टर की तरफ़ रवाना हो गया। वहाँ से लौटने पर उसने घर के अन्दर से एक डरी हुई चीख़ निकलती सुनी।

पालियानित्स्या ने अपने आदमियों को दूकान लूटने के लिए छोड़ दिया था और ख़ुद मालिक-मकान के घर के भीतर घुस गया था। वहाँ पर उसने उन बूढ़े-बुढ़िया और उनकी लड़की को खड़े पाया। उनको अपनी हरी-हरी बिल्ली जैसी आँखों से देखते हुए उसने बूढ़े दम्पती को डपटकर आदेश दिया :

"तुम लोग यहाँ से बाहर निकल जाओ!"

माँ-बाप दोनों में से कोई भी न हिला।

पालियानित्स्या एक क़दम आगे बढ़ा और धीरे-धीरे म्यान से अपनी तलवार निकाली।

"माँ!" वह लड़की दिल को हिला देनेवाली आवाज़ में चिल्लाई। सलोमिगा ने इसी चीख़ को सुना था।

पालियानित्स्या अपने आदमियों की तरफ़ मुड़ते हुए, जो इस चीख़ को सुनकर वहाँ इकट्ठा हो गए थे, उन दोनों बुड्ढों की तरफ़ इशारा करके भौंककर बोला : "इन्हें बाहर फेंक दो!" जब यह काम पूरा हो गया तो उसने वहाँ उपस्थित सलोमिगा से कहा, "तुम यहाँ दरवाज़े पर ज़रा निगरानी रखो तब तक मैं उस छोकरी से दो बातें कर लूँ!"

लड़की दुबारा चिल्लाई। बूढ़ा पेईसाख कमरे के दरवाज़े की तरफ़ लपका। मगर उसकी छाती पर एक ज़बरदस्त चोट लगी और वह पीछे की दीवार से जा टकराया। दर्द से उसका दम घुट रहा था। बूढ़ी माँ तोइबा, जो सदा इतनी शान्त और नम्र रहती थी, अब अपने बच्चे के लिए लड़ती हुई मादा भेड़िये की तरह सलोमिगा पर झपटी।

"मुझे अन्दर जाने दो! तुम मेरी लड़की को क्या कर रहे हो?"

वह दरवाज़े के पास पहुँचने के लिए ज़ोर लगा रही थी और सलोमिगा अपनी सारी कोशिश के बावजूद अपने कोट को उसकी बूढ़ी उँगलियों की गिरफ़्त से छुड़ा नहीं पा रहा था।

पेईसाख, जो अपनी चोट और दर्द के बाद अब तक होश में आ गया था, तोइबा की मदद के लिए आया।

"हमें अन्दर जाने दो! अन्दर जाने दो! हाय, मेरी बेटी!"

बूढ़े दम्पती ने अपनी मिली-जुली कोशिश से सलोमिगा को किसी तरह दरवाज़े से दूर ढकेल दिया था। सलोमिगा ने ग़ुस्से में आकर झटके के साथ अपना रिवॉल्वर कमरबन्द से निकाला और उसके लोहे के हत्थे से बूढ़े के सफ़ेद सिर पर जोर से चोट की। पेईसाख वहीं फ़र्श पर ढेर हो गया।

कमरे के अन्दर रीवा चीख़ रही थी।

जब तोइबा घसीटकर घर के बाहर की गई, उसका दिमाग़ क़ाबू से बाहर था और उसकी पागलों जैसी चीख़ों और मदद की पुकारों से सड़क गूँज रही थी।

घर के अन्दर पूर्ण शान्ति थी।

पालियानित्स्या कमरे के बाहर आया। सलोमिगा को बिना देखे, जिसका हाथ दरवाज़े के हैंडिल पर जा चुका था, पालियानित्स्या ने उसको अन्दर जाने से रोका।

"बेकार है—मैंने तकिये से उसका मुँह बन्द करने की कोशिश की तो उसका दम घुट गया।" पेईसाख के जिस्म पर पैर रखते हुए उसको किसी स्याह चिपचिपी चीज़ का एहसास हुआ। यह और कुछ नहीं, पेईसाख का ख़ून था।

बाहर जाते हुए उसने बुदबुदाकर कहा, "बोहनी ठीक नहीं हुई।"

दूसरे भी बिना एक शब्द बोले उसके पीछे-पीछे बाहर निकले और फ़र्श और सीढ़ियों पर अपने ख़ून में डूबे पैरों की छाप छोड़ते गए।

शहर में लूटपाट पूरे ज़ोर पर थी। उसी में कभी-कभी लुटेरे माल के बँटवारे को लेकर जंगली जानवरों की तरह आपस में लड़ पड़ते और यहाँ-वहाँ तलवारें चमक

उठतीं। घूँसे तो सभी जगह धड़ल्ले से चल रहे थे। बियर के सैलून में से पच्चीस गैलन वाले पीपे बाहर लुढ़काकर सड़क की पटरी पर इकट्ठे किये जा रहे थे।

फिर लुटेरों ने यहूदियों के घरों में घुसना शुरू किया।

कोई प्रतिरोध नहीं हुआ। वे तमाम कमरों में गए, जल्दी-जल्दी एक-एक कोने को उलटा-पलटा और लूट का माल लादकर चलते बने। अपने पीछे वे कुछ छोड़ गए थे तो कपड़ों के बिखरे हुए ढेर और तलवार की नोक से चिरे हुए गद्दों और तकियों के अन्दर से निकले हुए चिड़ियों के पर। पहले रोज़ तो सिर्फ़ दो जाने गईं : रीवा और उसके बाप की; मगर आनेवाली रात अपने साथ मौत का अनिवार्य आतंक लेकर आई।

शाम तक भिश्तियों और भंगियों की जमात नशे में धुत्त पड़ी थी। पेतल्युरा के पागल सिपाही रात का इन्तज़ार कर रहे थे।

अँधेरे ने उनके रहे-सहे बन्धन भी खोल दिये। घुप्प अँधेरे में आदमी को खतम करना आसान होता है : सियार भी अँधेरे के घंटों को ज़्यादा पसन्द करते हैं।

शायद ही कोई कभी इन दो भयानक रातों और तीन दिनों को भूल सके। इस बीच न जाने कितनी ज़िन्दगियाँ पिसीं और लहूलुहान हुईं, इन ख़ूनी घड़ियों में न जाने कितने जवानों के बाल सफ़ेद हुए, न जाने तीखे दर्द के कितने आँसू बहे! कहना मुश्किल है कि वे जो बच गए थे ज़्यादा सौभाग्यशाली थे—वे ज़िन्दा तो बचे थे मगर जिनकी आत्मा लुट गई थी, वीरान हो गई थी, जिन्हें अपने अपमान और लुटी हुई इज़्ज़त की शर्म की दारुण यंत्रणा खाए जा रही थी; जिन्हें अवर्णनीय दुख कीड़े की तरह कुतर रहा था, दुख अपने उन आत्मीयों और प्रियजनों के लिए जो अब कभी नहीं लौटेंगे। इस सबसे उदासीन, नौजवान लड़कियों के घायल, सताए हुए, टूटे हुए शरीर यंत्रणा की अनेकानेक मुद्राओं में बाँहें पीछे की तरफ़ फेंके, सँकरी गलियों में पड़े थे।

सिर्फ़ एक जगह, नदी के सामनेवाले मकान में जहाँ नाउम लोहार रहता था, उन गीदड़ों को, जो उसकी नौजवान बीवी सारा पर झपटे थे, करारा जवाब मिला। वह लोहार चौबीस साल का मज़बूत नौजवान था और उसकी लोहे जैसी मांसपेशियाँ वैसी ही थीं जैसी कि अपनी जीविका के लिए भारी हथौड़ा चलानेवाले किसी आदमी की होनी चाहिए। उस लोहार ने अपनी बीवी उनके हाथ नहीं पड़ने दी।

उस छोटी-सी झोंपड़ी में संघर्ष हुआ तो थोड़ी ही देर मगर बहुत भयानक। दो पेतल्युरा सिपाहियों का सिर सड़े हुए खरबूजों की तरह भुर्ता हो गया था। निराशा के भयानक क्रोध में वह लोहार दो जानों के लिए सिर पर क़फ़न बाँधकर लड़ रहा था। बड़ी देर तक नदी किनारे से राइफ़लें चलने की आवाज़ आती रही। ख़तरे का आभास पाकर तमाम लुटेरे वहाँ आ गए थे। जब उस लोहार के पास सिर्फ़ एक गोली बच रही, तो उसने अपनी बीवी को गोली मार दी और सचमुच उस पर एहसान

किया, फिर ख़ुद संगीन हाथ में लेकर अपनी मौत का सामना करने बाहर निकल पड़ा। गोलियों की एक बौछार आई और उसका मज़बूत जिस्म अपने सामनेवाले दरवाज़े के बाहर धरती पर ढेर हो गया।

आसपास के गाँवों के धनी समृद्ध किसान अपनी घोड़ा-गाड़ियों में, जिन्हें अच्छे तगड़े घोड़े खींच रहे थे, शहर के अन्दर आए। उन्होंने अपनी गाड़ियों में जो कुछ अच्छा लगा, लादा और गोलुब की सेना में काम करनेवाले अपने बेटों और सम्बन्धियों के पहरे में जल्दी-जल्दी घर चले ताकि एक-दो फेरे और कर सकें।

सर्योजा ब्रुजाक जिसने अपने बाप के साथ प्रेस के आधे साथियों को तहख़ाने में और ऊपरवाली कोठरी में छिपाया था, बग़ीचा पार करके घर आ रहा था जब उसने एक आदमी को लम्बा-सा, पैबन्द लगा कोट पहने, ज़ोरों से बाँहें हिलाते सड़क पर भागते देखा।

यह एक बूढ़ा यहूदी था और इस नंगे-सिर हाँफते हुए आदमी के पीछे-पीछे, जिसके चेहरे को डर के मारे लकवा-सा मार गया था, एक पेतल्युरा सिपाही अपने भूरे रंग के घोड़े पर सवार सरपट चला आ रहा था। उनके बीच का फ़ासला तेज़ी से कम होता जा रहा था, यहाँ तक कि घुड़सवार अपने शिकार को तलवार से काट देने के लिए अपनी काठी से आगे की ओर झुका। अपने पीछे घोड़े की टापें सुनकर बूढ़े ने जैसे चोट रोकने के लिए हाथ ऊपर को उठाया। उसी वक़्त सर्योजा कूदकर सड़क पर आ गया और उस बूढ़े को बचाने के लिए उसने ख़ुद को घोड़े के आगे डाल दिया।

"उसे छोड़ दे! कुत्ता, लुटेरा कहीं का!"

घुड़सवार ने नीचे गिरती हुई तलवार को रोकने की कोई कोशिश न की और तलवार उलटी तरफ़ से लड़के के सुनहरे बालों वाले सिर पर गिरी।

पाँच

बोल्शेविक फ़ौजें 'चीफ़ ऐटमन' पेतल्युरा की टुकड़ियों पर ज़बरदस्त दबाव डाल रही थीं और इसलिए गोलुब की रेजिमेंट को मोर्चे पर बुला लिया गया। शहर में सिर्फ़ कुछ रियरगार्ड टुकड़ियाँ और कमांडेंट के कुछ ख़ास अपने सिपाही रह गए।

लोगों में हरकत पैदा हुई। इस अस्थायी शान्ति का फ़ायदा उठाकर यहूदी आबादी ने अपने मुर्दा लोगों को दफ़ना दिया और यहूदी बस्ती की छोटी-छोटी झोंपड़ियों में ज़िन्दगी एक बार फिर लौट आई।

ख़ामोश शामों को गोली-गोले चलने की अस्पष्ट आवाज़ दूर से सुनाई पड़ती थी; कहीं पास में ही लड़ाई चल रही थी।

स्टेशन पर रेलवे मज़दूर अपनी नौकरियों को छोड़कर काम की तलाश में गाँवों की तरफ़ जा रहे थे।

हाई स्कूल बन्द कर दिया गया था।

शहर में मार्शल लॉ जारी कर दिया गया था।

यह एक काली बीभत्स डरावनी रात थी, ऐसी रात, जब चाहे जितना ज़ोर डालो आँखें अँधेरे को चीर नहीं पातीं, ऐसे में आदमी अँधेरे में राह टटोलता हुआ घूमता है और हर वक़्त उसे डर बना रहता है कि वह किसी गड्ढे में जा गिरेगा और उसका काम तमाम हो जाएगा।

भद्र लोग जानते हैं कि ऐसे समय अँधेरे में घर पर बैठने में ही ख़ैरियत है! अगर उसका बस चले तो भद्र नागरिक घर में लैम्प भी न जलाएँ क्योंकि रोशनी से अनचाहे अतिथि खिंचकर आ सकते हैं। अँधेरा ही अच्छा है, हिफ़ाज़त तो रहती है। होने को ऐसे भी लोग होते हैं जो हमेशा अस्थिर रहते हैं—उनका जी चाहे तो वह बाहर निकलें, मगर भद्र नागरिक को इससे बहस नहीं। वह ख़ुद बाहर जाने का ख़तरा नहीं उठाएगा—किसी क़ीमत पर नहीं।

यह ऐसी ही एक रात थी। मगर फिर भी, एक आदमी सड़क पर चला जा रहा था।

कोर्चागिन के मकान पर पहुँचकर उसने सावधानी से खिड़की पर दस्तक दी। कोई जवाब नहीं मिला। उसने दुबारा दस्तक दी—इस बार ज़्यादा ज़ोर से और कई बार।

पावेल सपना देख रहा था कि एक अजीब सा प्राणी, जो आदमी तो किसी तरह नहीं है, उसके ऊपर मशीनगन का निशाना साध रहा है; वह भाग जाना चाहता था, मगर भागकर जाने के लिए कोई जगह न थी और मशीनगन बहुत भयानक स्वर में कड़कड़ा रही थी।

वह जागा तो उसने खिड़की को खड़खड़ाते सुना। कोई दस्तक दे रहा था।

पावेल कूदकर बिस्तर से उतरा और यह देखने के लिए कि कौन है, खिड़की के पास पहुँचा, मगर उसे वहाँ एक धुँधली, काली आकृति के अलावा और कुछ न दिखाई दिया।

वह घर में बिलकुल अकेला था। उसकी माँ उसकी सबसे बड़ी बहन के यहाँ चली गई थी, जिसका पति शकर के कारख़ाने में मेकैनिक था। आर्तेम पास के गाँव

में लोहार का काम कर रहा था; अपनी जीविका के लिए हथौड़ा चला रहा था।

मगर फिर भी आर्तेम के अलावा दूसरा हो भी कौन सकता है।

पावेल ने खिड़की खोलने का निश्चय किया।

उसने अँधेरे में कहा, "कौन है?"

खिड़की के बाहर कुछ गति हुई और एक रुँधी हुई आवाज़ ने जवाब दिया :

"मैं हूँ जुखराई।"

खिड़की की देहली पर दो हाथ रखे हुए थे और फिर फियोदोर का सिर ऊपर उठा और पावेल के चेहरे की बराबरी में आ गया।

जुखराई ने फुसफुसाकर कहा, "मैं तुम्हारे साथ रात गुज़ारने आया हूँ। तुम्हें कोई आपत्ति तो नहीं, कामरेड?"

पावेल ने आन्तरिक स्नेह से जवाब दिया, "कैसी बात करते हो। तुम जानते हो कि यहाँ पर सदा तुम्हारा स्वागत है। कूदकर अन्दर आ जाओ।"

फियोदोर ने थोड़ी-सी खुली हुई खिड़की में से सिकुड़कर अपने विशाल शरीर को अन्दर किया।

उसने खिड़की तो बन्द कर दी, मगर तत्काल वहाँ से हटा नहीं। वह ग़ौर से सुनता खड़ा रहा और जब चाँद बादलों के पीछे से बाहर आया और सड़क दिखने लगी तो उसने बहुत ध्यान से सड़क को देखा। फिर वह पावेल की तरफ़ मुड़ा और बोला :

"तुम्हारी माँ को हम लोग न जगाएँगे, है न!"

पावेल ने उसे बतलाया कि घर में उसको छोड़कर और कोई नहीं है। यह सुनकर मल्लाह को और इत्मीनान हुआ और वह पहले से कुछ ऊँची आवाज़ में बोलने लगा :

"अब वे हत्यारे सचमुच जी-जान से मेरे पीछे लगे हैं, दोस्त! स्टेशन पर जो कुछ हुआ था, उसी के बाद से सब मेरे पीछे पड़े हैं। अगर कहीं हमारे लोगों ने ज़रा और हिम्मत दिखलाई होती तो हमने क़त्लेआम के दौरान में उन भूरे कोटवालों को अच्छा मज़ा चखाया होता। मगर असल बात यह है कि लोग अभी आग में कूदने के लिए तैयार नहीं हैं। इसीलिए, इस सबका कोई नतीजा नहीं निकला। अब सब मेरी तलाश में हैं और मेरे लिए दो बार जाल डाल चुके हैं—आज तो मैं बाल-बाल बचा। पीछे के रास्ते से मैं घर जा रहा था और पीछे मुड़कर देखने के लिए शेड पर रुका ही था कि एक पेड़ के पीछे से एक संगीन निकली हुई मुझे दिखाई दी। मैं लौट पड़ा और सीधे तुम्हारे यहाँ आया। अगर तुम्हें कोई एतराज़ न हो तो कुछ दिन के लिए मैं यहीं लंगर डाल दूँ। ठीक है न, दोस्त? बहुत अच्छा।"

अभी भी जुखराई की साँस भारी चल रही थी। उसने अपने कीचड़ में सने जूते उतारने शुरू किये।

पावेल ख़ुश था कि जुखराई आ गया है। पिछले कई दिनों से बिजलीघर काम नहीं कर रहा था और पावेल को अपने वीरान घर में बहुत सूना-सूना लगता था।

दोनों सोने चले गए। पावेल तो फ़ौरन सो गया, मगर फियोदोर बहुत देर तक बिस्तर में लेटा-लेटा सिगरेट पीता रहा। फिर वह उठा और नंगे पैर, पंजों के बल, खिड़की तक गया और बड़ी देर तक सड़क को देखता रहा। आख़िरकार थकान से चूर होकर वह लेट गया और सो गया, मगर उसका हाथ अपने भारी 'कोल्ट' पिस्तौल के हत्थे पर ही था जिसे उसने अपने तकिये के नीचे रख लिया था और जिसको उसके शरीर की गरमी मिल रही थी।

जुखराई का उस रात का अप्रत्याशित आगमन और फिर वे आठ दिन जो उसने जुखराई के संग बिताए थे, उन्होंने पावेल की सारी ज़िन्दगी की धारा पर असर डाला। उस मल्लाह ने उसे सबसे पहले उन अनेक चीज़ों की अन्तर्दृष्टि दी जो नई थीं, गतिशील थीं, महत्त्वपूर्ण थीं।

जुखराई के लिए दो बार जो घातें लगाई गई थीं, उन्होंने जुखराई को घर में छिपकर बैठने के लिए मजबूर किया। उसने इस तरह मजबूर होकर बेकार बैठे रहने की स्थिति का सदुपयोग करते हुए, पीले और नीले झंडेवाले लुटेरों के ख़िलाफ़, जो सारे इलाक़े का गला दबोचे हुए थे, अपना सारा ग़ुस्सा और जलती हुई नफ़रत उत्सुक पावेल के मन में उड़ेल दी।

जुखराई जो ज़बान बोलता था वह सीधी थी, साफ़ थी और आँखों के सामने चित्र खड़ा कर देती थी। उसके मन में कोई संशय नहीं थे, उसे अपनी राह अपने सामने साफ़-साफ़ दिखाई पड़ती थी और पावेल की समझ में यह बात आ गई कि यह सब जो बड़े-बड़े नामोंवाली बीसों राजनीतिक पार्टियाँ हैं—सोशलिस्ट रेवोल्यूशनरी, सोशल डेमोक्रैट, पोलिश सोशलिस्ट—सब असल में मज़दूरों की जानी दुश्मन ही हैं और अमीरों के ख़िलाफ़ मज़बूती से लड़नेवाली क्रान्तिकारी पार्टी केवल बोल्शेविक पार्टी है।

पहले पावेल का दिमाग़ इन सब चीज़ों के बारे में बुरी तरह उलझा हुआ था।

और इस तरह इस पक्के, मज़बूत दिलवाले बाल्टिक सागर के मल्लाह ने, जो समन्दरी हवाओं पर पला था, जो पक्का बोल्शेविक और 1915 से बोल्शेविक पार्टी का सदस्य था, पावेल को जीवन के कटु सत्य बतलाए और भट्ठी झोंकनेवाला लड़का पावेल स्तब्ध होकर सब बातें सुनता रहा।

जुखराई ने कहा, "मैं जब तुम्हारी उमर का था, दोस्त, तो मैं भी तुम्हारी ही तरह था। मेरी समझ में ही नहीं आता था कि मैं अपनी शक्ति का क्या करूँ। मैं भी

एक बेचैन नौजवान था, हर वक़्त सरकशी के लिए तैयार। मैं ग़रीबी ही में पला और बढ़ा। कभी-कभी शहर के रईसों के लाड़ से बिगड़े हुए, मोटे-ताज़े लड़कों को देखकर मेरी आँखों में ख़ून उतर आता था। अक्सर मैं उनकी ख़ूब अच्छी तरह मरम्मत करता। मगर इसका नतीजा कुछ और न निकलता सिवा इसके कि घर आने पर पिताजी कसकर मेरी मरम्मत करते। इस तरह से अकेले लड़ने से दुनिया थोड़े ही बदली जा सकती है। तुममें पावलूशा, मज़दूर जमात के हक़ में लड़नेवाले सिपाही के तमाम गुण हैं, बस तुम अभी बहुत छोटे हो और वर्ग संघर्ष के बारे में ज़्यादा नहीं जानते। मगर दोस्त, मैं तुमको ठीक रास्ते पर लगा दूँगा क्योंकि मैं जानता हूँ कि तुम अच्छे लड़ाके निकलोगे। मेरी उन लोगों से नहीं बनती जो अपने तुच्छ सुख के पीछे पागल रहते हैं और बस आराम से दिन गुज़ार देना चाहते हैं। इस वक़्त सारी दुनिया में आग लगी हुई है। अब तक ग़ुलामों ने सिर उठाया है और पुरानी ज़िन्दगी का बेड़ा गर्क करना ही होगा। मगर इसके लिए मज़बूत इरादे के लोगों की ज़रूरत है, कमज़ोर लड़कियों-जैसों की नहीं, जो लड़ाई शुरू होने पर झींगुरों की तरह अपने बिलों में घुस जाएँ। हमें चाहिए मज़बूत लोग जो निर्मम होकर लड़ सकें।"

उसकी बँधी हुई मुट्ठी ज़ोर से मेज़ पर गिरी।

वह उठ खड़ा हुआ। उसकी त्योरियों में बल पड़ गए और वह जेब में ख़ूब अन्दर तक हाथ डाले कमरे में चहलक़दमी करने लगा।

अपनी बेकारी उसे खल रही थी। उसे इस बात का बड़ा अफ़सोस था कि वह शहर में रुक गया था। उसे यक़ीन हो गया था कि शहर में अब और रुकने में कोई तुक नहीं है और उसने पक्का इरादा कर लिया था कि लाल टुकड़ियों से जा मिलने के लिए वह लड़ाई के मोर्चे को पार करेगा।

तय पाया गया था कि नौ पार्टी मेम्बरों का दल काम को जारी रखने के लिए शहर में रहेगा।

"मेरे बग़ैर उनका काम चल जाएगा। मैं अब और बेकार नहीं बैठ सकता। यों ही मैं दस महीने बरबाद कर चुका हूँ," जुखराई ने खीजते हुए सोचा।

"सच बतलाओ फियोदोर, तुम क्या हो?" पावेल ने एक बार उससे पूछा।

जुखराई उठ खड़ा हुआ और हाथ जेब के अन्दर डाल लिये। इस सवाल का मतलब एकाएक उसकी समझ में नहीं आया।

"तुम नहीं जानते?"

पावेल ने मद्धिम आवाज़ में कहा, "मेरे ख़याल से तुम बोल्शेविक या कम्युनिस्ट हो।"

जुखराई ठठाकर हँस पड़ा और चुस्त, धारीदार जर्सी से ढकी अपनी ख़ूब चौड़ी छाती पर हाथ मारा।

"तुमने ठीक कहा, दोस्त! यह बात उतनी ही ठीक है जितनी यह कि बोल्शेविक और कम्युनिस्ट एक ही होते हैं।" फिर वह एकाएक गम्भीर हो गया। "लेकिन तुमने जब यह बात समझ ली है तो इसे अपने ही तक रखना। अगर तुम यह नहीं चाहते कि मैं पकड़ा जाऊँ तो इसे किसी से या किसी जगह मत कहना। समझे?"

पावेल ने दृढ़ता से जवाब दिया, "हाँ, मैं समझ गया।"

बाहर सहन में आवाज़ें सुनाई दीं और किसी ने बिना पहले दस्तक दिये धक्का देकर दरवाज़े को खोला। जुखराई का हाथ झट उसकी जेब में चला गया, मगर फिर बाहर आ गया जब उसने कमज़ोर और पीले सर्गेई ब्रुजाक को सिर में पट्टी बाँधे कमरे में दाख़िल होते देखा। ब्रुजाक के पीछे-पीछे वालिया और क्लिम्का थे।

सर्गेई ने पावेल से हाथ मिलाते हुए मुस्कराकर कहा, "कहो प्यारे, क्या हाल-चाल हैं? हम तीनों ने तय किया कि चलें, तुमसे मिल आएँ। वालिया मुझे अकेले बाहर निकलने देने के लिए तैयार न थी और क्लिम्का को वालिया के अकेले निकलने से डर लगता है। क्लिम्का का सिर भले लाल हो, मगर वह जानता है कि उसे क्या करना चाहिए!"

वालिया ने खिलंडरेपन से सर्गेई के मुँह पर हाथ रख दिया और हँसते हुए बोली, "किस क़दर बातूनी है! आज इसने क्लिम्का को ज़रा चैन नहीं लेने दिया।"

क्लिम्का भी ख़ुश होकर मुस्कराया और उसके सफ़ेद दाँतों की पाँत दिखाई दी। "बीमार आदमी के साथ और किया ही क्या जा सकता है? देखते हो न, दिमाग़ में ज़रा ख़लल है!"

सब हँसने लगे।

सर्गेई, जो तलवार की चोट के असर से अभी पूरी तरह ठीक नहीं हुआ था, पावेल के बिस्तर पर बैठ गया और फिर सब नौजवान दिलचस्प बातचीत में डूब गए। सर्गेई, जो आम तौर पर बड़ा ख़ुशदिल और हँसोड़ था, आज चुप और बुझा-बुझा सा बैठा था। उसने पेतल्युरा सिपाही से अपनी मुठभेड़ की बात जुखराई को बतलाई।

जुखराई इन तीनों नौजवानों को जानता था क्योंकि वह कई बार ब्रुजाक के घर जा चुका था। उसे ये लड़के बहुत पसन्द थे; संघर्ष के भँवर में अभी उन्हें अपनी जगह नहीं मालूम थी, मगर अपने वर्ग की आकांक्षाएँ उनमें अच्छी तरह व्यक्त थीं। उसने बहुत दिलचस्पी से उनके बयानों को सुना कि उन्होंने किस तरह यहूदी परिवारों को मार-काट से बचाने के लिए उन्हें शरण देने में मदद पहुँचाई। उस शाम को जुखराई ने उन लड़कों को बोल्शेविकों और लेनिन के बारे में बहुत कुछ बतलाया और इस तरह होनेवाली घटनाओं को समझने में उन्हें मदद पहुँचाई।

पावेल के अतिथि काफ़ी वक़्त गए विदा हुए।

जुखराई हर शाम बाहर निकल जाता था और बहुत रात गए लौटता था। शहर छोड़ने के पहले उसे अपने उन साथियों के साथ बहुत सी बातों का फ़ैसला करना था जो शहर में रुकने वाले थे, यानी यह कि क्या काम करना होगा और कैसे करना होगा।

इस ख़ास रात को जुखराई वापस नहीं आया। पावेल जब सवेरे उठा तो उसने एक झलक में ही देख लिया कि मल्लाह के बिस्तर पर रात में कोई सोया नहीं था।

पावेल के मन में अस्पष्ट-सी आशंका जगी। उसने जल्दी-जल्दी कपड़े पहने और घर के बाहर निकल गया। दरवाज़े में ताला लगाकर और चाबी को हमेशा की जगह रखकर वह क्लिम्का के घर गया। उसे उम्मीद थी कि क्लिम्का को फियोदार की कुछ-न-कुछ ख़बर ज़रूर होगी। क्लिम्का की माँ, जो एक मोटी-सी स्त्री थी और जिसके चौड़े चेहरे पर चेचक के गहरे-गहरे दाग़ थे, कपड़े धो रही थी। पावेल ने उससे पूछा, "क्या उसे मालूम है कि फियोदार कहाँ है?"

क्लिम्का की माँ ने चिड़चिड़ाकर जवाब दिया, "मुझे क्या और कोई काम नहीं है कि बस तुम्हारे फियोदार पर निगाह रखा करूँ! यह सब उसी के कारण है—नाश हो उसका—उस जोजलिखा ने घर को उलट-पुलटकर रख दिया। उससे तुम्हें क्या काम है? अजीब ही आदमी है, अगर मेरी राय पूछो तो क्लिम्का और तुम और बाक़ी सब, तुम सभी एक से हो..." वह ग़ुस्से के साथ फिर कपड़े धोने में लग गई।

क्लिम्का की माँ बदमिज़ाज औरत थी जो काट खाने दौड़ती थी...

क्लिम्का के घर से पावेल सर्गेई के यहाँ गया। वहाँ भी उसने अपने मन के डर को सामने रखा।

वालिया बोली, "तुम इतने परेशान क्यों हो? हो सकता है वह किसी दोस्त के यहाँ रुक गए हों।" मगर उसके शब्दों में स्वयं ही विश्वास की कमी थी।

पावेल बहुत उद्विग्न हो रहा था और ब्रुजाक के घर ज़्यादा देर तक ठहरना उसके लिए मुमकिन न था। वे लोग उसे रोकते ही रहे कि खाना खाकर जाओ, मगर वह चला गया।

वहाँ से वह सीधे घर लौटा, इस उम्मीद में कि यहाँ जुखराई मिल जाएगा।

दरवाज़े में ताला बन्द था। पावेल कुछ देर बाहर खड़ा रहा। उसका दिल भारी था। उस सूने वीरान घर में जाने के ख़याल से ही उसे तकलीफ़ होती थी।

कुछ मिनट तक वह गहरे सोच में डूबा हुआ हाते में खड़ा रहा। फिर एकाएक आवेग से प्रेरित होकर शेड के अन्दर चला गया। वह छप्पर पर चढ़ा और उसके नीचे से मकड़ी के जालों को अलग करते हुए उस गुप्त जगह से चीथड़ों में लिपटा हुआ 'मानलिकर' रिवॉल्वर निकाला।

वह शेड से बाहर आया और स्टेशन की तरफ़ चला। जेब में रखे हुए रिवॉल्वर के स्पर्श से उसे एक अजीब सा आनन्द मिल रहा था।

मगर स्टेशन पर जुखराई की कोई ख़बर न मिली। लौटते हुए जंगलों के हाकिम के बाग़ीचे के पास पहुँचकर, जो कि अब उसका बहुत परिचित था, उसके क़दम धीमे हो गए। न जाने किस उम्मीद से उसने आँख उठाकर घर की खिड़कियों को देखा, मगर यह घर भी बाग़ीचे की तरह बेजान था। बाग़ीचा पार कर चुकने पर उसने पीछे मुड़कर उसके रास्तों पर निगाह डाली। रास्ते पिछले साल की झड़ी हुई पत्तियों से ढके हुए थे। वह जगह उजड़ी हुई और उपेक्षित दिखलाई देती थी—किसी परिश्रमी हाथ की कोई छाप यहाँ पर न थी। उस बड़े पुराने मकान की मृतवत नीरवता ने पावेल को और भी उदास बना दिया।

तोनिया से उसका आख़िरी झगड़ा सबसे तेज़ रहा था। क़रीब एक महीने पहले यों ही अप्रत्याशित रूप से सब कुछ हो गया था।

शहर की तरफ़ धीरे-धीरे लौटते हुए उसने अपने हाथ जेब में डाल लिये। और उस वक़्त पावेल को झगड़े की तमाम बातें याद आने लगीं।

सड़क पर अचानक उनकी मुलाक़ात हो गई थी और तोनिया ने उसे अपने घर आने की दावत दी थी।

"पिताजी और माँ बोलशान्स्की के यहाँ एक सालगिरह की पार्टी में जा रहे हैं और मैं अकेली रहूँगी। तुम क्यों नहीं आ जाते, पावलूशा? मेरे पास एक बहुत रोचक किताब है जिसे हम लोग साथ-साथ पढ़ेंगे—लिओनिद आन्द्रीएव की 'साश्का जिगुलिओव'। मैं उसे खतम कर चुकी हूँ, मगर तुम्हारे संग बैठकर दुबारा पढ़ना चाहती हूँ। बड़ी अच्छी शाम रहेगी। आओगे?"

सुनहरे बालों पर पहनी हुई सफ़ेद टोपी के नीचे से उसकी बड़ी-बड़ी पूरी खुली आँखें आतुरता से उसकी ओर देख रही थीं।

"मैं आऊँगा।"

इसके बाद वे अलग हो गए।

पावेल भागकर अपनी मशीनों के पास गया और इस ख़याल से ही कि उसकी एक पूरी शाम तोनिया के संग गुज़रेगी, आतिशदान की लपटें और तेज़ी से जलने लगीं और जलती हुई लकड़ी के कुन्दे हमेशा ज़्यादा मस्ती से चिटखने लगे।

उस समय जब पावेल ने तोनिया के मकान के दरवाज़े पर दस्तक दी और तोनिया ने दरवाज़ा खोला, तो पावेल ने उसे कुछ हैरान और परेशान पाया।

तोनिया ने कहा, "मेरे यहाँ आज मिलने वाले आए हुए हैं। मुझे उनकी उम्मीद नहीं थी, पावलूशा। मगर तुम तो आओ ही।"

पावेल लौट जाना चाहता था और दरवाज़े की तरफ़ मुड़ा।

तोनिया ने उसकी बाँह पकड़ते हुए कहा, "चलो न अन्दर। तुमको जानना उनके लिए अच्छा ही साबित होगा", और पावेल की कमर में बाँह डालकर तोनिया उसको खाने के कमरे से होकर अपने कमरे में ले गई।

कमरे में दाख़िल होते हुए वहाँ पर बैठे लोगों की तरफ़ मुड़ी और मुस्कराई : "मैं आप लोगों को अपने दोस्त पावेल कोर्चागिन से मिलाना चाहती हूँ।"

कमरे के बीचोबीच उस छोटी-सी मेज़ के इर्द-गिर्द तीन लोग बैठे थे : लिज़ा सुखार्को, एक ख़ूबसूरत, मद्धिम रंग की हाई स्कूल की छात्रा जिसका मुँह छोटा-सा था और होंठ ख़ूबसूरत अन्दाज़ में ज़रा बाहर को निकले हुए थे, बाल ख़ूबसूरती से सँवारे हुए; और एक दुबला-पतला नौजवान जो अच्छा सिला हुआ काले रंग का कोट पहने था, उसके बाल तेल से चमक रहे थे और उसकी भूरी आँखों में एक अजीब ख़ालीपन का भाव था; और इन दोनों के बीच स्कूली यूनीफ़ार्म की छैलों जैसी जाकेट पहने विक्टर लेशचिन्स्की बैठा था। तोनिया ने दरवाज़ा खोला तो पावेल ने सबसे पहले इसी को देखा था।

लेशचिन्स्की ने भी कोर्चागिन को फ़ौरन पहचान लिया और उसकी ख़ूबसूरत कमानीदार भवें कुछ अचरज के साथ उठीं।

कुछ देर तक पावेल दरवाज़े पर ख़ामोश खड़ा विक्टर को शत्रुता के भाव से देखता रहा और उसे छिपाने की भी उसने कोई कोशिश नहीं की। तोनिया ने इस भद्दी ख़ामोशी को तोड़ने के ख़याल से फ़ौरन पावेल को अन्दर आने के लिए कहा और परिचय कराने के लिए लिज़ा की तरफ़ मुड़ी।

लिज़ा सुखार्को, जो आगन्तुक को बहुत दिलचस्पी से देख रही थी, अपनी कुरसी से उठी।

मगर पावेल तेज़ी से घूम पड़ा और अँधेरे-अँधेरे से खाने के कमरे में होता हुआ सामने के दरवाज़े की तरफ़ चल दिया। वह बरसाती तक पहुँचा था कि तोनिया ने जाकर उसका कन्धा पकड़ लिया।

"तुम भागे क्यों जा रहे हो? मैं ख़ास तौर पर उनको तुमसे मिलाना चाहती थी।"

पावेल ने अपने कन्धों पर से उसके हाथ अलग कर दिये और तेज़ स्वर में बोला :

"मैं नहीं चाहता कि उस काठ के पुतले के आगे मेरी नुमाइश की जाए। मैं उनमें से नहीं हूँ—तुम्हें भले ही वे अच्छे लगते हों, मुझे तो उनसे नफ़रत है। अगर मुझे मालूम होता कि ये लोग तुम्हारे दोस्त हैं, तो मैं आता ही नहीं।"

तोनिया ने अपने उठते हुए ग़ुस्से को दबाते हुए उसको टोका :

"इस तरह मुझसे बात करने का तुम्हें क्या हक़ है? मैं तो तुमसे नहीं पूछती कि तुम्हारे दोस्त कौन हैं और कौन तुमसे मिलने आता है, और कौन नहीं आता?"

"मुझे इससे कोई बहस नहीं कि तुम किससे मिलती हो। मैं तो बस यह कह रहा हूँ कि मैं अब यहाँ कभी नहीं आऊँगा," पावेल ने सामने की सीढ़ियों पर उतरते हुए तड़ाक से जवाब दिया और दौड़कर वह बाग़ीचे के फाटक पर पहुँच गया।

तभी से तोनिया से उसकी मुलाक़ात नहीं हुई थी। मार-काट के दिनों में जब

इलेक्ट्रीशियन के साथ मिलकर उसने बिजली के कारख़ाने में यहूदी परिवारों को शरण दी थी, तो उस बीच वह अपने झगड़े की बात भूल गया था और आज उससे मिलना चाहता था।

जुखराई के ग़ायब हो जाने से और इस विचार से कि घर पर कोई नहीं है, पावेल का मन खिन्न और उदास हो गया था। उसके सामने सड़क का पूरा विस्तार फैला हुआ था। बसन्त के दिनों का कीचड़ अभी सूखा नहीं था और सड़क पर तमाम गड्ढे ही गड्ढे हो गए थे जिनमें बादामी रंग का कीचड़ भरा था। सामने एक घर था जिसकी दीवारों का पलस्तर झड़ रहा था जिससे वह बहुत ख़स्ताहाल नज़र आता था। वह घर सड़क के पक्के फुटपाथ के सिरे तक आगे को निकला हुआ था। वहीं से सड़क की साख फूटती थी।

विक्टर लेशचिन्स्की एक टूटी-फूटी दूकान के सामने सड़क के चौराहे पर लिज़ा से विदा ले रहा था। दूकान के दरवाज़े चूर-चूर हो रहे थे और उस पर लेमनेड सोडा का एक साइन-बोर्ड लटक रहा था।

विक्टर ने लिज़ा का हाथ अपने हाथ में पकड़े हुए और अपनी याचना-भरी आँखों से उसकी आँखों में देखते हुए कहा :

"तुम आओगी न? धोखा तो नहीं दोगी?"

लिज़ा ने नखरे के साथ कहा, "ज़रूर आऊँगी। मेरा इन्तज़ार करना।"

और उससे विदा होते हुए लिज़ा अपनी धुँधली-धुँधली सुर्ख़ी-मायल बादामी आँखों में वादा भरकर मुस्कराई।

सड़क पर कुछ ग़ज आगे लिज़ा ने दो आदमियों को एक मोड़ के पीछे से सड़क पर आते देखा। आगेवाला आदमी ख़ूब तगड़ा था, उसका चौड़ा-सा सीना था और मज़दूरों के कपड़े पहने हुए था। उसकी खुली हुई जाकेट के नीचे धारीदार जर्सी दिखलाई दे रही थी। एक काली टोपी उसके माथे तक नीचे को खिंची हुई थी और उसके पैरों में ब्राउन रंग के जूते थे। उसकी आँख के नीचे एक स्याह दाग़ था।

वह आदमी मज़बूत क़दमों से, मगर कुछ लुढ़कता हुआ-सा, चल रहा था।

उससे तीन क़दम पीछे भूरे रंग का कोट पहने और अपनी पेटी में कारतूस रखने के दो जेब लगाए एक पेतल्युरा सिपाही चल रहा था। उसकी संगीन आगे वाले आदमी की पीठ को लगभग छू रही थी। सिपाही भेड़ के ऊन की ख़ूब बालोंवाली टोपी पहने था और टोपी के नीचे उसकी दो छोटी-छोटी सतर्क आँखें अपने क़ैदी के सिर के पिछले हिस्से को देख रही थीं। उसके चेहरे पर पीली-पीली मूँछें थीं जिन पर तम्बाकू के धब्बे थे।

लिज़ा ने अपनी चाल कुछ धीमी कर दी और सड़क पार करके दूसरी तरफ़ चली गई। ठीक उसी वक़्त उसके पीछे से पावेल निकलकर बड़ी सड़क पर आ गया।

जैसे ही वह उस पुराने घर के पास से गुज़रा और वहाँ से दाहिने को मुड़ा, उसने भी उन दोनों आदमियों को अपनी तरफ़ आते देखा।

पावेल चौंककर रुक गया और ऐसे खड़ा रहा जैसे किसी ने उसे ज़मीन में गाड़ दिया हो। गिरफ़्तार आदमी और कोई नहीं जुखराई था!

"अच्छा, इसीलिए वह घर नहीं लौटा!"

जुखराई अधिकाधिक निकट आता जा रहा था। पावेल का दिल ऐसे धड़कने लगा जैसे अभी फट जाएगा। उसका दिमाग़, स्थिति को समझने की नाकामयाब कोशिश कर रहा था और इस कोशिश में उसके विचार पागलों की तरह बेतहाशा भाग रहे थे। सोचने के लिए वक़्त नहीं था। सिर्फ़ एक बात साफ़ थी : जुखराई गया!

स्तब्ध और चकित होकर पावेल ने उन दोनों आदमियों को अपने क़रीब आते देखा। अब क्या किया जाए?

आख़िरी लम्हे में उसे अपनी जेब में पड़ी पिस्तौल की याद आई। जब वे लोग उसके पास से गुज़रेंगे तो वह राइफ़लवाले आदमी की पीठ पर गोली मार देगा और फियोदोर आज़ाद हो जाएगा। तत्काल इस निश्चय पर पहुँच जाने से उसके दिमाग़ की धुन्ध साफ़ हो गई। आख़िर कल ही तो फियोदोर ने उससे कहा था, "इसके लिए हमें मज़बूत आदमी चाहिए..."

पावेल ने जल्दी से पीछे मुड़कर देखा। शहर को जानेवाली सड़क सुनसान थी; चिड़िया का पूत भी वहाँ नहीं था। सामने एक औरत हल्का-सा कोट पहने तेज़ी से सड़क पार कर रही थी। वह कोई गड़बड़ नहीं करेगी। दोराहे की दूसरी सड़क को वह नहीं देख पा रहा था। दूर, स्टेशनवाली सड़क पर ज़रूर कुछ आदमी दिखाई दे रहे थे।

पावेल आगे बढ़कर सड़क के किनारे पर आ गया। जुखराई ने जब उसे देखा तब दोनों के दरम्यान सिर्फ़ कुछ क़दमों का फ़ासला था।

जुखराई ने उसे अपनी कनखियों से देखा और उसकी घनी भवें काँपीं। इस अप्रत्याशित मुलाक़ात के कारण उसकी चाल धीमी हो गई। संगीन उसकी पीठ में चुभी।

"ज़रा तेज़ी से, वरना मैं इस कुन्दे से तुम्हें खदेड़ूँगा!" सिपाही ने अपनी फटी हुई तेज़ आवाज़ में कहा।

जुखराई ने क़दम तेज़ कर दिये। वह पावेल से बात करना चाहता था, मगर रुक गया; उसने सिर्फ़ अपना हाथ हिलाया, जैसे अभिवादन कर रहा हो।

इस डर से कि कहीं उस पीली मूँछवाले सिपाही का ध्यान उस पर न पड़ जाए, पावेल जुखराई के पास से गुज़रने पर अलग हट गया जैसे उसे इस सबसे कोई बहस न हो।

मगर उसके दिमाग़ में यही चिन्ता चक्कर लगा रही थी, "अगर कहीं मेरा निशाना चूक गया और गोली जुखराई के लगी..."

वह पेतल्युरा सिपाही अब एकदम उसके पास आ गया था और सोचने के लिए समय नहीं था।

जैसे ही वह पीली मूँछवाला सिपाही उसके बराबर आया, पावेल झपटकर उस पर कूद पड़ा और राइफ़ल पकड़कर उसकी नली झटके से नीचे कर दी।

संगीन एक पत्थर से टकराई और रगड़ लगने की आवाज़ पैदा हुई।

यह हमला एकदम अनचित्ते में हुआ था जिससे थोड़ी देर को तो सिपाही सकते में आ गया। फिर उसने ज़ोर से राइफ़ल अपनी तरफ़ खींची। राइफ़ल पर अपना पूरा वज़न डालते हुए पावेल ने उस पर अपनी जकड़ क़ायम रखी। धाँय से एक गोली छूटी और एक पत्थर से टकराई और छिछलती हुई सूँ की आवाज़ के साथ गड्ढे में जा गिरी।

गोली की आवाज़ सुनकर जुखराई कूदकर अलग हो गया और घूमा। सिपाही पावेल के हाथ से राइफ़ल को छुड़ाने के लिए पूरी ताक़त लगा रहा था। पावेल की बाँहें बुरी तरह ऐंठ गई थीं, मगर राइफ़ल पर अपनी पकड़ उसने नहीं छोड़ी थी। गुस्से से पागल पेतल्युरा सिपाही पावेल पर तेज़ी से झपटा और उसने उसे ज़मीन पर गिरा दिया, मगर तब भी राइफ़ल को वह उसके हाथ से नहीं छुड़ा सका। पावेल गिर पड़ा, मगर वह सिपाही भी उसके संग गिरा और नाज़ुक वक़्त में दुनिया की कोई ताक़त उसके हाथ से राइफ़ल नहीं छुड़ा सकती थी।

दो डगों में जुखराई इन एक-दूसरे से गुँथे हुओं के पास पहुँच गया। उसकी फ़ौलादी मुट्ठी उठी और सिपाही के सिर पर जाकर गिरी। एक सेकंड में जुखराई ने उस पेतल्युरा सिपाही को खींचकर पावेल से अलग कर दिया और जब दो सीसे की तरह भारी घूँसे उसके चेहरे पर पड़े तो उसका बेजान शरीर वहीं ढेर हो गया और सड़क के पास के गड्ढे में जा गिरा।

जिन मज़बूत हाथों ने वे घूँसे रसीद किये थे उन्होंने पावेल को ज़मीन से उठाया और उसे अपने पैरों पर खड़ा किया।

विक्टर अभी उस दोराहे से क़रीब दो सौ क़दम गया था। वह एक फ्रांसीसी गाने की धुन सीटी में बजाता चला जा रहा था। लिज़ा के संग अपनी इस मुलाक़ात से और इस वादे से कि कल उस वीरान फ़ैक्टरी में उससे मिलेगी, विक्टर का दिल जोश में था।

स्कूल के छँटे हुए बदमाशों में यह अफ़वाह गरम थी कि इश्क़ के मामलों में

लिज़ा सुखार्को काफ़ी दिलेर है। ढीठ और घमंडी सेमियन जालीवानोव ने तो एक बार यह कहा भी था कि लिज़ा अपने-आप को उसे समर्पित कर चुकी है और गोकि विक्टर को सेमियन की बात पर यक़ीन नहीं आता था, तो भी इसमें शक नहीं कि लिज़ा उसे काफ़ी भेद-भरी मालूम होती थी। कल वह इस बात का पता लगा लेगा कि जालीवानोव की बात सच है या नहीं।

'अगर वह आती है तो मैं व्यर्थ संकोच न करूँगा। और जो हो, इतना तो ज़रूर है कि वह अपने-आप को चूमने तो देती है। और अगर सेमियन सच बोलता है तो...' यहाँ उसके विचार रुक गए जब वह दो पेतल्युरा सिपाहियों को रास्ता देने के लिए एक तरफ़ को हटा। उनमें से एक दुमकटे घोड़े पर सवार था और एक जीन की बाल्टी उसके हाथ में लटक रही थी—स्पष्ट ही वह घोड़े को पानी पिलाने ले जा रहा था। दूसरा सिपाही जो एक छोटा-सा कोट और नीले रंग का ढीला-ढाला पतलून पहने था, उसके संग-संग पैदल चल रहा था। उसका हाथ घुड़सवार के घुटने पर था और वह कोई मज़ेदार कहानी सुना रहा था।

विक्टर ने उन्हें गुज़र जाने दिया और वह फिर अपने रास्ते पर बढ़ने ही वाला था कि बड़ी सड़क पर राइफ़ल दगने की एक आवाज़ हुई और वह वहीं खड़ा हो गया। वह घूमा और उसने घुड़सवार को गोली की आवाज़ की दिशा में अपने घोड़े को एड़ लगाते देखा। दूसरा सिपाही अपनी तलवार को हाथ का सहारा दिये उसके पीछे-पीछे दौड़ा।

विक्टर भी उनके पीछे-पीछे भागा। वह बड़ी सड़क पर लगभग पहुँच गया था, जब दूसरी गोली छूटने की आवाज़ आई और वह घुड़सवार बेतहाशा सरपट घोड़ा दौड़ाता हुआ आया। वह घोड़े को अपनी एड़ी से और जीन वाली बाल्टी से एड़ लगा रहा था और पहले ही फाटक पर पहुँचकर घोड़े से कूदा और चिल्लाकर हाते के अन्दर के लोगों से बोला :

"दौड़ो, उन्होंने हमारे एक आदमी को मार डाला है!"

मिनट-भर बाद कई आदमी अपनी राइफ़लों में गोली डालकर बोल्ट चढ़ाते हुए और दौड़ते हुए हाते से बाहर आए।

विक्टर पकड़ लिया गया।

अब तक बहुत से लोग सड़क पर जमा हो गए थे जिन्हें शहादत देने के लिए रोक लिया गया था। उनमें विक्टर और लिज़ा भी थे।

लिज़ा डर के मारे अपनी जगह पर जम-सी गई थी, इसलिए उसने भागते हुए जुखराई और कोर्चागिन को अच्छी तरह देखा था। और उसे इस बात से बहुत अचम्भा हो रहा था कि जिस लड़के ने सिपाही पर हमला किया था, वह वही था जिससे तोनिया उसे मिलाना चाहती थी।

पावेल और जुखराई बाड़ी फाँदकर एक बाग़ीचे में पहुँचे ही थे कि वह घुड़सवार

उधर से सड़क पर सरपट आता दिखाई दिया। उसने जुखराई को हाथ में राइफ़ल लिये भागते और उस होश-हवास गुम सिपाही को खड़े होने की कोशिश करते देखा। घुड़सवार ने बाड़ी की तरफ़ जाने के लिए घोड़े को एड़ लगाई।

जुखराई घूमा। उसने राइफ़ल उठाई और अपना पीछा करनेवाले पर गोली दाग दी। पीछा करनेवाला घुड़सवार घूमा और भाग खड़ा हुआ।

वह सिपाही किसी तरह, अपने कटे-फटे लहूलुहान होंठों के कारण बहुत मुश्किल से बतला रहा था कि क्या हुआ था।

"अबे गधे, तेरी नाक के नीचे से क़ैदी भाग गया! क्या मतलब है इसका? तेरे चूतड़ पर पच्चीस कोड़े पड़ेंगे।"

उस सिपाही ने ग़ुस्से से जवाब दिया, "बड़े होशियार बन रहे हो! मेरी नाक के नीचे से, हुँ:! मुझे क्या पता था कि वह दूसरा हरामी का पिल्ला पागल की तरह मुझ पर कूद पड़ेगा?"

लिज़ा से भी पूछताछ की गई। उसने भी वही कहानी बताई जो उस सिपाही ने बताई थी, मगर उसने यह नहीं बताया कि वह हमला करनेवाले को जानती थी। बहरसूरत, उन सबको कमांडेंट के दफ़्तर ले जाया गया और शाम तक ही कहीं उनको वहाँ से छुट्टी मिली।

कमांडेंट साहब ने ख़ुद ही लिज़ा को घर तक पहुँचाने का प्रस्ताव किया, मगर उसने इनकार कर दिया। उनके मुँह से वोदका की बू आ रही थी और यह प्रस्ताव ख़तरे से ख़ाली नहीं था।

विक्टर ने लिज़ा को घर पहुँचाया।

अभी स्टेशन काफ़ी दूर था और लिज़ा की बाँह में बाँह डाले चलते हुए विक्टर इस घटना का भला मना रहा था जिसने उसे यह सुयोग दिया।

अपने घर के काफ़ी पास पहुँचने पर लिज़ा ने पूछा, "तुम्हें कुछ मालूम है कि उस क़ैदी को किसने छुड़ाया?"

"नहीं तो। मैं क्या जानूँ? जान भी कैसे सकता हूँ?"

"तुम्हें याद है उस शाम तोनिया एक लड़के का हमसे परिचय कराना चाहती थी?"

विक्टर रुक गया। आश्चर्य से उसने पूछा, "पावेल कोर्चागिन!"

"हाँ, मेरा ख़याल है, उसका नाम कोर्चागिन ही था। याद है, कैसे अजीब तरीक़े से वह बाहर निकल गया था? वही लड़का था।"

विक्टर ठगा-सा खड़ा था। उसने लिज़ा से पूछा, "पक्की तरह कह सकती हो?"

"हाँ, मुझे उसका चेहरा अच्छी तरह याद है।"

"तुमने यह बात कमांडेंट को क्यों नहीं बतलाई?"

यह सुनकर लिज़ा को क्रोध आ गया।

"तुम सोचते हो कि मैं ऐसी कमीनी हरकत कर सकती हूँ!"

उसने कहा, "कमीनी? सिपाही पर किसने हमला किया, यह बतलाने को तुम कमीनी हरकत कहती हो!"

"और नहीं तो क्या, यह कोई अच्छा काम है। तुम शायद भूल गए हो कि उन्होंने क्या-क्या किया है। तुम्हें कुछ पता है कि स्कूल में कितने यहूदी लड़के हैं जिनके माँ-बाप मार डाले गए हैं और तब भी तुम चाहते हो कि मैं कोर्चागिन के बारे में बतला देती। मुझे दुख है, मैं तुमको ऐसा नहीं समझती थी।"

लेशचिन्स्की को लिज़ा के जवाब से बड़ा आश्चर्य हुआ। लेकिन चूँकि उसके संग झगड़ा करना उसकी योजना के अनुकूल नहीं था, इसलिए उसने बात का विषय बदल दिया।

"नाराज़ न हो लिज़ा, मैं तो सिर्फ़ मज़ाक़ कर रहा था। मुझे नहीं मालूम था कि तुम इस क़दर खरी और सच्ची हो।"

"मज़ाक़ बहुत भद्दा था," लिज़ा ने ख़ुश्की से जवाब दिया।

उससे विदा होते समय विक्टर ने पूछा, "तो तुम आओगी न लिज़ा?"

लिज़ा ने अस्पष्ट-सा उत्तर दिया, "कह नहीं सकती।"

शहर वापस आते हुए विक्टर इस मामले पर ग़ौर करने लगा।

"कुमारी जी, आप भले ही इसे कमीनी हरकत समझें, मगर मेरा तो ख़याल कुछ और ही है। यों जहाँ तक मेरा ताल्लुक़ है, किसने किसको छुड़ाया मेरे लिए सब बराबर है।"

एक पुराने पोलिश परिवार की सन्तान होने के नाते, बहैसियत एक लेशचिन्स्की के, उसको दोनों पक्षों से एक-सी नफ़रत थी। एकमात्र सरकार जिसे वह मान्यता दे सकता था, पोलिश थैलीशाहों की सरकार थी और वह जल्द ही पोलिश फ़ौजों के साथ आने वाली थी। वह तो ख़ैर जब होगा तब होगा, मगर उस हरामज़ादे कोर्चागिन से पिंड छुड़ाने का यह अच्छा मौक़ा था। इसमें क्या शक कि उसकी गर्दन तो मरोड़ ही दी जाएगी।

विक्टर अपने परिवार का अकेला सदस्य था जो शहर में रुक गया था। वह अपनी एक चाची के साथ रह रहा था जो शकर के कारख़ाने में सहायक संचालक की पत्नी थी। उसके परिवार के लोग कुछ दिनों से वारसा में रह रहे थे जहाँ उसके पिता, सिगिसमंड लेशचिन्स्की, एक ऊँचे पद पर थे।

विक्टर कमांडेंट के दफ़्तर तक गया और दरवाज़े के अन्दर घुस गया।

थोड़ी देर बाद वह चार पेतल्युरा सिपाहियों के संग कोर्चागिन के मकान की तरफ़ चला जा रहा था।

उसने एक खिड़की की तरफ़, जिससे रोशनी आ रही थी, इशारा करते हुए धीरे-से कहा, "वही जगह है। अब मैं जाऊँ?" उसने अपने बग़ल में खड़े खोरूँजी से पूछा।

"हाँ, अब तुम जा सकते हो, बाक़ी बातें सब मैं देख लूँगा। यह ख़बर देने के लिए तुम्हारा शुक्रिया।"

विक्टर पैदल पटरी पर होकर तेज़ी से घर की ओर चला।

पावेल की पीठ पर आख़िरी प्रहार हुआ जिसने पावेल को ढकेलकर उस अँधेरे कमरे में डाल दिया जहाँ पर वे लोग उसे ले गए थे और उसकी फैली हुए बाँहें सामने की दीवार से जा टकराईं। अपने आस-पास टटोलते हुए उसको ओठे जैसे कोई चीज़ मिली और वह बैठ गया। उसका शरीर और उसका मन दोनों घायल थे और दर्द कर रहे थे।

उसकी गिरफ़्तारी बिलकुल अप्रत्याशित थी। आख़िर उन पेतल्युरा सिपाहियों को उसका पता कैसे चला? यह बात पक्की है कि किसी ने उसे देखा नहीं था। अब इसके बाद क्या होगा और जुखराई कहाँ है?

उसने जुखराई को क्लिम्का के घर छोड़ा था और फिर वहाँ से सर्गेई के यहाँ चला गया था जबकि जुखराई वहाँ पर ठहरकर शाम होने का इन्तज़ार कर रहा था ताकि चुपके से शहर से बाहर निकल जाए।

पावेल ने सोचा, "अच्छा हुआ, मैंने रिवॉल्वर कौए के घोंसले में छिपा दिया था। अगर कहीं वह चीज़ उन्हें मिल जाती तो मेरा काम तमाम था। मगर, आख़िर उन्हें मेरा पता चला कैसे?" यह सवाल उसे तंग कर रहा था और इसका कोई जवाब उसके पास नहीं था।

पेतल्युरा सिपाहियों ने कोर्चागिन के मकान के कोने-कोने की तलाशी ली थी मगर उन्हें कुछ ख़ास मिला नहीं। आर्तेम अपना सबसे बढ़िया सूट और अकार्डियन बाजा गाँव ले गया था और उसकी माँ अपने साथ एक ट्रंक ले गई थी। लिहाज़ा, घर में कोई ख़ास चीज़ बची न थी जिसे सिपाही ले जाते।

बहरहाल, कोतवाली तक का सफ़र एक ऐसी चीज़ थी जिसे पावेल कभी नहीं भूलेगा। रात काजल की तरह काली थी, आसमान पर बादल छाए हुए थे और वह चारों तरफ़ से बेरहम ठोकरें खाता हुआ अन्धे और नीम-पागल आदमी की भाँति किसी तरह लुढ़कता हुआ चल रहा था।

अगले कमरे में, जिसमें कमांडेंट के सन्तरी रहते थे, दरवाज़े के पीछे उसे आवाज़ें सुनाई दीं। दरवाज़े के नीचे से प्रकाश की पतली रेखा दिखाई दे रही थी। पावेल उठ खड़ा हुआ और दीवार के सहारे-सहारे रास्ता पहचानता हुआ कमरे का चक्कर लगा आया। ओठे के सामने उसे एक खिड़की मिली जिसमें ठोस लोहे के नुकीले डंडे लगे हुए थे। उसने उनको अपने हाथ से परखा—वे अपनी जगह पर

बहुत मज़बूती से मढ़े हुए थे। ज़ाहिर है, यह जगह पहले माल-असबाब रखने के काम आती रही होगी।

वह दरवाज़े तक पहुँचा और वहाँ खड़ा होकर पल-भर कान लगाए सुनता रहा। फिर उसने हल्के से दरवाज़े के हैंडिल को दबाया। दरवाज़ा चूँ से बोला, जो पावेल को बहुत नागवार मालूम हुआ और उसने दबी ज़बान में उसको हज़ार गालियाँ दीं।

दरवाज़े की उस ज़रा-सी सन्ध में से उसे दो रुखड़े पैर जिनके अँगूठे टेढ़े थे, चबूतरे से नीचे झूलते हुए दिखाई दिये। उसने एक बार और हल्के से हैंडिल को दबाया, पर दरवाज़े ने और भी ज़ोरों से प्रतिवाद किया। तभी एक बिखरे बालोंवाली आकृति, जिसका चेहरा नींद के कारण सूजा हुआ था, अपने चबूतरे पर से उठी और अपने गन्दे जूँ भरे सिर को पाँचों उँगलियों से ख़बर-ख़बर खुजलाती हुई बेतहाशा गालियाँ सुनाने लगी। गालियों का यह बीभत्स प्रवाह बन्द होने पर उस आदमी ने अपनी ओठे के सिरे पर रखी हुई राइफ़ल की तरफ़ हाथ बढ़ाया और ग़ुस्से से बोला :

"दरवाज़ा बन्द कर दो और अगर दुबारा फिर मैंने तुम्हें बाहर झाँकते हुए देखा तो तुम्हारा..."

पावेल ने दरवाज़ा बन्द कर दिया, बग़ल के कमरे से हँसी का कहकहा सुनाई दिया।

उस रात वह बहुत कुछ सोचता रहा। लड़ाई में हिस्सा लेने की उसकी पहली कोशिश का नतीजा उसके लिए बुरा ही हुआ था। पहले क़दम में ही वह पकड़ा गया था और अब चूहेदानी में फँसे हुए चूहे की तरह वहाँ पड़ा था।

तब भी वह उठकर बैठ गया और धीरे-धीरे बेचैन अर्द्ध-निद्रा की हालत में पहुँच गया और उसकी आँखों के आगे उसकी माँ का हड्डी-हड्डी, झुर्रीदार चेहरा और आँखें आईं जिन्हें वह प्यार करता था। उसने सोचा, "अच्छा ही है कि वह यहाँ नहीं है—दर्द कम होगा।"

खिड़की में से रोशनी आ रही थी और फ़र्श पर एक भूरे रंग का धुँधला चौकोन बना रही थी।

अँधेरा धीरे-धीरे हट रहा था। पौ फट रही थी।

छह

उस पुरानी हवेली की सिर्फ़ एक खिड़की में रोशनी चमक रही थी; परदे खिंचे हुए थे। बाहर ट्रेसोर, जिसे रात-भर के लिए ज़ंजीर लगा दी गई थी, अचानक अपनी भारी गूँजती हुई आवाज़ में भूँका।

नींद के कुहासे में तोनिया ने अपनी माँ को मद्धिम आवाज़ में बोलते हुए सुना।

"नहीं, अभी वह सोई नहीं है। अन्दर आओ, लिज़ा।"

उसकी सहेली के हल्के-हल्के क़दमों ने और उसके आवेगपूर्ण गरम आलिंगन ने उसकी नींद भगा दी।

तोनिया के चहरे पर ज़र्द मुस्कराहट थी।

"मुझे बड़ी ख़ुशी हुई कि तुम आईं, लिज़ा। पापा का संकट कल टल गया और आज वह पूरे दिन गहरी नींद में सोते रहे। कई रात जागने के बाद आज माँ को और मुझे भी कुछ आराम करने का मौक़ा मिला। मुझे सारी ख़बरें बतलाओ।" तोनिया ने अपनी सहेली को खींचकर पास ही कोच पर बिठा लिया।

"ओह, तमाम ख़बरें ही ख़बरें हैं, मगर उनमें से कुछ ऐसी हैं, जो सिर्फ़ तुम्हारे कानों के लिए हैं।" लिज़ा, एकातेरीना मिखाइलोवना को चंचल मानीखेज़ नज़रों से देखती हुई मुस्कराई।

तोनिया की माँ भी मुस्कराई। वह छत्तीस साल की प्रौढ़ स्त्री थी, मगर उसकी चाल-ढाल में जवान लड़की का-सा फुर्तीलापन था। उसकी भूरी-भूरी समझदार आँखें थीं और उसका चेहरा ख़ूबसूरत तो नहीं, मगर देखने में भला ज़रूर मालूम होता था।

"मैं दो-चार मिनट में ही बहुत ख़ुशी से तुम लोगों को आपस में बात करने के लिए अकेला छोड़ दूँगी, मगर पहले मैं वे ख़बरें सुनना चाहती हूँ जो सबके कानों के लिए हैं," उसने दीवान के पास अपनी कुरसी खींचते हुए मज़ाक़ के स्वर में कहा।

"अच्छा, तो पहली बात तो यह है कि हमारी स्कूल की पढ़ाई खतम। बोर्ड ने सातवीं जमातवालों को ग्रेजुएशन सर्टिफ़िकेट देने का फ़ैसला किया है। मैं तो सचमुच ख़ुश हूँ। इस अलजेबरा-ज्योमेट्री के मारे तो नाक में दम हो गया था! भला बताओ, इससे किसी का क्या फ़ायदा? लड़के मुमकिन है, आगे भी अपनी पढ़ाई जारी रखें, गोकि उन्हें ख़ुद पता नहीं कि चारों तरफ़ के इस लड़ाई-झगड़े के चलते वे कहाँ और कैसे आगे बढ़ सकेंगे। सचमुच बड़ी भयानक बात है...जहाँ तक हमारी बात है, हमारी शादी हो जाएगी और बीवियों को अलजेबरा की ज़रूरत नहीं पड़ती," कहकर लिज़ा हँसने लगी।

थोड़ी देर लड़कियों के संग बैठकर एकातेरीना मिखाइलोवना अपने कमरे में चली गई।

अब लिज़ा तोनिया के और पास आ गई और उसे अपनी बाँहों में लेकर धीमे-धीमे फुसफुसाकर उसे चौराहे पर की वारदात सुनाई।

"तोनेच्का, तुम मेरे आश्चर्य की कल्पना कर सकती हो जब मैंने देखा कि वह लड़का जो भागा जा रहा था...बूझो, कौन था?"

तोनिया ने, जो बड़े ध्यान से सुन रही थी, कन्धे उचकाकर अपनी असमर्थता बतलाई।

"कोर्चागिन!" लिज़ा ने अधीर होकर उगल दिया।

तोनिया चौंक गई और उसे झुरझुरी-सी मालूम हुई।

"कोर्चागिन?"

तोनिया पर उसकी बात का जो असर हुआ था, उसे देखकर लिज़ा बहुत ख़ुश हुई और विक्टर के संग अपने झगड़े की बात बतलाने लगी।

अपने क़िस्से की रौ में लिज़ा ने यह नहीं देखा कि तोनिया का चेहरा पीला पड़ गया था और उसकी उँगलियाँ रह-रहकर बेचैनी से अपने नीले ब्लाउज़ को पकड़ लेती थीं। लिज़ा को क्या पता कि कैसे तोनिया का दिल चिन्ता के मारे घुटा जा रहा था और न वह यही समझ सकी कि तोनिया की ख़ूबसूरत आँखों की लम्बी बरौनियाँ क्यों रह-रहकर काँप जाती थीं।

लिज़ा ने नशे में चूर खोरूँजी का जो क़िस्सा सुनाया, उसकी तरफ़ तोनिया ने कोई ध्यान नहीं दिया। सिर्फ़ एक विचार उसके दिमाग़ में जैसे कील-सी ठोंक रहा था, "अच्छा, तो विक्टर लेशचिन्स्की को मालूम है कि उस सिपाही पर किसने हमला किया! ओह लिज़ा, तूने विक्टर को क्यों बतलाया?" और न चाहते हुए भी यह बात उसके मुँह से निकल ही पड़ी।

"क्या कहा तुमने?" लिज़ा एकाएक उसका मतलब नहीं समझ सकी।

"तुमने लेशचिन्स्की को पावलूशा...यानी कोर्चागिन के बारे में क्यों बतलाया? वह ज़रूर उसके साथ दग़ा करेगा..."

"अरे नहीं!" लिज़ा ने प्रतिवाद किया, "मैं नहीं समझती कि वह ऐसा नीच काम करेगा। और क्यों करेगा? उसका फ़ायदा?"

तोनिया उठकर बैठ गई और अपने घुटनों को इतने ज़ोर से दबाया कि उनमें दर्द होने लगा।

"तुम नहीं समझतीं लिज़ा! उसमें और कोर्चागिन में दुश्मनी है, और इसके अलावा कुछ और भी है...तुमने विक्टर को पावलूशा के बारे में बतलाकर बहुत बड़ी भूल की।"

अब तोनिया की उद्विग्नता की तरफ़ लिज़ा का ध्यान गया और जिस तरह तोनिया अनजाने में ही कोर्चागिन को पावलूशा कह रही थी, उससे लिज़ा की आँखें एक ऐसी चीज़ के बारे में खुलीं जिसके सम्बन्ध में वह अब तक सिर्फ़ अटकल लगाया करती थी।

उसने अपने-आप को मन-ही-मन अपराधी महसूस किया और चुप्पी में डूब गई।

उसने सोचा, "अच्छा तो यह बात सही है। मगर कैसी अजीब बात है कि तोनिया...एक मामूली मज़दूर से प्रेम करे।" लिज़ा इस चीज़ के बारे में बहुत बात करना चाहती थी, मगर अपनी सहेली का ख़याल करके रुक गई। किसी तरह अपने अपराध का मार्जन करने के ख़याल से उसने तोनिया के हाथ पकड़ लिये और बोली :

"तुम क्या बहुत चिन्तित हो गईं तोनिया?"

तोनिया ने खोए-खोए ढंग से जवाब दिया, "नहीं, हो सकता है मेरा ख़याल ग़लत हो और विक्टर मेरे अनुमान से ज़्यादा शरीफ़ निकले।"

इसके बाद एक भद्दी-सी, दम घोंटनेवाली ख़ामोशी छा गई जो उनके एक सहपाठी के आने से टूटी। इस सहपाठी का नाम था देमियानोव। यह एक बहुत झेंपू, हौलू-सा लड़का था।

अपने दोस्तों को विदा करके तोनिया बहुत देर तक फाटक से टिकी शहर को जानेवाली सड़क की काली-काली मिट्टी को देखती रही। वह सदा-सदा की घुमक्कड़ हवा, नम और बसन्त की गीली धरती की सीली हुई बू से लदी हुई, उसके चेहरे में लग रही थी। शहर के मकानों की खिड़कियों से मद्धिम लाल-लाल रोशनी झाँक रही थी। वही था शहर जिसकी ज़िन्दगी उसकी अपनी ज़िन्दगी से अलग थी और वहीं पर, उन्हीं में से किसी एक छत के नीचे था अपने ऊपर आनेवाले ख़तरे से बेख़बर उसका अक्खड़ तेज़मिज़ाज दोस्त पावेल। शायद वह उसके बारे में भूल भी गया हो—उस आख़िरी मुलाक़ात के बाद न जाने कितने दिन गुज़र गए थे। इस बार वही ग़लती पर था, मगर वे सब बातें तो आई-गई हो गईं। कल वह उससे जाकर मिलेगी और उनकी दोस्ती फिर से वापस आ जाएगी, ऐसी दोस्ती जिसमें प्राण है, गति है, जो दिल को गरमाती है। वह दोस्ती वापस आएगी, इसमें तोनिया को ज़रा भी शक न था—बशर्ते यह रात दग़ा न करे, यह रात जो तमाम बुराइयों का घर है, जो पावेल की ताक में बैठी हुई जान पड़ती है...ठंडक बहुत बढ़ गई थी और सड़क पर आख़िरी बार निगाह डालती हुई तोनिया अन्दर चली गई। 'बशर्ते रात दग़ा न करे,' यही ख़याल उसके दिमाग़ पर उस समय भी छाया हुआ था जब वह कम्बल में लिपटी-लिपटी नींद में डूब गई।

तोनिया ख़ूब सवेरे उठी और जल्दी-जल्दी कपड़े पहने। तब तक और कोई नहीं उठा था। वह चुपके से घर से निकल गई ताकि घर में और कोई न जागे, बड़े-बड़े झबरे बालोंवाले ट्रेसोर की ज़ंजीर खोली और उसे साथ लेकर शहर की ओर चल पड़ी। कोर्चागिन के घर पहुँचकर वह पल-भर को उसके दरवाज़े पर ठिठकी, मगर फिर उसने ठेलकर दरवाज़ा खोल दिया और भीतर सहन में चली गई। ट्रेसोर दुम हिलाता हुआ तेज़ी से आगे निकल गया...।

आर्तेम उसी सुबह गाँव से लौटा था। जिस लोहार के यहाँ वह काम करता था, वही अपनी गाड़ी पर बिठालकर उसे शहर तक लाया था। घर पहुँचकर उसने अपनी कमाई का आटे का बोरा कन्धे पर लादा और अन्दर सहन में चला गया। उसके पीछे-पीछे उसकी बाक़ी चीज़ें लिये वह लोहार था। खुले दरवाज़े के आगे आर्तेम ने बोरा ज़मीन पर रख दिया और पुकारा :

"पावका!"

कोई जवाब नहीं मिला।

"क्यों क्या अड़चन है? सीधे अन्दर क्यों नहीं चले जाते?" लोहार ने उसके बराबर आकर कहा।

अपनी चीज़ें रसोईघर में रखकर आर्तेम बग़लवाले कमरे में गया। वहाँ उसने जो दृश्य देखा, उससे वह बिलकुल स्तब्ध हो गया; वह सारी जगह उलट-पुलट दी गई थी और पुराने कपड़े फ़र्श पर बिखरे पड़े थे।

आर्तेम की समझ में कुछ नहीं आया। वह मुँह ही मुँह में बोला, "यह मामला क्या है?"

"कुछ घोटाला ज़रूर है," लोहार ने उसकी तसदीक़ करते हुए कहा।

आर्तेम को अब ग़ुस्सा आ रहा था, बोला, "मगर यह छोकरा गया कहाँ?" लेकिन वह जगह वीरान थी और कोई जवाब देनेवाला न था।

लोहार ने सलाम किया और चला गया।

आर्तेम बाहर हाते में गया और इधर-उधर देखने लगा।

"मेरी समझ में कुछ नहीं आ रहा है! सारे दरवाज़े खुले हैं और पावका का कहीं पता नहीं।"

तभी उसने पीछे से क़दमों की आहट सुनी। घूमकर उसने देखा, एक बड़ा-सा कुत्ता जिसके कान खड़े थे, उसके सामने खड़ा है। एक लड़की दरवाज़े में से घर की तरफ़ आ रही थी।

उसने आर्तेम को ग़ौर से देखते हुए धीमे स्वर में कहा, "पावेल कोर्चागिन से मुझे एक ज़रूरी काम के लिए मिलना है।"

"मिलना तो मुझे भी है। मगर वह गया कहाँ, यह किसे मालूम। मैं यहाँ आया तो घर एकदम खुला हुआ था और पावका का कहीं पता न था। अच्छा तो तुम भी उसी की तलाश में हो?" उसने लड़की से पूछा।

लड़की ने एक और सवाल से जवाब दिया : "आप कोर्चागिन के भाई आर्तेम हैं?"

"हाँ। क्यों?"

जवाब देने के बजाय वह लड़की भयभीत और त्रस्त होकर खुले हुए दरवाज़े को देखती रही। उसने सोचा, "मैं कल रात ही क्यों नहीं आई? यह नहीं हो सकता... यह नहीं हो सकता..." और उसका दिल और भी भारी हो गया।

"आपने दरवाज़े को खुला पाया और पावेल नहीं था?" अपनी ओर आश्चर्य से देखते हुए आर्तेम से उसने पूछा।

"और क्या? मैं जान सकता हूँ कि पावेल से तुम्हें क्या काम है?"

तोनिया आर्तेम के और पास आ गई और आसपास निगाह दौड़ाते हुए उसने रुक-रुककर कहा :

"मैं ठीक नहीं कह सकती। मगर मेरा ख़याल है कि अगर पावेल घर पर नहीं है तो वह ज़रूर पकड़ा गया।"

आर्तेम चौंक पड़ा, "पकड़ा गया? किस बात के लिए?"

"चलिए, हम लोग अन्दर चलें," तोनिया ने कहा।

तोनिया को जो कुछ मालूम था, उसने सब बतला दिया और आर्तेम ख़ामोश सुनता रहा। उसकी कहानी खतम होते-होते आर्तेम बहुत खिन्न और परेशान हो गया था।

उसने निराशा के स्वर में धीमे से बुदबुदाकर कहा, "क्या मुसीबत है! जैसे यों ही कम परेशानी थी! अब समझ में आया कि यह जगह क्यों उलटी-पलटी पड़ी है। इस छोकरे को क्या पड़ी थी कि इस सब बखेड़े में जा कूदा...वह इस वक़्त होगा कहाँ? और तुम कौन हो?"

"मैं जंगल के वार्डन तुमानोव की लड़की हूँ। मैं पावेल की दोस्त हूँ।"

"अच्छा," आर्तेम ने बिना कुछ ज़्यादा समझे, स्वर को खींचकर कहा। "कहाँ तो मैं इस लड़के को खिलाने के लिए यह आटा लेकर आया और अब यह देखो.."

तोनिया और आर्तेम एक-दूसरे को ख़ामोशी से देखते रहे।

"अब मुझे चलना चाहिए," तोनिया ने जाने के लिए प्रस्तुत होते हुए धीमे से कहा। "मुमकिन है, वह आपको मिल जाए। मैं शाम को फिर पता लेने आऊँगी।"

आर्तेम ने बिना कुछ बोले सिर हिलाकर हामी भरी।

अपनी जाड़े की नींद से अभी-अभी जागी एक नन्ही सी मक्खी खिड़की के कोने में भुन-भुन कर रही थी। एक पुराने ख़स्ताहाल कोच के सिरे पर एक नौजवान किसान औरत बैठी हुई थी। उसकी कुहनियाँ घुटनों पर टिकी थीं और उसकी सूनी आँखें गन्दे फ़र्श पर जमी थीं।

कमांडेंट मुँह के एक कोने में अटकी हुई सिगरेट को चबा रहा था। उसने अभी एक काग़ज़ पर बड़े बाँकपन के साथ कुछ लिखकर खतम किया था। और ज़ाहिर था कि वह अपने-आप से बहुत ख़ुश था। उसने 'शेपेतोवका नगर-कमांडेंट, खोरूँजी' के नाम से बहुत बना-बनाकर दस्तख़त किया था। दरवाज़े पर अटेंशन की हालत में बूटों के बजने की आवाज़ आई। कमांडेंट ने आँखें उठाकर देखा।

उसके सामने बाँह में पट्टी बाँधे सलोमिगा खड़ा था।

"क्यों जी, कौन सी हवा तुमको उड़ा लाई?" कमांडेंट ने उसका स्वागत करते हुए कहा।

"अच्छी हवा नहीं है वह। एक बोगुनेस्त[1] ने मेरा हाथ चाक कर दिया।"

उस स्त्री की उपस्थिति का कुछ ख़याल न करते हुए सलोमिगा बुरी-बुरी गाली बकने लगा।

"तो फिर तुम यहाँ क्या कर रहे हो? सेहत बनाने आए हो?"

"सेहत बनाने का मौक़ा हमें उस दुनिया में मिलेगा! यहाँ तो उन्होंने मोर्चे पर हमारी नाक में दम कर रखा है।"

कमांडेंट ने उसकी बात में बाधा दी और उस औरत को देखकर सिर हिलाया :

"उसके बारे में हम लोग बाद में बातें करेंगे।"

सलोमिगा धप्प से स्टूल पर बैठ गया और उसने अपनी टोपी उतारी जिसके माथे पर इनामल का बना एक त्रिशूल टँका हुआ था जो कि उक्रेनी राष्ट्रीय प्रजातंत्र का निशान था।

उसने अपनी मद्धिम आवाज़ में कहना शुरू किया, "गोलुब ने मुझे भेजा है। रेगुलर सैनिकों का एक डिवीजन जल्दी ही यहाँ आने वाला है। यहाँ नगर में उसके लिए करने को बहुत कुछ रहेगा और उसके सारे इन्तज़ाम को ठीक-ठाक करने का ज़िम्मा मुझे दिया गया है। हो सकता है कि 'चीफ़ साहब' ख़ुद किसी बड़े विदेशी आदमी के साथ यहाँ पर आएँ। इसलिए मेरे 'दिल बहलाव' की बात मुँह पर भी नहीं लानी होगी। क्या लिख रहे हो?"

कमांडेंट ने सिगरेट मुँह के एक कोने से निकालकर दूसरे कोने में लगा ली।

यहाँ एक बहुत बदमाश लड़का है। शैतान की आँत ही समझो उसको। तुम्हें उस जुखराई की याद है न? उसी ने रेलवे मज़दूरों को हम लोगों के ख़िलाफ़ भड़काया था। हाँ, तो वह स्टेशन पर पकड़ लिया गया।"

"पकड़ा गया? बड़ी बात! हाँ, तो फिर क्या हुआ?" सलोमिगा ने बात में बहुत गहरी दिलचस्पी लेते हुए अपना स्टूल और पास सरका लिया।

"उसके बाद हुआ यह कि उस स्टेशन कमांडेंट उल्लू के पट्ठे ओमेलचेंको ने एक कौसेक के पहरे में उसको रवाना कर दिया और रास्ते में इस लड़के ने, जो हमारे यहाँ बन्द है, दिन-दहाड़े उस क़ैदी को छुड़ा लिया। उस कौसेक सिपाही के हथियार छीन लिये गए और दाँत तोड़ दिये गए, और क़ैदी नौ दो ग्यारह हो गया। जुखराई तो भाग गया, मगर इस छोकरे को हमने पकड़ लिया। देखो न, इस काग़ज़ में सब कुछ लिखा हुआ है," कहते हुए उसने कई काग़ज़ सलोमिगा की तरफ़ बढ़ाए।

सलोमिगा बाएँ हाथ से काग़ज़ के पन्नों को पलटता हुआ पूरी रिपोर्ट देख गया।

रिपोर्ट खतम करके उसने कमांडेंट की तरफ़ देखा :

---

1. लाल फ़ौज की बोगुन रेजिमेंट के आदमी। 17वीं शताब्दी के उक्रेनी जनता के स्वाधीनता-संघर्ष के नेता वोगुन के नाम पर इस रेजिमेंट का नाम वोगुन रेजिमेंट पड़ा था।

"गरज उस लड़के से तुम कुछ मालूम नहीं कर सके?"

कमांडेंट परेशानी से अपनी टोपी के सिरे को खींचने लगा।

"मैं पाँच दिन से उसके पीछे लगा हूँ, मगर वह इसके सिवा कुछ नहीं कहता कि 'मैं कुछ नहीं जानता और मैंने उसे नहीं छुड़ाया।' बड़ा मरदूद लड़का है साहब! उस सिपाही ने, जिस पर वह सब गुज़री थी, उसको पहचान लिया—और लड़के को देखते ही वह तो ग़ुस्से से पागल हो गया और उसका बस चलता तो उसने वहीं उसका गला घोंट दिया होता। वह तो बड़ी मुश्किल से मैं उस कौसेक को अलग कर पाया। और भई सच पूछो तो ग़ुस्से के लिए उसके पास कारण भी था, क्योंकि ओमेलचेंको ने स्टेशन पर, हाथ से क़ैदी निकल जाने देने के जुर्म में, अपनी राइफ़ल साफ़ करने की छड़ी से पच्चीस छड़ियाँ भी तो उसके लगाईं। अब उसको यहाँ और बन्द रखने में कोई तुक नहीं है, इसलिए मैं ये काग़ज़ात हेडक्वार्टर भेजकर इजाज़त मँगा रहा हूँ ताकि इस हरामज़ादे को खतम कर दिया जाए।"

सलोमिगा ने नफ़रत से थूक दिया।

"कहीं मेरे हाथ में होता यह लड़का तो तुम देखते, मैं उससे कबुलवा कर छोड़ता। यह सब पूछताछ वग़ैरह करने के मामले में तुम कुछ यों ही से हो। और भला कभी किसी ने यह भी सुना है कि धर्मशास्त्र का विद्यार्थी कमांडेंट बन जाए! डंडे का इस्तेमाल किया तुमने?"

कमांडेंट को ग़ुस्सा आ गया।

"देखो, तुम हद से गुज़रे जा रहे हो। अपना मज़ाक़ अपने ही पास रखो। यहाँ पर मैं कमांडेंट हूँ और तुम्हारा कोई हस्तक्षेप नहीं चाहता।"

सलोमिगा ने तैश में आए हुए कमांडेंट को देखा और ज़ोर से ठहाका मारकर हँस पड़ा :

"हा हा हा...देखो तुम पादरी के बेटे हो, इतना मत फूलो नहीं तो पेट फट जाएगा। जहन्नुम में जाओ तुम और तुम्हारे मसले। ज़रा मुझे यह बतलाओ कि समोगन (शराब) की दो बोतलें कहाँ से मिल सकती हैं?"

कमांडेंट खिसियानी-सी हँसी हँसा और बोला :

"इन्तज़ाम हो सकता है।"

"जहाँ तक इस चीज़ का ताल्लुक़ है," सलोमिगा ने काग़ज़ात पर अपनी उँगली गड़ाते हुए कहा, "अगर तुम वाक़ई उसका काम तमाम करना चाहते हो तो सोलह की जगह उसकी उमर अठारह दिखलाओ। छह को आठ बना दो, नहीं तो मुमकिन है वे लोग पास न करें।"

उस मालगोदाम वाली कोठरी में तीन लोग थे। एक दढ़ियल बुड्ढा तार-तार कोट पहने ओठे पर करवट लेटा हुआ था। उसकी लकड़ी जैसी टाँगें लिनेन के चौड़े-चौड़े पतलूनों से ढकी थीं जिन्हें उसने ऊपर समेट लिया था। उसे इसलिए गिरफ़्तार किया गया था कि उसके यहाँ जिन पेतल्युरा सिपाहियों को टिकाया गया था, उनका घोड़ा उसके शेड से गुम हो गया था। एक अधेड़ औरत जिसकी छोटी-छोटी चपल आँखें थीं और नुकीली-सी ठुड्डी थी, फ़र्श पर बैठी हुई थी। वह समोगन बेचकर अपनी जीविका चलाती थी और उसको इस अभियोग में यहाँ ला पटका गया था कि उसने एक घड़ी और कुछ दूसरी बेशक़ीमत चीज़ें चुराई हैं। कोर्चागिन नीमबेहोशी की हालत में खिड़की के नीचे एक कोने में अपनी कुचली हुई टोपी का तकिया लगाए लेटा था।

एक नौजवान स्त्री उसी मालगोदाम में लाई गई। वह सिर में एक रंगीन रूमाल बाँधे थी और दहशत के मारे उसकी आँखें निकली पड़ रही थीं।

वह एक-दो पल खड़ी रही और फिर शराब बेचनेवाली औरत के बग़ल में बैठ गई।

शराब बेचनेवाली ने आगन्तुक स्त्री को कुतूहलपूर्ण आँखों से देखा और जल्दी-जल्दी कहा, "पकड़ी गई, क्यों?"

कोई जवाब नहीं मिला। मगर शराब बेचनेवाली स्त्री इतनी जल्दी छोड़ने वाली न थी।

"तुमको क्यों पकड़ा? समोगन के मामले में तो नहीं?"

किसान लड़की उठ खड़ी हुई और उसने इस हठीली बुढ़िया को देखा।

उसने धीमे से जवाब दिया, "मुझे तो मेरे भाई के कारण पकड़ा है।"

"और तुम्हारा भाई कौन है?" उस बुड्ढी स्त्री ने पूछा। वह तो जैसे उसके पीछे ही पड़ गई थी।

अब बुड्ढा बोल उठा।

"तुम क्यों ख़ामख़ा उसे तंग कर रही हो। वह यों ही कुछ कम परेशान नहीं है। उस पर भी तुम बकबक लगाए हुए हो।"

वह स्त्री तेज़ी से ओठे की तरफ़ मुड़ी।

"तुम कौन होते हो मुझको बताने वाले कि मैं क्या करूँ, क्या न करूँ? मैं तुमसे तो बात कर नहीं रही हूँ।"

बुड्ढे ने थूका।

"उसे परेशान मत करो, मैं तुमसे कहता हूँ।"

कोठरी में फिर ख़ामोशी छा गई। उस किसान लड़की ने एक बड़ा-सा शॉल बिछाया और अपने हाथ का तकिया लगाकर उस पर लेट गई।

शराब बेचनेवाली ने खाना खाना शुरू किया। बूढ़ा उठकर बैठ गया, फ़र्श पर पैर रख लिये, धीरे-धीरे अपने लिए एक सिगरेट बनाई और उसे सुलगा लिया। तीखे धुएँ के बादल फैल गए।

"इस बदबू में तो कोई शान्ति से खा भी नहीं सकता।" औरत बड़बड़ाई, गोकि उसके जबड़े बदस्तूर काम कर रहे थे। "तुमने तो इस सारी जगह को धुएँ से भर दिया है।"

बूढ़े ने चिढ़कर मज़ाक़ बनाते हुए जवाब दिया :

"क्यों, वज़न घटने का डर है क्या? तुम्हारा यही हाल रहा तो जल्दी ही दरवाज़े में से निकलना मुश्किल हो जाएगा। तुम इस लड़के को कुछ खाने को क्यों नहीं देतीं? सब-का-सब अपने ही पेट में ठूँसे जा रही हो!"

उस औरत ने क्रोध का भाव दिखलाया :

"मैंने कोशिश की मगर उसे कुछ चाहिए ही नहीं। मगर तुम्हें इससे क्या बहस। तुम अपना मुँह क्यों नहीं बन्द रखते—मैं तुम्हारा खाना तो खा नहीं रही हूँ।"

लड़की उस बूढ़ी स्त्री की तरफ़ मुड़ी और अपने सिर से कोर्चागिन की ओर इशारा करते हुए उसने पूछा, "तुम्हें मालूम है कि इसे यहाँ पर क्यों लाया गया है?"

बूढ़ी स्त्री इस बात से ख़ुश हो गई कि उसको सम्बोधित किया गया। उसने झट जवाब दिया :

"यहीं का लड़का है—कोर्चागिन का छोटा लड़का। उसकी माँ रसोईदारिन है।"

फिर लड़की की तरफ़ झुकते हुए उसने कान में कहा :

"उसने एक बोल्शेविक को छुड़ाया था—एक मल्लाह को, जो यहीं मेरे पड़ोसी जोजलिखा के यहाँ रहता था।"

उस नौजवान स्त्री को वे शब्द याद आए जो उसने बाहर चोरी से सुन लिये थे, "मैं इन काग़ज़ात को हेडक्वार्टर भेज रहा हूँ ताकि उसका काम तमाम करने की इजाज़त मुझे मिल जाए।"

एक के बाद दूसरी फ़ौजी गाड़ी जंक्शन पर आ रही थी और उनमें से रेगुलर सैनिकों की बटालियन पर बटालियन निकलकर भीड़ की तरह फैल रही थीं। 'जपोरोजेत्स' नाम की बख़्तरबन्द गाड़ी बग़ल की एक रेलवे लाइन पर धीरे-धीरे रेंग रही थी। इस गाड़ी में चार डिब्बे थे और उसकी लोहे की दीवारों में तमाम रिबिट लगे हुए थे। खुले हुए डिब्बों में से तोपें उतारी गईं और माल के बन्द डिब्बों में से घोड़े बाहर

निकाले गए। घोड़ों पर वहीं जीन कसी गई और घुड़सवार, पैदल दस्तों की उस भीड़ में से अपना रास्ता बनाते हुए, स्टेशन के यार्ड में पहुँचे जहाँ घुड़सवारों की टुकड़ी क़तार बना रही थी।

अफ़सरान अपनी टुकड़ियों के नम्बर पुकारते हुए इधर-उधर दौड़ रहे थे।

स्टेशन में बर्र के छत्ते की-सी भनभनाहट गूँज रही थी। धीरे-धीरे उस शोर मचाती और भँवर में पड़ी चक्कर-सी खाती बेतरतीब भीड़ को ठोंक-पीटकर उसमें से बाक़ायदा प्लैटून बनाए गए और थोड़ी ही देर में हथियारबन्द सिपाहियों का एक रेला नगर की ओर बढ़ चला। काफ़ी रात तक गाड़ियों की चूँ-चरर-मरर सुनाई देती रही और राइफ़ल डिवीजन के पीछे-पीछे चलने वाले लोग सड़क पर चलते रहे।

फुर्ती से मार्च करती हुई हेडक्वार्टर्स कम्पनी के साथ जुलूस खतम हुआ। कम्पनी मार्च करते हुए अपने एक सौ बीस कंठों से गाती जा रही थी :

कैसा है यह हो-हल्ला और कैसी सारी बकझक है
पेतल्युरा और उसके चेले हैं, इसमें क्या शक है...

पावेल कोर्चागिन खिड़की से बाहर झाँकने के लिए उठा। भोर के धुँधलके में उसने सड़क पर गाड़ियों के खड़खड़ाने और बहुत से पैरों के मार्च करने की आवाज़ सुनी और सुना बहुत से कंठों को गाना गाते।

उसके पीछे से किसी की नरम मद्धिम-सी आवाज़ आई :

"शहर में फ़ौज आई है।"

कोर्चागिन घूमा।

बोलने वाली वही लड़की थी जो एक रोज़ पहले वहाँ लाई गई थी।

कोर्चागिन उसकी कहानी सुन चुका था—उस शराब बेचनेवाली औरत ने खोद-खोदकर सारी बातें उससे मालूम कर ली थीं। वह शहर से क़रीब पाँच मील दूर एक गाँव में रहती थी जहाँ उसका बड़ा भाई ग्रित्स्को, जो अब लाल छापेमार था, ग़रीब किसानों की एक कमिटी का प्रधान रह चुका था।

जब बोल्शेविक वहाँ से चले तो ग्रित्स्को ने भी मशीनगन की पेटी अपनी कमर में बाँधी और उनके संग चल दिया। अब मौजूदा अधिकारी उसके घरवालों के पीछे हाथ धोकर पड़े थे। ग्रित्स्को के घर में जो एक अकेला घोड़ा था, वह भी छीन लिया गया था। उसका बाप कुछ दिन जेल में भी रहा और वहाँ उसे बहुत-बहुत तकलीफ़ों का सामना करना पड़ा। गाँव का चौधरी—जो उन लोगों में से था जिन पर ग्रित्स्को ने सख़्ती से रोक लगाई थी—अब महज़ उन्हें सताने के लिए हमेशा उनके घर पर अजनबियों को लादता रहता था। परिवार अब बिलकुल तबाह हो गया था। और अभी एक रोज़ पहले जब कमांडेंट एक तलाशी के सिलसिले में उस गाँव आया था, तो चौधरी उसे लेकर उस लड़की के घर पहुँच गया। लड़की

कमांडेंट साहब की आँख पर चढ़ गई और दूसरे रोज़ सवेरे वह उसको 'पूछताछ के लिए' अपने संग शहर ले आया।

कोर्चागिन सो नहीं सका। किसी करवट उसे चैन नहीं आ रहा था। उसके दिमाग़ में एक ही सवाल चक्कर काट रहा था जिसको वह दिमाग़ से हटा नहीं पा रहा था और वह सवाल था, "अब इसके बाद क्या होगा?"

उसका घायल जिस्म बुरी तरह दर्द कर रहा था। उस कौसेक सिपाही ने उसे बड़ी बेदर्दी से मारा था।

उसके दिमाग़ में तमाम बुरे-बुरे विचार भीड़ लगा रहे थे। उनसे बचने के लिए पावेल दोनों स्त्रियों की फुसफुसाहट सुनने लगा।

बहुत ही धीमी आवाज़ में, इतनी कि वह मुश्किल ही से सुनाई देती थी, लड़की बतला रही थी कि कैसे कमांडेंट ने उसे डराया-धमकाया, फुसलाया-बहलाया और जब इतने पर भी उसने कमांडेंट को घुड़क दिया तो वह ग़ुस्से से लाल-पीला होता हुआ बोला, "मैं तुम्हें एक तहख़ाने में बन्द कर दूँगा जहाँ तुम मुझसे नहीं बच सकोगी।"

कोठरी के कोनों-अँतरों में अन्धकार छुपा बैठा था। और एक रात सामने थी—बेचैन, दम घोंटनेवाली रात। क़ैद में यह पावेल की सातवीं रात थी। मगर उसको लगता था कि जैसे यहाँ उसे महीनों हो गए हैं। फ़र्श बहुत सख़्त था और उसके शरीर के जोड़-जोड़ में दर्द हो रहा था। अब उस पुराने मालगोदाम में तीन लोग थे। उस शराबवाली औरत को खोरूँजी साहब ने छोड़ दिया था ताकि वह जाकर कहीं से वोदका ले आए। बूढ़े दादा अपने ओठे पर पड़े इतने इत्मीनान से खर्राटे भर रहे थे जैसे वह अपने घर की गरम अँगीठी के ऊपर सो रहे हों; ख्रिस्तिना और पावेल लगभग अगल-बग़ल फ़र्श पर लेटे हुए थे। कल पावेल ने खिड़की में से सर्गेई को देखा था जो बड़ी देर तक सड़क पर खड़ा उदास आँखों से मकानों की खिड़कियों को देखता रहा था।

पावेल ने सोचा था, 'उसे पता है कि मैं यहाँ हूँ।'

लगातार तीन दिन तक कोई उसके लिए खट्टीवाली काली रोटी लाया था—मगर कौन, यह पहरेदार न बतलाते थे। और दो दिन तक कमांडेंट ने बार-बार उससे सवाल पूछे थे।

इस सबका क्या मतलब है?

पूछताछ के दौरान में उसने एक भी बात नहीं बतलाई; उलटे, हर चीज़ से उसने इनकार किया था। उसे ख़ुद नहीं मालूम था कि वह क्यों चुप रहा। वह उन लोगों की तरह साहसी और मज़बूत बनना चाहता था जिनके बारे में उसने किताबों में पढ़ा था। मगर उस रात जब वह जेल ले जाया जा रहा था और उसको क़ैद करनेवालों में से एक ने कहा था, "हुज़ूर खोरूँजी, इसको फ़िज़ूल अपने साथ घसीटे ले चलने से क्या हासिल होगा? इसका तो बस एक ही इलाज है : पीठ में

एक गोली मारिए और खतम कीजिए झंझट को," तो उसे डर लगा था। सचमुच, सोलह साल की उमर में मरने का ख़याल बड़ा भयानक था! मरने का मतलब होगा कि वह फिर ज़िन्दा नहीं रहेगा।

ख्रिस्तिना भी सोच रही थी। उसे इस लड़के से ज़्यादा बातें मालूम थीं। बहुत मुमकिन है कि इसे अभी मालूम ही न हो कि आगे इस पर क्या गुज़रने वाली है... वही बात जो उसने चुपके से सुन ली थी।

वह रात को बिस्तर में पड़ा बेचैन करवटें बदलता रहा और सो नहीं सका। ख्रिस्तिना को उस पर दया आ रही थी। उसका मन पावेल के लिए करुणा से भरा हुआ था, गो उसकी अपनी स्थिति भी उसकी छाती पर बोझ बनी हुई थी—कमांडेंट के इन शब्दों के भयावने अर्थ को भूलना नामुमकिन था, 'कल मैं तुम्हें ठीक कर दूँगा, अगर तुम मेरे संग नहीं आतीं तो मैं तुम्हें थाने में बन्द करवा दूँगा और फिर वहाँ के कौसेक पहरेदार तुम्हें छोड़ने से रहे। लिहाज़ा तुम्हारे ही ऊपर है यह चीज़, जिसे चाहो चुन लो।'

ओह! कितनी कठिन बात है यह! किसी तरफ़ से रहम की कोई उम्मीद नहीं! इसमें उसकी क्या ग़लती थी कि ग्रित्स्को बोल्शेविकों से जा मिला? ज़िन्दगी भी कितनी बेदर्द चीज़ है!

एक भोंथा दर्द उसका गला घोंट रहा था और असहाय निराशा और भय की यंत्रणा में वह बड़े ज़ोर-ज़ोर से, मगर निश्शब्द, सिसकियाँ ले रही थी जिससे उसका सारा शरीर काँप-काँप जाता था।

दीवार के पास कोने में एक छाया हिल रही थी।

"तुम क्यों रो रही हो?"

भरे हुए दिल से ख्रिस्तिना ने दबे स्वर में अपने ख़ामोश साथी को अपने दुख की कहानी सुनाई। वह कुछ बोला नहीं, बस उसने अपना हाथ हल्के से उसके हाथ पर रख दिया।

अपने आँसुओं को पीते हुए डरे हुए स्वर में फुसफुसाकर लड़की ने कहा, "वे लोग मुझे सता-सताकर मार डालेंगे। मुझे कोई चीज़ नहीं बचा सकती!"

पावेल इस लड़की से आख़िर क्या कहता? कहने के लिए कुछ भी नहीं था। ज़िन्दगी दोनों को अपने फ़ौलादी शिकंजे में लेकर पीसे डाल रही थी।

एक चीज़ यह हो सकती है कि कल जब वे लोग उसको लेने के लिए आएँ, तो वह डटकर उनका मुक़ाबला करे। मगर उससे होगा क्या? वे लोग मार-मार उसका भुर्ता बना देंगे या सिर पर तलवार का एक वार होगा जो काम तमाम कर देगा। मगर इस दुखी लड़की को, चाहे जैसे हो, वह आराम पहुँचाना चाहता था और शायद इसीलिए बड़े प्यार से उसके हाथ को थपथपा रहा था। लड़की का सिसकना बन्द हो गया। बीच-बीच में फाटक पर के सन्तरी का उधर से गुज़रने

वाले आदमी से घुड़ककर पूछना सुनाई दे जाता, 'कौन जा रहा है?' और फिर ख़ामोशी छा जाती। बूढ़े दादा गहरी नींद में सो रहे थे। नातमाम मिनट धीरे-धीरे रेंग रहे थे। फिर पावेल ने उस लड़की की बाँहों को अपने इर्द-गिर्द लिपटता महसूस किया और महसूस किया कि वह लड़की उसे अपनी तरफ़ खींच रही है। पावेल को बड़ा ताज्जुब हुआ।

"सुनो", उसके गरम होंठ धीरे-धीरे कह रहे थे, "मेरे लिए कोई बचत नहीं है। अगर यह अफ़सर नहीं तो थाने पर के वे पहरेदार कोई-न-कोई मुझे ज़रूर ख़राब करेगा। मैं तुमसे विनती करती हूँ मेरे प्यारे, कि तुम मुझे ले लो ताकि वह कुत्ता मेरे शरीर को लेने वाला पहला व्यक्ति न हो।"

"यह तुम क्या कह रही हो, ख्रिस्तिना!"

मगर उन मज़बूत बाँहों ने उसे छोड़ा नहीं। उसके भरे-भरे गदराए हुए जलते होंठ उसके होंठों से जा लगे—उनसे बचना मुश्किल था। लड़की के शब्द सरल थे, कोमल थे, प्यार में डूबे हुए थे और पावेल को पता था कि वह क्यों ऐसे शब्द बोल रही है।

फिर उसके लिए उसके परिवेश का अस्तित्व मिट गया। दरवाज़े पर का ताला, लाल बालोंवाला कौसेक, कमांडेंट, वह बेरहम मारपीट, वे सात दम घोंटनेवाली बेचैन निद्राविहीन रातें—सब कुछ भूल गईं और क्षण-भर के लिए केवल वे जलते हुए होंठ और वह आँसुओं से भीगा हुआ चेहरा रह गया।

तभी एकाएक उसे तोनिया की याद आई।

"उसको मैं कैसे भूल गया? उसकी वे प्यारी-प्यारी आँखें जिनका कहीं कोई जवाब नहीं।"

उसने अपनी इच्छाशक्ति का सारा ज़ोर लगाया और अपने को ख्रिस्तिना के आलिंगन से छुड़ा लिया। शराब पिये हुए आदमी की तरह वह लड़खड़ाते पैरों पर खड़ा हुआ और जाकर सीख़चे को पकड़ लिया। ख्रिस्तिना के हाथों ने वहाँ भी उसे पा लिया।

"क्यों, क्या बात है?" उसके मन का सारा आवेग इस सवाल में भरा हुआ था!

पावेल उसकी ओर झुका और उसके हाथों को दबाते हुए बोला :

"नहीं ख्रिस्तिना, मैं नहीं...तुम इतनी...अच्छी हो।" उसे ख़ुद नहीं पता कि इसके अलावा उसने और क्या-क्या कहा।

इस असह्य शान्ति को तोड़ने के लिए वह फिर तनकर खड़ा हुआ और अपने ओठे पर चला गया। उसके सिरे पर बैठते हुए उसने बुड्ढे को जगा दिया।

"दादा, एक सिगरेट दो मुझे।"

वह लड़की अपने शॉल में लिपटी हुई कोने में बैठी रोती रही।

दूसरे रोज़ कमांडेंट कुछ कौसेक सिपाहियों के साथ आया और ख्रिस्तिना को

पकड़ ले गया। जाते-जाते उसकी आँखों ने पावेल की आँखों को खोजा और पावेल ने पाया कि उन आँखों में शिकायत है। और जब वह चली गई और दरवाज़ा बन्द हो गया तो उसकी आत्मा पहले से कहीं ज़्यादा उदास और सूनी हो गई।

सारे दिन बूढ़े दादा पावेल के मुँह से एक शब्द नहीं निकलवा सके। सन्तरी और कमांडेंट के गार्ड दोनों बदल गए थे। शाम होते-होते एक नया क़ैदी लाया गया। पावेल ने उसे पहचान लिया। वह दोलिनिक था, शकर के कारख़ाने का एक बढ़ई। वह बहुत ठोस, मज़बूत, चौड़ा-चकला आदमी था। एक पुराने तार-तार हो रहे कोट के नीचे वह उड़े उड़े-से पीले रंग की क़मीज़ पहने हुए था। उसने ग़ौर से कोठरी का मुआइना किया।

पावेल ने 1917 के फ़रवरी महीने में उसे देखा था, जब क्रान्ति की थरथरी उनके शहर में पहुँची थी। उन दिनों जो शोरगुल से भरे प्रदर्शन हुए थे, उनमें उसने सिर्फ़ एक बोल्शेविक को बोलते सुना था, और वह बोल्शेविक था यही दोलिनिक। वह सड़क से लगी हुई एक बाड़ी पर चढ़ गया था और वहाँ से उसने सैनिकों को सम्बोधित करते हुए भाषण दिया था। पावेल को अब भी उसके अन्तिम शब्द याद थे :

"फ़ौजी भाइयो, बोल्शेविकों के पीछे-पीछे चलो, वे तुम्हारे साथ दग़ा नहीं करेंगे!"

तब से उसने उस बढ़ई को नहीं देखा था।

बूढ़े दादा बड़े ख़ुश थे कि उन्हें इस कोठरी में नया साथी मिला, क्योंकि ज़ाहिर है कि दिन-भर चुपचाप बैठे रहना उन पर बहुत भारी गुज़रता था। दोलिनिक ओठे के किनारे पर उनकी बग़ल में बैठ गया, उनके संग एक सिगरेट पी और सभी चीज़ों के बारे में उनसे पूछ डाला।

इसके बाद आगन्तुक कोर्चागिन के पास आया और उसने पूछा, "कहो मेरे नन्हे दोस्त, तुम यहाँ कैसे आए?"

पावेल ने एक-एक शब्द में जवाब दिया और दोलिनिक ने देखा कि पावेल के मन का सन्देह ही इसका कारण है। दोलिनिक को जब पावेल पर लगाए गए अभियोग की बात मालूम हुई, तो उसकी तीक्ष्ण आँखें आश्चर्य से फैल गईं और वह उस लड़के की बग़ल में जाकर बैठ गया।

"तो तुम्हारा कहना है कि तुमने जुखराई को छुड़ाया? बड़ी दिलचस्प बात है। मुझे नहीं मालूम था कि उन्होंने तुमको पकड़ लिया है।"

पावेल को दोलिनिक की बात से अचरज हुआ और वह अपनी कोहनी के सहारे उठ बैठा।

"मैं किसी जुखराई को नहीं जानता। इन लोगों को क्या, ये जिसको चाहे जो नाम लगा दें।"

दोलिनिक मुस्कराता हुआ उसके और पास आ गया।

"ठीक है, ठीक है, दोस्त। मगर मेरे संग इतना चौकन्ना होने की ज़रूरत नहीं। मुझे तुमसे ज़्यादा बातें मालूम हैं।"

बहुत धीरे-से ताकि वह बूढ़ा उनकी बात न सुन सके, दोलिनिक ने कहा :

"मैंने ख़ुद जुखराई को विदा किया है, ग़ालिबन वह अपनी मंज़िल पर पहुँच भी गया होगा। फियोदोर ने मुझे उस घटना के बारे में सब कुछ बतला दिया है।"

क्षण-भर चुपचाप विचार करने के बाद दोलिनिक ने अपनी बात में इतना और जोड़ा :

"मैं देखता हूँ कि तुम ठीक धात के बने हो, दोस्त। गोकि यह बहुत बुरा हुआ कि उन्होंने तुमको पकड़ लिया और तुम्हारे बारे में उन्हें सब कुछ मालूम है। यह बुरा हुआ, बहुत बुरा, मैं तो यही कहूँगा।"

उसने अपना कोट उतारा और उसे ज़मीन पर बिछाकर उस पर दीवार के सहारे टिककर बैठ गया और अपने लिए एक और सिगरेट बनाने लगा।

दोलिनिक की आख़िरी बात से पावेल के आगे पूरी स्थिति स्पष्ट हो गई। इसमें कोई शक नहीं कि दोलिनिक ठीक बात कह रहा है। उसने जुखराई को विदा किया था और इसका मतलब है...!

उस शाम को उसे पता चला कि दोलिनिक को पेतल्युरा के कौसेकों के बीच प्रचार करने के जुर्म में पकड़ा गया है। इतना ही नहीं, उसे सूबाई इंक़लाबी कमिटी की तरफ़ से जारी की हुई एक अपील बाँटते पकड़ा गया था जिसमें सैनिकों से कहा गया था कि हथियार डाल दें और बोल्शेविकों से मिल जाएँ।

दोलिनिक ने सावधानी के ख़याल से पावेल को ज़्यादा बातें नहीं बतलाईं।

उसने अपने मन में कहा, "कौन जाने? सबों ने अगर कहीं इसे डंडे लगाए तो न जाने क्या हो? आख़िर लड़का ही तो है अभी।"

बहुत रात गए जब वे लोग सोने की तैयारी कर रहे थे, तो उसने अपने मन की आशंका इस प्रकार संक्षेप में व्यक्त की :

"तो कोर्चागिन, हम लोग ख़ासे बुरे फँसे हैं, देखें कहाँ जाकर हमारा पानी मरता है।"

दूसरे रोज़ एक और नया क़ैदी लाया गया—बड़े-बड़े कानों और दुबली-पतली मरियल-सी गर्दनवाला हज्जाम श्ल्योमा जेल्टसर, जिसे शहर में हर कोई जानता था।

वह दोलिनिक को बहुत आवेश और भाव-भंगिमा के साथ बतला रहा था, "फुक्स, ब्लुवस्टाइन और ट्रैक्टेनबर्ग नमक-रोटी से उसका स्वागत करने जा रहे थे। मैंने उनसे कहा कि अगर तुम्हारा जी हो तो करो, मगर बाक़ी यहूदी लोग तुम्हारा साथ देंगे क्या? नहीं देंगे, मैं तुमसे कहता हूँ। उनको अपना भी तो नफ़ा-नुक़सान देखना है। फुक्स के पास अपनी दूकान है और ट्रैक्टेनबर्ग के पास आटे

की चक्की है। मगर मेरे पास क्या है? और बाक़ी भूखे लोगों के पास क्या है? कुछ नहीं—भिखमंगे हैं हम सब और क्या! तुम तो जानते ही हो कि मुझे अपनी ज़बान पर क़ाबू नहीं, और आज जब मैं एक अफ़सर की दाढ़ी बना रहा था—और कौन, वही जो नये आए हैं उनमें से एक—तो मैंने कहा, "आपका क्या ख़याल है, ऐटमन पेतल्युरा को इस सब मारकाट के बारे में पता है या नहीं? क्या वे डेपुटेशन से मिलेंगे? अरे बाप रे बाप, कितनी बार मैं अपनी इस निगोड़ी ज़बान के कारण मुसीबत में न फँसा होऊँगा! तो जब मैं बहुत क़रीने से उस अफ़सर की दाढ़ी बना चुका और ढंग से चेहरे पर पाउडर-साउडर लगा दिया तो जानते हो उस अफ़सर ने क्या किया? वह उठा और मुझे पैसा देना तो दूर रहा, अधिकारियों के ख़िलाफ़ प्रचार करने के जुर्म में मुझे गिरफ़्तार कर लिया।" जेल्टसर ने अपनी छाती ठोंकी और बोला, "अब तुम्हीं बताओ कि यह भी भला कोई प्रचार था? आख़िर मैंने क्या कह दिया? मैंने उस आदमी से सिर्फ़ एक बात ही तो पूछी और...इसके लिए उन्होंने मुझे यहाँ लाकर बन्द कर दिया, वाह रे...!"

अपने आवेश में जेल्टसर दोलिनिक की क़मीज़ के एक बटन को मरोड़ने लगा और उसका हाथ पकड़कर खींचने लगा।

दोलिनिक को बेसाख़्ता मुस्कराहट आ गई जब उसने ग़ुस्से में भरे श्ल्योमा की बात सुनी।

हज्जाम की बात खतम होने पर दोलिनिक ने बड़ी गम्भीरता से कहा, "हाँ श्ल्योमा, तुम जैसे होशियार आदमी से ऐसी बेवक़ूफ़ी की उम्मीद नहीं थी। तुमने बड़े बेमौक़े अपनी ज़बान की लगाम ढीली कर दी। मैं कभी तुम्हें यहाँ आने की सलाह न देता!"

जेल्टसर ने बात को समझने के अन्दाज़ में सिर हिलाया और हाथ से निराशा की मुद्रा व्यक्त की। तभी दरवाज़ा खुला और वह शराबवाली अन्दर ढकेली गई। वह लड़खड़ाती और अपने पहरेदार कौसेक सिपाही पर गालियों की बौछार करती हुई कोठरी में घुसी।

सन्तरी ने ज़ोर से फाटक बन्द किया। अन्दर के लोगों ने उसको बाहर ताला बन्द करते सुना।

वह औरत ओठे के सिरे पर बैठ गई तो उस बूढ़े ने ख़ुश-ख़ुश उससे कहा, "अच्छा तो तुम फिर हमारे संग आ गईं।"

उस शराबवाली ने बूढ़े को ग़ुस्से से तरेरा और अपनी पोटली उठाकर दोलिनिक के बग़ल में फ़र्श पर बैठ गई।

मालूम यह हुआ कि उसको सिर्फ़ इतनी देर के लिए छोड़ा गया था कि वह अपने क़ैद करनेवालों के लिए समोगन शराब की कुछ बोतलें ले आए।

एकाएक बग़लवाले सन्तरियों के कमरे से चीख़-पुकार और भागते हुए पैरों

की आवाज़ सुनाई दी। कोई कुत्ते की तरह भूँक-भूँककर हुक्म दे रहा था। क़ैदियों ने उस आवाज़ को ठीक से सुनने के लिए अपनी बात बन्द कर दी।

पुराने घंटाघरवाले उस बदसूरत गिरजे के सामने फैले मैदान में कुछ अजीब कार्रवाइयाँ हो रही थीं। चौक के तीन तरफ़ फ़ौजें आयताकार खड़ी थीं। ये रेगुलर पैदल फ़ौज के डिवीजन की टुकड़ियाँ थीं, जो अपने लड़ाई के पूरे साज़-सामान के साथ इकट्ठा की गई थीं।

गिरजाघर के फाटक के सामने पैदल फ़ौजों की तीन रेजिमेंटें शतरंज के मोहरों की तरह वर्गाकार खड़ी थीं। उनके पीछे स्कूल की चहारदीवारी थी।

पेतल्युरा सैनिकों का यह भूरा-भूरा, गन्दा-सा समूह आराम की मुद्रा में राइफ़लें लिये खड़ा था। ये सैनिक सिर पर लोहे के अजीब बेहूदा-से टोप औंधाये हुए थे जो देखने में ऐसे लगते थे कि मानो कुम्हड़े के दो बराबर-बराबर हिस्से हों। सैनिक अपनी कारतूस की पेटियों से बुरी तरह लदे हुए थे। डाइरेक्टरी के पास सबसे अच्छी डिवीजन यही थी।

ये लोग अच्छी वर्दियाँ पहने थे और पुरानी ज़ारशाही सेना के साज-सामान से लैस थे। इनमें ख़ासतौर पर धनी किसान थे जो हर बात को अच्छी तरह समझ-बूझकर सोवियत सत्ता के ख़िलाफ़ लड़ रहे थे। फ़ौजी दृष्टि से इस अत्यन्त महत्त्वपूर्ण रेलवे जंक्शन की रक्षा के लिए यह डिवीजन यहाँ लाई गई थी। शेपेतोवका से पाँच दिशाओं में रेलवे लाइनें फूटती थीं जो देखने में लोहे के चमकदार फीते जैसी जान पड़ती थीं। पेतल्युरा के लिए इस जंक्शन के हाथ से निकल जाने का मतलब था, सब कुछ हाथ से निकल जाना। यों भी स्थिति यह थी कि 'डाइरेक्टरी' के हाथ में अब बहुत थोड़ा-सा इलाक़ा बचा था और विनित्सा नाम का क़स्बा ही अब पेतल्युरा की राजधानी थी।

'चीफ़ ऐटमन' साहब ने ख़ुद फ़ौजों का गुआइना करने का फ़ैसला किया था और इस वक़्त हर चीज़ उनके आने के इन्तज़ार में तैयार खड़ी थी।

पीछे दूर पर एक कोने में, जहाँ उन पर निगाह पड़ने की सबसे कम उम्मीद थी, नये रंगरूटों की एक रेजिमेंट खड़ी थी। ये नंगे पैर नौजवान तरह-तरह के बेगेल और भद्दे कपड़े पहने हुए थे। ये सब किसानों के लड़के थे जिन्हें भरती करने वाले दस्तों ने आधी रात को उनके बिस्तरों से उठाकर भरती कर लिया था या जिन्हें राह चलते पकड़ लिया था। उनमें से किसी का भी लड़ने का कोई इरादा नहीं था।

वे लोग आपस में कहते, "हमारा सिर नहीं फिर गया है।"

पेतल्युरा के अफ़सर ज़्यादा से ज़्यादा यही कर सकते थे कि इन रंगरूटों को

फ़ौजी पहरे में शहर लाएँ, उनकी कम्पनियाँ और बटालियनें बनाएँ और उनको हथियार दें। इससे ज़्यादा तो वे कुछ नहीं कर सकते थे। मगर होता यह था कि दूसरे ही रोज़ इनमें से एक-तिहाई रंगरूट, जो भेड़-बकरियों की तरह इकट्ठा किये गए थे, अचानक ग़ायब हो जाते थे और इस तरह उनकी तादाद रोज़-ब-रोज़ कम होती जाती थी।

ऐसी हालत में उन्हें बूट देना तो नासमझी की बात होती और ख़ास तौर पर ऐसी हालत में जबकि बूटों का स्टॉक कम ही था। तो भी हुक्म जारी किया गया कि भरती किये हुए सब लोग बूटों के लिए अपने-आप को रिपोर्ट करें। फलस्वरूप धागों और तारों से बाँधे गए फटे-पुराने जूतों की एक अजीबोग़रीब बारात लग गई।

उन्हें परेड के लिए नंगे पाँव बाहर निकाला गया।

पैदल सिपाहियों के पीछे गोलुब की घुड़सवार रेजिमेंट खड़ी थी।

शहर के तमाम लोग मारे कुतूहल के परेड देखने आए थे। उनकी भीड़ को घुड़सवार रोके हुए थे।

आख़िरकार ख़ुद 'चीफ़ ऐटमन' साहब तशरीफ़ लाने वाले थे, कोई ऐसी-वैसी बात थोड़े ही थी। इस तरह की घटनाएँ शहर में बहुत कम ही होती थीं। इसलिए कोई भी आदमी इस फोकट के मनोरंजन को हाथ से नहीं जाने देना चाहता था।

गिरजाघर की सीढ़ियों पर तमाम कर्नल और कप्तान, पादरी की दोनों लड़कियाँ, मुट्ठी-भर उक्रेनी स्कूल मास्टर, थोड़े से 'आज़ाद कोसैक' और मेयर साहब जिनकी कूबड़ निकली हुई थी—कहने का मतलब यह कि शहर के सभी धनी-मानी लोग जनता के रूप में वहाँ खड़े थे और उन्हीं में थे पैदल सेना के इन्स्पेक्टर जनरल, जो काकेशसवालों की पोशाक चेरकेस्का पहने हुए थे। वही परेड के आला अफ़सर थे।

गिरजे के अन्दर पादरी वासिली साहब अपने ईस्टर के कपड़े पहन रहे थे।

पेतल्युरा का स्वागत करने की बड़ी धूमधाम के साथ तैयारियाँ हो रही थीं। नये भरती रंगरूटों को स्वामिभक्ति की शपथ लेनी थी और इसके लिए एक पीला और नीला झंडा बाहर लगाया गया था।

डिवीजन कमांडर एक पुरानी जर्जर फोर्ड मोटर में बैठकर पेतल्युरा से मिलने के लिए स्टेशन चले।

उनके चले जाने पर पैदल सेना के इन्स्पेक्टर ने कर्नल चेर्नायक को बुलाया। यह एक लम्बा-तगड़ा अफ़सर था और बहुत बाँकपन से उसने मूँछें ऐंठ रखी थीं।

"किसी को अपने साथ ले लो और जाकर देखो कि कमांडेंट का दफ़्तर और हज्जाम-अर्दली वग़ैरह सब ठीक हैं या नहीं। अगर तुम्हें वहाँ कुछ क़ैदी मिलें तो उन्हें देख लेना और उनमें जो एकदम बेकार हों उनसे छुट्टी पा लेना।"

चेर्नायक ने अटेंशन की मुद्रा में खड़े होते हुए सलाम किया, ठक्क से उसके बूटों की एड़ियाँ बोलीं। सबसे पहले जिस कोसैक कप्तान पर उसकी निगाह पड़ी,

उसी को लेकर चेर्नायक सरपट घोड़े पर निकल गया।

इन्सपेक्टर साहब बड़े तकल्लुफ़ से पादरी की बड़ी लड़की की ओर मुड़े।

"दावत की सब तैयारी ठीक है?"

"ज़रूर, ज़रूर। कमांडेंट साहब जान लड़ाए दे रहे हैं," लड़की ने ख़ूबसूरत इन्स्पेक्टर को उत्सुकता से एकटक देखते हुए जवाब दिया।

एकाएक भीड़ में खलबली मच गई। एक घुड़सवार, अपने घोड़े की गर्दन पर झुका हुआ, सरपट भागा चला आ रहा था। हाथ हिलाते हुए चिल्लाकर उसने कहा,

"वे लोग आ रहे हैं!"

"फॉल इन!" इन्सपेक्टर चिल्लाया।

सब अफ़सर अपनी-अपनी जगह के लिए दौड़ पड़े।

फोर्ड मोटर घड़र-घड़र करके गिरजाघर तक पहुँची ही थी कि बैंड ने धुन बजानी शुरू कर दी, 'उक्रेन सदा ज़िन्दा रहेगा।'

डिवीजन कमांडर के बाद 'चीफ़ ऐटमन' बड़ी मशक़्क़त से गाड़ी से बाहर निकले। पेतल्युरा मँझोले क़द का आदमी था। उसका नुकीला सिर बहुत मज़बूती से जमाकर उसकी लाल, साँड़ जैसी गर्दन पर रखा हुआ था। वह बहुत अच्छे ऊनी कपड़े की नीली ट्यूनिक पहने था जिस पर एक पीली पेटी लगी हुई थी। एक छोटा-सा ब्राउनिंग रिवॉल्वर साबड़ के केस में रखा इस पेटी में लगा हुआ था। उसके सिर पर ख़ाकी रंग की छज्जेदार टोपी थी जिसके ऊपर इनेमल का त्रिशूल बना हुआ था।

साइमन पेतल्युरा की आकृति में कोई ख़ास फ़ौजी बात न थी। सच बात तो यह है कि वह फ़ौजी आदमी मालूम ही नहीं होता था।

उसने इन्सपेक्टर की पूरी रिपोर्ट सुनी। उस वक़्त उसके चेहरे पर ऐसा भाव था मानो वह चीज़ उसे बहुत अप्रिय लग रही हो। उसके बाद मेयर ने उसके स्वागत में भाषण दिया।

पेतल्युरा ने उड़े-उड़े ढंग से उसको सुना और मेयर के सिर के पीछे से, सामने खड़ी रेजिमेंटों को देखता रहा।

उसने इन्सपेक्टर को इशारा किया, "अब हमें शुरू करना चाहिए।"

झंडे के पास के छोटे-से मंच पर खड़े होकर अपने सिपाहियों के सामने पेतल्युरा ने दस मिनट की तक़रीर की।

इस तक़रीर से किसी पर कोई असर नहीं पड़ा। सफ़र की थकान के कारण पेतल्युरा के बोलने में कोई जोश न था। तक़रीर खतम होने पर सिपाहियों ने 'स्लावा! स्लावा!' के नारे लगाए और पेतल्युरा रूमाल से माथे का पसीना पोंछता हुआ मंच से उतरा। फिर, इन्सपेक्टर और डिवीजन कमांडर को साथ लेकर उसने फ़ौजी दस्तों का मुआइना किया।

नये-नये भरती रंगरूटों की सफ़ों के पास से गुज़रने पर उसके माथे पर बल

पड़ गए और उसकी आँखों में उपेक्षा और घृणा का भाव दिखाई दिया। चिढ़ के मारे वह अपने होंठ चबाने लगा।

जब मुआइना खतम होने आ रहा था और नये रंगरूटों की एक के बाद दूसरी प्लैटून झंडे तक मार्च करके—जहाँ पादरी वासिली बाइबिल हाथ में लिये खड़े थे—पहले बाइबिल को और बाद में झंडे को चूम रही थी, एक अप्रत्याशित घटना घटी।

किसी को नहीं मालूम कि ये लोग किस तरह चौक तक पहुँचे जहाँ परेड हो रही थी। मगर सबने देखा कि कुछ लोगों का एक प्रतिनिधि-मंडल पेतल्युरा के पास पहुँचा। इस दल के आगे-आगे लकड़ी का धनी व्यापारी ब्लुवस्टाइन था जो रस्मिया तौर पर रोटी और नमक हाथ में लिये हुए था। उसके पीछे और चार लोग थे जिनमें कपड़े का व्यापारी फुक्स भी था।

ग़ुलामों की तरह झुककर सलाम बजाते हुए ब्लुवस्टाइन ने तश्तरी पेतल्युरा की तरफ़ बढ़ाई। पेतल्युरा के संग खड़े एक अफ़सर ने तश्तरी ले ली।

"राज्याधीश, यहाँ की यहूदी आबादी आपके प्रति अपनी हार्दिक कृतज्ञता और सम्मान व्यक्त करती है। कृपया इस अभिनन्दन-पत्र को स्वीकार करें।"

तेज़ी से उस काग़ज़ पर निगाह दौड़ाते हुए पेतल्युरा ने धीमे से कहा, "अच्छा।"

फुक्स आगे बढ़ा।

"हम आपसे विनती करते हैं कि आप हमें अपना कारबार चालू करने दें। हम आपसे विनती करते हैं कि आप मारकाट से हमारी रक्षा करें।" 'मारकाट' शब्द पर फुक्स थोड़ा लड़खड़ाया।

ग़ुस्से में पेतल्युरा की त्योरियों में बल पड़ गए।

"मेरी फ़ौज मारकाट नहीं करती, यह बात तुम्हें याद रखनी चाहिए।"

फुक्स ने यों बाँहें फैला दीं जैसे कह रहा हो कि आप जो कहते हैं वही ठीक है।

पेतल्युरा के कन्धे हिले। इस प्रतिनिधि-मंडल के असमय आगमन से उसे चिढ़ मालूम हो रही थी। वह गोलुब की ओर मुड़ा जो पीछे खड़ा अपनी काली मूँछें चबा रहा था।

"कर्नल साहब, यह आपके कोसैकों के ख़िलाफ़ शिकायत है", पेतल्युरा ने कहा। "इस मामले की छानबीन कीजिए और माक़ूल कार्रवाई कीजिए।" फिर इन्सपेक्टर की तरफ़ मुड़ते हुए उसने ख़ुश्क ढंग से कहा :

"अब तुम परेड शुरू कर दो।"

इस अभागे प्रतिनिधि-मंडल को सपने में भी गुमान नहीं था कि उन्हें गोलुब का सामना करना पड़ेगा। लिहाज़ा अब उन्होंने पीछे हटने की जल्दी दिखाई।

दर्शकों का सारा ध्यान अब मार्च-पास्ट की तैयारियों पर केन्द्रित था। सैनिकों को तेज़ स्वर में दिये गए आदेश गूँज रहे थे।

गोलुब का चेहरा ऊपर से बहुत शान्त दिख रहा था। वह ब्लुवस्टाइन की ओर बढ़ा और फुसफुसाकर ही, मगर काफ़ी ज़ोर से कहा :

"काफ़िरो, यहाँ से भाग जाओ नहीं तो अभी तुम्हारा क़ीमा बना दूँगा।"

बैंड बजने लगे और पहली टुकड़ियाँ स्क्वायर में मार्च करने लगीं। पेतल्युरा के पास पहुँचने पर सैनिकों ने बेजान मशीनों की तरह 'स्लावा' का नारा लगाया और बड़ी सड़क पर आगे बढ़ते हुए गलियों में गुम हो गए। कम्पनियों के आगे-आगे नई ख़ाकी वरदी पहने अफ़सर इस तरह चल रहे थे मानो हवाखोरी के लिए निकले हों। उनके हाथ की छड़ियाँ भी इसी तरह हिल रही थीं। सैनिकों के क्लीनिंग-रॉड की ही तरह अफ़सरों की इन छड़ियों का भी चलन अभी हाल में शुरू हुआ था।

नये रंगरूट परेड में सबसे पीछे-पीछे आ रहे थे। वे एक अनुशासनहीन भीड़ के समान थे। उनके कदम नहीं मिल रहे थे और वे एक-दूसरे को धक्का देते हुए चल रहे थे।

इन रंगरूटों को अफ़सर लोग बहुत कोंच रहे थे कि कुछ तो अनुशासन उनके अन्दर दिखाई दे, मगर बेसूद। ये रंगरूट जब गुज़रे तो उनके नंगे पैरों की धीमी सरसराहट सुनाई दी। जिस वक़्त दूसरी कम्पनी गुज़र रही थी, सूती क़मीज़ पहने एक किसान लड़का सलामी लेने के चबूतरे के पास ऐसे आश्चर्य से आँख फाड़कर 'चीफ़ ऐटमन' को देखने लगा कि उसका एक पैर सड़क के एक गड्ढे में घुस गया और वह मुँह के बल गिर पड़ा। उसकी राइफ़ल ज़ोर से आवाज़ करके सड़क के पत्थर पर लुढ़क गई। उसने उठने की कोशिश की, मगर पीछे से सिपाहियों के धक्के से वह फिर गिर पड़ा।

दर्शकों में से कुछ खिलखिलाकर हँस पड़े। कम्पनी की क़तारें टूट गईं और वह बिलकुल बदअमली की हालत में स्क्वायर में से गुज़री। उस बदक़िस्मत लड़के ने अपनी राइफ़ल उठाई और दूसरों के पीछे-पीछे दौड़ा।

पेतल्युरा ने इस भद्दे दृश्य से आँखें फेर लीं और परेड के खातमे का इन्तज़ार किये बग़ैर अपनी मोटर की तरफ़ चल दिया। इन्स्पेक्टर ने, जो ऐटमन के पीछे-पीछे चला आ रहा था, कुछ सहमे हुए स्वर में पूछा :

"क्या हुज़ूर ऐटमन साहब डिनर तक नहीं रुकेंगे?"

"नहीं," पेतल्युरा ने तमाचा-सा मारते हुए जवाब दिया।

सर्गेई, ब्रुजाक, वालिया और क्लिम्का, दर्शकों की भीड़ में, गिरजे की चहारदीवारी से लगे हुए परेड देख रहे थे। सर्गेई छड़ पकड़े हुए, आँखों में नफ़रत भरे, नीचे खड़े लोगों के चेहरे देख रहा था।

"चलो चलें वालिया, ये लोग अब अपनी दूकान उठा रहे हैं," उसने जान-बूझकर तेज़ और उद्दंड स्वर में कहा और चलने के लिए मुड़ा। लोग हैरत से उसकी तरफ़ देखने लगे।

किसी की कुछ परवाह न करते हुए वह फाटक की ओर चल दिया। उसके पीछे-पीछे उसकी बहन और क्लिम्का भी चले गए।

कर्नल चेर्नायक और कप्तान साहब घोड़े को सरपट दौड़ाते हुए कमांडेंट के दफ़्तर तक आए और अपने घोड़ों से उतर पड़े। अपने घोड़ों को फ़ौज की डाक ले जानेवाले सवार को पकड़ाकर वे तेज़ी से सन्तरियों के कमरे में चले गए।

चेर्नायक ने तेज़ आवाज़ में डाक ले जानेवाले सवार से पूछा, "कमांडेंट साहब कहाँ हैं?"

उस आदमी ने हकलाते हुए कहा, "पता नहीं। कहीं चले गए हैं।"

चेर्नायक ने उस गन्दे कमरे में इधर-उधर नज़र दौड़ाई और उन बिस्तरों को देखा जो अभी उठाए नहीं गए थे और जिन पर कमांडेंट के अंगरक्षक कोसैक सैनिक इत्मीनान के साथ लेटे पड़े थे। अफ़सरों के कमरे में दाख़िल होने पर भी उन्होंने उठने की कोशिश न की।

चेर्नायक ने गरजकर कहा, "यह क्या सूअरों का-सा बाड़ा बना रखा है? और तुमको किसने इस तरह लेटने की इजाज़त दी है?" उसने चित लेटे हुए उन सिपाहियों को कसकर डाँट बताई।

एक कोसैक उठ बैठा, डकार ली और गुर्राता हुआ बोला :

"क्यों टर्र-टर्र कर रहे हो? इस काम के लिए हमारा अपना आदमी है जो काफ़ी टर्रा लेता है!"

"क्या कहा?" चेर्नायक लपककर उस आदमी की तरफ़ बढ़ा, "अबे हरामी के बच्चे, जानता है किससे बात कर रहा है? मैं कर्नल चेर्नायक हूँ। सुना, सूअर कहीं के। फ़ौरन उठकर बैठो तुम सब लोग, वरना अभी मैं तुम सबों को कोड़े लगवाता हूँ!" तैश खाया हुआ कर्नल सन्तरियों के कमरे में इधर-उधर तेज़ी से टहलने लगा। "मैं तुमको एक मिनट देता हूँ, यहाँ की सारी ग़लाज़त साफ़ करो, बिस्तरों को ठीक करो और अपने इन सूअर जैसे चेहरों को भी ज़रा ठीक करो। तुम कोसैक सिपाही थोड़े ही मालूम होते हो, बिलकुल लुटेरे मालूम होते हो, लुटेरे!"

ग़ुस्से के मारे कर्नल साहब पागल हो रहे थे और उन्होंने रास्ते में पड़ी हुई गन्दे पानी की एक बाल्टी को ज़ोर से एक ठोकर लगाई।

कप्तान साहब भी कुछ कम जोश में न थे और वह अपने गाली-गुफ़्ते को अपना तीन तस्मे वाला चाबुक घुमा-घुमाकर और प्रभावशाली बना रहे थे। इस तरह उन्होंने सिपाहियों को अपनी जगहों पर से उठा दिया।

"चीफ़ ऐटमन साहब परेड का मुलाहिज़ा कर रहे हैं। किसी भी मिनट वह यहाँ

आ सकते हैं। जल्दी! जल्दी करो, जल्दी!"

यह देखकर कि मामला संगीन होता जा रहा है और कहीं ऐसा न हो कि उनको वाक़ई कोड़े पड़ने लगें—चेर्नायक की शोहरत उन्हें अच्छी तरह मालूम थी—कोसैक सिपाही दौड़-दौड़कर काम करने लगे।

पलक मारते ही काम पूरे ज़ोर-शोर से होने लगा।

कप्तान ने सुझाव दिया, "हमें ज़रा एक नज़र क़ैदियों पर भी डालनी चाहिए। पता नहीं किस-किसको यहाँ बन्द कर रखा हो। कहीं चीफ़ ऐटमन ने आकर देखा तो हमारी आफ़त आ जाएगी।

"चाबी किसके पास है?" चेर्नायक ने सन्तरी से पूछा। "फ़ौरन दरवाज़ा खोलो!"

एक सार्जेंट कूदकर खड़ा हुआ और फ़ौरन उसने जाकर ताला खोला।

"कमांडेंट कहाँ है? तुम समझते हो कि मैं क़यामत के रोज़ तक उसका इन्तज़ार करता रहूँगा? फ़ौरन उसका पता लगाओ और यहाँ भेजो।" चेर्नायक ने हुक्म दिया, "तमाम सन्तरियों को बाहर चौक में जमा करो! राइफ़लों में संगीनें क्यों नहीं लगी हैं?"

"अभी कल ही तो हम लोग आए हैं," सार्जेंट ने सफ़ाई देने की कोशिश की और तेज़ी से कमांडेंट की तलाश में चला गया।

कप्तान ने पैर की ठोकर से मालगोदाम का दरवाज़ा खोला। अन्दर के कई लोग फ़र्श से उठकर खड़े हो गए। पर बाक़ी लोगों में कोई हरकत नहीं हुई।

चेर्नायक ने हुक्म दिया, "दरवाज़ों को और अच्छी तरह खोल दो। यहाँ तो काफ़ी रोशनी भी नहीं है।"

उसने क़ैदियों के चेहरों को ग़ौर से देखा।

"क्यों जी, तुम यहाँ पर क्यों बन्द हो?" उसने ओठे के सिरे पर बैठे बुड्ढे आदमी से तड़ाक से पूछा।

बुड्ढा आधा उठा और अपनी पतलून को ऊपर चढ़ाते हुए इस तेज़ी से पूछे गए सवाल से डरकर धीरे-से बुदबुदाया : "मुझे ख़ुद नहीं मालूम। उन्होंने मुझे यहाँ बन्द कर दिया और तब से बन्द हूँ। हाते में न जाने कैसे एक घोड़ा ग़ायब हो गया था। मेरा उसमें कोई क़सूर नहीं।"

"किसका घोड़ा?" कप्तान ने उसकी बात को बीच में काटा।

"फ़ौज का घोड़ा, और किसका! मेरे यहाँ जो सिपाही टिकाए गए थे, उन्होंने उसको बेचकर सारी रक़म पी डाली और अब मुझे दोष लगाते हैं।"

चेर्नायक ने तेज़ी से उस बुड्ढे पर निगाह दौड़ाई और अधीरता प्रकट करते हुए कन्धे को उचकाकर ज़ोर से चीख़ा, "उठाओ अपनी चीज़ें और यहाँ से नौ दो ग्यारह हो जाओ!" फिर वह शराबवाली औरत की तरफ़ घूमा।

बुड्ढे को अपने कानों पर यक़ीन नहीं आया। अपनी आँखें, जो दूर की चीज़ें

नहीं देख सकती थीं, मुलमुलाते हुए वह कप्तान की तरफ़ मुड़ा और बोला :

"क्या सचमुच चला जाऊँ मैं?"

कोसैक सिपाही ने सिर हिलाकर बतलाया कि वह जितनी जल्दी जा सके, अच्छा है।

जल्दी-जल्दी बुड्ढे ने ओठे के सिरे से झूलती हुई अपनी पोटली उठाई और तेज़ी से दरवाज़े से बाहर हो गया।

"और तुम यहाँ क्यों बन्द हो?" चेर्नायक शराबवाली औरत से पूछ रहा था।

मिठाई के गस्से को निगलते हुए, जिसे वह कुछ देर से चुभला रही थी, औरत ने अपना पहले से ही तैयार जवाब झटपट पेश कर दिया :

"हुज़ूर, बड़ी बेइंसाफ़ी की बात है जो मुझे यहाँ बन्द कर रखा है। ज़रा सोचिए तो, एक ग़रीब बेवा की शराब भी पी गए और उसे ख़ामख़ा यहाँ बन्द भी कर दिया!"

चेर्नायक ने पूछा, "तुम्हीं तो नहीं हो वह शराब बेचनेवाली?"

"बेचनेवाली? आप भी कैसी बात करते हैं," उस औरत ने आहत अभिमान के स्वर में कहा, "कमांडेंट साहब आए, चार बोतलें लीं और एक धेला भी नहीं दिया। यह तो हाल है, आपकी शराब पी जाएँ और पैसा भी न दें। यह भला बेचना कहलाता है?"

"अच्छा-अच्छा, बहुत हो गया। अब दफ़ा हो यहाँ से!"

उस औरत ने हुक्म के दोहराए जाने का भी इन्तज़ार नहीं किया। अपनी टोकरी उठाई और बड़ी कृतज्ञता से झुककर सलाम करती हुई पीछे हटते-हटते दरवाज़े से बाहर हो गई।

"ख़ुदा आपको सलामत रखे, हुज़ूर!"

दोलिनिक आँखें फाड़े उस मज़ाक़ को देख रहा था। किसी क़ैदी की समझ में न आ रहा था कि आख़िर यह माज़रा क्या है। बस, एक बात साफ़ थी, यानी यह कि ये लोग जो आए हैं, कोई बड़े अफ़सर हैं और उनकी क़िस्मत का वारा-न्यारा कर सकते हैं।

"और तुम?" चेर्नायक ने दोलिनिक से पूछा।

"जब हुज़ूर कर्नल बात करें तो खड़े हो जाया करो!" कप्तान ने कुत्ते की तरह भूँककर कहा।

दोलिनिक धीरे-धीरे फ़र्श पर से उठकर खड़ा हो गया।

"तुम यहाँ पर क्यों बन्द हो?" चेर्नायक ने अपना सवाल दोहराया।

कुछ क्षण तक दोलिनिक की आँखें कर्नल की बाँकी अदा से ऐंठी मूँछों पर और उनके अच्छी तरह हजामत किये साफ़ चेहरे पर, फिर उनकी नई टोपी के छज्जे पर जिसमें इनेमल का बिल्ला लगा हुआ था, ठहरी रहीं। और तभी यह पागल विचार उसके दिमाग़ में कौंध गया : कौन जाने यह तरीक़ा कारगर हो जाए।

"मुझे आठ बजे के बाद सड़क पर पाए जाने के जुर्म में पकड़ा गया था," पहली बात जो उसके मन में आई उसने कह दी।

जवाब के इन्तज़ार में उसका दिल ज़ोर से धड़क रहा था।

"रात को तुम बाहर कर क्या रहे थे?"

"रात कहाँ थी, बस क़रीब ग्यारह बजे थे।"

बोलते-बोलते ही उसको जैसे यह विश्वास न रह गया कि अँधेरे में छोड़ा हुआ उसका यह तीर कारगर होगा।

उसके घुटने काँप गए जब उसने यह संक्षिप्त-सा आदेश सुना :

"बाहर निकल जाओ!

दोलिनिक जल्दी-जल्दी दरवाज़े में से बाहर निकल गया। हड़बड़ी में वह अपना कोट लेना भी भूल गया। कप्तान अब दूसरे क़ैदी से बात कर रहा था। कोर्चागिन से सबसे बाद में पूछा गया। वह फ़र्श पर बैठा इस सारी कार्रवाई को स्तब्ध होकर देख रहा था। पहले उसे यक़ीन ही नहीं हुआ कि दोलिनिक को रिहा कर दिया गया है। वे लोग सबको इस तरह से छोड़ क्यों रहे हैं? मगर दोलिनिक...दोलिनिक तो कहता था कि उसे कर्फ़्यू तोड़ने के जुर्म में पकड़ा गया है...। तब यकायक उसे भी कोई बात सूझी।

कर्नल ने दुबले-पतले जेल्टसर से अपना वही हर बार का सवाल दुहराया, "तुम यहाँ पर क्यों बन्द हो?"

हज्जाम, जो घबराहट के मारे पीला पड़ गया था, बोल पड़ा :

"वे लोग कहते हैं कि मैं आन्दोलन कर रहा था, लेकिन मेरी कुछ समझ में नहीं आता कि मैं काहे का आन्दोलन कर रहा था।"

चेर्नायक के कान खड़े हो गए।

"क्या कहा? आन्दोलन? तुम किस चीज़ का आन्दोलन कर रहे थे?"

जेल्टसर ने अपनी हैरानी बतलाने की लिए बाँहें फैला दीं। बोला, "मैं ख़ुद नहीं जानता। मैंने सिर्फ़ यह कहा था कि चीफ़ ऐटमन साहब के पास भेजने के लिए लोग एक अर्ज़ी पर यहूदियों से दस्तख़त ले रहे थे।"

"किस तरह की अर्ज़ी?" चेर्नायक और कप्तान दोनों बहुत डरावने तरीक़े से जेल्टसर की तरफ़ बढ़े।

"अर्ज़ी यही थी कि मार-काट पर रोक लग जाए। आपको तो मालूम ही है कि पिछले दिनों हमारे यहाँ बहुत भयानक मार-काट हुई। सारे लोग डरे हुए हैं।"

चेर्नायक ने उसकी बात को बीच में काटते हुए कहा, "बस, बस! इतना काफ़ी है! अबे ग़लीज़ यहूदी, हम लोग अभी तेरी सारी अर्ज़ी निकाले देते हैं!" फिर कप्तान की तरफ़ घूमकर उसने तेज़ आवाज़ में कहा, "इसको ले जाकर ठीक से बन्द कर दो। इसको हेडक्वार्टर पर ले जाने का बन्दोबस्त करो, वहीं पर मैं इससे ख़ुद बातें

करूँगा : देखेंगे इस अर्ज़ीवाले मामले के पीछे कौन लोग हैं।"

जेल्टसर ने प्रतिवाद करने की कोशिश की, मगर कप्तान ने अपनी चाबुक़ से उसकी पीठ पर ज़ोर का वार किया।

"चुप, हरामज़ादे!"

दर्द से उसका चेहरा ऐंठ गया और वह लड़खड़ाता हुआ एक कोने में पहुँच गया। जेल्टसर के होंठ फड़क रहे थे और वह अपने अन्दर से उठती हुई सिसकियों को बड़ी मुश्किल से दबा पा रहा था। सिसकियों से उसका गला रुँधा हुआ था।

अभी यह सब हो ही रहा था कि पावेल उठकर खड़ा हो गया। अब मालगोदाम में जेल्टसर के अलावा वही अकेला क़ैदी बचा था।

चेर्नायक लड़के के सामने खड़ा था और अपनी तेज़ काली आँखों से ग़ौर से उसके चेहरे को देख रहा था।

"और तुम यहाँ क्या कर रहे हो?"

कर्नल को सवाल का तुरत-फुरत जवाब मिला :

"मैंने घोड़े की जीन से थोड़ा-सा चमड़ा अपने जूते के तल्ले के लिए काट लिया था।"

"किसके घोड़े की जीन थी वह?" कर्नल ने पूछा।

"हमारे यहाँ दो कोसैक सिपाही ठहराए गए थे। मैंने उन्हीं की एक पुरानी जीन से कुछ चमड़ा अपने जूतों के तल्ले के लिए काटा था। इसीलिए कोसैक मुझे यहाँ पकड़ लाए।" शायद मैं रिहा हो सकता हूँ, यह पागल आशा उसमें जागी। उसने इतना और जोड़ दिया, "मुझे मालूम नहीं था कि इसकी मनाही है...।"

कर्नल ने पावेल को चिढ़कर देखा।

"इस कमांडेंट को क्या-क्या सूझता है, बड़ा मरदूद है! देखो तो कैसे-कैसे लोगों को उसने क़ैद कर रखा है!" दरवाज़े की ओर मुड़ते हुए उसने चिल्लाकर कहा, "तुम घर जा सकते हो, मगर अपने बाप से कहना कि वह ज़रा तुम्हारी कुन्दी कर दे। निकलो बाहर!"

अब भी पावेल को अपने कानों पर यक़ीन नहीं आ रहा था। उसका दिल ऐसे धड़क रहा था जैसे अभी फट जाएगा। पावेल ने जल्दी से फ़र्श पर से दोलिनिक का कोट उठाया और दरवाज़े की ओर भागा। भागकर सन्तरियों के कमरे में से होता हुआ वह कर्नल की पीठ पीछे हाते की खुली हवा में निकल गया। पलक मारते पावेल छोटे फाटक से होकर सड़क पर पहुँच गया था।

बदनसीब जेल्टसर मालगोदाम में अकेला रह गया। उसने परेशान आँखों से अपने इर्द-गिर्द देखा, अनायास दरवाज़े की तरफ़ कुछ क़दम बढ़ाए, मगर तभी एक सन्तरी आ गया। उसने दरवाज़ा बन्द कर दिया, ताला लगा दिया और दरवाज़े के पास ही एक स्टूल पर बैठ गया।

बाहर बरसाती में अपने-आप से बहुत मगन चेर्नायक ने कप्तान से कहा :

"बड़ा अच्छा हुआ कि हमने इन लोगों को एक नज़र देख लिया। ज़रा सोचो तो कि इस कमांडेंट ने कैसा-कैसा कूड़ा-करकट भर रखा था यहाँ—लगता है इसको दो-एक हफ़्तों के लिए हमें बन्द करना पड़ेगा। अच्छा चलो, अब हम लोगों को यहाँ से चलना चाहिए।"

सार्जेंट ने अपने सिपाहियों को हाते में जमा कर लिया था। उसने कर्नल को देखा तो दौड़कर आया और रिपोर्ट दी :

"सब कुछ ठीक है, हुज़ूर कर्नल साहब।"

चेर्नायक ने रकाब में एक बूट डाला और बड़ी सफ़ाई से कूदकर घोड़े पर जा बैठा। कप्तान को उसका बददिमाग़ घोड़ा कुछ तंग कर रहा था। अपने घोड़े की रास खींचते हुए कर्नल ने सार्जेंट से कहा :

"कमांडेंट से बतला देना कि उसने जो तमाम कूड़ा-करकट यहाँ भर रखा था, मैंने उस सबको हटा दिया है। और यह भी बतला देना कि उसने यहाँ का काम जिस बेहूदगी से चलाया है, उसके लिए मैं उसे दो हफ़्ते गार्ड-हाउस में बन्द रखूँगा। और वह आदमी जो अन्दर है, उसे फ़ौरन हेडक्वार्टर भेजो। पहरेदारों से कहना होशियार रहें।"

"बहुत अच्छा, हुज़ूर कर्नल साहब," सार्जेंट ने सलाम किया।

अपने घोड़ों को एड़ लगाते हुए कर्नल और कप्तान सरपट उस स्क्वायर में पहुँचे जहाँ अब परेड खतम होने पर थी।

पावेल ने कूदकर सातवीं बाड़ी पार की और थककर खड़ा हो गया। अब उससे और नहीं चला जाता था। उस दमघोंटू मालगोदाम में बग़ैर खाए बन्द-बन्द उसकी सारी ताक़त खतम हो गई थी।

अब कहाँ जाऊँ? घर जाने का सवाल नहीं उठता। ब्रुजाक के यहाँ जाने पर अगर किसी ने वहाँ मुझे देख लिया, तो सारे घरवालों के सिर पर विपत्ति फट पड़ेगी।

उसकी समझ में नहीं आ रहा था कि क्या करे। वह फिर अन्धे की तरह दौड़ने लगा। शहर के छोर पर के साग़-भाजी के खेत और मकानों के पिछवाड़े के बाग़ीचे सब पीछे छूट गए। यकायक वह एक बाड़ी से ज़ोर से जा टकराया, और तब जैसे उसे सहसा होश आया और उसने अपने आस-पास हैरान निगाहों से देखा—उस ऊँची बाड़ी के पीछे जंगलात के वार्डन का बाग़ीचा था। अच्छा तो मेरी थकी हुई टाँगें मुझे यहाँ ले आई हैं! वह क़सम खाकर कह सकता था कि उसका कोई इरादा

इधर आने का नहीं था। तब फिर वह इधर आ कैसे गया? इस सवाल का उसके पास कोई जवाब नहीं था।

मगर फिर भी कुछ देर उसे आराम तो करना ही है; सारी परिस्थिति पर उसे ग़ौर करना था और अपने अगले क़दम के बारे में तय करना था। उसे याद आया कि बाग़ के छोर पर एक ग्रीष्म-कुंज है। वहाँ पर उसे कोई नहीं देख सकेगा।

ज़ोर लगाकर वह बाड़ी पर चढ़ा और दूसरी तरफ़ नीचे बाग़ में कूद गया। मकान पर उड़ती उड़ती-सी निगाह डालते हुए, जो पेड़ों के बीच से मुश्किल से दिखाई दे रहा था, वह ग्रीष्म-कुंज की तरफ़ बढ़ चला। उसे यह देखकर बड़ी परेशानी हुई कि वह जगह लगभग सभी तरफ़ से एकदम खुली हुई थी। जंगली अंगूर की बेल, जो गरमी के दिनों में घनी होकर उस पर छा जाती थी, सूखकर झड़ चुकी थी और अब वह जगह एकदम नंगी थी।

वह वापस जाने के लिए मुड़ा, मगर इसके लिए अब बहुत देर हो गई थी। उसके पीछे से कुत्ते के ज़ोर-ज़ोर से भूँकने की आवाज़ आ रही थी। वह घूमा और उसने घर से इधर को आने वाले पत्तियों से ढके रास्ते में एक बड़े से कुत्ते को देखा जो उसी पर झपटा आ रहा था।

पावेल ने अपने को बचाने की तैयारी की। कुत्ते के पहले हमले को उसने एक ज़ोर की ठोकर से बेकार कर दिया। मगर वह जानवर उस पर दुबारा झपटने की तैयारी कर रहा था। कहा नहीं जा सकता कि इस लड़ाई का क्या अन्त होता, अगर उसी वक़्त एक परिचित कंठ ने पुकारकर यह न कहा होता, "इधर आओ ट्रेसोर! इधर आओ!"

तोनिया भागती चली आ रही थी। उसने ट्रेसोर के गले का पट्टा पकड़कर उसे पीछे खींचा और बाड़ी के पास खड़े नौजवान से कुछ कहने के लिए उसकी तरफ़ मुड़ी।

"तुम यहाँ क्या कर रहे हो? इस कुत्ते ने अभी तुम्हें बुरी तरह ज़ख़्मी कर दिया होता। वह तो कहो मैं..."

वह बीच ही में रुक गई। अचम्भे से उसकी आँखें फटी की फटी रह गईं। यह अजनबी, जो उसके बाग़ीचे में चला आया था, कोर्चागिन से कितना ज़्यादा मिलता था!

बाड़ी के पास खड़ी हुई वह आकृति हिली।

"तोनिया!" उस नौजवान ने धीमे से कहा, "क्या तुम मुझे पहचानती नहीं?"

"पावेल, तुम?" तोनिया चीख़ पड़ी और आवेग से उसकी तरफ़ बढ़ी।

ट्रेसोर ने तोनिया के चिल्लाने को अपने लिए हमले का सिग्नल समझा और तेज़ी से आगे लपका।

"ट्रेसोर, ट्रेसोर, चुप रहो!" तोनिया ने उसे दो-चार थप्पड़ लगाए और वह आहत अभिमान की मुद्रा में, जैसे उसके साथ बड़ा अन्याय किया गया हो, अपनी

दुम टाँगों के बीच दबाए, सिर नीचा किये, धीरे-धीरे मकान की तरफ़ लौट गया।

पावेल के हाथों को बहुत प्यार से पकड़े हुए तोनिया ने कहा, "अच्छा, तो तुम छूट गए?"

"तो तुम्हें सब पता था?"

"मुझे सब पता है," तोनिया ने साँस रोके-रोके कहा, "लिज़ा ने मुझको बतलाया था। मगर तुम यहाँ आए कैसे? क्या उन लोगों ने तुम्हें रिहा कर दिया?"

"हाँ, मगर ग़लती से," पावेल ने थके हुए अन्दाज़ में जवाब दिया, "मैं भाग आया। मेरा ख़याल है, अब वे मुझे ढूँढ़ रहे होंगे। मुझे ख़ुद नहीं मालूम कि मैं यहाँ कैसे आ गया। मैंने सोचा कि मैं तुम्हारे ग्रीष्म-कुंज में कुछ देर आराम करूँगा। मैं बेहद थका हुआ हूँ," उसने माफ़ी माँगने के अन्दाज़ में कहा।

तोनिया ने दो-एक पल उसकी ओर एकटक देखा और उसका मन पावेल के प्रति करुणा और प्यार तथा चिन्ता और ख़ुशी से भर उठा, जैसे एक लहर-सी आई और उसके ऊपर होकर बह गई।

"पावेल, मेरे प्यारे पावेल," पावेल के हाथों को मज़बूती से अपने हाथों में थामे-थामे तोनिया ने कहा, "मैं तुम्हें प्यार करती हूँ...सुना तुमने? मेरे हठीले दोस्त, तुम उस बार चले क्यों गए थे? अब तुम हमारे हो, मेरे हो। मैं तुम्हें किसी तरह जाने न दूँगी। हमारा घर अच्छा है और शान्त है और तुम जितने दिन चाहो हमारे पास रह सकते हो।"

पावेल ने सिर हिलाया।

"अगर उन लोगों ने मुझे यहाँ ढूँढ़ निकाला तो? नहीं, मैं तुम्हारे घर नहीं ठहर सकता।"

तोनिया के हाथ उसकी उँगलियों को दबा रहे थे, तोनिया की पलकें फड़क रही थीं और उसकी आँखों में चमक थी।

"अगर तुमने इनकार किया तो मैं तुमसे कभी नहीं बोलूँगी। आर्तेम यहाँ नहीं है, पुलिस के पहरे में उसे इंजन चलाने के लिए ले जाया गया है। सारे रेलवे मज़दूर बटोरे जा रहे हैं। तुम जाओगे कहाँ?"

पावेल को भी यही चिन्ता थी। मगर यह डर कि वह उस लड़की को, जिसे वह इतना प्यार करने लगा था, ख़तरे में डाल देगा, उसको वहाँ ठहरने से रोक रहा था। लेकिन आख़िर उसने तोनिया की बात मान ली, क्योंकि अपने भयानक तजुर्बों के कारण वह बहुत थक गया था और भूखा था।

जिस वक़्त वह तोनिया के कमरे में सोफ़े पर बैठा हुआ था, उस वक़्त माँ-बेटी के दरम्यान बावर्चीख़ाने में यह बातचीत चल रही थी :

"सुनो माँ, कोर्चागिन मेरे कमरे में है। तुम्हें याद है न, मैं उसे पढ़ाती थी। मैं तुमसे कुछ नहीं छिपाना चाहती। उसने एक बोल्शेविक मल्लाह को भाग निकलने

में मदद दी थी और इसीलिए उसे गिरफ़्तार कर लिया गया था। अब वह क़ैद से भाग आया है। मगर उसके पास कहीं जाने को जगह नहीं है।" तोनिया की आवाज़ काँप रही थी। "मेरी प्यारी माँ, उसे कुछ समय तक यहाँ ठहर जाने दो।"

माँ ने अपनी बेटी की याचना-भरी आँखों को ग़ौर से देखा जैसे उनमें कुछ पढ़ना चाहती हो।

"बहुत अच्छा, मुझे कोई एतराज़ नहीं। मगर तुम उसे ठहराओगी कहाँ?"

तोनिया लाज के मारे लाल हो गई, "वह मेरे ही कमरे में सोफ़े पर सो सकता है," उसने बहुत घबराए-से स्वर में कहा, "फ़िलहाल हम पापा को कुछ भी नहीं बतलाएँगे।"

माँ ने उसकी आँखों में आँखें डालकर देखा।

"क्या इसी के लिए तुम इधर इतनी परेशान थीं?" उसने पूछा।

"हाँ।"

"मगर अभी तो वह बिलकुल छोकरा है।"

"मैं जानती हूँ!" तोनिया ने घबराहट में अपने ब्लाउज़ की आस्तीन पर हाथ फेरते हुए जवाब दिया। "लेकिन अगर वह भाग न आया होता, तो उसे ज़रूर गोली मार दी गई होती।"

एकातेरीना मिखाइलोवना को स्पष्ट ही अपने घर में कोर्चागिन के रहने से डर मालूम हो रहा था। उसकी गिरफ़्तारी और फिर अपनी बेटी का एक ऐसे लड़के से स्पष्ट ही इतना प्यार जिसे वह ठीक से जानती भी नहीं, दोनों ही बातों से उसका मन अस्थिर हो रहा था।

मगर तोनिया, मसले को तय समझकर, अब यह सोच रही थी कि मेहमान के आराम के लिए क्या करना चाहिए।

"माँ, पहले तो उसे नहाना ज़रूरी है। मैं अभी इसका इन्तज़ाम करती हूँ। बहुत गन्दा हो रहा है वह—जैसे चिमनी साफ़ करने वाला हो। उसको नहाए ज़माना बीत गया होगा।"

यह कहकर वह नहाने के घर में पानी गरम करने और पावेल के पहनने के लिए साफ़ कपड़े निकालने चली गई। जब सब कुछ ठीक हो गया तो वह तेज़ी से कमरे में आई, पावेल की बाँह पकड़ी और कुछ समझाने-बुझाने में वक़्त बरबाद किये बिना तेज़ी से उसे गुसलख़ाने में ले गई।

"तुम्हें अपने कपड़े बिलकुल बदल डालने चाहिए। तुम्हारे पहनने के लिए यह एक सूट रखा है। तुम्हारे कपड़ों को धोना होगा, तब तक तुम इसको पहन सकते हो," कहकर उसने कुरसी की तरफ़ इशारा किया जिस पर एक नीले रंग का सफ़ेद धारीवाला जहाज़ी ब्लाउज़ और पतलून रखा हुआ था।

पावेल ने अचम्भे से देखा। तोनिया मुस्कराई।

बात को साफ़ करते हुए उसने कहा, "मैंने उसे एक बार एक फैंसी-ड्रेस नाच में पहना था। तुम्हारे लिए बिलकुल ठीक रहेगी वह चीज़, कोई बुराई नहीं। अच्छा अब जल्दी करो। जब तक तुम नहाते हो, मैं तुम्हारे लिए खाने को कुछ ले आती हूँ।"

वह बाहर चली गई और दरवाज़े को बन्द कर दिया। अब पावेल के लिए इसके सिवा कोई चारा न था कि कपड़े उतारे और टब में जा बैठे।

घंटे-भर बाद माँ, बेटी और पावेल, तीनों रसोई में खाना खा रहे थे।

पावेल को बुरी तरह भूख लगी थी और इसके पहले कि उसे इस बात का ख़याल भी आए, वह तीन बार रकाबी में से खाना ले-लेकर खा चुका था। पहले उसे एकातेरीना मिखाइलोवना के सामने कुछ झिझक मालूम हो रही थी, मगर जब उसने उनके बरताव में भी सगापन पाया तो पिघल गया और उसकी झिझक दूर हो गई।

खाना खाने के बाद वे तीनों तोनिया के कमरे में आए और एकातेरीना मिखाइलोवना के कहने पर पावेल ने अपनी कहानी सुनाई।

"अब तुम्हारा क्या करने का इरादा है?" पावेल की कहानी खतम होने पर एकातेरीना मिखाइलोवना ने पूछा।

पावेल ने थोड़ी देर तक सवाल पर विचार किया, फिर बोला, "सबसे पहले मैं आर्तेम से मिलना चाहता हूँ और फिर मुझे यहाँ से चले जाना होगा।"

"मगर तुम जाओगे कहाँ?"

"मेरा ख़याल है, मैं उमान या हो सकता है कीव पहुँच सकता हूँ। मुझे ख़ुद कुछ ठीक नहीं मालूम। मगर इतना जानता हूँ कि यहाँ से मुझे जल्द से जल्द चले जाना चाहिए।"

पावेल को यक़ीन नहीं आ रहा था कि इतनी जल्दी सब कुछ बदल सकता है। अभी सुबह वह गन्दी कोठरी में था और अब यहाँ साफ़-साफ़ कपड़े पहने तोनिया के पास बैठा था। सबसे बड़ी बात यह कि वह आज़ाद था।

उसने सोचा, ज़िन्दगी क्या-क्या अजीब मोड़ लेती है। क्षण-भर पहले आसमान रात की तरह अँधेरा नज़र आता है और फिर तभी दूसरे ही क्षण सूरज चमकने लग जाता है। अगर उसे फिर पकड़े जाने का डर न होता, तो इस वक़्त वह दुनिया का सबसे ख़ुश आदमी होता।

मगर वह जानता था कि इस वक़्त भी, जब वह इस बड़े और शान्त घर में बैठा हुआ है, उसे फिर पकड़ लिये जाने का अन्देशा है। उसे यहाँ नहीं रहना चाहिए, यहाँ से चले जाना चाहिए—चाहे जहाँ। फिर भी, वहाँ से चले जाने का ख़याल उसे ज़रा भी अच्छा नहीं मालूम हो रहा था। बहादुर गैरीबाल्डी के बारे में पढ़ने में कितना रोमांच मालूम होता था। मन-ही-मन वह उससे कितनी ईर्ष्या करता था। मगर ज़रा ग़ौर करो तो मालूम होता है कि गैरीबाल्डी की ज़िन्दगी कितनी कठिन थी, हर समय यहाँ से वहाँ भागते रहना। उसे, पावेल को, सिर्फ़ सात दिन मुसीबत

और तकलीफ़ में गुज़ारने पड़े थे। मगर ऐसा मालूम होता था कि साल-भर हो गया।

नहीं-नहीं, वीरों की धात कुछ और ही होती है, उस जैसे नहीं होते वे।

"क्या सोच रहे हो तुम?" तोनिया ने उसकी तरफ़ झुकते हुए पूछा। उसकी नीली आँखों की गहराई पावेल को असीम मालूम हुई।

"तोनिया, तुम्हें ख्रिस्तिना के बारे में बतलाऊँ?"

"हाँ-हाँ, ज़रूर," तोनिया ने आग्रह करते हुए कहा।

उसने तोनिया को अपने साथी क़ैदी की दर्दनाक कहानी सुनाई!

पावेल ने जब अपनी कहानी खतम की, तो निस्तब्धता में दीवार घड़ी की टिक-टिक और ज़ोर से सुनाई देने लगी। पावेल के शब्द बड़ी मुश्किल से निकल रहे थे, "...हमारी उससे वही आख़िरी मुलाक़ात थी। उसके बाद फिर हमने उसे नहीं देखा।" तोनिया का सिर एक ओर को झूल गया और उसने अपने गले को रुँधने वाले आँसुओं को रोकने के लिए अपने होंठ को कसकर दबाया।

पावेल ने उसको देखा और अन्तिम निश्चय के स्वर में कहा, "मुझे आज रात चले ही जाना होगा।"

"नहीं, नहीं, आज रात मैं तुम्हें कहीं नहीं जाने दूँगी।"

वह उसके रूखे बड़े बालों को अपनी नाज़ुक, नरम उँगलियों से बड़े प्यार से सहला रही थी...

"तोनिया, तुम्हें मेरी मदद करनी होगी। किसी को स्टेशन जाना चाहिए और पता लगाना चाहिए कि आर्तेम का क्या हुआ और सर्योजा के पास एक चिट्ठी भी ले जानी है। एक कौए के घोंसले में मैंने एक रिवॉल्वर छिपाकर रखा है। मैं उसे जाकर लाने की हिम्मत नहीं कर सकता, मगर सर्योजा उसे लाकर मुझे दे सकता है। मेरा इतना काम कर सकोगी?"

तोनिया उठ खड़ी हुई।

"मैं अभी, इसी वक़्त, लिज़ा सुखार्को के पास जाऊँगी। हम दोनों साथ स्टेशन चले जाएँगे। तुम चिट्ठी लिख डालो, मैं उसे सर्योजा के पास ले जाऊँगी। कहाँ रहता है वह? मान लो वह तुमसे मिलना चाहे, तो क्या मैं उसे बतला दूँ कि तुम कहाँ हो?"

पावेल ने जवाब देने के पहले क्षण-भर विचार किया। "उससे कहना कि आज शाम को तुम्हारे बाग़ीचे में ले आए।"

तोनिया को लौटने में बहुत देर हो गई। पावेल गहरी नींद में सो रहा था। उसके हाथ के स्पर्श से वह जाग गया और उसने आँखें खोलीं तो तोनिया को ख़ुशी से मुस्कराते हुए अपने पास खड़ा पाया।

"आर्तेम जल्दी ही यहाँ आएगा। वह अभी-अभी लौटकर आया है। लिज़ा के बाप ने उसका जामिन होना क़बूल कर लिया है और वे लोग आर्तेम को घंटे-भर के लिए छोड़ रहे हैं। इंजन स्टेशन पर खड़ा है। मैं उसे यह तो बतला नहीं सकती

थी कि तुम यहाँ हो। मैंने बस इतना कहा कि उससे मुझे कोई बहुत ज़रूरी बात कहनी है। लो, वह आ भी गया!"

तोनिया दरवाज़ा खोलने के लिए लपकी। आर्तेम जैसे अपनी आँखों का यक़ीन न करते हुए, स्तब्ध और मूक, दरवाज़े पर खड़ा था। उसके अन्दर आ जाने पर तोनिया ने दरवाज़ा बन्द कर दिया ताकि उसके पिता, जो कि अपने पढ़ाई के कमरे में टाइफस से बीमार पड़े थे, उन लोगों की बातचीत न सुन सकें।

एक क्षण और गुज़रा कि आर्तेम पावेल को अपनी बाँहों में भरकर कसकर छाती से लगाए हुए था और ज़ोर-ज़ोर से कह रहा था, "पावेल! मेरे नन्हे पावेल! मेरे छोटे भाई!" भारी-भरकम आर्तेम के उस भालू-जैसे आलिंगन-पाश में पावेल की तो हड्डियाँ चरमरा रही थीं।

तो यह बात तय हो गई; पावेल को अगले रोज़ ही वहाँ से चले जाना था। आर्तेम ब्रुजाक से कह देगा कि वह कज़ातिन जाने वाली एक गाड़ी में उसको अपने साथ लेता जाए।

आर्तेम जो अमूमन बड़ा गम्भीर और ख़ामोश आदमी था, अपने भाई के लिए इतने दिनों तक चिन्तित और परेशान रहने के बाद इस वक़्त उसको पाकर ख़ुशी से पागल हो रहा था।

"अच्छा, तो यह बात तय हो गई। कल सवेरे पाँच बजे तुम मालगोदाम के पास रहना। जिस वक़्त वे लोग ईंधन लाद रहे हों, तुम चुपचाप घुस जाना। मेरी बड़ी इच्छा थी कि मैं रुकूँ और तुमसे बातचीत करूँ। मगर मुझे लौटना है, ज़रूरी काम है। मैं कल जाते समय तुमसे मिलूँगा। वे लोग रेलवे मज़दूरों की एक बटालियन बना रहे हैं। हम लोग सशस्त्र पहरे में लाए और ले जाए जाते हैं, ठीक वैसे ही जैसे जर्मनों के दिनों में।"

आर्तेम ने अपने भाई से छुट्टी ली और चला गया।

साँझ तेज़ी से घिरती आ रही थी। सर्गेई थोड़ी देर में पिस्तौल लेकर आता होगा। उसका इन्तज़ार करते हुए पावेल अँधेरे कमरे में बेचैनी से टहल रहा था। तोनिया और उसकी माँ जंगलों के वार्डन के साथ थीं।

पावेल बाड़ी के पास अँधेरे में सर्गेई से मिला और दोनों दोस्तों ने कसकर एक-दूसरे से हाथ मिलाया। सर्गेई अपने साथ वालिया को भी लाया था। वे लोग धीमे-धीमे बात कर रहे थे।

सर्गेई ने कहा, "मैं अपने साथ रिवॉल्वर नहीं लाया। तुम्हारे पिछवाड़ेवाले हाते में पेतल्युरा के तमाम सिपाही भरे हुए हैं। सब जगह गाड़ियाँ खड़ी हैं और उन्होंने

बड़ी-सी आग-वाग भी जला रखी है। इसलिए मैं रिवॉल्वर उतारने के लिए पेड़ पर नहीं चढ़ सका। बड़ी शर्म की बात है।" सर्गेई बहुत उदास था।

पावेल ने उसे ढाढ़स बँधाते हुए कहा, "कोई बात नहीं, शायद अच्छा ही हुआ कि तुम उसे नहीं लाए। अगर मैं रिवॉल्वर के साथ कहीं रास्ते में पकड़ा जाता तो और भी बुरा होता। मगर तुम उसे ले ज़रूर आना।"

वालिया पावेल के और पास आ गई।

"तुम कब जा रहे हो?"

"कल, भोर होते ही।"

"तुम छूट कैसे आए, यह तो बताओ!"

जल्दी-जल्दी, मगर उसी मद्धिम आवाज़ में, पावेल ने उनको अपनी कहानी सुनाई। उसके बाद उसने अपने साथियों से छुट्टी ली। सर्गेई का असाधारण रूप से गम्भीर चेहरा उसके मन की हलचल का पता दे रहा था।

"ख़ुदा हाफ़िज़ पावेल, हम लोगों को भूलना मत," वालिया ने रुँधी हुई आवाज़ में कहा।

और इसके बाद वे लोग चले गए। पलक मारते अँधेरा उन्हें निगल गया।

घर के अन्दर पूर्ण शान्ति थी। उस निस्तब्धता में सिर्फ़ घड़ी की नियमित टिक-टिक सुनाई दे रही थी।

उस घर के दो रहने वालों के लिए उस रात नींद का कोई ज़िक्र न था। वे सो भी कैसे सकते थे जबकि छह घंटों में उन्हें एक-दूसरे से अलग हो जाना था—और कौन जाने फिर कभी मुलाक़ात ही न हो। उस थोड़े से वक़्त में उनके मन के भीतर जो असंख्य भावनाएँ हलचल मचा रही थीं, उसको वाणी भी कोई कैसे देता?

यौवन, उदात्त यौवन, जब मन की वासना का पता भी ठीक से नहीं होता और ख़ून की धड़कन में ही उसका धुँधला-सा आभास मिलता है; जब तुम्हारा हाथ प्रेयसी की छाती से अकस्मात छू जाने पर काँप जाता है, जैसे सहम गया हो, और जब तुम्हारे यौवन की पवित्र मैत्री ही तुम्हें आख़िरी क़दम उठाने से रोक लेती है। जब उसकी बाँहें तुम्हारे गले में हों और उसका जलता हुआ चुम्बन तुम्हारे होंठों पर—इससे मीठा भला और क्या हो सकता है।

अपनी तमाम दोस्ती के दौरान में इन दोनों ने दूसरी बार एक-दूसरे को चूमा था। इसके पहले पावेल का दिल बहुत बार धड़का था, मगर अपनी माँ को छोड़कर और किसी के आलिंगन का स्पर्श उसे नहीं मिला था। और जब यह चीज़ मिली, तो जैसे उसे अन्दर-बाहर से समूचा झकझोर गई। अब तक उसे जीवन ने अपना कठोर निर्मम पहलू ही दिखलाया था और उसे नहीं मालूम था कि जीवन इतना रंगीन, इतना मधुर, इतना प्राणदायी भी हो सकता है। अब इस लड़की ने उसे सिखलाया कि सुख किसे कहते हैं।

पावेल ने उसके बालों की सुगंधि साँस के साथ खींची और उसे लगा कि वह उस अँधेरे में भी उसकी आँखों को देख रहा है।

"मैं तुमसे बहुत प्यार करता हूँ, तोनिया! तोनिया, मैं तुमसे बतला नहीं सकता कि मैं तुमसे कितना प्यार करता हूँ—बतला नहीं सकता, क्योंकि जानता नहीं कि कैसे बतलाऊँ।"

उसका दिमाग़ चक्कर खा रहा था। उसका वह लचीला शरीर जो बीन के कसे हुए तार की तरह उसके हल्के से स्पर्श से बज सकता था...। मगर जवानी की दोस्ती बड़े पवित्र विश्वास की चीज़ होती है।

"तोनिया, जब यह तूफ़ान खतम होगा, जब ये उलझनें सुलझ जाएँगी, तो ज़रूर मुझे मेकैनिक का काम मिलेगा। और अगर तुम्हें सचमुच मेरी ज़रूरत है, अगर तुम सचमुच मुझे चाहती हो और सिर्फ़ मेरे संग खेल नहीं कर रही हो, तो मैं तुम्हारे लिए अच्छा पति बन सकूँगा। मैं क़सम खाता हूँ कि मैं कभी तुम्हें नहीं मारूँगा और न कभी कोई ऐसी बात करूँगा जिससे तुम्हारे दिल को चोट लगे।"

कहीं दोनों एक-दूसरे की बाँहों में पड़े-पड़े सो न जाएँ, कहीं तोनिया की माँ उन्हें देख न ले और उनके बारे में कुछ बुरा ख़याल दिल में लाए, इस डर से दोनों अलग हो गए।

पौ फटने ही वाली थी जब उन्होंने एक-दूसरे से वादा किया कि वे कभी एक-दूसरे को न भूलेंगे और फिर सो गए।

एकातेरीना मिखाइलोवना ने पावेल को जल्दी ही जगा दिया। वह बिस्तर छोड़कर उछलकर खड़ा हो गया। जब वह ग़ुसलख़ाने में अपने कपड़े और बूट पहन रहा था और अपने कपड़ों पर दोलिनिक का कोट चढ़ा रहा था, तभी एकातेरीना मिखाइलोवना ने तोनिया को जगाया।

सवेरे के भूरे-भूरे से कुहासे में वे लोग जल्दी-जल्दी स्टेशन की ओर चले। जब वे पिछवाड़े के रास्ते उस जगह पहुँचे जहाँ लकड़ियाँ रखी हुई थीं, उन्होंने आर्तेम को लदे हुए टेंडर के पास बेचैनी से अपना इन्तज़ार करते पाया।

एक बहुत भारी और मज़बूत इंजन भाप के बादल में घिरा हुआ, सी-सी करता हुआ धीरे-धीरे पास आया। इंजन में से ब्रुजाक ने सिर निकालकर देखा।

पावेल ने जल्दी से तोनिया और आर्तेम से विदा ली, लोहे का खंभा पकड़ा और कूदकर इंजन में चढ़ गया। पीछे मुड़कर उसने क्रासिंग पर दो परिचित आकृतियों को देखा—आर्तेम की लम्बी आकृति और उसके बग़ल में तोनिया की छोटी-सी सुकुमार आकृति। हवा जैसे ग़ुस्से में उसके ब्लाउज़ के कॉलर को फाड़े डाल रही थी और उसके सुनहले बाल उड़ रहे थे। तोनिया ने हाथ हिलाकर उसको इशारा किया।

आर्तेम ने अपनी आँख की कोर से तोनिया को देखा और यह देखकर कि वह रोने ही वाली है, उसने लम्बी साँस ली।

उसने अपने मन में कहा, "मुझे पचास कोड़े मारो, अगर इन दोनों के बीच कोई मामला न हो। और मैं सोचता था कि पावेल अभी बच्चा ही है!"

आगे मोड़ पर पहुँचकर जब गाड़ी आँखों से ओझल हो गई तो आर्तेम तोनिया की तरफ़ मुड़ा और बोला, "क्यों, मुझसे दोस्ती करोगी?" और तोनिया का नन्हा-सा हाथ उसके बड़े-बड़े हाथों में खो गया।

दूर, गाड़ी की तेज़ रफ़्तार पकड़ने की आवाज़ सुनाई दे रही थी।

सात

पूरे एक हफ़्ते तक शहर, खाइयों से घिरा और कँटीले तारों में उलझा हुआ, तोपों की गड़गड़ाहट और राइफ़लों की तड़तड़ की आवाज़ में ही रात को सोता था और उन्हीं की आवाज़ में सवेरे जागता था। सिर्फ़ बहुत भोर ही, बल्कि यूँ कहिए कि जब रात खतम होने को होती थी, तभी यह शोर ज़रा कम होता था। मगर फिर भी, बीच-बीच में जब चौकियाँ एक-दूसरे का पता लगाने की ग़रज़ से गोले छोड़तीं तो वह निस्तब्धता भंग हो जाती थी। सवेरे-सवेरे लोग रेलवे स्टेशन के पास वाली बैटरी में व्यस्त हो जाते थे। तोप का लम्बा स्याह थूथन भयावने तरीक़े से आग उगलता था और फिर लोग जल्दी-जल्दी उसमें दुबारा लोहा और बारूद भर देते थे। हर बार जब तोपची तोप के पीछे वाली रस्सी को खींचता, तो पैरों के नीचे की धरती काँप जाती। शहर से दो मील दूर एक गाँव पर, जो बोल्शेविकों के क़ब्ज़े में था, तोप के गोले डरावनी आवाज़ करते हुए बरसते रहते थे। उनकी आवाज़ में दूसरी सारी आवाज़ें डूब जाती थीं और गोले जहाँ गिरते, वहाँ धरती में से मिट्टी के फ़व्वारे फूट निकलते थे!

बोल्शेविकों की तोपें गाँव के बीचोबीच एक ऊँची पहाड़ी पर जमी हुई थीं जहाँ पहले एक पोलिश मठ था।

इस तोपची टुकड़ी के फ़ौजी कमिसार कामरेड जमोस्तिन उचककर खड़े हो गए। वह एक तोप से अपना सिर टिकाए सो रहे थे। अब उन्होंने अपनी पेटी को कसते हुए, जिससे एक भारी माउज़र पिस्तौल झूल रही थी, उड़ते हुए गोले की साँय-साँय को सुना और धड़ाके का इन्तज़ार करने लगे। और हाता उनकी भारी आवाज़ से गूँज उठा :

"साथियो, हम लोग कल अपनी नींद पूरी कर लेंगे। अब उठने का वक़्त हो गया है।"

तोपची, जो अपनी-अपनी तोपों के पास सो रहे थे, कमिसार की तरह ही जल्दी

से उछलकर खड़े हो गए। सिर्फ़ सिदोरचुक ने अनमने ढंग से सिर उठाया और नींद से भारी आँखों से इधर-उधर देखा।

"सूअर कहीं के—अभी रोशनी भी नहीं हुई और हरामज़ादों ने गोलाबारी फिर शुरू कर दी। बदमाश चिढ़ाने के लिए ऐसा करते हैं!"

जमोस्तिन हँसा :

"ये सब समाज-विरोधी लोग हैं सिदोरचुक, और नहीं तो क्या! इनको इतना भी ख़याल नहीं रहता कि कोई सोना चाहता है!"

सिदोरचुक बड़बड़ाता हुआ उठा।

कुछ मिनट बाद मठ के हाते की तोपें भी अपना काम करने लगीं। शहर पर गोले बरसने लगे।

शकर के कारख़ाने की ऊँची चिमनी पर लकड़ी के पटरों का एक चबूतरा बनाया गया था और उस पर पेतल्युरा का एक अफ़सर और एक टेलीफ़ोनवाला बिठाया गया था। चिमनी के भीतर-भीतर लोहेवाली सीढ़ी से वे लोग ऊपर चढ़े थे।

इस जगह से, जहाँ से उनको सारा शहर अच्छी तरह दिखाई देता था वे तोप चलानेवालों को आदेश दे रहे थे। अपनी दूरबीनों से वे बोल्शेविक सिपाहियों की सारी गतिविधि को देख सकते थे। बोल्शेविक शहर का घेरा डाले हुए थे। आज वे विशेष रूप से सक्रिय थे। एक बख़्तरबन्द गाड़ी धीरे-धीरे पोडोल्स्क स्टेशन में दाख़िल हो रही थी। वह बराबर गोली बरसा रही थी। उसके उस पार पैदल दस्ते दिखाई दे रहे थे। कई बार बोल्शेविक फ़ौजों ने शहर पर क़ब्ज़ा करने की कोशिश की। मगर पेतल्युरा के सिपाही शहर जाने वाले रास्तों पर मज़बूती से जमे हुए थे। खाइयाँ आग उगल रही थीं, जिसके कारण हवा में बेपनाह शोर था और यही शोर हमलों के वक़्त अनवरत गर्जन का रूप ले लेता था। गोलियों के इस तूफ़ान के आगे बोल्शेविक पाँतें न ठहर सकीं और मैदान में निर्जीव शरीरों को छोड़कर पीछे हटने पर मजबूर हुईं। उस तूफ़ान को झेलना इनसान की ताक़त के बाहर की चीज़ थी।

आज शहर पर पहले से ज़्यादा और लगातार हमले किये जा रहे थे। हवा गोलाबारी की गूँज से काँप रही थी। चिमनी की उस ऊँचाई से बोल्शेविकों की पाँतें बराबर आगे बढ़ती हुई देखी जा सकती थीं। लोग ज़मीन पर लेट जाते थे, फिर उठते थे और फिर पूरी ताक़त से आगे बढ़ने लगते थे। अब उन्होंने स्टेशन को क़रीब-क़रीब ले ही लिया था। पेतल्युरा डिवीजन के पास जो रिजर्व टुकड़ियाँ थीं, उन्हें मैदान में भेजा गया। मगर वे भी उस दरार को न भर सकीं जो बोल्शेविकों ने पैदा कर दी थी। बोल्शेविक सैनिक अब उस संकल्प से काम कर रहे थे जिसमें आगा-पीछा सोचने की गुंजाइश नहीं होती। उनके हमलावर दस्ते स्टेशन के पासवाली सड़कों

पर बाढ़ के पानी की तरह भर उठे थे। स्टेशन की रक्षा करने वाली पेतल्युरा की डिवीजन की तीसरी रेजिमेंट शहर के छोर पर के उद्यानों और फलों के बाग़ीचों की अपनी आख़िरी जगह से निकाली जाकर शहर-भर में बिखर गई थी। यह आख़िरी लड़ाई, जिसने उनको वहाँ से निकाल बाहर किया था, बहुत छोटी मगर अत्यन्त भयानक थी। इसके पहले कि वे लोग दुबारा अपने पैर जमा सकें, लाल सेना के सैनिक बड़ी तादाद में सड़कों पर भर उठे और उन्होंने अपनी संगीनों की मार से पेतल्युरा के उन सिपाहियों का सफ़ाया कर दिया जिन्हें उनकी पीछे हटती सेना इसलिए छोड़ गई थी कि वह निर्विघ्न पीछे हट सके।

सर्गेई ब्रुजाक को उस तहख़ाने में रोक रखना नामुमकिन था जिसमें उसके घरवालों और क़रीब के पड़ोसियों ने पनाह ली थी। सर्गेई की माँ उससे चिरौरी-विनती करती ही रही, मगर वह उस सर्द तहख़ाने में से कूदकर बाहर आ गया। एक बख़्तरबन्द गाड़ी जिस पर 'सगयदाचनी' लिखा हुआ था, अन्धाधुन्ध गोलियाँ बरसाती हुई उसके घर के पास से गुज़री। उसके पीछे-पीछे डरे और घबराए हुए पेतल्युरा सिपाही सिर पर पैर रखकर भाग रहे थे। उनमें किसी तरह की कोई शृंखला बाक़ी नहीं बची थी। उनमें से एक सर्गेई के हाते में घुस आया। उसने जल्दी-जल्दी अपनी कारतूस की पेटी, अपने सिर पर का हेलमेट और राइफ़ल नीचे फेंकी और बाड़ी फाँदकर ग़ायब हो गया। सर्गेई ने सड़क पर निगाह दौड़ाई। पेतल्युरा के सिपाही दक्खिन-पश्चिमी स्टेशनवाली सड़क पर भागे आ रहे थे और एक बख़्तरबन्द गाड़ी पीछे से उनकी हिफ़ाज़त कर रही थी। शहर को आने वाली बड़ी सड़क वीरान थी। तभी लाल सेना का एक आदमी दिखाई दिया। वह फुर्ती से ज़मीन पर लेट गया और सड़क पर गोली चलाने लगा। उसके पीछे एक के बाद एक लाल सेना के दो-एक और सिपाही दिखाई दिये...! सर्गेई ने उनको आते, लेटते, और फिर उठकर भागते हुए गोली छोड़ते देखा। एक काँसे के रंग का चीनी, जिसकी आँखें लाल-लाल थीं और जो सिर्फ़ एक बनियान पहने हुए था और जिसकी कमर में मशीनगन की पेटी लगी हुई थी, दोनों हाथों में एक-एक दस्ती बम लिये सीधा दौड़ रहा था। और उन सबके आगे लाल सेना का एक आदमी था जिसके हाथ में एक हल्की मशीनगन थी। आदमी भी उसे कैसे कहें, लड़का ही था। शहर में दाख़िल होने वाले इन पहले लाल सैनिकों को देखकर सर्गेई का दिल ख़ुशी से भर उठा। वह लपककर सड़क पर पहुँचा और अपनी पूरी ताक़त से चिल्लाकर बोला :

"ज़िन्दाबाद साथियो!"

इतने अप्रत्याशित रूप से वह भागकर सड़क पर पहुँचा था कि उस चीनी से टकराकर गिरते-गिरते बचा। उस लाल सैनिक की पहली प्रतिक्रिया यह हुई कि झपटकर उस लड़के का काम तमाम कर दे। मगर लड़के के चेहरे पर ख़ुशी का जो भाव था, उसे देखकर वह रुक गया।

"पेतल्युरा कहाँ है?" उस चीनी ने ज़ोर से हाँफते हुए चिल्लाकर उससे पूछा।

मगर सर्गेई ने उसकी बात नहीं सुनी। वह दौड़कर फिर अपने हाते में गया, पेतल्युरा सैनिक द्वारा फेंकी गई कारतूसों की पेटी और राइफ़ल उठाई और लाल सेना के सैनिकों के पीछे-पीछे दौड़ चला। दक्खिन-पश्चिमी स्टेशन पर क़ब्ज़ा कर लेने के बाद ही उन्होंने इस लड़के को देखा। यहाँ, हथियारों और दूसरे रसद के सामानों की कई गाड़ियों को रोककर और दुश्मन को जंगल में ठेलकर लाल सेना के सिपाही थोड़ा आराम करने और अपनी टुकड़ियों को ठीक करने के लिए रुके। वह नौजवान तोपची सर्गेई के पास आया और उसने अचरज से पूछा :

"कामरेड, तुम कहाँ के रहने वाले हो?"

"मैं इसी शहर का हूँ। मैं तुम लोगों के आने का इन्तज़ार कर रहा था।"

देखते-देखते लाल सेना के तमाम सिपाही सर्गेई को घेरकर खड़े हो गए।

"मैं इसे जानता हूँ," कहते हुए वह चीनी मुस्कराया और अपना सद्भाव दिखलाते हुए उसने सर्गेई के कन्धों को थपथपाया।

सर्गेई का दिल ख़ुशी से बल्लियों उछल रहा था। उसको उन लोगों ने तत्काल अपने में शरीक कर लिया और वह भी संगीनों के उस हमले में उनके साथ था जिसके बाद स्टेशन पर क़ब्ज़ा हुआ।

शहर में बड़ी हलचल थी। शहर के लोग, जो अब तक की अपनी मुसीबतों से थक चुके थे, अपनी कोठरियों और तहख़ानों से निकले और अपने फाटकों पर खड़े होकर शहर में दाख़िल होती हुई लाल फ़ौज की टुकड़ियों को देखने लगे। तभी सर्गेई की माँ और बहन वालिया ने सर्गेई को लाल सेना के सिपाहियों के साथ मार्च करते देखा। उसके सिर पर टोप नहीं था, मगर कमर में कारतूसों की पेटी बँधी थी और एक राइफ़ल कन्धे से लटक रही थी।

एन्तोनीना वासीलिएवना को बहुत ग़ुस्सा आ रहा था।

अच्छा तो उसका सर्योजा जाकर इस सब लड़ाई-दंगे में फँस गया! चुकानी पड़ेगी इसकी क़ीमत। ज़रा इसका कलेजा तो देखो, सारे शहर के सामने राइफ़ल लेकर परेड कर रहा है! ज़रूर आगे चलकर मुसीबत होगी। एन्तोनीना वासीलिएवना अपने को और क़ाबू में न रख सकी और चिल्लाई :

"सर्योजा! चल, इसी वक़्त घर चल। आवारा कहीं का! मैं अभी तुझे बतलाती हूँ। अभी तेरी सारी लड़ाई निकाले देती हूँ!" और वह इस पक्के इरादे से सड़क पर पहुँची कि लड़के को लौटा लाएगी।

मगर इस बार सर्गेई—उसका सर्योजा जिसे कई बार उसने थप्पड़ लगाए थे—दूसरा ही आदमी था। उसने कठोर आँखों से माँ को देखा और अन्दर ही अन्दर शर्म और ज़िल्लत से जलते हुए पलटकर माँ को जवाब दिया :

"चीख़ो मत! मैं जहाँ हूँ वहीं रहूँगा," और बिना रुके आगे बढ़ गया।

गुस्से के मारे एन्तोनीना वासीलिएवना का बुरा हाल था।

"इसी तरह तुमको अपनी माँ से बोलना चाहिए, क्यों? अच्छा! मगर अब घर आने की हिम्मत मत करना।"

सर्गेई बिना पीछे मुड़े चिल्लाकर बोला, "नहीं आऊँगा।"

एन्तोनीना वासीलिएवना परेशानी की हालत में सड़क पर खड़ी रह गई। उसके पास से मौसम की मार खाए हुए, गर्द से ढके हुए सैनिकों की क़तारें गुज़रती रहीं।

"रो मत माँ! हम तुम्हारे बेटे को कमिसार बनाएँगे," एक तगड़े, हँसोड़ गले से निकली हुई आवाज़ सुनाई दी। प्लैटून के तमाम सिपाहियों में हँसी की एक लहर-सी दौड़ गई। कम्पनी के आगे-आगे चलने वाले लोगों ने कोरस गाना शुरू किया :

सुनो साथियो! बिगुल बज उठा, अब अपनी बन्दूक़ सँभालो।
आज़ादी के देश बढ़ चलो, मिलकर अपनी राह निकालो!

सिपाही बड़ी बुलन्द आवाज़ में यह समवेत गान गा रहे थे और सर्गेई की गूँजती हुई आवाज़ भी संगीत की इस लहर में मिली हुई थी। उसे एक नया परिवार मिल गया था। इनमें एक संगीन उसकी भी थी, सर्गेई की।

लेशचिन्स्की के मकान के फाटक पर एक छोटी-सी सफ़ेद तख़्ती लटक रही थी, जिस पर सिर्फ़ इतना लिखा था, 'रेवकोम'[1] उसके बग़ल में एक बड़ा आकर्षक पोस्टर था जिसमें से एक लाल सैनिक तुम्हें अपनी ओर देखता नज़र आता था और तुम्हारी ओर उँगली से इशारा करता हुआ कह रहा था, "बोलो, तुम लाल सेना में भरती हुए हो या नहीं?"

राजनीतिक विभाग के लोग तमाम शहर में यह पोस्टर लगाने के सिलसिले में रात-भर काम करते रहे थे। वहीं पास में शेपेतोवका की मेहनतकश जनता के नाम इंक़लाबी कमिटी का पहला घोषणा-पत्र भी टँगा हुआ था—

"साथियो! सर्वहारा फ़ौजों ने इस शहर पर क़ब्ज़ा कर लिया है। सोवियत सत्ता फिर से क़ायम हो गई है। हम आपसे अनुशासन की माँग करते हैं। जनता को चूसनेवाले ख़ूनियों को निकाल बाहर किया गया है। लेकिन, अगर आप चाहते हैं कि वे फिर कभी न आएँ, अगर आप उन्हें हमेशा के लिए खतम करना चाहते हैं, तो लाल सेना में भरती होइए। मेहनतकशों की राजसत्ता को अधिक से अधिक ताक़त पहुँचाइए। इस शहर की फ़ौजी व्यवस्था ग़ैरिसन के प्रधान के हाथ में है। ग़ैर-फ़ौजी शहर मामलों का प्रबन्ध इंक़लाबी कमिटी करेगी।"

द. दोलिनिक

'अध्यक्ष, इंक़लाबी कमिटी'

---

1. रेवोल्यूशनरी कमिटी, अर्थात इंक़लाबी कमिटी।

लेशचिन्स्की के मकान में अब एक नई तरह के लोग दिखाई देने लगे। एक शब्द 'कामरेड'—जिसके लिए कल तक लोगों को अपनी जान की क़ीमत अदा करनी पड़ती थी—आज चारों तरफ़ सुनाई दे रहा था; अनोखा, मर्मस्पर्शी शब्द, 'कामरेड!'

दोलिनिक के लिए इन दिनों न नींद थी, न आराम। वह बढ़ई इंक़लाबी सरकार क़ायम करने में लगा हुआ था।

एक छोटे-से कमरे में कामरेड इग्नातियेवा बैठी हुई थी। इस कमरे के दरवाज़े पर काग़ज़ का एक छोटा-सा टुकड़ा लगा था, जिस पर पेंसिल से लिखा हुआ था, 'पार्टी कमिटी'। वह हमेशा की तरह शान्त और अनुद्विग्न थी। राजनीतिक विभाग ने उसको और दोलिनिक को सोवियत सत्ता क़ायम करने का भार सौंपा था।

एक दिन और गुज़रा और ऑफ़िस में काम करने वाले अपनी-अपनी मेज़ों पर बैठ गए और टाइपराइटर ज़ोर-ज़ोर से खटकने लगा। रसद पहुँचाने की एक कमिसारियट, जोशीले मगर कुछ बौखलाए हुए से पिजीकी के नेतृत्व में क़ायम की गई। पिजीकी पहले शहर की चीनी मिल में मेकैनिक का सहायक था। मगर अब उसने चीनी के कारख़ाने के मालिकों के ख़िलाफ़ जी-जान से कार्रवाई शुरू कर दी। कारख़ाने के ये मालिक बोल्शेविकों से बेइन्तहा नफ़रत करते थे और इस वक़्त सिर झुकाए आने वाले समय का इन्तज़ार कर रहे थे।

कारख़ाने के मज़दूरों की एक सभा में पिजीकी ने कठोर और निर्मम शब्दों में स्थिति पर प्रकाश डाला। पोलिश ज़बान में बोलते हुए, अपने शब्दों को अच्छी तरह लोगों के दिमाग़ में बिठाने के लिए मेज़ पर ज़ोर-ज़ोर से मुट्ठी पटकते हुए, उसने कहा :

"पुराना ज़माना बीत गया और अब कभी लौटकर नहीं आएगा। हमारे बाप-दादों ने और हमने सारी ज़िन्दगी पोटोकियों की ग़ुलामी की है। मगर अब और नहीं! हमने उनके लिए महल बनाए और बदले में राजाधिराज काउंट महोदय ने हमें सिर्फ़ इतना दिया कि हम भूख से न मरें।

"कितने बरसों तक पोटोकी के काउंटों और सानगुजको के राजकुमारों ने हमारी पीठ पर सवारी की? न जाने कितने पोलिश मज़दूर होंगे जिन्हें पोटोकी ने उसी तरह रौंदा जिस तरह उसने रूसियों और उक्रेनियों को रौंदा। कोई उनकी तादाद बतला सकता है? मगर फिर भी उनकी ढिठाई तो देखो, काउंट के दलाल मज़दूरों के बीच यह अफ़वाह फैला रहे हैं कि सोवियत शासन उन सबको अपने फ़ौलादी हाथों से दबाकर रखेगा।

"यह एक सफ़ेद झूठ है, साथियो! आज से पहले अलग-अलग जातियों के मेहनतकशों को कभी ऐसी आज़ादी नहीं मिली थी। सारे मज़दूर, सभी सर्वहारा भाई-भाई हैं। जहाँ तक इन अमीरों की बात है, आप यक़ीन रखिए हम उन्हें सिर नहीं उठाने देंगे।"

पिजीकी का हाथ एक बार फिर ज़ोर से घूमकर मेज़ पर गिरा। "कौन है वह जिसने भाई-भाई को लड़ाकर उन्हें एक-दूसरे का ख़ून बहाने पर मजबूर किया? सदियों तक राजों और नवाबों ने पोलिश किसानों को तुर्कों के खिलाफ लड़ने के लिए भेजा। उन्होंने हमेशा एक जाति को दूसरी जाति के ख़िलाफ़ उकसाया है। ज़रा सोचिए, कितना ख़ून बहा है और कितनी तबाही बरपा हुई है! और इस सबसे फायदा किसका हुआ? मगर अब और नहीं! अब यह चीज़ जल्द ही खतम हो जाएगी। उन घिनौने कीड़ों का अन्त आ गया है। बोल्शेविकों ने एक ऐसा नारा दिया है जिससे पूँजीशाहों के दिल डर के मारे थर-थर काँप रहे हैं। वह नारा है : 'दुनिया के मज़दूरो, एक हो!' इसी में हमारी मुक्ति है, इसी में हमारे सुन्दर भविष्य की आशा है—उस दिन की आशा जब दुनिया के सारे मेहनतकश भाई-भाई होंगे। साथियो, कम्युनिस्ट पार्टी में शामिल हो जाओ!

"एक न एक दिन पोलैंड में भी जनतंत्र क़ायम होगा। मगर वह जनतंत्र होगा सोवियत जनतंत्र, जिसमें पोटोकी और उस जैसे दूसरे पूँजीशाह न होंगे। उनकी जड़ें उखाड़कर फेंक दी जाएँगी और सोवियत पोलैंड के मालिक हम लोग होंगे। ब्रोनिक पताशिन्स्की को आप सभी लोग जानते हैं। जानते हैं न? इंक़लाबी कमिटी ने उन्हें हमारे कारख़ाने का कमिसार बनाया है। 'पहले हम कुछ नहीं थे, अब हम ही सब कुछ होंगे।' और यह सचमुच ख़ुशी मनाने की बात है। है न साथियो! बस एक बात का ध्यान रखो। उन छिपे हुए साँपों की ज़हरीली फुफकारों पर कान मत दो! आओ, हम सब मेहनतकशों के अन्तिम लक्ष्य में अपना विश्वास रखें और इसमें सन्देह नहीं कि हम दुनिया-भर की जनता में भाईचारा क़ायम कर लेंगे!"

ये बातें उस सीधे-सादे मज़दूर के दिल की गहराइयों से निकल रही थीं, इसलिए उनके शब्द-शब्द में सचाई थी, ईमानदारी थी, जोश था। श्रोताओं में जो ज़्यादा नौजवान थे, उनके बुलन्द नारों के बीच पिजीकी प्लेटफार्म से उतरा। जो ज़रा अधेड़ उमर के मज़दूर थे, वे कुछ बोलने में हिचक रहे थे। कौन जाने कल फिर बोल्शेविकों को शहर छोड़ना पड़े और तब तो भाई हम लोग जो पीछे छूट जाएँगे, उन्हें एक-एक लफ़्ज़ की क़ीमत अदा करनी पड़ेगी। उस वक़्त फाँसी से चाहे बच भी जाओ, मगर नौकरी तो हाथ से गई ही समझो।

शिक्षा का कमिसार, छरहरे कसे बदन का चेर्नोपिस्की उस इलाक़े का अकेला स्कूल मास्टर था जिसने अब तक बोल्शेविकों का साथ दिया था।

इंक़लाबी कमिटी जिस इमारत में थी, उसके ठीक सामने स्पेशल ड्यूटी कम्पनी थी; उसके आदमी इंक़लाबी कमिटी में ड्यूटी दे रहे थे। रात को एक मैक्सिम तोप इंक़लाबी कमिटी के हेडक्वार्टर के फाटक पर, वहीं बागीचे में तैयार खड़ी रहती थी। उसके पिछले हिस्से में कारतूसों की मज़बूत पेटी लटकी रहती थी। उसके पास ही दो सन्तरी राइफ़ल लिये खड़े ड्यूटी देते रहते थे।

कामरेड इग्नातियेवा ने हेडक्वार्टर की ओर जाते हुए दो सन्तरियों में से एक से, जो नौजवान लाल सैनिक था, पूछा :

"तुम्हारी कितनी उमर है, कामरेड?"

"सत्रहवाँ चल रहा है।"

"तुम यहीं रहते हो?"

लाल सैनिक मुस्कराया और बोला, "हाँ, मैं परसों ही लड़ाई के दौरान फ़ौज में दाख़िल हुआ हूँ।"

इग्नातियेवा ने ग़ौर से उसके चेहरे का अध्ययन किया और पूछा :

"तुम्हारे पिता क्या करते हैं?"

"इंजन ड्राइवर के असिस्टेंट हैं।"

उसी वक़्त दोलिनिक वरदी पहने एक आदमी के साथ वहाँ आया।

इग्नातियेवा ने दोलिनिक की तरफ़ मुड़ते हुए कहा, "अच्छा हुआ तुम आ गए।" मुझे कोमसोमोल की ज़िला कमिटी का चार्ज देने के लिए ठीक वह लड़का मिल गया जिसकी मुझे तलाश थी। यहीं का रहने वाला है।

दोलिनिक ने तेज़ी से सर्गेई पर नज़र डाली—सर्गेई ही था यह।

"हाँ, बहुत अच्छा है। तुम जखार के लड़के हो न? बहुत अच्छा! डटकर काम करो और नौजवानों में, अपने बराबरवालों में, आन्दोलन करो।"

सर्गेई ने आश्चर्य से उन लोगों की ओर देखा, "मगर कम्पनी का क्या होगा?"

"वह सब ठीक है, उसकी तुम फ़िक्र न करो," दोलिनिक ने सीढ़ियाँ चढ़ते हुए मुड़कर जवाब दिया।

दो दिन बाद शाम होते-होते उक्रेन की नौजवान कम्युनिस्ट लीग की नगर कमिटी बन गई थी।

सर्गेई इस नई ज़िन्दगी के भँवर में जी-जान से कूद पड़ा—उस नई ज़िन्दगी के भँवर में जो शहर में एकाएक और इतनी तेज़ी से शुरू हो गई थी। इस काम में सर्गेई ऐसा डूबा कि अपने घरवालों को भूल ही गया, गोकि वे लोग इतने पास थे।

हाँ! वह, सर्गेई ब्रुजाक, अब एक बोल्शेविक था। सौवीं बार उसने अपनी जेब से वह काग़ज़ निकाला जो उक्रेन की कम्युनिस्ट पार्टी की कमिटी ने उसे दिया था। यह काग़ज़ इस बात का सर्टिफ़िकेट था कि वह, सर्गेई, कोमसोमोल है और कोमसोमोल कमिटी का मंत्री है। और अगर इसमें किसी को कोई शक-शुबहा हो तो उसके पास उसके प्यारे दोस्त पावेल का उपहार वह शानदार मानलिकर पिस्तौल भी था जो जीन के केस में बन्द उसकी ट्यूनिक की पेटी से लटक रहा था। उससे ज़्यादा अच्छा सर्टिफ़िकेट और क्या हो सकता है! कितने अफ़सोस की बात है कि पावलुश्का यहाँ नहीं है।

इंक़लाबी कमिटी जो काम उसे देती थी, उन्हीं में सर्गेई के दिन गुज़र रहे थे।

आज भी इग्नातियेवा उसका इन्तज़ार कर रही थी। वे लोग डिवीजन के राजनीतिक विभाग से इंक़लाबी कमिटी के लिए अख़बार और किताबें लाने के लिए स्टेशन जाने वाले थे। सर्गेई तेज़ी से इमारत में से निकलकर सड़क पर आया जहाँ राजनीतिक विभाग का एक आदमी मोटर लिये उसका इन्तज़ार कर रहा था।

स्टेशन तक के अपने लम्बे सफ़र में, जहाँ पहली सोवियत उक्रेनी डिवीजन का राजनीतिक विभाग और उसका हेडक्वार्टर रेल के डिब्बों में क़ायम किया गया था, इग्नातियेवा ने सर्गेई से बहुत से सवाल पूछे :

"तुम्हारा काम कैसे चल रहा है? तुम्हारा संगठन बना कि नहीं? तुम्हें अपने दोस्तों से, दूसरे मज़दूरों के लड़कों से कहना चाहिए कि कोमसोमोल में आएँ। हमें जल्दी ही कम्युनिस्ट नौजवानों के एक दल की ज़रूरत होगी। कल हम लोग कोमसोमोलों के लिए एक पर्चा छापेंगे। उसके बाद थिएटर हॉल में नौजवानों की एक बड़ी-सी रैली करेंगे। राजनीतिक विभाग में पहुँचकर मैं उस्तिनोविच से तुम्हारा परिचय कराऊँगी। अगर मेरा ख़याल ग़लत नहीं है, तो वह नौजवानों में ही काम कर रही है।"

उस्तिनोविच अठारह साल की एक लड़की निकली जिसके बाल काले-काले और बॉब किये हुए थे और जो एक नई-सी ख़ाकी ट्यूनिक पहने थी जिसमें चमड़े की एक पतली-सी पेटी लगी थी। इस लड़की ने सर्गेई को उसके काम के बारे में बहुत-सी बातें बतलाईं और उसके काम में मदद देने का वादा किया। वहाँ से चलने के पहले उसने सर्गेई को किताबों और अख़बारों का एक बड़ा-सा बंडल दिया जिसमें एक ख़ास अहमियत की चीज़ थी—कोमसोमोल के नियमों और उद्देश्यों के बारे में एक पुस्तिका।

उस रोज़ बहुत रात गए जब सर्गेई इंक़लाबी कमिटी के हेडक्वार्टर पर लौटा, तो उसने वहीं बाहर वालिया को अपना इन्तज़ार करते पाया।

उसको देखते ही वह चिल्ला पड़ी, "तुम्हें शर्म आनी चाहिए अपने ऊपर! इसका क्या मतलब कि इस तरह घर से अलग-अलग रहते हो? माँ का रोते-रोते बुरा हाल है, और पिताजी तुमसे बहुत ग़ुस्सा हैं। घर चलोगे तो देखोगे कैसा झगड़ा होता है।"

"नहीं, कुछ नहीं होगा," उसने वालिया को समझाते हुए कहा। "सच कहता हूँ, मुझे घर जाने का वक़्त ही नहीं मिलता। आज रात भी नहीं आऊँगा। लेकिन मुझे बड़ी ख़ुशी है कि तुम आ गईं। मुझे तुमसे कुछ बात करनी है। चलो, अन्दर चलें।"

वालिया अपने भाई को पहचान ही न पा रही थी। वह बिलकुल बदल गया था। उसके अन्दर जोश उबला पड़ता था।

वालिया के बैठते ही सर्गेई ने फ़ौरन काम की बात शुरू कर दी।

"वालिया, स्थिति यह है : तुम्हें कोमसोमोल में दाख़िल होना है। तुम नहीं जानतीं कि कोमसोमोल क्या है? नौजवान कम्युनिस्ट लीग। यहाँ पर मैं ही उसका

काम चला रहा हूँ। मेरी बात का यक़ीन नहीं आता तुम्हें? अच्छा तो, यह देखो।"

वालिया ने उस काग़ज़ को पढ़ा और अपने भाई की तरफ़ हैरतभरी निगाहों से देखा।

"मैं कोमसोमोल में क्या करूँगी?"

सर्गेई ने अपने हाथ फैलाते हुए कहा, "अरे पगली लड़की, करने को काम ही काम है! मुझी को देखो। मैं काम में इतना फँसा रहता हूँ कि रात को सोने का वक़्त भी नहीं मिलता। हमें प्रचार करना है। इग्नातियेवा कहती हैं कि जल्दी ही थिएटर हॉल में एक मीटिंग होगी और उसमें सोवियत सत्ता के बारे में बतलाया जाएगा। वे कहती हैं, मुझे भाषण देना होगा। मैं सोचता हूँ, उनकी यह बात ग़लत है, क्योंकि मुझे भाषण देना आता नहीं और मैं सब घोटाला कर दूँगा। अच्छा, अब बताओ, कोमसोमोल में दाख़िल होने के बारे में तुम्हारा क्या ख़याल है?"

"मेरी समझ में नहीं आ रहा, क्या कहूँ। अगर मैंने ऐसा किया तो माँ बहुत नाराज़ होंगी।"

सर्गेई ने ज़ोर देते हुए कहा, "माँ की चिन्ता मत करो, वालिया। वह समझती नहीं हैं। उनको बस एक बात की फ़िक्र है, उनके बच्चे उनके पास रहें। मगर सोवियत सत्ता के ख़िलाफ़ वह नहीं हैं। उलटे वह पूरी तरह उसके साथ हैं। लेकिन वह चाहती हैं कि सारी लड़ाई-भिड़ाई दूसरों के लड़के लड़ें। अब तुम्हीं बताओ, क्या यह बात ठीक है? याद है, जुखराई ने हमसे क्या कहा था? और पावेल को देखो। वह अपनी माँ के बारे में सोचने के लिए नहीं रुका। वक़्त आ गया है कि हम सब नौजवान अपने हक़ के लिए लड़ें ताकि हमारी ज़िन्दगी बेहतर बने। मुझे पूरा यक़ीन है कि तुम इससे इनकार नहीं करोगी, क्यों वालिया? ज़रा सोचो, यह कितना अच्छा होगा? तुम लड़कियों में काम करना और मैं लड़कों में। हाँ, मुझे एक बात याद आ गई। आज ही जाकर मैं उस लाल-लाल बालोंवाले बदमाश क्लिम्का से बात करूँगा। हाँ तो वालिया, क्या कहती हो? तुम हमारे साथ हो या नहीं? यह देखो मेरे पास यह एक छोटी-सी पुस्तिका है जिससे तुम्हें इस चीज़ के बारे में सारी बातें मालूम हो जाएँगी।"

कोमसोमोल के नियमों की वह पुस्तिका उसने अपनी जेब से निकाली और वालिया को पकड़ा दी।

"लेकिन अगर पेतल्युरा लौट आया?" वालिया ने अपने भाई के चेहरे पर आँखें गड़ाए धीमी आवाज़ में पूछा।

इस चीज़ का ख़याल अब तक सर्गेई को नहीं आया था और वह क्षण-भर के लिए सोच में डूब गया।

"उस हालत में दूसरों के साथ मुझे भी चले जाना होगा, और क्या," उसने कहा, "मगर, तुम्हारा क्या होगा? हाँ, इसमें तो शक नहीं कि इससे माँ को बड़ा

दुख होगा।" और वह ख़ामोशी में डूब गया।

"सर्योजा, क्या तुम मुझे इस तरह मेम्बर नहीं बना सकते कि माँ को या किसी और को कुछ पता न चले? बस, तुमको और मुझको यह बात मालूम हो? मदद तो मैं तब भी उतनी ही कर सकूँगी। वही सबसे अच्छा तरीक़ा होगा।"

"तुम शायद ठीक कहती हो, वालिया।"

उसी वक़्त इग्नातियेवा कमरे के अन्दर दाख़िल हुई।

"कामरेड इग्नातियेवा, यह मेरी छोटी बहन वालिया है। अभी मैं इससे कोमसोमोल में दाख़िल होने की बात कह रहा था। यह बड़ी योग्य सदस्य होगी। लेकिन देखिए, बात यह है कि मुमकिन है, हमारी माँ अड़चन डालें। क्या ऐसा हो सकता है कि हम वालिया को दाख़िल तो कर लें, मगर किसी को कुछ पता न चले? बात यह है कि हो सकता है हमें फिर शहर छोड़ना पड़े। तो उस हालत में मैं तो फ़ौज के साथ चला ही जाऊँगा, मगर वालिया डरती है कि अगर वह भी चली गई तो माँ की ज़िन्दगी पहाड़ हो जाएगी।"

इग्नातियेवा एक कुरसी के सिरे पर बैठी बड़े ग़ौर से सर्गेई की बात सुन रही थी। उसने अपनी सहमति देते हुए कहा, "हाँ, वही सबसे अच्छा तरीक़ा होगा।"

शहर-भर में जो तमाम इश्तहार चिपके हुए थे, उनको देखकर शहर के नौजवान थिएटर हॉल में भर उठे थे और एक-दूसरे से बड़े जोश में बातें कर रहे थे। शकर के कारख़ाने के मज़दूरों का एक बैंड बज रहा था। श्रोताओं में ज़्यादातर शहर के हाई स्कूल और कॉलेज के विद्यार्थी थे और उन्हें मीटिंग से ज़्यादा दिलचस्पी उस संगीत-नृत्य में थी जो मीटिंग के बाद होने वाला था।

आख़िरकार, परदा उठा और उएज्द कमिटी के मंत्री कामरेड राजिन, जो अभी-अभी शहर में आए थे, मंच पर दिखाई दिये।

सबकी आँखें इस नाटे-से, दुबले-पतले और छोटी-सी नुकीली नाक वाले आदमी की ओर मुड़ गईं। सबने उनके भाषण को बड़े ध्यान से सुना। उन्होंने लोगों को उस संघर्ष के बारे में बतलाया जो सारे देश में तूफ़ान की तरह चल रहा था और तमाम नौजवानों को कम्युनिस्ट पार्टी में आने के लिए कहा। वह एक मँजे हुए वक्ता की तरह बोल रहे थे, मगर 'कट्टर मार्क्सवादी', 'अन्ध राष्ट्रवाद', और इसी तरह के दूसरे कुछ फिकरे इस्तेमाल कर रहे थे जिन्हें श्रोता नहीं समझ रहे थे। तब भी उनका भाषण जब खतम हुआ, तो सबने बड़े ज़ोर से तालियाँ बजाईं। अपना भाषण खतम करने पर उन्होंने अगले वक्ता यानी सर्गेई का परिचय दिया और हट गए।

वही हुआ जिसका सर्गेई को डर था! अब वह श्रोताओं के सामने खड़ा था और उसकी समझ में नहीं आ रहा था कि क्या कहे। वह कुछ देर तक शब्दों के लिए अटका। मगर तभी इग्नातियेवा उसकी मदद को आ गई। उसने सभानेत्री की अपनी कुरसी से धीमे से फुसफुसाकर सर्गेई से कहा—"इन्हें सेल के बारे में बतलाओ।"

सर्गेई ने बिना किसी भूमिका के फ़ौरन ही काम की बात शुरू कर दी।

"हाँ तो साथियो, जो सारी बातें कहने की थीं, आपने सुन ली हैं। अब करने की बात यह है कि हमें पार्टी का एक ऐसा केन्द्र संगठित करना है जिसके इर्द-गिर्द तमाम लोगों को बटोरा जा सके। कौन लोग इससे सहमत हैं?"

उपस्थित लोगों में सन्नाटा छा गया। जो खाई बन गई थी, उसको उस्तिनोविच ने भरा। वह उठ खड़ी हुई और उसने लोगों को बतलाया कि किस तरह मास्को में नौजवानों का संगठन हो रहा है। इस बीच सर्गेई बौखलाया हुआ-सा अलग खड़ा रहा।

अन्दर ही अन्दर वह तैश खा रहा था कि सेल के संगठन के सवाल पर मीटिंग की प्रतिक्रिया कितनी ख़राब है। उसे श्रोताओं पर मन-ही-मन बड़ा ग़ुस्सा आ रहा था। सर्गेई ने जालीवानोव को उस्तिनोविच की ओर घृणा से देखते हुए लिज़ा सुखार्को के कान में कुछ कहते देखा। सामने की क़तार में कॉलेज की बड़ी लड़कियाँ बैठी थीं। उनके चेहरे पाउडर से पुते थे और वे बड़ी अदा से अपने इर्द-गिर्द देख रही थीं और आपस में फुसफुसा रही थीं। वहाँ उस कोने में दरवाज़े के पास नौजवान लाल सैनिकों की एक टोली बैठी हुई थी। उनमें सर्गेई ने अपने परिचित तोपची को देखा। वह स्टेज के सिरे पर बैठा बेचैनी से अपने शरीर को तोड़-मरोड़ रहा था और खुली नफ़रत से, भड़कीले कपड़ों में सजी लिज़ा सुखार्को और ऐना ऐदमोवस्काया को देख रहा था। मगर उनको किसी बात की कोई शर्म नहीं थी और वे अपने नौजवान दोस्त लड़कों से बड़ी चुहल के साथ बातचीत कर रही थीं।

यह देखकर कि कोई उसकी बात नहीं सुन रहा है, उस्तिनोविच ने जल्दी से अपनी तक़रीर खतम की और बैठ गई। उसके बाद इग्नातियेवा बोलने के लिए उठी और उसके शान्त, गम्भीर अन्दाज़ ने अस्थिर श्रोताओं को अपने वश में कर लिया।

उसने कहा, "साथियो, मैं आप से कहना चाहती हूँ कि आज रात यहाँ जो कुछ कहा गया है, उस पर आप ग़ौर करें। मुझे इस बात का पक्का यक़ीन है कि आप में से कुछ लोग क्रान्ति में सक्रिय भाग लेने वाले बन जाएँगे—केवल दर्शक ही नहीं बने रहेंगे। आपके लिए दरवाज़े खुले हुए हैं, बाक़ी बातों का निश्चय आपको करना है। मैं चाहूँगी कि आप लोग अपनी राय दें। जो कोई भी कुछ कहना चाहे, मैं उसको दावत देती हूँ कि यहाँ आकर कहे।"

एक बार फिर हॉल में सन्नाटा छा गया। फिर पीछे से एक आवाज़ सुनाई दी : "मैं बोलना चाहता हूँ।"

मिशा लेव्चुकोव, जो भेंगेपन के कारण आँख से ज़रा तिरछा देखता था और भालू की तरह भारी-भरकम था, मंच की ओर बढ़ा।

"जो मौजूदा हालत हैं," उसने कहा, "उसमें हमें बोल्शेविकों की मदद करनी ही होगी। मैं इसके हक़ में हूँ। सर्योजका मुझको जानता है। मैं कोमसोमोल में दाख़िल हो रहा हूँ।"

सर्गेई का चेहरा ख़ुशी से चमकने लगा। वह लपककर मंच के बीचोबीच पहुँचा और चिल्लाकर बोला, "देखा साथियो! मैं हमेशा कहता था कि मिशा हमीं में से एक है। इसका पिता स्विचमैन था और मोटर से कुचलकर मर गया था और इसीलिए मिशा की पढ़ाई नहीं हो सकी। मगर आज जैसे वक़्त में किस चीज़ की ज़रूरत है, यह जानने के लिए उसे किसी कॉलेज में जाने की ज़रूरत नहीं पड़ी।"

हॉल में बड़ा शोर मचा। एक नौजवान ने, जिसके बाल बड़े करीने से कढ़े हुए थे, बोलने की इजाज़त माँगी। यह ओकूशेव था। वह कॉलेज में पढ़ता था और नगर के दवाफ़रोश का लड़का था। अपनी ट्यूनिक को तानते हुए उसने कहना शुरू किया :

"आप लोग मुझे माफ़ करेंगे, साथियो। मेरी समझ में नहीं आता कि हमसे क्या चाहा जा रहा है? क्या हमसे यह उम्मीद की जाती है कि हम राजनीति में हिस्सा लें? अगर ऐसी बात है, तो मैं पूछता हूँ, हम लोग पढ़ेंगे कब? हमें कॉलेज की पढ़ाई खतम करनी ही है। अगर यह कोई खेल-कूद की सोसाइटी या ऐसे क्लब के संगठन की बात होती जहाँ हम लोग इकट्ठा हो सकते और पढ़ सकते तो बात दूसरी थी। मगर राजनीति में हिस्सा लेने का तो मतलब है आगे चलकर फाँसी पर टँगने के ख़तरे को भी उठाना। न भाई, मैं नहीं समझता कि कोई इस बात से सहमत होगा।"

हॉल में लोग हँस रहे थे। ओकूशेव मंच से कूदकर अपनी जगह पर जा बैठा। उसके बाद वह नौजवान तोपची बोलने के लिए खड़ा हुआ। उसने क्रुद्ध भंगिमा से अपनी टोपी माथे पर और नीची खींच ली और श्रोताओं को तीखी नज़रों से देखता हुआ गरजकर बोला :

"तुम लोग हँस किस चीज़ पर रहे हो, कीड़ो?"

उसकी आँखें दो जलते हुए अंगारों जैसी थीं और वह ग़ुस्से से काँप रहा था।

एक गहरी साँस खींचकर उसने कहना शुरू किया :

"मेरा नाम इवान ज़ार्की है। मैं यतीम हूँ। मैंने कभी अपने माँ-बाप को नहीं देखा और न उनके बारे में मुझे कुछ मालूम है। न कभी मेरा कोई अपना घर रहा। मैं सड़कों पर पला और बढ़ा हूँ। मैं रोटी के एक-एक टुकड़े के लिए भीख माँगता था और अक्सर मुझे भूखे पेट सो जाना पड़ता था। मैं तुम्हें बतला सकता हूँ कि मैं एक कुत्ते की ज़िन्दगी बिता रहा था। तुम सब, जो अपनी माँओं के लाड़ले यहाँ इकट्ठा हुए हो, तुम्हें इसके बारे में कुछ भी पता न होगा। तब सोवियत सत्ता आई और लाल सेना के लोगों ने मुझे सड़क पर से उठाया और मेरी देखभाल की। उनकी एक पूरी प्लैटून ने मुझे गोद लिया। उन्होंने मुझे कपड़े दिये। उन्होंने मुझे लिखना-पढ़ना सिखलाया। मगर इन सबसे बड़ी चीज़ यह कि उन्होंने मुझको

सिखाया कि इनसान बनना किसे कहते हैं। उन्हीं के कारण मैं बोल्शेविक बना और अपनी आख़िरी साँस तक बोल्शेविक रहूँगा। मैं ख़ूब अच्छी तरह जानता हूँ कि हम लोग किस चीज़ के लिए लड़ रहे हैं। हम लोग लड़ रहे हैं अपने ही जैसे ग़रीबों के लिए। हम लोग मज़दूरों की हुकूमत के लिए लड़ रहे हैं। तुम लोग यहाँ पर बैठे चबर-चबर बातें कर रहे हो। मगर, तुम्हें नहीं मालूम कि इसी शहर के लिए लड़ते हुए हमारे दो सौ साथी मारे गए हैं। उन्होंने अपने जीवन को बलिदान कर दिया...।" ज़ार्की की आवाज़ खिंचे हुए तार की तरह गूँज रही थी : "उन्होंने हमारे लिए, हमारे सुख के लिए, हमारी ख़ुशी के लिए हँसते-हँसते अपनी जान दे दी...। देश-भर में, तमाम मोर्चों पर, लोग मर रहे हैं और तुम लोग यहाँ बैठे गाल बजा रहे हो!" "साथियो," सभापति मंडली की ओर तेज़ी से मुड़ते हुए उसने कहा, "आप लोग ख़ामख़ा इन लोगों से बात करने में अपना वक़्त ज़ाया कर रहे हैं," और फिर हॉल की तरफ़ उँगली से इशारा करते हुए बोला, "आप समझते हैं कि ये लोग आपकी बात समझेंगे? नहीं! भरा पेट कभी ख़ाली पेट का साथी नहीं होता। इनमें से सिर्फ़ एक आदमी आगे आया और वह इसलिए आगे आया कि वह भी ग़रीब है, यतीम है। मगर कोई बात नहीं," उसने उपस्थित लोगों पर ग़ुस्से से गरजते हुए कहा, "हम लोग तुम्हारे बिना भी अपना काम चला लेंगे। हम लोग तुमसे भीख नहीं माँगेंगे कि आइए और हममें शरीक होइए। जहन्नुम में जाओ तुम लोग! तुम लोगों से बात करने का अकेला तरीक़ा मशीनगन है!" और इसके बाद वह मंच पर से उतरा और बिना दाएँ-बाएँ देखे सीधे दरवाज़े की तरफ़ बढ़ा।

मीटिंग की सदारत जिन लोगों ने की थी उनमें से कोई भी संगीत-नृत्य के लिए नहीं रुका।

इंकलाबी कमिटी के हेडक्वार्टर को लौटते हुए रास्ते में सर्गेई ने आक्रोश से कहा, "कैसी मुसीबत है! कैसे अजीब लोग हैं! ज़ार्की बिलकुल ठीक कहता है। यह कॉलेज की भीड़ किसी काम की नहीं। उनके बारे में सोचकर दिमाग़ गरम हो जाता है।"

इग्नातियेवा ने उसको बीच में टोकते हुए कहा, "इसमें अचरज की कोई बात नहीं है। ये तमाम लोग जो इकट्ठा हुए थे, शायद ही इनमें मज़दूर जमात का कोई नौजवान रहा हो। इनमें ज़्यादातर या तो निचले मध्यम वर्ग के लड़के थे या नगर के बुद्धिजीवियों के। ग़रज़ सब लोग ऐसे थे जो अपने स्वार्थ से आगे नहीं देख पाते। तुम्हें लकड़ी और चीनी के कारख़ाने के मज़दूरों के बीच काम करना होगा। मगर तुम यह न समझना कि मीटिंग एकदम बेकार थी। आगे चलकर तुम देखोगे कि इन्हीं विद्यार्थियों में से कुछ बड़े अच्छे साथी निकलेंगे।"

उस्तिनोविच ने इग्नातियेवा की बात का समर्थन किया।

वह बोली, "सर्योजा, हमारा काम अपने विचारों को, अपने नारों को, सब

लोगों तक पहुँचाना है। पार्टी हर नई घटना पर सभी मेहनतकशों का ध्यान केन्द्रित करेगी। हम लोग बहुत-सी सभाएँ, सम्मेलन और कॉन्फ्रेंसें करेंगे। राजनीतिक विभाग गरमियों के दिनों के लिए स्टेशन पर एक नाटकशाला खोल रहा है। कुछ ही दिनों में एक प्रचार-वैन आने वाली है और तब हमारा काम ज़ोर-शोर से चलेगा। याद है, लेनिन ने क्या कहा था—जब तक हम लोग जनता को, करोड़ों मेहनतकशों को, अपनी लड़ाई में नहीं ले आते, तब तक हम कभी नहीं जीत सकते।"

उसी शाम, काफ़ी देर हो जाने पर, सर्गेई उस्तिनोविच को पहुँचाने स्टेशन तक गया। उससे अलग होते समय उसने उस्तिनोविच के हाथों को मज़बूती से अपने हाथों में लिया और जितनी देर एकदम ज़रूरी था, उससे ज़्यादा देर तक उसके हाथों को अपने हाथों में लिये रहा। उस्तिनोविच के चेहरे पर एक हल्की-सी मुस्कराहट आई।

लौटते समय सर्गेई रास्ते में अपने घरवालों से मिलने के लिए चला गया। उसने ख़ामोशी से अपनी माँ की फटकार को सुन लिया। मगर, जब पिता ने शुरुआत की, तो सर्गेई ने जवाबी हमला किया और जखार वासीलिएविच की हालत ख़राब कर दी।

"बापू, आपने जर्मनों के क़ब्ज़े के दिनों में जब हड़ताल की थी और इंजन पर के उस सन्तरी को मार डाला था, उस वक़्त आपको अपने घरवालों का ख़याल आया था न? ज़रूर आया था। मगर तब भी आपने उस काम को किया, क्योंकि यही आपके मज़दूर के अन्तःकरण का आदेश था। मैंने भी अपने घरवालों के बारे में सोचा है। मैं अच्छी तरह जानता हूँ कि अगर हमें पीछे हटना पड़ा तो मेरे कारण आप लोगों को सताया जाएगा। और फिर, मैं घर पर बैठ भी तो नहीं सकता था। आप तो ख़ुद सब बातों को जानते हैं, बापू! तो फिर, यह फ़िज़ूल का हो-हल्ला क्यों? मैं एक अच्छे लक्ष्य के लिए काम कर रहा हूँ। आपको मुझे सहारा देना चाहिए, न कि इस तरह मेरी टाँग घसीटना। आइए, हम लोग समझौता कर लें बापू, और तब माँ भी मुझे डाँटना बन्द कर देंगी।" उसने अपने पिता को अपनी साफ़, नीली-नीली आँखों से देखा और प्यार से मुस्कराया। उसे इस बात का विश्वास था कि वह ठीक बात कह रहा है।

जखार वासीलिएविच अपनी बेंच पर ज़रा बेचैनी से हिला और उसकी घनी कड़ी मूँछों और छोटी-सी उलझी-पुलझी दाढ़ी के बीच से उसके पीले से दाँत मुस्कराने पर दिखलाई दिये।

"वर्ग चेतना की बात ला रहे हो, क्यों? बदमाश कहीं का! तुम सोचते हो कि यह जो रिवॉल्वर लिये तुम घूम रहे हो, वह मुझको तुम्हारी मरम्मत करने से रोक लेगा?"

मगर अब उसकी आवाज़ में ग़ुस्सा नहीं था, उसका हल्का-सा आभास भी नहीं। और उसने अपने मन के आवेग को वश में करते हुए अपना सख़्त, गठीला

हाथ अपने बेटे की तरफ़ बढ़ाया। "ठीक है सर्योजा, करते चलो। एक बार जब तुमने शुरू कर दिया है तो मैं ब्रेक नहीं लगाऊँगा। मगर हाँ, हम लोगों को एकदम भूल मत जाना, बीच-बीच में आया ज़रूर करना।"

रात का वक़्त था। ज़रा से खुले हुए दरवाज़े में से रोशनी की किरण अन्दर आकर सीढ़ियों पर लेट गई थी। उस बड़े-से कमरे में, जिसमें ठाठदार फ़र्नीचर सजा हुआ था, वकील साहब की बड़ी-सी मेज़ के पीछे पाँच आदमी बैठे हुए थे—दोलिनिक, इग्नातियेवा, ख़ुफ़िया विभाग के अध्यक्ष तिमोशेंको, जो कोसैकों जैसी फर की टोपी के कारण किरगिज़ नज़र आते थे, वह दैत्याकार रेलवे मज़दूर शूदिक और रेलवे के हाते का चपटी नाकवाला ओस्तापचुक। इंक़लाबी कमिटी की मीटिंग जारी थी।

दोलिनिक ने मेज़ पर झुकते हुए और इग्नातियेवा को कठोर आँखों से देखते हुए भर्राई हुई आवाज़ में कहा :

"मोर्चे पर रसद पहुँचाना ज़रूरी है। मज़दूरों के लिए खाना ज़रूरी है। जैसे ही हम लोग आए, दूकानदारों और बाज़ार के मुनाफ़ाखोरों ने दाम चढ़ा दिये। वे सोवियत मुद्रा लेने से इनकार करते हैं। यहाँ सिर्फ़ पुरानी जारशाही मुद्रा या करेंस्की के नोट चलते हैं। आज हम लोगों को बैठकर चीज़ों के दाम तय कर देने चाहिए। हम अच्छी तरह जानते हैं कि कोई भी मुनाफ़ाखोर तय किये हुए दामों पर अपना माल नहीं बेचेगा। उनके पास जो कुछ है, उसे वे छिपा लेंगे। उस सूरत में हम लोग तलाशियाँ लेंगे और इन ख़ून चूसनेवालों के माल को ज़ब्त कर लेंगे। यह शराफ़त बरतने का वक़्त नहीं है। हम मज़दूरों को अब और भूखों नहीं मरने दे सकते। कामरेड इग्नातियेवा कहती हैं कि हमें सँभलकर चलना चाहिए। अगर आप मुझसे पूछिए तो यह एक कातर बुद्धिजीवी की प्रतिक्रिया है। देखो जोया, बुरा न मानो, मैं जानता हूँ क्या कह रहा हूँ। और जो भी हो, यह छोटे-मोटे दूकानदारों का मामला नहीं है। आज मुझे ख़बर मिली है कि सराय के मालिक बोरिस जोन के घर में एक गुप्त तहख़ाना है। पेतल्युरा की फ़ौजों के आने से पहले ही बड़े-बड़े दूकानदारों ने वहाँ अपने माल के बड़े-बड़े स्टॉक छिपा दिये हैं।" वह रुका और मख़ौल उड़ाती हुई शरीर आँखों से तिमोशेंको को देखा।

तिमोशेंको ने सकपकाकर पूछा, "तुम्हें इस चीज़ का पता कैसे चला?" उसे यह बात बुरी लगी कि एक ऐसी ख़बर जिसे हासिल करने का काम ख़ुद उसका था, दोलिनिक को पहले ही मालूम हो गई।

दोलिनिक ने मगन होते हुए कहा, "मुझे सब बात मालूम रहती है, भाई। तहख़ाने

के बारे में जानने के अलावा मुझे यह भी मालूम है कि कल तुमने और डिवीजन कमांडर के मोटर ड्राइवर ने मिलकर आधी बोतल समोगन उड़ाई थी।"

तिमोशेंको अपनी कुरसी में अस्थिर हुआ और उसका पीला चेहरा शर्म से लाल हो गया।

"ख़ूब!" उसने बेमन से प्रशंसा करते हुए कहा। मगर यह देखकर कि इग्नातियेवा की त्योरियाँ चढ़ती जा रही हैं, उसने और कुछ न कहा। इंक़लाबी कमिटी के अध्यक्ष दोलिनिक को देखते हुए उसने अपने में कहा, "देखते हो, इस बढ़ई के पास अपना निजी ख़ुफिया विभाग है।"

दोलिनिक कह रहा था, "सर्गेई ब्रुजाक ने मुझे यह सब बतलाया। वह किसी को जानता है जो वहीं रेस्तराँ में काम करता था। वहीं रसोइयों से इस लड़के को मालूम हुआ कि जिस चीज़ की भी ज़रूरत होती थी और जितनी भी ज़रूरत होती थी, जोन उसे सप्लाई किया करता था। कल सर्गेई ने तहख़ाने के बारे में पक्की तरह पता लगा लिया। बस अब मालूम यह करना है कि यह तहख़ाना ठीक है किस जगह पर। तिमोशेंको, फ़ौरन अपने आदमियों को इस काम पर लगा दो! सर्गेई को अपने साथ लेते जाओ। अगर हमारा मामला बैठ गया और हमने काम ठीक से किया, तो हम मज़दूरों को और डिवीजन को चीज़ें दे सकेंगे।"

आधे घंटे बाद आठ सशस्त्र आदमी सराय के मालिक के घर में घुसे। दो बाहर फाटक पर पहरा देने के लिए रुक गए।

मालिक नाटा-सा, शराब के पीपे की तरह गोल-मटोल आदमी था। उसकी एक टाँग लकड़ी की थी और चेहरे पर लाल-लाल बाल थे। उसने अतिरिक्त नम्रता से आगन्तुकों का स्वागत किया। अपनी मोटी भारी आवाज़ में उसने पूछा :

"क्या बात है, साथियो! इतनी रात गए कैसे आए?"

जोन के पीछे उसकी लड़कियाँ जल्दी में अपने ड्रेसिंग गाउन पहने, तिमोशेंको की टॉर्च की रोशनी में आँखें मुलमुलाती हुई खड़ी थीं। दूसरे कमरे से जोन की भरे बदन की सुन्दर पत्नी की आहों और कराहों की आवाज़ सुनाई दे रही थी। वह भी जल्दी-जल्दी कपड़े पहन रही थी।

"हम लोग मकान की तलाशी लेने आए हैं," तिमोशेंको ने संक्षेप में अपनी बात कह दी।

फ़र्श की एक-एक इंच ज़मीन का अच्छी तरह मुआइना किया गया, मगर गुप्त तहख़ाने का कहीं पता न चला।

रसोई से हटकर एक छोटी-सी कोठरी थी जिसमें नौकरानी सोई हुई थी। वह इतनी गहरी नींद में सो रही थी कि उसको इन लोगों के आने की आहट भी नहीं मिली। सर्गेई ने उसको बहुत हल्के से जगाया।

"तुम यहाँ काम करती हो?" उसने पूछा। उस भौंचक लड़की ने, जिसकी

आँखें नींद से भारी हो रही थीं, कम्बल को अपने कन्धे तक खींच लिया और अपनी आँखों को रोशनी से बचाने के लिए आड़ की।

"हाँ," लड़की ने जवाब दिया। "तुम कौन हो?"

सर्गेई ने उसको बतलाया कि वह कौन है और यह कहकर कि जल्दी से कपड़े पहन लो, वह कमरे से बाहर आ गया।

खाना खाने के बड़े से कमरे में तिमोशेंको सराय के मालिक से सवाल कर रहा था और मालिक बहुत परेशान होकर बड़बड़ा रहा था :

"आप मुझसे चाहते क्या हैं? मेरे पास और कोई तहख़ाने नहीं हैं। मेरी बात का यक़ीन कीजिए, आप फ़िज़ूल अपना वक़्त बरबाद कर रहे हैं। हाँ, यह सही है कि कभी मैं सराय का मालिक था। लेकिन, अब मैं एक ग़रीब आदमी हूँ। पेतल्युरा के लोगों ने मेरे पास से सब कुछ झाड़ लिया और वह तो कहिए मैं बच गया, नहीं तो उन्होंने मुझे मार ही डाला था। मुझे बड़ी ख़ुशी है कि सोवियत राज क़ायम हो गया। लेकिन मेरे पास जो कुछ है, वह तो आपके सामने है, आप देख सकते हैं", कहते हुए उसने अपने छोटे-छोटे मोटे-ताज़े हाथ फैला दिये। पूरे वक़्त उसकी लाल-लाल आँखें तिमोशेंको के चेहरे से सर्गेई के चेहरे पर और सर्गेई के चेहरे से कोने में और छत पर दौड़ती रहीं।

तिमोशेंको ने अपने होंठों को चबाते हुए कहा : "तो तुम बतलाओगे नहीं? आख़िरी बार मैं तुम्हें हुक्म देता हूँ कि तुम हमें अपना गुप्त तहख़ाना दिखलाओ।"

सराय के मालिक की बीवी ने रोते हुए कहा, "मगर कामरेड अफ़सर, हमारे पास ख़ुद अपने खाने के लिए नहीं है। हमारे पास जो कुछ था, सब उन लोगों ने छीन लिया।" उसने रोने की कोशिश की, मगर बेसूद।

सर्गेई ने कहा, "तुम कहती हो कि तुम भूखों मर रही हो। फिर यह नौकरानी तुमने कैसे रखी है?"

"वह नौकरानी नहीं है। एक ग़रीब लड़की है जो हमारे साथ रहती है, क्योंकि उसका और कहीं कोई ठिकाना नहीं है। ख़ुद ख्रिस्तिना से पूछकर देख सकते हो।"

अब तिमोशेंको के धीरज का अन्त हो गया और उसने चिल्लाकर कहा, "अगर यही तुम्हारी मर्ज़ी है, तो हम भी अच्छी तरह अपना काम करेंगे!"

सुबह हुई, मगर तलाशी अब भी जारी थी। तेरह घंटे की बेकार कोशिश से तंग आकार तिमोशेंको ने अब तलाशी को खतम करने का फ़ैसला कर लिया था जबकि सर्गेई ने, जो कि नौकरानी की कोठरी की जाँच के बाद बाहर निकलने ही वाला था, अपने पीछे से उस लड़की की धीमी फुसफुसाहट सुनी, "रसोईघर में अँगीठी के पीछे देखो।"

दस मिनट बाद, उस अँगीठी के तोड़े जाने पर लोहे का एक चोर दरवाज़ा दिखाई दिया। और घंटे-भर के अन्दर दो टन माल ढोने वाली एक भारी ट्रक पीपे

और बोरे लादकर सराय से चली जहाँ बहुत से लोगों की भीड़ आश्चर्य से आँखें फाड़े, मुँह बाए खड़ी थी।

एक रोज़ जब बहुत गरमी पड़ रही थी, मारिया याकोवलेवना कोर्चागिन अपने सामान की एक छोटी-सी पोटली लिये घर आई। जब आर्तेम ने उसे पावेल के बारे में बतलाया, तो वह जार-जार रोने लगी। अब उसे अपनी जिन्दगी खोखली और नीरस मालूम पड़ती थी। उसे अपने लिए काम की तलाश थी और कुछ दिन बाद उसने लाल सेना के लोगों के कपड़े धोना शुरू कर दिया जिसके बदले में, मज़दूरी के तौर पर, उसे सैनिकों का राशन मिल जाता था।

एक शाम उसने खिड़की के बाहर आर्तेम के पैरों की आहट सुनी। आज आर्तेम और रोज़ से ज़्यादा जल्दी-जल्दी आ रहा था। उसने धक्का देकर दरवाज़ा खोला और दहलीज़ पर से ही ऐलान किया, "मैं पावका की एक चिट्ठी लाया हूँ।"

पावेल ने लिखा था :

'प्यारे भाई आर्तेम, यह मैं तुम्हें यह बतलाने के लिए लिख रहा हूँ कि मैं ज़िन्दा हूँ। हालाँकि मेरा हाल बहुत अच्छा नहीं है। मेरे कूल्हे में गोली लगी थी, लेकिन अब मैं अच्छा हो रहा हूँ। डॉक्टर का कहना है कि हड्डी में चोट नहीं लगी है। इसलिए मेरे बारे में परेशान मत होना, मैं ठीक हो जाऊँगा। अस्पताल से रिहा होने पर शायद मुझे छुट्टी मिल जाएगी, और मैं कुछ रोज़ के लिए घर आऊँगा। मैं माँ के पास तक नहीं पहुँच सका। हुआ यह कि मैं कामरेड कोतोव्स्की की घुड़सवार ब्रिगेड में भरती हो गया। मैं समझता हूँ, कामरेड कोतोव्स्की के बारे में तुमने ज़रूर सुना होगा क्योंकि वह अपनी बहादुरी के लिए बहुत मशहूर हैं। मैंने उनके जैसा आदमी पहले कभी नहीं देखा। अपने कमांडर के लिए मेरे मन में बहुत श्रद्धा है। क्या माँ घर लौट आईं? अगर लौट आई हों तो उन्हें मेरा प्यार देना। मैंने तुम्हें जो भी तकलीफ़ दी हो, उसके लिए मुझे माफ़ करना।

तुम्हारा भाई : पावेल।'

"आर्तेम, ज़रा जंगल के वार्डन के यहाँ चले जाना और वहाँ लोगों को इस ख़त के बारे में बतला देना।"

पावेल की चिट्ठी सुनकर मारिया याकोवलेवना बहुत रोई। कैसा पागल लड़का है, उसने अपने अस्पताल का पता भी नहीं दिया।

सर्गेई अब स्टेशन की उस हरी रेलवे कोच में अक्सर आया-जाया करता था जिस पर लिखा था : 'राजनीतिक विभाग का प्रचार दफ़्तर।' इसी आन्दोलन और प्रचारवाली गाड़ी के एक डिब्बे में उस्तिनोविच और इग्नातियेवा का दफ़्तर था। सर्गेई को देखकर इग्नातियेवा जिसके मुँह में सदा सिगरेट लगी रहती थी, इस अन्दाज़ से मुस्कराती थी कि मुझे सब कुछ मालूम है।

कोमसोमोल ज़िला कमिटी का मंत्री सर्गेई इधर रिता उस्तिनोविच का बड़ा दोस्त हो गया था और जब वह वहाँ से लौटता, तो किताबों और अख़बारों के बंडल के अलावा एक अव्यक्त सुख की अनुभूति भी सदा अपने साथ ले आता था।

हर रोज़ राजनीतिक विभाग के ओपन एयर थिएटर को देखने बहुत से मज़दूर और लाल सैनिक आया करते थे। बारहवीं सेना की प्रचार वैन रंग-बिरंगे पोस्टरों से ढकी साइडिंग में खड़ी रहती थी और उसमें चौबीसों घंटे ज़ोर-शोर से काम होता रहता था। उसके अन्दर एक छोटा-सा प्रेस भी लगा दिया गया था और अख़बार, पर्चे, घोषणाएँ बराबर छपकर वहाँ से निकलती रहती थीं। मोर्चा क़रीब ही था।

एक शाम संयोग से सर्गेई भी थिएटर में पहुँच गया और वहाँ उसने रिता को लाल सैनिकों की एक टोली के साथ पाया। उसी रात जब वह उसे पहुँचाने के लिए स्टेशन जा रहा था—वहीं राजनीतिक विभाग के कर्मचारियों को रहने के लिए जगह दी गई थी—तो उसने कह डाला, "कामरेड रिता, ऐसा क्यों है कि मुझे हमेशा तुमसे मिलने की चाह रहती है?" फिर बोला, "कितना अच्छा लगता है, तुम्हारे साथ रहना! तुमसे मिलने के बाद मुझे हमेशा ऐसा लगता है कि मैं बिना थके काम करता रह सकता हूँ।"

रिता रुक गई। "देखो कामरेड ब्रुजाक," उसने कहा, "अभी इसी वक़्त हमें यह बात तय कर लेनी चाहिए कि फिर कभी तुम ऐसी शायरी की बातें मुझसे न करोगे। मुझे यह पसन्द नहीं है।"

सर्गेई शर्म के मारे उसी तरह लाल हो आया जैसे स्कूल का लड़का डाँट खाने पर।

"मेरा कोई बुरा मतलब नहीं था," उसने कहा, "मैंने सोचा था कि हम लोग दोस्त तो हैं ही...मैंने कोई क्रान्ति-विरोधी बात तो नहीं कही थी! या कही थी? अच्छा कामरेड उस्तिनोविच, अब मैं एक भी शब्द और न कहूँगा!"

उसने जल्दी-जल्दी उससे हाथ मिलाया और लगभग दौड़ता हुआ शहर की ओर लौट गया।

सर्गेई कई दिन तक स्टेशन के पास भी नहीं फटका। इग्नातियेवा ने उससे वहाँ

आने के लिए कहा, तो वह यह कहकर टाल गया कि काम बहुत है, फ़ुरसत नहीं मिलती और सच बात तो यह थी कि उसे था भी बहुत काम।

एक रात जब शूदिक एक ऐसी सड़क से घर आ रहा था जिसमें ज़्यादातर चीनी के कारख़ाने में मैनेजरी करनेवाले पोल रहा करते थे, तो उस पर गोली चलाई गई। उसके बाद जो तलाशियाँ हुईं उनमें बहुत सी बन्दूकें और 'स्त्रेलेत्स' नामक एक पिल्सुद्स्की संगठन के काग़ज़ात मिले।

इंक़लाबी कमिटी में एक सम्मेलन बुलाया गया। उस्तिनोविच, जो वहाँ मौजूद थी, सर्गेई को एक तरफ़ ले गई और शान्त गम्भीर स्वर में बोली, "लगता है तुम्हारे अहम को ठेस लगी है, है न? तुम्हारी इन व्यक्तिगत चीज़ों से काम को तो नुक़सान नहीं पहुँच रहा है? नहीं कामरेड, इस तरह से तो काम नहीं चलेगा।"

इसके बाद सर्गेई ने फिर से स्टेशन जाना शुरू कर दिया।

वह एक ज़िला सम्मेलन में शरीक हुआ और दो दिन तक जारी गरमागरम बहसों में उसने हिस्सा लिया। तीसरे रोज़ सम्मेलन के अन्य प्रतिनिधियों के साथ-साथ वह भी नदी पार के जंगल में गया और ज़ारूदनी के डाकुओं से लड़ते हुए एक दिन और एक रात बिताई। यह लुटेरों का सरदार ज़ारूदनी पहले पेतल्युरा का एक अफ़सर था।

लौटने पर वह इग्नातियेवा से मिलने के लिए गया और उस्तिनोविच को भी वहाँ बैठे पाया। बाद में वह उसे घर पहुँचाने के लिए स्टेशन तक गया और विदा होते समय उसके हाथों को ज़ोर से अपने हाथों में ले लिया। उस्तिनोविच ने ग़ुस्से से अपना हाथ छुड़ा लिया। उसके बाद फिर कई रोज़ तक सर्गेई प्रचार की गाड़ी में नहीं गया और काम होने पर भी रिता से मुलाक़ात टालता रहा। और जब रिता उससे पूछती कि ऐसा क्यों है, तो वह बेरुखी से जवाब देता, "आपसे बात करने से फ़ायदा? आपसे कोई क्या कहे? आप मुझ पर यही अभियोग लगाएँगी कि मैं व्यक्तिवादी हूँ या मज़दूर वर्ग के साथ विश्वासघात कर रहा हूँ या इसी तरह की कोई और बात!"

काकेशस की लाल झंडा डिवीजन को लेकर आई रेलगाड़ी स्टेशन पर रुकी। तीन स्याहफाम कमांडर इंक़लाबी कमिटी में आए। उनमें से एक लम्बा छरहरा आदमी

था जो नक़्क़ाशी की हुई चाँदी की पेटी लगाए हुए था। वह सीधे दोलिनिक के पास गया और ऐसे स्वर में अपनी माँग रखी कि जैसे वह इनकार की बात भी सुनने के लिए तैयार न हो। बोला, “बहस की ज़रूरत नहीं। मुझे फ़ौरन सौ गाड़ी सूखी घास चाहिए। मेरे घोड़े मर रहे हैं।”

लिहाज़ा सर्गेई को दो लाल सैनिकों के साथ सूखी घास बरामद करने के लिए जाना पड़ा। एक गाँव में कुलकों के एक गिरोह ने उन पर हमला किया। लाल सेना के लोगों के हथियार छीन लिये गए और उन्हें बहुत बेरहमी से पीटा गया। छोटा होने के कारण सर्गेई पर मार कम पड़ी। ग़रीब किसानों की कमिटी ने उनको गाड़ी पर लादकर शहर पहुँचाया।

फिर एक सशस्त्र टुकड़ी उसी गाँव में भेजी गई और अगले रोज़ सूखी घास आ गई।

उसके घरवालों को कोई घबराहट या परेशानी न हो इस ख़याल से सर्गेई अपनी चोट ठीक होने तक इग्नातियेवा के यहाँ ठहरा रहा। रिता उस्तिनोविच वहाँ उससे मिलने के लिए आई और पहली बार उसने ऐसे प्यार से सर्गेई का हाथ दबाया जिसकी वह हिम्मत भी नहीं कर सकता था।

* * *

एक दिन तीसरे पहर जब ख़ासी गरमी पड़ रही थी, सर्गेई रिता से मिलने के लिए प्रचार की गाड़ी में गया। उसने रिता को पावेल का ख़त सुनाया और उसे अपने दोस्त के बारे में कुछ बातें बतलाईं। डिब्बे में से बाहर आते हुए उसने गर्दन मोड़कर कहा, “मैं जंगल में जाकर झील में नहाने की सोच रहा हूँ।”

रिता ने अपने काम पर से आँख उठाते हुए कहा, “मेरे लिए रुको। मैं भी तुम्हारे साथ चलूँगी।”

झील दर्पण की तरह चिकनी और शान्त थी। उसके साफ़ नीले पानी में एक ऐसी ताज़गी थी जो दावत-सी देती जान पड़ती थी।

रिता ने उससे आदेश के स्वर में कहा, “वहाँ सड़क पर मेरा इन्तज़ार करो। अब मैं नहाऊँगी।”

सर्गेई पुल के पास एक बड़े पत्थर पर बैठ गया और सूरज की तरफ़ देखने लगा। उसको पीछे से पानी में छप-छप की आवाज़ सुनाई दे रही थी।

तभी उसने दरख़्तों के बीच से तोनिया, तुमानोवा और चुजानिन को हाथ में हाथ डाले सड़क पर आते देखा। चुजानिन प्रचार की गाड़ी का फ़ौजी कमिसार था। अपनी अच्छी सिली हुई अफ़सर की वरदी में, जिसमें बड़ी ख़ूबसूरत चमड़े की पेटी और न जाने कितने फीते लगे हुए थे, और चरमर करते हुए अपने क्रोम

के जूतों में चुजानिन बड़ा बाँका जवान मालूम हो रहा था। वह तोनिया के साथ बातचीत में डूबा हुआ था।

सर्गेई ने तोनिया को पहचान लिया। वही पावेल का ख़त उसके पास ले गई थी। पास आने पर तोनिया ने भी सर्गेई को ग़ौर से देखा। वह भी उसे पहचानने की कोशिश कर रही थी। वे दोनों बराबर पर आ गए तो सर्गेई ने अपनी जेब में से पावेल का आख़िरी ख़त निकाला और तोनिया की तरफ़ आगे बढ़ा।

"एक मिनट, कामरेड! यह मेरे पास एक ख़त है जिसका कुछ सम्बन्ध आपसे भी है।"

अपना हाथ छुड़ाते हुए तोनिया ने वह ख़त लिया। उसे पढ़ते वक़्त काग़ज़ का वह टुकड़ा उसके हाथ में थोड़ा-सा काँपा।

सर्गेई को ख़त वापस देते हुए तोनिया ने पूछा, "तुम्हारे पास पावेल की और भी कोई ख़बर है?"

सर्गेई ने कहा, "नहीं।"

उसी वक़्त रिता के पैरों तले कंकड़ों के दबने की आवाज़ सुनाई दी और चुजानिन ने, जिसे रिता की उपस्थिति का कोई भान नहीं था, झुककर धीरे-से तोनिया के कान में कहा, "हम लोगों को यहाँ से चले जाना चाहिए।"

मगर रिता की मखौल उड़ाती हुई थोड़ी नफ़रत मिली आवाज़ ने उसको रोका : "कामरेड चुजानिन! आज सारे दिन लोग आपको गाड़ी में तलाश करते रह गए।"

चुजानिन ने चिढ़कर उसे देखा और बदमिज़ाजी से जवाब दिया, "कोई बात नहीं, मेरे बिना भी वे लोग अपना काम चला लेंगे।"

रिता ने तोनिया और फ़ौजी कमिसार को जाते हुए देखा।

ख़ुश्की से उसने कहा, "जितनी जल्दी इस बेमसरफ़ आदमी को यहाँ से भगाया जाए उतना ही अच्छा!"

हवा ओक की डालों को हिला रही थी और जंगल में मरमर की आवाज़ गूँज रही थी। झील से हवा के पंखों पर चढ़कर बड़ी प्यारी ताज़गी आ रही थी। सर्गेई ने पानी में घुसने की सोची।

जब वह तैरकर लौटा तो उसने सड़क के पास एक पेड़ के तने पर रिता को बैठे पाया। वे दोनों बात करते हुए घने जंगल में घूमने चले गए। जंगल के बीच एक खुले मैदान में, जहाँ ऊँची-ऊँची घनी घास उगी थी, वे आराम करने के लिए रुके। जंगल में बड़ी शान्ति थी। ओक के दरख़्त आपस में सरगोशियाँ कर रहे थे। रिता नरम घास पर लेट गई और अपने हाथ बाँधकर सिर के नीचे रख लिये। पुराने टाँके-लगे जूतों में उसकी ख़ूबसूरत टाँगें ऊँची-ऊँची घास में छिपी हुई थीं।

सर्गेई की आँखें इत्तफ़ाक़ से उसके पैरों पर पड़ीं। उसने उसके सफ़ाई से

मरम्मत किये हुए जूते को देखा और फिर अपने जूते को देखा जिसके सूराख़ में से उसका अँगूठा झाँक रहा था। वह हँस पड़ा।

"क्यों, किस बात पर हँस रहे हो?" रिता ने पूछा।

सर्गेई ने अपने जूते की तरफ़ इशारा किया और कहा, "ऐसे जूतों में भला हम कैसे लड़ेंगे?"

रिता ने कोई जवाब नहीं दिया। वह दूब का एक छोटा-सा टुकड़ा मुँह में डाले चबा रही थी और स्पष्ट कि उसके विचार कहीं और दौड़ रहे थे।

आख़िरकार उसने कहा, "चुजानिन बहुत ज़लील पार्टी मेम्बर है, दो कौड़ी का। हमारे दूसरे राजनीतिक कार्यकर्ता तो चीथड़े पहने घूमते हैं, मगर इसको बस अपनी फ़िक्र रहती है। सही बात यह है कि पार्टी में उसके लिए जगह नहीं है...। जहाँ तक मोर्चे की बात है, वहाँ हालत सचमुच बहुत संगीन है। हमारे देश को अभी बहुत लम्बी और कठिन लड़ाई लड़नी है।" वह रुकी और फिर बोली, "हमें शब्दों से लड़ना होगा और राइफ़लों से भी, सर्गेई। तुमने केन्द्रीय समिति के फ़ैसले के बारे में सुना है कि कोमसोमोल के एक-चौथाई सदस्यों को फ़ौज में भरती कर लिया जाए? सर्गेई, अगर तुम मुझसे पूछो तो मेरा ख़याल है कि अब हमें और ज़्यादा दिन यहाँ नहीं रहना है।"

उसकी बात सुनते हुए सर्गेई ने कुछ आश्चर्य के साथ यह लक्ष्य किया कि रिता की आवाज़ में आज कोई नया ही सुर है। रिता की काली-काली, पानी की तरह साफ़ आँखें उसको देख रही थीं और उसके मन में आया कि वह बेखटके उससे कह दे कि उसकी आँखें दर्पण की तरह हैं। मगर उसने अपने-आप को रोक लिया।

रिता ने कोहनी के बल टिकते हुए कहा, "तुम्हारा पिस्तौल कहाँ है?"

सर्गेई ने बड़े दुख से अपनी पेटी पर उँगली दौड़ाई और कहा, "उन कुलकों ने छीन ली।"

रिता ने अपनी ट्यूनिक की जेब में हाथ डाला और एक चमचमाता हुआ ऑटोमैटिक पिस्तौल निकाला।

"उस ओक को देख रहे हो, सर्गेई?" कहते हुए उसने पिस्तौल की नली से एक बहुत पुराने पेड़ के तने की ओर इशारा किया जो कि वहाँ से लगभग पच्चीस क़दम पर था। फिर आँख की सीध में पिस्तौल को ले आकर उसने बग़ैर निशाना साधे गोली दाग दी। गोली तने में लगी और छिलके ज़मीन पर बरस गए।

"देखा?" अपने-आप पर बहुत मगन होते हुए उसने कहा। उसने दुबारा गोली दागी और फिर वही हुआ—पेड़ के छिलके घास पर बरस गए।

"यह लो," उसने व्यंग्यपूर्ण ढंग से मुस्कराते हुए पिस्तौल सर्गेई को पकड़ाया और कहा, "अब तुम्हारा निशाना देखें।"

तीन निशानों में से सर्गेई का एक निशाना चूका। रिता शाबाशी देने के अन्दाज़

में मुस्कराई और बोली, "मैं तो सोचती थी कि तुमसे इतना भी नहीं बनेगा।"

उसने पिस्तौल को नीचे रख दिया और फिर घास पर लेट गई। उसकी ट्यूनिक तनने से उसकी कसी हुई छाती का उभार दिखलाई दे रहा था।

"सर्गेई," उसने धीरे-से कहा, "यहाँ आओ!"

सर्गेई और पास खिसक गया।

"आसमान को देखा। देखो कैसा नीला है। तुम्हारी आँखें भी इसी रंग की हैं। और यह ठीक नहीं। उन्हें भूरा होना चाहिए, फ़ौलाद की तरह। नीला रंग बहुत कोमल होता है।"

एकाएक उसने सर्गेई के सुनहले बालोंवाले सिर को अपनी बाँहों में भर लिया और उसके होंठों पर अपने होंठ रख दिये।

दो महीने गुज़र गए। पतझड़ के दिन आ गए।

पेड़ों को अपनी काली चादर में छिपाती हुई रात दबे पैरों से आई। डिवीजन हेडक्वार्टर्स का तार-बाबू अपने टिक-टिक टिक-टिक करते हुए यंत्र पर झुका हुआ था और काग़ज़ के लम्बे-पतले फीते साँप की तरह उसकी उँगलियों के इर्द-गिर्द लिपटते जा रहे थे और वह जल्दी-जल्दी उनके डाटों और डैशों को रूपान्तरित करके शब्दों और वाक्यांशों में बदलता जा रहा था :

> 'चीफ़ ऑफ़ स्टाफ़, पहली डिवीजन। नक़ल शेपेतोवका इंक़लाबी कमिटी के चेयरमैन को। इस तार को पाने के दस घंटे के अन्दर-अन्दर सारे सरकारी दफ़्तर शहर से हटा दो। शहर में एक बटालियन न. रेजिमेंट के कमांडर के चार्ज में छोड़ दो। वही इस मोर्चे के कमांडर हैं। डिवीजन हेडक्वार्टर्स, राजनीतिक विभाग, सारी फ़ौजी संस्थाएँ बरांचेव स्टेशन में ले जाओ। डिवीजन कमांडर को रिपोर्ट करो कि हुक्म पूरा किया गया।
>
> (दस्तख़त)'

दस मिनट बाद एक मोटरसाइकिल शहर की सोती हुई सड़कों पर दौड़ती जा रही थी। उसकी हेडलाइट अँधेरे को चीर रही थी। मोटरसाइकिल इंकलाबी कमिटी के फाटक के सामने रुकी। उसका सवार जल्दी से अन्दर गया और उसने यह तार चेयरमैन दोलिनिक के हाथ में दिया। फ़ौरन उस जगह हलचल शुरू हो गई। स्पेशल ड्यूटी कम्पनी को क़तार में खड़ा किया गया। एक घंटे बाद इंकलाबी कमिटी के माल-असबाब से लदी हुई गाड़ियाँ शहर के बीच होकर पोडोल्स्क स्टेशन की ओर चल पड़ीं। वहाँ इस सारे माल-असबाब को रेल के डिब्बों में लादा गया।

तार में लिखी बातों का सर्गेई को पता चला तो वह मोटरसाइकिल वाले के पीछे भागा।

"कामरेड, तुम मुझे स्टेशन तक पहुँचा दोगे?" उसने सवार से पूछा।

"कूदकर पीछे चढ़ जाओ, मगर ज़रा ज़ोर से पकड़े रहना।"

प्रचार का डिब्बा गाड़ी में लगाया जा चुका था। उससे दस-बाहर क़दम पर ही सर्गेई ने रिता को देखा। उसने रिता के कन्धों को पकड़ लिया और इस बात को समझते हुए कि अभी ज़रा ही देर में वह चीज़, जो उसके लिए इतनी अनमोल थी और जिसे वह इतना प्यार करने लगा था, बिछुड़ जाएगी, उसने धीरे-से कहा, "अलविदा रिता, मेरी प्यारी कामरेड! हम लोग फिर कभी मिलेंगे। मुझे भूलना मत।"

उसे इस बात से बड़ी घबराहट हुई कि आँसुओं से उसका गला रुँधा जा रहा है। उसे फ़ौरन यहाँ से चले जाना चाहिए। उसे अपने पर भरोसा न था कि अगर बोला, तो न जाने क्या बक दे, इसलिए उसने रिता के हाथ को इतने ज़ोर से दबाया कि रिता का हाथ दर्द करने लगा।

सवेरा हुआ तो शहर और स्टेशन वीरान और उजड़े हुए थे। आख़िरी गाड़ी जैसे अपनी सीटी से अलविदा कहती हुई स्टेशन के बाहर जा चुकी थी और अब सिर्फ़ पीछे छोड़ दी गई बटालियन रेलवे लाइन के दोनों तरफ़ मुस्तैद खड़ी थी।

पेड़ों से पीली-पीली पत्तियाँ झड़कर नीचे आ रही थीं और शाखें नंगी हो रही थीं। हवा गिरती हुई पत्तियों को पकड़ लेती थी और अपने साथ उड़ा ले जाती थी।

सर्गेई लाल सेना का बरानकोट पहने, कारतूसों की किरमिच की बनी पेटी कन्धे पर लटकाए, लाल सेना के बारह सिपाहियों के साथ चीनी के कारख़ाने के सामने वाले चौराहे पर तैनात था। पोल लोग क़रीब थे।

आवतोनम पेत्रोविच ने अपने पड़ोसी जेरासिम लियोनतियोविच के दरवाज़े पर दस्तक दी। जेरासिम ने अभी कपड़े नहीं पहने थे, लिहाज़ा उसने दरवाज़े में से सिर निकालकर पूछा : "क्या बात है?"

आवतोनम पेत्रोविच ने सड़क पर जाते हुए लाल सेना के लोगों की ओर इशारा किया और आँख मारकर कहा, "ये लोग भाग रहे हैं।"

जेरासिम लियोनतियोविच ने चिन्तित मुद्रा से उसकी ओर देखा और बोला, "तुम्हें मालूम है पोलों का कैसा चिह्न है?"

"मेरा ख़याल है, उनका चिह्न वही एक सिर वाला ईगल है।"

"कहाँ मिलेगा?"

आवतोनम पेत्रोविच ने परेशानी से अपना सिर खुजलाया और दो-एक पल विचार करने के बाद कहा, "उनके लिए तो यह सब ठीक है, बस उठे और चल दिये। मगर मुसीबत तो हम लोगों की होती है जिन्हें नये मालिकान के साथ मेल बैठाना पड़ता है।"

एक मशीनगन की आवाज़ ने ख़ामोशी को भंग कर दिया। अचानक स्टेशन से एक इंजन की सीटी सुनाई दी और उसके ठीक बाद वहीं से तोप दगने की आवाज़ आई। एक भारी बमगोला ज़ोर से सूँ करता हुआ हवा में उड़ा और कारख़ाने के उस पार सड़क पर गिरा जिससे सड़क के आस-पास की झाड़ियाँ नीले धुएँ के बादल में ढक गईं। पीछे हटते हुए लाल सैनिक एकदम चुपचाप और गम्भीर, किसी कठोर संकल्प की मूर्ति बने, सड़क पर मार्च करते चले जा रहे थे और रह-रहकर पीछे मुड़कर देखते जाते थे।

सर्गेई की आँख से गिरा आँसू बर्फ़ जैसी सर्द राह बनाता उसके गाल पर से लुढ़ककर नीचे आ रहा था। उसने जल्दी से उसे पोंछ डाला और चोरी-चोरी अपने साथियों की ओर देखा, कहीं किसी ने देख तो नहीं लिया। सर्गेई के बग़ल में लकड़ी के कारख़ाने का एक दुबला-पतला मज़दूर आन्तेक क्लोपोतोव्स्की चल रहा था। उसकी उँगली अपनी राइफ़ल के घोड़े पर ठहरी हुई थी। आन्तेक उदास और अपने-आप में खोया हुआ था। उसकी आँखें सर्गेई की आँखों से मिलीं तो उसने उन विचारों को, जो उसे सता रहे थे, सर्गेई के साथ बाँटा।

"वे लोग हमारे घरवालों की बड़ी मुसीबत करेंगे, ख़ासकर मेरे क्योंकि हम लोग पोल हैं। वे कहेंगे, तुम पोल होकर पोलिश लीजन का विरोध कर रहे हो! मुझे तो इसमें ज़रा भी शक नहीं कि मेरे बुड्ढे बाप को ठोकर मारकर वे लोग कारख़ाने से निकाल देंगे और कोड़े भी लगाएँगे। मैंने उनसे कहा कि चलिए, हमारे साथ चले चलिए, मगर घरवालों को छोड़ने को उनका जी न हुआ। जहन्नुम में जाएँ हरामज़ादे, मैं तो बेताब हो रहा हूँ कि कितनी जल्दी उनको पाऊँ," कहते हुए आन्तेक ने अपने टोप को, जो उसकी आँखों पर झुक आया था, ग़ुस्से से पीछे सरकाया।

...अलविदा मेरे प्यारे शहर, तुम जो अपनी सारी बदसूरती और गन्दगी के बावजूद, अपने बदसूरत छोटे-छोटे घरों और टेढ़ी-मेढ़ी सड़कों के बाद भी हमें इतने प्यारे लगते हो। विदा, मेरे प्यारो विदा। विदा वालिया और मेरे साथियो, जो गुप्त रूप से काम करने के लिए रुक रहे हो। बेरहम, क्रूर, विदेशी पोलिश ह्वाइट गार्ड दस्ते पास आ रहे हैं।

रेलवे मज़दूरों ने, जो अपनी तेल के धब्बे लगी क़मीज़ें पहने हुए थे, उदास आँखों से लाल फ़ौज के सैनिकों को जाते हुए देखा।

सर्गेई ने दुखते हुए दिल से चिल्लाकर कहा, "हम लोग लौटकर आएँगे, साथियो!"

आठ

भोर के धुँधलके में ढकी हुई नदी की कान्ति दब गई है और वह बहती चली जा रही है। किनारों के चिकने कंकड़ों से उसका पानी टकरा रहा है और मद्धिम सी, कोमल सी आवाज़ पैदा हो रही है। किनारों पर उथला पानी शान्त है, उसकी रुपहली सतह पर कहीं कोई लहर नहीं है, मगर वहाँ मँझधार में नदी का रंग स्याह है और पानी बेचैन। अपनी उसी बेचैनी में वह तेजी से बहता जा रहा है। किसी सम्राज्ञी का-सा सौन्दर्य है इस नदी का—जिसे गोगोल ने अमर बना दिया है! नदी की दाहिनी तरफ़ एकदम सीधी कगार है जो आकर सीधे पानी में गिरती है, मानो किसी आगे बढ़ते हुए पहाड़ को पानी की भीम धारा ने आकर रोक दिया हो। नीचे बाईं तरफ़ का किनारा सपाट है और वह जगह रेत के धुस्सों से घिरी हुई है। बसन्त के दिनों में बाढ़ आई थी; उसका पानी जब लौटा तो रेत के ये छोटे-छोटे टीले छोड़ता गया।

चपटी-सी थूथन वाली मैक्सिम तोप नदी के किनारे एक छोटी-सी खाई में रखी हुई थी और पाँच आदमी उसके पास लेटे हुए थे। यह सातवीं राइफ़ल डिवीजन की एक अगली चौकी थी। तोप के सबसे पास, नदी के ठीक सामने, सर्गेई ब्रुजाक लेटा हुआ था।

परसों लड़ाई से थककर और पोलिश तोपों की तूफ़ानी मार से पीछे ढकेले जाकर उन्होंने कीव छोड़ दिया था; वे पीछे हटकर नदी के बाएँ किनारे पर आ गए थे और वहीं उन्होंने अपने पैर जमा लिये थे।

पीछे हटना, जान का इतना नुक़सान और फिर कीव का दुश्मन के हाथ में चले जाना, इन सारी चीज़ों से सैनिकों को बड़ा गहरा धक्का लगा था। सातवीं डिवीजन दुश्मन के घेरे में पड़ जाने पर भी बड़ी वीरता से लड़ती हुई दुश्मन की पाँतों को चीरकर बाहर निकल आई थी और मालिन स्टेशन की रेलवे लाइन पर पहुँच गई थी। उसने बड़ा तेज़ हमला करके पोलिश फ़ौजों को पीछे ढकेल दिया था और कीव का रास्ता साफ़ कर दिया था।

मगर उनको वह प्यारा शहर छोड़ना पड़ा था और इसका लाल सेना के सैनिकों को बड़ा दुख था।

लाल टुकड़ियों को दारनित्सा से बाहर खदेड़कर पोल फ़ौजें अब रेल के पुल के बग़ल में नदी के बाएँ किनारे पर एक छोटी-सी पुलिया पर मोर्चा जमाकर बैठ गई थीं। मगर इधर के तेज़ जवाबी हमलों ने उस जगह से आगे बढ़ने की उनकी सारी कोशिशों को नाकाम कर दिया था।

नदी को बहते हुए देखकर कैसे मुमकिन था कि सर्गेई को अभी पिछले रोज़ की बात याद न आती।

कल दोपहर उसकी टुकड़ी ने सख़्त जवाबी हमले से पोलों का सामना किया था; कल दुश्मन से पहली बार उसका गुत्थमगुत्था हुआ था। बिना दाढ़ी का एक पोलिश सिपाही अपनी राइफ़ल और उसमें लगी हुई लम्बी नुकीली तलवार जैसी फ्रेंच संगीन लगाकर सर्गेई के ऊपर झपटा था। वह जाने क्या चिल्लाता हुआ खरगोश की तरह सर्गेई पर लपका। क्षण-भर को सर्गेई ने अपनी आँखों को बेपनाह ग़ुस्से से फैलते देखा। दूसरे क्षण सर्गेई की संगीन उस पोल की संगीन से बजी और वह चमकती हुई फ्रेंच संगीन एक ओर को हट गई। पोल गिर पड़ा...

सर्गेई का हाथ नहीं काँपा। वह जानता था कि उसे मारते जाना होगा—उसे, सर्गेई को, जिसमें इतने गहरे प्यार का माद्दा था, इतनी पक्की दोस्ती का माद्दा था। वह स्वभाव से दुष्ट या क्रूर नहीं था। मगर वह जानता था कि उसे इन भटके हुए सिपाहियों से लड़ना ही होगा जिन्हें दुनिया-भर की जोंकों ने उनके अन्दर हैवानी नफ़रत का जोश भरकर उसकी मातृभूमि पर हमला करने के लिए भेजा था। और वह, सर्गेई, क़त्ल करेगा ताकि वह दिन क़रीब आए जब आदमी आदमी का क़त्ल नहीं करेगा।

पारामनोव ने उसके कन्धे को थपकी दी और कहा, "सर्गेई, तुमको अब यहाँ से चलना चाहिए, नहीं तो वे लोग देख लेंगे।"

पावेल कोर्चागिन को अपने देश भर में चक्कर लगाते अब एक साल हो गया था। कभी वह मशीनगन की गाड़ियों पर या तोप की गोला-बारूद की गाड़ियों पर सवार होता, तो कभी एक छोटी-सी घोड़ी पर जिसके कान पर एक निशान था। अब वह एक जवान आदमी था, जिसे तकलीफ़ों और परेशानियों ने अपनी आग में तपाकर सख़्त और पक्का बना दिया था। कारतूस की भरी पेटी की वजह से उसकी मुलायम खाल कभी छिल गई थी, पर उसका घाव कब का भर चुका था और राइफ़ल के पट्टे के नीचे उसके कन्धे पर का चमड़ा सख़्त हो गया था।

पावेल ने उस साल बहुत सी भयानक चीज़ें देखी थीं। अपने ही जैसे दूसरे हज़ारों सैनिकों के साथ, जो सब उसी की तरह रद्दी-सद्दी कपड़े पहने हुए थे, मगर

जिन सब में अपने वर्ग की सत्ता क़ायम करने के लिए लड़ने का अजेय संकल्प था, वह अपनी मातृभूमि पर उत्तर-दक्खिन-पूरब पश्चिम सभी ओर गया था और इस दौरान वह सिर्फ़ दो बार तूफ़ान के साथ नहीं रहा था—एक तो तब, जब उसके कूल्हे में चोट लगी थी और दूसरी बार तब, जब सन् 1920 की कड़कड़ाती सरदी में फ़रवरी के महीने में वह टाइफस बुख़ार की चुभती गरमी से परेशान पड़ा था।

बारहवीं फ़ौज की रेजिमेंटों और डिवीजनों का संहार पोलिश मशीनगनों से कहीं ज़्यादा टाइफस ने किया। तब तक बारहवीं फ़ौज बहुत बड़े इलाक़े में, लगभग पूरे उत्तरी उक्रेन में, काम करने लगी थी और पोलों को आगे बढ़ने से रोके हुए थी।

पावेल अपनी बीमारी से बिलकुल ठीक भी नहीं हुआ था कि वह अपनी टुकड़ी में लौट आया। उसकी टुकड़ी उस वक़्त कज़ातिन-उमान ब्रांच लाइन के फ्रोन्तोवका स्टेशन में अपने पैर जमाए हुए थी। फ्रोन्तोवका जंगल में था। वहाँ सिर्फ़ एक छोटी-सी स्टेशन की इमारत थी और उसके आस-पास कुछ टूटी-फूटी और उजड़ी हुई झोपड़ियाँ थीं। तीन साल के अनवरत संग्राम के कारण इस इलाक़े में नागरिक ज़िन्दगी असम्भव हो गई थी। कई बार फ्रोन्तोवका एक से दूसरे हाथ में आया और गया।

फिर से कुछ बड़ी घटनाओं की तैयारी हो रही थी। बारहवीं फ़ौज के आदमी मारे गए थे और वह कमोबेश असंगठित हो गई थी। जिस वक़्त वह पोलिश फ़ौजों के दबाव के कारण पीछे हटकर कीव पहुँच रही थी, तभी मेहनतकशों की सरकार विजय के मद से चूर पोलिश फ़ौजों पर करारा हमला करने के लिए अपनी सारी ताक़त संचित कर रही थी।

पहली घुड़सवार फ़ौज की लड़ाई की आग में तपी हुई डिवीजनें उत्तरी काकेशस से उक्रेन भेजी जा रही थीं और वह एक ऐसी लड़ाई थी जिसकी मिसाल फ़ौजी इतिहास में नहीं मिलती। एक के बाद एक चौथी, छठी, ग्यारहवीं और चौदहवीं घुड़सवार डिवीजनें उमान के इलाक़े में पहुँच रही थीं। वे मोर्चे की पिछली पाँतों पर अपना सारा ज़ोर लगा रही थीं और निर्णायक लड़ाइयों के घटनास्थल के रास्ते में माखनो के लुटेरों का सफ़ाया करती जा रही थीं।

साढ़े सोलह हज़ार तलवारें, साढ़े सोलह हज़ार सैनिक जिन्हें स्तेपी के जलते सूरज ने तपाया और पकाया था।

इस वक़्त दक्खिन-पच्छिमी मोर्चे की कमान और लाल फ़ौज की सर्वोच्च कमान को सबसे ज़्यादा फ़िक्र इस बात की थी कि दुश्मन लाल फ़ौज के इस निर्णायक हमले को रोकने के लिए कुछ न कर सके। ये सारी घुड़सवार फ़ौजें कामयाबी के साथ एक जगह जमा हो जाएँ, इसी के लिए सब कुछ किया जा रहा था। उमान के इलाक़े में सक्रिय कार्रवाई रोक दी गई थी। मास्को से खारकीव के मोर्चे के हेडक्वार्टर और वहाँ से चौदहवीं और बारहवीं फ़ौजों के हेडक्वार्टर के बीच की

सीधी तार की लाइनें अनवरत काम कर रही थीं। तार के ऑपरेटर फ़ौजी कोड में दिये गए हुक्मनामे बराबर टपटपाते जा रहे थे, "पोलों का ध्यान घुड़सवार फ़ौज इकट्ठा करने की हमारी कार्रवाई की तरफ़ से हटाओ।" दुश्मन से लड़ाई सिर्फ़ उसी वक़्त की जाती जब यह ख़तरा होता कि पोलिश फ़ौजों के आगे बढ़ने से बुद्यौनी की घुड़सवार डिवीजनों के लिए ख़तरा पैदा हो जाएगा।

कैम्प फ़ायर की आग की लाल-लाल लपटें निकल रही थीं। आग से धुएँ के घुँघराले बादल उठते और भन-भन करते हुए बेचैन कीड़ों की भीड़ें छँट जातीं। सैनिक आग के इर्द-गिर्द अर्द्ध-गोलाकार लेटे हुए थे और आग की ताँबे जैसी छाया उनके चेहरों पर पड़ रही थी। हल्की नीली-भूरी राख पर रखे हुए मेसटिनों में पानी बुदबुदा रहा था।

एकाएक एक जलते हुए कुन्दे के नीचे से लपट की एक अकेली जीभ निकली और उसने किसी के बिखरे हुए बालोंवाले सिर को छुआ। उस आदमी ने झट से अपना सिर हटा लिया और गुर्राया, "धत्तेरे की! क्या मुसीबत है!" और आग के इर्द-गिर्द बैठे हुए लोगों की टोली ने कहकहा लगाया।

एक अधेड़ आदमी, जिसकी मूँछें छँटी हुई थीं और जो सर्ज का ट्यूनिक पहने हुए था, आग की रोशनी में अपनी राइफ़ल की नली का मुआइना कर रहा था। वह बोला :

"इस लड़के के दिमाग़ में किताबी ज्ञान इतना भरा हुआ है कि इसे आग की गरमी नहीं मालूम होती।"

"कुछ हमें भी तो बतलाओ कि क्या पढ़ रहे हो, कोर्चागिन?" किसी ने कहा। नौजवान लाल सैनिक ने अपने जले हुए बालों पर उँगली फेरी और मुस्कराया। "सचमुच बहुत अच्छी किताब है, कामरेड अन्द्रोश्चुक। कोशिश करके भी इसे छोड़ नहीं पाता।"

"काहे के बारे में है?" कोर्चागिन के बग़ल में बैठे हुए एक चपटी नाकवाले लड़के ने पूछा जो जी-जान से अपने थैले के फीते की मरम्मत में लगा हुआ था। उसने दाँत से वह मोटा तागा कुतरा, बाक़ी को सूई के इर्द-गिर्द लपेट दिया और फिर उसे अपने हेलमेट में खोंस लिया। "भाई, अगर इश्क़ के बारे में हो, तो मुझे ज़रूर बताना।"

लड़के की इस बात पर ज़ोर का कहकहा पड़ा। मातवेइचुक ने अपना छोटे-छोटे बालोंवाला सिर उठाया और उस चपटी नाकवाले लड़के को शरारत से आँख मारी, "इश्क़ बड़ी अच्छी चीज़ होती है, सेरेदा," उसने कहा, "और तुम इतने ख़ूबसूरत हो कि तुमको देखना गोया किसी तसवीर को देखना है। जहाँ कहीं हम लोग जाते हैं, तुम्हारे पीछे भागते-भागते लड़कियों के जूते घिस जाते हैं। कितनी बुरी बात है कि तुम्हारे जैसे ख़ूबसूरत आदमी में सिर्फ़ एक नुक़्स है कि नाक की जगह पाँच

कोपेक का सिक्का लटका हुआ है। मगर इसका इलाज आसान है। रात को नाक से एक दस पाउंड का लोविस्की हथगोला लटका दो। सवेरे सब ठीक हो जाएगा।"

इस मज़ाक़ पर जो ज़ोर का कहकहा पड़ा, तो मशीनगन की गाड़ियों में जुते हुए घोड़े डरकर हिनहिनाने लगे।

सेरेदा ने बोलनेवाले की ओर लापरवाही से देखा और कहा, "अजी, चेहरे से कुछ नहीं आता जाता, असल चीज़ तो दिमाग़ का गूदा है," कहते हुए उसने इशारतन अपने माथे को ठकठकाया और कहा, "जहाँ तक तुम्हारी बात है, तुम्हारी ज़बान तो बड़ी तीखी है, मगर किसी भी तरह तुम गधे से अच्छे नहीं हो और तुम्हारे कान ठंडे हैं।"

इन दोनों को, जो एक-दूसरे से गुँथने ही वाले थे, डाँटते हुए सेक्शन कमांडर ततारिनोव ने कहा, "अरे क्यों झगड़ रहे हो तुम लोग? इससे अच्छा यह है कि कोर्चागिन से कहो कि अगर सचमुच कुछ सुनने लायक़ चीज़ हो तो सुनाए।"

"बिलकुल ठीक है। शुरू करो, पावलुश्का।" सभी तरफ़ से लोगों ने आग्रह किया।

पावेल आग के कुछ और पास सरक आया और अपने घुटनों पर पड़ी हुई छोटी-सी मोटी किताब उसने खोल ली।

"इस किताब का नाम 'द गैडफ्लाई' है, साथियो। बटालियन कमिसार ने मुझे दी है। मुझे तो इस किताब ने बाँध लिया है, साथियो। तुम लोग ख़ामोशी से बैठो तो सुनाऊँ।"

"शुरू भी करो! और फ़िकर न करो, हम किसी प्रकार की गड़बड़ न होने देंगे।"

कुछ देर बाद रेजिमेंट के कमांडर कामरेड पुज़ीरेव्स्की चुपके से अपने घोड़े पर सवार कैम्प फ़ायर के पास आए। उनके आने का किसी को कुछ पता ही न चला। उन्होंने देखा कि ग्यारह जोड़ा आँखें किताब पढ़नेवाले के चेहरे पर टिकी हुई हैं। उनके साथ कमिसार भी था। कमिसार की ओर मुड़ते हुए उन्होंने कहा :

"ये देखो रेजिमेंट के आधे स्काउट हैं," और आग के गिर्द बैठे हुए उन लोगों की तरफ़ इशारा किया। "इनमें से चार नये-नये कोमसोमोल हैं, मगर सब के सब बहुत अच्छे सिपाही हैं। वह जो पढ़ रहा है उसका नाम कोर्चागिन है। और वह जो दूसरा है, जिसकी आँखें भेड़िये के बच्चे जैसी हैं, उसका नाम ज़ार्की है। वे दोनों दोस्त हैं, मगर चुपके-चुपके उनमें आपस में होड़ लगी रहती है। पहले कोर्चागिन मेरा सबसे अच्छा स्काउट था। लेकिन अब उसका एक तगड़ा प्रतिद्वन्द्वी पैदा हो गया है। इस वक़्त ये लोग जो काम कर रहे हैं, यह भी राजनीतिक काम है और बड़ा उपयोगी काम है। मैंने सुना है कि इन नौजवानों को 'यंग गार्ड' कहते हैं। मेरा ख़याल है कि यह बहुत मुनासिब नाम है।"

कमिसार ने पूछा, "जो किताब पढ़ रहा है, क्या वही राजनीतिक शिक्षक है?"

"नहीं, राजनीतिक शिक्षक तो क्रेमर है।" पुज़ीरेव्स्की ने अपने घोड़े को एड़ लगाई।"

बाहर ही से बोला, "मुबारक़बाद साथियो!"

सब लोगों के सिर कमांडर की ओर मुड़े जब वह घोड़े से उतर रहा था। उतरकर वह सीधे टोली के पास गया।

"आग ताप रहे हो दोस्तो, क्यों?" ख़ूब मुस्कराते हुए उसने कहा। उस वक़्त उसकी छोटी-छोटी, कुछ-कुछ मंगोलों जैसी आँखोंवाले मज़बूत चेहरे पर कठोरता नहीं थी। सिपाहियों ने दिल खोलकर अपने कमांडर का स्वागत किया, वैसे ही जैसे वे अपने किसी अच्छे दोस्त या साथी का करते। कमिसार अपने घोड़े से नहीं उतरा, क्योंकि वह और आगे जाना चाहता था।

अपनी पिस्तौल को पीछे सरकाते हुए पुज़ीरेव्स्की कोर्चागिन के बग़ल में बैठ गया।

"सिगरेट पी जाए तो कैसा रहे?" उसने कहा, "मेरे पास बहुत अच्छी तम्बाकू है।" उसने एक सिगरेट बनाई, जलाई और कमिसार की ओर मुड़कर बोला, "तुम जाओ दोरोनिन, मैं यहाँ कुछ देर रुकूँगा। हेडक्वार्टर में अगर मेरी ज़रूरत हो तो मुझे ख़बर कर देना।"

दोरोनिन के चले जाने पर पुज़ीरेव्स्की ने कोर्चागिन से कहा, "पढ़ो-पढ़ो, मैं भी सुनूँगा।"

पावेल ने अन्त तक पढ़ा, फिर किताब अपने घुटनों पर रख ली और आग की ओर देखते हुए किसी सोच में डूब गया। कुछ क्षणों तक कोई कुछ नहीं बोला। सभी लोग गैडफ्लाई के दर्दनाक नसीब के बारे में मन-ही-मन सोच रहे थे। पुज़ीरेव्स्की बहस शुरू होने का इन्तज़ार करते हुए सिगरेट के कश खींचता रहा।

ख़ामोशी को तोड़ते हुए सेरेदा ने कहा, "बड़ी भयानक और दिल हिला देनेवाली कहानी है। इसका मतलब यह है कि दुनिया में इस तरह के लोग भी हैं। जो कुछ उसने बरदाश्त किया उसे कम ही लोग बरदाश्त कर सकते थे। लेकिन जब आदमी के पास कोई ऐसा विचार होता है जिसके लिए वह लड़े तो उसमें सब कुछ सहने की ताक़त आ जाती है।" स्पष्ट ही सेरेदा पर किताब का बहुत असर पड़ा था। उसके चेहरे से यह बात ज़ाहिर थी।

"अगर मैं कहीं उस हरामज़ादे पादरी को पा जाऊँ जिसने उसके गले के नीचे क्रॉस उतारने की कोशिश की थी," बेलाया सेरकोव के एक जूता बनानेवाले के अपरेंटिस आन्द्रीयूशा फोमीचेव ने बुलन्द आवाज़ में ग़ुस्से से कहा, "तो वहीं उस सूअर को खतम कर दूँ।

आन्द्रोश्चुक ने एक छड़ी से एक मेसटिन को आग के और पास ठेलते हुए दृढ़ विश्वास के स्वर में कहा, "आदमी को मरना बुरा नहीं मालूम होता, अगर उसके पास ऐसी कोई चीज़ है जिसके लिए वह मरे। उसी से आदमी को बल मिलता

है। तुम बिना किसी दुख के मर सकते हो अगर तुम्हें मालूम हो कि तुम न्याय पर हो। वीर इसी तरह पैदा होते हैं। बहुत दिन हुए एक लड़का था जिसे मैं जानता था, उसका नाम पोराइका था। ओदेसा में जब ह्वाइटों ने उसे घेर लिया तो उसने अकेले एक पूरी प्लैटून का मुक़ाबला किया और इसके पहले कि वे लोग संगीनों से उसका काम तमाम कर देते, उसने एक दस्ती बम से अपना और उन सबका काम तमाम कर दिया। और देखने-सुनने में वह वैसा कुछ ख़ास न था। वैसा कुछ नहीं जैसे लोगों के बारे में तुम किताबों में पढ़ते हो, गो इसमें शक नहीं कि उसके बारे में लिखा ज़रूर जाना चाहिए। वह इस काबिल है। हमारे बीच इस तरह के बहुत से लड़के मिलते हैं।"

उसने एक चम्मच से मेसटिन की चीज़ को हिलाया, चखा और फिर बोला :

"कुछ लोग कुत्ते की मौत मरते हैं, ज़िल्लत की मौत। इजियास्लाव की लड़ाई की एक घटना मैं तुमको बतलाता हूँ। इजियास्लाव, गोरिन नदी पर बसा एक पुराना शहर है जो राजों-राजकुमारों के वक़्त बना था। वहाँ पर एक पुराना पोलिश गिरिजाघर था, बिलकुल किले की तरह बना हुआ। हाँ, तो हम लोग उस शहर में दाख़िल हुए और उसकी टेढ़ी-मेढ़ी गलियों में एक-एक की क़तार बनाए हुए आगे बढ़ने लगे। लेटों की एक कम्पनी हमारे दाएँ बाजू को बचा रही थी। हम लोग जब बड़ी सड़क पर पहुँचे, तो हमने तीन जीन कसे घोड़ों को एक मकान की बाड़ी से बँधे देखा। आहा, हमने सोचा यहाँ पर कुछ पोल हाथ लगेंगे। हममें से क़रीब दस हाते के अन्दर दौड़े। सबसे आगे उस लेट कम्पनी का कमांडर अपना माउजर लिये दौड़ा जा रहा था।

"सामने का दरवाज़ा खुला हुआ था। हम लोग दौड़कर अन्दर पहुँचे। मगर, वहाँ पोलों के बदले हमें अपने ही आदमी मिले। वे घुड़सवार सैनिक थे। वे हमसे पहले ही वहाँ पहुँच गए थे। हम लोगों ने वहाँ जो कुछ देखा, वह बहुत अच्छा दृश्य न था। वे लोग एक औरत के साथ बुरा काम कर रहे थे। यह औरत उस पोलिश अफ़सर की बीवी थी जो उस मकान में रहता था। लेट ने वहाँ जो दृश्य देखा, तो अपनी ही भाषा में कुछ चिल्लाया। उसके आदमियों ने उन तीनों को जा पकड़ा और घसीटते हुए बाहर ले आए। उनमें सिर्फ़ हम दो ही रूसी थे, बाक़ी सब लेट थे। उनके कमांडर का नाम ब्रेडिस था। मैं उनकी ज़बान नहीं जानता, लेकिन इतना समझ गया कि उसने उन तीनों को खतम करने का हुक्म दे दिया। बड़े तगड़े लोग होते हैं ये लेट, तरस खाना नहीं जानते। वे उन तीनों को घसीटकर अस्तबल में ले आए। मेरे सामने उनका काम तमाम कर दिया गया। उनमें से एक, जो बड़ा ऊँचा, पूरा आदमी था और जिसका चेहरा देखकर उस पर ईंट मारने की इच्छा होती थी, बहुत हाथ-पैर फटकार रहा था। वह चिल्ला रहा था—'सिर्फ़ एक औरत के पीछे तुम मुझे गोली मार दोगे!' दूसरे भी रहम की भीख माँग रहे थे।

"मेरे शरीर से ठंडा पसीना छूटने लगा। मैं दौड़कर ब्रेडिस के पास गया और बोला, 'कामरेड कम्पनी कमांडर, इन्हें फ़ौजी अदालत के सुपुर्द कर दीजिए। आप क्यों ख़ामख़ा इनके ख़ून से अपने हाथ रँगते हैं? अभी शहर में लड़ाई चल ही रही है और हम इन कुत्तों के साथ अपना वक़्त बरबाद कर रहे हैं।' ब्रेडिस ने शेर की तरह चमकती हुई आँखों से मेरी तरफ़ घूरा। सच कहता हूँ, उस वक़्त मुझे लगा कि मैंने क्यों ख़ामख़ा ऐसी बात कही। उसने अपनी बन्दूक़ मुझ पर तानी। मुझे लड़ते हुए सात साल हो गए, मगर यह मानने में शर्म नहीं कि उस वक़्त मैं सचमुच बहुत डर गया था। मैंने देखा कि यह तो पहले गोली मारेगा और सवाल बाद में करेगा। उसने अपनी टूटी-फूटी रूसी में चिल्लाकर कुछ कहा, जो अच्छी तरह मेरी समझ में नहीं आया। मगर शायद वह यही कहना चाहता था : 'हमारा झंडा हमारे ही ख़ून से रँगा हुआ है। ये लोग सारी फ़ौज को ज़लील करते हैं। लुटेरेपन की सज़ा मौत है।'

"मैं अब और इस चीज़ को बर्दाश्त न कर सका और जितनी तेजी से हो सकता था, हाते में से सड़क की ओर भागा और मैंने अपने पीछे गोली चलने की आवाज़ सुनी। मैं समझ गया कि उन तीनों का काम तमाम हो गया। जब तक हम लोग लौटकर बाक़ी लोगों से मिले, शहर हमारे कब्जे में आ चुका था।

"कुत्ते की मौत से मेरा मतलब उसी मौत से है जो उन तीनों को मिली। वे लोग उन्हीं में से थे जो मेलितोपोल में आकर हमसे मिले थे। एक ज़माने में वे माखनो के साथ रह चुके थे। लुच्चे-लफंगे थे वे।"

आन्द्रोश्चुक ने अपना मेसटिन उठाकर अपनी बग़ल में रख लिया और रोटी की पोटली खोलने लगा।

"कभी-कभी ऐसे लोग हम लोगों को अपने बीच भी मिल जाते हैं। सबके बारे में तो पक्की तरह कोई बात कही नहीं जा सकती। देखने में सभी क्रान्ति के समर्थक मालूम होते हैं। और ऐसे ही लोगों से हमारी बदनामी होती है; मगर ख़ैर जो भी हो, मैं कहता हूँ कि वह बड़ी भयानक, बड़ी गन्दी चीज़ थी जो मैंने देखी। मैं उसे जल्दी भूल नहीं सकूँगा।" उसने चाय की चुस्की लेते हुए अपनी बात ख़तम की।

कैम्प के लोगों के सोते-सोते बहुत रात जा चुकी थी। ख़ामोशी में सेरेदा की नाक बजने की आवाज़ सुनाई दे रही थी। पुज़ीरेव्स्की अपने घोड़े की जीन का तकिया लगाए सो रहा था। राजनीतिक शिक्षक क्रेमर बैठा हुआ अपनी नोटबुक में तेज़ी से कुछ लिख रहा था।

अगले रोज़ स्काउटिंग की एक गश्त से लौटकर पावेल ने अपना घोड़ा एक पेड़ से बाँधा और क्रेमर के पास गया जिसने अभी-अभी अपनी चाय खतम की थी।

"सुनो क्रेमर, कैसा रहे अगर मैं पहली घुड़सवार फ़ौज में चला जाऊँ? क्यों? देखने से लगता है कि वहाँ कुछ बड़ी-बड़ी चीज़ें होनेवाली हैं। इतनी फ़ौजों को जो इकट्ठा किया जा रहा है, बड़ी संख्या में, तो क्या यों ही मज़ाक़ के लिए? और

यहाँ तो लगता है कि कुछ ख़ास लड़ाई-वड़ाई देखने को मिलेगी नहीं।"

क्रेमर ने उसकी ओर आश्चर्य से देखा।

"चला जाऊँ से क्या मतलब? क्या तुम्हारा ख़याल है कि सिनेमा की सीट की ही तरह अपनी फ़ौज की टुकड़ी भी जब चाहे बदल सकते हो?"

"मगर इससे फ़र्क़ क्या पड़ता है, लड़ना यहाँ भी है वहाँ भी," पावेल ने कहा, "मैं भागकर पीछे तो जा नहीं रहा हूँ, मोर्चे को छोड़कर?"

मगर क्रेमर इस बात के बिलकुल ख़िलाफ़ था। बोला :

"अनुशासन भी तो कोई चीज़ है! कुल मिलाकर तुम बुरे लड़के नहीं हो पावेल; मगर कुछ बातों में तुम थोड़े से अराजकतावादी हो। तुम्हारा ख़याल है कि तुम मनमानी कर सकते हो, जब जो तुम्हारे जी में आए? तुम भूल जाते हो मेरे दोस्त कि पार्टी और कोमसोमोल की आधारशिला लौह अनुशासन है। पार्टी का हित सबसे पहले देखना होगा। और हममें से हर एक को वहाँ होना चाहिए जहाँ उसकी ज़रूरत है। वहाँ नहीं जहाँ वह रहना चाहता है। पुज़ीरेव्स्की ने तुम्हारी बदली की अर्ज़ी रद्द कर दी कि नहीं? बस, तो यही तुम्हारी बात का जवाब है।"

क्रेमर इतने आवेश में बोल रहा था कि उसे खाँसी का दौरा पड़ गया। यह लम्बा दुबला-पतला आदमी प्रेस में काम करता था और सीसे की चूर उसके फेफड़ों पर जम गई थी और अक्सर उसके मोम जैसे फ़ीके ज़र्द गालों पर बुख़ार की-सी ललाई दिखाई देती थी।

क्रेमर के शान्त होने पर पावेल ने धीमी, मगर दृढ़ आवाज़ में कहा :

"तुम जो कहते हो वह ठीक है, मगर फिर भी मैं बुद्यौनी की फ़ौज में जा रहा हूँ।"

उसके अगले रोज़ शाम को पावेल कैम्प फ़ायर में नहीं था।

पास के एक गाँव में बुद्यौनी की घुड़सवार टुकड़ी के लोग स्कूल की इमारत के उस पार एक पहाड़ी पर बड़ा-सा घेरा बनाए बैठे थे। एक भीमकाय सिपाही, मशीनगन को खींचनेवाली गाड़ी के पीछे बैठा हुआ था। उसने अपनी टोपी पीछे की ओर सरका दी थी और अकार्डियन बाजा बजा रहा था। वह बाजा उसकी अनाड़ी उँगलियों के निर्देश से बिना किसी ताल-सुर के शोर मचा रहा था जैसे उसे गहरी यातना मिल रही हो और वह रो रहा हो। उसके इस ग़लत-सलत बाजा बजाने से वह बाँका घुड़सवार, जो ख़ूब ही चौड़ी बिरजिस पहने हुए घेरे के बीचोबीच बड़ी मस्ती से होपाक नाच रहा था, परेशानी में पड़ जाता था।

गाँव के लड़के-लड़कियाँ अपनी उत्सुक आँखें लिये इन सिपाहियों की उछलकूद को, जिनकी ब्रिगेड अभी-अभी गाँव में दाख़िल हुई थी, देखने के लिए

तोप खींचनेवाली गाड़ी और आसपास की बाड़ियों पर चढ़ गए थे।

"हाँ, तोप्तालो! यह रही! ज़मीन खोदकर रख दो! हाँ भाई, यह चीज़ है। अजी ओ, तुम जो अकार्डियन लिये खड़े हो, ज़रा ज़ोर से बजाओ, क्या पीं-पीं कर रहे हो!"

मगरे बजानेवाले की मोटी-मोटी उँगलियाँ, जो निहायत आसानी से घोड़े की नाल को पकड़कर मोड़ दे सकती थीं, परदे पर भद्‌दे तरीक़े से धप्प-धप्प कर रही थीं।

"कितना बुरा हुआ कि माखनो, आफ़ानासी कुल्याबका को ले बीता," काँसे के रंग के एक घुड़सवार ने दुख के साथ कहा, "वह लड़का बहुत अच्छा अकार्डियन बजाता था। अपने घोड़े पर सवार होकर वह हमारे दस्ते के दाएँ चला करता था। बहुत बुरा हुआ कि वह मारा गया। वह सिपाही भी बहुत अच्छा था और हमारा सबसे अच्छा अकार्डियन बजानेवाला भी था!"

पावेल ने, जो उसी घेरे में खड़ा था, इस आख़िरी बात को पीछे से सुन लिया था। वह लोगों को हटाता हुआ मशीनगन खींचनेवाली गाड़ी के पास पहुँच गया और उसने अपना हाथ अकार्डियन की धौंकनी पर रख दिया। संगीत थम गया।

"क्यों क्या बात है?" अकार्डियन बजाने वाले ने त्योरी चढ़ाते हुए पूछा।

तोप्तालो रुक गया और भीड़ में से ग़ुस्से की एक भुनभुनाहट उठी, "किस बात का झगड़ा है?"

पावेल ने बाजे के लिए हाथ बढ़ाते हुए कहा, "ज़रा मुझे बजाने दो!"

बुद्यौनी के घुड़सवार ने इस बोल्शेविक पैदल सिपाही की ओर अविश्वास से देखा और फिर बेमन से अकार्डियन का पट्‌टा अपने कन्धे पर से उतार दिया।

पावेल ने जानकार अन्दाज़ से बाजे को अपने घुटने पर रख लिया, धौंकनी को पंखे की तरह फैला दिया और अकार्डियन अपने पूरे जोशोखरोश से संगीत की ख़ूब ही मस्त धुन निकालने लगा :

ओ री नन्ही छबीली
किधर चली? ओ री...
बाँके सिपहिया से नैना लड़े तोरे
तू उसके ही प्रेम रली! ओ री...

तोप्तालो ने इस परिचित धुन को उठा लिया और किसी बड़ी चिड़िया की तरह अपनी बाँहों को झुलाता हुआ, झूमता हुआ घेरे के अन्दर जा पहुँचा और अपने जिस्म को अजीब-अजीब तरह से तोड़-मरोड़कर और अपनी जाँघों, घुटने, सिर, माथे, जूते के तल्लों और यहाँ तक कि अपने मुँह पर कस-कस के हाथ मारता हुआ संगीत की ताल देने लगा।

अकार्डियन की गति तेज़ होती जा रही थी और उससे एक बेहद नशीली, पागल कर देनेवाली स्वर-लहरी निकल रही थी। तोप्तालो ज़ोर-ज़ोर से अपनी टाँगों

को फटकारकर पूरे घेरे में लट्टू की तरह नाच रहा था—यहाँ तक कि उसकी साँस फूल गई।

5 जून, 1920 को बुद्यौनी की पहली घुड़सवार फ़ौज दो-चार छोटी, मगर भयानक, लड़ाइयों के बाद तीसरी और चौथी पोलिश फ़ौजों के बीच के पोलिश मोर्चे को चीरने में कामयाब हुई। उसने जनरल साविकी की घुड़सवार ब्रिगेड को, जो उसके रास्ते में पड़ी, चकनाचूर कर दिया और सैलाब की तरह रुजीनी की तरफ़ बढ़ी।

पोलिश फ़ौज की कमान ने जल्दी-जल्दी अपनी कुछ फ़ौज जमा की और उससे अपने मोर्चे की दरार को भरने की कोशिश की। पोगरेबिश्चे स्टेशन से पाँच टैंक झटपट लड़ाई के मुक़ाम पर भेजे गए। पोलिश फ़ौज का इरादा ज़ारुदनित्सी से हमला करने का था, मगर यह घुड़सवार फ़ौज उसको बचाकर बग़ल से निकल गई और पोलिश फ़ौजों के पिछाये में जा पहुँची।

पहली घुड़सवार फ़ौज का पीछा करने के लिए जनरल कौर्निकी की घुड़सवार डिवीजन भेजी गई। पोलिश कमान को यक़ीन था कि बुद्यौनी की घुड़सवार फ़ौज कज़ातिन की तरफ़ बढ़ रही है। पोलिश फ़ौजों के पिछाये में कज़ातिन एक सबसे अहम जंगी मुक़ाम था। लिहाज़ा जनरल कौर्निकी की घुड़सवार डिवीजन को बुद्यौनी की फ़ौज पर पीछे से हमला करने का आदेश दिया गया। मगर इस चाल से पोलों की हालत सुधरी नहीं। यह सही है कि उन्होंने उस दरार को पूर दिया और बुद्यौनी की घुड़सवार फ़ौज को पीछे से काट दिया, मगर यह चीज़ अपने-आप में काफ़ी परेशान करनेवाली थी कि एक मज़बूत घुड़सवार फ़ौज उनकी पाँतों के पीछे है और उससे उनके पिछाये के अड्डों को ख़तरा है। इतना ही नहीं, इस बात का भी ख़तरा था कि वह फ़ौज पोलों की कीव-स्थित फ़ौजी टुकड़ी पर टूट पड़ेगी। आगे बढ़ते हुए लाल घुड़सवार डिवीजनों ने पोलों के लौटने का रास्ता बन्द करने के लिए छोटे-छोटे रेल के पुलों को उड़ा दिया और रेलवे लाइनों को उखाड़ फेंका।

क़ैदियों से यह बात मालूम होने पर कि पोलों का एक फ़ौजी हेडक्वार्टर ज़िटोमीर में है (और सच बात तो यह थी कि पूरे मोर्चे का उनका हेडक्वार्टर वहीं था), पहली घुड़सवार फ़ौज के कमांडर ने ज़िटोमीर और बर्डीचेव पर क़ब्ज़ा करने का फ़ैसला किया। ये दोनों महत्त्वपूर्ण रेलवे जंक्शन और शासन केन्द्र थे। 7 जून को सवेरे, भोर में, चौथी घुड़सवार डिवीजन पूरे वेग से ज़िटोमीर की तरफ़ बढ़ी जा रही थी।

अब कोर्चागिन एक दस्ते के बाएँ बाजू में अपने घोड़े पर सवार चल रहा था; सभी सिपाहियों के सम्मिलित अनुरोध पर पावेल को उस दस्ते में रखा गया था। वे लोग इतने अच्छे अकार्डियन बजानेवाले से हाथ नहीं धोना चाहते थे।

उनके घोड़ों के मुँह से फेचकुर छूट रहा था, मगर रुकने की ताब उनमें नहीं थी। ज़िटोमीर के पास पहुँचकर वे पंखे की तरह फैल गए और अपनी नंगी, धूप में चमकती तलवारें लिये उन्होंने शहर पर हमला बोल दिया।

घोड़े हाँफ रहे थे, उनकी टापों से धरती कराह रही थी और घुड़सवार अपनी रकाबों में पैर दिये खड़े थे।

उनके पैरों के नीचे ज़मीन तेज़ी से उलटी तरफ़ भागती चली जा रही थी और उनके सामने वह बाग़ीचों और पार्कों वाला बड़ा शहर था जो तेज़ी से पास आता जा रहा था। घुड़सवारों का यह तूफ़ान बाग़ीचों के बग़ल से होता हुआ शहर के बीचोबीच जा पहुँचा। लड़ाई के ख़ौफ़नाक नारे और आवाज़ें हवा को चीरने लगीं और एक ऐसा समाँ बँध गया जो मौत की तरह ही भयावना था।

पोल ऐसे किंकर्तव्यविमूढ़ हो गए थे कि वे कुछ भी मुक़ाबला न कर सके। उस शहर की उनकी फ़ौज को कुचल दिया गया।

अपने घोड़े की गर्दन पर झुका हुआ कोर्चागिन तेज़ी से तोप्तालो के बग़ल में चला जा रहा था। तोप्तालो अपने काले घोड़े पर सवार था जिसकी टाँगें पतली थीं। पावेल ने देखा कि कैसे अचूक निशाने से उस बाँके घुड़सवार ने एक पोलिश सिपाही को, इसके पहले कि वह अपनी राइफ़ल उठाकर कन्धे से लगा सके, चीरकर रख दिया।

घोड़ों की नालें सड़क के पत्थरों पर बज रही थीं। तभी एक दुराहे पर उन्होंने अपने ठीक सामने सड़क के बीचोबीच एक मशीनगन को देखा। तीन पोलिश सिपाही अपनी नीली वर्दियाँ और आयताकार टोपियाँ लगाए मशीनगन पर झुके हुए थे। एक चौथा आदमी भी था जिसके कॉलर पर सुनहले गोटे का काम था और जो इन घुड़सवारों पर अपना माउज़र ताने हुए था।

न तोप्तालो, न पावेल, दोनों में से कोई भी अपने घोड़े को नहीं रोक सका और वे सरपट मशीनगन की तरफ़, सीधे मौत के जबड़ों में, भागते चले गए। उस अफ़सर ने कोर्चागिन पर गोली चलाई, मगर निशाना चूक गया। गोली पावेल के गाल के पास से सन्न से निकल गई और दूसरे ही क्षण उस लेफ़्टिनेंट का सिर सड़क के पत्थर से जा टकराया। घोड़े की टाप ने उसके पैर उखाड़ दिये और उसका निर्जीव शरीर चित होकर सड़क पर बिछ गया।

उसी वक़्त मशीनगन पाशविक डरावनी तेज़ी से कड़कड़ाई और गोले के एक दर्जन छर्रे आकर तोप्तालो और उसके काले घोड़े को लगे और दोनों वहीं ज़मीन पर ढेर हो गए।

पावेल का घोड़ा डरकर हिनहिनाता हुआ अपनी पिछली टाँगों पर खड़ा हो गया और अपने सवार को लिये हुए, ज़मीन पर पड़ी लाशों को फाँदता हुआ मशीनगन चलानेवालों पर जा कूदा। पावेल की तलवार हवा में एक अर्धवृत्त बनाती हुई

चमकी और एक सिपाही की नीली टोपी को चीरती हुई अन्दर घुस गई।

दूसरे के सिर पर टूटने के लिए तलवार दुबारा चमकी, मगर बौखलाया हुआ घोड़ा दूसरी ओर बहक गया।

एक पहाड़ी तूफ़ानी नदी की तरह हरहराता हुआ घुड़सवार दस्ता अब सड़क के दोराहे पर आ गया था और हवा में बीसों तलवारें चमक रही थीं।

जेल के तंग लम्बे गलियारों में आवाज़ें गूँज रही थीं।

जेलख़ाने की कोठरियों में एक अजीब परेशानी का आलम था। उनमें बन्द मर्दों और औरतों के दुबले, सूखे, मुरझाए हुए, परेशान चेहरे कुछ समझ नहीं पा रहे थे कि आगे क्या होनेवाला है। उनको यह मालूम था कि शहर के अन्दर लड़ाई जारी है, लेकिन इस बात का यक़ीन उन्हें मुश्किल से आ रहा था कि इस चीज़ का मतलब उनकी आज़ादी होगी, कि ये हमला करनेवाले, जो अचानक ही शहर पर टूट पड़े थे, उनके अपने आदमी हैं।

जेल के हाते में गोली चल रही थी। लोग गलियारों में भाग रहे थे। और फिर वे सदा-सदा के पहचाने, प्यारे, मर्मस्पर्शी शब्द, "अब तुम आज़ाद हो, साथियो!"

पावेल एक बन्द कोठरी की तरफ़ दौड़ा जिसमें ताला लगा हुआ था। इस कोठरी की नन्ही-सी खिड़की में से दर्जनों आँखें बेताबी से झाँक रही थीं, मानो किसी ने उन्हें वहाँ चिपका दिया हो। पावेल अपनी राइफ़ल के कुन्दे से बार-बार ताले पर चोट मार रहा था।

मिरोनोव ने पावेल को एक तरफ़ हटाते हुए अपनी जेब से एक दस्ती बम निकाला और बोला, "रुको, मैं अभी इसे एक बम से तोड़े देता हूँ।"

प्लैटून कमांडर जिगारचेंको ने लपककर उसके हाथ से बम छीन लिया। "रुको भी, कैसे गधे हो, पागल हो गए हो क्या! अभी पलक मारते ताली आई जाती है। जो कुछ हम तोड़ नहीं सकेंगे, उसे ताली से खोलेंगे।"

जेल के सन्तरी पीछे से रिवॉल्वर से ठेल-ठेलकर ले जाए जा रहे थे। उसके बाद रास्ते-भर में तमाम मर्द और औरतें भर उठे जो चीथड़े लगाए थे, जिन्होंने न जाने कब से मुँह-हाथ भी नहीं धोया था, मगर जो ख़ुशी से पागल हो रहे थे।

कोठरी के दरवाज़े को धक्का देकर खोलते हुए पावेल अन्दर पहुँचा।

"साथियो, तुम लोग आज़ाद हो! हम लोग बुद्योनी के आदमी हैं—हमारे डिवीजन ने शहर पर क़ब्ज़ा कर लिया है!"

एक औरत, जिसकी आँखों में आँसू छलक रहे थे, दौड़कर पावेल के पास पहुँची और उसे अपनी बाँहों में भरकर सिसकने लगी जैसे उसे कोई अपना सगा मिल गया हो।

इन पाँच हज़ार इकहत्तर बोल्शेविकों और लाल सेना के दो हज़ार राजनीतिक कर्मियों की—जिन्हें पोलिश क्रान्ति-विरोधियों ने इन पत्थर के तहख़ानों में गोली

मारने या फाँसी पर चढ़ाने के लिए बन्द कर रखा था—आज़ादी ही इस डिवीजन के सैनिकों के लिए सबसे बड़ा पुरस्कार था, जीत से भी बड़ा पुरस्कार। उन सात हज़ार क्रान्तिकारियों के लिए रात्रि का अभेद्य अन्धकार दिन के सुनहले प्रकाश में बदल गया।

एक क़ैदी, जिसकी खाल नीबू की तरह पीली थी, ख़ुशी से पागल होकर पावेल की ओर दौड़ा। यह था सैमुअल लेखर—शेपेतोवका के प्रेस का एक कम्पोजीटर।

सैमुअल के मुँह से अपने शहर की ख़ून में डूबी हुई कहानी सुनकर पावेल का चेहरा मुरझा गया; सैमुअल के शब्द पिघले हुए सीसे की बूँदों की तरह उसके दिल को जला रहे थे।

"उन्होंने हम सबको एक साथ रात के वक़्त पकड़ लिया। किसी हरामज़ादे ने हमारे साथ गद्दारी की और फ़ौजी पुलिस को हमारे बारे में बतला दिया। एक बार हमें अपने पंजों में पाकर उन्होंने हमारे साथ फिर किसी तरह का रहम नहीं किया। हमें उन्होंने बहुत बुरी तरह मारा, पावेल। मुझे औरों से कम यातना सहनी पड़ी क्योंकि दो ही चार वारों के बाद मैं बेहोश होकर गिर पड़ा। लेकिन, दूसरे मुझसे ज़्यादा मज़बूत थे।

"हमारे पास छिपाने को कुछ भी नहीं बचा था। उन सिपाहियों को हमसे ज़्यादा अच्छी तरह हमारी बातें मालूम थीं। उनको पता था हमने कब-कब कौन से क़दम उठाए। और यह कोई ताज्जुब की बात नहीं थी क्योंकि हमारे बीच एक गद्दार था! उन दिनों के बारे में मैं तुमको नहीं बतला सकता, पावेल। जो पकड़े गए, उनमें से तुम बहुतों को जानते हो। वालिया ब्रुजाक और रोज़ा ग्रित्समान, कैसी प्यारी लड़कियाँ थीं। अभी मुश्किल से सत्रह की हुई थीं और कैसा विश्वास झलकता था उनकी आँखों में, पावेल! साशा बुनशाफ्ट भी तो पकड़ा गया। उसे तो तुम जानते होगे, कम्पोजीटर था। कैसा मस्त लड़का था! हमेशा मालिक के कार्टून बनाया करता था। उसे और कॉलेज के दो लड़कों, नोवोसेलस्की और तुजित्स को वे पकड़ ले गए। इन लड़कों की भी तुम्हें याद होगी ही। बाक़ी लोग भी शहर के या ज़िले के ही थे। कुल मिलाकर उनतीस लोग पकड़े गए थे, जिनमें छह औरतें थीं। उन सभी को एक से एक अमानुषिक यातनाएँ दी गईं। वालिया और रोज़ा के साथ पहले ही रोज़ बलात्कार किया गया। उन सूअरों ने क्या नहीं किया उन लड़कियों के साथ और फिर उन्हें लाकर कोठरी में डाल गए, ज़िन्दा से ज़्यादा मुर्दा। उसके बाद रोज़ा पागलों की तरह बातें करने लगी और कुछ दिन बाद बिलकुल ही पागल हो गई।

"उनको यक़ीन न आता था कि वह पागल है। उनका कहना था कि वह बन रही है और हर बार जब वे उससे सवाल-जवाब करते, तो बड़ी बेरहमी से उसे मारते। कैसी हौलनाक शक़्ल हो गई थी उसकी जब उसे गोली से मारा गया! उसका

चेहरा ज़ख़्मों से स्याह हो रहा था, उसकी आँखों में दहशत थी और वह बिलकुल बूढ़ी नज़र आती थी।

"वालिया ब्रुजाक ने अन्त तक बड़ी वीरता से काम लिया। वे सब सच्चे सैनिकों की तरह मरे। मैं नहीं जानता कि यह सब सहने की ताक़त उनमें कहाँ से आ गई थी। आह पावेल, उनकी मौत की कहानी मैं तुम्हें कैसे सुनाऊँ? बड़ी भयानक मौत थी वह।

"वालिया सबसे ख़तरनाक काम कर रही थी। वही पोलिश हेडक्वार्टर के वायरलेस ऑपरेटरों के साथ सम्पर्क बनाए थी और हमारे ज़िला केन्द्र के लोगों के सम्पर्क में थी। इसके अलावा उन्होंने जब उसके घर की तलाशी ली तो उन्हें दो बम और एक पिस्तौल भी मिला। वे बम उसे उसी ख़ुफ़िया के आदमों ने दिये थे। सारी योजना इस तरह बनाई गई थी जिससे कि उन लोगों पर यह इल्ज़ाम लगाया जा सके कि वे हेडक्वार्टर को बम से उड़ाने का इरादा रखते थे।

"पावेल, उन आख़िरी दिनों के बारे में बात करने से बड़ा दर्द होता है। मगर तुम कहते हो तो मैं तुम्हें सब बतलाऊँगा। फ़ौजी अदालत ने वालिया और दो लोगों को फाँसी की और बाक़ी को गोली से उड़ाने की सज़ा दी। उन पोलिश सिपाहियों पर, जो हमारे संग काम कर रहे थे, दो दिन पहले ही मुक़दमा चलाया जा चुका था। कारपोरल स्नेगुर्को पर, जो एक नौजवान वायरलेस ऑपरेटर था और लड़ाई के पहले लोड्ज में बिजली का काम करता था, राजद्रोह का जुर्म लगाया गया और कहा गया कि वह सिपाहियों के बीच कम्युनिस्ट प्रचार करता है। इस इल्ज़ाम में उसे गोली से उड़ाने की सज़ा सुनाई गई। उसने अपील नहीं की और सज़ा सुनाए जाने के चौबीस घंटे बाद उसे गोली से उड़ा दिया गया।

"उसके मुक़दमे में शहादत देने के लिए वालिया को बुलाया गया। उसने बाद में हमें बतलाया कि स्नेगुर्को ने इस बात का इक़बाल कर लिया था कि उसने कम्युनिस्ट प्रचार किया है, मगर इस बात को मानने से इनकार कर दिया था कि उसने देशद्रोह किया है। उसने कहा, 'मेरी पितृभूमि पोलिश सोवियत समाजवादी प्रजातंत्र है। हाँ, मैं पोलैंड की कम्युनिस्ट पार्टी का सदस्य हूँ। मुझे मेरी इच्छा के ख़िलाफ़ फ़ौज में भरती किया गया और जब मैं फ़ौज गें पहुँच ही गया तो मैंने अपनी ही तरह के उन दूसरे सिपाहियों की आँखें खोलने के लिए, जिन्हें जबरन मोर्चे पर भेजा गया था, भरसक प्रयत्न किया। आप इस जुर्म में चाहें तो मुझे फाँसी पर लटका सकते हैं, मगर यह जुर्म आप मुझ पर नहीं लगा सकते कि मैंने अपनी पितृभूमि के साथ गद्दारी की है, क्योंकि अपनी पितृभूमि के साथ न तो मैंने कभी गद्दारी की है और न कभी करूँगा। आपकी पितृभूमि मेरी पितृभूमि नहीं है। आपकी पितृभूमि रईसों और नवाबों की पितृभूमि है, मेरी पितृभूमि मज़दूरों और किसानों की पितृभूमि है। मेरी पितृभूमि में, जो कि अस्तित्व में आएगी—ज़रूर आएगी, इसका मुझे पक्का विश्वास है—कोई मुझे इसके लिए कभी देशद्रोही नहीं कहेगा।

"मुक़दमे के बाद हम सब लोगों को साथ रखा गया। मौज की सज़ा देने के ठीक पहले हमें जेल भेजा गया। जेल के ठीक सामने, अस्पताल के बग़ल में उन्होंने रात को फाँसी की टिकठियाँ खड़ी कीं। गोली मारने के लिए उन्होंने सड़क से थोड़ी ही दूर पर जंगल में एक बड़े से गढ़े के पास जगह चुनी। हम सब लोगों के लिए एक बड़ी सी क़ब्र खोदी गई।

"हमारी सज़ा की बात शहर-भर में इश्तहार की शकल में दीवारों पर चिपका दी गई ताकि सबको उसका पता हो जाए। पोलों ने हमको खुलेआम, पब्लिक के सामने, मौत की सज़ा देने का फ़ैसला किया था ताकि शहरवाले डर जाएँ। बहुत सवेरे से उन्होंने शहरवालों को ठेल-ठेलकर उस जगह भेजना शुरू किया जहाँ हम मौत के घाट उतारे जानेवाले थे। बड़ी भयानक बात है, मगर यह सही है कि कुछ लोग कुतूहल के मारे भी आ गए थे। ज़रा ही देर में जेल की दीवार के बाहर बहुत बड़ी भीड़ जमा हो गई थी। अपनी कोठरियों से हम आवाज़ों की भनभन सुन सकते थे। उन लोगों ने सड़क पर भीड़ के पीछे मशीनगनें खड़ी कर दी थीं और आस-पास के सारे इलाक़े से घुड़सवार और पैदल सिपाही बटोर लाए थे। उनकी एक पूरी की पूरी बटालियन सड़कों और उनके पार साग़-भाजी के खेतों को घेरे हुए थी। जिन्हें फाँसी दी जानेवाली थी उनके लिए टिकठी के पास ही एक गढ़ा खोद रखा था।

"हम लोग ख़ामोशी के साथ अपनी मौत का इन्तज़ार कर रहे थे। बीच-बीच में दो-एक शब्द आपस में बोल लेते थे। पिछली रात ही हमने तमाम बातें कर ली थीं और एक-दूसरे से विदा भी कह ली थी। सिर्फ़ कोठरी के एक कोने में रोज़ा अपने-आप कुछ बुदबुदा रही थी। तमाम मारपीट और ज़ुल्मों को सहने के बाद, वालिया अब इतनी कमज़ोर हो गई थी कि हिल सकना भी उसके लिए मुमकिन नहीं था और वह ज़्यादा वक़्त बिना हिले-डुले निश्चेष्ट पड़ी रहती थी। शहर की ही दो कम्युनिस्ट लड़कियाँ, जो बहनें थीं, जब अन्तिम बार एक-दूसरे से गले मिलीं तो अपने आँसुओं को नहीं रोक सकीं। उन्हें रोता देखकर गाँव के एक नौजवान स्तेपानोव ने, जो अच्छा गबरू जवान था और जिसने दो सिपाहियों को, जो उसको पकड़ने आए थे, ढेर कर दिया था, उन लड़कियों को मना करते हुए कहा, 'आँसू नहीं गिरना चाहिए, साथियो! यहाँ चाहे रो लो, लेकिन बाहर नहीं। हम उन हरामज़ादों को गाल बजाने का मौक़ा नहीं देना चाहते। और रहम तो हम पर किसी भी हालत में किया जाएगा नहीं। मरना हमें है ही तो क्यों न शान से मरें। हम अपने घुटनों के बल घिसटेंगे नहीं। याद रखो साथियो, हमें अच्छी तरह मरना है।'

"उसके बाद वे हम लोगों को लेने आए। आगे-आगे था ज्वारकोव्स्की, उनके ख़ुफ़िया विभाग का सबसे बड़ा अफ़सर। दूसरे को तकलीफ़ में देखकर उसे ख़ुशी होती थी और इस मामले में तो शायद कोई उससे आगे नहीं जा सकता था। जब वह ख़ुद लड़कियों से बलात्कार नहीं करता, तो अपने सिपाहियों से करवाता था

और देख-देखकर ख़ुश होता। सड़क के दोनों ओर सिपाहियों की क़तारें खड़ी थीं और उनके बीच से हम लोग फाँसी के तख़्ते की तरफ़ ले जाए गए। उन सिपाहियों की वरदी के कन्धे पर पीले रंग का झब्बा था, जिसके कारण हम लोगों ने उन्हें केनेरी[1] नाम दे रखा था। वे लोग अपनी नंगी तलवारें लिये खड़े थे।

"उन्होंने हमारी चार-चार की टोलियाँ बना दी थीं—दो आदमी आगे, दो आदमी पीछे। अपनी राइफ़लों के कुन्दों से ठेल-ठेलकर वे हमें तेज़ी से जेल के हाते के बीच से ले चले। फिर, उन्होंने फाटक खोल दिये और सड़क पर लाकर फाँसी के तख़्ते के सामने हमें खड़ा कर दिया ताकि हम अपने साथियों को मरते देखें और ख़ुद अपनी बारी का इन्तज़ार करें। मोटे-मोटे शहतीरों की ख़ूब ऊँची-सी टिकठियाँ खड़ी थीं। मोटी रस्सी के फन्दे उनमें लटक रहे थे और हर फन्दे के नीचे सीढ़ियों समेत एक तख़्ता था जिसे ठोकर मारकर अलग किया जा सकता था। आदमियों का वह समन्दर, जो मचलता और लहरें लेता खड़ा था, उसमें से हल्की मरमर ध्वनि की एक तरंग उठी। सब लोगों की आँखें हमारे ऊपर जमी हुई थीं। हमने उस भीड़ में से अपने कुछ लोगों को देखा और उन्हें पहचान गए।

"थोड़ी दूर पर कुछ पोलिश रईस और अफ़सर अपनी दूरबीन लिये खड़े थे। वे बोल्शेविकों को फाँसी लगते देखने आए थे।

"हमारे पैरों के नीचे मुलायम बर्फ़ थी। बर्फ़ के ही कारण जंगल सफ़ेद हो रहा था, पेड़ों पर रूई के गालों की तरह बर्फ़ की मोटी-मोटी परतें जमी हुई थीं। बर्फ़ धीरे-धीरे गिर रही थी और हमारे जलते हुए चेहरों पर आकर पिघल जाती थी। फाँसी के तख़्ते की सीढ़ियों पर भी बर्फ़ की कालीन बिछी हुई थी। हम लोग बहुत थोड़े कपड़े पहने हुए थे, मगर किसी को सरदी नहीं मालूम हो रही थी। स्तेपानोव को इस बात का भी ध्यान नहीं आया कि वह अपने मोजे पहने-पहने चल रहा था।

"टिकठियों के पास फ़ौज का सरकारी वकील और बड़े-बड़े अफ़सर खड़े थे। आख़िरकार वालिया तथा दो और साथी जिन्हें फाँसी दी जानेवाली थी, जेल से बाहर लाए गए। वे तीनों बाँह में बाँह डाले चल रहे थे, बीच में वालिया थी जिसे बाक़ी दोनों सहारा दिये हुए थे, क्योंकि ख़ुद चलने की ताक़त उसमें नहीं रह गई थी। मगर वह अच्छी तरह तनकर चलने की पूरी कोशिश कर रही थी। उसे स्तेपानोव के ये शब्द याद थे, 'हमें अच्छी तरह मरना है, साथियो!' वह एक ऊनी जाकेट पहने थी, मगर उस पर कोट नहीं था।

"ज्वारकोव्स्की को स्पष्ट ही यह बात अच्छी नहीं लग रही थी कि वे लोग एक-दूसरे की बाँह में बाँह डालकर चलें और वह उन्हें पीछे से धक्का दे रहा था। वालिया ने कुछ कहा और उसके मुँह से बात निकलते ही एक घुड़सवार सिपाही ने

1. पीले रंग के परोंवाली एक चिड़िया।

ज़ोर से उसके मुँह पर अपनी चाबुक़ मारी। भीड़ की एक औरत के मुँह से भयानक चीख़ निकली और वह घेरे को तोड़कर क़ैदियों के पास पहुँचने के लिए पागलों की तरह ज़ोर लगाने लगी। मगर उसे पकड़ लिया गया और घसीटकर पीछे कर दिया गया। ज़रूर वह वालिया की माँ रही होगी। फाँसी के तख़्ते के पास पहुँचकर वालिया ने गाना शुरू किया। मैंने कभी ऐसी आवाज़ नहीं सुनी थी—जो आदमी मौत से गले मिलने जा रहा हो, वही इतनी मार्मिक अनुभूति से गा सकता है। वह वार्जावियान्का का गाना गा रही थी और बाक़ी दो ने भी उसके साथ गाना शुरू कर दिया। घुड़सवार सन्तरियों ने ग़ुस्से से अन्धे होकर उन पर चाबुक़ चलानी शुरू की, मगर उन तीनों को चोट का कोई एहसास नहीं होता था। मारते-मारते उन्हें वहीं ढेर कर दिया गया और फिर बोरों की तरह घसीटकर टिकठी तक पहुँचाया गया। जल्दी-जल्दी उन्हें सज़ा सुनाई गई और फाँसी का फन्दा उनके गले में डाल दिया गया। उसी वक़्त हम लोगों ने गाना शुरू किया :

उठो—जागो भूखे बन्दी...!

"सब ओर से सन्तरी हमारे ऊपर लपके और मुझे सिर्फ़ इतना मौक़ा मिला कि मैं राइफ़ल के कुन्दों से फाँसी के तख़्ते को हटाए जाते और उन तीनों को फाँसी के फन्दे में झटका खाते देखूँ...

"हममें से बाक़ी लोग दीवार के सहारे खड़े कर दिये गए थे, गोली खाने के लिए, जबकि यह मालूम हुआ कि हममें से दस लोगों की मौत की सज़ा घटाकर बीस साल क़ैद की सज़ा कर दी गई थी। बाक़ी सोलह को गोली मार दी गई।"

सैमुअल अपनी क़मीज़ के कॉलर को बार-बार खींच रहा था जैसे उसका गला घुटा जा रहा हो।

"तीन दिन तक लाशें अपने फन्दों में फँसी झूलती रहीं। दिन-रात टिकठी पर पहरा रहता था। उसके बाद क़ैदियों का एक नया जत्था जेल लाया गया और उन्होंने हमें बतलाया कि जिस फन्दे में कामरेड तोबोल्दिन को, जो उन तीनों में सबसे भारी थे, लटकाया गया था, उसकी रस्सी टूट गई। तब उन्होंने बाक़ी दो को भी उतारा और तीनों को दफ़न कर दिया।

"मगर टिकठियाँ ज्यों की त्यों खड़ी रहने दी गईं। हम लोग जब इस जगह लाए गए तब भी वे खड़ी थीं। वे खड़ी हैं और उनके फन्दे अपने ताज़े शिकारों का इन्तज़ार कर रहे हैं।"

सैमुअल चुप हो गया और आगे की ओर घूरता बैठा रहा, गो उसकी आँखें कुछ देख नहीं रही थीं। पावेल को इस बात का पता न चला कि कहानी खतम हो गई है। उसकी आँखों के सामने वे ही तीनों शरीर झूल रहे थे जिनका सिर एक ओर को लटक गया था।

जब सिपाहियों को बाहर जमा करने के लिए बिगुल बजा, तभी यकायक पावेल होश में आया।

उसने बहुत धीमे से कहा, "आओ चलें सैमुअल।"

सड़क पर दोनों ओर घुड़सवार खड़े थे और उनके बीच से पोलिश क़ैदी ले जाए जा रहे थे। जेल के फाटक पर खड़ा रेजिमेंटल कमिसार अपने पैड पर कोई आदेश लिख रहा था।

काग़ज़ के उस टुकड़े को एक लम्बे-तगड़े, दस्ते के कमांडर को पकड़ाते हुए उसने कहा, "कामरेड एन्तिपोव, यह लो और इन तमाम क़ैदियों को घुड़सवारों के पहरे में नोवोग्राद-वोलिन्स्की ले जाओ। जो घायल हैं, उनकी मरहम-पट्टी और डॉक्टरी जाँच करवाने का ख़याल रखना। फिर उनको गाड़ियों में डालकर शहर से पन्द्रह मील ले जाकर छोड़ देना। उनके साथ माथापच्ची करने का हमारे पास वक़्त नहीं है। मगर हाँ, एक बात का ख़याल रखना कि क़ैदियों के साथ कोई बदसलूकी न हो।

अपने घोड़े पर सवार होते हुए पावेल सैमुअल की ओर मुड़ा और बोला, "सुनते हो? वे तो हमारे आदमियों को फाँसी पर लटकाएँ और हम उन्हें हिफ़ाज़त से साथ ले जाकर ख़ुद उनके आदमियों के बीच पहुँचा दें। और इतना ही नहीं—उनके संग सलूक भी अच्छा करें! कैसे हो सकता है हमसे यह?"

रेजिमेंटल कमांडर मुड़ा और बोलनेवाले की तरफ़ कठोर आँखों से देखते हुए बोला, "निहत्थे क़ैदियों के साथ क्रूरता का बरताव करनेवाले को मौत की सज़ा दी जाएगी। हम लोग क्रान्ति-विरोधी ह्वाइट लोग नहीं हैं!"

पावेल ने यह बात सुनी तो उसे लगा जैसे उसी को सुनाकर यह बात कही गई हो।

वहाँ से जब पावेल चला तो उसे क्रान्तिकारी फ़ौजी काउंसिल के हुक्मनामे के आख़िरी शब्द याद आए जिन्हें रेजिमेंट को पढ़कर सुनाया गया था :

"मज़दूरों और किसानों का देश अपनी लाल सेना को प्यार करता है। उसके ऊपर देश को गर्व है। और उस सेना के फरहरे पर एक भी धब्बा न रहे, यह हमारा व्रत है।" पावेल के होंठों ने दुहराया, "एक भी धब्बा नहीं।"

जिस वक़्त चौथी घुड़सवार डिवीजन ने ज़िटोमीर पर क़ब्ज़ा किया, सातवीं राइफ़ल डिवीजन की बीसवीं ब्रिगेड, जो कामरेड गोलिकोव की सेना का ही अंग थी, ओकूनिनोवो गाँव के इलाक़े में नीपर नदी पार कर रही थी।

कामरेड गोलिकोव की फ़ौज 25वीं राइफ़ल डिवीजन और एक बाश्कीर घुड़सवार ब्रिगेड थी। उसको आदेश था कि नीपर नदी पार करे और इरशा स्टेशन

पर कीव-कोरोस्तेन रेलवे को अपनी ज़द में ले ले। इस कार्रवाई से कीव से पीछे हटने का पोलों का आख़िरी रास्ता भी कट जाएगा।

इस नदी को पार करने के समय शेपेतोवका के कोमसोमोल संगठन का सदस्य मिशा लेव्चुकोव मारा गया। वे लोग उस हिलते-डुलते पीपे के पुल पर भागे जा रहे थे कि उधर से ऊँचे कगार पर से एक गोला छूटा और आकर इन लोगों के पास पानी में गिरा और पानी के चिथड़े-चिथड़े कर दिये। उसी वक़्त मिशा कहीं किसी पीपे के नीचे चला गया और ग़ायब हो गया। नदी उसको निगल गई और फिर उसने उसको लौटाया नहीं। याकिमेंको ने, जिसके बाल सुनहले और टोपी टूटी हुई थी, चिल्लाकर कहा, "मिश्का! अरे यह तो मिश्का था! बेचारा ऐसे डूबा जैसे पत्थर डूब जाए!" क्षण-भर वह सिपाही डरी और घबराई हुई आँखों से उस स्याह पानी को देखता रहा, मगर उसके पीछे आते हुए आदमियों ने उसे आगे को धक्का देते हुए कहा, "क्या मुँह बाए खड़े हो, तुम्हारी मत मारी गई है क्या! भागो-भागो, दौड़ो!" किसी के लिए शोक मनाने या चिन्ता करने का वक़्त नहीं था। यह ब्रिगेड उन दूसरी ब्रिगेडों से पीछे रह गई थी जिन्होंने अब तक नदी के दाहिने किनारे पर क़ब्ज़ा कर लिया था।

चार रोज़ बाद ही कहीं सर्गेई को मिशा की मृत्यु का पता चला। तब तक ब्रिगेड ने बुचा स्टेशन पर क़ब्ज़ा कर लिया था और घूमकर कीव का सामना करती हुई खड़ी हो गई थी ताकि वह पोलों के ज़बरदस्त हमले का मुक़ाबला कर सके। पोल फ़ौजें घेरे को तोड़कर कोरोस्तेन पहुँचने की कोशिश कर रही थीं।

गोली चलानेवालों की क़तार में याकिमेंको सर्गेई के बग़ल में आकर पड़ गया। वह काफ़ी देर से गोली चला रहा था जिससे उसकी राइफ़ल बहुत गरम हो गई थी और उसे बोल्ट चढ़ाने में कठिनाई महसूस हो रही थी। दुश्मन की मार से बचने के लिए अपने सिर को सावधानी से झुकाए-झुकाए वह सर्गेई की तरफ़ मुड़ा और बोला, "इसको थोड़ा सुस्ताने का मौक़ा देना होगा। एकदम अंगारा हो रही है।"

गोली-गोले छूटने के उस शोर में सर्गेई ने शायद ही उसकी बात सुनी।

जब शोर कुछ थमा तो याकिमेंको ने बात-बात में कहा, "तुम्हारा साथी नीपर में डूब गया। इसके पहले कि मैं कुछ कर सकूँ—वह आँख से ओझल हो चुका था।" बस इतनी ही बात उसने कही। फिर उसने अपनी राइफ़ल का बोल्ट चढ़ाने की कोशिश की, और देखा कि हाँ, अब वैसा करना मुमकिन है, कारतूसों की नई पेटी निकाली और अपनी राइफ़ल में उसे डालने लगा।

बर्डीचेव लेने के लिए जो ग्यारहवीं डिवीजन भेजी गई थी, उसे पोलों के ज़बरदस्त

मुक़ाबले का सामना करना पड़ा। शहर की सड़कों पर बहुत ख़ूनी लड़ाई लड़ी गई। मशीनगन के गोलों की बौछार में बोल्शेविकों की घुड़सवार फ़ौज आगे बढ़ी। शहर पर क़ब्ज़ा कर लिया गया और हारी हुई पोलिश फ़ौजों के बाक़ी लोग भाग गए। रेलवे यार्ड में खड़ी गाड़ियाँ बिलकुल ठीक हालत में क़ब्ज़े में आ गईं। मगर पोलिश फ़ौजों के लिए सबसे आफ़त की बात यह हुई कि उनके गोले-बारूद के एक बड़े गोदाम में, जिससे सारे मोर्चों को सामान पहुँचता था, विस्फोट हो गया। लाखों गोले धड़ाके के साथ हवा में उड़े। उस धड़ाके से खिड़कियों के शीशे चूर-चूर हो गए और मकान ऐसे हिलने लगे जैसे वे दफ़्ती के बने हों।

ज़िटोमीर और बर्डीचेव पर क़ब्ज़ा हो जाने से लाल फ़ौजें पोलिश फ़ौज़ों की पाँतों के पीछे जा पहुँचीं और पोलिश फ़ौजों को मजबूर होकर उस लोहे के घेरे में से बाहर निकलने के लिए कीव से दो धाराओं में निकलकर अपनी जान की बाज़ी लगाकर लड़ना पड़ा।

लड़ाई के तूफ़ानी भँवर में बहते हुए पावेल को इस बात का एहसास ही न रहा कि दिन कैसे आता है और कैसे बीत जाता है। उसका व्यक्तित्व समूह में खो गया और दूसरे सिपाहियों की ही तरह उसके लिए भी 'मैं' शब्द बाक़ी नहीं बचा। उनके लिए बस एक शब्द था, 'हम' हमारी रेजिमेंट, हमारा दस्ता, हमारी ब्रिगेड।

घटनाएँ तूफ़ानी वेग से घटित हो रही थीं। हर रोज़ कोई-न-कोई नई बात हुआ करती थी।

बुद्यौनी की घुड़सवार फ़ौज बर्फ़ की चट्टान की तरह आगे बढ़ रही थी और हमलों पर हमले करती जा रही थी, यहाँ तक कि पोलिश फ़ौजों की पिछली पाँतें तहस-नहस हो गई थीं। अपनी विजयों के उल्लास में चूर ये घुड़सवार डिवीजनें बेइन्तहा जोश और ग़ुस्से से नोवोग्राद-वोलिन्स्की पर टूटीं। पोलिश फ़ौजों के पिछाये में यही सबसे अहम जगह थी। जिस तरह समन्दर की लहरें चट्टानी साहिल से आकर टकराती हैं, पीछे हटती हैं और फिर आकर टकराती हैं, उसी तरह ये फ़ौजें आगे बढ़ती थीं, पोलिश फ़ौजों से टकराती थीं और लौटकर फिर दूने वेग से आगे बढ़ती थीं। उनके लबों पर बस यही एक आवाज़ थी, "आगे बढ़ो, आगे बढ़ो!"

पोलों को कोई भी शक्ति बचा न सकी—न तो उनके कँटीले तारों के घेरे और न शहर में तैनात उनकी फ़ौज का जान पर खेलकर मुक़ाबला करना। 27 जून को सवेरे बुद्यौनी की घुड़सवार फ़ौज ने बिना घोड़ों से उतरे स्लच नदी को पार किया और नोवोग्राद-वोलिन्स्की में दाख़िल हुई और पोलों को मारकर शहर के बाहर कोरेत्स की तरफ़ भगा दिया। उसी वक़्त पैंतालीसवीं डिवीजन ने नोवी मिरोपोल में स्लच को पार किया और कोतोव्स्की की घुड़सवार ब्रिगेड ल्युबार की बस्ती पर टूटी।

पहली घुड़सवार फ़ौज के रेडियो स्टेशन को मोर्चे के प्रधान सेनापति का आदेश मिला कि अपनी सारी घुड़सवार शक्ति को रोवनो पर क़ब्ज़ा करने के लिए जमा करो। लाल डिवीजनों के ज़बरदस्त हमलों के आगे पोलिश फ़ौजें टिक न सकीं और हिम्मत हारकर, आतंकित होकर छोटी-छोटी टोलियों में इधर-उधर बिखर गईं।

इन्हीं तूफ़ानी दिनों में पावेल कोर्चागिन की एक ऐसी मुलाक़ात हुई जिसकी उसे कोई आशा न थी। ब्रिगेड के कमांडर ने उसे स्टेशन भेजा था जहाँ एक बख़्तरबन्द गाड़ी खड़ी हुई थी। दुलकी चाल से घोड़े को दौड़ाते हुए पावेल ने रेल के ढलुआँ बाँध को पार किया और इस्पात के रंग की भूरी गाड़ी के पास जाकर घोड़े की लगाम खींची और खड़ा हो गया। बख़्तरबन्द गाड़ी के दोनों ओर तोपों के काले-काले थूथन निकले हुए थे जिनके कारण गाड़ी बड़ी भयानक दीख रही थी। तेल के धब्बे लगे कपड़े पहने कई लोग उसके बग़ल में खड़े उसके पहियों पर भारी लोहे का बख़्तर खड़ा करने का काम कर रहे थे।

पावेल ने चमड़े की जाकेट पहने हुए एक लाल सैनिक से, जो पानी की बाल्टी लेकर जा रहा था, पूछा, "इस गाड़ी के कमांडर कहाँ हैं?"

उस आदमी ने इंजन की तरफ़ इशारा करते हुए कहा, "वहाँ।"

पावेल अपने घोड़े पर सवार इंजन तक गया और वहाँ पहुँचकर बोला, "मैं कमांडर से मिलना चाहता हूँ।" एक चेचकरू आदमी, जो सिर से पैर तक चमड़े के कपड़े पहने हुए था, उसकी तरफ़ मुड़ा और बोला, "मैं ही कमांडर हूँ।"

पावेल ने अपनी जेब से एक लिफ़ाफ़ा निकाला।

"यह लीजिए, यह ब्रिगेड कमांडर का हुक्मनामा है। लिफ़ाफ़े पर दस्तख़त कर दीजिए।"

कमांडर ने लिफ़ाफ़े को अपने घुटने पर रखा और अपने दस्तख़त घसीट दिये। उधर रेलवे लाइन पर एक आदमी तेल की कुप्पी लिये इंजन के बिचले पहिए पर काम कर रहा था। पावेल को सिर्फ़ उसकी चौड़ी पीठ और उसकी चमड़े की पतलून की जेब से बाहर को निकला हुआ पिस्तौल का हत्था दिखाई दे रहा था।

रेल के कमांडर ने लिफ़ाफ़ा पावेल को वापस दे दिया और पावेल अपने घोड़े की रास हाथ में लेकर चलने ही वाला था कि तेल की कुप्पीवाला आदमी उठकर सीधा खड़ा हुआ और पावेल की ओर मुड़ा। दूसरे ही क्षण पावेल घोड़े से कूद पड़ा, जैसे हवा के तेज़ झोंके ने उसे नीचे पटक दिया हो।

"आर्तेम!"

उस आदमी के हाथ से तेल की कुप्पी छूट पड़ी और उसने इस नौ-उमर लाल सिपाही को अपनी बाँहों में इस तरह भर लिया जैसे कोई बड़ा-सा भालू किसी को अपनी बाँहों में भर ले।

"पावका! बदमाश! तू है!" आर्तेम चिल्लाया, जैसे उसे अपनी आँखों पर यक़ीन ही न आ रहा हो।

बख़्तरबन्द गाड़ी के कमांडर और कई तोपची वहीं पास ही खड़े उनको देख रहे थे और ख़ूब प्रसन्न होकर मुस्करा रहे थे।

"ज़रा सोचो! दो भाइयों की ऐसी अचानक मुलाक़ात! क्या ख़ूब!" वे कह रहे थे।

यह घटना लवोव के इलाक़े में हुई एक लड़ाई के दौरान 19 अगस्त को घटी। लड़ाई के वक़्त पावेल की टोपी ग़ायब हो गई और उसने अपने घोड़े की रास खींची। अगले दस्ते पोलिश फ़ौजों को काटते हुए उनकी पाँतों में धँस चुके थे। उसी वक़्त नदी की ओर जाने के अपने रास्ते में झाड़ियों के बीच से घोड़े को सरपट दौड़ाता हुआ देमिदोव आया। पावेल के बग़ल से हवा की तेज़ी से गुज़रते हुए उसने चिल्लाकर कहा :

"डिवीजन कमांडर मारे गए!"

पावेल चौंक पड़ा। लेतुनोव, उसका बहादुर कमांडर, वह अनोखा वीर मारा गया! पावेल ग़ुस्से से पागल हो उठा।

अपनी तलवार की उलटी तरफ़ से उसने अपने थके हुए घोड़े की गर्दन को कोंचा। घोड़े के मुँह की लगाम से ख़ून मिली झाग गिर रही थी। पावेल ने उसको एड़ लगाई और सबको चीरता हुआ उस जगह जा पहुँचा जहाँ लड़ाई सबसे गरम थी।

"मार डालो इन घिनौने कीड़ों को, मार डालो! इन पोलिश नवाबों को काटकर रख दो! इन्होंने लेतुनोव को मार डाला है!" चिल्लाते हुए उसने हरी वरदी पहने एक आदमी पर ज़ोर से तलवार का वार किया। अपने डिवीजन कमांडर की मौत से ग़ुस्से में आकर उन घुड़सवारों ने पोलिश सिपाहियों की एक पूरी प्लैटून का सफ़ाया कर दिया।

दुश्मन का पीछा करते हुए वे लड़ाई के मैदान पर सरपट आगे भागे जा रहे थे, तभी एक पोलिश तोप आग उगलने लगी। उसके गोलों ने हवा को चीर दिया और चारों तरफ़ मौत की बरसात होने लगी।

एकाएक पावेल की आँखों के आगे कोई हरी-सी चीज़ इतने ज़ोर से चमकी कि उसने पावेल को अन्धा कर दिया; उसके कानों में बिजली की कड़क का-सा शोर हुआ और लाल-लाल लोहा उसकी खोपड़ी को चीरता हुआ अन्दर चला गया। धरती एक अजीब और भयानक तरीक़े से घूमने लगी और फिर उसे ऐसा लगा जैसे वह धीरे-धीरे नीचे से ऊपर हुई जा रही हो।

फूस के एक तिनके की तरह पावेल घोड़े की पीठ पर से नीचे आ गिरा। गोले

की मार से वह घोड़े के सिर के ऊपर से धरती पर बोरे की तरह भद्द से गिर पड़ा।

तभी काली रात घिर आई।

नौ

केकड़े की आगे को निकली हुई बिल्ली के सिर के बराबर एक आँख है। यह चिकनी, लाल लाल-सी आँख बीच में हरी है और उसमें एक मद्धिम प्रकाश दम-दम कर रहा है। केकड़ा छोटी-छोटी टाँगों का एक घिनौना ढेर है। उसकी टाँगें एक-दूसरे में उलझी हुई साँपों की तरह ऐंठती और बल खाती हैं और उस वक़्त उनकी रूखी खाल से बड़ी डरावनी सरसराहट होती है। केकड़ा हिलता है। वह उसे अपनी आँखों के ठीक बग़ल में पाता है। और अब वह उसकी टाँगों को अपने शरीर पर रेंगता हुआ महसूस करता है। ये टाँगें ठंडी हैं और काँटों की तरह उसके शरीर में चुभती हैं। केकड़ा डंक मारता है और जोंक की तरह उसके सिर के भीतर धँसता है। ऐंठन और मरोड़ के साथ आगे बढ़ते हुए वह उसके ख़ून को चूसने लगता है। उसे लगता है कि उसके शरीर का ख़ून निकल-निकलकर केकड़े के फूलते हुए शरीर में पहुँचता जा रहा है। केकड़ा उसका ख़ून पीता रहता है। उसकी पीड़ा असह्य है।

कहीं दूर, बहुत दूर से उसे आदमियों की आवाज़ें सुनाई देती हैं :

"अब इसकी नाड़ी कैसी है?"

और एक दूसरी आवाज़, किसी औरत की आवाज़, धीमे से जवाब देती है :

"इसकी नाड़ी की गति इस समय 138 है। टेम्परेचर 103.1 है। पूरे वक़्त इसकी सरसाम की हालत है।"

केकड़ा ग़ायब हो गया, मगर दर्द जारी है। पावेल ने महसूस किया कि किसी ने उसकी कलाई छुई। उसने आँखें खोलने की कोशिश की। मगर पलकें इतनी भारी थीं कि उनको उठाने की ताक़त उसमें नहीं थी। इतनी गरमी क्यों लग रही है? ज़रूर माँ ने अँगीठी जलाई है। और फिर उसे वे आवाज़ें सुनाई देती हैं :

"अब इसकी नाड़ी की गति 122 है।"

वह पलकें खोलने की कोशिश करता है। मगर उसके अन्दर एक आग-सी जल रही है। उसका दम घुट रहा है।

उसे सख़्त प्यास लगी है। उसे फ़ौरन उठकर पानी पीना होगा। मगर वह उठता क्यों नहीं? वह उठने की कोशिश करता है, मगर उसके हाथ-पैर हिलने से इनकार कर देते हैं। उसका अपना शरीर उसके लिए अजनबी हो गया है। माँ इसी वक़्त उसके लिए पानी लाएगी। वह उससे कहेगा, "मैं पानी पीना चाहता हूँ।" कोई

चीज़ उसके बग़ल में हिलती है। कहीं यह वही केकड़ा तो नहीं जो फिर से उस पर रेंगने की तैयारी कर रहा हो? वह देखो...वह आ रहा है! उसे उसकी लाल-लाल आँखें दिखाई देती हैं...

दूर से नरम मद्धिम आवाज़ आती है।

"फ्रोसिया, थोड़ा पानी लाओ!"

"यह किसका नाम है?" मगर यह याद करने की शक्ति उसके अन्दर नहीं रह गई है और अँधेरा एक बार फिर उसे अपनी चादर में ढक लेता है। फिर तत्काल अँधेरे से बाहर निकलने पर उसे याद आता है, "मैं प्यासा हूँ!"

और आवाज़ें कहती सुनाई देती हैं :

"लगता है इसे होश आ रहा है।"

वह कोमल प्यारी आवाज़ उसे अब अपने पास और स्पष्ट सुनाई देती है :

"तुम पानी पीना चाहते हो, कामरेड?"

"क्या मुझसे यह बात कह रही है? क्या मैं बीमार हूँ? अरे हाँ, मुझे टाइफस है। वही तो बात है।" और वह तीसरी बार अपनी पलकों को उठाने की कोशिश करता है। आख़िरकार उसे सफलता मिलती है। अपनी ज़रा सी खुली हुई आँखों के संकीर्ण दृष्टिपथ से जो पहली चीज़ उसकी चेतना में पहुँचती है, वह उसके सिर पर टँगी हुई एक लाल-लाल गेंद है। मगर उस लाल गेंद को एक काली चीज़ पोंछकर अलग कर देती है—वह काली चीज़ जो उसके ऊपर झुकी हुई है। और उसके होंठ गिलास के कठोर स्पर्श को और पानी की तरी को, उस प्राणदायिनी तरी को, महसूस करते हैं। उसके अन्दर की आग ठंडी हो जाती है। सन्तुष्ट होकर वह धीरे-से बुदबुदाता है, "अब कुछ अच्छा है।"

"तुम मुझे देख सकते हो, कामरेड?"

यह उसके पास खड़ी हुई आकृति है जो बोली है और बेहोशी की धुन्ध में डूबने के पहले वह किसी तरह इतना कह पाता है, "मैं देख नहीं सकता, सुन सकता हूँ...।"

"भला बताओ, कौन सोच सकता था कि यह बच जाएगा? मगर देखो कैसे इसकी ज़िन्दगी लौटी आ रही है! बड़ी मज़बूत काठी का आदमी है! नीना व्लादीमिरोवना, यह तुम्हारे लिए गर्व की बात है। सचमुच तुमने इसकी जान बचा ली है।

और उस औरत की आवाज़, कुछ-कुछ काँपती हुई जवाब देती है :

"कितनी ख़ुश हूँ मैं आज!"

तेरह दिन की बेहोशी के बाद पावेल कोर्चागिन को होश आया। उसका नौजवान शरीर मरना नहीं चाहता था और धीरे-धीरे उसकी ताक़त लौट आई। यह पुनर्जन्म से कम न था, जैसे वह दुबारा पैदा हुआ हो। हर चीज़ नई और विलक्षण जान पड़ती थी। सिर्फ़ उसका सिर निश्चेष्ट और प्लास्टर में बँधे होने के कारण,

असह्य रूप से भारी हो रहा था। उसको हिलाने की ताक़त उसके अन्दर नहीं थी। मगर बाक़ी शरीर में चेतना लौट आई और जल्दी ही वह अपनी उँगलियों को मोड़ने के योग्य हो गया।

फ़ौजी अस्पताल की छोटी डॉक्टर नीना व्लादीमिरोवना अपने कमरे में एक छोटी मेज़ के सामने बैठी हुई थी और अपनी मोटी, हल्के गुलाबी और पीले रंग की नोटबुक के पन्ने उलट रही थी। उसमें साफ़-सुथरी तिरछी लिखावट में यह लिखा हुआ था :

26 अगस्त, 1920

आज एम्बुलेंस की गाड़ी कुछ संगीन केस लाई। उनमें से एक के सिर में बहुत बुरी चोट है। हमने उसे खिड़की के पास कोने में लिटा दिया। अभी वह केवल सत्रह साल का है। उन्होंने मुझे एक लिफ़ाफ़ा दिया जिसमें उसकी जेब में पाए गए काग़ज़ात और उसकी केस-हिस्ट्री है। उसका नाम पावेल आन्द्रिएविच कोर्चागिन है। उसके काग़ज़ात में उक्रेन की नौजवान कम्युनिस्ट लीग की सदस्यता का एक पुराना घिसा हुआ कार्ड (नम्बर 967), लाल फ़ौज की एक फटी हुई शिनाख़्त किताब और एक रेजिमेंटल आर्डर की नक़ल है जिसमें लिखा है कि लाल फ़ौज के सैनिक कोर्चागिन को जाँच-पड़ताल का काम बहुत अच्छी तरह पूरा करने के उपलक्ष्य में पदक देने की माँग की गई है। उसमें एक पुरजा भी है, जो ज़ाहिर है ख़ुद उसी का लिखा हुआ है—"अगर मैं मर जाऊँ तो कृपया मेरे सम्बन्धियों को सूचना दे दीजिएगा : शेपेतोवका, रेलवे डिपो, मेकैनिक आर्तेम कोर्चागिन।"

19 अगस्त को उसको गोले के छर्रे लगे थे। तब से वह बराबर बेहोश है। कल अनातोली स्तेपानोविच उसको देखेंगे।

27 अगस्त

आज हमने कोर्चागिन के ज़ख़्म की जाँच की। ज़ख़्म बहुत गहरा है, सिर की हड्डी टूट गई है और सिर के पूरे दाहिने हिस्से को लकवा मार गया है। दाहिनी आँख की एक रग फट गई है जिसके कारण आँख बुरी तरह सूजी हुई है।

अनातोली स्तेपानोविच आँख निकाल देना चाहते थे ताकि सूजन और न बढ़े। मगर मैंने उन्हें ऐसा करने से रोका, क्योंकि अब भी उम्मीद है कि सूजन कम हो जाएगी। ऐसा करने में मुझे बस लड़के के चेहरे के बिगड़ने का ख़याल था। लड़का ठीक हो सकता है, मगर बड़े दुख की बात होगी अगर उसका चेहरा बिगड़ गया।

पूरे वक़्त उसकी सरसाम की हालत रहती है और वह बेहद बेचैन रहता है। हममें से कोई-न-कोई हर समय उसके बिस्तर के पास मौजूद रहता है। मैं अपना ज़्यादा वक़्त उसी के पास गुज़ारती हूँ। अभी वह बहुत नौजवान है। यह उसकी मरने की उमर नहीं है। मैंने संकल्प किया है कि उसकी नौजवान ज़िन्दगी को मौत के पंजों से छुड़ा लाऊँगी। मुझे सफल होना ही है।

कल अपनी ड्यूटी खतम होने के बाद मैं कई घंटे तक उसके वार्ड में रही। वहाँ जितने घायल आए हैं, उनमें सबसे ख़राब हालत उसी की है। मैं बैठी हुई उसके पागलों जैसे बकने-झकने को सुनती रही। कभी-कभी तो ऐसा लगता है जैसे कोई कहानी सुन रही हूँ। और सचमुच, मुझे उसकी ज़िन्दगी की बहुत सी बातें मालूम हुईं। मगर बीच-बीच में वह बहुत बुरी-बुरी गाली बकता है, बड़ी गन्दी ज़बान इस्तेमाल करता है। उसको इस तरह गाली बकते देखकर मुझे बड़ी चोट लगती है। अनातोली स्तेपानोविच को यक़ीन नहीं कि वह ठीक हो जाएगा। वह बूढ़ा आदमी अपनी भारी आवाज़ में गुर्रा कर कहता है, "मेरी समझ में नहीं आता क ये फ़ौज वाले ऐसे-ऐसे बच्चों को अपने साथ क्यों ले लेते हैं। बड़े शर्म की बात है।"

30 अगस्त

कोर्चागिन अब भी बेहोश है। अब उसे उस वार्ड में भेज दिया गया है जहाँ ऐसे लोग रखे जाते हैं जिनके बचने की उम्मीद नहीं होती। नर्स फ्रोसिया प्राय: पूरे वक़्त उसके पास रहती है। लगता है कि वह उसे जानती है। कभी दोनों ने साथ-साथ काम किया था। उसके साथ वह कितनी नरमी से पेश आती है। अब मुझे भी ऐसा लगने लगा है कि उसके बचने की उम्मीद नहीं है।

2 सितम्बर, 11 बजे रात

आज मेरे लिए यह बेहद ख़ुशी का दिन था। मेरे मरीज़ कोर्चागिन को होश आ गया। ख़तरा टल गया है। पिछले दो रोज़ से मैं घर गई ही नहीं, अस्पताल में ही रही।

यह देखकर कि एक और ज़िन्दगी बच गई, मुझे कितनी ख़ुशी हुई है। यह मैं बयान नहीं कर सकती। हमारे वार्ड में एक मौत कम। मेरे इस थका डालने वाले काम में सबसे राहतबख़्श चीज़ है किसी मरीज का बच जाना। वे बिल्कुल बच्चों की तरह हो जाते हैं। उनका प्यार सच्चा और सीधा-सादा होता है और मुझे भी उनसे प्यार हो जाता है। इसीलिए जब वे यहाँ से जाते हैं तो मुझे अक्सर रोना आ जाता है। मैं जानती हूँ कि रोना पागलपन है; मगर मैं क्या करूँ, मुझे अपने ऊपर बस ही नहीं रहता।

10 सितम्बर

आज मैंने कोर्चागिन का पहला ख़त उसके घरवालों के लिए लिखा। उसने लिखवाया है कि उसका ज़ख़्म संगीन नहीं है और वह जल्द ही ठीक हो जाएगा और घर आएगा। उसके शरीर का बहुत सा ख़ून निकल गया है और वह प्रेत की तरह पीला हो गया है और अब भी बहुत कमज़ोर है।

14 सितम्बर

आज पहली बार कोर्चागिन मुस्कराया। उसकी मुस्कराहट बड़ी प्यारी है। अक्सर वह अपनी उमर से कहीं ज़्यादा गम्भीर बना रहता है। उसके स्वास्थ्य में आश्चर्यजनक तेज़ी से सुधार हो रहा है। उसमें और फ्रोसिया में बड़ी दोस्ती है। मैं अक्सर फ्रोसिया को उसके सिरहाने देखती हूँ। वह ज़रूर मेरे बारे में उससे बातें करती होगी और स्पष्ट ही मेरा गुणगान करती होगी, क्योंकि अब यह लड़का एक हल्की-सी मुस्कराहट से मेरा स्वागत करता है। कल उसने पूछा :

"डॉक्टर, तुम्हारी बाँहों पर ये काले-काले निशान किस चीज़ के हैं?"

मैंने उसे यह नहीं बतलाया कि सरसाम की हालत में जब वह कसकर मेरी बाँहों को पकड़े हुए था, तो उसकी उँगलियों से ही वह जगह छिल गई थी, और ये निशान बन गए थे।

17 सितम्बर

कोर्चागिन के माथे का घाव बहुत अच्छी तरह भर रहा है। जिस अनोखी हिम्मत से यह लड़का घाव की मरहम-पट्टी, धोने-धाने वग़ैरह की तकलीफ़ को बरदाश्त करता है, उसको देखकर हम सभी डॉक्टर हैरान हैं।

अक्सर ऐसे वक़्त मरीज़ बहुत कराहता है और परेशान करता है। मगर यह लड़का चुपचाप लेटा रहता है और जब उसके ज़ख़्म खोलकर उनमें आइडिन लगाई जाती है, तो वह अपने पर इस क़दर ज़ब्त रखता है जैसे वायलिन के तार को ख़ूब कस दिया गया हो। अक्सर वह बेहोश हो जाता है, मगर एक बार भी उसके मुँह से कराह निकलती नहीं सुनाई दी।

अब हम इस बात को जान गए हैं कि जब कोर्चागिन कराहता है तो इसका मतलब यह है कि वह होश में नहीं है। ताज्जुब है, उसमें इतनी ताक़त, इतनी सहन-शक्ति, आती कहाँ से है?

21 सितम्बर

आज पहली बार हम लोग कोर्चागिन को उस बड़ेवाले बारजे पर ले गए थे। उसका चेहरा कैसा चमक उठा जब उसने बाग़ीचे को देखा! कैसे भूखे की तरह वह ताज़ी

हवा को जल्दी-जल्दी अपने फेफड़ों में भरने की कोशिश कर रहा था! उसका तमाम सिर पट्टियों से ढका हुआ है। सिर्फ़ एक आँख खुली है। और वह जानदार चमकती हुई आँख दुनिया को ऐसे देख रही थी जैसे पहली बार उसे देख रही हो।

26 सितम्बर

आज दो युवतियाँ कोर्चागिन को पूछती हुई अस्पताल आईं। मैं उनसे बातें करने के लिए नीचे वेटिंग रूम में गई। उनमें से एक बहुत ख़ूबसूरत थी। उन्होंने तोनिया तुमानोवा और तातियाना बुरानोव्स्काया के नाम से अपना परिचय दिया। मैंने तोनिया का नाम सुना था। सरसाम की हालत में कोर्चागिन ने तोनिया का नाम लिया था। मैंने उनको कोर्चागिन से मिलने की इजाज़त दे दी।

8 अक्टूबर

कोर्चागिन अब अकेले बाग़ीचे में टहलता है। वह अक्सर मुझसे पूछता रहता है कि अस्पताल से उसे कब छुट्टी मिलेगी। मैं उसको बतलाती हूँ—जल्दी ही। वे दोनों लड़कियाँ हर मुलाक़ात के दिन उसको देखने आती हैं। अब मुझे मालूम हो गया कि वह क्यों नहीं कराहता। मैंने उससे पूछा तो उसने जवाब दिया—'द गैडफ्लाई' पढ़ो, सारी बात मालूम हो जाएगी।"

14 अक्टूबर

आज कोर्चागिन को अस्पताल से छुट्टी दे दी गई। उसने बड़े स्नेही और आत्मीय व्यक्ति की तरह मुझसे विदा ली। उसकी आँख पर से पट्टी अलग कर दी गई है और अब सिर्फ़ उसका सिर बँधा हुआ है। उस आँख में रोशनी नहीं है, मगर देखने में उसमें कोई गड़बड़ी नज़र नहीं आती। ऐसे प्यारे नौजवान साथी से विदा होते समय बहुत दुख हुआ। मगर यही तो हमेशा होता है—ठीक होते ही वे लोग हमें छोड़कर चल देते हैं और फिर शायद ही कभी मुलाक़ात होती है।

जाते-जाते वह बोला, "कितने दुख की बात है कि चोट बाईं आँख में नहीं लगी। अब मैं गोली कैसे चलाऊँगा?"

वह अब भी मोर्चे के बारे में सोचता रहता है।

अस्पताल से निकलने पर पावेल कुछ रोज़ बुरानोव्स्की के यहाँ रहा जहाँ तोनिया ठहरी हुई थी।

पावेल ने फ़ौरन तोनिया को कोमसोमोल के काम-काज में खींचने की कोशिश की। इसकी शुरुआत उसने तोनिया को शहर के कोमसोमोल की एक मीटिंग में आने के लिए दावत देकर की। तोनिया राज़ी हो गई। मगर जब वह उस कमरे से निकली जहाँ वह मीटिंग के लिए कपड़े पहन रही थी और श्रृंगार कर रही थी, तो पावेल ने उसे देखकर मारे क्षोभ के अपने होंठ काट लिये। वह बहुत ही ठाठ के कपड़े पहने हुए थी और उन कपड़ों की अपनी एक ख़ास शान थी जो पावेल को कोमसोमोल की मीटिंग के लिए, वहाँ पर इकट्ठा हुए लोगों के ख़याल से, बिलकुल नामुनासिब मालूम हुई।

यही उनके पहले झगड़े का कारण था। जब उसने तोनिया से पूछा कि उसने इस तरह के कपड़े क्यों पहने, तो तोनिया को बुरा लगा।

"मेरी समझ में नहीं आता कि मैं भी दूसरों ही की तरह क्यों लगूँ। लेकिन अगर मेरे कपड़े तुम्हें नहीं भाते तो मैं नहीं जाऊँगी।"

क्लब में उन फटे-पुराने ट्यूनिकों और मैले-कुचैले ब्लाउज़ों के बीच तोनिया के अच्छे-अच्छे कपड़े इतने भिन्न दिखाई दे रहे थे कि पावेल को बड़ी उलझन मालूम हुई। वे नौजवान अपने बीच तोनिया को ग़ैर समझ रहे थे। और तोनिया ने उन लोगों की असहमति देखकर ऐसा रुख़ अख़्तियार कर लिया जैसे उसे किसी की परवाह ही न हो और ये सारे लोग उससे हीन हों।

जहाज़ पर माल लादने के घाटों का जो कोमसोमोल संगठन था, उसके मंत्री पांक्रातोव ने, जो मोटे मारकीन की क़मीज़ पहने हुए चौड़े कन्धों का एक जहाज़ी था, पावेल को अलग ले जाकर, आँख से तोनिया की ओर इशारा करके, नाराज़गी के स्वर में कहा :

"इस गुड़िया को तुम्हीं यहाँ लाए हो?"

"हाँ," पावेल ने छोटा-सा रूखा जवाब दिया।

पांक्रातोव ने कहा, "हूँ...उसे देखकर तो ऐसा नहीं लगता कि वह कभी भी यहाँ खप सकती है। उसके रंग-ढंग तो बहुत पैसेवालों जैसे हैं। वह यहाँ आई कैसे?"

पावेल की कनपटियाँ फड़कने लगीं।

"वह मेरी दोस्त है। मैं उसे यहाँ लाया हूँ। समझे? वह हमारे ख़िलाफ़ नहीं है, ज़रा भी नहीं, भले उसने बहुत अच्छे कपड़े पहन रखे हों। किसी के कपड़े देखकर ही उसके बारे में फ़ैसला नहीं दिया जा सकता। कामरेड, आप ही को नहीं, मुझको भी यह बात मालूम है कि किसे यहाँ लाना चाहिए और किसे नहीं। इसलिए आप इतने अफ़सरी अन्दाज़ में बात मत कीजिए।"

वह और भी तीखी और लगनेवाली बात कहना चाहता था। मगर यह देखकर कि पांक्रातोव जो बात कह रहा है, उसमें बाक़ी सब लोगों की राय मिली हुई है, वह रुक गया और उसने अपना सारा ग़ुस्सा तोनिया पर उतारा।

"मैंने कहा था न उससे कि यही बात होगी! भगवान जाने यह तड़क-भड़क उसे क्यों अच्छी लगती है?"

वह शाम उनकी दोस्ती के ख़ात्मे की शुरुआत की शाम थी। पावेल ने बहुत पीड़ा और मन की कड़वाहट से तोनिया के साथ अपने उस सम्बन्ध को टूटते देखा जो उसे इतना चिरस्थायी मालूम हो रहा था।

कुछ दिन और गुज़रे। और फिर, हर मुलाक़ात, हर बातचीत के साथ वे दोनों एक-दूसरे से दूर होते चले गए। तोनिया की यह घटिया ढंग की ख़ुदपरस्ती पावेल के लिए असह्य हो गई।

दोनों ने समझ लिया कि सम्बन्ध-विच्छेद अब अनिवार्य है।

आज वे कुपेचेस्की बाग़ में आख़िरी बार एक-दूसरे से मिले थे। रास्ते मुरझाई हुई पत्तियों से ढके थे। वे पहाड़ की चोटी पर जँगले से टिके खड़े थे और नीचे नीपर के मटमैले नीले पानी को देख रहे थे। उस ऊँचे बेडौल पुल के पीछे से दो बड़े-बड़े बजरे खींचकर लाए जाते दिखाई दिये। डूबते हुए सूरज ने त्रुखानोव टापू पर जैसे सुनहरी कूँची फेर दी थी और मकानों की खिड़कियों में आग लगा दी थी।

तोनिया ने सूरज की सुनहरी किरणों को देखा और गहरी व्यथा के स्वर में कहा :

"हमारी दोस्ती क्या इसी डूबते हुए सूरज की तरह डूब जाएगी?"

पावेल जो तोनिया के चेहरे पर आँख गड़ाए उसकी रूप-सुधा का पान कर रहा था, कठोरता से भवें चढ़ाकर जवाब देते हुए धीमी आवाज़ में बोला :

"तोनिया, हम लोग पहले भी इस बारे में बात कर चुके हैं। तुम्हें मालूम है कि मैं तुमको प्यार करता था और अब भी मेरा प्यार लौटकर आ सकता है। मगर उसके लिए तुमको हमारे साथ आना होगा। मैं अब पहले का पावलुशा नहीं रहा हूँ। और मैं तुम्हारे लिए अच्छा पति भी नहीं हो सकूँगा अगर तुम मुझसे यह उम्मीद करती हो कि मैं तुमको पार्टी के ऊपर तरजीह दूँगा। वजह यह है कि मैं सबसे पहले पार्टी को देखूँगा और तुमको और उन दूसरे लोगों को, जिनसे मैं प्यार करता हूँ, बाद में।"

तोनिया उदासी से नदी के गहरे नीले पानी को एकटक देख रही थी। उसकी आँखें डबडबाई हुई थीं।

पावेल ने तोनिया की उस पार्श्व छवि को देखा जिसे वह इतनी अच्छी तरह पहचानता था, उसने उसके घने सुनहले बालों को देखा और उसका मन उस लड़की के लिए दुख से कातर हो उठा जो कभी उसके इतने पास थी और उसे इतनी प्यारी थी।

उसने बड़ी कोमलता से उसके कन्धे पर अपना हाथ रखा।

"तोनिया, तुम अपने पुराने वातावरण से नाता तोड़कर हम लोगों के साथ आ जाओ। आओ, हम लोग साथ मिलकर इन पूँजीशाहों के ख़ात्मे के लिए काम करें।

हमारे साथ बहुत-सी अच्छी-अच्छी लड़कियाँ हैं जो इस कठिन लड़ाई का बोझ उठा रही हैं, जो सारी तकलीफ़ों और मुसीबतों को सह रही हैं। हो सकता है, वे तुम्हारी तरह सुशिक्षित न हों। लेकिन बताओ, तुम क्यों हमारे साथ शरीक नहीं होना चाहतीं, आख़िर क्यों? तुम कहती हो कि चुज़ानिन ने तुमको फुसलाने और ख़राब करने की कोशिश की। मगर वह तो पतित है ही। वह सैनिक थोड़े ही है। तुम कहती हो कि मेरे साथियों का बरताव तुम्हारे साथ दोस्ताना नहीं था। मगर तुम्हीं बताओ कि तुम वहाँ पर ऐसे कपड़े पहनकर क्यों गईं जैसे तुम अमीर लोगों के किसी नाच में जा रही हो? दोष तुम्हारे इस अहंकार का है : मैं वैसा ही गन्दा फटा-पुराना फ़ौजी ट्यूनिक क्यों पहनूँ जैसा सब लोग पहनते हैं, सिर्फ़ इसीलिए कि दूसरे लोग पहने हुए हैं? तुममें एक मज़दूर से प्रेम करने का साहस था, मगर तुम एक विचारधारा से प्रेम नहीं कर सकतीं। मुझे तुमसे अलग होने का दुख है, और मैं तुम्हारी स्मृति को सँजोकर रखना चाहूँगा।"

पावेल ने और कुछ नहीं कहा।

दूसरे रोज़ उसने एक हुक्मनामा सड़क पर चिपका हुआ देखा जिस पर प्रादेशिक चेका के चेयरमैन जुखराई का दस्तख़त था। उसको देखकर पावेल का दिल बल्लियों उछल पड़ा। बड़ी मुश्किल से वह जुखराई के दफ़्तर में घुसने की इजाज़त पा सका। सन्तरी उसे अन्दर जाने नहीं देते थे। और उसने इतना हंगामा खड़ा किया कि यह नौबत आ गई कि उसे पकड़ लिया जाता। मगर अन्त में उसे कामयाबी मिली।

फियोदोर दिल खोलकर उससे मिला। उसकी एक बाँह कटी हुई थी; तोप के एक गोले से वह उड़ गई थी।

बातचीत फ़ौरन काम के ऊपर आ गई। जुखराई ने कहा, "जब तक तुम मोर्चे पर जाने के लिए फिर से ठीक नहीं हो जाते, तब तक तुम यहाँ पर क्रान्ति के दुश्मनों को कुचलने में मेरी मदद कर सकते हो। कल से ही काम शुरू कर दो।"

पोलिश क्रान्ति-विरोधियों के साथ लड़ाई खतम हो गई। लाल फ़ौजें दुश्मन को वारसा की दीवारों तक खदेड़ ले गईं। मगर चूँकि उनकी शारीरिक और फ़ौजी साज-सामान की ताक़त बहुत खर्च हो चुकी थी और उनके रसद और कुमक के अड्डे बहुत पीछे छूट गए थे, इसलिए वे उस आख़िरी किले को फ़तह नहीं कर सकीं और लौट-लौट आईं। इस तरह वह बात हुई जिसे पोल 'विश्चुला का चमत्कार' कहते हैं, यानी यह कि लाल फ़ौजें वारसा से लौट आईं और पोलैंड के पूँजीपतियों और जागीरदारों को नई ज़िन्दगी मिली। पोलैंड में सोवियत समाजवादी जनतंत्र की स्थापना का स्वप्न अभी नहीं पूरा होना था।

ख़ून में भीगी हुई धरती कुछ विश्राम चाहती थी।

पावेल अपने घरवालों से नहीं मिल सका क्योंकि शेपेतोवका फिर पोलिश फ़ौजों के हाथ में आ गया था और फ़िलहाल अस्थायी रूप से उनकी सरहदी चौकी बना हुआ था। सुलह की बातचीत चल रही थी।

पावेल काम के सिलसिले में दिन-रात चेका में रहता था। उसे यह जानकर बड़ी परेशानी हुई कि उसके शहर पर पोलों का क़ब्ज़ा हो गया है।

"क्या इसका मतलब यह है कि अगर सन्धि-पत्र पर दस्तख़त हो जाते हैं, तो मेरी माँ सरहद के उस पार रहेगी?" उसने जुखराई से पूछा।

मगर फियोदोर ने उसे दिलासा दिया।

"बहुत करके सीमा-रेखा नदी के साथ-साथ चलकर गोरिन के बीच से गुज़रेगी जिसका मतलब यह है कि तुम्हारा शहर हमारी तरफ़ होगा। बहरहाल जो भी हो, जल्द ही हमें इस बात का पता चल जाएगा," जुखराई ने कहा।

पोलिश मोर्चे से दक्खिन को डिवीजनें भेजी जा रही थीं। क्योंकि जिस वक़्त जनतंत्र पोलिश मोर्चे पर अपनी सारी ताक़त लगा रहा था, उसी वक़्त रैंगेल परिस्थिति का फ़ायदा उठाकर क्रीमिया की अपनी खोह से निकल आया और नीपर नदी के किनारे-किनारे उत्तर की ओर बढ़ने लगा। उस वक़्त उसकी निगाह येकातेरीनोस्लाव प्रदेश पर थी।

अब चूँकि पोलों के संग लड़ाई खतम हो गई थी, अत: जनतंत्र ने अपनी फ़ौजों को क्रान्ति-विरोधियों के इस अन्तिम अड्डे को खतम करने के लिए क्रीमिया भेज दिया।

रेलगाड़ियाँ भर-भरकर सैनिक, गाड़ियाँ, मैदानी बावर्चीख़ाने और तोपें दक्खिन के रास्ते में कीव से होकर गुज़र रही थीं। इस इलाक़े के ट्रांसपोर्ट विभाग का चेका इन दिनों भूत की तरह काम कर रहा था क्योंकि उसे आमदरफ़्त की बाढ़ से पैदा होनेवाली तमाम कठिनाइयों का हर वक़्त सामना करना पड़ता था। स्टेशनों पर रेलगाड़ियाँ अँटी पड़ी थीं और अक्सर आमदरफ़्त रोकनी पड़ती थी क्योंकि रेलवे लाइन ख़ाली न मिलती थी। तार के ऑपरेटर अनगिनत परवाने टपटपाकर ख़बर देते कि किस डिवीजन के लिए लाइन ख़ाली हो गई है। उनको डिवीजनों से आए हुए सन्देशों का भी भाष्य करना पड़ता, जो सब इस बात की माँग करते कि सबसे पहले उनकी ज़रूरत को पूरा किया जाए : 'सबसे पहले हमें लाइन दीजिए। यह फ़ौजी हुक्म है...फ़ौरन लाइन ख़ाली कीजिए...।' और हर सन्देश के साथ यह चेतावनी रहती कि अगर हुक्म पूरा नहीं किया गया तो क्रान्तिकारी फ़ौजी अदालत के सामने मामला पेश किया जाएगा।

आमदरफ़्त को बग़ैर किसी रोक-टोक के चालू रखने की ज़िम्मेदारी शहर के यातायात के चेका की थी।

फ़ौजी टुकड़ियों के कमांडर अपनी पिस्तौल चमकाते हुए चेका के हेडक्वार्टर में आते और माँग करते कि तार नम्बर फलाँ-फलाँ के अनुसार, जिस पर फ़ौज के कमांडर के दस्तख़त हैं, फ़ौरन उनकी गाड़ी रवाना की जाए। कोई भी यह बात मानने के लिए तैयार न होता कि ऐसा करना मुमकिन नहीं है। "तुम्हारी जान पर बनेगी तो गाड़ी को रवाना करोगे।" और उसके बाद गाली-गुफ्ता शुरू हो जाता। ख़ासतौर पर संगीन मामलों में जुखराई को फ़ौरन बुलाया जाता और तब फिर वे आवेश से पागल आदमी, जो एक-दूसरे को गोली से उड़ा देने के लिए तैयार खड़े रहते, शान्त हो जाते। इस लोहे के आदमी को देखकर, जिसकी आवाज़ धीमी और ठंडी थी और जो किसी तरह के बहस-मुबाहिसे को पसन्द नहीं करता था, पिस्तौलें वापस अपनी जगह पहुँच जातीं।

कभी-कभी पावेल जब अपने दफ़्तर से लड़खड़ाता हुआ निकलकर बाहर आता तो उसे अपने सिर में ऐसा दर्द मालूम होता जैसे उसे कोई छुरियाँ मार रहा हो। इन दिनों चेका में वह जो काम कर रहा था, उसका उसकी नसों पर बहुत बुरा प्रभाव पड़ रहा था।

एक दिन उसने गोले-बारूद से लदे मालगाड़ी के खुले डिब्बे पर सर्गेई ब्रुजाक को देखा। सर्गेई डिब्बे से कूदकर पावेल की ओर आया, इतनी तेज़ी से कि पावेल के पैर उखड़ते-उखड़ते बचे, और अपने दोस्त को बाँहों में भर लिया।

"पावका, बदमाश! देखते ही मैं पहचान गया कि तुम्हीं होगे।"

इन दोनों लड़कों के पास एक-दूसरे को बतलाने के लिए इतनी ख़बरें थीं कि उनकी समझ में नहीं आ रहा था कि शुरू कहाँ से करें। उनकी आख़िरी मुलाक़ात के वक़्त से अब तक दोनों के संग बहुत सारी बातें गुज़री थीं। वे एक-दूसरे से सवाल पर सवाल किये जा रहे थे और जवाब का इन्तज़ार किये बिना बोलते चले जा रहे थे। अपनी बातचीत में वे इतने डूबे हुए थे कि उन्होंने इंजन की सीटी भी नहीं सुनी। जब गाड़ी स्टेशन से बाहर जाने लगी तब कहीं जाकर दोनों एक-दूसरे से अलग हुए।

अब भी उन्हें एक-दूसरे से बहुत सी बातें करनी थीं। मगर रेल की रफ़्तार तेज़ होती जा रही थी और सर्गेई चिल्लाकर अपने दोस्त से कुछ कहता हुआ प्लेटफ़ॉर्म पर दौड़ा और माल के एक डिब्बे के खुले दरवाज़े को पकड़कर गाड़ी पर चढ़ गया। डिब्बे के अन्दर के बहुत से हाथों ने उसे पकड़कर अन्दर खींच लिया। पावेल ने उसको जाते देखा तो यकायक उसे ध्यान आया कि सर्गेई को वालिया की मृत्यु के बारे में कुछ भी मालूम नहीं क्योंकि शेपेतोवका छोड़ने के बाद फिर वह वहाँ नहीं गया और यह मुलाक़ात ऐसी अचानक थी कि पावेल यह बात बताना भी भूल गया।

"अच्छा ही है कि उसे नहीं मालूम, दिमाग़ पर कोई बोझ न रहेगा," पावेल ने सोचा। उसे नहीं मालूम था कि अब वह फिर कभी अपने दोस्त को नहीं देख

सकेगा। न ही सर्गेई को यह मालूम था कि वह अपनी मौत के पास जा रहा है। उस वक़्त वह डिब्बे की छत पर खड़ा हुआ था और पतझड़ की हवा आकर उसके खुले हुए सीने से टकरा रही थी।

"वहाँ से उतर आओ सर्योजा," दोरोशेंको ने कहा। दोरोशेंको लाल सेना का आदमी था और उसके कोट के पीछे एक सूराख़ था जो जलने से बन गया था।

"ठीक है, घबराने की कोई बात नहीं," सर्गेई ने हँसते हुए कहा, "हवा की और मेरी बड़ी दोस्ती है।"

एक हफ़्ते बाद अपनी पहली ही लड़ाई में उसको गोली लगी। वह लड़खड़ाता हुआ आगे बढ़ा, उसके सीने में भयंकर दर्द हो रहा था जैसे अन्दर से उसे कोई चीरे डाल रहा हो। उसने हवा को पकड़ने की कोशिश की और अपने सीने को बाँहों से कसकर दबाए लड़खड़ाया और वहीं ज़मीन पर ढेर हो गया। उसकी बुझी हुई नीली आँखें उक्रेन के स्तेपी के अनन्त विस्तार को एकटक देखती रह गईं।

चेका का काम पावेल को बहुत ही कमज़ोर करता जा रहा था। उसकी तन्दुरुस्ती पर इसका बहुत बुरा असर पड़ रहा था। उसके सिर में तेज़ दर्द अब ज़्यादा बार होने लगा। मगर उसने जुखराई से इस चीज़ के बारे में तब तक कुछ नहीं कहा जब तक कि एक रोज़ दो विनिद्र रातों के बाद वह बेहोश नहीं हो गया।

"फियोदोर, तुम्हारे ख़याल से क्या यह अच्छा न होगा कि मैं कुछ और काम करूँ? सबसे ज़्यादा पसन्द तो मुझे कारख़ाने में अपने पुराने धन्धे पर काम करना है। मुझे लगता है कि मेरे सिर में कुछ गड़बड़ी है। मेडिकल कमीशन के लोगों ने मुझे बतलाया था कि अब मैं फ़ौजी सर्विस के अयोग्य हूँ। मगर इस तरह का काम तो मोर्चे पर के काम से भी बुरा है। दो दिन जो हम लोग सुतिर के गिरोह के लोगों को पकड़ते रहे, उसने मेरा बिलकुल पटरा कर दिया है। मुझे इन लड़ाइयों से विश्राम लेना ही होगा। देखो न फियोदोर, अगर मैं ठीक से अपने पैरों पर खड़ा भी न हो सका, तो तुम्हारे किस काम का?"

जुखराई ने चिन्तित होकर पावेल के चेहरे को ग़ौर से देखा। "हाँ, तुम्हारा हाल अच्छा नहीं नज़र आता। यह सब मेरी ही ग़लती है। मुझे बहुत पहले ही तुम्हें छुट्टी दे देनी चाहिए थी। मगर मैं काम में इस तरह डूबा रहा कि मुझे इस बात का ख़याल ही नहीं आया।"

इस बातचीत के बाद पावेल ने कोमसोमोल की प्रादेशिक कमिटी के सामने अपने-आप को इस सर्टिफ़िकेट के साथ पेश किया कि उसे कमिटी के काम के लिए भेजा जा रहा है। एक अफ़सरी ढंग के लड़के ने, जिसने बड़ी बाँकी अदा से

अपनी टोपी नीचे नाक तक खींच रखी थी, जल्दी-जल्दी उस काग़ज़ को देखा और पावेल को आँख मारते हुए बोला :

"चेका से आ रहे हो, क्यों? बड़ा मज़ेदार संगठन है वह भी। हम लोग अभी पलक मारते तुम्हारे लिए कोई काम ढूँढ़ निकालेंगे। हमें जितने लोग भी मिल सकें सबकी ज़रूरत है। कहाँ जाना चाहोगे तुम? कमिसारी विभाग में? नहीं? अच्छा। नीचे घाट पर का प्रचार विभाग कैसा रहेगा? —नहीं। तब तो बहुत बुरा हुआ। काम तो अच्छा है, ज़्यादा काम भी नहीं है और ख़ास राशन भी मिलता है।"

पावेल ने उसको बीच में ही टोका।

उसने कहा, "मैं तो कारख़ाने में काम करना पसन्द करूँगा, लोको में।" लड़के ने आश्चर्य से उसकी तरफ़ देखा और कहा, "लोको में? हूँ...वहाँ तो शायद हमें किसी की ज़रूरत नहीं है। मगर तुम उस्तिनोविच के पास जाओ। वह किसी जगह तुम्हें काम पर लगा देगी।"

गन्दुमी रंग की उस्तिनोविच के साथ थोड़ी देर की मुलाक़ात के बाद यह फ़ैसला किया गया कि पावेल को रेल के कारख़ाने में, जहाँ पर वह काम करनेवाला था, कोमसोमोल के संगठन का मंत्री बनाया जाए।

इस बीच क्रान्ति-विरोधी फ़ौजें क्रीमिया के प्रवेश मार्ग की क़िलेबन्दी कर रही थीं और अब ज़मीन के इस छोटे-से टुकड़े पर, जहाँ पहले कभी क्रीमिया के तातारों और जापोरोज़िए के कोसैकों की बस्तियों की सरहदें मिलती थीं, पेरेकोप की आधुनिक क़िलेबन्दी की क़तारें खड़ी थीं।

और यहाँ क्रीमिया में, पेरेकोप के पीछे, पुरानी दुनिया देश के कोने-कोने से खदेड़ी जाकर शराब के दौरों और नाच-रंग में मस्त थी। उसे आने वाले विनाश का कोई पता न था और नाच-रंग में वह अपने को बहुत महफ़ूज़ समझ रही थी।

पतझड़ की एक बेहद सर्द, नम रात को हज़ारों मेहनतकशों के बेटे रात के अँधेरे में पार उतरकर क़िले में बन्द दुश्मन पर पीछे से हमला करने के लिए, सिवाश के बर्फ़ानी पानी में खाड़ी पार करने के लिए उतरे। उन हज़ारों लोगों में इवान ज़ार्की भी था जो अपनी मशीनगन को सिर पर उठाए हुए था ताकि वह भीगे नहीं।

और जब सवेरे क़िलेबन्दियों पर सामने से हमला हुआ और पेरेकोप में खलबली मची तो उसी वक़्त उन पहले दस्तों ने, जो सिवाश नदी में उतरे थे, लितोव्स्की प्रायद्वीप पर नदी के पार उतरकर पीछे से दुश्मन पर हमला किया। और उस चट्टानी साहिल पर चढ़नेवाले पहले आदमियों में इवान ज़ार्की भी था।

बड़ी ख़ूँख़ार लड़ाई हुई। नदी से बाहर निकलते हुए लाल सैनिकों पर दुश्मन की घुड़सवार फ़ौज ने ज़ोरों से हमला किया। ज़ार्की की मशीनगन मौत उगलने लगी, उसकी मौत की बरसात करनेवाली कड़कड़ाहट पल-भर को भी न थमती थी। उसकी गोलियों की बौछार से दुश्मन के सिपाही और घोड़े ढेर होते जा रहे थे। ज़ार्की बला की तेज़ी से अपनी मशीनगन में कारतूसों की नई-नई पेटियाँ लगाता जा रहा था।

पेरेकोप ने सैकड़ों तोपों की गरज से जवाब दिया। उस वक़्त लगता था जैसे धरती रसातल को चली जा रही है और हज़ारों तोप के गोले कान को फाड़नेवाली चीख़ों से आसमान को चीर रहे थे। कान के परदे फाड़ देनेवाले गोलों के धड़ाके हो रहे थे, उनके अनगिनत छर्रे दूर-दूर तक फैल रहे थे और लाशें गिर रही थीं। घायल और विदीर्ण धरती की छाती से काले-काले बादलों के फ़व्वारे छूट रहे थे जिन्होंने सूरज को भी ढक लिया था।

दैत्य का सिर कुचल दिया गया था और पहली घुड़सवार फ़ौज की लाल बाढ़ दुश्मन पर आख़िरी हमला करने के लिए क्रीमिया में दाख़िल हो गई। दहशत के मारे दुश्मन के सिपाही बन्दरगाहों से छूटते हुए जहाज़ों पर चढ़ने के लिए आपस में धक्कम-धक्का कर रहे थे।

जनतंत्र ने उन मैली-कुचैली ट्यूनिकों पर, जिनके नीचे भी कभी मर्दों के मज़बूत दिल धड़कते थे, 'आर्डर ऑफ़ द रेड बैनर' का सुनहला पदक लगा दिया और इन ट्यूनिकों में से एक कोमसोमोल के तोपची इवान ज़ार्की की थी।

पोलों से सन्धि हुई, और जैसा कि जुखराई ने कहा था, शेपेतोवका सोवियत उक्रेन में रहा। शहर से लगभग तीस मील दूर की एक नदी विभाजन रेखा बनी।

दिसम्बर, 1920 की एक कभी न भूलनेवाली सुबह को पावेल अपने शहर में आया। वह बर्फ़ से ढके हुए प्लेटफ़ॉर्म पर उतरा, स्टेशन का नाम पत्थर की पटिया पर पढ़ा, बाईं ओर मुड़ा और सीधे डिपो में जाकर आर्तेम का पता लगाया। लेकिन उसका भाई वहाँ नहीं था। अपने फ़ौजी कोट को और भी कसकर बदन में लपेटता हुआ पावेल लम्बे-लम्बे क़दमों से जंगल के बीच से होकर शहर को चला।

दरवाज़े पर दस्तक पड़ी तो मारिया याकोवलेवना मुड़ी और बोली, "चले आओ।" बर्फ़ से ढकी एक आकृति घर के अन्दर दाख़िल हुई और माँ ने अपने प्यारे बेटे के चेहरे को देखा। उसका हाथ अपने सीने पर गया और उसके अन्दर जो ख़ुशी का जोश उमड़ रहा था, उसने उसकी वाणी छीन ली।

वह अपने बेटे के सीने पर गिर पड़ी और उसके चेहरे को अपने चुम्बनों से नहला दिया। ख़ुशी के आँसू उसके गालों पर बह रहे थे। पावेल ने उस दुबले-पतले छोटे-से शरीर को कसकर अपने सीने से लगा लिया और ख़ामोशी से अपनी माँ के परेशान चेहरे को देखा जिस पर पीड़ा और चिन्ता की गहरी लकीरें थीं, और माँ के शान्त होने का इन्तज़ार करने लगा।

एक बार फिर माँ की आँखों में, जिसने इतनी मुसीबतें देखी थीं, ख़ुशी की रोशनी चमकने लगी। मालूम होता था कि अपने बेटे को देखते रहने से, जिसको दुबारा फिर कभी देखने की उसे उम्मीद नहीं थी, उसका जी ही नहीं भरेगा। उसकी ख़ुशी का ठिकाना न रहा जब तीन दिन बाद बहुत रात गए आर्तेम भी अपना थैला कन्धे पर डाले उस छोटी-सी कोठरी में आ पहुँचा।

कोर्चागिन परिवार के लोग फिर मिल गए। दोनों भाई मौत के मुँह से बचकर निकल आए थे और एक से एक भयानक अग्नि-परीक्षाओं के बाद वे फिर मिल रहे थे।

"अब तुम लोग क्या करने जा रहे हो?" माँ ने अपने बेटों से पूछा।

आर्तेम ने ख़ुश-ख़ुश जवाब दिया, "मेरे लिए तो फिर वही रेल का कारख़ाना है, माँ!"

जहाँ तक पावेल की बात थी, दो हफ़्ते घर पर गुज़ारकर वह वापस कीव लौट गया। उसका काम वहाँ उसकी राह देख रहा था।

दूसरा भाग

दस

आधी रात। आख़िरी ट्राम गाड़ी अपना थकान से चूर शरीर लिये डिपो में लौट आई है। चाँद की ठंडी रोशनी खिड़की की चौखट पर पड़ रही है और चमकती हुई दूधिया चादर की तरह बिस्तर पर बिछी हुई है। बाक़ी कमरे में अँधेरा-सा है। कोने में मेज़ पर रिता एक मोटी कॉपी पर झुकी हुई है, जोकि उसकी डायरी है, और मेज़ पर की बत्ती की रोशनी कॉपी पर पड़ रही है। पेंसिल की तेज़ नोक ये शब्द लिखती जा रही है :

24 मई

"मैं अपने इम्प्रेशन लिखने की एक बार फिर कोशिश करूँगी। बहुत दिनों से मैंने नहीं लिखा। पिछली बार जब मैंने डायरी में लिखा था, तब से अब तक छह हफ़्ते गुज़र गए हैं। मगर क्या किया जाए, मजबूरी है।

"डायरी लिखने के लिए मुझे वक़्त कहाँ से मिले? आधी रात गुज़र चुकी है और यह देखो मैं बैठी लिख रही हूँ। नींद मुझे नहीं आती। कामरेड सेगल हम लोगों को छोड़कर जा रहे हैं : उन्हें केन्द्रीय समिति में काम करना है। इस ख़बर से हम सबको बड़ा धक्का लगा। बड़े ही लाजवाब आदमी हैं हमारे लज़ार अलेक्जान्द्रोविच। अब तक मैंने इस बात को नहीं समझा था कि हमारे लिए उनकी दोस्ती की इतनी अहमियत है। उनके चले जाने पर द्वन्द्वात्मक भौतिकवाद का क्लास नष्ट-भ्रष्ट हो जाएगा। कल बड़ी रात गए तक बैठे-बैठे 'शिष्यों' की प्रगति का लेखा-जोखा होता रहा। कोमसोमोल की सूबा कमिटी का मंत्री अकिम आया था, और बदशकल तुफ़्ता भी। इन सर्वज्ञ महाशय से मुझे बड़ी चिढ़ है! सेगल बड़े ख़ुश हुए जब उनके शिष्य कोर्चागिन ने पार्टी इतिहास पर होने वाली बहस में तुफ़्ता को परास्त कर दिया। हाँ, ये दो महीने बरबाद नहीं हुए। मेहनत करना बुरा नहीं लगता जब उसका इतना अच्छा नतीजा दिखाई देता हो। उड़ती ख़बर सुनी है कि जुखराई का तबादला फ़ौजी इलाक़े के स्पेशल डिपार्टमेंट में किया जा रहा है। पता नहीं क्यों।

"लज़ार अलेक्जान्द्रोविच ने अपने शिष्य को मुझे सौंप दिया है। उन्होंने कहा, 'मैंने जो काम शुरू किया है उसको तुम्हें पूरा करना होगा। आधे रास्ते पर न रुक

जाना। रिता, तुम और वह दोनों एक-दूसरे से बहुत कुछ सीख सकते हैं। उस लड़के में संगठित ढंग से काम करने की अभी ज़रा कमी है। सरकश मिज़ाज का लड़का है और अक्सर भावनाओं के बहाव में बह जा सकता है। मेरा ख़याल है कि तुम उसके लिए बहुत अच्छी मार्गदर्शिका बन सकोगी, रिता। मैं तुम्हारी सफलता की कामना करता हूँ। मेरे मास्को पहुँचने पर मुझे चिट्ठी लिखना मत भूल जाना।'

"आज सोलोमेंस्की ज़िला कमिटी के लिए केन्द्रीय समिति ने एक नया मंत्री भेज दिया है। उसका नाम है ज़ार्की। मैं उसे फ़ौज में जानती थी!

"कल दिमित्री दुबावा कोर्चागिन को लाएगा। मैं दुबावा का हुलिया बताने की कोशिश करती हूँ। मँझोला क़द, हट्टा-कट्टा और गठीला बदन। 1918 में कोमसोमोल में आया और 1920 से पार्टी मेम्बर है। वह उन तीन लोगों में से एक है जिन्हें 'मज़दूरों के विरोधी दल' में शरीक होने के कारण कोमसोमोल की सूबा कमिटी से निकाला गया था। उसको सही रास्ते पर लाना आसान काम नहीं रहा है। हर रोज़ वह सवालों की झड़ी लगाकर हमें मुख्य विषय से दूर खींच ले जाता था और हमारे कार्यक्रम को उलट-पुलट देता था। उसमें और मेरी शिष्या ओल्गा यूरेनेवा में बिलकुल नहीं बनी। अपनी पहली ही मुलाक़ात में दुबावा ने उसको ऊपर से नीचे तक देखा और बोला, 'भाई तुम्हारी सज-धज ज़रा भी ठीक नहीं है। तुम्हें चमड़े की गद्दी वाला पैंट पहनना चाहिए, जूतों में कील लगानी चाहिए, बुद्यौनी के घुड़सवारों वाला हैट लगाना चाहिए और हाथ में तलवार लेनी चाहिए। इस तरह से कुछ बात ही न बनी, तुम चोंचों का मुरब्बा होकर रह गईं।'

"जाहिर है, ओल्गा को यह बात बहुत बुरी लगी और मुझे बीच-बचाव करना पड़ा। मेरा ख़याल है दुबावा कोर्चागिन का दोस्त है। अच्छा आज रात, अब बस। सोने का वक़्त हो गया।"

जलते हुए सूरज की तपन से धरती कुम्हलाई जा रही थी। रेलवे प्लेटफार्म के पुल की रेलिंग इतनी गरम हो रही थी कि उसको छूते हाथ जलता था। गरमी से थके हुए लोगबाग धीरे-धीरे पुल पर चढ़ रहे थे। उनमें से ज़्यादातर मुसाफ़िर नहीं थे, बल्कि वहीं आस-पास के रहनेवाले लोग थे जो शहर पहुँचने के लिए पुल पार करके जाया करते थे।

पुल से नीचे उतरने पर पावेल ने रिता को देखा। वह उससे पहले ही स्टेशन पहुँच गई थी और पुल पर से उतरते हुए लोगों को रेख रही थी।

पावेल उससे लगभग तीन गज़ की दूरी पर रुक गया। रिता ने उसको नहीं देखा और पावेल एक नई ही दिलचस्पी से उसको देखता रहा। वह धारीदार ब्लाउज़ और किसी सस्ते कपड़े का छोटा-सा नीला स्कर्ट पहने हुए थी। उसके कन्धे पर एक मुलायम चमड़े का जाकेट पड़ा हुआ था। उसका धूप से तपा हुआ चेहरा था और उस चेहरे को जैसे फ्रेम में जकड़े हुए उसके रूखे बाल उड़ रहे थे। वह

अपने सिर को ज़रा पीछे फेंककर खड़ी हुई थी और सूरज की चमक के कारण उसकी आँखें चौंधिया रही थीं। उसको वैसे खड़ा देखकर कोर्चागिन को पहली बार महसूस हुआ कि उसकी शिक्षक और मित्र रिता कोमसोमोल प्रादेशिक कमिटी के ब्यूरो की मेम्बर ही नहीं, बल्कि...। अपने मन में आए हुए उन 'पापपूर्ण' विचारों के कारण खीज अनुभव करते हुए उसने रिता को आवाज़ दी :

"मैं पूरे एक घंटे से तुम्हें अपलक देख रहा हूँ मगर तुमने मुझे देखा ही नहीं," वह हँसा, "चलो हमारी गाड़ी आ गई है।"

वे प्लेटफार्म के दरवाज़े पर पहुँचे।

उसके एक रोज़ पहले प्रादेशिक कमिटी ने कोमसोमोल के एक ज़िला सम्मेलन के लिए रिता को अपना प्रतिनिधि नियुक्त किया था और कोर्चागिन को उसके सहायक के रूप में जाना था। उनकी तात्कालिक समस्या थी गाड़ी पर चढ़ना, जिसे हल करना कोई आसान काम नहीं था। गाड़ियाँ कभी ही कभी छूटती थीं और जिन दिनों वे छूटती थीं, उन दिनों रेलवे स्टेशन पर पाँच जनों की एक सर्वशक्तिमान कमिटी का क़ब्ज़ा हो जाता था जिसके परमिट के बिना कोई प्लेटफार्म पर दाख़िल नहीं हो सकता था। प्लेटफार्म के सारे दरवाज़ों और रास्तों पर कमिटी के आदमी पहरा दिया करते थे। पहले से ही बुरी तरह भरी हुई गाड़ियाँ उत्सुक मुसाफ़िरों की भीड़ के बहुत थोड़े से लोगों को ही अपने साथ ले जा पाती थीं। मगर कोई भी पीछे छूटना नहीं चाहता था, क्योंकि इसका मतलब होता था अगली गाड़ी के लिए कई-कई दिन तक इन्तज़ार करना, जो पता नहीं कब आए। इसलिए हज़ारों आदमी रेल के डिब्बों तक पहुँचने के लिए प्लेटफार्म के दरवाज़ों पर आपस में लड़ा-भिड़ा करते थे। उन दिनों स्टेशन की हालत बिलकुल घिरे हुए क़िले की-सी रहती और कभी-कभी जमकर लड़ाई भी हो जाती थी।

प्लेटफार्म के दरवाज़े पर जो ज़बरदस्त भीड़ जमा थी, उसके बीच से निकलने की रिता और पावेल ने कोशिश की। लेकिन जब इसमें वे सफल नहीं हुए तो पावेल, जो स्टेशन के अन्दर जाने और स्टेशन से बाहर आने के सारे रास्ते जानता था, रिता को मालघर के अन्दर से ले गया। बड़ी मुश्किल से वे लोग चौथे नम्बर के डिब्बे तक पहुँचे। डिब्बे के दरवाज़े पर गरमी के मारे पसीने से सराबोर चेका का एक आदमी खड़ा था जो भीड़ को रोकने की कोशिश कर रहा था और बार-बार एक ही बात दुहरा रहा था :

"डिब्बा भरा हुआ है और बफर या गाड़ी की छत पर चढ़ना क़ायदे के ख़िलाफ़ है।"

तैश खाए हुए मुसाफ़िर उस सिपाही पर टूट पड़ते और कमिटी से मिले हुए अपने टिकटों को उसकी नाक के नीचे घुसेड़-घुसेड़कर दिखलाते थे। हर डिब्बे के आगे गाली-गुफ्ते, शोर-शराबे, धक्कम-धक्के का बाज़ार गरम था। पावेल ने समझ

लिया कि क़ायदे से गाड़ी में चढ़ना नामुमकिन है। मगर चढ़ना उन्हें है ही, नहीं तो सम्मेलन स्थगित करना पड़ेगा।

रिता को अलग से जाकर उसने तय किया कि हमें क्या करना चाहिए : पावेल धक्का देकर डिब्बे के अन्दर घुस जाएगा और खिड़की खोलकर उसमें से रिता को अन्दर खींच लेगा। दूसरा कोई रास्ता नहीं था।

"मुझे ज़रा अपना वह जाकेट दे दो। किसी भी परिचय-पत्र से ज़्यादा अच्छा रहेगा वह।"

उसने जाकेट पहन लिया और अपना पिस्तौल इस तरह जेब में रखा कि उसका हत्था और उससे लगी हुई रस्सी दिखाई दे रही थी। सामान रिता के पास छोड़कर वह डिब्बे के पास पहुँचा और शोर मचाते हुए मुसाफ़िरों की भीड़ को कोहनियों से चीरता हुआ दरवाज़े पर पहुँचकर उसने उसके डंडे को पकड़ लिया।

"ऐ कामरेड, कहाँ चढ़े जा रहे हो?"

पावेल ने पीछे मुड़कर बहुत लापरवाही से उस भारी-भरकम सिपाही को देखा।

"मैं एरिया सोशल डिपार्टमेंट का आदमी हूँ। मैं देखना चाहता हूँ कि इस डिब्बे के तमाम मुसाफ़िरों के पास कमिटी के दिये हुए टिकट हैं या नहीं," उसने ऐसे स्वर में कहा कि किसी को उसके पद के बारे में सन्देह नहीं हो सकता था।

चेका के सिपाही ने पावेल की जेब पर नज़र डाली और आस्तीन से अपने माथे का पसीना पोंछते हुए थके स्वर में कहा :

"घुस सको तो घुस जाओ।"

अपने हाथों, कन्धों और यहाँ-वहाँ अपने घूँसों का अच्छी तरह इस्तेमाल करते हुए, ऊपर वाली बर्थ को पकड़कर और नीचे के फ़र्श पर अपना सामान फैलाकर उस पर बैठे हुए मुसाफ़िरों को लाँघता हुआ, पावेल डिब्बे के बीचोबीच जा पहुँचा। चारों तरफ़ से उस पर गालियों की बौछार हो रही थी, मगर इसकी उसे कोई परवाह नहीं थी।

नीचे फ़र्श पर उतरते समय कहीं ग़लती से उसका पैर एक मोटी-ताज़ी औरत के घुटने से छू गया। उसके घुटने का छूना था कि वह औरत ज़ोर से चीख़ी, "अन्धे हो, दिखाई नहीं देता, कहाँ जा रहे हो! मेरा पैर कुचल दिया!" किसी तरह अपना साढ़े तीन मन का शरीर लिये वह औरत एक सीट के सिरे पर संकस कर बैठी थी और अपने घुटनों के बीच में वनस्पति तेल का एक बड़ा-सा पीपा रखे हुए थी। सामान रखने की सारी जगहें इसी तरह के डिब्बों, पीपों, डलियों, पिटारों, बोरों से भरी हुई थीं। डिब्बे में दम घुटता था।

गाली की कोई परवाह न कर पावेल ने पूछा : "आपका टिकट?"

"क्या मेरा!" उस औरत ने इस अनचाहे इन्स्पेक्टर को डपटकर जवाब दिया।

सबसे ऊपर वाली बर्थ से एक सिर निकला और एक भारी-सी भद्दी आवाज़

सुनाई दी : "यास्का, यह हरामज़ादा यहाँ क्या करने आया है। उसे ज़रा बढ़कर जहन्नुम का टिकट तो दे दो!"

पावेल ने अपने सिर के ठीक ऊपर एक विशाल आकृति और घने बालों से ढका हुआ सीना देखा और समझ गया कि यही वास्का है। एक जोड़ा लाल-लाल आँखें उसे घूर रही थीं।

"छोड़ दो, इस महिला को छोड़ दो। टिकट तुम्हें किस बात का चाहिए?"

बग़ल की एक ऊपर वाली बर्थ से चार जोड़ा टाँगें झूल रही थीं और उनके मालिक एक-दूसरे के कन्धों में बाँहें डाले कट्ट-कट्ट सूरजमुखी के बीज चबा रहे थे। उनके चेहरों पर नज़र डालते ही पावेल जान गया कि वे कौन हैं। यह गल्ले की चोर-बाज़ारी करने वालों का एक गिरोह था। ये नम्बरी बदमाश थे जो घूम-घूमकर देश भर में गल्ला ख़रीदते थे और मनमाने दामों पर बेचते थे। पावेल के पास बरबाद करने के लिए वक़्त नहीं था। उसे किसी तरह रिता को अन्दर लाना था।

"यह किसका बक्स है?" उसने रेलवे की वरदी पहने एक अधेड़ आदमी से खिड़की के नीचे रखे हुए लकड़ी के बड़े बक्स की ओर इशारा करते हुए पूछा।

उस आदमी ने जवाब दिया, "उनका," और भूरे रंग के मोज़े पहने हुए दो मोटी-मोटी टाँगों की तरफ़ इशारा किया।

खिड़की खोलना ज़रूरी था और वह बक्स रास्ते में अड़ा था। चूँकि उसे और कहीं रखने की जगह नहीं थी, इसलिए पावेल ने उसको उठाकर ऊपर की बर्थ पर बैठे हुए उसके मालिक को पकड़ाते हुए कहा :

"ज़रा इसको पकड़े रहिए, मुझे खिड़की खोलनी है।"

उसने बक्स उस चपटी नाक वाली औरत के घुटनों पर रखा तो वह चिल्लाई, "दूसरों के सामान को हाथ मत लगाओ!"

अपने बग़ल में बैठे हुए आदमी से वह बोली, "मोटका, यह छोकरा करना क्या चाहता है?" मोटका ने जूता पहने-पहने पावेल की पीठ में एक ठोकर लगाई और डपटकर बोला :

"अबे सुनता है, यहाँ से नौ-दो-ग्यारह हो जा, वरना अभी तेरी अच्छी तरह कुन्दी हो जाएगी!"

पावेल ने चुपचाप ठोकर बर्दाश्त कर ली। वह खिड़की खोलने में लगा हुआ था।

"ज़रा सरक तो जाइए," उसने रेलवे के आदमी से कहा।

एक और पीपे को रास्ते से हटाते हुए पावेल ने खिड़की के सामने की जगह साफ़ की। रिता वहाँ बाहर प्लेटफार्म पर खड़ी थी। जल्दी से उसने अपना बैग पावेल को पकड़ाया। बैग को वनस्पति तेल के पीपे वाली उस मोटी-ताज़ी औरत के घुटनों पर पटकते हुए पावेल ने बाहर को झुककर रिता का हाथ पकड़ा और उसे अन्दर खींच लिया। इसके पहले कि सन्तरी नियम के उल्लंघन को देख पाता,

रिता डिब्बे के अन्दर आ गई थी और सन्तरी बाहर खड़ा गाली बक रहा था; लेकिन अब तो बहुत देर हो गई थी। अन्दर बैठे हुए मुनाफ़ाखोरों के गिरोह ने रिता के आगमन का स्वागत इतने हल्ले से किया कि बेचारी ठिठक गई। चूँकि फ़र्श पर खड़े होने की भी जगह नहीं थी, इसलिए उसने किसी तरह अपने पाँव नीचे की बर्थ के सिरे पर टिकाए और सहारे के लिए ऊपर की बर्थ को पकड़कर खड़ी हो गई। चारों ओर गालियों का बाज़ार गरम हो गया। ऊपर से वह मोटी भारी भद्दी आवाज़ फिर टर्राई :

"देखते हो इस सूअर को, पहले तो ख़ुद घुस आया और फिर अपनी लौंडिया को भी अन्दर घसीट लिया।"

ऊपर से एक और आवाज़ सुनाई दी : "मोटका, ज़रा दे तो इसकी नाक पर एक घूँसा!"

वह औरत अपने लकड़ी के बक्स को पावेल के सिर पर टिकाने की कोशिश जी-जान से कर रही थी। इन दो आगन्तुकों के चारों ओर दुष्ट, घिनौने जानवरों जैसे चेहरे थे। पावेल को इस बात का बड़ा दुख था कि रिता को इन चीज़ों का सामना करना पड़ रहा था, मगर इनको बर्दाश्त करने के अलावा और चारा भी न था।

"महाशय, अपने बोरे सीटों के बीच के फ़र्श से हटा लीजिए ताकि इस कामरेड को खड़े होने के लिए जगह हो जाए," उसने मोटका के नाम से पुकारे जाने वाले आदमी से कहा। मगर उसके जवाब में उसको एक इतनी गन्दी गाली सुनने को मिली कि ग़ुस्से से उसके दिमाग़ का पारा चढ़ गया। उसकी दाहिनी भौंह के ऊपर की नाड़ी दर्द के साथ फड़कने लगी। "ज़रा रुक, बदमाश कहीं का, अभी मैं तुझे बताता हूँ," उसने उस गुंडे से कहा। मगर जवाब में उसे अपने सिर पर एक ठोकर मिली।

"बहुत अच्छा किया वास्का, एक और!" चारों ओर से समर्थन की आवाज़ें आने लगीं।

आख़िरकार पावेल के धीरज का बाँध टूट गया और जैसा कि हमेशा ऐसे मौक़ों पर होता था, उसने तेज़ी से और बिना किसी दुविधा के हिम्मत से अमल किया।

"मुनाफाखोर हरामज़ादो, तुम्हारा ख़याल है कि तुम ऐसा करके निकल जाओगे?" वह ज़ोर से चिल्लाया और फुर्ती से ऊपर वाले बर्थ पर चढ़कर कसकर एक घूँसा उसने इतने ज़ोर से मारा कि वह हरामज़ादा सट्टेबाज़ लुढ़ककर दूसरे मुसाफ़िरों के सिर पर आ गिरा।

"सूअर के बच्चों, तुम सब यहाँ से निकलो वरना अभी मैं तुम सबको गोली मार दूँगा!" पावेल पागल की तरह चीख़ा और अपनी पिस्तौल उन चारों की नाक में अड़ा दी।

अब पांसा पलट गया था। रिता चौकन्नी होकर इस सारी कार्रवाई को देख रही थी और ख़ुद भी गोली चलाने के लिए तैयारी थी, अगर कोई कोर्चागिन पर

हमला करे तो। ऊपर की बर्थ फ़ौरन ख़ाली हो गई। वे बदमाश जल्दी-जल्दी पास के कम्पार्टमेंट में चले गए।

ऊपर की ख़ाली बर्थ पर चढ़ने में रिता की मदद करते हुए पावेल ने धीरे से कहा :

"तुम यहीं रहो, मैं उन बदमाशों को देखने जाता हूँ।"

रिता ने उसको रोकने की कोशिश की, "तुम उनसे लड़ने तो नहीं जा रहे हो?"

"नहीं," पावेल ने रिता को आश्वस्त करते हुए कहा, "मैं ज़रा सी देर में लौटकर आता हूँ।"

उसने फिर से खिड़की खोली और बाहर प्लेटफार्म पर कूद गया। चन्द मिनट बाद वह ट्रांसपोर्ट चेका के बर्माइस्टर से, जो पहले उसका चीफ़ था, बातें कर रहा था। उस लेट ने पावेल की पूरी बात सुनी और फिर आदेश दिया कि सारे डिब्बे को ख़ाली कराया जाए और मुसाफ़िरों के काग़ज़ात की जाँच की जाए।

बर्माइस्टर ने अपनी भारी आवाज़ में गुर्राते हुए कहा, "मैंने यही बात कही थी। गाड़ियों के यहाँ आने के पहले से ही उसमें तमाम मुनाफ़ाखोर और सट्टेबाज़ भरे रहते हैं।"

चेका के दस सिपाहियों की टोली ने गाड़ी को ख़ाली करवाया। अपने पुराने काम को सँभालते हुए पावेल ने मुसाफ़िरों के काग़ज़ात की जाँच में मदद पहुँचाई। चेका के अपने पुराने साथियों से उसने अपने सम्बन्ध नहीं तोड़े थे और कोमसोमोल के मंत्री की हैसियत से उसने कोमसोमोल के अपने कुछ बेहतरीन सदस्यों को वहाँ काम करने के लिए भेजा था। छानबीन खतम हो जाने पर पावेल रिता के पास लौटा। अब डिब्बे में बिलकुल दूसरी तरह के मुसाफ़िर थे : लाल सेना के सैनिक और कारख़ानों और दफ़्तरों में काम करने वाले लोग जो सब किसी-न-किसी ज़रूरी काम से सफ़र कर रहे थे।

डिब्बे के एक कोने में सबसे ऊपर की बर्थ पर रिता और पावेल बैठे हुए थे। मगर वहाँ पर अख़बारों के बंडलों ने इतनी जगह घेर रखी थी कि सिर्फ़ रिता के लेटने भर के लिए जगह थी।

रिता ने कहा, "कोई बात नहीं, हम लोग किसी तरह काम चला लेंगे।"

आख़िरकार गाड़ी चली। जब वह धीरे-धीरे स्टेशन से बाहर होने लगी तो रिता और पावेल ने प्लेटफार्म पर बोरों के बंडल पर बैठी हुई उस मोटी औरत की ज़रा सी झलक पाई और उसे चिल्लाते सुना : "ए मांका, मेरा तेल वाला पीपा कहाँ है?"

अपनी जगह में संकसकर बैठे हुए, जहाँ अख़बारों के बंडल उनके और दूसरे मुसाफ़िरों के बीच परदे का काम कर रहे थे, पावेल और रिता रोटी और सेब खा रहे थे और हँसते हुए उस घटना की, जो ऐसी हँसने की चीज़ नहीं थी, याद कर रहे थे जिससे उनकी यात्रा शुरू हुई थी।

रेलगाड़ी रेंगती हुई आगे बढ़ती जा रही थी। रेलवे लाइन में हर जोड़ पर रेलगाड़ी के पुराने, टूटे-फूटे और ज़रूरत से ज़्यादा लदे हुए डिब्बे चरमरा रहे थे, कराह रहे थे और बड़े ज़ोर से हिल रहे थे। गहरी नीली गोधूलि खिड़की में से अन्दर झाँक रही थी। फिर रात आई और गाड़ी को उसने अँधेरे की चादर से ढक दिया।

रिता थकी हुई थी और अपने बैग का तकिया लगाए ऊँघ रही थी। पावेल बर्थ के सिरे पर बैठा सिगरेट पी रहा था। वह भी थका हुआ था। मगर लेटने की जगह नहीं थी। रात की ताज़ी हवा खुली हुई खिड़की से अन्दर आ रही थी। अचानक हिचकोले से जागकर रिता ने अँधेरे में पावेल के सिगरेट की चमक देखी। यह हमेशा से उसकी आदत रही है कि बैठा-बैठा रात गुज़ार देता है, मगर रिता को किसी तरह की तकलीफ़ नहीं होने देता।

रिता ने धीमे स्वर में कहा, “कामरेड कोर्चागिन! उन बुर्ज़ुआ तौर-तरीक़ों को छोड़ो और लेट जाओ।”

पावेल उसकी बात मानकर उसके बग़ल में लेट गया और उसने अपनी अकड़ी हुई टाँगों को आराम के साथ फैला लिया।

“कल हमें बहुत सा काम करना है, इसलिए पागलराम ज़रा नींद ले लेने की कोशिश करो।” उसने बड़े विश्वास से पावेल के गले में अपनी बाँहें डाल दीं और पावेल ने अपने गालों पर उसके बालों का स्पर्श अनुभव किया।

पावेल के लिए रिता एक पवित्र चीज़ थी। वह उसकी दोस्त थी, कामरेड थी, राजनीतिक पथ-प्रदर्शिका थी। मगर इसके साथ ही साथ वह औरत भी थी। इसकी चेतना उसे सबसे पहले वहाँ पुल पर हुई थी और इसलिए अब उसके आलिंगन ने पावेल को इतना चंचल कर दिया। उसने रिता की गहरी समचाल से चलती हुई साँस को महसूस किया; उसके पास ही कहीं रिता के होंठ थे। इस सामीप्य से उसके अन्दर उन होंठों को पाने की लालसा जगी और मन का बहुत ज़ोर लगाकर ही वह इस लालसा को दबा पाया।

जैसे पावेल के मन के भावों को ताड़ते हुए रिता अँधेरे में मुस्कराई। वह इस लालसा के सुख और वियोग की पीड़ा दोनों को जान चुकी थी। उसने दो बोल्शेविकों को अपना प्यार दिया था। ह्वाइट गार्ड की गोलियों ने दोनों को उससे छीन लिया था—उसमें से एक बड़ा शानदार डील-डौल का आदमी था, जो ब्रिगेड कमांडर था, दूसरा साफ़ नीली आँखों वाला एक छोकरा था।

थोड़ी ही देर में पहियों की ताल ने थपकी दे-देकर पावेल को सुला दिया। सुबह में जब इंजन ने ज़ोर से सीटी दी तभी जाकर उसकी आँख खुली।

रिता हर रोज़ बहुत रात गए तक काम में व्यस्त रहती थी और अपनी डायरी के लिखने के लिए उसके पास वक़्त न बचता था। कुछ दिनों के बाद उसने फिर डायरी में थोड़ा कुछ लिखा :

"प्रादेशिक सम्मेलन समाप्त हो गया। अकिम, मिखाइलो तथा कई दूसरे लोग अखिल उक्रेनी सम्मेलन के लिए खारकीव गए हैं और अपना सारा काग़ज़ी काम मेरे जिम्मे छोड़ गए हैं। दुबावा और पावेल को प्रादेशिक कमिटी में काम करने के लिए भेजा गया है। दिमित्री को जब से पेचोर्स्क ज़िला कमिटी का मंत्री बनाया गया है, उसने क्लास में आना बन्द कर दिया है। गले तक वह काम में डूबा हुआ है। पावेल कुछ पढ़ने की कोशिश करता है, मगर कुछ ख़ास नतीजा नहीं निकलता क्योंकि या तो मैं बहुत व्यस्त रहती हूँ या उसे किसी काम के सिलसिले में बाहर भेज दिया जाता है। रेलवे में इस वक़्त जो तनाव की हालत चल रही है, उसके कारण कोमसोमोलों को बराबर इस काम में खींचा जा रहा है। कल ज़ार्की मुझसे मिलने आया था। वह शिकायत कर रहा था कि उसके लड़के उससे छीन लिये जाते हैं, जबकि ख़ुद उसे उनकी सख़्त ज़रूरत है।"

23 अगस्त

"आज मैं गलियारे में से गुज़र रही थी तो मैंने मैनेजर के दफ़्तर के सामने कोर्चागिन को पांक्रातोव और एक दूसरे आदमी के साथ खड़े देखा। मैं जब पास पहुँची तो मैंने पावेल को कहते सुना :

"वहाँ के लोग जो बैठे हैं, उन्हें गोली मार देनी चाहिए। वह कहता है—'तुम्हें हमारे हुक्म को काटने का कोई हक़ नहीं। रेल की ईंधन-कमिटी यहाँ पर मालिक है और तुम कोमसोमोलों को चुपचाप उसकी बात माननी चाहिए, ख़ामख़ा अपनी टाँग नहीं अड़ानी चाहिए। तुमने उसका चेहरा देखा होता...और यह जगह इसी तरह के जोंकों से भरी हुई है!' इसके बाद उसने बड़ी गन्दी ज़बान का इस्तेमाल किया। पांक्रातोव ने मुझे देख लिया और उसकी बग़ल में उँगली गड़ाई। पावेल घूमा और मुझे देखकर पीला पड़ गया और बिना मुझसे आँख मिलाए दूसरी तरफ़ को चला गया। लगता है अब वह काफ़ी दिन मेरे पास नहीं आएगा। वह जानता है कि मैं गन्दी ज़बान पसन्द नहीं करती।"

27 अगस्त

"हमारी ब्यूरो की एक बन्द मीटिंग हुई थी। स्थिति काफ़ी गम्भीर होती जा रही है। मैं अभी इसके बारे में विस्तार के साथ नहीं लिख सकती। अकिम प्रादेशिक सम्मेलन से लौटा तो बहुत परेशान नज़र आ रहा था। कल एक और रसद की गाड़ी उलट दी गई। सोचती हूँ कि अब मैं यह डायरी रखने की और कोशिश नहीं

करूँगी। यों भी बहुत बेसिलसिला है यह। मैं कोर्चागिन का इन्तज़ार कर रही हूँ। अभी उस रोज़ मेरी उससे मुलाक़ात हुई थी और उसने मुझे बतलाया कि वह और ज़ार्की मिलकर पाँच लोगों का एक कम्यून बना रहे हैं।"

एक रोज़ जब पावेल रेल के कारख़ाने में काम कर रहा था। तो उसे टेलीफ़ोन पर बुलाया गया। यह रिता थी। उस शाम वह ख़ाली थी और उसने प्रस्ताव किया कि पेरिस कम्यून की पराजय के कारणवाले अध्याय को खतम कर डाला जाए, जिसे वे दोनों मिलकर पढ़ रहे थे।

उस शाम को जब पावेल यूनिवर्सिटी स्ट्रीट पर रिता के मकान के पास पहुँचा तो उसने ऊपर नज़र उठाई और खिड़की में रोशनी देखी। वह दौड़कर सीढ़ियों पर चढ़ा, हमेशा की तरह दरवाज़े पर दस्तक दी और अन्दर चला गया।

वहाँ पलंग पर, जहाँ किसी नये साथी को क्षण-भर बैठने की भी इजाज़त नहीं थी, वरदी पहने एक आदमी लेटा हुआ था। मेज़ पर एक रिवॉल्वर, किटबैग और लाल तारेवाली टोपी रखी हुई थी। रिता उस अजनबी की बग़ल में उसे कसकर अपनी बाँहों में भरे बैठी हुई थी। दोनों अपनी बातचीत में डूबे हुए थे और पावेल के अन्दर दाख़िल होने पर रिता ने मुस्कराते हुए चेहरे से उसको देखा।

उस आदमी ने रिता के बाहुपाश से अपने को मुक्त किया और पलंग पर से उठा।

रिता ने पावेल से हाथ मिलाते हुए कहा, "पावेल, यह है..."

उस आदमी ने कसकर कोर्चागिन से हाथ मिलाते हुए रिता के वाक्य को पूरा किया, "डेविड उस्तिनोविच।"

"अचानक ही आ गया," रिता ने ख़ुशी से हँसते हुए बतलाया।

पावेल ने बहुत सर्द तरीक़े से इस आगन्तुक से हाथ मिलाया और उसकी आँखों में क्षोभ की चमक दिखलाई दी। उसने उस आदमी की वरदी की आस्तीन पर चार क्रॉस देखे जो कि एक कम्पनी के कमांडर की पहचान थी।

रिता कुछ कहने ही वाली थी कि पावेल बीच में बोल पड़ा, "मैं आपसे सिर्फ़ यह कहने आया था कि आज शाम को मैं घाट पर जहाज़ में लकड़ी लादने के काम में फँसा रहूँगा। और फिर आपके यह अतिथि भी आए हुए हैं; अच्छा, तो अब मैं चलूँगा। लड़के नीचे खड़े मेरा इन्तज़ार कर रहे हैं।"

और वह वैसे ही एकाएक दरवाज़े में से बाहर निकल गया जैसे अन्दर आया था। उन्होंने उसको तेज़ी से सीढ़ी पर से नीचे उतरते सुना। फिर बाहर का दरवाज़ा फटाक से बन्द हुआ और ख़ामोशी छा गई।

"आज उसका हाल कुछ ठीक नहीं था। ज़रूर कोई बात है," रिता ने डेविड की सवाल करती हुई आँखों के जवाब में अटकते हुए कहा।

पुल के नीचे एक इंजन ने गहरी साँस ली और अपने ज़बरदस्त फेफड़ों से सुनहली चिनगारियों की फुहार छोड़ी। चिनगारियाँ अजीब तरीक़े से नाचती हुई ऊपर को उठीं और धुएँ में खो गईं।

पावेल रेलिंग से टिका खड़ा था और सिग्नल की रंगीन रोशनियों का जलना और बुझना एकटक होकर देख रहा था। उसने अपनी आँखें सिकोड़ीं।

"कामरेड कोर्चागिन, यह बात मेरी समझ में नहीं आती कि तुम्हें इस बात से इतनी चोट क्यों लगती है कि रिता का कोई पति है? क्या उसने कभी तुमसे कहा कि उसका कोई पति नहीं है? और अगर उसने कभी ऐसा कहा भी हो तो क्या? तुमको यह चीज़ इतनी बुरी क्यों लगती है? तुमने सोचा था कामरेड कि यह सब ख़ालिस रूहानी दोस्ती है और कुछ नहीं...। तुमने यह चीज़ कैसे होने दी?" उसने तीखे व्यंग्य के स्वर में अपने-आप से सवाल किया, "और अगर वह उसका पति नहीं हो तो? डेविड उस्तिनोविच उसका भाई भी हो सकता है, चाचा भी हो सकता है...लेकिन अगर ऐसी बात हो तो तुमने अपने गदहेपन में उस बेचारे के साथ बड़ा अन्याय किया है। तुम किसी से कुछ अच्छे थोड़े ही हो। यह पता लगाना तो काफ़ी आसान है कि वह उसका भाई है या नहीं। मान लो कि वह उसका भाई या चाचा निकला तो अपने आज के बेहूदा बरताव के बाद तुम फिर कैसे रिता से आँख मिला सकोगे? नहीं, अब तो तुम्हें उससे मिलना बन्द करना पड़ेगा!"

एक इंजन की सीटी ने उसके विचारों की धारा भंग की।

"बहुत देर हो रही है। घर चलने का वक़्त हुआ। काफ़ी फ़िज़ूलियात हो लीं।"

जिस इलाक़े में रेलवे मज़दूर रहते थे, उसका नाम सोलोमेंका था। वहीं पाँच नौजवानों ने एक छोटा-सा कम्यून क़ायम किया। ये पाँच थे—ज़ार्की, पावेल, सुनहले बालोंवाला ख़ुश चेक नौजवान जिसका नाम क्लावीचेक था, रेलवे यार्ड के कोमसोमोल का मंत्री निकोलाई ओकुनेव और स्तेपान आर्त्युखिन जो ब्वॉयलर सुधारने का काम करता था और आजकल रेलवे चेका के लिए काम कर रहा था।

उन्होंने एक कमरा ढूँढ़ा और तीन दिन तक अपना सारा ख़ाली वक़्त उसको साफ़ करने, उसमें रंग-रोगन करने और उसकी दीवारों की सफ़ेदी करने में लगाया। वे बाल्टियाँ लिये हुए तेजी से इतनी बार इधर-उधर आए और गए कि पड़ोसी लोग सोचने लगे कि घर में आग लग गई है। उन्होंने अपने लिए ओठे तैयार किये और

पार्क से बटोरी हुई शहतूत की पत्तियाँ भरकर गद्दे तैयार किये। इस सबके बाद चौथे रोज़ वह कमरा, जिसकी दीवार पर पेत्रोव्स्की की एक तस्वीर और एक बड़ा-सा नक़्शा टँगा था, सफ़ाई से चमक रहा था।

खिड़कियों के बीच में एक आलमारी थी जिसमें ऊपर तक किताबों का ढेर लगा हुआ था। दो बक्सों को दफ्ती से ढककर उनसे कुरसी का काम लिया जा रहा था और एक ओर बड़ा बक्स बरतनों की आलमारी का काम दे रहा था। कमरे के बीचोबीच एक बड़ी-सी बिलियर्ड की मेज़ थी जिसमें बस यह कमी थी कि उसमें कपड़ा नहीं लगा था। इसको कमरे के निवासी मालगोदाम से अपने कन्धों पर उठाकर लाए थे। दिन को उससे मेज़ का काम लिया जाता था और रात को उस पर क्लावीचेक सोता था। पाँचों लड़के अपनी तमाम चीज़ें उठा लाए और व्यवहार कुशल क्लावीचेक ने कम्यून की जायदाद की फ़ेहरिस्त बनाई। वह उस फ़ेहरिस्त को दीवार पर टाँगना चाहता था, मगर दूसरों ने आपत्ति की। कमरे की हर चीज़ सबकी मिली-जुली सम्पत्ति घोषित कर दी गई। कमाई, राशन और बीच-बीच में घर से आनेवाले पार्सल, सबका बराबर-बराबर बँटवारा हो जाता था; निजी सम्पत्ति की बस एक चीज़ थी—उनके अपने-अपने हथियार। सर्वसम्मति से यह निश्चय किया गया कि कम्यून का जो सदस्य साझे की सम्पत्ति के नियम का उल्लंघन करेगा या अपने साथियों के साथ विश्वासघात करेगा, उसे कम्यून से निकाल बाहर किया जाएगा। ओकुनेव और क्लावीचेक ने आग्रह किया कि कम्यून से निकाले जाने के बाद अगली कार्रवाई यह होनी चाहिए कि उसे कमरे से निकाल बाहर किया जाए और यह प्रस्ताव पास हो गया।

ज़िले की कोमसोमोल के सभी सक्रिय सदस्य कम्यून के गृह-प्रवेश की पार्टी में आए। बग़ल के पड़ोसी से एक विशाल समोवार उधार लिया गया। चाय पार्टी में कम्यून की सारी शकर ख़र्च हो गई। चाय के बाद उन्होंने कोरस गाना शुरू किया और उनकी जवानी की बुलन्द आवाज़ों से दीवार के पटरे हिल उठे :

सारी दुनिया भीग गई आँखों के जल से,
दुख से कड़वे कैसे ये दिन बीत रहे हैं
पर उगता है नव प्रभात नभ के अंचल से

तम्बाकू के कारख़ाने की लड़की तालिया लगुतिना गाने का नेतृत्व कर रही थी। उसके सिर पर का लाल रूमाल एक ओर को खिसक गया था और उसकी आँखें, जिनकी गहराई की थाह अब तक किसी ने नहीं पाई थी, शरारत से नाच रही थीं। तालिया की हँसी बहुत ही संक्रामक थी और वह अपने अठारह सालों की रौशन ऊँचाई से दुनिया को देखती थी। अब उसकी बाँह लहर की तरह ऊपर को उठी और नक्कारों की आवाज़ की तरह गाने की धारा बह चली :

उमड़ो मेरे गीत, विश्व पर छा जाओ;
विजय गर्व से उन्नत निज केतन लहराओ!
हृदय रक्त की अग्नि-शिखा में जलकर तपकर;
रहो प्रज्वलित जगती के उन्मुक्त गगन पर!

बहुत रात गए पार्टी खतम हुई और उनकी बुलन्द जवान आवाज़ों की गूँज से ख़ामोश सड़कें जाग पड़ीं।

टेलीफ़ोन की घंटी बजी और ज़ार्की ने रिसीवर की तरफ़ हाथ बढ़ाया।

"चुप रहो, मैं कुछ सुन नहीं पाता!" उसने शोर मचाते हुए कोमसोमोलों से, जो मंत्री के दफ़्तर में भीड़ लगाए थे, चिल्लाकर कहा।

हंगामा कुछ कम हो गया।

"हलो! अच्छा तुम हो। हाँ, अभी-अभी। एजेंडे पर क्या-क्या है? ओ वही पुरानी चीज़, घाट से ईंधन की लकड़ी घसीटकर लाना। क्या कहा, नहीं, उसे कहीं नहीं भेजा गया है। वह यहीं है। उससे बात करना चाहती हो? एक मिनट रुको।"

ज़ार्की ने पावेल को बुलाया।

"कामरेड उस्तिनोविच तुमसे बात करना चाहती हैं," उसने कहा और रिसीवर पावेल के हाथ में पकड़ा दिया।

पावेल ने रिता की आवाज़ को कहते सुना, "मैं सोचती थी तुम शहर में नहीं होगे। आज शाम मैं ख़ाली हूँ। तुम आ क्यों नहीं जाते? मेरा भाई चला गया है। वह इस शहर से गुज़र रहा था और मुझसे मिलने चला आया। हमने एक-दूसरे को दो साल से नहीं देखा था।"

उसका भाई!

पावेल ने और कुछ नहीं सुना। उसको उस बदनसीब शाम की याद आ रही थी और अपने उस निश्चय की याद आ रही थी जो उसने उसी रात को पुल के नीचे किया था। हाँ, उसे आज ही शाम को रिता के पास जाना चाहिए और इस मामले को खतम कर देना चाहिए। प्रेम के संग पीड़ाएँ और दुश्चिन्ताएँ भी बहुत सी लगी रहती हैं। यह क्या ऐसी चीज़ों का वक़्त है?

उस आवाज़ ने पावेल के कान में कहा, "तुम मुझे सुन नहीं पा रहे हो क्या?"

"हाँ, हाँ, मैं सुन रहा हूँ। बहुत अच्छा। मैं ब्यूरो की मीटिंग के बाद आऊँगा," कहते हुए पावेल ने रिसीवर रख दिया।

उसने रिता की आँखों में आँखें डालकर देखा और बाँज की लकड़ी की बनी मज़बूत मेज़ के सिरे को पकड़ते हुए बोला, "मैं अब शायद तुमसे मिलने न आ सकूँगा।"

पावेल ने रिता की घनी बरौनियों को उसकी बात सुनकर ऊपर खिंचते देखा। काग़ज़ पर उसकी पेंसिल, जो दौड़ रही थी, रुक गई और खुले हुए पैड पर निश्चेष्ट खड़ी रही।

"क्यों?"

"वक़्त नहीं निकल पाता। तुम्हें तो ख़ुद मालूम है कि हम काफ़ी मुश्किलों से गुज़र रहे हैं। मुझे अफ़सोस है, मगर शायद यह चीज़ हमें बन्द करनी ही पड़ेगी...।"

पावेल को लग रहा था कि उसके आख़िरी शब्द कुछ बहुत दृढ़ न लगे होंगे।

"यह द्रविड़ प्राणायाम तुम क्यों कर रहे हो?" वह भीतर ही भीतर तैश खा रहा था। "सीधे-सीधे हमला करने की हिम्मत तुममें नहीं है।"

प्रकट उसने कहा, "इसके अलावा मैं कई दिन से तुमसे यह कहना चाह रहा था कि तुम बात को जिस तरह से समझाती हो, उसे समझने में मुझे कठिनाई होती है। जब हम लोग सेगल के संग पढ़ते थे, उस वक़्त हमने जो कुछ सीखा था, वह न जाने कैसे मेरे सिर में टिक गया। मगर तुमसे जो कुछ सीखा, उसके बारे में मैं यह बात नहीं कह सकता। मुझे हर बार सबक़ के बाद तोकारेव के पास जाना पड़ा है, चीज़ को दुबारा ठीक से समझने के लिए। मैं जानता हूँ कि यह मेरी ही ग़लती है—मेरे सिर में बात घुसती ही नहीं। तुम्हें दूसरा कोई शिष्य ढूँढ़ना पड़ेगा, जिसमें कुछ ज़्यादा बुद्धि हो।"

उसने रिता की तेज़ निगाहों से अपनी निगाहें फेर लीं और फिर समझ-बूझकर, साहस बटोरकर उसने कह ही डाला, "इसलिए मैं तो समझता हूँ कि हमारा इस चीज़ को जारी रखना वक़्त की बरबादी ही है।"

फिर वह उठा, सँभालकर पैर से कुरसी सरकाई और रिता के झुके हुए सिर और चेहरे को देखा जो लैम्प की रोशनी में पीला नज़र आ रहा था। उसने अपनी टोपी सिर पर लगा ली।

"अच्छा, चलूँ कामरेड रिता। मुझे दुख है कि मैंने तुम्हारा इतना वक़्त बरबाद किया। मुझे बहुत पहले ही तुमको यह बात बतला देनी चाहिए थी। मुझसे यही ग़लती हुई।"

रिता ने यंत्रवत अपना हाथ उसकी तरफ़ बढ़ा दिया, मगर उसके इस अचानक रूखेपन से वह इतनी स्तब्ध हो गई थी कि दो-एक शब्दों से ज़्यादा नहीं बोल सकी।

"मैं तुम्हें दोष नहीं देती, पावेल। अगर मैं चीज़ों को तुम्हें ठीक से समझाने का कोई ढंग नहीं निकाल सकी, तो दरअसल मुझे यही पुरस्कार मिलना चाहिए था।"

पावेल भारी क़दमों से दरवाज़े की तरफ़ चला। बाहर निकलकर उसने धीरे-से दरवाज़ा बन्द किया। सीढ़ी से नीचे उतरकर वह पल-भर को रुका और सोचने लगा—अभी भी देर नहीं हुई है, जाकर बात की सफ़ाई की जा सकती है...। मगर फ़ायदा? ऐसा करने से क्या हासिल होगा? उसका उपेक्षापूर्ण जवाब पाकर फिर बाहर चले आने के लिए! नहीं।

साइडिंगों पर बेकार इंजनों और रेल के टूटे-फूटे डिब्बों का क़ब्रिस्तान बढ़ चला। लकड़ी के वीरान कारख़ाने में हवा लकड़ी के सूखे बुरादे को इधर-उधर बिखेर रही थी।

और शहर के चारों ओर जंगल की झाड़ियों और गहरे-गहरे नालों में ओर्लिक के गिरोह के लोग छिपे हुए थे। दिन को वे लोग आस-पास के गाँवों और जंगली इलाक़ों में चुपचाप पड़े रहते थे, मगर रात को धीरे-से रेल की लाइनों पर निकल आते थे, बेदर्दी से उन्हें उखाड़कर फेंक देते थे और अपना यह दुष्ट काम करके वापस अपनी माँद में पहुँच जाते थे।

रेल की लाइनें उखड़ जाने से न जाने कितने इंजन, लोहे के घोड़े, रेलवे के बाँध पर से लुढ़कते हुए नीचे पहुँच जाते थे। और नतीजा यह होता था कि डिब्बे टूटकर चकनाचूर हो जाते, ज़िन्दा लोग मलबे के नीचे पिस जाते और बेशक़ीमती अनाज ख़ून और मलबे में लिथड़ जाता।

यह गिरोह अचानक किसी छोटे-से क़स्बे पर टूट पड़ता और डरी हुई मुर्ग़ियाँ कुड़कुड़ करती हुई सब तरफ़ भागने लगतीं। यों ही कुछ गोलियाँ इधर-उधर चला दी जातीं। वोलोस्त सोवियत की इमारत के सामने राइफ़लें थोड़ी देर कड़कड़ातीं और ऐसी आवाज़ होती जैसे सूखी झाड़ी के पैर के नीचे दबने से होती है और वे डाकू अपने मोटे-ताज़े घोड़ों पर सवार गाँव में यहाँ से वहाँ दौड़ लगाते और जो भी रास्ते में पड़ जाता उसे काटकर रख देते। वे अपने शिकारों को इतने इत्मीनान से तलवार चलाकर काटते जैसे लकड़ी को चीर रहे हों। गोलियाँ वे लोग कम ही चलाते थे क्योंकि गोलियों की कमी थी।

जिस तूफ़ानी तेज़ी से ये डाकू आते उसी तेज़ी से लौट भी जाते। डाकुओं के इस गिरोह की आँखें और कान सब जगह थे। वे आँखें उस छोटे-से सफ़ेद मकान की दीवारों को भेदकर, जिसमें वोलोस्त सोवियत था, अन्दर देख लेती थीं क्योंकि

पादरी के मकान और कुलकों के घरों से जंगल की झाड़ियों तक अदृश्य सूत्र मौजूद थे। गोले-बारूद के डिब्बे, सूअरों के ताज़े गोश्त के ढेर, नीले रंग की कच्ची शराब की बोतलें—सब उसी रास्ते जंगल पहुँच जाती थीं। उसी सूत्र से ख़बरें भी पहुँच जाती थीं, जो पहले छोटे ऐटमनों के कान में फुसफुसाकर कही जातीं और फिर नाना मार्गों से होकर ख़ुद ओर्लिक के पास पहुँच जातीं।

इस गिरोह में दो-तीन सौ ख़ूनियों से ज़्यादा न रहे होंगे, मगर अब तक उन्हें पकड़ा न जा सका था। वे छोटी-छोटी कई टुकड़ियों में बँट जाते और फिर एक साथ दो-तीन इलाक़ों में अपनी कार्रवाई करते। उन सबको पकड़ना असम्भव था। पिछली रात का डाकू अगले दिन बहुत शान्तिप्रिय किसान की शकल में दिखाई देता। वह अपने बाग़ीचे में काम करता होता या अपने घोड़े को रातिब देता होता या अपने दरवाज़े पर खड़ा इत्मीनान से पाइप पी रहा होता और एकदम शून्य आँखों से घुड़सवार दस्तों को अपने पास से गुज़रते हुए देखता। उस वक़्त उसे देखकर कौन कह सकता था कि कल रात यही आदमी डाकू का काम कर रहा था।

अपनी रेजिमेंट लेकर अलेक्जेंडर पुज़ीरेव्स्की जान लगाकर इन डाकुओं के पीछे लगा हुआ था और तीनों ज़िलों में उन्हें यहाँ से वहाँ खदेड़ता फिर रहा था। कभी-कभी उसे डाकुओं का सुराग़ भी मिल जाता। एक महीने बाद ओर्लिक को मजबूर होकर अपने बदमाशों को दो ज़िलों से हटाना पड़ा और अब वह बहुत छोटे-से इलाक़े में घिर गया था।

क़स्बे की ज़िन्दगी बदस्तूर गति से धीमे-धीमे चली जा रही थी। शोर करती हुई भीड़ें वहाँ के पाँच बाज़ारों में भरी रहती थीं। उनके मन में बस दो भाव थे—कैसे ज़्यादा से ज़्यादा लूटें और कम-से-कम दें। यह वातावरण ऐसा था जिसमें तमाम तरह के ठगों और लुटेरों को अपनी योग्यता दिखलाने का अनन्त अवसर मिलता था। भीड़ में सैकड़ों ऐसे लोग घूमते रहते थे जिनकी आँखों में ईमानदारी छोड़कर बाक़ी सब कुछ था। जैसे मक्खियाँ गन्दगी के ढेर पर जमा हो जाती हैं, उसी तरह शहर के बुरे से बुरे आदमी यहाँ इकट्ठा हो गए थे और उनका एक ही उद्देश्य था : नादान लोगों को ठगना। एक-दो रेलगाड़ियाँ जो उधर आतीं, उनमें से तमाम लोग बोरे लादे हुए उतरते और सीधे बाज़ार की ओर चल देते।

रात को बाज़ार उजाड़ हो जाता और जहाँ बैठकर दूकानदार अपनी चीजें बेचते थे, उन दूकानों की क़तारें अँधेरे में डरावनी नज़र आतीं।

बहुत हिम्मती आदमी ही अँधेरा हो जाने पर इस उजड़े हुए बाज़ार से गुज़र सकता था क्योंकि एक-एक दूकान के पीछे से ख़तरा झाँकता रहता था। अक्सर रात

को गोली छूटने की आवाज़ सुनाई देती जैसे लोहे पर किसी ने हथौड़ा दे मारा हो, और फिर कोई आदमी अपने ही ख़ून में लथपथ वहीं ढेर हो जाता। और जब तक कि सबसे क़रीब की चौकी से मुट्ठी-भर सिपाही उस जगह पहुँचें-पहुँचें (उनको अकेले जाने का साहस न होता), तब तक वहाँ कुछ बाक़ी न रह जाता। उन्हें सिर्फ़ ऐंठी हुई लाश मिलती। ख़ूनी भाग गए होते और उस हंगामे में बाज़ार के चौक के कुछ निशाचर यों ग़ायब हो जाते, जैसे हवा का झोंका उन्हें उड़ा ले गया हो।

बाज़ार के ठीक सामने 'ओरियन' सिनेमा था। उसके सामने की सड़क और फुटपाथ बिजली की रोशनी से जगमग करता रहता था और फाटक पर लोगों की भीड़ लगी रहती थी। हॉल में प्रेम के अति-नाटकीय दृश्य परदे पर दिखलाए जा रहे होते; बीच-बीच में जब फ़िल्म कट जाती और ऑपरेटर प्रोजेक्टर को रोक देता, तो जनता में असन्तोष-सूचक शोर मच जाता।

शहर के अन्दर और आसपास ज़िन्दगी हस्बमामूल चलती नज़र आती थी। पार्टी की प्रादेशिक कमिटी में भी, जोकि क्रान्तिकारी सत्ता का केन्द्र थी, पूर्ण शान्ति थी। मगर यह शान्ति सिर्फ़ ऊपरी थी।

शहर के अन्दर एक तूफ़ान पक रहा था। उनमें से बहुतेरे, जो तमाम दिशाओं से आए थे और जिनके लम्बे लबादों के नीचे से उनकी फ़ौजी राइफ़लें झाँकती होतीं, समझ रहे थे कि यह तूफ़ान आ रहा है। वे लोग भी इस बात को समझ रहे थे जो गल्ले के मुनाफाख़ोरों के भेष में रेलगाड़ियों की छतों पर बैठकर आते थे, मगर अपने बोरे सीधे बाज़ार में न ले जाकर अच्छी तरह से याद किये हुए पतों पर ले जाते थे।

इनको पता था। मगर मज़दूरों की बस्तियों को और यहाँ तक कि बोल्शेविकों को भी इस आनेवाले तूफ़ान का कुछ पता न था।

शहर के सिर्फ़ पाँच बोल्शेविक साज़िश का हाल जानते थे।

पेतल्युरा के गिरोहों को लाल फ़ौज ने श्वेत पोलैंड में खदेड़ दिया था। उन्हीं के अवशेष वारसा के विदेशी मिशनों के साथ मिलकर इस विद्रोह में हिस्सा लेने की तैयारी कर रहे थे। पेतल्युरा की रेजिमेंटों के बचे-खुचे लोगों को इकट्ठा करके एक हमलावर दस्ता तैयार किया जा रहा था।

विद्रोहियों की केन्द्रीय कमिटी का एक संगठन शेपेतोवका में भी था। उसमें सैंतालीस सदस्य थे जिनमें से ज़्यादातर पुराने सक्रिय क्रान्ति-विरोधी लोग थे। उन्हें नगर की चेका ने उनका विश्वास करके छोड़ दिया था।

फ़ादर वासिली, एन्साइन विनिक और पेतल्युरा अफ़सर कुजमेंको इस संगठन के नेता थे। पादरी की लड़कियाँ, विनिक के बाप और भाई तथा समोतिन्या नाम का एक आदमी, जो तिकड़म से कार्यकारिणी के दफ़्तर में घुस गया था, जासूसी किया करता था।

योजना यह थी कि रात को दस्ती बमों से सरहद पर के स्पेशल डिपार्टमेंट पर हमला किया जाए, क़ैदियों को छुड़ा लिया जाए और अगर मुमकिन हो तो रेलवे स्टेशन पर क़ब्ज़ा कर लिया जाए।

इसी बीच अफ़सर गुप्त रूप से शहर में जमा किये जा रहे थे, क्योंकि वही विद्रोह का केन्द्र था और लुटेरों के गिरोहों को आसपास के जंगलों में भेजा जा रहा था। यहाँ से विश्वसनीय दलालों के ज़रिये रूमानिया और ख़ुद पेतल्युरा से सम्पर्क रखा जाता था।

फियोदोर जुखराई स्पेशल डिपार्टमेंट के अपने दफ़्तर में छह रात से सोया नहीं था। वह उन पाँच बोल्शेविकों में से था जिन्हें दुश्मनों की इस साज़िश के बारे में मालूम था। उस पुराने मल्लाह जुखराई को उस शिकारी की-सी अनुभूति हो रही थी जिसने अपने शिकार को घेर लिया हो और अब उस जानवर के उछलकर हमला करने का इन्तज़ार कर रहा हो।

शोर मचाने और दूसरे लोगों को इस ख़तरे की बात बताने की भी उसे हिम्मत न होती थी। ख़ून के प्यासे इस राक्षस को मारना ही होगा। तभी, केवल तभी, शान्ति के साथ काम करना मुमकिन हो सकेगा और हर वक़्त डर-डरकर हर झाड़ी के पीछे नहीं देखना होगा। मगर ऐसा नहीं करना चाहिए कि जानवर चौकन्ना होकर भाग जाए। जीवन-मरण के ऐसे संघर्षों के अन्त में सहन-शक्ति और दृढ़ता की ही जीत होती है।

क़दम उठाने की अब घड़ी आ गई। शहर में षड्यंत्रकारियों के तमाम गुप्त अड्डों में ही कहीं पर बग़ावत की घड़ी भी तय हो गई थी : कल की रात।

मगर जिन पाँच बोल्शेविकों को इस चीज़ का पता था उन्होंने पहले ही हमला करने का फ़ैसला किया। उन्होंने कहा : नहीं, हमें तो आज ही रात क़दम उठाना है।

उसी शाम एक बख़्तरबन्द गाड़ी चुपके से रेलवे यार्ड से बाहर निकली। उसके बाहर निकलते ही बड़ा-सा फाटक उतने ही चुपके से बन्द हो गया।

कोड की भाषा में दिये गए तार उड़ चले और उनकी माँग के जवाब में उन मुस्तैद और चौकन्ने आदमियों ने, जिनके हाथों में जनतंत्र की सुरक्षा सौंपी गई थी, षड्यंत्रकारियों के अड्डों का सफ़ाया करने के लिए फ़ौरन क़दम उठाए।

अकिम ने ज़ार्की को टेलीफ़ोन किया।

"सेल मीटिंग ठीक चल रही है? बहुत अच्छा। यहाँ पर एक कॉन्फ्रेंस हो रही है, उसके लिए फ़ौरन यहाँ चले आओ। पार्टी की ज़िला कमिटी के मंत्री को भी अपने साथ लेते आओ। ईंधन की समस्या, हमने जितनी सोची थी, उससे भी ज़्यादा

गम्भीर है। तुम्हारे यहाँ आ जाने पर हम लोग विस्तार से बातें करेंगे।" अकिम दृढ़ आवाज़ में जल्दी-जल्दी बोल रहा था।

ज़ार्की ने गुर्राकर रिसीवर के अन्दर कहा, "यह ईंधन की समस्या तो हम सबको पागल कर देगी।"

लित्के बेतहाशा तेज़ी से दोनों मंत्रियों को हेडक्वार्टर में ड्राइव कर ले गया। दूसरी मंज़िल की सीढ़ियों पर चढ़ते हुए उन्होंने फ़ौरन इस बात को भाँप लिया कि उन्हें ईंधन की समस्या के बारे में बात करने के लिए नहीं बुलाया गया है।

दफ़्तर के मैनेजर की मेज़ पर एक हल्की मशीनगन रखी हुई थी और उसके बग़ल में स्पेशल टास्क फोर्स के तोपची काम कर रहे थे। नगर की पार्टी और कोमसोमोल संगठनों से आए ख़ामोश सन्तरियों से गलियारे भरे हुए थे। मंत्री के दफ़्तर में पार्टी की प्रादेशिक कमिटी के ब्यूरो की ख़ास ज़रूरी मीटिंग खतम होनेवाली थी।

दरवाज़े के ऊपर खिड़की में से दो तार निकले हुए थे जो मैदानी टेलीफ़ोनों से जुड़े हुए थे। कमरे में बातचीत की धीमी भुनभुनाहट थी। वहाँ अकिम, रिता और मिखाइलो मौजूद थे। रिता लाल सेना के लोगों की हेलमेट लगाए थी, ख़ाकी स्कर्ट और चमड़े की जाकेट पहने थी जिसकी पेटी से एक भारी माउज़र पिस्तौल झूल रहा था—यह वही वरदी थी जो वह मोर्चे पर पहना करती थी जब वह कम्पनी की राजनीतिक शिक्षक थी।

"यह सब क्या हो रहा है?" ज़ार्की ने आश्चर्य से पूछा।

"अलर्ट ड्रिल, वानिया। हम लोग अभी तुम्हारे इलाक़े में जा रहे हैं। पाँचवें इन्फैंट्री स्कूल में प्रैक्टिस रैली है। कोमसोमोल अपनी सेल मीटिंगों से सीधे वहाँ पहुँचेंगे। ख़ास बात यह है कि हम लोग वहाँ पहुँच तो जाएँ, मगर किसी का ध्यान हमारी ओर आकर्षित न हो।"

पुराने फ़ौजी स्कूल का मैदान जिसमें बाँज के पुराने विशाल पेड़ खड़े थे और जिसके ठहरे हुए पानी की तलैया में सेवार ही सेवार उगी हुई थी और जिसके चौड़े-चौड़े रास्तों की सफ़ाई नहीं हुई थी—सब ख़ामोशी में डूबे थे।

मैदान के बीचोबीच एक ऊँची-सी सफ़ेद दीवार के पीछे स्कूल की इमारत थी जिसमें अब लाल फ़ौज के कमांडरों के लिए पाँचवाँ इन्फैंट्री स्कूल था। बहुत रात बीत चुकी थी। इमारत की ऊपरी मंज़िल पर अँधेरा था। बाहर से सब कुछ ख़ामोश था और उधर से गुज़रनेवाला आदमी यही सोचता कि स्कूल के सारे लोग सो रहे हैं। मगर लोहे के फाटक खुले क्यों थे और वे दो अँधेरी आकृतियाँ बड़े-बड़े मेढकों की तरह वहाँ फाटक पर खड़ी क्या कर रही थीं? रेलवे इलाक़े के तमाम हिस्सों के लोग, जो यहाँ इकट्ठे हुए थे, अच्छी तरह जानते थे कि रात का अलर्ट हो जाने पर स्कूल के लोग सो नहीं सकते। उन्होंने अपनी कोगसोमोल और पार्टी सेल की मीटिंगें उस छोटे-से ऐलान के बाद फ़ौरन छोड़ दी थीं। वे ख़ामोशी से चले आ रहे

थे, कभी अकेले, कभी दो, मगर कभी तीन से ज़्यादा नहीं और उनमें से हर एक के पास कम्युनिस्ट पार्टी या कोमसोमोल की सदस्यता का कार्ड था। उसके बिना कोई भी लोहे के फाटक में नहीं घुस सकता था।

सभा भवन, जिसमें काफ़ी बड़ी भीड़ इकट्ठी हो चुकी थी, रोशनी से जगमग कर रहा था। खिड़कियों पर तम्बू बनाने में इस्तेमाल होनेवाले किरमिच के मोटे-मोटे परदे टाँग दिये गए थे। बोल्शेविक, जो यहाँ बुलाए गए थे, घर की बनी सिगरेटें ख़ामोशी से पी रहे थे और आपस में दिल्लगी कर रहे थे कि देखो ड्रिल के लिए भी कितनी एहतियात बरती जा रही है। कोई भी यह नहीं महसूस कर रहा था कि यह सचमुच का अलर्ट है। लोग समझते थे कि स्पेशल ड्यूटी की टुकड़ियों में अनुशासन क़ायम रखने के लिए यह चीज़ की जा रही है। मगर तपा हुआ सिपाही स्कूल के कम्पाउंड में दाख़िल होते ही सच्चे अलर्ट के लक्षणों को पहचान लेता था। बहुत ही ज़्यादा सावधानी बरती जा रही थी। विद्यार्थियों के कानों में आदेश कहे जा रहे थे और उनकी प्लैटूनें बाहर क़तार बनाती जा रही थीं। मशीनगनें कम्पाउंड के भीतर ख़ामोशी से लाई जा रही थीं और इमारत की किसी भी खिड़की से रोशनी की एक हल्की सी किरण भी बाहर झाँकती नहीं दिखाई देती थी।

"मितियाई, मामला कुछ संगीन मालूम होता है?" पावेल कोर्चागिन ने दुबावा से पूछा जो एक खिड़की की चौखट पर एक लड़की के बग़ल में बैठा था और जिसे दो दिन पहले पावेल ने ज़ार्की के घर पर देखा था।

दुबावा ने ख़ुशदिली से पावेल के कन्धे पर हाथ मारा।

"डर रहे हो, क्यों? मगर कोई बात नहीं, हम तुम लोगों को लड़ना सिखा देंगे। तुम दोनों एक-दूसरे को नहीं जानते। या जानते हो?" कहते हुए उसने उस लड़की की ओर इशारा किया, "इसका नाम 'आना' है, नाम का दूसरा हिस्सा मुझे नहीं मालूम, मगर इसका पद मैं जानता हूँ, यह आन्दोलन और प्रचार केन्द्र की इंचार्ज है।"

वह लड़की, जिसका दुबावा ने ऐसे मज़ाक़ के ढंग से परिचय दिया था, कोर्चागिन को दिलचस्पी से देख रही थी और अपने बालों के एक गुच्छे को पीछे फेर रही थी जो उसके चमकीले गुलाबी रंग के रूमाल के नीचे से खिसककर बाहर आ गया था। कोर्चागिन की आँखें उसकी आँखों से मिलीं और दो-एक क्षण के लिए दोनों में एक मूक प्रतियोगिता सी जारी रही। बड़ी-बड़ी पलकों के नीचे से उसकी चमकती हुई काली-काली आँखें पावेल की आँखों को चुनौती दे रही थीं। पावेल ने उधर से दृष्टि हटाई और दुबावा को देखने लगा। यह महसूस करके कि शर्म के मारे उसका मुँह लाल हुआ जा रहा है, उसे कुछ चिढ़-सी आई और मुँह कुछ बन गया।

जबरिया मुस्कराते हुए उसने पूछा, "तुम में से कौन प्रचार-आन्दोलन का काम करता है?"

उसी क्षण हॉल में हलचल हुई। एक कम्पनी कमांडर कुरसी पर चढ़ गया और चिल्लाया : "पहली कम्पनी के लोगो, इधर आकर खड़े हो जाओ! जल्दी करो साथियो, जल्दी।"

प्रादेशिक कार्यसमिति के अध्यक्ष और अकिम के साथ जुखराई अन्दर दाख़िल हुआ। वे लोग अभी-अभी आए थे। हॉल के एक सिरे से दूसरे सिरे तक लोगों की क़तारें खड़ी थीं।

प्रादेशिक कार्यसमिति के अध्यक्ष एक ट्रेनिंग मशीनगन पर चढ़ गए और उन्होंने अपना हाथ उठाया।

उन्होंने कहा, "साथियो, आपको एक बहुत ही ज़रूरी और संगीन मसले के लिए यहाँ बुलाया गया है। इस वक़्त मैं आपको जो कुछ बतलाने जा रहा हूँ, वह कल तक सुरक्षा के ख़याल से नहीं बतलाया जा सकता था। कल रात को यहाँ पर और उक्रेन के दूसरे शहरों में एक क्रान्ति-विरोधी विद्रोह शुरू होनेवाला है। शहर में ह्वाइट-गार्ड अफ़सर भरे हुए हैं। लुटेरों की टुकड़ियाँ शहर के चारों तरफ़ जमा कर दी गई हैं। इन षड्यंत्रकारियों में से कुछ लोग बख़्तरबन्द गाड़ियों की टुकड़ी में घुस गए हैं और वहाँ पर ड्राइवरों का काम कर रहे हैं। मगर चेका ने समय रहते इस साज़िश का पता पा लिया है। हम सभी पार्टी और कोमसोमोल संगठनों को हथियार दे रहे हैं। पहली और दूसरी कम्युनिस्ट बटालियनें फ़ौजी स्कूल की टुकड़ियों और चेका के साथ मिलकर काम करेंगी। फ़ौजी स्कूल की यूनिटों ने मोर्चा लेना शुरू भी कर दिया है। अब तुम्हारी बारी है, साथियो! अपने हथियार लेकर पन्द्रह मिनट के अन्दर-अन्दर मोर्चे पर जाने के लिए तैयार हो जाओ! कामरेड जुखराई इस फ़ौजी कार्रवाई का नेतृत्व करेंगे। यूनिट कमांडर उनसे आदेश लेंगे। परिस्थिति कितनी गम्भीर है, इसके बारे में ज़्यादा ज़ोर देना मेरे लिए ज़रूरी नहीं है। कल की बग़ावत को आज ही कुचल देना होगा।"

पन्द्रह मिनट बाद हथियारों से लैस बटालियन स्कूल के अहाते में क़तार बाँधे खड़ी थी।

जुखराई ने निश्चल खड़े सैनिकों की क़तारों पर निगाह दौड़ाई। उनके सामने तीन क़दम पर दो आदमी चमड़े की पेटी कमर में बाँधे खड़े थे। एक था बटालियन कमांडर मिनिआइलो जो लोहे के कारख़ाने का एक मज़दूर था। वह यूराल का रहनेवाला और बहुत हट्टा-कट्टा आदमी था। और उसके बग़ल में खड़ा था कमिसार अकिम। उसके बाईं तरफ़ पहली कम्पनी की प्लैटूनें थीं और उनके आगे दो क़दम पर कम्पनी के कमांडर और राजनीतिक शिक्षक खड़े थे। उनके पीछे कम्युनिस्ट बटालियन की ख़ामोश क़तारें खड़ी थीं। इस बटालियन में तीन सौ आदमी थे।

फ़ियोदोर ने सिग्नल दिया, "कार्रवाई शुरू करने का वक़्त हो गया।"

वे तीन सौ आदमी उजड़ी हुई वीरान सड़कों पर मार्च करने लगे।

शहर सो रहा था।

दिकाया के सामने, लवोव्स्काया सड़क पर बटालियन ने क़तार तोड़ी। यहीं पर उसे अपनी कार्रवाई शुरू करनी थी।

ख़ामोशी से, बिना कोई भी आवाज़ किये उन्होंने इमारतों को घेर लिया। एक मकान की सीढ़ी पर हेडक्वार्टर क़ायम किया गया।

शहर के चौक की तरफ़ से एक मोटर लवोव्स्काया सड़क पर तेज़ी से इधर आ रही थी और उसकी हेडलाइटों से सामने का रास्ता चमक रहा था। बटालियन की कमांड चौकी के सामने पहुँचकर वह झटके से रुक गई।

इस बार ह्यूगो लित्के अपने पिता को साथ लाया था। कमांडेंट कूदकर गाड़ी से बाहर आया और उसने गर्दन मोड़कर अपनी लेटिश भाषा में कुछ छोटे-छोटे जुमले अपने लड़के से कहे। मोटर तेज़ी से आगे बढ़ी और पलक मारते सड़क के मोड़ पर जाकर आँख से ओझल हो गई। लित्के भूत की तरह गाड़ी चला रहा था। उसकी आँखें सड़क पर चिपकी हुई थीं और उसके हाथ इस तरह कसकर स्टीयरिंग व्हील को पकड़े थे जैसे वह उसका ही एक अंग हो।

हाँ, आज रात लित्के के तूफ़ानी रफ़्तार से गाड़ी चलाने की ज़रूरत थी। इस वक़्त तेज़ भगाने के लिए उसको हरगिज़ गार्ड हाउस में दो रात बन्द रहने की सज़ा न मिलेगी!

और ह्यूगो उल्का की तरह सड़क पर तेज़ी से भागा जा रहा था।

जुखराई को, जिसे नौजवान लित्के पलक मारते शहर के एक छोर से दूसरे छोर पर पहुँचा रहा था, लित्के की प्रशंसा करनी ही पड़ी, "आज रात अगर तुमने किसी को कुचला नहीं, तो कल तुम्हें सोने की एक घड़ी इनाम में मिलेगी।"

ह्यूगो बड़ा ख़ुश था और बोला, "मैं तो सोचता था कि उस मोड़ पर इतनी तेज़ी से गाड़ी मोड़ने के लिए मुझे दस दिन जेल में रहना पड़ेगा...।"

पहले वार षड्यंत्रकारियों के हेडक्वार्टर पर किये गए। थोड़ी ही देर में क़ैदियों की बड़ी-बड़ी टोलियाँ और काग़ज़ात के गट्ठर स्पेशल डिपार्टमेंट के हवाले किये जा रहे थे।

दिकाया सड़क पर मकान नम्बर 11 में जुर्बर्ट नाम का एक आदमी रहता था जिसने चेका को मिली हुई सूचना के अनुसार, इस ह्वाइट गार्ड विद्रोह में बहुत आगे बढ़कर हिस्सा लिया था। उन अफ़सर यूनिटों की, जो पोडोल के इलाक़े में काम करनेवाली थीं, फ़ेहरिस्तें जुर्बर्ट के पास थीं।

लित्के का पिता ख़ुद गिरफ़्तारी करने के लिए दिकाया सड़क पर पहुँचा। जुर्बर्ट के मकान की खिड़कियाँ एक बाग़ीचे में खुलती थीं, और इस बाग़ीचे और पहले के एक स्त्रियों के मठ के बीच सिर्फ़ एक ऊँची दीवार थी। जुर्बर्ट मकान पर नहीं था। उसके पड़ोसियों ने बतलाया कि सारे दिन किसी ने उसे नहीं देखा था। तलाशी

ली गई और नाम तथा पतों की फ़ेहरिस्तें और उनके साथ-साथ दस्ती बमों का एक बक्सा भी मिला। लित्के ने जुर्बर्ट को पकड़ने के लिए अपने आदमियों को गुप्त जगहों पर बिठलाने का हुक्म दे दिया और उसके बाद उन काग़ज़ात का मुआइना करने के लिए कमरे में थोड़ी देर ठहरा रहा।

फ़ौजी स्कूल का वह नौजवान विद्यार्थी जिसे नीचे बाग़ीचे में पहरे पर खड़ा किया गया था, बाग़ीचे के उस कोने से जहाँ वह था, खिड़की की रोशनी को देख सकता था। वहाँ उसे अँधेरे में अकेले रहना अच्छा नहीं लग रहा था। कुछ डर भी लग रहा था। उसे दीवार पर निगाह रखने के लिए कहा गया था। मन को ढाढ़स देनेवाली वह रोशनी उसकी जगह से बहुत दूर मालूम होती थी। और उससे भी बुरी बात यह हुई कि कमबख़्त चाँद बादलों के पीछे छिप जाता था। रात के अँधेरे में उन झाड़ियों में जैसे अपनी एक अलग डरावनी ज़िन्दगी आ जाती हो। वह नौजवान सिपाही अपनी संगीन से अपने चारों ओर के अँधेरे को भोंक रहा था। कुछ नहीं, कहीं कुछ नहीं।

"इन लोगों ने यहाँ मुझे क्यों खड़ा किया? दीवार बहुत ऊँची है, उस पर कोई चढ़ तो सकता नहीं। मैं सोचता हूँ कि खिड़की के पास जाकर अन्दर झाँकूँ।" दीवार पर दुबारा निगाह दौड़ाते हुए वह अपने उस नम और अँधेरे और सड़ी-गली घास और काई की बदबू से भरे हुए कोने से बाहर आया। खिड़की के पास पहुँचकर उसने देखा कि उसी वक़्त लित्के ने मेज़ पर से काग़ज़ात उठाए। उसी क्षण दीवार के ऊपर एक छायाकृति आई। उस दीवार पर से खिड़की के पास का सन्तरी और कमरे में अन्दर का आदमी दोनों साफ़ दिखाई देते थे। बिल्ली जैसी फुर्ती से वह छायाकृति पेड़ की एक शाख पकड़कर झूली और नीचे ज़मीन पर कूद पड़ी। वह चुपके-चुपके पैर दबाकर अपने शिकार तक आई। एक वार हुआ और सन्तरी ज़मीन पर ढेर हो गया। जहाज़ियों वाली छुरी सन्तरी की गर्दन में पूरी मूठ तक भुँकी हुई थी।

बाग़ीचे में एक गोली की आवाज़ हुई जिससे इमारत के चारों ओर खड़े हुए लोगों में हरकत आ गई। उनमें से छह लोग मकान की तरफ़ दौड़े। रात की निस्तब्धता में उनके पैरों की आवाज़ ज़ोर से सुनाई दे रही थी। लित्के मुँह के बल मेज़ पर गिरा पड़ा था और उसके सिर के घाव से ख़ून बह रहा था। वह मर चुका था। खिड़की के शीशे चकनाचूर हो गए थे। मगर क़ातिल को काग़ज़ात हथियाने का वक़्त नहीं मिला था।

मठ की दीवार की तरफ़ और कई गोलियों की आवाज़ें सुनाई दीं। ख़ूनी सड़क की ओर की दीवार पर चढ़ गया था और अब लुकियानोव मैदान के रास्ते से भाग जाने की कोशिश कर रहा था। वह भागते-भागते गोली चलाता जा रहा था। मगर एक गोली ने आकर उसका काम तमाम कर दिया।

रात-भर तलाशियाँ चलती रहीं। सैकड़ों लोग जिनके नाम मकान कमिटियों की

किताबों में दर्ज नहीं थे और जिनके पास सन्दिग्ध काग़ज़ात और हथियार पाए गए थे, उन्हें चेका में भेज दिया गया। वहाँ एक कमीशन सन्दिग्ध लोगों की छानबीन कर रहा था।

यहाँ-वहाँ षड्यंत्रकारियों ने मुक़ाबला करने की कोशिश की। जिलियान्स्काया स्ट्रीट के एक मकान की तलाशी लेते वक़्त एंटन लेबेदेव दो क़दम नज़दीक से छोड़ी गई एक गोली से मारा गया।

उस रात सोलोमेंका बटालियन के पाँच आदमी मारे गए और चेका ने उस पक्के बोल्शेविक और जनतंत्र के वफ़ादार पहरुए जॉन लित्के से हाथ धोया।

मगर क्रान्ति-विरोधी ह्वाइट गार्ड विद्रोह को उभरने के पहले ही कुचल दिया गया।

उसी रात फ़ादर वासिली, उनकी लड़कियों और उनके गिरोह के दूसरे लोगों को शेपेतोवका में गिरफ़्तार कर लिया गया।

तनाव कम हो गया। मगर जल्द ही एक नया दुश्मन शहर के लिए ख़तरा बन गया। वह ख़तरा था रेलवे का बेकार हो जाना—मानो उसे लकवा मार गया हो। इसका मतलब यह था कि लोग भूख से और आनेवाले जाड़े में सरदी से मरते।

अब सब कुछ गल्ले और ईंधन पर निर्भर था।

ग्यारह

फियोदोर ने मुँह से अपना छोटी डंडीवाला पाइप निकाला और कुछ सोचते हुए सतर्कतापूर्वक उँगली से उसकी राख दबाई : पाइप बुझ चुका था।

एक दर्जन सिगरेटों से निकले हुए भूरे धुएँ का एक घना बादल छत के नीचे और उस कुरसी के ऊपर मँडरा रहा था, जिस पर प्रादेशिक कार्यसमिति के अध्यक्ष बैठे हुए थे। कमरे के कोनों में मेज़ के इर्द-गिर्द बैठे हुए लोगों के चेहरे, धुएँ के उस कुहासे में धुँधले नज़र आ रहे थे।

अध्यक्ष के बग़ल में तोकारेव आगे को झुका हुआ बैठा था। वह खीजा हुआ-सा अपनी छोटी दाढ़ी को बार-बार नोच रहा था और जब-तब आँख के कोने से उस नाटे गंजे आदमी को देख लेता था जो अपनी बुलन्द आवाज़ में बराबर बोलता चला जा रहा था जैसे उसकी बात का कोई अन्त ही न हो। मगर उसकी बात ख़ाली अंडे की तरह बेमतलब और खोखली थी।

अकिम ने उस बूढ़े मज़दूर की आँख के भाव को भाँपा और उसे गाँव में अपने बचपन के दिनों में देखे हुए उस मुरगे की याद हो आई जिसकी आँखों में भी अपने दुश्मन पर हमला करने के पहले यही भाव होता था।

पार्टी की प्रादेशिक कमिटी की बैठक को एक घंटे से ज़्यादा हो गया था। वह गंजा आदमी रेलवे की ईंधन कमिटी का अध्यक्ष था।

अपने सामने पड़े हुए काग़ज़ात के ढेर में अपनी सुबुक उँगलियाँ दौड़ाता हुआ वह गंजा आदमी बोलता चला जा रहा था :

"...ऐसी हालतों में प्रादेशिक कमिटी और रेलवे की प्रबन्ध समिति के फ़ैसले को पूरा करना, साफ़ ही बिलकुल नामुमकिन है। मैं फिर अपनी बात को दुहराता हूँ कि अब से एक महीने बाद भी हम चार सौ क्यूबिक मीटर से ज़्यादा ईंधन नहीं दे सकेंगे। जहाँ तक दस लाख अस्सी हज़ार क्यूबिक मीटर की माँग की बात है, वह तो सरासर..." वक्ता ठीक शब्द के लिए अटका, "सरासर...ख़याली पुलाव है।" उसने अपनी बात खतम की और उसका छोटा-सा मुँह कुछ इस भाव से लटक गया मानो उसे चोट लगी हो।

बड़ी देर तक ख़ामोशी रही।

फियोदोर ने नाख़ून से अपने पाइप को खोदा और उसकी राख को गिरा दिया। आख़िरकार तोकारेव ने ख़ामोशी तोड़ी।

"फ़िज़ूल बकवास करने से कोई फ़ायदा नहीं," उसने अपनी गूँजती हुई भारी आवाज़ में शुरू किया, "रेलवे की ईंधन कमिटी के पास ईंधन नहीं है, कभी नहीं था और आगे भी होने की उसे उम्मीद नहीं...ठीक?"

गंजे आदमी ने अपना कन्धा उचकाया।

"माफ़ कीजिए कामरेड, हमने काफ़ी ईंधन इकट्ठा किया था लेकिन यातायात के साधनों की कमी के कारण..." उसने अपना थूक निगला और अपनी चमकती हुई खोपड़ी को एक चारखाने की रूमाल से पोंछा। उसने अपने रूमाल को जेब में डालने की कई बार कोशिश की और आख़िरकार परेशान होकर और घबराकर उसे अपने पोर्टफोलियो के नीचे घुसा दिया।

"आख़िर आपने ईंधन की सप्लाई के सिलसिले में क्या किया? उन बड़े-बड़े विशेषज्ञों को, जिनका षड्यंत्र में कुछ हाथ था, गिरफ़्तार हुए भी तो कई रोज़ हो गए," देनेको ने कोने की अपनी जगह से कहा।

वह गंजा आदमी उसकी ओर मुड़ा और बोला, "मैंने रेलवे के प्रबन्धकर्ताओं को तीन बार लिखा कि जब तक हमें यातायात की उचित सुविधाएँ नहीं मिलतीं, कुछ भी करना असम्भव..."

तोकारेव ने उसको बीच में ही टोका, "हम इस बात को कई बार सुन चुके हैं," उसने ख़ुश्क आवाज़ में कहा और उस गंजे आदमी को शत्रुता की आँखों से देखा। "आप क्या हम लोगों को बिलकुल बेवक़ूफ़ समझते हैं?

इन शब्दों को सुनकर तो जैसे गंजे आदमी की रीढ़ की हड्डी में एक सुरसुरी दौड़ गई।

उसने धीमी आवाज़ में जवाब दिया, "क्रान्ति के दुश्मनों की हरकतों के लिए मैं जवाबदेही नहीं ले सकता।"

"मगर आपको पता था या नहीं कि लकड़ी रेलवे लाइन से बहुत दूर काटकर गिराई जा रही है?"

"मैंने इस चीज़ के बारे में सुना था, मगर मैं अपने बड़े अफ़सरों का ध्यान ऐसी गड़बड़ियों की तरफ़ नहीं दिला सकता था, क्योंकि वे मेरे क्षेत्र से बाहर हो रही थीं।"

"इस काम के लिए तुम्हारे पास कितने आदमी हैं?" ट्रेड यूनियन काउंसिल के अध्यक्ष ने पूछा।

"क़रीब दो सौ," गंजे आदमी ने जवाब दिया।

"इसका मतलब है, हर हरामख़ोर के पीछे एक साल में एक क्यूबिक मीटर!" तोकारेव ने साँप की तरह फुफकारते हुए कहा।

"रेलवे की ईंधन कमिटी को ख़ास राशन दिया जाता है। उन्हें वह खाना दिया जाता है जो मज़दूरों को मिलना चाहिए और ज़रा देखिए कि आप काम क्या कर रहे हैं? वह दो गाड़ी आटा जो आपको मज़दूरों के लिए मिला था, क्या हुआ उसका?" ट्रेड यूनियन के अध्यक्ष ने अपनी बात पर ज़ोर देते हुए कहा।

इसी तरह के तेज़ तीखे सवाल हर तरफ़ से उस गंजे आदमी पर बरस रहे थे और वह उनका जवाब उसी घबराए हुए अन्दाज़ में दे रहा था, जिस अन्दाज़ में कि क़र्ज़ में डूबा हुआ कोई आदमी तंग करनेवाले देनदारों से अपना पीछा छुड़ाने की कोशिश करता है। सीधा-सादा जवाब देने से बचने के लिए वह अपने-आप को बहुत तोड़-मरोड़ रहा था, मगर उसकी घबराई हुई आँखें इधर-उधर दौड़ रही थीं। उसे ख़तरा दिखाई दे रहा था और उसकी कायर आत्मा में सिर्फ़ एक चीज़ की चाह थी : कैसे जल्द से जल्द यहाँ से भाग जाए और जाकर अपने आरामदेह घोंसले में मुँह छुपा ले और इत्मीनान से खाना खाए और अपनी बीवी से, जो अब भी जवान थी और जो शायद इस वक़्त पॉल द कॉक का उपन्यास लिये उसमें रम रही होगी, अपना जी बहलाए।

उस गंजे आदमी के जवाबों को ध्यान से सुनते हुए फियोदोर ने अपनी नोटबुक में जल्दी-जल्दी लिखा, "मैं समझता हूँ कि इस आदमी की ठीक से जाँच होनी चाहिए। यह सिर्फ़ अयोग्यता की बात नहीं है, बल्कि उससे कुछ ज़्यादा गहरा मामला है। मुझे इसके बारे में एक-दो बातें मालूम हैं...बहस को बन्द करो और इस आदमी को जाने दो ताकि हम लोग काम की बातें कर सकें।"

अध्यक्ष ने नोट पढ़ा और फियोदोर को देखकर सिर हिलाया!

जुखराई उठा और किसी से टेलीफ़ोन पर बात करने के लिए गलियारे में निकल गया। वह लौटकर आया तो अध्यक्ष प्रस्ताव पढ़ रहे थे।

"...हम प्रस्ताव करते हैं कि रेलवे ईंधन कमिटी की प्रबन्ध समिति को, काम

को जान-बूझकर बिगाड़ने के जुर्म में, तोड़ दिया जाए और ईंधन के इस सारे मामले को छानबीन के लिए अधिकारियों के हाथ में दे दिया जाए।"

उस गंजे आदमी को इससे भी बड़ी सज़ा पाने का डर था। यह सही है कि तोड़-फोड़ के जुर्म में पद से अलग किये जाने का मतलब होगा कि समग्र रूप से उसकी विश्वसनीयता के बारे में भी सवाल उठेगा। मगर वह छोटी बात है। जहाँ तक उस बोयार्का वाले मामले की बात है, उसकी उसे कोई परेशानी नहीं थी क्योंकि वह उसका कोई इलाक़ा नहीं था। उसने अपने मन में कहा, "मगर बहुत बाल-बाल बचे! मैंने तो समझा था कि उन्होंने सचमुच मेरे बारे में कोई बात खोद निकाली...।"

अब प्रायः आश्वस्त होकर उसने अपने काग़ज़ात को पोर्टफोलियो में रखते हुए कहा, "स्पष्ट ही मैं एक ग़ैर-पार्टी विशेषज्ञ हूँ और आप जितना चाहें मेरा अविश्वास कर सकते हैं। मगर मेरा अन्तःकरण साफ़ है। अगर मैं वह सब काम नहीं कर सका जो मुझे करना चाहिए था, तो इसकी वजह यही थी कि ऐसा करना नामुमकिन था।"

किसी ने कोई टिप्पणी नहीं की। वह गंजा आदमी कमरे से बाहर निकल गया, जल्दी-जल्दी सीढ़ियों से नीचे उतरा और चैन की साँस लेते हुए उसने बाहर सड़क पर खुलनेवाला दरवाज़ा खोला।

"आपका शुभ नाम, जनाब?" फ़ौजी कोट पहने एक आदमी ने उससे पूछा।

डूबते हुए दिल से उस गंजे आदमी ने हकलाते हुए जवाब दिया, "चेर... विन्स्की...।"

इस बाहरी आदमी के हटते ही ऊपर तेरह लोग बड़ी-सी कॉन्फ्रेंस टेबल पर एक-दूसरे के क़रीब सरक आए।

जुखराई ने खुले हुए नक़्शे पर उँगली गड़ाते हुए कहा, "देखो, यह बोयार्का स्टेशन है। यहाँ से पाँच मील पर पेड़ गिराए जा रहे हैं। इस जगह पर बीस लाख दस हज़ार क्यूबिक मीटर लकड़ी का ढेर लगा है। एक पूरी फ़ौज ने इस लकड़ी को जमा करने के लिए आठ महीने तक दिन-रात काम किया। और इस सबका नतीजा? गद्दारी। रेलवे के लिए और शहर के लिए ईंधन नहीं है। इस तमाम लकड़ी को पाँच मील दूर स्टेशन तक ढोने के लिए पाँच हज़ार गाड़ियाँ लगेंगी और एक महीना लगेगा—वह भी तब जब वे दिन में दो खेप करें। वहाँ से सबसे पास जो गाँव है वह दस मील दूर है। और इतना ही नहीं, ओर्लिक और उसके गिरोह के लोग इसी इलाक़े में घूम रहे हैं। तुम समझते हो इसका क्या मतलब है? देखो, योजना के अनुसार पेड़ गिराने की शुरुआत ठीक उस जगह से होनी चाहिए थी और वहाँ से फिर स्टेशन की तरफ़ बढ़ना चाहिए था और उन बदमाशों ने किया यह कि उलटी तरफ़ बढ़ते हुए वे लोग घने जंगल में उसे ले गए। ऐसा करने में उनका उद्देश्य यही था कि हम लोग किसी तरह इस ईंधन को रेलवे लाइन तक

ढोकर न ला सकें। और उनका ख़याल कुछ ग़लत नहीं था। हमें इस काम के लिए एक सौ गाड़ियाँ भी न मिल सकीं। यह बड़ा कमीना वार उन्होंने हमारे ऊपर किया है। उनकी बग़ावत भी इससे ज़्यादा ख़तरनाक नहीं थी।"

जुखराई की बन्द मुट्ठी ज़ोर से नक़्शे के ट्रेसिंग पेपर पर गिरी। उन तेरहों लोगों ने परिस्थिति के उन और भी भयानक पहलुओं को समझ लिया जिनका उल्लेख जुखराई ने नहीं किया था। जाड़ा आ रहा था। उन्होंने अपने मन की आँखों से अस्पतालों, स्कूलों, दफ़्तरों और लाखों लोगों को जाड़े-पाले की सर्द गिरफ़्त में पड़ते हुए देखा। उनकी आँखों के आगे नाच गया कि कैसे रेलवे स्टेशनों पर भीड़ लगी है और इस तमाम भीड़ को ले जाने के लिए हफ़्ते में सिर्फ़ एक गाड़ी है।

हर आदमी इस गम्भीर परिस्थिति पर विचार कर रहा था और कमरे में गहरी ख़ामोशी थी।

आख़िरकार फियोदोर ने अपनी मुट्ठी ढीली की और कहा :

"साथियो, बचत की अब सिर्फ़ एक राह है। हमें तीन महीने के अन्दर-अन्दर स्टेशन से जंगल तक, जहाँ लकड़ी कटी पड़ी है, पाँच मील लम्बी छोटी रेलवे लाइन बनानी है जहाँ वह इलाक़ा शुरू होता है, वहाँ तक पहुँचने के लिए रेलवे लाइन का पहला हिस्सा छह हफ़्ते के अन्दर तैयार हो जाना चाहिए। मैं पिछले एक हफ़्ते से इस चीज़ के बारे में सोच रहा हूँ और तालमेल बैठा रहा हूँ।" जुखराई का गला सूख रहा था और उसकी आवाज़ भर्रा रही थी, "इसके लिए हमें तीन सौ पचास मज़दूरों और दो इंजीनियरों की ज़रूरत होगी। पुश्चावोदित्सा में काफ़ी पटरियाँ और सात इंजन हैं। कोमसोमोलों ने मालगोदामों में से उन्हें ढूँढ़ निकाला है। लड़ाई से पहले पुश्चावोदित्सा से शहर तक छोटी रेलवे लाइन बिछाने की योजना थी। मुश्किल यह है कि बोयार्का में मज़दूरों के रहने के लिए जगह नहीं है, वह जगह बिलकुल खँडहर हो रही है। हमें हर बार पन्द्रह-पन्द्रह दिन के लिए छोटी-छोटी टोलियों में लोगों को वहाँ भेजना ठीक होगा क्या, अकिम?" और जवाब का इन्तज़ार किये बग़ैर उसने अपनी बात जारी रखी, "कोमसोमोल संगठन अपने ज़्यादा से ज़्यादा सदस्यों को उस जगह पहुँचाएगा। शुरुआत सोलोमेंका के संगठन से होगी। और कुछ लोग शहर के भी रहेंगे। काम मुश्किल है, बहुत मुश्किल; लेकिन मैं समझता हूँ कि अगर इन लड़कों को यह बतला दिया जाए कि दाँव पर क्या चीज़ लगी हुई है और हालत कितनी संगीन है, तो यक़ीनी वे लोग इस काम को पूरा करेंगे।"

रेलवे के चीफ़ ने सन्देह से अपना सिर हिलाया।

"मैं समझता हूँ यह कोशिश बेकार है। ऐसी हालत में जबकि पतझड़ की बारिश शुरू होने वाली है और पाले के दिन आ रहे हैं, जंगल में पाँच मील लम्बी रेलवे लाइन बिछाना..." उसने थके हुए स्वर में कहना शुरू किया। मगर जुखराई ने उसकी बातबीच में ही काट दी।

"आन्द्रेई वासीलिएविच, आपको ईंधन के मसले पर और ज़्यादा ध्यान देना चाहिए था। वह लाइन तो बनानी ही है, और हम लोग उसे बनाकर रहेंगे। यह तो होगा नहीं कि हम लोग हाथ समेटे बैठे रहें और ठिठुरकर मर जाएँ। आप क्या यह चाहते हैं?"

रेलगाड़ी पर औज़ारों के आख़िरी बक्से लाद दिये गए। रेलगाड़ी चलानेवाले अपनी-अपनी जगहों पर पहुँच गए। हल्की-सी बूँदाबाँदी हो रही थी। पानी की छोटी-छोटी पारदर्शक बूँदें रिता के चमकते हुए चमड़े के जाकेट पर फिसल रही थीं।

रिता ने बड़ी आजिज़ी से तोकारेव से हाथ मिलाया और धीमे से कहा, "हमारी शुभकामनाएँ आपके साथ हैं।"

उस बुड्ढे ने अपनी घनी-घनी सफ़ेद बरौनियों के नीचे से रिता को प्यार से देखा।

"हाँ, अच्छी-ख़ासी मुसीबत में डाल दिया उन्होंने हमें, ख़ुदा ग़ारत करे उन लोगों को," उसने अपने ही विचारों का जवाब देते हुए भारी आवाज़ में कहा, "तुम लोग जो यहाँ पर हो, ज़रा ख़याल रखना ताकि वहाँ पर अगर कोई अड़चन हो तो तुम लोग जहाँ ज़रूरत हो, दबाव डाल सको। यहाँ पर ये सब जो नाकारे इकट्ठा हैं, बग़ैर नौकरशाही के कुछ कर-धर नहीं सकते। अच्छा बेटी, अब मैं चलूँ।"

उस बुड्ढे आदमी ने अपनी जाकेट के बटन लगाए। ठीक चलते वक़्त उससे रिता ने यों ही पूछा, "कोर्चागिन नहीं जा रहा है क्या? मैंने इन लड़कों में उसको देखा नहीं।"

"नहीं, वह और जॉब-सुपरिंटेंडेंट कल ही ट्राली से वहाँ चले गए, हम लोगों के आने की तैयारी करने के लिए।"

उसी वक़्त ज़ार्की, दुबावा और अपने कन्धों पर लापरवाही से अपनी जाकेट डाले और अपनी पतली-पतली उँगलियों में एक सिगरेट दबाए आना बोर्हार्ट प्लेटफार्म पर जल्दी-जल्दी उनकी तरफ़ आए।

औरों के आने से पहले रिता को तोकारेव से बस एक और सवाल करने का वक़्त मिला।

"कोर्चागिन के साथ आपकी पढ़ाई कैसी चल रही है?"

बूढ़े ने आश्चर्य से रिता की ओर देखा।

"कैसी पढ़ाई? वह लड़का तो तुम्हारी निगरानी में है न? उसने मुझे तुम्हारे बारे बहुत-सी बातें बतलाई हैं। तुमको तो वह न जाने क्या समझता है, तुम्हारी तारीफ़ के पुल बाँधा करता है।"

रिता के चेहरे से सन्देह झलक रहा था, "कामरेड तोकारेव, क्या आप ठीक

कह रहे हैं? क्या वह मेरे साथ सबक लेने के बाद चीज़ को और सफ़ाई से समझने के लिए आपके पास हमेशा नहीं जाया करता था।"

बुड्ढा ज़ोर से हँस पड़ा और बोला, "मेरे पास? मुझसे समझने के लिए तो कभी उसकी परछाईं भी नहीं आई।"

इंजन ने सीटी दी। क्लावीचेक एक डिब्बे में से चिल्लाया :

"ओ कामरेड उस्तिनोविच, हमारे बुढ़ऊ को हमें वापस दे दो। उनके बिना हम लोग क्या करेंगे?"

वह चेक नौजवान और भी कुछ कहनेवाला था। मगर बाद में आनेवाले उन तीन लोगों को देखकर रुक गया। क्षण-भर को उसने आना की आँखों के चिन्तित भाव को देखा, फिर दिल मसोसकर दुबावा से अलग होते समय आना के चेहरे पर छाई मुस्कान को देखा और तेज़ी से खिड़की पर से हट गया।

पतझड़ की बारिश मुँह पर तमाचा-सा मार रही थी। सीसे के रंग के और नमी से भारी, झुके हुए बादल धीरे-धीरे उड़ते चले जा रहे थे। यह पतझड़ का अन्त था और चाँदी के रंग की पत्तियाँ तमाम झड़ गई थीं। और पुराने पेड़ ठठरियों की तरह और सिर झुकाए खड़े थे।

जंगल के बीचोबीच स्टेशन की छोटी-सी इमारत अकेली खड़ी थी। ताज़ी खोदी हुई मिट्टी की एक पट्टी माल लादने के प्लेटफार्म से जंगल तक चली गई थी। इस पट्टी के चारों तरफ़ चींटियों की तरह आदमियों के झुंड खड़े थे।

पैर के नीचे दबने पर मिट्टी का वह कीचड़ बहुत बुरा मालूम होता था। बाँध के पास, जहाँ आदमी बेतहाशा मिट्टी खोदे जा रहे थे, फावड़ों और कुदालों की आवाज़ सुनाई दे रही थी।

बारिश जैसे किसी बड़ी बारीक चलनी में से होकर गिर रही थी और पानी की ठंडी बर्फ़ीली बूँदें लोगों के कपड़ों में घुस रही थीं। इस बात का डर था कि बारिश उनकी मेहनत के सारे फलों को, उनके काम को बहा ले जाएगी, क्योंकि बाँध पर की मिट्टी पानी में भीगकर धसकती जा रही थी।

काम करनेवाले ऊपर से नीचे तक पानी में भीगे हुए थे। उनके कपड़े इतने ठंडे थे कि सरदी मालूम होती थी और इसी तरह वे लोग अँधेरा हो जाने के भी बहुत बाद तक काम करते रहते थे।

और इस तरह हर रोज़ ख़ुदी हुई ज़मीन की यह पट्टी जंगल की तरफ़ बराबर बढ़ती जा रही थी।

स्टेशन के पास ही एक डरावना-सा कंकाल खड़ा था जो कभी ईंट की एक

इमारत थी। हर चीज़ जो हटाई जा सकती थी, उखाड़ी जा सकती थी या गोले से उड़ाई जा सकती थी, उसे लुटेरे कभी के ले जा चुके थे। खिड़कियों और दरवाज़ों की जगह बड़े-बड़े सूराख़ थे और जहाँ कभी अँगीठी के दरवाज़े थे, वहाँ अब काले दाग़ थे। टूटे-फूटे छप्पर के सूराख़ों के बीच से छप्पर में लगी हुई शहतीरें कंकाल की पसलियों जैसी नज़र आती थीं।

सिर्फ़ चार बड़े कमरों का सीमेंट का फ़र्श अभी तक साबुत था। रात को चार सौ आदमी अपने गीले और कीचड़ में लिथड़े हुए कपड़े पहने इसी फ़र्श पर सोते थे। अपने कपड़ों को जब वे दरवाज़े पर गारते तो उसमें से कीचड़ मिला पानी निकलता। और वे लोग बारिश और दलदली मिट्टी पर हज़ार लानतें भेजते। वे लोग सीमेंट की फ़र्श पर, जिस पर पुआल की एक पतली-सी चादर-भर बिछी हुई थी, एक-दूसरे से सटे हुए कई क़तारों में सोते थे, सटे हुए, ताकि उन्हें उतनी ठंड न मालूम हो। उनके कपड़ों से भाप उठती थी मगर कपड़े सूखते न थे। खिड़की के नंगे चौखटों पर बोरे कील से जड़ दिये गए थे। उन बोरों में से होकर बारिश का पानी अन्दर आता था और फ़र्श पर टपकता था। छप्पर में लोहे के जो बचे-खुचे टुकड़े थे, उन पर बारिश का पानी गिरता था तो ज़ोरों से तड़तड़ की आवाज़ होती थी और दरवाज़े की बड़ी-बड़ी दरारों में से अन्दर आती हुई हवा साँय-साँय करती थी।

सवेरे उन्होंने उस खँडहर बारिक में, जो रसोईघर का काम देती थी, चाय पी और काम पर चले गए। रात के खाने में रोज़-रोज़ वही उबली हुई मसूर खाते-खाते उनकी तबीयत उकता गई थी। उसके अलावा उन्हें कोयले की तरह काली तीन पाव रोटियाँ भी मिलती थीं।

इससे ज़्यादा देने की सामर्थ्य शहर में न थी।

जॉब-सुपरिंटेंडेंट वालेरियन निकोदिमोविच पतोश्किन, जो एक लम्बा, दुबला-पतला बूढ़ा आदमी था और जिसके मुँह पर दो गहरी रेखाएँ थीं, और टेकनीशियन वाकुलेंको, जो एक दोहरे बदन का, गँवार से चेहरे का और भद्दी मोटी नाक का आदमी था—ये दोनों स्टेशन मास्टर के घर पर रहते थे।

तोकारेव स्टेशन के चेका में काम करनेवाले खोलिआवा की कोठरी में रहता था। खोलिआवा नाटा-सा तेज़ मिज़ाज आदमी था।

ये लोग बड़ी हिम्मत, सब्र और धीरज से तमाम कठिनाइयाँ झेल रहे थे और रेल का बाँध हर रोज़ जंगल की तरफ़ बढ़ता जा रहा था।

यह सच है कि कुछ लोग भाग भी गए थे : पहले नौ लोग और उसके कुछ रोज़ बाद और पाँच लोग।

पहली बड़ी दुर्घटना काम शुरू होने के एक हफ़्ते बाद हुई जबकि रात की गाड़ी से रोटी की सप्लाई नहीं आई।

दुबावा ने तोकारेव को जगाया और उसे यह ख़बर दी। पार्टी ग्रुप के मंत्री ने

बिस्तर पर बैठे-बैठे अपनी घने बालोंवाली टाँगें झुलाई और बग़ल को ज़ोर-ज़ोर से खुजलाने लगा।

"तमाशा अब शुरू हो रहा है!" उसने भारी आवाज़ में कहा और जल्दी-जल्दी कपड़े पहनने लगा।

खोलिआवा अपनी छोटी-छोटी टाँगें लिये लुढ़कता हुआ अन्दर आया।

"ज़रा टेलीफ़ोन पर जाकर स्पेशल डिपार्टमेंट को तो बुला लो," तोकारेव ने उसको आदेश दिया और दुबावा की तरफ़ मुड़ते हुए उससे कहा, "और देखो, किसी से इस चीज़ के बारे में एक लफ़्ज़ मत कहना।"

रेलवे के टेलीफ़ोन ऑपरेटरों के साथ पूरा एक घंटा झगड़ा करने के बाद कहीं जाकर अदम्य खोलिआवा को स्पेशल डिपार्टमेंट का उप-प्रधान जुखराई फ़ोन पर मिला और इस बीच पूरे वक़्त तोकारेव पास ही खड़ा बेचैनी से छटपटाता रहा।

"क्या कहा! रोटी नहीं पहुँची? मैं अभी पता लगाता हूँ कि उसके लिए कौन ज़िम्मेदार है!" जुखराई की आवाज़ टेलीफ़ोन पर सुनाई दी और उस आवाज़ में एक गम्भीर गूँज थी।

"हम अपने आदमियों को कल खाने को क्या देंगे?" तोकारेव ने ग़ुस्से से चिल्लाकर कहा।

इसके बाद बड़ी देर तक ख़ामोशी रही। स्पष्ट ही जुखराई कोई तदबीर सोच रहा था।

आख़िरकार उसने कहा, "तुम्हें आज रात को ही रोटी मिलेगी। मैं लित्के को गाड़ी के साथ भेजूँगा। उसे रास्ता मालूम है। सवेरे तक तुम्हें रोटी ज़रूर मिल जाएगी।"

बड़े सवेरे कीचड़ में सनी हुई एक मोटर रोटी के बोरों से लदी हुई स्टेशन पर आई। लित्के थका हुआ मोटर में से बाहर निकला। रात-भर मोटर चलाने के कारण नींद और थकान से लित्के का चेहरा खड़िये जैसा हो रहा था।

रेलवे लाइन पर काम करना, बराबर बढ़ती जा रही कठिनाइयों के ख़िलाफ़ एक अविराम संघर्ष था। रेलवे के प्रबन्धकों ने कहा कि उनके पास रेल के स्लीपर नहीं हैं। शहर के अधिकारियों के पास कोई ज़रिया नहीं था कि वे रेल की पटरियों और इंजनों को वहाँ पर ले जा सकते, जहाँ पर काम लगा हुआ था। और बाद को मालूम हुआ कि ख़ुद इंजनों को भी काफ़ी मरम्मत की ज़रूरत है। पहली टोली की जगह लेने के लिए नये मज़दूर नहीं आ रहे थे और पहली टोली ने अपने हिस्से का काम कर लिया था और अब वे इतनी बुरी तरह थक चुके थे कि उनको और रोक रखने का सवाल ही पैदा नहीं होता था।

इस परिस्थिति पर विचार करने के लिए पार्टी के पुराने और आगे बढ़े हुए मेम्बर उस खँडहर शेड में मिले, जिसमें बस तेल की ढिबरी का मद्धिम प्रकाश था।

उसके अगले दिन सवेरे तोकारेव, दुबावा और क्लावीचेक शहर गए। इंजनों

की मरम्मत और रेल की पटरियाँ लाने के काम को तेज़ करने की ग़रज़ से वे छह आदमियों को अपने साथ लेते गए। क्लावीचेक को, यों जिसका पेशा केक-बिस्कुट बनाना था, इन्स्पेक्टर बनाकर सप्लाई विभाग में भेजा गया और बाक़ी लोग पश्चावोदित्सा चले गए।

उधर उस जगह, जहाँ काम लगा हुआ था, बारिश थमने का नाम ही न लेती थी।

पावेल कोर्चागिन ने ज़ोर लगाकर चिपचिपे कीचड़ में से अपना पैर खींचकर निकाला। उसे अपने पैरों में ज़ोर से सरदी मालूम हुई जिससे उसने समझा कि उसके जूते का घिसा हुआ तल्ला आख़िरकार अलग हो ही गया। जब से पावेल यहाँ काम पर आया था, उसे अपने फटे जूतों के कारण सख़्त तकलीफ़ होती थी। वे कभी सूखे न रहते और उनमें कीचड़ भर जाता और वह चलता तो कीचड़ पिच्च-पिच्च करता। अब एक तल्ला बिलकुल चला गया था और बर्फ़ की तरह ठंडा कीचड़ उसके नंगे पैरों को जैसे छुरी से काटता जान पड़ता। पावेल ने तल्ले को कीचड़ में से निकाला और बहुत मायूसी से उसको देखा और अपनी क़सम को भूलकर उसने मुँह से उसके लिए गाली भी निकाली। अब उसका एक पैर बिलकुल नंगा था और इस तरह वह कैसे काम कर सकता था। लिहाज़ा वह भचकता हुआ बारिक में आया, रसोईघर के पास बैठ गया, पैर में लिपटा हुआ कीचड़ से सना कपड़ा अलग किया और सरदी से सुन्न अपने पैरों को सेंकने के लिए आग की तरफ़ बढ़ाया।

लाइनमैन की बीवी, जो रसोइए के सहायक के रूप में काम करती थी और जिसका नाम ओदार्का था, रसोईघर की मेज़ पर चुकन्दर काटने में मशग़ूल थी। यह अच्छे डील-डौल की औरत थी। अभी जवानी उससे रुख़सत नहीं हुई थी। उसके कन्धे बहुत चौड़े, क़रीब-क़रीब मर्दों जैसे थे, वक्ष भरा-पूरा था, और नितम्ब चौड़े और भारी थे। वह बड़े जोश से छुरी चला रही थी और उसकी फुर्तीली उँगलियों तले कटी हुई सब्जियों का एक पहाड़ तेज़ी से ऊँचा होता जा रहा था।

ओदार्का ने लापरवाही से पावेल को देखा और डपटकर बोली :

"अगर खाने की तलाश में तुम यहाँ मँडरा रहे हो, तो मैं तुम्हें बतला दूँ कि अभी देर है। समझे? काम छोड़कर इस तरह भागे चले आ रहे हो, तुम्हें अपने ऊपर शर्म आनी चाहिए! अँगीठी से अपने पैर हटा लो। यह रसोईघर है, कोई नहानघर तो है नहीं!"

उसी वक़्त रसोइया अन्दर आया।

"मेरा यह जूता चिथड़े-चिथड़े हो गया," पावेल ने रसोईघर में अपनी उस असमय उपस्थिति की सफ़ाई देते हुए कहा।

अधेड़ रसोइए ने पावेल के टूटे हुए जूते को देखा और ओदार्का की तरफ़ सिर हिलाकर इशारा करते हुए बोला, "इसका आदमी, मुमकिन है, तुम्हारे जूतों की मरम्मत कर सके, उसे मोची का काम थोड़ा-बहुत आता है। इसका इन्तज़ाम करो वरना परेशानी में पड़ोगे—जूतों के बग़ैर तुम्हारा काम चलने से रहा।"

ओदार्का ने यह सुना तो दुबारा पावेल को देखा और तब उसने महसूस किया कि पावेल के बारे में फ़ैसला करने में उसने जल्दबाज़ी की थी।

उसने अपनी ग़लती मानते हुए कहा, "मैंने तुम्हें कोई आवारा समझा था।"

पावेल मुस्कराया, जैसे वह कह रहा हो कि कोई बात नहीं, मुझे बुरा नहीं लगा। ओदार्का ने विशेषज्ञ की आँखों से जूते का मुआइना किया और फिर बोली, "इसमें थेगड़े लगाने की कोशिश बेकार है। मगर मैं एक बात कर सकती हूँ। हमारे यहाँ घर पर एक पुराना बरसाती बूट पड़ा है, मैं उसे लाकर तुम्हें दे सकती हूँ और तुम उसे अपने जूतों के ऊपर से पहन लेना। तुम्हारे पैर तो कम-से-कम बचे रहेंगे। इस तरह तुम थोड़े ही घूम सकते हो, मर जाओगे! अब पाला पड़ना शुरू होने ही वाला है, जिस दिन भी शुरू हो जाए!"

और ओदार्का ने, जिसके मन में पावेल के लिए अब सहानुभूति ही सहानुभूति थी, अपनी छुरी रख दी और तेज़ी से बाहर निकल गई और थोड़ी ही देर बाद एक बड़ा-सा बरसाती बूट और मज़बूत कपड़े की एक पट्टी लेकर लौट आई।

पावेल के पैर अब सूखे हुए और गरम थे। उसने उस मोटे कपड़े को अपने पाँवों में लपेटते और पाँवों को बरसाती बूट में डालते हुए ओदार्का को कृतज्ञ भाव से देखा।

तोकारेव ग़ुस्से से उबलता हुआ शहर से लौटा। उसने आगे बढ़े हुए कम्युनिस्टों की एक मीटिंग खोलिआवा की कोठरी में बुलाई और उन्हें यह बुरी ख़बर सुनाई। वह बोला :

"यहाँ से वहाँ तक अड़चनें ही अड़चनें हैं। जहाँ भी जाओ, पहिए घूमते तो नज़र आते हैं मगर पहुँचते कहीं नहीं। तमाम क्रान्ति के दुश्मन ह्वाइट लोग ही यहाँ से वहाँ तक भरे हुए हैं और लगता है कि हमारी ज़िन्दगी में तो उनका खातमा होगा नहीं। मैं तुमको बतलाता हूँ लड़को, कि लक्षण अच्छे नहीं हैं। अभी तक हमारी जगह लेनेवाले लोग कहीं नज़र नहीं आते और यह भी पता नहीं कि आएँगे भी तो कितने आएँगे। पाला गिरना शुरू होने ही वाला है और उसके पहले चाहे जैसे हो, हमें दलदल के पार हो ज़ाना है क्योंकि ज़मीन जब बर्फ़ से जम जाएगी तो फिर कुछ करते-धरते न बनेगा। लिहाज़ा जब तक कि वे लोग वहाँ गड़बड़ पैदा करनेवालों

की अक़्ल ठीक कर रहे हैं, तब तक हमको यहाँ अपने काम की रफ़्तार दुगनी कर देनी चाहिए। वह लाइन हमें बनानी ही है और उसे हम बनाकर रहेंगे चाहे हम मर ही क्यों न जाएँ। अगर हम ऐसा नहीं कर सकते तो हम बोल्शेविक नहीं, मिट्टी के लोंदे होंगे।" तोकारेव की फटी हुई भारी आवाज़ में इस्पात की-सी गूँज थी और उसकी घनी बरौनियों के नीचे उसकी आँखें पक्के निश्चय से चमक रही थीं।

"आज हम लोग एक बन्द मीटिंग करेंगे और यह ख़बर अपने पार्टी मेम्बरों को दे देंगे और कल से हम सब काम पर जुट जाएँगे। सवेरे हम लोग ग़ैर पार्टी लोगों को छुट्टी दे देंगे। वे लोग चले जाएँगे और हम लोग रह जाएँगे। यह देखो प्रादेशिक कमिटी का फ़ैसला है," कहते हुए तोकारेव ने चार परत किया हुआ एक काग़ज़ पांक्रातोव के हाथ में दिया। कन्धे के ऊपर से उस काग़ज़ को देखते हुए पावेल कोर्चागिन ने पढ़ा :

"परिस्थिति की गम्भीरता को देखते हुए कोमसोमोल के सारे सदस्य अपने काम पर जमे रहेंगे और उन्हें तब तक छुट्टी नहीं मिलेगी जब तक कि ईंधन का पहला चलान आ नहीं जाता।

दस्तख़त : रिता उस्तिनोविच, प्रादेशिक कमिटी के मंत्री की ओर से।"

रसोई की बारिक में भीड़ लगी हुई थी। उस छोटी-सी तंग जगह में एक सौ बीस आदमी संकसे हुए खड़े थे। उनमें से कुछ दीवार का सहारा लिये हुए खड़े थे, कुछ मेज़ों पर चढ़कर बैठ गए थे और कुछ तो रसोई के ऊपर तक जाकर बैठ गए थे।

पांक्रातोव ने मीटिंग की कार्रवाई शुरू की। तब तोकारेव ने एक छोटी-सी तक़रीर की और इस ऐलान के साथ अपनी बात खतम की, जिसका असर सुननेवालों पर बम के गिरने जैसा हुआ :

"कम्युनिस्ट और कोमसोमोल कल काम नहीं छोड़ेंगे।"

बूढ़े ने अपनी बात के साथ-साथ मुख की एक ऐसी भंगिमा भी बनाई जिसका मतलब था कि यह फ़ैसला अन्तिम है और इसमें कोई रद्दोबदल मुमकिन नहीं है। इस चीज़ ने शहर लौटने की उनकी सारी उम्मीदों पर पानी फेर दिया—शहर लौटने की, अपने घर जाने की, इस मनहूस जगह से भाग जाने की।

क्रुद्ध आवाज़ों का एक शोर उठा जिसमें थोड़ी देर के लिए सभी कुछ डूब गया। लोगों के हिलते हुए शरीर से ढिबरी की बत्ती काँप-काँप जाती थी। उस अर्द्ध-अन्धकार में शोरगुल बढ़ता जा रहा था। वे लोग अपने घर लौटना चाहते थे। वे बहुत क्षोभ के साथ कह रहे थे कि अब हमको यहाँ पर रोकने की बात क्यों की जा रही है, हम जितना कर सकते थे, किया। कुछ ने ख़ामोशी से इस ख़बर को सुन लिया। और सिर्फ़ एक आदमी ने काम छोड़कर भाग जाने की बात कही।

मुँह से गालियाँ निकालते हुए एक आदमी अपने कोने में से ज़ोर से चिल्लाया, "जहन्नुम में जाए यह काम! मैं तो अब यहाँ एक दिन भी नहीं ठहर सकता। हाँ

कोई जुर्म किया हो तो आप कड़ी मशक़्क़त की सज़ा दीजिए। मगर हमने कौन सा जुर्म किया है? अब और ठहरना बेवक़ूफ़ी होगी। हमने दो हफ़्ते तक काम किया और वह काफ़ी है। अब उन लोगों से कहिए जिन्होंने यह फ़ैसला किया है, कि वे अपने कमरों से निकलकर ख़ुद यहाँ आएँ और काम करें। हो सकता है कि कुछ लोगों को इस गन्दगी और इस कीचड़ में ही मज़ा आता हो। मगर भाई, मेरे पास तो जीने के लिए सिर्फ़ एक ज़िन्दगी है, मैं कल जा रहा हूँ।"

ओकुनेव के पीछे से आवाज़ आ रही थी और उसने यह देखने के लिए कि वह कौन है, दियासलाई जलाई। दियासलाई की रोशनी ने एक क्षण के लिए बोलनेवाले के ग़ुस्से से विकृत चेहरे और खुले हुए मुँह को चमका दिया। मगर उस एक क्षण में ही ओकुनेव ने प्रादेशिक खाद्य कमिसारियट के एक क्लर्क के उस बेटे को पहचान लिया।

वह बनैले सूअर की तरह बिफरते हुए बोला, "पता लगा रहे हो कि कौन है, क्यों? उँह, मुझे कोई डर नहीं, मैंने क्या कोई चोरी की है!"

दियासलाई बुझ गई। पांक्रातोव उठा और अच्छी तरह तनते हुए बोला :

"यह किस क़िस्म की बात है? कौन है जो पार्टी के काम की तुलना जेल की कड़ी मशक़्क़त से कर रहा है?" उसने गरजते हुए और सामने की क़तार में बैठे लोगों पर अपनी कठोर दृष्टि डालते हुए कहा, "नहीं साथियो, हम शहर नहीं जा सकते, हमारी जगह यहीं है। अगर हम लोग दुम दबाकर यहाँ से चले जाते हैं, तो हमारे भाई ठिठुरकर मर जाएँगे। जितनी ही जल्दी हम अपना काम खतम कर लें उतनी ही जल्दी हम अपने घर पहुँच सकते हैं। वहाँ वह पीछे बैठा हुआ झींखनेवाला जिस तरह भाग जाने की बात कर रहा है, वह चीज़ हमारे विचारों या हमारे अनुशासन से क़तई मेल नहीं खाती।"

पांक्रातोव जहाज़ पर काम करनेवाला आदमी था। उसे लम्बी-लम्बी तक़रीर करना अच्छा नहीं लगता था। मगर उसकी इस छोटी-सी तक़रीर को भी उसी तैश खाई हुई आवाज़ ने बीच में टोका।

"ग़ैर-पार्टी के लोग तो जा रहे हैं न?"

"हाँ।"

छोटा-सा ओवरकोट पहने एक लड़का कुहनियों से रास्ता बनाता हुआ सामने आया। कोमसोमोल की सदस्यता का एक कार्ड चमगादड़ की तरह उड़ता हुआ जाकर पांक्रातोव के सीने से टकराया, मेज़ पर गिरा और सीधा खड़ा हो गया।

"यह रहा, अपना कार्ड रख लीजिए। मैं दफ़्ती के इस टुकड़े के लिए अपनी तन्दुरुस्ती ख़तरे में नहीं डाल सकता!"

उसके आख़िरी शब्द क्रुद्ध स्वरों के गर्जन में डूब गए :

"कुछ ख़बर है क्या चीज़ तुम फेंक रहे हो!"

"गद्दार, दोगला!"

"कोमसोमोल में यह समझकर आया था कि यहाँ लड्डू-पेड़े बँटते हैं।"

"उठा के फेंक दो बाहर साले को!"

"ज़रा मुझे तो पहुँचने दो इस गीदड़ के पास!

वह भगोड़ा, सिर झुकाए, दरवाज़े की तरह बढ़ा। उन्होंने उसे निकल जाने दिया कि जैसे उससे अपना दामन बचा रहे हों, गोया वह कोढ़ी हो। उसके बाहर निकलने पर दरवाज़ा चूँ करके बन्द हो गया।

पांक्रातोव ने फेंके हुए मेम्बरी के कार्ड को उठाया और ढिबरी की बत्ती से लगा दिया।

दफ्ती ने आग पकड़ ली और ऐंठ-ऐंठकर जलने लगी।

जंगल में एक गोली की गूँज सुनाई दी। एक घुड़सवार उस खँडहर बारिक से मुड़ा और जंगल के अँधेरे में घुस गया। क्षण-भर बाद लोग बारिक और स्कूल की इमारत में से दौड़ते हुए बाहर आए। किसी ने दरवाज़े के किवाड़ पर टँगा हुआ प्लाइवुड का एक टुकड़ा देखा। एक दियासलाई जली और उसकी काँपती हुई लौ को हवा से बचाते हुए उन्होंने घसीटकर लिखी हुई उस इबारत को पढ़ा, "यहाँ से चले जाओ और जहाँ से आए हो वहीं लौट जाओ। अगर तुम ऐसा नहीं करोगे तो हम तुम्हारे एक-एक आदमी को गोली से उड़ा देंगे। भागने के लिए मैं तुम्हें कल रात तक का वक़्त देता हूँ। ऐटमन चेस्नोक।"

चेस्नोक ओर्लिक के गिरोह का आदमी था।

रिता के कमरे में मेज़ पर एक खुली हुई डायरी पड़ी थी।

2 दिसम्बर

"आज सवेरे यहाँ पर पहली बार बर्फ़ गिरी। पाला बहुत तेज़ी से गिर रहा है। सीढ़ी पर मेरी मुलाक़ात व्याचेस्लाव ओलशिन्स्की से हुई और फिर हम लोग साथ-साथ सड़क पर घूमे।

"ओलशिन्स्की ने कहा, 'पहली बार जब बर्फ़ गिरती है तो मुझे हमेशा बहुत अच्छा मालूम होता है, ख़ासकर जब ऐसा पाला भी पड़ रहा हो।'

"मगर मैं बोयार्का की बात सोच रही थी और मैंने उससे कहा कि बर्फ़ और

पाले से मुझे रत्ती भर ख़ुशी नहीं होती, बल्कि उलटे मेरी तो तबीयत और भी बुझ जाती है। और मैंने इसका कारण भी उसे बतलाया।

"उसने कहा कि 'यह तो एक निरी वैयक्तिक प्रतिक्रिया है। अगर इसको तर्क का आधार बनाकर चला जाएगा, तब तो लड़ाई के ज़माने में हर तरह के आमोद-प्रमोद या ख़ुशी की किसी भी अभिव्यक्ति को रोक देना पड़ेगा। मगर ज़िन्दगी का तो यह नियम नहीं है। विषाद तो मोर्चे की उस पट्टी तक सीमित है जहाँ पर लड़ाई लड़ी जा रही है। वहाँ ज़िन्दगी पर मौत की निकटता की छाया रहती है। मगर वहाँ के लोग भी हँसते हैं। और मोर्चे से अलग तो ज़िन्दगी हस्बमामूल चलती रहती है : लोग हँसते हैं, रोते हैं, तकलीफ़ उठाते हैं, ख़ुशी मनाते हैं, प्यार करते हैं और मनोरंजन और हलचल की खोज में रहते हैं।'

"ओलशिन्स्की के शब्दों में व्यंग्य की कोई छाया न थी। ओलशिन्स्की जन-कमिसारियट के वैदेशिक विभाग का प्रतिनिधि है। वह 1917 से पार्टी में है। वह अच्छे कपड़े पहनता है। उसकी दाढ़ी हमेशा साफ़-चिकनी बनी रहती है और एक हल्की-सी ख़ुशबू भी उसके इर्द-गिर्द लिपटी रहती है। वह सेगल वाले हिस्से में हमारे ही घर में रहता है। कभी-कभी वह मुझसे मिलने के लिए शाम को चला आता है। उससे बात करना बड़ा अच्छा मालूम होता है। उसे योरप के बारे में बहुत बातें मालूम हैं, वह कई साल पेरिस में रहा है। मगर मुझे सन्देह है कि कभी उसकी और मेरी बहुत अच्छी दोस्ती हो सकती है। और वह इसलिए कि उसके लिए सबसे पहले मैं एक नारी हूँ। मैं उसको पार्टी कामरेड हूँ, यह चीज़ उसके लिए गौण। यह सही है कि इस मामले में वह अपने विचारों और भावनाओं को छिपाने की कोई कोशिश नहीं करता। उसमें खुलकर अपनी बात कहने का साहस है और मेरे साथ उसके बरताव में कोई भद्दी बात नहीं है। यह ठीक है कि वह मेरे प्रति प्रेम दिखाता है, मगर उस चीज़ को भी वह एक ख़ूबसूरती से भर देता है। मगर तब भी मैं उसको पसन्द नहीं करती।

"जुखराई की सादगी और रूखापन मुझे ओलशिन्स्की के तमाम मँजे और निखरे योरोपियन तौर-तरीक़ों से ज़्यादा भाता है।

"बोयार्का से ख़बर छोटी-छोटी रिपोर्टों की शकल में मिलती है, इस शकल में कि आज हमने कितनी पटरियाँ बिछाईं। वे जमी हुई धरती पर, स्लीपरों के लिए क्यारियाँ खोद-खोदकर उन्हीं में स्लीपरों को बिछाते जा रहे हैं। इस काम पर सिर्फ़ ढाई सौ आदमी हैं। पहले के काम करने वालों की जगह लेने के लिए जितने लोग गए, उनमें से आधे लोग भाग गए। वहाँ की हालत सचमुच बहुत ही भयानक है। मैं समझ नहीं पाती कि कैसे इस पाले में वे लोग अपना काम जारी रखते हैं। दुबावा को गए एक हफ़्ता हो गया। वे पुश्चावोदित्सा के आठ इंजनों में से कुल पाँच की ही मरम्मत कर पाए। बाक़ी के लिए उनके पास पार्ट नहीं थे।

"ट्रामकार के अधिकारियों ने दिमित्री के ख़िलाफ़ बहुत से अभियोग लगाए हैं। उसने और उसकी ब्रिगेड के लोगों ने ट्राम के खुले हुए मालगाड़ी के डिब्बों को, जो पुश्चावोदित्सा से शहर आते हैं, बीच में रोक लिया, मुसाफ़िरों को उतार दिया और उन डिब्बों में बोयार्का के लिए रेल की पटरियाँ लाद दीं। ट्राम गाड़ियों पर वे उन्नीस गाड़ी रेल की पटरियाँ लादकर शहर के स्टेशन में ले आए। ट्राम चलाने वालों ने बड़ी ख़ुशी से उनकी मदद की।

"सोलोमेंका के कोमसोमोलों ने, जो अब भी शहर में हैं, रात-भर रेल की पटरियों को डिब्बों में लादने का काम किया और दिमित्री तथा उसकी ब्रिगेड के लोग उनको लेकर बोयार्का चले गए।

"अकिम ने दुबावा के काम को कोमसोमोल ब्यूरो के सामने आने देने से इनकार किया। दिमित्री ने हमको बतलाया कि ट्रामकार की व्यवस्था में नौकरशाहियत और फ़िज़ूल का लाल फीता बहुत बुरी तरह घुसा हुआ है। उन्होंने इस काम के लिए दो डिब्बे से ज़्यादा देने से साफ़ इनकार कर दिया है।

"मगर तो भी तुफ़्ता ने दुबावा को अलग ले जाकर डाँटा। उसने कहा, 'इन पुराने छापेमारों के हथकंडों को अब छोड़ दो नहीं तो देखते-देखते जेल पहुँच जाओगे। हथियारों का सहारा लिये बिना भी तो तुम किसी समझौते पर पहुँच सकते थे?'

"मैंने इसके पहले कभी दुबावा को ऐसे क्रोध में नहीं देखा था।

"उसने बिफरकर चिल्लाते हुए कहा, 'तुम ख़ुद उससे बात करने की कोशिश क्यों नहीं करते, या बस रिपोर्ट लिखने के लिए हो? यहाँ बैठे-बैठे कुरसी तोड़ते रहते हो और केवल ज़बान हिलाना जानते हो। मैं भला कैसे बिना उन पटरियों को लिये बोयार्का जा सकता था? तुम यहीं पर बने रहते हो और सबको हैरान करते रहते हो। चाहिए तो यह कि तुमको भी वहाँ भेज दिया जाय ताकि तुम भी कुछ उपयोगी काम करो। तोकारेव तुम्हारी अक़्ल ठीक कर देंगे।' दिमित्री इतने ज़ोर-ज़ोर से बोल रहा था कि घर भर में उसकी आवाज़ गूँज रही थी।

"तुफ़्ता ने दुबावा के ख़िलाफ़ एक शिकायत लिखी। मगर अकिम ने मुझसे कहा कि मैं कमरे के बाहर चली जाऊँ और उसने क़रीब दस मिनट अकेले में उससे बात की। मगर उसके बाद तुफ़्ता ग़ुस्से से लाल होता हुआ कमरे से बाहर आ गया।"

3 दिसम्बर

"सूबा कमिटी को एक और शिकायत मिली है, इस बार ट्रांसपोर्ट चेका की ओर से। उससे मालूम हुआ कि पांक्रातोव, ओकुनेव और दूसरे कई साथी मोतोविलोव्का स्टेशन गए और वहाँ की ख़ाली इमारतों के सारे दरवाज़े और खिड़कियाँ निकाल लीं। जब वे इन सब चीज़ों को मालगाड़ी पर लाद रहे थे, तो स्टेशन पर के चेका के आदमी ने उन्हें पकड़ने की कोशिश की। उन्होंने उस आदमी का हथियार छीन

लिया, उसकी रिवॉल्वर ख़ाली कर दी और गाड़ी जब चलने लगी तभी उसका रिवॉल्वर उसे वापस किया। खिड़कियाँ और दरवाज़े लेकर वे चले ही गए।

"तोकारेव पर रेलवे के सप्लाई विभाग ने अभियोग लगाया है कि उसने बोयार्का के रेलवे स्टॉक से नौ मन कीलें ले ली हैं। यह कीलें उसने किसानों को स्लीपर की शहतीरें ढोकर लाने की मेहनत के एवज में दे दी हैं।

"इन सब शिकायतों के बारे में मैंने कामरेड जुखराई से बात की। मगर वे तो बस हँस दिये। उन्होंने कहा, 'करेंगे, हम इसकी भी फ़िक्र करेंगे'।"

"रेलवे के इस काम की हालत वाकई बहुत संगीन है और अब तो हर दिन अनमोल है। हमें छोटी-से-छोटी चीज़ों के लिए यहाँ पर ज़ोर लगाना पड़ता है। जब देखो तब हमें काम में बाधा डालनेवालों को सूबा कमिटी के सामने खड़ा करना पड़ता है और वहाँ जो लड़के काम कर रहे हैं, वे बराबर नियम-क़ानूनों को ज़्यादा से ज़्यादा तोड़ते चले जा रहे हैं।

"ओलशिन्स्की ने मुझे बिजली की एक अँगीठी लाकर दी है। ओल्गा यूरेनेवा और मैं उस पर हाथ सेंकती हूँ, मगर कमरा उससे कुछ ख़ास गरम नहीं होता। मैं हैरान होकर सोचती हूँ कि जंगल में इस भयानक ठंडी रात का सामना वे लोग कैसे करते होंगे? ओल्गा मुझको बतलाती है कि अस्पताल में इतनी ठंडक रहती है कि मरीज़ अपने कम्बलों में लिपटे-लिपटे काँपते रहते हैं, उस जगह को दो दिन में सिर्फ़ एक बार गरमाया जाता है।

"नहीं कामरेड ओलशिन्स्की, मोर्चे पर के लोगों का दर्द मोर्चे से दूर बैठे हुए लोगों का दर्द भी होता है!"

4 दिसम्बर

"रात-भर बर्फ़ गिरती रही। बोयार्का से वे लिखते हैं कि हर चीज़ बर्फ़ से एकदम ढक गई है और रेल की पटरियों पर से बर्फ़ हटाने के लिए उन्होंने फिलहाल अपना काम रोक दिया है। आज सूबा कमिटी ने यह फ़ैसला किया है कि रेलवे का पहला हिस्सा, यानी उस जगह तक जहाँ लड़ाई का काम शुरू हुआ है, जैसे भी हो पहली जनवरी, 1922 के पहले तक तैयार हो ही जाना है। जब यह फ़ैसला बोयार्का पहुँचा तो शायद तोकारेव ने कहा : 'हम लोग इस काम को पूरा करेंगे, बस शर्त यह है कि तब तक कहीं हमारा दम न निकल जाए।'

"कोर्चागिन के बारे में मुझे कोई ख़बर नहीं मिलती। मुझे थोड़ा आश्चर्य ही है कि पांक्रातोव जैसे 'किसी मामले' में वह भी कैसे नहीं फँसा! मैं अब भी नहीं समझ पाती कि वह मुझसे क्यों कतराता है।"

"जहाँ पर काम चल रहा है और पटरी बिछाई जा रही है, वहाँ कल डाकुओं ने हमला किया था।"

घोड़े थके हुए, धीरे-धीरे, नरम बर्फ़ पर चले जा रहे थे और उनकी टापें बर्फ़ के अन्दर घुस-घुस जाती थीं। जब-तब बर्फ़ के नीचे पड़ी हुई कोई टहनी किसी घोड़े की टाप से टूट जाती और घोड़ा हिनहिनाता और अड़ जाता। मगर तभी उसके कानों पर तेज़ी से एक चाबुक़ पड़ता और चाबुक़ खाकर वह भी दूसरे घोड़ों के पीछे सरपट भाग चलता।

क़रीब एक दर्जन घुड़सवारों ने उस पहाड़ी टीले को पार किया जिसके उस पार काली मिट्टी का मैदान था और जिस पर अभी बर्फ़ की चादर नहीं पड़ी थी। यहाँ पहुँचकर घुड़सवारों ने अपने घोड़े रोके। रकाब से रकाब मिली तो धीमी-सी आवाज़ हुई। सरदार के घोड़े ने ज़ोर से हिनहिनाकर अपने जिस्म को हिलाया। इसी लम्बी दौड़ के बाद पसीने से उसका जिस्म चमक रहा था।

आगे-आगे चलनेवाले घुड़सवार ने उक्रेनी ज़बान में कहा, "बहुत बड़ी जमात में हैं ये बदमाश यहाँ। मगर कोई बात नहीं, अभी हम ऐसा कर देंगे कि डर के मारे उनकी बोटी-बोटी काँपने लगेगी। ऐटमन का आदेश है कि कल तक इन हरामज़ादों को यहाँ से खदेड़ ही देना है। ईंधन के बहुत क़रीब पहुँचे जा रहे हैं ये लोग। ऐसे नहीं चलेगा।"

वे स्टेशन तक छोटी लाइन की पटरी पकड़े-पकड़े घोड़े पर सवार एक के पीछे एक चले जा रहे थे। पुरानी स्कूल की इमारत के पास के मैदान को देखकर उन्होंने अपनी रफ़्तार बहुत धीमी कर दी और पेड़ों के पीछे पहुँचकर रुक गए। आगे खुले मैदान में जाने की उनकी हिम्मत नहीं पड़ी।

गोली की एक बौछार ने रात की निस्तब्धता को चीर दिया। चाँदनी में चाँदी की तरह चमकते हुए बर्च के एक पेड़ की शाख से बर्फ़ के गाले गिलहरी की तरह गिर रहे थे। पेड़ों के बीच गोलियाँ चलने की रोशनी हो रही थी और गोलियाँ टूटते पलस्तर को चीरकर अन्दर चली जाती थीं। पांक्रातोव की खिड़कियों के शीशे चूर-चूर होकर ज़मीन पर गिरते थे, तो झन-झन की आवाज़ होती थी।

कंकरीट की फ़र्श पर सोए हुए लोग गोली की आवाज़ सुनकर हड़बड़ा उठे। लेकिन जब गोलियाँ कमरे-भर में उड़ने लगीं तो वे झट एक-दूसरे पर गिर पड़े।

दुबावा ने पावेल के कोट के पिछले दामन को पकड़ते हुए कहा, "कहाँ जा रहे हो?"

"बाहर।"

दिमित्री ने दाँत पीसते हुए साँप की तरह फुफकारकर कहा, "लेट जाओ, गधे कहीं के! तुम्हारा सिर बाहर निकला नहीं कि काम तमाम समझो।"

वे दोनों दरवाज़े के अगल-बग़ल लेटे हुए थे। दुबावा फ़र्श पर चिपका हुआ लेटा था और उसके रिवॉल्वर का मुँह दरवाज़े की तरफ़ था। पावेल उकड़ूँ बैठा बेचैनी से अपने रिवॉल्वर की नली पर उँगलियाँ दौड़ा रहा था। उसमें पाँच गोलियाँ थीं, एक घर ख़ाली था। उसने सिलिंडर को एक बार और घुमाया।

गोली चलना एकाएक बन्द हो गया। उसके बाद जो निस्तब्धता आई, तो उसमें तनाव का बोझ था।

दुबावा ने फटी हुई आवाज़ में धीमे से कहा, "वे सब जिनके पास हथियार हों, इधर आएँ।

पावेल ने बहुत सावधानी से दरवाज़ा खोला। मैदान ख़ाली था। बर्फ़ के गाले धीरे-धीरे गिर रहे थे।

जंगल में दस घुड़सवार अपने घोड़ों को सरपट भगाने के लिए उनको चाबुक़ लगा रहे थे।

दूसरे रोज़ एक रेलगाड़ी शहर से आई। उसमें से जुखराई और अकिम उतरे और तोकारेव और खोलिआवा ने उनका स्वागत किया। एक मैक्सिम तोप, दो दर्जन राइफ़लें और मशीनगन की पेटियों के कई डिब्बे गाड़ी में से उतारकर प्लेटफार्म पर रखे गए।

जल्दी-जल्दी वे लोग काम की जगह पर पहुँचे। फियोदोर के लम्बे बरानकोट का पिछला दामन ज़मीन पर लसरता चल रहा था जिससे बर्फ़ पर आड़ी-तिरछी रेखाएँ बनती जा रही थीं। वह अब भी जहाज़ पर काम करने वाले आदमी की तरह अपने ख़ास लुढ़कते-पुढ़कते से भद्दे अन्दाज़ में चल रहा था मानो किसी डेस्ट्रॉयर की डेक पर चहलक़दमी कर रहा हो। लम्बी टाँगों वाला अकिम फियोदोर के क़दम-ब-क़दम चल रहा था मगर तोकारेव को उनके साथ चलने के लिए बीच-बीच में दौड़ना पड़ जाता था।

"डाकुओं का यह हमला हमारी सबसे बड़ी मुसीबत नहीं है। हमारी लाइन के ठीक रास्ते में एक जगह पर ज़मीन बहुत बेहूदा ढंग से उठी हुई है, जिसका मतलब है कि हमें और भी खुदाई करनी पड़ेगी, बहुत खुदाई। क़िस्मत ही ख़राब है और क्या कहें।"

वह बूढ़ा आदमी रुका, हवा की ओर पीठ करके खड़ा हुआ और सिगरेट जलाई। सिगरेट के दो-चार कश लेकर वह अपने साथियों को पकड़ने के लिए तेज़ी से चला। अकिम उसके लिए रुक गया था, मगर जुखराई आगे बढ़ता चला गया।

अकिम ने तोकारेव से पूछा, "तुम्हारा क्या ख़याल है, तुम वक़्त से काम खतम कर लोगे?"

तोकारेव ने ज़रा थमकर जवाब दिया।

"देखो बेटा, बात यह है कि यों तो यह काम नहीं किया जा सकता। मगर

करना ही है, जैसे भी हो। बस इतनी सी बात है।"

उन दोनों ने फियोदोर को जा पकड़ा और संग-संग चलने लगे।

तोकारेव ने गम्भीर स्वर में कहना शुरू किया, "परिस्थिति यह है कि यहाँ पर सिर्फ़ पतोश्किन और मैं, सिर्फ़ हम दो ही यह जानते हैं कि इन हालतों में, इतने कम सामान और कम काम करने वालों को लेकर, वक़्त पर इस काम को पूरा नहीं किया जा सकता। मगर बाक़ी सारे लोगों को एक-एक आदमी को, बस इतना मालूम है कि चाहे जैसे भी हो, लाइन तैयार करनी ही है। इसीलिए मैंने कहा था कि अगर हम लोग बर्फ़ में जमकर मर नहीं जाते तो यह काम पूरा होगा। तुम लोग ख़ुद ही सोचो, हम यहाँ पर एक महीने से ज़्यादा दिन से खुदाई कर रहे हैं, काम करने वालों की चौथी टुकड़ी को अब आराम के लिए छुट्टी देने का वक़्त आ गया। मगर जो ख़ास काम करने वाले हैं, वे तो पूरे वक़्त काम करते रहेंगे। उनकी जवानी ही है जो उन्हें चला रही है। मगर उनमें से आधे लोग सरदी से बुरी तरह जकड़े हुए हैं। उनको देखकर दिल ख़ून के आँसू रोता है। ये बहुत अच्छे लड़के हैं, इनसे अच्छा कोई नहीं। मगर यह जगह दोजख से कम नहीं और यह ज़रूर कुछ-न-कुछ लोगों की जान लेगी।"

तैयार रेलवे लाइन स्टेशन से क़रीब एक मील की दूरी पर आकर खतम हो गई। उसके उस पार क़रीब डेढ़ मील तक समतल रास्ते पर लकड़ी की एक बाड़ सी लगी हुई थी; ये स्लीपर थे जो अपनी जगह पर मज़बूती से जमाकर रखे हुए थे। और उसके भी पार उठान तक रास्ता बिलकुल समतल था।

पांक्रातोव की पहली टोली इस हिस्से में काम कर रही थी। चालीस लोग स्लीपरें बिछा रहे थे और गाजर की-सी दाढ़ी वाला एक किसान, जो मूँज के बने नये जूते पहने था, धीरे-धीरे लकड़ी के कुन्दे क्यारियों में गिराता जा रहा था। दूर पर इसी तरह और भी कई गाड़ियाँ अपना माल उतार रही थीं। लोहे के दो लम्बे-लम्बे डंडे ज़मीन पर पड़े हुए थे—स्लीपरों को बराबर करने के लिए इनसे काम लिया जाता। कुल्हाड़ियाँ, फावड़े, कुदाल—सबका इस्तेमाल कंकरीट को दबाने के लिए किया जाता था।

रेल की पटरी बिछाना एक बहुत धीमा और मशक़्क़त का काम है। स्लीपरों को ज़मीन में अच्छी तरह जम जाना चाहिए ताकि पटरियाँ बराबरी से उसके ऊपर बैठ सकें।

इस टोली में सिर्फ़ एक आदमी था जिसे स्लीपरें बिछाने का काम आता था। वह तालिया का बाप लाइन फोरमैन लगुतिन था। चौवन साल का आदमी, दाढ़ी कोयले की तरह काली और बीच से अलग की हुई और सिर में एक भी पका बाल नहीं। उसने शुरू से बोर्याका में काम किया था और वे सभी मुसीबतें उठाई थीं जो नौजवानों ने उठाई थीं। और इसीलिए टुकड़ी के सब लोग उसे बहुत आदर की दृष्टि से देखते थे। गोकि वह पार्टी मेम्बर नहीं था, तब भी सभी पार्टी मीटिंगों में लगुतिन को बड़ी इज़्ज़त की जगह दी जाती थी। उसे इस चीज़ का बड़ा फ़ख्र था और उसने कौल किया था कि जब तक काम खतम न हो जाएगा, वह वहाँ से नहीं हटेगा।

"मैं कैसे तुम लोगों को यहाँ अकेला छोड़कर चला जाऊँ? जब तक कोई तजुर्बेकार आदमी देखभाल करने के लिए न हो, तब तक ज़रूर कुछ-न-कुछ गड़बड़ हो जाएगा। जहाँ तक तजुर्बे की बात है, मैंने ज़िन्दगी में इतने स्लीपर बिछाए हैं, यहाँ-वहाँ देश भर में, कि मुझे उनकी याद नहीं," जब भी जगह लेने वाले दूसरे मज़दूरों का सवाल पैदा होता तो वह बड़ी ख़ुशदिली से यह बात कहता। और इस तरह वह रहता आया।

पतोश्किन ने देखा कि लगुतिन अपना काम जानता है और अपने हिस्से की देख-भाल के लिए कम ही जाता है। जिस वक़्त तोकारेव अकिम और जुखराई के साथ वहाँ आया, जहाँ वे लोग काम कर रहे थे, उस वक़्त पांक्रातोव थकान के पसीने से सराबोर और चेहरा लाल किये स्लीपर के लिए गढ़ा खोद रहा था। अकिम बड़ी मुश्किल से उस नौजवान जहाज़ी मज़दूर को पहचान पाया। पांक्रातोव का वज़न बहुत घट गया था और उसके गाल की चौड़ी-चौड़ी हड्डियाँ उसके धूल से भरे हुए चेहरे पर नुकीली होकर निकली हुई थीं और उसका चेहरा भी पीला और गढ़े में धँसा हुआ नज़र आता था।

उसने अकिम के हाथ में अपना गरम और पसीजा हुआ हाथ देते हुए कहा, "अच्छा-अच्छा, बड़े चीफ़ लोग आए हैं।"

फावड़ों की आवाज़ थम गई। अकिम ने अपने चारों तरफ़ के लोगों के पीले और फटे हुए चेहरे देखे। उनके कोट और उनकी जाकेटें लापरवाही से बर्फ़ पर पड़ी हुई थीं।

लगुतिन से थोड़ी देर बात करने के बाद तोकारेव शहर से आए हुए इन लोगों को लेकर खुदाई की जगह गया और पांक्रातोव को भी उसने अपने संग आने की दावत दी। वह जहाज़ी मज़दूर जुखराई के बग़ल में चल रहा था।

जुखराई ने उस चुप्पे जहाज़ी मज़दूर से सख़्ती से पूछा, "पांक्रातोव, मुझे बतलाओ कि मोतोविलोच्का में हुआ क्या? क्या तुम ऐसा नहीं सोचते कि उस चेका के आदमी का हथियार छीनकर तुमने बहुत ज़्यादती की?"

पांक्रातोव खिसियाई हुई-सी हँसी हँसा।

अपनी सफ़ाई देते हुए उसने कहा, "यह सब आपस की रज़ामन्दी से हुआ। उसी ने हम लोगों से कहा कि मेरा हथियार छीन लो। वह अच्छा लड़का है। जब हम लोगों ने उसको पूरी बात समझाई तो उसने कहा : 'मैं तुम्हारी मुश्किल समझता हूँ दोस्तो, मगर मुझे इस बात का हक़ नहीं है कि मैं तुम्हें खिड़कियाँ और दरवाज़े ले जाने दूँ। कामरेड जेरजिन्स्की से हमको आदेश मिला है कि हम रेलवे के माल-जायदाद की लूटपाट पर रोक लगाएँ। यहाँ का स्टेशन मास्टर अलग मेरी मुश्किल किये रहता है। वह हरामज़ादा चोरी करने का आदी है और मैं उसके रास्ते में रुकावट बनता हूँ। अगर मैं तुम लोगों को यह सब ले जाने दूँ और कुछ न बोलूँ, तो वह ज़रूर रिपोर्ट कर देगा और फिर मेरा मामला इंक़लाबी अदालत के सामने पेश हो जाएगा। लेकिन हाँ, अगर तुम मेरा हथियार छीन लो तो ज़रूर सब कुछ लेकर चम्पत हो सकते हो और अगर स्टेशन मास्टर इस मामले की रिपोर्ट नहीं करता तो मामला यहीं पर खतम हो जाएगा।' इसलिए हम लोगों ने वैसा किया। आख़िर हम लोग दरवाज़े और खिड़कियाँ अपने मतलब के लिए तो ले नहीं गए, या मैं झूठ कहता हूँ?"

जुखराई की आँख में जो चमक आई, उसे देखकर उसने अपना कहना जारी रखा, "कामरेड जुखराई, अगर आप चाहें तो हमको इस चीज़ की सज़ा दे सकते हैं, मगर उस लड़के के साथ कोई सख़्ती न कीजिएगा।"

"वह बात तो अब आई-गई हो गई। मगर देखो फिर कभी ऐसी बात न हो! अनुशासन के ख़याल से यह चीज़ बहुत बुरी है। हम लोग अगर संगठित रूप से काम करें तो नौकरशाही की कमर तोड़ने के लिए हम काफ़ी ताक़तवर हैं। अच्छा आओ, अब कुछ और ज़रूरी चीज़ों के बारे में बात करें।" और फियोदोर डाकुओं के हमले का पूरा खुलासा उससे पूछने लगा।

बोयार्का स्टेशन से क़रीब चार मील पर कुछ लोगों की एक टोली रेलवे लाइन के रास्ते में पड़नेवाले एक टीले को जी-जान से खोदे जा रही थी। सात आदमी अपनी टुकड़ी के तमाम हथियारों से लैस होकर पहरा दे रहे थे। हथियारों में उनके पास खोलिआवा की राइफ़ल और कोर्चागिन, पांक्रातोव, दुबावा और खोमुतोव की रिवॉल्वरें थीं।

पतोश्किन उस टीले पर चढ़ा हुआ अपनी नोटबुक में कुछ लिख रहा था। इस काम पर वह अकेला इंजीनियर था। टेकनीशियन बाकुलेंको उसी सुबह भाग गया था। उसे भगोड़ेपन के जुर्म में अपने ऊपर मुक़दमा चलाया जाना मंज़ूर था, पर डाकुओं के हाथों मरना नहीं।

"इस टीले को रास्ते से हटाने में दो हफ़्ता लगेगा। ज़मीन जमकर एकदम पत्थर हो गई है।" पतोश्किन ने अपनी बग़ल में खड़े उदास खोमुतोव से धीमी आवाज़ में कहा।

"हमें लाइन पर का पूरा काम करने के लिए पच्चीस रोज़ मिला है और उसमें से पन्द्रह रोज़ तुम इसी के लिए लगा रहे हो," खोमुतोव ने अपनी मूँछ चबाते हुए गुर्राकर कहा।

"मैं तो समझता हूँ कि हो नहीं सकता। हाँ, यह ज़रूर है कि इसके पहले ऐसी हालतों में और ऐसे काम करनेवालों के साथ मैंने कभी कोई चीज़ नहीं बनाई है। इसलिए हो सकता है कि मैं ग़लती कर रहा होऊँ। और सच बात तो यह है कि इसके पहले दो बार मैं ग़लती कर चुका हूँ।"

उसी वक़्त जुखराई, अकिम और पांक्रातोव ढलवान के क़रीब आते दिखलाई दिये।

"वह देखो कौन है नीचे?" रेलवे वर्कशॉप के नौजवान मेकैनिक ने, जो पुरानी और कुहनियों पर फटी हुई स्वेटर पहने था, चिल्लाकर कहा। उसने कोर्चागिन को उँगली गड़ाई और आनेवालों की तरफ़ इशारा किया। दूसरे ही क्षण कोर्चागिन हाथ में फावड़ा लिये पहाड़ी के नीचे बेतहाशा दौड़ा जा रहा था। उसके सिर पर हेलमेट था और हेलमेट के नीचे उसकी आँखें मुस्कराकर प्यार से फियोदोर का स्वागत कर रही थीं और फियोदोर ने भी उससे हाथ मिलाया तो बड़ी देर तक उसके हाथों को पकड़े ही रहा।

"अरे तुम हो पावेल! इस पोशाक में तो तुम्हें पहचान ही न सका।"

पांक्रातोव सूखी-सी हँसी हँसा और बोला, "इसको पोशाक कहना ठीक न होगा। बहरसूरत हवा की आमद के लिए इसमें तमाम छेद ही छेद हैं। भगोड़ों ने उसका ओवरकोट चुरा लिया, यह जाकेट जो यह पहने हुए है, ओकुनेव ने उसको दी है—इन लोगों का अपना एक कम्यून है। मगर पावेल बिलकुल ठीक है, उसकी रगों में गरम ख़ून है। कंकरीट के फ़र्श पर—उस पर बिछी हुई पुआल से कुछ ख़ास फ़र्क़ नहीं पड़ता—वह एक-दो हफ़्ते और अपने को गरमा लेगा और उसके बाद चीड़ की लकड़ी के एक अच्छे से ताबूत में लिटाए जाने के लिए तैयार हो जाएगा," उस जहाज़ी मज़दूर ने अपने रूखे और गम्भीर मज़ाक़ के साथ अपनी बात खतम की।

काली-काली भवों और चपटी-सी नाक वाले ओकुनेव ने अपनी शरारत भरी आँखें और छोटी कर लीं और आपत्ति करते हुए कहा, "कोई बात नहीं, पावलुश्का का इन्तज़ाम हम लोग कर देंगे। हम सब मिलकर उसे रसोईघर में ओदार्का की मदद करने का काम दिला देंगे। और अगर वह एकदम गधा नहीं बने, तो खाने के लिए भी कुछ ज़्यादा पा जाया करेगा। जहाँ तक शरीर को गरमाने की बात है, तो

अँगीठी से या ख़ुद ओदार्का से सटकर बैठ जाया करेगा।"

इस बात पर एक ज़ोर का कहकहा पड़ा। उस दिन पहली मर्तबा वे लोग हँसे थे।

फियोदोर ने उस पहाड़ी का मुआइना किया और फिर तोकारेव और पतोश्किन के संग स्लेज में बैठकर वहाँ चला गया जहाँ लकड़ी चीरने का काम चल रहा था। वह लौटकर आया, तब भी वे लोग जी-जान से पहाड़ी को काटने के काम में लगे हुए थे। फियोदोर ने उनके फावड़ों का तेज़ी से चलना देखा और उस मशक़्क़त के बोझ से काम करनेवालों की झुकी हुई पीठों को देखा। अकिम की ओर मुड़ते हुए उसने मद्धिम स्वर में कहा :

"मीटिंग की कोई ज़रूरत नहीं। यहाँ किसी आन्दोलन की दरकार नहीं है। तुम ठीक कहते हो तोकारेव कि ये लड़के सोने से तौले जाने के क़ाबिल हैं। ऐसी ही हालतों में लोहा आग में तपकर फौलाद बनता है।

जुखराई ने पहाड़ी खोदने वालों को प्रशंसा और कठोर-कोमल गर्व की आँखों से देखा। अभी कुछ ही समय पहले उनमें से कुछ लोग उसके सामने अपनी चमकती हुई संगीनों को लिये खड़े थे। यह षड्यंत्रकारियों के विद्रोह के एक रोज़ पहले वाली रात की बात थी। और अब एक ही आवेग से संचालित वे लोग इस परिश्रम में लगे हुए थे ताकि रेलवे की फौलादी रगें गरमी और ज़िन्दगी के अनमोल स्रोत तक पहुँच सकें।

पतोश्किन ने नम्रता मगर दृढ़ता से फियोदोर को यह बात बतला दी कि दो हफ़्ते से कम में इस पहाड़ी को नहीं काटा जा सकता। फियोदोर अपने किसी ख़याल में डूबा हुआ उसकी दलीलों को सुनता रहा। उसका दिमाग़ स्पष्ट ही अपनी किसी दूसरी समस्या में उलझा हुआ था।

"पहाड़ी काटने का काम बन्द कर दो और पहाड़ी के उस पार पटरियाँ बिछाने का काम शुरू कर दो। इस पहाड़ी का हम दूसरा ही कुछ इलाज करेंगे," उसने आख़िरकार अपनी बात कही।

स्टेशन पर उसका बहुत सा वक़्त टेलीफ़ोन पर बीतता था। खोलिआवा जो बाहर दरवाज़े पर खड़ा पहरा देता था, अन्दर से आती फियोदोर की फटी हुई भारी आवाज़ को सुनता था।

"मिलिटरी एरिया के चीफ़ ऑफ़ स्टाफ़ को फ़ोन करो और मेरा नाम लेकर उनसे कहो कि पुज़ीरेव्स्की की रेजिमेंट को फ़ौरन यहाँ के लिए बदली करें। इस इलाक़े से जल्द से जल्द लुटेरों का सफ़ाया करना है। उनसे यह भी कहो कि एक बख़्तरबन्द गाड़ी यहाँ भेजें और उसके साथ पहाड़ी को डाइनामाइट से उड़ाने के

लिए आदमी भी भेजें। बाक़ी सारा इन्तज़ाम मैं कर दूँगा। मुझे लौटने में देर होगी। लित्के से कहो कि आधी रात के आसपास मोटर लेकर स्टेशन पर रहे।"

बारिक में, अकिम की छोटी-सी तक़रीर के बाद जुखराई ने बोलना शुरू किया और एक घंटा, साथियों की आपस की बहस में, पलक मारते उड़ गया। फियोदोर ने उन लोगों को बताया कि काम को खतम करने के लिए पहली जनवरी जो आख़िरी तारीख़ मुक़र्रर की गई है, उसको और आगे बढ़ाने का सवाल नहीं पैदा होता।

जुखराई ने कहा, "अब से हम इस काम को फ़ौजी बुनियाद पर खड़ा कर रहे हैं। पार्टी मेम्बरों की एक स्पेशल टास्क कम्पनी होगी जिसके कमांडर कामरेड दुबावा होंगे। छह टीमों को ख़ास-ख़ास काम दिया जाएगा। जो काम बाक़ी बच जाएगा, उसे छह बराबर हिस्सों में बाँटकर एक-एक टीम को दे दिया जाएगा। पहली जनवरी तक काम खतम होना ही है। जो टीम अपना काम पहले खतम कर लेगी उसे शहर वापस जाने की इजाज़त मिल जाएगी। इसके अलावा सूबे की कार्यकारिणी का सभापति-मंडल सरकार से दरख़्वास्त कर रहा है कि सबसे पहले काम खतम करनेवाली टीम के सबसे अच्छे मज़दूर को 'ऑर्डर ऑफ़ द रेड बैनर' दिया जाए।"

अलग-अलग टीमों के ये लीडर मुक़र्रर किये गए : नं. 1. कामरेड पांक्रातोव; नं. 2. कामरेड दुबावा; नं. 3. कामरेड खोमुतोव; नं. 4. कामरेड लगुतिन; नं. 5. कामरेड कोर्चागिन; नं. 6. कामरेड ओकुनेव।

"इस तामीरी काम के प्रधान, इसके राजनीतिक और व्यवस्था सम्बन्धी नेता पूर्ववत एंटन निकिफोरोविच तोकारेव रहेंगे," जुखराई ने अपनी बात खतम करते हुए कहा।

चिड़ियों के गोल के अचानक उड़ने की तरह तालियाँ बजने लगीं और कठोर चेहरों पर मुस्कराहट और शान्ति फैल गई। जिस झक्की मगर आत्मीय ढंग से भाषण समाप्त हुआ था, उससे मीटिंग का तनाव ख़ुशी के कहकहे में डूब गया।

अकिम और फियोदोर को विदा करने के लिए क़रीब बीस लोग स्टेशन पर आए।

कोर्चागिन से हाथ मिलाते हुए फियोदोर ने पावेल के बर्फ़ से भरे हुए बरसाती बूटों को देखा।

उसने धीमे से कहा, "मैं तुम्हें एक जोड़ा जूते भेज दूँगा। उम्मीद करता हूँ कि कम-से-कम अभी तो तुम्हारे पैर सलामत होंगे, जम तो नहीं गए?"

"कुछ-कुछ सूजने लगे हैं," पावेल ने जवाब दिया। फिर एक चीज़ की याद करके जो उसने बहुत पहले माँगी थी, पावेल ने फियोदोर की बाँह पकड़ ली और कहा, "मेरे रिवॉल्वर के लिए आप कुछ कारतूस दे सकेंगे? मेरा ख़याल है कि मेरे पास अब सिर्फ़ तीन अच्छी कारतूसें बची हैं।"

जुखराई ने निषेधसूचक सिर हिलाया, मगर पावेल की निराश मुद्रा को देखकर अपनी माउज़र का फीता जल्दी से खोल दिया।

"यह लो, तुम्हारे लिए यह एक तोहफ़ा है।"

पावेल को एकाएक यक़ीन नहीं आया कि उसे सचमुच वह चीज़ मिल रही है जिसके लिए वह इतने दिनों से लालायित था, मगर जुखराई ने अपनी माउज़र का फीता उसके कन्धे पर डालते हुए कहा :

"ले लो, ले लो! मैं जानता हूँ कि बहुत दिनों से तुम्हारी निगाह इस पर है। मगर देखना, कहीं अपने ही किसी आदमी पर इसका इस्तेमाल न कर बैठना। इसके साथ ये तीन सेट कारतूस हैं।"

पावेल ने अपने ऊपर गड़ी हुई दूसरों की ललचाई आँखों को महसूस किया।

कोई चिल्लाया, "ए पावका, अदला-बदली करते हो? इसके बदले में मुझसे एक जोड़ा जूते ले लो और एक कोट भी। है सौदा मंज़ूर?"

पांक्रातोव ने पीछे से पावेल की पीठ को कोंचा और कहा, "चलो, मैं इसके बदले में तुम्हें एक जोड़ा फेल्ट के जूते दूँ। मुझसे सौदा कर लो। क्योंकि अगर यही हाल रहा तो क्रिसमस के पहले तो तुम अपने इन बरसाती बूटों में यों भी मर चुके रहोगे।" रेलगाड़ी के फ़ुटबोर्ड पर एक पैर रखकर उसके सहारे जुखराई ने रिवॉल्वर के लिए एक परमिट लिख दिया।

दूसरे दिन बड़े तड़के एक बख़्तरबन्द गाड़ी आकर स्टेशन पर रुकी। इंजन बगुले के पर जैसी सफ़ेद भाप छोड़ रहा था जो उस साफ़-शफ़्फ़ाफ़ बर्फ़ानी हवा में खो जाती थी। चमड़े के कपड़े पहने हुए लोग लोहे के डिब्बे में से निकले। कुछ घंटे बाद तीन लोग, जो पुल-पहाड़ी वग़ैरह उड़ाने का काम करते थे और गाड़ी में आए थे, उन्होंने पहाड़ी की जड़ में दो बड़ी-बड़ी, काली-काली, कुम्हड़े जैसी चीज़ें गाड़ दी थीं। उन चीज़ों में से लम्बे-लम्बे पलीते निकले हुए थे। लोगों को सावधान करने के लिए उन्होंने कुछ गोलियाँ हवा में छोड़ीं और लोग अब इस घातक पहाड़ी से दूर-दूर चारों तरफ़ बिखर गए। पलीते के सिरे में आग लगा दी गई। पलीता नीली-नीली लौ देने लगा।

कुछ देर तक लोग साँस रोके खड़े रहे। उद्विग्न प्रतीक्षा के दो-एक क्षण, और फिर धरती काँप उठी और एक भयंकर ताक़त ने उस पहाड़ी को उड़ा दिया और मिट्टी के बड़े-बड़े ढोंके आसमान की तरफ़ उड़े। दूसरा धड़ाका पहले से भी ज़्यादा ज़बरदस्त था। उसकी गरज चारों ओर के जंगल में गूँज गई और आवाज़ों का एक हंगामा-सा छा गया।

जब धुआँ और धूल साफ़ हुई तो दिखाई दिया कि जहाँ अभी वह पहाड़ी खड़ी थी, वहाँ पर अब एक गहरा सा गढ़ा था और आसपास की शकर जैसी सफ़ेद बर्फ़ में मिट्टी मिल गई थी।

धड़ाके से पैदा होनेवाले इस गढ़े की तरफ़ लोग अपने फावड़े और कुदाल लेकर दौड़े।

जुखराई के चले जाने के बाद काम करनेवालों में इस बात की ज़बरदस्त होड़ लगी कि कौन सबसे पहले अपना काम खतम करता है।

भोर के बहुत पहले कोर्चागिन चुपके से उठा ताकि दूसरे लोग न जगें और अपने ठिठुरे हुए पैरों को दबा-दबाकर उस बर्फ़ जैसे ठंडे फ़र्श पर चलता हुआ रसोईघर तक पहुँचा। वहाँ उसने चाय का पानी गरम किया और फिर अपनी टीम के लोगों को जगाने के लिए गया।

दूसरे लोगों के जागते-जागते दिन अच्छी तरह निकल आया था।

उसी सुबह पांक्रातोव गुंजान बारिक में कुहनियों से अपना रास्ता बनाता हुआ वहाँ पहुँचा जहाँ दुबावा और उसके दल के लोग नाश्ता कर रहे थे।

उसने आवेश में कहा, "सुनते हो मितियाई! पावका ने अपने लड़कों को दिन निकलने के पहले ही जगा दिया और काम पर निकल गया। मैं दावे के साथ कह सकता हूँ कि अब तक उन्होंने बीस ग़ज पटरियाँ बिछा ली होंगी। सब कहते हैं कि उसने अपने रेलवे वर्कशॉप के लड़कों को जोश दिला-दिलाकर अपने हिस्से का काम पच्चीस तारीख़ तक खतम करने के लिए तैयार कर लिया है। इस तरह तो हम कहीं के न रहेंगे, वह हमको पटरा कर देगा। मगर मैं कहता हूँ यह नहीं होने का!"

दुबावा उदास ढंग से मुस्कराया। वह समझ सकता था कि नदी के किनारेवाले शहर के कोमसोमोल-मंत्री को रेलवे वर्कशॉप के लोगों का ऐसे आगे बढ़कर काम करना क्यों इतना बुरा लग रहा है। सच बात तो यह थी कि उसके दोस्त पावेल ने दुबावा को भी पीछे छोड़ दिया था। बिना किसी से एक शब्द कहे उसने सारी कम्पनी को चुनौती दे दी थी।

पांक्रातोव ने कहा, "दोस्त होने न होने से कुछ फ़र्क़ नहीं पड़ता। जीतेगा वही जो सबसे अच्छा काम करेगा।"

दोपहर को जब कोर्चागिन की टीम ज़ोर-शोर से काम कर रही थी, तब एक अप्रत्याशित बाधा उपस्थित हुई। वह सन्तरी जो राइफ़लों पर पहरा दे रहा था, उसने दरख़्तों के बीच से कुछ घुड़सवारों के एक दल को क़रीब आते देखा और चेतावनी देने के लिए एक गोली छोड़ी।

"दोस्तो, हथियार उठा लो! लुटेरे!" पावेल चिल्लाया। उसने अपना फावड़ा फेंक दिया और पेड़ की तरफ़ दौड़ा जहाँ उसकी माउज़र लटक रही थी।

झटपट अपनी राइफ़लें उठाकर दूसरे भी लाइन के किनारे के पास ही बर्फ़ पर लेट गए। आगे-आगे चलनेवाले घुड़सवारों ने अपनी टोपियाँ हिलाईं।

उनमें से एक चिल्लाया, "साथियो, रुको-रुको, गोली मत चलाओ!"

बुद्यौनी की फ़ौज की टोपियाँ लगाए क़रीब पचास घुड़सवार रास्ते पर चले आ रहे थे। उनकी टोपियों पर लाल तारे चमक रहे थे।

पुज़ीरेव्स्की की रेजिमेंट की एक टुकड़ी देखभाल के लिए आई थी। पावेल ने देखा कि कमांडर जिस पर सवार था, वह एक ख़ूबसूरत भूरे रंग की घोड़ी थी। उसके माथे पर एक सफ़ेद दाग़ था और उसके एक कान का थोड़ा-सा हिस्सा ग़ायब था। वह बेचैनी से जस्त कर रही थी और जब पावेल ने तेज़ी से आगे बढ़कर उसकी रास को पकड़ा तो वह उछल पड़ी।

"अरे क्यों, लिश्का, मेरी प्यारी लिश्का, मैंने कब सोचा था कि फिर कभी हमारी मुलाक़ात होगी! अच्छा, गोलियाँ तो तुझे छू नहीं पाईं!"

पावेल ने उसकी पतली गर्दन को प्यार से गले लगाया और उसके फड़कते हुए नथुने को थपथपाया।

कमांडर क्षण-भर के लिए एकटक पावेल को देखता रहा, फिर आश्चर्य से चीख़ पड़ा, "अरे, कहीं यह कोर्चागिन तो नहीं! मगर तुम भी कैसे हो, तुमने अपनी घोड़ी को तो पहचान लिया मगर अपने पुराने दोस्त सेरेदा को नहीं देख रहे हो। सलाम दोस्त!"

इस बीच शहर में सभी तरफ़ इस बात के लिए ज़ोर लगाया जा रहा था कि रेलवे लाइन बिछाने के काम को और तेज़ किया जाए और जहाँ काम चल रहा था, वहाँ इस चीज़ का असर फ़ौरन दिखाई देता था। ज़ार्की ने कोमसोमोल की ज़िला कमिटी के एक-एक आदमी को बीन-बीनकर बोयार्का भेज दिया था। सोलोमेंका में अब सिर्फ़ लड़कियाँ बची थीं। उसने ज़ोर लगाकर रेलवे स्कूल को विद्यार्थियों की एक और टोली भेजने के लिए तैयार किया।

अपने काम के नतीजों की रिपोर्ट अकिम को देते हुए उसने मज़ाक़ में कहा, "मेरे पास अब सिर्फ़ प्रोलितारियन औरतें बच गई हैं। मैं सोचता हूँ कि अपनी जगह पर तालिया लगुतिना को रखकर दरवाज़े पर 'महिला विभाग' का साइन-बोर्ड लगा दूँ और ख़ुद भी बोयार्का चला जाऊँ। मुझे बड़ा अटपटा लगता है यहाँ, इतनी तमाम औरतों के बीच मैं अकेला आदमी हूँ। तुम ज़रा देखते कि किस नफ़रत से ये लड़कियाँ मुझको देखती हैं। ज़रूर वे कहती होंगी, 'देखो, यह कैसा चंट आदमी है, इसने औरों को तो रवाना कर दिया, मगर ख़ुद यहीं जमा हुआ है।' या मुमकिन है इससे भी कोई बुरी बात कहती हों। तुम्हें मुझको यहाँ से जाने देना ही होगा।"

मगर अकिम केवल हँसा।

बोयार्का में नये काम करनेवाले बराबर आते रहे। उनमें रेलवे स्कूल के साठ विद्यार्थी भी थे।

जुखराई ने रेलवे अधिकारियों को इस बात के लिए भी राज़ी किया कि नये पहुँचनेवालों के रहने के लिए वे चार डिब्बे बोयार्का भेज दें।

दुबावा की टीम को काम से छुट्टी देकर उन्हें पुश्चावोदित्सा से इंजन और छोटी लाइन के मालगाड़ी के खुले हुए पैंसठ डिब्बे लाने के लिए भेजा गया। इस काम को उनके दूसरे काम का एक हिस्सा माना गया।

जाने के पहले दुबावा ने तोकारेव को सलाह दी कि क्लावीचेक को शहर से बुलाकर उसे बोयार्का में उन नई संगठित टीमों में से एक का चार्ज दे दिया जाए। तोकारेव ने ऐसा नहीं किया। उसे यह नहीं मालूम था कि दुबावा के इस अनुरोध के पीछे असली कारण क्या है। इसका असली कारण था आना की एक चिट्ठी जो सोलोमेंका से आनेवाले लोग अपने साथ लाए थे।

आना ने लिखा था :

"दिमित्री! क्लावीचेक और मैंने मिलकर तुम्हारे लिए किताबों का एक गट्ठर तैयार किया है। हम तुमको और बोयार्का के दूसरे काम करनेवालों को अपना हार्दिक अभिवादन भेजते हैं। तुम सब बहुत ग़ज़ब के हो! हम तुम्हारे लिए शक्ति और उत्साह की कामना करते हैं। कल लकड़ी का शेष स्टॉक बाँट दिया गया, अब कुछ नहीं बचा। क्लावीचेक तुमको अपना नमस्कार भेज रहा है। वह बहुत अच्छा काम करनेवाला है। बोयार्का के लिए सारी रोटियाँ वह ख़ुद ही सेंकता है, आटा भी ख़ुद ही सानता है और उसे गूँधता भी ख़ुद ही है। बेकरी के दूसरे किसी आदमी पर उसे भरोसा नहीं है। उसने कहीं से बहुत अच्छा आटा पा लिया है। और उसकी रोटी अच्छी होती है, कम-से-कम उस रोटी से कहीं अच्छी होती है, जो मुझे मिलती है। शाम को हमारे सब दोस्त मेरे घर पर इकट्ठा होते हैं—लगुतिना, आर्त्युखिन, क्लावीचेक और कभी-कभी ज़ार्की। हम लोग कभी-कभी साथ-साथ कुछ-कुछ पढ़ते भी हैं। मगर अक्सर हम लोग बातें ही करते हैं, दुनिया के हर आदमी और हर चीज़ के बारे में और ख़ासकर बोयार्का में काम करते हुए तुम लोगों के बारे में। यहाँ की लड़कियाँ तोकारेव से बेहद नाराज़ हैं क्योंकि उन्होंने लड़कियों को इस काम पर लगाने से इनकार कर दिया। वे कहती हैं कि कठिनाइयाँ झेलने में वे किसी से कम थोड़े ही हैं। तालिया ने ऐलान किया है कि वह अपने बाप के कपड़े पहनकर अकेले बोयार्का चली जाएगी। 'देखूँ वह कैसे मुझे वहाँ से बाहर करते हैं,' वह कहती है।

"मुझे कोई ताज्जुब न होगा अगर वह सचमुच अपनी बात पूरी कर डाले। मेरा नमस्कार काली-काली आँखोंवाले अपने दोस्त से कह देना।

—आना।"

बर्फ़ का तूफ़ान अचानक ही उन पर टूट पड़ा। झुके हुए भूरे बादल आसमान-भर में फैल गए और ढेर-ढेर सी बर्फ़ गिरने लगी। रात आई तो हवा चिमनियों में हरहरा रही थी और पेड़ों में सिसक रही थी। उड़ते हुए बर्फ़ के गालों को उसने खदेड़कर भगा दिया और जंगल की गूँजों को अपनी तेज़-तीख़ी आवाज़ से जगा दिया।

सारी रात तूफ़ान तेज़ी से चलता रहा और गोकि रात-भर अँगीठियाँ सुलगी रहीं, तब भी लोग काँपते रहे। स्टेशन की वह टूटी हुई इमारत अन्दर की गरमी को सँजोकर नहीं रख पाती थी।

सवेरे उन्हें गहरी बर्फ़ के बीच जैसे हल चलाकर अपने-अपने हिस्सों पर पहुँचना पड़ा। मगर दरख़्तों के बहुत ऊपर सूरज नीले आसमान में चमक रहा था और कहीं पर एक भी बादल का टुकड़ा नहीं था।

कोर्चागिन और उसके साथी अपने हिस्से में गिरी हुई बर्फ़ की सफ़ाई करने के लिए गए। तभी पावेल को इस बात का एहसास हुआ कि सरदी कितनी तकलीफ़देह चीज़ हो सकती है। ओकुनेव की जाकेट एकदम तार-तार हो गई थी और उससे किसी क़िस्म का बचाव नहीं होता था। उसके रबड़ के बड़े जूतों में बराबर बर्फ़ भरी रहती थी। जब देखो तब वह बर्फ़ से फँसकर निकल जाते थे। और अब उसके दूसरे जूते का तल्ला निकलने की भी बारी आ गई थी। उसकी गर्दन में दो बड़े-बड़े फोड़े निकल आए थे। ठंडे फ़र्श पर सोने के कारण ऐसा हुआ था। गुलूबन्द की जगह लगाने के लिए तोकारेव ने उसको अपना तौलिया दे दिया था।

पावेल का चेहरा मस्ख और उसकी आँखें लाल हो रही थीं और वह भूत की तरह बर्फ़ में अपना बेलचा चला रहा था। तभी एक मुसाफ़िर-गाड़ी भक-भक करती हुई धीरे-धीरे स्टेशन में दाख़िल हुई। उसके इंजन की जान अब-तब हो रही थी और वह बड़ी मुश्किल से गाड़ी को इस जगह तक खींचकर ला सका था। लकड़ी का एक भी कुन्दा इंजन के पासवाले कोयले के डिब्बे में नहीं बचा था। और फ़ायर-बॉक्स में आख़िरी अंगारे बुझने की तैयारी में थे।

इंजन ड्राइवर ने चिल्लाकर स्टेशन मास्टर से कहा, "हमें ईंधन दो तो हम और आगे जाएँ, वरना अभी जब तक इंजन में दम है, हमें गाड़ी को शंट करके साइडिंग में ले जाकर डाल देने दो, नहीं तो और मुसीबत होगी।"

रेलगाड़ी को साइडिंग में ले जाकर डाल दिया गया। गाड़ी को रोक देने की वजह नाराज़ मुसाफ़िरों को समझाई गई और डिब्बों से शिकायतों और गालियों का एक तूफ़ान-सा उठा।

"जाओ, उस बुड्ढे आदमी से बात करो," स्टेशन मास्टर ने तोकारेव की तरफ़ इशारा करते हुए—जो प्लेटफॉर्म पर चला आ रहा था—रेलगाड़ी के गार्डों से कहा, "यहाँ पर जो तामीरी काम चल रहा है, उसके प्रधान वही हैं। हो सकता है वह स्लेज में रखकर कुछ लकड़ी इंजन के लिए पहुँचा सकें। वे लोग स्लीपरों के लिए लकड़ी के कुन्दे इस्तेमाल कर रहे हैं।"

जब कंडक्टरों ने तोकारेव के सामने अपनी माँग रखी तो उसने कहा, "मैं तुम्हें लकड़ी दूँगा, मगर इसके लिए तुम्हें दाम देना पड़ेगा। आख़िर यह हमारे तामीरी काम का मसाला है। इस वक़्त बर्फ़ के कारण हमारा काम रुका हुआ है। तुम्हारी गाड़ी में क़रीब छह-सात सौ मुसाफ़िर ज़रूर होंगे। औरतें और बच्चे गाड़ी में रह जाएँ और मर्द बाहर आकर शाम तक बर्फ़ की सफ़ाई में हमारी मदद करें, यही हमारा कहना है। यह दाम चुकाने के लिए अगर तैयार हो तो मैं तुम्हें जलाने के लिए लकड़ी दे सकता हूँ। अगर यह बात उन लोगों को मंज़ूर न हो तो ठीक है, नये साल के पहले दिन तक वे आराम से उसी जगह पर पड़े रह सकते हैं!"

"ज़रा इस भीड़ को तो देखो जो इधर आ रही है। अरे, इनमें तो औरतें भी हैं!" कोर्चागिन ने अपनी पीठ पीछे किसी की आश्चर्य से कही गई यह बात सुनी। वह पीछे मुड़ा। तोकारेव वहाँ पहुँचा।

उसने कहा, "ये लो मैं तुम्हारे लिए एक सौ मददगार लाया हूँ। इन सबको काम दो और देखना कोई कामचोरी न करने पाए।"

कोर्चागिन ने इन नये आनेवालों को काम पर लगा दिया। रेलवे की ठाठदार साफ़-सुथरी वरदी पहने एक लम्बे आदमी ने, जिसकी वरदी में फर का कॉलर लगा था और सर पर ऊनी कराकुल टोपी थी, नाराज़गी से फावड़े को घुमाया और एक नौजवान औरत की तरफ़ मुड़ा जो उसकी साथिन थी। यह औरत सील मछली के चमड़े का हैट लगाए थी, जिसके सिरे पर एक भारी सा फुँदना लगा हुआ था।

"मैं इस तरह फावड़ा भर-भरकर बर्फ़ नहीं फेंकूँगा और किसी की मजाल नहीं कि मुझे इस काम के लिए मजबूर करे। रेलवे इंजीनियर की हैसियत से मैं इस काम का चार्ज ले सकता था अगर मुझसे कहा जाता। लेकिन इसकी कोई ज़रूरत नहीं कि तुम या मैं, यहाँ इस तरह हाथ में फावड़ा लेकर बर्फ़ की सफ़ाई करें। यह क़ायदे के ख़िलाफ़ बात है। यह बुड्ढा आदमी क़ानून तोड़ रहा है। मैं चाहूँ तो उसका चालान करवा सकता हूँ। तुम्हारा फ़ोरमैन कहाँ है?" उसने अपने पास खड़े हुए एक मज़दूर से आदेश के स्वर में पूछा।

कोर्चागिन वहाँ आ गया।

"आप काम क्यों नहीं कर रहे हैं, जनाब?"

उस आदमी ने उपेक्षा के साथ पावेल को ऊपर से नीचे तक देखा।

"मगर आप कौन हैं?"

"मैं एक मज़दूर हूँ।"

"तब मुझे आपसे कुछ नहीं कहना है। मेरे पास अपने फ़ोरमैन को या जिस भी नाम से आप उसे पुकारते हों, उसको भेज़ दीजिए...।"

कोर्चागिन के माथे में बल पड़ गए।

"अगर आप काम नहीं करना चाहते, तो मत करिए। मगर आप वापस अपनी गाड़ी में नहीं पहुँच सकते जब तक कि आपके टिकट पर हमारे दस्तख़त न हों। यह हमारे प्रधान का आदेश है।"

"और आप?" पावेल ने उस औरत की तरफ़ मुड़ते हुए कहा। और उस ओर नज़र पड़ते ही उसे तो जैसे काठ-सा मार गया। उसके सामने तोनिया तुमानोवा खड़ी थी।

तोनिया को यक़ीन नहीं आ रहा था कि यह आवारा-सा आदमी, जो फटे-पुराने कपड़े और सड़े-गले जूते पहने खड़ा था, जिसके गले में एक गन्दी-सी तौलिया बँधी थी और जिसने शायद कई दिन से मुँह भी नहीं धोया था, वही कोर्चागिन था जिसे वह कभी जानती थी। सिर्फ़ उसकी आँखें अब भी अंगारों की तरह चमक रही थीं, जैसी कि तब चमकती थीं। उसे पावेल की आँखों की याद थी। उसे देखकर वह शर्म से गड़ गई कि अभी कुछ ही साल पहले उसने इस आवारा-शकल आदमी को अपनी मुहब्बत दी थी। हर चीज़ कैसी बदल गई थी।

उसने हाल में शादी की थी और वह अपने पति के साथ शहर जा रही थी, जहाँ वह रेलवे विभाग में ऊँचे पद पर था। भला किसने सोचा था कि अपने कैशोर्य का प्रेमपात्र उसे यहाँ इस रूप में मिल जाएगा! उससे हाथ मिलाने के लिए अपना हाथ बढ़ाने में भी उसे झिझक हुई। वासिली क्या सोचेगा? कितनी बुरी बात है कि कोर्चागिन का ऐसा पतन हो गया है। ज़ाहिर है कि इस फ़ायरमैन को मज़दूर की हैसियत से ऊपर उठने का मौक़ा नहीं मिला।

वह हिचकिचाती हुई खड़ी रही। उसके गाल जल रहे थे। इसी बीच रेलवे इंजीनियर ने, जो इस आवारे की ढिठाई पर तैश खाता खड़ा था क्योंकि वह उसकी बीवी को घूर रहा था, अपने हाथ का बेलचा फेंक दिया और अपनी बीवी के बग़ल में जाकर खड़ा हो गया।

"चलो तोनिया चलें, मैं इस लात्सरोनी[1] की सूरत अब और नहीं बरदाश्त कर सकता।"

---

1. नेपल्स शहर का रहनेवाला आवारागर्द लड़का, जो छोटे-मोटे काम करके और भीख माँगकर जीवन निर्वाह करता है।

कोर्चागिन ने गिसेपी गैरीबाल्डी पढ़ा था और उसे इस शब्द का मतलब मालूम था।

"मैं भले लात्सरोनी होऊँ, मगर तुम तो एक ग़लीज़ बुर्जुआ हो," उसने फटी हुई आवाज़ में कहा और तोनिया की तरफ़ मुड़ते हुए रूखे अन्दाज़ में कहा, "कामरेड तुमानोवा, बेलचा ले लो और काम शुरू कर दो। इस बैल के उदाहरण पर मत चलो...माफ़ करना अगर तुम्हारा इससे किसी तरह का सम्बन्ध हो।"

पावेल ने तोनिया के फर के जूतों पर निगाह डाली और मुस्कराते हुए कहा : "मैं तुम्हें यहाँ रुकने की सलाह न दूँगा। कल रात लुटेरों ने हम पर हमला किया था।"

यह कहकर वह घूमा और चल पड़ा, उसके रबड़ के बड़े जूते फटाफट बज रहे थे।

उसके आख़िरी शब्दों का रेलवे इंजीनियर पर असर हुआ और तोनिया ने उसे रुकने और काम करने के लिए राज़ी कर लिया।

उसी शाम को, दिन का काम खतम हो जाने पर, काम करनेवालों की भीड़ स्टेशन वापस आई। तोनिया का पति बड़ी जल्दी कर रहा था ताकि सबसे आगे पहुँच जाए और रेलगाड़ी में उसे अच्छी सीट मिल जाए। तोनिया ने, जो मज़दूरों की एक टोली को रास्ता देने के लिए रुक गई थी, पावेल को दूसरे सब काम करने वालों के पीछे-पीछे थके हुए क़दमों से, अपने बेलचे का सहारा लेकर धीरे-धीरे चलते देखा।

"हैलो पावलूशा," उसने कहा और उसके साथ हो ली और उसके बग़ल-बग़ल चलने लगी। "मैंने कभी नहीं सोचा था कि मैं तुमको यहाँ ऐसी हालत में पाऊँगी। अधिकारियों को इतना तो मालूम होगा ही कि तुम्हारी योग्यता इससे ज़्यादा है कि तुम बस एक मज़दूर बनाकर छोड़ दिये जाओ? मैंने तो सोचा था कि तुम कब के कमिसार या ऐसे ही किसी दूसरे पद पर पहुँच गए होगे। बड़े अफ़सोस की बात है कि ज़िन्दगी ने तुम्हारे साथ ऐसी बेरहमी की।"

पावेल रुका और उसने कुछ आश्चर्य से तोनिया को देखा।

"और न मैंने कभी समझा था कि तुम्हारा नज़रिया इतना तंग होगा," उसने अपनी भावनाओं को व्यक्त करने के लिए सभ्य से सभ्य शब्द तलाश करते हुए कहा।

"तुम अब भी हमेशा की तरह बदज़बान हो!"

तोनिया के कान की लवें जल रही थीं।

कोर्चागिन ने अपना बेलचा उठाकर कन्धे पर रख लिया और आगे बढ़ता रहा। कुछ क़दम जाकर वह रुका।

"कामरेड तुमानोवा," उसने कहा, "मेरी बदज़बानी तुम्हारी सभ्यता से कहीं अच्छी है और जहाँ तक मेरी ज़िन्दगी का ताल्लुक़ है, उसकी फ़िक्र न करो। उसमें कोई गड़बड़ी नहीं है। गड़बड़ी तुम्हारी ज़िन्दगी में है, जैसा मैंने सोचा था उससे कहीं ज़्यादा। दो साल पहले तुम बेहतर थीं, तब तुम्हें एक मज़दूर से हाथ मिलाने में कम-से-कम शर्म तो नहीं मालूम होती थी। मगर अब तुमसे कपूर की गोलियों

की बदबू आती है। सच बात यह है कि तुम्हारे और मेरे बीच अब कोई मिलने की जगह बाक़ी नहीं रही और हमारा एक-दूसरे से कुछ भी कहना बेसूद है।"

पावेल को आर्तेम की एक चिट्ठी मिली थी जिसमें लिखा था कि वह शादी करने जा रहा है और पावेल से ज़ोर देकर उसने कहा था कि हर हालत में वह शादी में शरीक हो।

हवा का एक झोंका पावेल के हाथ से काग़ज़ के उस टुकड़े को उड़ा ले गया। यह सब शादी-बारात उसके लिए नहीं है। इस वक़्त भला वह कैसे जा सकता है? अभी कल ही वह भालू पांक्रातोव उसकी टीम से आगे बढ़ गया था और इतनी तेज़ी से काम कर रहा था कि सबको देखकर हैरत होती थी। वह जहाज़ी मज़दूर प्रतियोगिता में पहला स्थान पाने के लिए जान लगाकर कोशिश कर रहा था। यों वह लापरवाह-सा आदमी था और इन बातों की उसे फ़िक्र नहीं रहती थी। मगर अब उस लापरवाही की उसके यहाँ कोई जगह न थी और वह जैसे चाबुक़ मार-मारकर अपने साथी जहाज़ियों को बेहद तेज़ रफ़्तार से आगे लिये चला जा रहा था।

पतोश्किन उस ख़ामोश तेज़ी को देख रहा था जिससे कि सब लोग काम कर रहे थे और वह परेशान होकर सिर खुजलाते हुए मन-ही-मन आश्चर्य से सोचता था, "ये आदमी हैं या देव? ऐसी असम्भव शक्ति इनके अन्दर कहाँ से आती है? अगर सिर्फ़ आठ दिन तक मौसम साफ़ रहा तो हम कटी हुई लकड़ियों तक पहुँच जाएँगे! ठीक है, देखो, अभी तुम्हें ज़िन्दगी में बहुत कुछ देखना और सीखना है! ये लोग सारे रेकार्ड और सारे अन्दाज़े तोड़कर रखे दे रहे हैं।"

क्लावीचेक अपनी तैयार की हुई आख़िरी रोटियाँ लेकर शहर से आया। उसने तोकारेव से बात की और फिर कोर्चागिन की तलाश में निकल गया। दोनों आदमियों ने बड़ी मुहब्बत से एक-दूसरे से हाथ मिलाया। क्लावीचेक ने खुलकर मुस्कराते हुए थैले में हाथ डाला और स्वीडन की बनी हुई चमड़े की एक बड़ी ख़ूबसूरत जाकेट निकाली जिसमें फर का अस्तर लगा हुआ था।

"यह तुम्हारे लिए है!" उस नरम चमड़े को थपथपाते हुए उसने कहा। "बूझो तो किसने भेजा है? क्या तुम्हें नहीं मालूम? हो यार तुम सचमुच बड़े बुद्धू! कामरेड उस्तिनोविच ने भेजा है इसे, ताकि तुम्हें सरदी न लग जाए। उसको यह चीज़ ओलशिन्स्की से मिली थी। उससे लेकर उस्तिनोविच ने सीधे मेरे हाथ में पकड़ा दिया ताकि मैं तुम्हें लाकर दे दूँ। अकिम ने उसको बताया था कि तुम्हारे पास बस एक पतली-सी जाकेट है जिसे पहनकर तुम जाड़े-पाले में घूमते रहते हो। ओलशिन्स्की बड़ा खफ़ीफ हुआ। उसने कहा, "मैं इस साथी को एक फ़ौजी कोट भेज दूँगा।"

मगर रिता इसको सुनकर हँस पड़ी और बोली, "फ़िक्र न करो, इस जाकेट में वह ज़्यादा अच्छा काम करेगा।"

आश्चर्यान्वित पावेल ने उस शानदार जाकेट को लिया और फिर कुछ हिचकिचाते हुए उसे अपने सरदी से जकड़े हुए बदन पर चढ़ा लिया। पहनने के साथ ही उसको उन नरम-नरम बालों से, जो उसके सीने और कन्धों पर फैले हुए थे, अपने जिस्म के अन्दर गरमी मालूम हुई।

रिता ने अपनी डायरी में लिखा :

20 दिसम्बर

"आँधी और तूफ़ान का रेला चल रहा है। बर्फ़ और तेज़ हवा। वहाँ बोयार्का में वे लोग अपनी मंज़िल पर पहुँच ही गए थे कि पाले और तूफ़ान ने आकर उनको रोक दिया। वहाँ उनके गर्दन तक बर्फ़ जमी हुई है और जमी हुई धरती को खोदना आसान काम नहीं है। अब मुश्किल से उनका आधा मील का काम बाक़ी है, मगर यही सबसे कठिन मंज़िल है।

"तोकारेव ने रिपोर्ट भेजी है कि वहाँ टाइफाइड ज़ोर से फैला है। तीन आदमियों ने बिस्तर पकड़ लिया है।"

22 दिसम्बर

"कोमसोमोल की सूबा कमिटी का एक पूरा इजलास हुआ था। मगर बोयार्का से उसमें कोई नहीं शरीक हुआ। बोयार्का से चौदह मील पर लुटेरों ने अनाज की एक गाड़ी उलट दी है और गल्ले की कमिसारियट के प्रतिनिधि ने आदेश दिया है कि सारे काम करने वालों को उस जगह पर भेज दिया जाए।"

23 दिसम्बर

"बोयार्का से टाइफाइड के और सात मरीज़ शहर लाए गए हैं। उनमें ओकुनोव भी है। मैं स्टेशन गई थी और मैंने उन लोगों की ठंडी, सरदी से अकड़ी हुई लाशों को उतारे जाते देखा जो खारकीव की एक गाड़ी के बफर पर चढ़कर आ रहे थे। अस्पताल ठंडे पड़े हैं, उनको गरम करने का इन्तज़ाम नहीं है। यह मनहूस बर्फ का तूफ़ान पता नहीं कब खतम होगा?"

24 दिसम्बर

"अभी जुखराई से मिलकर आ रही हूँ। उन्होंने उस उड़ती हुई ख़बर की तसदीक की कि ओर्लिक और उसके पूरे गिरोह ने कल रात बोयार्का पर हमला किया था। दो घंटे तक लड़ाई चली। तार-वार सब काट डाले गए थे और कहीं आज सवेरे

जाकर जुखराई को ठीक-ठीक रिपोर्ट मिली। गिरोह को मारकर भगा दिया गया मगर तोकारेव भी घायल हो गया है, एक गोली उसके सीने से पार हो गई है। वह आज शहर लाया जाएगा। फ्रेंज क्लावीचेक, जो उस रात सन्तरियों के चार्ज में था, मारा गया। लुटेरों पर सबसे पहले उसी की निगाह गई थी और उसी ने शोर मचाकर अपने साथियों को होशियार किया था। उसने हमलावरों पर गोली चलानी शुरू की। मगर इसके पहले कि वह स्कूल की इमारत तक पहुँच सके, लुटेरे उसके ऊपर चढ़ आए थे। तलवार के एक वार ने उसको काट कर रख दिया। ग्यारह मज़दूर घायल हुए। अब वहाँ पर दो घुड़सवार दस्ते और बख्तरबन्द गाड़ी पहुँच गई है।

"तामीरी काम का चार्ज अब पांक्रातोव ने ले लिया है। आज पुज़ीरेव्स्की ने गिरोह के बचे-खुचे लोगों को ग्लुवोकी गाँव में जा पकड़ा और उनका सफ़ाया कर दिया। कुछ ग़ैर-पार्टी मज़दूर रेलगाड़ी का इन्तज़ार किये बिना पैदल ही शहर के लिए चल पड़े, वे पटरी के किनारे-किनारे चले आ रहे हैं।"

25 दिसम्बर

"तोकारेव और दूसरे घायल लोग आए और उन्हें अस्पताल में रख दिया गया। डॉक्टरों ने वचन दिया है कि वे बूढ़े तोकारेव को बचा लेंगे। वह अब भी बेहोश है। दूसरों की जान ख़तरे में नहीं है।

"हम लोगों और सूबे की पार्टी कमिटी के नाम बोयार्का से एक तार आया जिसमें लिखा है : 'लुटेरों के हमले के जवाब में रेलवे लाइन के हम तामीरी मज़दूर, जो 'सोवियत शक्ति के लिए' नामक बख्तरबन्द गाड़ी के चालकों और लाल सेना की घुड़सवार रेजिमेंट के साथ इस मीटिंग में जमा हुए हैं, आपके सम्मुख शपथ लेते हैं कि चाहे जो भी अड़चनें हमारे रास्ते में आएँ, पहली जनवरी को हम जलाने की लकड़ी शहर को ज़रूर ही देंगे। अपनी सारी ताक़त लगाकर हम लोग काम कर रहे हैं। जिसने हमको यहाँ भेजा, वह कम्युनिस्ट पार्टी ज़िन्दाबाद। मीटिंग का सभापति, कोर्चागिन। मंत्री, वेर्जिन।'

"क्लावीचेक को सोलोमेंका में फ़ौजी क़ायदे से दफ़ना दिया गया।"

मंज़िल अब दिखाई दे रही थी, मगर उसकी तरफ़ बढ़ने की रफ़्तार इतनी धीमी थी कि तकलीफ़ होती थी। हर रोज़ टाइफ़ाइड दर्जनों काम करनेवालों को छीन लेता था।

एक रोज़ कोर्चागिन, काम पर से स्टेशन लौटते हुए, शराबी की तरह लड़खड़ाता चला आ रहा था। उसकी टाँगें टूटी जा रही थीं। कई रोज़ से उसे हरारत रहती थी, मगर आज बुख़ार की तेज़ी बहुत बढ़ गई थी।

टाइफ़ाइड बुख़ार काम करनेवालों की संख्या बराबर घटाता जा रहा था और अब उसे यह एक नया शिकार मिला। मगर पावेल के तगड़े जिस्म ने रोग का बहुत मुक़ाबला किया और लगातार पाँच रोज़ तक उसके अन्दर इतनी ताक़त रही कि वह कंकरीट के फ़र्श पर बिछे हुए अपने पुआल के बिस्तरे से उठा और दूसरे काम करनेवालों के संग-संग काम में शरीक हुआ। मगर अब बुख़ार ने उसके ऊपर क़ाबू पा लिया था। और अब न तो गरम जाकेट, न फियोदोर के उपहार के फेल्ट जूते, जिन्हें वह पाले के मारे हुए पैरों में पहने था, कुछ भी काम आए।

हर क़दम के साथ उसके सीने में बड़ा तेज़ दर्द होता था। उसके दाँत बज रहे थे, और उसकी आँखों के आगे धुँधलका-सा छाया हुआ था जिससे तमाम पेड़ उसे घूमते नज़र आते थे।

बड़ी मुश्किल से वह किसी-न-किसी तरह अपने पैरों को घसीटता हुआ स्टेशन पहुँचा। वहाँ पर उसे असाधारण हलचल दिखाई दी जिससे कि वह रुक गया और अपनी बुख़ार से भारी आँखों पर ज़ोर देते हुए उसने देखा कि माल के खुले हुए डिब्बों की एक लम्बी गाड़ी यहाँ से वहाँ तक प्लेटफार्म पर खड़ी है। गाड़ी में जो लोग आए थे, वे उन डिब्बों से छोटी लाइन के इंजन, रेल की पटरियाँ और स्लीपर उतार रहे थे। पावेल लड़खड़ाते क़दमों से आगे बढ़ा और भहराकर गिर पड़ा। उसका सिर ज़मीन से जा टकराया और उसे भयानक दर्द महसूस हुआ और उसके जलते हुए गालों को बर्फ़ की ठंडक मिली जो उसे अच्छी मालूम हुई।

कई घंटे बाद लोगों ने उसे वहाँ पड़े देखा और उठाकर बारिक में ले आए। उसकी साँस भारी चल रही थी और उसे अपने आसपास की चीज़ों का कोई होश न था। बख़्तरबन्द गाड़ी में से एक कम्पाउंडर को बुलाया गया और उसने बतलाया कि पावेल को निमोनिया और टाइफ़ाइड है। उसे एक सौ छह डिग्री बुख़ार था। कम्पाउंडर ने उसके जोड़ों की सूजन और गर्दन पर के उसके ज़ख़्मों को भी देखा, मगर उसने कहा कि निमोनिया और टाइफ़ाइड के मुक़ाबले में वे कुछ भी नहीं हैं। मरीज़ की जान लेने के लिए ये निमोनिया और टाइफ़ाइड काफ़ी हैं।

पांक्रातोव और दुबावा ने, जो शहर से आ गए थे, पावेल को बचाने के लिए कोई भी कोशिश उठा न रखी।

अल्योशा कोखान्स्की को, जो पावेल के ही शहर का आदमी था, यह भार सौंपा गया कि वह पावेल को उसके घरवालों के पास ले जाए।

कोर्चागिन की टीम के तमाम काम करनेवालों की मदद से और ख़ास तौर से खोलिआवा की मदद से पांक्रातोव और दुबावा ने किसी तरह अल्योशा और बेहोश कोर्चागिन को भरे हुए रेलगाड़ी के डिब्बे में घुसाया। मुसाफ़िरों को शक हो गया कि टाइफ़स का मामला है और उन्होंने इस बात के लिए बहुत ज़ोर लगाया कि उन लोगों को अन्दर न आने दें। और यह भी धमकी दी कि वे रास्ते में ही

मरीज़ को उठाकर रेलगाड़ी से बाहर फेंक देंगे।

खोलिआवा ने अपनी बन्दूक़ उनकी नाक से अड़ा दी और गरजकर बोला, "इसकी बीमारी छुतही नहीं है! और यह इस गाड़ी पर जाएगा ही, चाहे इसके लिए तुम लोगों को इसमें से उठाकर बाहर फेंक देना पड़े! और याद रखना जानवरो, अगर तुममें से किसी ने इसको हाथ भी लगाया तो मैं लाइन को ख़बर भेज दूँगा और तुम सबको गाड़ी से उतारकर जेल में डाल दिया जाएगा। लो, अल्योशा, पावका की यह माउज़र लो और जो भी आदमी कुछ गड़बड़ करे, उसे गोली से उड़ा दो," खोलिआवा ने ज़ोर देते हुए अपनी बात खतम की।

रेलगाड़ी भक-भक भाप छोड़ती हुई स्टेशन से रवाना हुई। पांक्रातोव दुबावा के पास गया जो वीरान प्लेटफार्म पर खड़ा था।

"तुम्हारा क्या ख़याल है, यह बच जाएगा?"

सवाल का कोई जवाब नहीं मिला।

"चलो मितियाई, इसका कोई इलाज नहीं है। अब हमीं को हर चीज़ की जवाबदेही करनी पड़ेगी। हमें रात-भर में इन इंजनों को उतार लेना है और सवेरे हम उनको गरमाने की कोशिश करेंगे।"

खोलिआवा ने लाइन पर के अपने तमाम चेका के दोस्तों को टेलीफ़ोन किया और उनसे ज़ोर देकर यह कहा कि वे इस बात का ख़याल रखें कि बीमार कोर्चागिन को कहीं पर कोई गाड़ी से उतार न सके। उसे जब इस बात का पूरा आश्वासन मिल गया तभी वह सोने के लिए गया।

लाइन पर और आगे चलकर एक रेलवे जंक्शन पर सुनहरे बालोंवाले एक अपरिचित नौजवान का शरीर स्टेशन से गुज़रती हुई एक मुसाफ़िर-गाड़ी के डिब्बे से उतारकर प्लेटफार्म पर रख दिया गया। वह कौन था और काहे से मरा, यह किसी को मालूम न था। स्टेशन के चेका के लोग खोलिआवा के अनुरोध की याद कर भागे हुए डिब्बे के पास गए, मगर जब उन्होंने देखा कि वह नौजवान मर चुका है, तो उन्होंने कहा कि लाश को मुर्दाघर पहुँचाया जाए और फ़ौरन खोलिआवा को बोयार्का टेलीफ़ोन किया कि उसके उस दोस्त की मौत हो गई, जिसकी जान बचाने के लिए वह इतना चिन्तित था।

बोयार्का से कोमसोमोल की सूबा कमिटी के पास एक छोटा-सा तार कोर्चागिन की मौत की ख़बर देते हुए लिखा गया।

मगर इसी बीच अल्योशा कोखान्स्की ने बीमार कोर्चागिन को उसके घरवालों के हवाले किया और ख़ुद बुख़ार का शिकार हो गया।

9 जनवरी

"मेरे दिल में इतना दर्द क्यों होता है? लिखने के लिए बैठने के पहले मैं ज़ार-ज़ार रोई। कौन इस बात का यक़ीन करेगा कि रिता रो भी सकती है और इतनी असह्य व्यथा से? मगर क्या आँसू सदा कमज़ोरी की निशानी होते हैं। आज मेरे आँसू दिल को झुलसा देनेवाले दर्द के हैं। आज इस विजय के दिन यह शोक क्यों आया—जबकि जाड़े-पाले की भयानक मुसीबतों पर जीत हासिल कर ली गई है, जबकि रेलवे स्टेशन उस अनमोल चीज़, जलाने की लकड़ी से अँटे हुए हैं, जबकि मैं अभी-अभी इस विजय के उत्सव से लौटी हूँ, शहर की सोवियत की बड़ी मीटिंग से जिसमें इस तामीरी काम के वीरों का सम्मान किया गया। यह विजय तो है, मगर इसके लिए दो आदमियों ने अपनी जानें दी हैं—क्लावीचेक और कोर्चागिन ने।

"पावेल की मौत ने मेरी आँखें खोल दी हैं और मैं इस सचाई को देख रही हूँ कि वह मेरा इतना प्रिय था जितना कि मैंने कभी नहीं सोचा था।

"और अब मैं इस डायरी को बन्द करती हूँ। मुझे शक है कि मैं फिर शायद कभी शुरू न कर सकूँगी। आज खारकीव एक चिट्‌ठी भेज रही हूँ, जिसमें मैं उक्रेन के कोमसोमोल की केन्द्रीय कमिटी वाले काम के लिए अपनी स्वीकृति लिख दूँगी।"

बारह

मगर जवानी की जीत हुई। टाइफ़ाइड पावेल का काम तमाम नहीं कर सका। चौथी बार उसने मौत की सरहद पार की और ज़िन्दगी को लौट आया। मगर अपने बिस्तर से उठने में उसे पूरा एक महीना लग गया। वह बिलकुल पीला और कंकाल की तरह हड्‌डी-हड्‌डी हो गया था और काँपती हुई टाँगों से, बेहद कमज़ोरी से लड़खड़ाता हुआ कमरे को पार करता था और सहारे के लिए दीवार पकड़ लेता था। अपनी माँ की मदद से वह खिड़की के पास पहुँचा और बड़ी देर तक वहाँ पर खड़ा-खड़ा सड़क को देखता रहा जहाँ पिघली हुई बर्फ़ के गाले शुरुआती वसन्त की धूप में चमक रहे थे। बर्फ़ का पिघलना अभी शुरू हो ही रहा था।

खिड़की के ठीक सामने भूरे पेट की एक गौरैया चेरी के पेड़ की एक शाख पर बैठी हुई अपने पंख फुला रही थी और पावेल को घबराती हुई आँखों से जल्दी-जल्दी और चुपके-चुपके देख लेती थी।

"अच्छा तो तुम और मैं आख़िर जाड़े को पार कर ही आए?" पावेल ने कहा और खिड़की के शीशे पर धीरे-से उँगली मारी।

उसकी माँ ने चौंककर निगाह उठाई।

"वहाँ बाहर कौन है जिससे तुम बातें कर रहे हो?"

"एक गौरैया...और लो अब वह उड़ भी गई, शैतान कहीं की।" और थकी-सी मुस्कराहट पावेल के चेहरे पर खेल गई।

वसन्त के उभार पर आते-आते पावेल शहर वापस जाने की बात सोचने लगा। अब उसमें चलने-फिरने लायक़ ताक़त आ गई थी, मगर कोई अज्ञात बीमारी उसको घुन की तरह खाए जा रही थी। एक रोज़ जब वह बाग़ीचे में घूम रहा था, तो उसकी रीढ़ की हड्डी में ऐसा भयानक दर्द उठा कि उसके लिए खड़ा रहना मुश्किल हो गया। बड़ी मुश्किल से वह किसी तरह अपने पाँव घसीटकर कमरे में वापस पहुँचा। दूसरे रोज़ उसकी पूरी डॉक्टरी जाँच हुई। पावेल की पीठ की जाँच करने पर डॉक्टर को उसकी रीढ़ में एक गहरा गड्ढा मिला जिसे देखकर आश्चर्य से उसने कहा :

"यह घाव तुम्हें कहाँ लगा?"

"रोवनो की लड़ाई में। हमारे पीछे की बड़ी सड़क को एक तीन इंची तोप ने फोड़कर रख दिया था और तभी एक पत्थर आकर मेरी पीठ पर लगा था।"

"मगर तुम चलते-फिरते कैसे थे? क्या इससे कभी तुम्हें कोई परेशानी नहीं हुई?"

"नहीं। चोट लगने के एक-दो घंटे तक तो मैं नहीं उठ सका, मगर फिर सब ठीक हो गया और मैं अपने घोड़े पर सवार हो गया और मज़े में मेरा काम चलता रहा। तब से यह पहली मर्तबा मुझे तकलीफ़ हुई है।"

उस गड्ढे की जाँच करते वक़्त डॉक्टर का चेहरा बहुत गम्भीर हो गया था।

"न भाई, यह बहुत बुरी चीज़ है। रीढ़ को इस तरह झकझोरा जाना उसे पसन्द नहीं। अच्छा हो कि यह कोई गड़बड़ी न करे और मामला ख़ैरियत से गुज़र जाए।"

डॉक्टर ने अपने मरीज़ को कपड़ा पहनते समय हमदर्दी से और पीड़ा से देखा, पीड़ा जिसे छिपाना उसके बस में न था।

आर्तेम अपनी बीवी के घरवालों के यहाँ रहता था। उसकी बीवी स्त्योशा मामूली रूप-रंग की एक ग़रीब परिवार की किसान औरत थी। एक रोज़ पावेल अपने भाई से मिलने के लिए गया। एक धूल में लिथड़ा हुआ तिरपट आँख का लड़का उस छोटे-से गन्दे हाते में खेल रहा था। उसने पावेल को बड़ी देर तक घूरा और फिर नाक पोंछते हुए जवाबतलब करने के स्वर में बोला :

"क्या चाहिए? कौन जाने तुम चोर होओ! फ़ौरन यहाँ से चलते बनो, नहीं तो माँ तुम्हारी अच्छी तरह ख़बर लेगी!"

उस गन्दी-सी पुरानी झोंपड़ी की एक छोटी खिड़की खुली और आर्तेम ने बाहर झाँका।

उसने पुकारकर कहा, "अन्दर चले आओ पावेल!"

एक बुड्ढी स्त्री जिसका चेहरा बहुत पुराने काग़ज़ की तरह पीला-पीला था, अँगीठी के पास काम कर रही थी। पावेल उसके पास से गुज़रा तो उसने पावेल को ऐसी निगाहों से देखा जिसमें दोस्ती नहीं थी और वह अपने बरतनों की खटर-पटर में फिर लग गई।

दो लड़कियाँ, जिनकी रस्सी जैसी चोटियाँ थीं, अँगीठी पर चढ़ गईं और वहाँ से हब्शियों की तरह कुतूहल से मुँह फाड़कर इस आगन्तुक को देखने लगीं।

आर्तेम मेज़ से लगी कुरसी पर बैठा था और उसके चेहरे से ज़ाहिर था कि उसे कुछ-कुछ परेशानी महसूस हो रही है। उसे यह बात मालूम थी कि न तो उसकी माँ को यह शादी पसन्द थी और न उसके भाई को। उन लोगों की समझ में नहीं आता था कि क्यों आर्तेम, जिसका परिवार कई पीढ़ियों से मज़दूरों का परिवार था, राजगीर की उस ख़ूबसूरत लड़की गालिया से, जो दर्ज़ीगीरी करती थी और जिससे तीन साल तक उसका इश्क़ चला था, सम्बन्ध तोड़कर स्त्योशा जैसी एक ठस, नासमझ औरत के साथ रहने लगा और क्यों उसने पाँच जनों के कुनबे का रोटी कमानेवाला बनना मंज़ूर किया। अब उसकी हालत यह थी कि दिन-भर रेलवे के कारख़ाने में खटने के बाद उसे उजड़े हुए खेत में फिर से जान डालने के लिए हल लेकर जुटना पड़ता था।

आर्तेम को पता था कि पावेल, इस तरह मज़दूरों की जमात छोड़कर उसके शब्दों में 'मध्यवर्गी' लोगों के साथ आर्तेम के जा मिलने से असहमत था और इस वक़्त वह ग़ौर से देख रहा था कैसे उसका भाई उसके वातावरण और परिवेश का जायज़ा ले रहा है।

कुछ देर तक वे बैठे वैसी ही बेमानी-सी बातें करते रहे, जो अचानक मिल जानेवाले दो लोगों में यों ही हुआ करती हैं। थोड़ी ही देर बाद पावेल जाने के लिए उठा। मगर आर्तेम ने उसे रोक लिया।

"थोड़ी देर रुको, हमारे साथ खाना खाना। स्त्योशा ज़रा देर में दूध लेकर आएगी। अच्छा तो तुम कल फिर चले जा रहे हो? अच्छा पावका, यह तो बताओ, क्या तुम्हें इस बात का पूरा यक़ीन है कि तुम्हारे अन्दर काफ़ी ताक़त आ गई है?"

स्त्योशा अन्दर आई। उसने पावेल का अभिवादन किया और आर्तेम से कहा कि उसके साथ खलिहान तक चले और वहाँ से कोई चीज़ उठाकर लाने में उसकी मदद करे। अब पावेल उस कमरे में उस चिड़चिड़ी बुढ़िया के साथ अकेला रह गया। खिड़की में से गिरजाघर की घंटियों की आवाज़ आ रही थी। बुढ़िया ने अपने

हाथ की सँड़सी रख दी और चिड़चिड़े स्वर में बड़बड़ाने लगी :

"हे भगवान, आग लगे इस घर के खटराग को, भगवान के स्मरण के लिए भी दो छन नहीं मिले!" उसने अपना शॉल उतार लिया और इस आगन्तुक को उड़ती निगाहों से देखती हुई उस कोने में गई जहाँ देवी-देवताओं के चित्र वग़ैरह टँगे हुए थे, जिन पर वक़्त ने कालिख पोत दी थी और जिन पर एक अजीब मुर्दनी-सी छाई हुई थी। अपनी लकड़ी जैसी तीन उँगलियों से उसने अपने ऊपर सलीब का निशान बनाया।

उसने अपने मुरझाए हुए होंठों से बुदबुदाकर कहा, "ऐ हमारे बाप, तू जो आसमान पर है, तेरा नाम पाक माना जाए!"

वह आवारा छोकरा बाहर हाते में एक काले, लटके हुए कान वाले सूअर पर सवार उचक रहा था। अपनी छोटी-छोटी नंगी एड़ियाँ उसने चुस्ती से सूअर के बग़ल में गड़ा रखी थीं और उसके खड़े हुए बालों से चिपटा हुआ चीख़-चीख़कर उस दौड़ते और हाँफते हुए जानवर से कह रहा था, "हाँ पट्ठे, बढ़ा चल, बढ़ा चल!"

वह सूअर पागल की तरह हाते में दौड़ रहा था और जी-तोड़ कोशिश कर रहा था कि किसी तरह उस लड़के को गिरा दे। मगर वह तिरपट छोकरा मज़बूती से उस पर सवार था।

बुढ़िया ने अपनी प्रार्थना बन्द की और खिड़की में से सिर निकाला :

"अरे चांडाल, उतर उस सूअर पर से, नहीं तो मैं मारते-मारते तेरी चमड़ी उधेड़ लूँगी! तेरी ठठरी बँधे नासपीटे!"

आख़िरकार सूअर को कामयाबी मिली और उसने लड़के को, जिसने उसकी नाक में दम कर दिया था, अपनी पीठ पर से गिरा दिया और तब बुढ़िया सन्तुष्ट होकर अपनी मूर्तियों के पास लौटी और अपने चेहरे पर पवित्र धार्मिक भाव लाते हुए कहने लगी :

"तेरी बादशाहत ज़मीन पर हो...।"

उसी वक़्त लड़का दरवाज़े की दहलीज़ पर दिखाई दिया। आँसुओं से उसका चेहरा गन्दा हो रहा था। आस्तीन से अपनी बराबर बहती हुई नाक को पोंछते और दर्द के मारे सिसकते हुए उसने रोने के स्वर में कहा :

"नानी, मिठा-आ-आ-ई!"

बुढ़िया ग़ुस्से से लाल होकर उसकी तरफ़ मुड़ी :

"अरे हरामज़ादे, तिरछी आँख के भूत, देखता नहीं कि मैं प्रार्थना कर रही हूँ? अभी देती हूँ मैं तुझे मिठाई, शैतान की औलाद...!" कहते हुए उसने बेंच पर से कोड़ा उठाया। मगर देखते-देखते लड़का नौ-दो ग्यारह हो गया। अँगीठी पर बैठी हुई दोनों नन्ही-नन्ही लड़कियाँ गुपचुप हँसने लगीं।

और बुढ़िया ने तीसरी बार प्रार्थना में अपना मन लगाया।

पावेल उठ खड़ा हुआ और बिना अपने भाई का इन्तज़ार किये बाहर निकल गया। बाहर का फाटक बन्द करते हुए उसने देखा कि बुढ़िया मकान की आख़िरी खिड़की में से बड़ी शक की निगाहों से उसे देख रही है।

"पता नहीं आर्तेम के सिर पर कौन भूत सवार था जो उसे यहाँ घसीट लाया! अब ज़िन्दगी-भर के लिए वह यहीं बँध गया। स्त्योशा के हर साल एक बच्चा होगा और आर्तेम यहाँ पर वैसे ही चिपका रहेगा जैसे घूर पर गोबरैला चिपका रहता है। यह भी मुमकिन है कि वह रेल के कारख़ाने का काम छोड़ दे।" उस छोटे-से क़स्बे की उजड़ी हुई सड़कों पर चलते हुए पावेल के मन में यही उदास विचार आ रहे थे—'और मुझे देखो कि मैं अपनी जगह पर यह उम्मीद लिये बैठा था कि सियासी काम में उसकी दिलचस्पी पैदा करूँगा।'

पावेल को इस ख़याल से बड़ी ख़ुशी हो रही थी कि कल वह इस जगह को छोड़कर बड़े शहर में चला जाएगा जहाँ उसके तमाम वे दोस्त और साथी मिलेंगे जिन्हें वह इतना प्यार करता है। बड़े शहर की ज़िन्दगी की हलचल, आदमियों का अन्तहीन ताँता, उसकी ट्रामों और मोटरगाड़ियों की आवाज़ें, अपनी इन सब चीज़ों समेत शहर उसे चुम्बक की तरह अपनी तरफ़ खींचता था। मगर सबसे ज़्यादा चाह उसके दिल में कारख़ाने की उन बड़ी-बड़ी ईंट की इमारतों की थी—कालिख से भरी हुई वर्कशॉप, मशीनें, ट्रांसमिशन बेल्टों की धीमी गूँज। उसके मन में दैत्याकार फ्लाई व्हीलों को बेतहाशा घूमते देखने की, मशीन के तेल की गन्ध सूँघने की, तीव्र लालसा थी। ये सारी चीज़ें उसके व्यक्तित्व का अंग बन चुकी थीं। इसलिए स्वभावतः उसे उन चीज़ों की तलाश होती थी। यह छोटा-सा, ख़ामोश-सा क़स्बा, जिसकी सड़कों पर वह इस वक़्त घूम रहा था, उसके मन को एक अजीब तरीक़े से उदास कर देता था। उसे अब इस बात पर हैरत नहीं होती थी कि अब वह इस जगह पर अजनबी-सा महसूस करता है। यहाँ तक कि दिन के वक़्त भी इस क़स्बे में घूमना उसे एक मुसीबत सी मालूम होती थी। अपने मकान के सामने के चबूतरों पर बैठकर गपशप करती हुई गृहिणियों के पास से गुज़रने पर यह मुमकिन नहीं था कि उनकी बेमतलब बातचीत के कुछ टुकड़े उसके कान में भी न पड़ते।

"यह कौन है, ठठरी-ठठरी निकल आई है?"

"लगता है कि इसे तपेदिक हो गई थी। तपेदिक समझती हो, फेफड़े की बीमारी होती है।"

"जाकेट इसने बड़ी बांकी पहन रखी है। कहीं से चुराकर लाया है, चाहे शर्त बद लो।"

इसी तरह की और भी बहुत सी बातें वह सुनता। इन तमाम चीज़ों से पावेल का मन बुरी तरह घबरा गया था। ऐसी बातों को सुनकर उसे बड़ी नफ़रत मालूम होती थी।

बहुत ज़माना हुआ जब से उसने इन चीज़ों से अपना सम्बन्ध एकदम जड़ से तोड़ लिया था। अब उसे क़स्बे के मुक़ाबले में बड़े शहर से कहीं ज़्यादा अपनापन महसूस होता था क्योंकि कुछ बड़े मज़बूत और एक-दूसरे को ताक़त देने वाले सम्बन्ध उसे बड़े शहर से जोड़े हुए थे—ये सम्बन्ध मेहनत और साथियों की दोस्ती और मिलकर लड़ने-मरने के थे।

अपने विचारों में डूबा-डूबा बेख़बर-सा वह चीड़ के जंगलों में पहुँच गया और दोराहे पर थोड़ी देर के लिए खड़ा हो गया। उसके दाहिने हाथ पर वह पुराना जेलख़ाना था जिसे एक ऊँची सी, लोहे के नुकीले डंडे-सी निकली हुई चहारदीवारी जंगल से अलग करती थी। जेलख़ाने के और आगे अस्पताल की सफ़ेद इमारतें थीं।

यही वह जगह थी जहाँ जल्लाद के फन्दे ने वालिया और उसके साथियों की ज़िन्दगी का गला घोंट दिया था। पावेल उस जगह पर ख़ामोश खड़ा रहा, जहाँ पर फाँसी की टिकठी रह चुकी थी। फिर धीरे-धीरे चढ़ाई तक गया और चढ़ाई पारकर नीचे उतरा और उस छोटे-से क़ब्रिस्तान में पहुँच गया जहाँ क्रान्ति के दुश्मनों के आतंकराज के शिकार अपनी सामूहिक समाधियों में पड़े हुए थे।

प्यार-भरे हाथों ने क़ब्रों पर सनोवर की शाखें बिछा रखी थीं और क़ब्रिस्तान के चारों तरफ़ एक साफ़-सुथरी हरी-सी बाड़ी बना दी थी। चढ़ाई की चोटी पर खड़े हुए चीड़ के दरख़्त सीधे और छरहरे थे और नई-नई घास ने ढलवान पर एक हरी-सी रेशमी कालीन बिछा रखी थी।

शहर के सिरे पर की बस्तियों में जैसे एक उदास और डरी हुई शान्ति थी। पेड़ एक-दूसरे से मानो कानाफूसियों में बातें करते थे और नई ज़िन्दगी पाई हुई धरती में से वसन्त की ताज़ी महक उठ रही थी...। इसी जगह पर पावेल के साथियों ने बहादुरी के साथ मौत का सामना किया था ताकि ग़रीबी में पैदा हुए लोगों की ज़िन्दगी ख़ूबसूरत हो सके, उन लोगों की ज़िन्दगी जिनकी ग़ुलामी पैदाइश के रोज़ से ही शुरू होती थी।

पावेल ने धीरे-धीरे अपना हाथ उठाया और टोपी उतार ली और एक गहरी उदासी उसके भीतर-बाहर व्याप गई।

आदमी की सबसे बड़ी दौलत उसकी ज़िन्दगी होती है, और जीने के लिए आदमी को बस एक ही ज़िन्दगी मिलती है। उसे इस तरह अपनी ज़िन्दगी जीनी चाहिए कि उसे मन ही मन इस दुख की यंत्रणा को न सहना पड़े कि उसने अपनी ज़िन्दगी के साल यों ही गुज़ार दिये हैं, ताकि उसे इस ज़िल्लत की आग में न जलना पड़े कि उसका बीता हुआ ज़माना घटिया और ओछा था। उसे इस तरह जीना चाहिए ताकि मरते वक़्त वह यह कह सके कि मैंने अपनी सारी ज़िन्दगी, अपनी सारी शक्ति संसार के उस पवित्रतम कार्य में लगाई है—मानव जाति की आज़ादी की लड़ाई में लगाई है। और आदमी को अपनी ज़िन्दगी के एक-एक क्षण का

इस्तेमाल करना चाहिए क्योंकि कौन जाने कब कोई अचानक बीमारी या करुण दुर्घटना बीच ही में उसकी ज़िन्दगी के सूत को काट दे।

यही बातें सोचता-सोचता कोर्चागिन मुड़कर क़ब्रिस्तान से चल दिया।

घर पर उसकी माँ दुखी मन से अपने बेटे के जाने की तैयारी कर रही थी। पावेल ने देखा कि वह उससे अपने आँसू छिपाने की कोशिश कर रही है।

आख़िरकार उसने बड़ी हिम्मत करके कहा, "पावलुशा, फिर सोचकर देखो, शायद तुम यहाँ रुक सको? मैं बुड्ढी हुई, इस तरह से अकेले रहना मुझसे बरदाश्त नहीं होता। देखो न, चाहे कितने बच्चे किसी के हों, वे सब बड़े होकर छोड़कर चले जाते हैं। भला बताओ तुम्हें शहर भागने की क्या ज़रूरत है? यहाँ पर भी तो तुम रह सकते हो या कहीं ऐसा तो नहीं है कि शहर की किसी छोकरी से तुम्हारा मन लग गया हो? तुम सब कभी अपनी बुड्ढी माँ को कुछ नहीं बताते। तमाम लड़कों का यही हाल होता है। आर्तेम ने कभी मुझसे एक शब्द नहीं कहा और जाकर शादी करके बैठ रहा। तुम तो उससे भी गए-गुज़रे हो। मैं तो तुम्हें तभी देखती हूँ जब तुम बीमार या घायल होते हो," उसकी माँ ने एक साफ़-सुथरे झोले में उसका थोड़ा-सा सामान रखते हुए धीमे से शिकायत के लहज़े में कहा।

पावेल ने माँ के कन्धे पकड़कर उसे अपनी तरफ़ खींचा और कहा :

"माँ, मेरे लिए किसी छोकरी से मन लगाने का सवाल नहीं पैदा होता! क्या तुम नहीं जानतीं कि चिड़िया अपनी ज़ाति का ही साथी ढूँढ़ती है? और क्या तुम कहोगी कि मैं उस तरह का लड़का रहा हूँ जो तितलियों के पीछे भागता है?"

उसकी माँ बरबस मुस्करा पड़ी।

"नहीं माँ, मैंने वचन दिया है कि जब तक दुनिया के तमाम थैलीशाहों का नाश नहीं हो जाता, मैं लड़कियों से दूर ही रहूँगा। शायद तुम कहोगी कि यह तो ज़रा लम्बी प्रतीक्षा है। मगर नहीं माँ, अब इन थैलीशाहों के दिन गिने हुए हैं। जल्दी ही जनता का राज क़ायम हो जाएगा और तब तुम्हारे जैसे बुड्ढे लोग, जिन्होंने ज़िन्दगी भर मेहनत-मज़दूरी की है, इटली जा सकेंगे। तुम जानती हो इटली कहाँ है? इटली समुद्र किनारे एक ख़ूबसूरत गरम देश है। वहाँ पर जाड़ा नहीं पड़ता, माँ। हम तुमको अमीरों के महलों में रखेंगे और तुम लोग आराम से धूप खाना और अपनी बूढ़ी हड्डियों को विश्राम देना और हम लोग इस बीच जाकर अमरीका के थैलीशाहों का सफ़ाया करेंगे।"

"बेटा, यह एक अच्छी परियों की कहानी है, मगर मैं शायद वह दिन देखने के लिए ज़िन्दा नहीं रहूँगी।...तुम बिलकुल अपने दादा की तरह हो। वह जहाज़

पर काम करते थे और उनके भी दिमाग़ में हमेशा तरह-तरह के ख़यालात भरे रहते थे। बिलकुल आवारा आदमी थे वह, ख़ुदा उनकी रूह को सलामत रखे!" उनकी कहानी सेवास्तोपोल की लड़ाई से खतम हुई और वह एक हाथ और एक टाँग गँवा कर घर लौटे। उन्होंने उनके सीने पर दो क्रॉस लटका दिये, और दो चाँदी के तमगे। उन्होंने बहुत अच्छी उमर पाई और ख़ूब बूढ़े होकर मरे, मगर मरे भयानक ग़रीबी में। मिज़ाज के भी बहुत तेज़ थे, अपनी बैसाखी से उन्होंने किसी अफ़सर के सिर पर वार कर दिया और फिर इस जुर्म में एक साल तक जेल की हवा खाई। तब उनके फ़ौजी क्रॉस भी किसी काम न आए। सच कहती हूँ कि तू बिलकुल अपने दादा पर पड़ा है, हू-ब-हू।"

"वह सब तो ठीक है माँ, मगर क्या हम लोग ऐसे उदास ढंग से विदा होंगे एक-दूसरे से? मुझे मेरा अकार्डियन तो दे। मैंने बहुत दिनों से उसे नहीं छुआ।"

पावेल ने बाजे के सीप के बने परदे पर सिर झुका लिया और बजाने लगा। उसकी माँ सुनती रही और हैरान होकर उसके संगीत के अन्दर पैदा होनेवाले उस नये गुण के बारे में सोचती रही, वह गुण जो पहले नहीं था और अब पता नहीं उसमें कहाँ से आ गया था। पहले वह इस तरह कभी नहीं बजाता था। पहले उसकी धुनों में बेहद मस्ती रहती थी, एक तरह का मतवालापन, एक नशा-सा जिसके लिए पावेल क़स्बे-भर में मशहूर था। वह चीज़ अब चली गई थी। उसकी उँगलियों में अब भी वही ताक़त और वही सफ़ाई थी, मगर वे जो संगीत निकालती थीं, वह कहीं ज़्यादा गहरा और भावों के ऐश्वर्य से भरपूर होता था।

पावेल अकेला ही स्टेशन गया।

उसने अपनी माँ को घर पर ही रुकने के लिए राज़ी कर लिया क्योंकि वह जानता था कि स्टेशन पर की विदाई उसके लिए असह्य हो जाएगी।

गाड़ी का इन्तज़ार करती हुई भीड़ बेतहाशा गाड़ी के अन्दर घुसी और एक रेलपेल-सी मच गई। पावेल चढ़कर एक सबसे ऊँची बर्थ पर बैठ गया और वहाँ से नीचे के मुसाफ़िरों का चीख़ना-चिल्लाना और बेहद आवेश में बहस-मुबाहिसा करना और हाथों से इशारा करना देखता रहा।

हस्बमामूल आज भी गठरी-मुटरी के अम्बार लगे हुए थे, मगर जल्दी-जल्दी उन्हें सीटों के नीचे सरकाकर नज़र की ओट में कर दिया गया।

रेलगाड़ी ने जब कुछ रफ़्तार पकड़ी तो शोरगुल थोड़ा थमा और मुसाफ़िरों ने दत्तचित होकर पेट पूजा शुरू की।

पावेल थोड़ी देर में सो गया।

कीव पहुँचकर पावेल फ़ौरन शहर के बीचोबीच क्रेश्चातिक स्ट्रीट की तरफ़ चल दिया। धीरे-धीरे उसने पुल को पार किया। सब कुछ पहले ही जैसा था, कुछ भी नहीं बदला था। चिकनी-चिकनी रेलिंगों को हाथ लगाते हुए उसने पुल को पार किया। पुल से नीचे उतरने के पहले वह ज़रा देर तक थमा। पुल पर चिड़िया का पूत भी नहीं था। रात का असीम विस्तार उसकी मुग्ध आँखों के सामने बड़ा शानदार दृश्य उपस्थित कर रहा था। क्षितिज अँधेरे के मख़मली परदों में लिपटा हुआ था और तारे जलते-बुझते जलते-बुझते चमक रहे थे। और नीचे, जहाँ धरती किसी अदृश्य बिन्दु पर आकाश से मिलती थी, शहर की लाखों रोशनियाँ अँधेरे में चमक रही थीं।...

बहस के दौरान लोगों की आवाज़ें चढ़ जाती थीं जिससे रात की निस्तब्धता भंग होती थी और पावेल का ध्यान टूट जाता था। कोई इधर आ रहा था। पावेल ने बलात अपनी आँखें शहर की रोशनियों से हटाईं और सीढ़ियाँ उतरने लगा।

एरिया स्पेशल डिपार्टमेंट में ड्यूटी पर तैनात आदमी ने पावेल को बताया कि जुखराई को शहर छोड़े बहुत दिन हो गए।

उस आदमी ने इस बात का निश्चय करने के लिए कि यह नौजवान वाक़ई जुखराई का दोस्त है, पावेल से बहुत खोद-खोदकर सवाल किये और अन्त में उसे बतलाया कि फियोदोर को तुर्किस्तान के मोर्चे पर काम करने के लिए ताशकन्द भेजा गया है। इस ख़बर से पावेल को इतनी उलझन हुई कि वह और भी तफ़सील की बातें पूछे बग़ैर फ़ौरन मुड़ा और चल दिया। उसके ऊपर थकान का एक दौरा-सा पड़ा जिसने उसे ड्योढ़ी पर बैठकर सुस्ताने के लिए मजबूर किया।

एक ट्राम घड़घड़ाती हुई गुज़र गई और सड़क उसकी आवाज़ से गूँज उठी। न जाने कितने लोग उसके पास से गुज़रे। पावेल ने औरतों की मस्त हँसी के कहकहे सुने, तरह-तरह की आवाज़ें सुनीं—गूँजती हुई भारी आवाज़, किसी नौजवान की तेज़ पतली आवाज़ और किसी बुड्ढे की घरघराती हुई आवाज़। तेज़ी से भागती हुई भीड़ का यह ज्वार थमने में नहीं आता था। तेज़ रोशनी से चमकती हुई ट्रामें, आँखों को चौंधिया देनेवाली मोटरों की हेडलाइट की तेज़ रोशनियाँ, पास के किसी सिनेमा के फाटक पर तेज़ी से चमकती हुई बिजली की रोशनियाँ...और सब जगह लोग ही लोग जिनकी बातचीत की अनवरत गूँज से सड़क भरी हुई थी। यह था एक बड़ा शहर रात के वक़्त!

फियोदोर के चले जाने की ख़बर से उसने अपने दिल में जो दर्द महसूस किया था, वह सड़क के इस शोर-शराबे में हल्का पड़ गया। अब वह कहाँ जाए? सोलोमेंका में उसके दोस्त रहते थे, मगर सोलोमेंका बहुत दूर था। यहाँ से पास

ही यूनिवर्सिटी स्ट्रीट पर के उस मकान की एक झलक उसे मिली थी। वह क्यों न वहीं चला जाए? ज़रूर, यही ठीक होगा। आख़िरकार फियोदोर के बाद जिस कामरेड को देखने की उसके दिल में सबसे ज़्यादा चाह थी, वह रिता थी। और शायद अकिम के यहाँ रात गुज़ारने का भी कोई बन्दोबस्त हो जाए।

उसने दूर से ही मकान के सिरेवाली खिड़की में रोशनी देखी। अपने आवेग को दबाते हुए उसने मकान का भारी बाँज की लकड़ी का बना दरवाज़ा खोला। कुछ पल वह वहीं ड्योढ़ी पर खड़ा रहा। रिता के कमरे से आवाज़ें आ रही थीं और कोई गिटार बजा रहा था।

"ओ हो, तो अब वह गिटार की इजाज़त देती है, इसका मतलब है कि अब उतनी सख़्ती नहीं है," उसने अपने मन में कहा। फिर धीमे से दरवाज़े पर दस्तक दी और अपने मन के आवेग को दबाने के लिए होंठ काटने लगा।

घुँघराली लटों वाली एक नौजवान औरत ने दरवाज़ा खोला। उसने सवाल करती हुई आँखों से कोर्चागिन को देखा।

"आप किसको चाहते हैं?"

वह दरवाज़ा खोले खड़ी रही और कमरे के अन्दर की एक झलक पावेल को मिली जिससे उसको लगा कि आना बेकार हुआ।

"क्या मैं उस्तिनोविच से मिल सकता हूँ?"

"वह यहाँ नहीं हैं। पिछली जनवरी में वह खारकीव चली गईं और सुनती हूँ कि अब वह मास्को में हैं।"

"कामरेड अकिम यहाँ रहते हैं या वह भी चले गए?"

"कामरेड अकिम भी अब यहाँ नहीं हैं। अब वह ओडेसा के कोमसोमोल के मंत्री हैं।"

अब पावेल के पास इसके सिवा कोई चारा ना था कि लौट पड़े। शहर लौटने का उसका सारा उत्साह और ख़ुशी अब ठंडी पड़ गई थी।

अब फौरी सवाल यह था कि रात कहाँ गुज़ारी जाए।

'चाहो तो ऐसे दोस्तों की तलाश में, जो अब यहाँ नहीं हैं, तुम अपनी टाँगों को थका-थकाकर चूर कर डालो,' उसने अपनी निराशा का घूँट पीते हुए बड़बड़ाकर अपने मन में कहा। फिर भी उसने एक बार और अपनी क़िस्मत आजमाने का फ़ैसला किया। देखूँ, पांक्रातोव अब यहाँ रहता है या नहीं! वह जहाज़ी मज़दूर घाट के पास रहता था जो कम-से-कम सोलोमेंका से तो ज़्यादा पास पड़ता था।

पांक्रातोव के घर पहुँचते-पहुँचते वह थककर चूर हो गया था। पावेल ने उस दरवाज़े पर, जिस पर कभी पीला रोगन पोता गया था, दस्तक देते हुए अपने मन में इस बात का पक्का निश्चय किया, 'अगर वह भी यहाँ नहीं हो, तो फिर मैं और किसी की तलाश नहीं करूँगा। मैं किसी किश्ती के नीचे घुसकर वहीं रात गुज़ार दूँगा।'

दरवाज़ा एक बूढ़ी औरत ने खोला जिसने ठुड्डी के नीचे अपने सिर के रूमाल की गाँठ लगा रखी थी। यह पांक्रातोव की माँ थी।

"इग्नात घर पर है माँ?"

"अभी-अभी आया है।"

उसने पावेल को नहीं पहचाना और पीछे मुड़कर आवाज़ दी, "इग्नात, तुमसे कोई मिलने आया है।"

पावेल उसके पीछे-पीछे कमरे में गया और अपने सामान का थैला फ़र्श पर रख दिया। पांक्रातोव ने जो मेज़ पर बैठा खाना खा रहा था, जल्दी से गर्दन मोड़कर आनेवाले को देखा।

उसने कहा, "अगर तुम्हें मुझसे काम है, तो कुछ देर बैठो। तब तक मैं कुछ पेट-पूजा कर लूँ। सवेरे से मैंने कुछ नहीं खाया है," कहते हुए उसने लकड़ी का एक बड़ा चमचा उठाया।

पावेल एक तरफ़ एक टूटी कुरसी पर बैठ गया। उसने अपनी टोपी उतार ली और अपनी पुरानी आदत के अनुसार उसी टोपी से माथा पोंछा।

'क्या सचमुच मैं इतना बदल गया हूँ कि इग्नात भी मुझे नहीं पहचान पाता?' उसने अपने-आप से सवाल किया।

पांक्रातोव ने एक-दो चमचा खाना मुँह में डाला मगर चूँकि आगन्तुक कुछ बोला नहीं, उसने गर्दन मोड़कर उसको देखा।

"कहो-कहो, किस परेशानी में हो?"

उसके हाथ में रोटी का टुकड़ा था और उसको पकड़े-पकड़े उसका हाथ हवा में टँगा रह गया। उसने अपने मिलनेवाले को अचरज से आँखें मुलमुलाते हुए घूरा।

"अरे...यह क्या?...ज़रा सोचो तो आज यह कौन...!"

पांक्रातोव के सुर्ख़ चेहरे पर उस घबराहट और हैरत को देखकर पावेल से न रहा गया और वह ज़ोर से हँस पड़ा।

पांक्रातोव ज़ोर से चीख़ा, "पावका! मगर हम तो सोचते थे कि तुम्हारा टिकट कट गया। एक मिनट रुको तो, ज़रा फिर से अपना नाम बतलाना?"

पांक्रातोव की चीख़ों को सुनकर उसकी बड़ी बहन और माँ बग़ल के कमरे से दौड़ी हुई आईं, उन तीनों ने पावेल के ऊपर सवालों की तब तक झड़ी लगा दी, जब तक कि उन्हें पूरी तरह इस बात का सन्तोष नहीं हो गया कि यह और कोई नहीं, पावेल कोर्चागिन ही है।

घर के सब लोगों के सो जाने के बहुत बाद तक पांक्रातोव पिछले चार महीने की घटनाओं का खुलासा पावेल को देता रहा।

"ज़ार्की और मितियाई पिछले जाड़े में खारकीव चले गए। और जानते हो कहाँ गए दोनों? कम्युनिस्ट यूनिवर्सिटी में। हाँ-हाँ कम्युनिस्ट यूनिवर्सिटी में! उसके तैयारी

कोर्स में उनको जगह मिली। पहले हम लोग पन्द्रह जन थे। तुम्हारे इस ख़ादिम ने भी दाख़िले के लिए एक अर्ज़ी दे दी थी। मैंने सोचा कि अच्छा रहेगा, दिमाग़ में पड़ा हुआ कुछ भूसा ख़ारिज होगा। और क्या तुम इस बात का यक़ीन करोगे कि परीक्षा बोर्ड ने मुझे फेल कर दिया!"

इस चीज़ की याद करके पांक्रातोव ने ग़ुस्से से उँह किया और अपनी बात जारी रखी :

"पहले तो सब कुछ बड़े मज़े में चलता रहा। मेरी सभी बातें ठीक थीं : मेरे पास पार्टी कार्ड था, काफ़ी दिन मैं कोमसोमोल में रह चुका था, मेरे पिछले ज़माने के रेकार्ड में कोई बुरी बात न थी। मगर जब सियासी जानकारी की बात आई तो मैं मुसीबत में पड़ गया।

"मेरे और परीक्षा बोर्ड के एक दूसरे कामरेड के बीच बहस छिड़ गई। ज़रा सोचो तो उसने यह कैसा छोटा-सा बेहूदा सवाल मुझसे कर दिया : बतलाओ कामरेड पांक्रातोव, दर्शनशास्त्र के बारे में तुम क्या जानते हो? भाई, सच बात तो यही थी कि मुझे दर्शन के बारे में ख़ाक-बला कुछ भी नहीं मालूम था। लेकिन हमारे साथ घाट पर एक लड़का काम किया करता था। वह व्याकरण के स्कूल का विद्यार्थी था और आगे चलकर आवारा हो गया था और यों ही मज़े के लिए उसने घाट पर मज़दूरी करनी शुरू कर दी थी। हाँ, तो उसने मुझे ग्रीस के कुछ अक़्लमन्द लोगों की जो बात बतलाई थी मुझे याद थी। उसने मुझे बतलाया था कि वे लोग हर चीज़ का जवाब जानते थे और उन्हें दार्शनिक कहा जाता था। कोई एक आदमी था जिसका नाम ठीक से याद नहीं, डियोजिनीज़ या ऐसा ही कुछ नाम था, सारी ज़िन्दगी वह एक पीपे में रहता आया...उनमें सबसे तेज़ आदमी था वह जो चालीस बार इस बात को साबित कर सकता था कि काला सफ़ेद होता है और सफ़ेद काला। ज़माने के ठग थे सब, घाघ, समझे न? हाँ तो मुझे उस विद्यार्थी की बात याद थी और मैंने अपने मन में कहा, 'अच्छा तो यह मुझे लंगी लगाने की कोशिश कर रहा है।' मैंने परीक्षक को चमकती हुई आँखों से अपनी तरफ़ देखता पाया और मैंने उसको अच्छी डाँट पिलाई। मैंने कहा, 'दर्शनशास्त्र बिलकुल धोखाधड़ी है और मैं उसके साथ बिलकुल समझौता करने के लिए तैयार नहीं हूँ। हाँ, पार्टी का इतिहास हो तो उसकी बात और है, उसमें ज़रूर मुझे बहुत दिलचस्पी होगी।' मेरा कहना था कि उन्होंने मुझको वो-वो लगाई कि मैं क्या बताऊँ। उन्होंने मुझसे पूछा कि दर्शनशास्त्र के बारे में ये सब बेसिरपैर की बातें किसने मेरे दिमाग़ में घुसेड़ दीं? तब मैंने उनको उस विद्यार्थी की बात बतलाई और कुछ बातें जो उसने मुझसे कही थीं, मैंने उगल दीं। फिर तो भाई कमीशन के सारे लोगों के पेट में हँसते-हँसते बल पड़ गए। वे लोग मुझ पर ही तो हँस रहे थे। लिहाज़ा मुझे बहुत बुरा मालूम हुआ। मैंने कहा, 'तुम मुझे बेवक़ूफ़ समझते हो क्या?' और कमरे के बाहर निकल गया।

"बाद में उस परीक्षक ने सूबा कमिटी में जाकर मुझे पकड़ा और पूरे तीन घंटे तक मुझे लेक्चर पिलाया। ग़रज़ मालूम यह हुआ कि उस विद्यार्थी के दिमाग़ में तमाम बातें उलटी-पुलटी भरी थीं। अब मुझे ऐसा लगता है कि दर्शनशास्त्र बिलकुल ठीक चीज़ है और बहुत ज़रूरी है।

"दुबावा और ज़ार्की इम्तहान में पास हो गए। मितियाई पढ़ाई में हमेशा बहुत अच्छा था मगर ज़ार्की मुझसे कुछ ज़्यादा अच्छा नहीं। ज़रूर उसके वीरता के पदक ने उसका बेड़ा पार कर दिया होगा। बहरहाल, मैं तो यहीं का यहीं रह गया। उन लोगों के चले जाने के बाद मुझे यहीं घाट पर प्रबन्ध का काम दे दिया गया—मुझे माल के घाटों का सहायक प्रधान बना दिया गया। मैं हमेशा मज़दूर जवानों की तरफ़ से मैनेजरों से झगड़ा किया करता था और अब मैं ख़ुद मैनेजर हूँ।

"अब अगर मुझे कोई आलसी या सनकी आदमी मिलता है, तो मैं मैनेजर और कोंमसोमोल के मंत्री दोनों की हैसियत से उसकी मुसीबत कर देता हूँ। मेरी आँख में वह धूल नहीं झोंक सकता। अच्छा अपने बारे में तो बताओ, अब मैं बस करता हूँ। तुम्हें बतलाने को और अब रहा ही क्या? अकिम के बारे में तुम्हें मालूम ही है, पुराने लोगों में अब सिर्फ़ तुफ़्ता ही सूबा कमिटी में बाक़ी बचा है। अब भी वह अपना वही पुराना काम कर रहा है। तोकारेव सोलोमेंका की पार्टी की ज़िला कमिटी का मंत्री है। तुम्हारा कम्यून का साथी ओकुनेव कोमसोमोल की ज़िला कमिटी में है। तालिया राजनीतिक शिक्षा विभाग में काम करती है। स्वेतायेव कारख़ाने में तुम्हारा वाला काम करता है। मैं उसे बहुत अच्छी तरह नहीं जानता। बस सूबा कमिटी में जब-तब हमारी मुलाक़ात हो जाती है। वह काफ़ी दिमाग़वाला आदमी मालूम होता है। मगर सबसे ज़रा अलग-थलग रहता है। आना बोर्हार्ट की याद तुम्हें है? वह भी सोलोमेंका में है। वह पार्टी की ज़िला कमिटी की महिला विभाग की प्रधान है। बाक़ी लोगों के बारे में मैंने तुम्हें बतला दिया है। हाँ पावलुशा, पार्टी ने बहुत से लोगों को पढ़ने के लिए भेजा है। सारे पुराने काम करनेवाले सूबे के सोवियत और पार्टी स्कूल में पढ़ने जाते हैं। मुझको उन्होंने अगले साल भेजने का वादा किया है।"

आधी रात कब की बीत चुकी थी जब वे सोने गए। दूसरे रोज़ पावेल के उठने के पहले पांक्रातोव घाट पर चला गया था। उसकी बहन दुसिया ने, जो बड़ी ख़ूबसूरत लड़की थी और अपने भाई से बहुत मिलती-जुलती थी, पावेल को चाय दी और उसका जी बहलाने के लिए पूरे वक़्त बात करती रही। पांक्रातोव का बाप, जो जहाज़ का इंजीनियर था, घर पर नहीं था।

पावेल ने बाहर निकलने का इरादा किया तो दुसिया ने उसे याद दिलाया, "भूलना मत, रात के खाने पर हम लोग तुम्हारा इन्तज़ार करेंगे।"

पार्टी की सूबा कमिटी में हमेशा की तरह ख़ूब हलचल थी। सामने का दरवाज़ा पूरे वक़्त खुलता और बन्द होता रहता। गलियारों और दफ़्तरों में भीड़ लगी हुई थी और प्रबन्ध विभाग के दरवाज़े के भीतर से टाइपराइटरों के खटखटाने की मद्धिम आवाज़ आ रही थी।

पावेल किसी पहचानी हुई शक़्ल की तलाश में गलियारे में कुछ देर यों ही घूमता रहा। मगर जब उसे कोई भी अपना परिचित न मिला, तो वह सीधे मंत्री से मिलने के लिए चला गया। मंत्री नीली-सी रूसी क़मीज़ पहने एक बड़ी सी मेज़ के पीछे बैठा हुआ था। पावेल के अन्दर दाख़िल होने पर उसने एक बार नज़र उठाकर देखा और फिर से लिखने लगा।

पावेल उसके सामने एक कुरसी पर बैठ गया और अकिम के उत्तराधिकारी की रूपरेखा को परखने लगा।

"मुझसे क्या काम है?" मंत्री ने, जो ऊँचे गले की क़मीज़ पहने हुए था, अपना लिखना खतम करके उससे पूछा।

पावेल ने उसको अपनी कहानी सुनाई।

"कामरेड, करना अब यह है कि सदस्यता की सूची में मुझे एक बार फिर से ज़िन्दा करना है। और फिर मुझे रेलवे के कारख़ाने में भेज दिया जाए," उसने अपनी बात खतम करते हुए कहा, "उचित आदेश आप दे दीजिए।"

मंत्री अपनी कुरसी पर पीछे की ओर झुका।

उसने कुछ हिचकिचाते हुए जवाब दिया, "हम तुमको सदस्यों की सूची में फिर से रख तो लेंगे, इसमें तो कोई कहने की बात ही नहीं। मगर तुम्हें कारख़ाने में भेजने में ज़रा दिक़्क़त होगी। वहाँ पर स्वेतायेव है। वह सूबा कमिटी का मेम्बर है। तुम्हारे लिए हमको कुछ और काम ढूँढ़ना होगा।

कोर्चागिन ने अपनी आँखें छोटी करते हुए कहा :

"मैं स्वेतायेव के काम में कोई दख़लअन्दाज़ी नहीं करना चाहता। मैं अपने पेशे का काम करना चाहता हूँ, कोई पार्टी मंत्री का काम तो चाहता नहीं। और चूँकि मेरी सेहत अब भी ज़रा ख़राब है, इसलिए मैं आपसे दरख़ास्त करूँगा कि मुझे और कोई काम न दें।"

मंत्री ने उसकी बात मान ली। काग़ज़ के एक टुकड़े पर उसने कुछ शब्द घसीटकर लिखे।

"इसे कामरेड तुफ़्ता को दे देना, वह सारा बन्दोबस्त कर देंगे।"

कार्यकर्ता विभाग में पावेल ने तुफ़्ता को अपने सहायक को डाँटते पाया। पावेल

एक-दो मिनट तक उन दोनों की गरमागरम बातचीत सुनता खड़ा रहा। मगर जब उसने देखा कि उसके जल्दी खतम होने के कोई आसार नहीं हैं, तो उसने बीच ही में उसकी वक्तृता को काट दिया।

"अपनी बहस फिर खतम कर लेना तुफ़्ता। मेरे काग़ज़ात ठीक करने के लिए यह देखो तुम्हारे लिए एक पत्र है।"

तुफ़्ता बात को न समझते हुए कभी उस काग़ज़ को देखता और कभी कोर्चागिन को। आख़िरकार बात उसकी समझ में आई।

"ओह ज़रा रुकना तो! तो तुम मरे नहीं? वाह रे, मगर बताओ किया क्या जाए? सदस्यों की सूची में से तुम्हारा नाम काट दिया गया। मैंने ख़ुद तुम्हारा कार्ड केन्द्रीय कमिटी को लौटा दिया। इतना ही नहीं, पार्टी की मर्दुमशुमारी में से भी तुम बाहर रहे हो और कोमसोमोल की केन्द्रीय कमिटी के सरकुलर के अनुसार वे लोग जो मर्दुमशुमारी में नहीं आए, उन्हें कोमसोमोल के बाहर समझ लिया गया। इसलिए अब अकेली सूरत यह है कि तुम फिर नये सिरे से बाक़ायदा सदस्यता के लिए अर्ज़ी दो।" तुफ़्ता ने ऐसे लहज़े में बात कही जैसे वह किसी की बात सुनने के लिए तैयार न हो।

पावेल की त्योरी चढ़ गई।

"अब भी तुम्हारे वही पुराने ढंग हैं? तुम हो तो नौजवान आदमी, मगर बूढ़े से बूढ़े, खूसट से खूसट क़ानूनी चूहे से भी गए-गुज़रे हो। वोलोदका, कब तुम्हें समझ आएगी।"

तुफ़्ता ऐसे उछल पड़ा जैसे किसी पिस्सू ने उसे काट लिया हो।

"बराय मेहरबानी मुझे लेक्चर न दीजिए। यहाँ का चार्ज मेरे ज़िम्मे है। सरकुलर में जो आदेश दिये जाते हैं, वह उनका पालन करने के लिए हैं, उल्लंघन करने के लिए नहीं। और तुम चूहा कहकर मेरा अपमान कर रहे हो, इसका मज़ा मैं तुम्हें चखाऊँगा।"

तुफ़्ता ने बहुत धमकी के लहज़े में अपनी बात कही थी, जैसे वह अभी कुछ कर गुज़रेगा। अपनी बात कहकर उसने ऐसा इशारा किया कि जैसे मुलाक़ात अब खतम हो गई और फिर सामने की बन्द डाक के ढेर को अपनी तरफ़ खींचा।

पावेल धीरे-धीरे दरवाज़े की तरफ़ बढ़ा, मगर फिर कुछ याद करके वापस लौटा और तुफ़्ता के सामने पड़े हुए मंत्री के पत्र को उठा लिया। तुफ़्ता ने उसे ग़ौर से देखा। कार्यकर्ता विभाग के इस क्लर्क में अजीब कोई बात थी जो उतनी ही नाख़ुशगवार थी जितनी कि बेवक़ूफ़ी से भरी हुई। वह बूढ़े आदमी की तरह बदमिज़ाज और छोटी-छोटी बातों को लेकर अड़नेवाला था। उसके बड़े-बड़े कान जैसे हरदम खड़े रहते थे कि कब कोई बात हो और वह उलझ पड़े।

पावेल ने शान्त मगर मज़ाक़ उड़ाती हुई आवाज़ में कहा, "अच्छा, तुम मुझको

इसके लिए दोष दे सकते हो कि मैंने मेम्बरी के तुम्हारे तमाम आँकड़े उलट-पुलट दिये हैं। मगर ज़रा मुझको बतलाओ कि तुम ऐसे लोगों को कैसे डाँट सकते हो जो पहले से बिना बाक़ायदा नोटिस दिये मर गए हों? आख़िर को कोई आदमी चाहे तो बीमार पड़ सकता है, या मर सकता है, अगर उसके जी में आए। और मैं तो शर्त बद सकता हूँ कि तुम्हारे सरकुलर में इसके बारे में कुछ भी नहीं लिखा होगा।"

तुफ़्ता का सहायक अपनी तटस्थता को अब और क़ायम नहीं रख सका और हो-हो-हो करके ज़ोर से हँस पड़ा।

तुफ़्ता की पेंसिल की नोक टूट गई और उसने उसे उठाकर फ़र्श पर फेंक दिया। मगर इसके पहले कि वह अपने प्रतिपक्षी को कोई जवाब दे सके, बहुत से लोग बातें करते और हँसते हुए कमरे में घुस आए। उनमें ओकुनेव भी था। लोगों ने जब पावेल को पहचाना, तो सब में बड़ी खलबली मची और फिर पावेल से सवाल पर सवाल होने लगे। चन्द मिनट बाद नौजवानों की एक दूसरी टोली आई। उनमें ओल्गा यूरेनेवा भी थी। पावेल को फिर से देखने का उसे ऐसा झटका लगा और इतनी ख़ुशी हुई कि वह जैसे बेसुध होकर बड़ी देर तक उसके हाथ को पकड़े खड़ी रही।

और पावेल को दुबारा अपनी कहानी नये सिरे से सुनानी पड़ी। अपने साथियों की सच्ची ख़ुशी, उनकी खुली हुई दोस्ती और सहानुभूति, आजिज़ी से उनका हाथ मिलाना और दोस्ताना अन्दाज़ में उसकी पीठ को थपथपाना—इस सबसे पावेल थोड़ी देर के लिए तुफ़्ता को भूल गया।

मगर जब उसने अपनी कहानी खतम की और तुफ़्ता के साथ हुई बातचीत का हाल साथियों को बतलाया तो सब बहुत बिगड़ उठे। ओल्गा प्रलयंकर आँखों से तुफ़्ता को देखती हुई मंत्री के दफ़्तर में चली गई।

"चलो हम लोग नेज्दानोव के यहाँ चलें," ओकुनेव ने ज़ोर से कहा, "वह इसकी अक़्ल ठिकाने लगा देगा।" और यह कहते हुए उसने पावेल का कन्धा पकड़ा और इन नौजवान दोस्तों की पूरी टोली ओल्गा के पीछे-पीछे मंत्री के दफ़्तर में जा पहुँची।

"इस तुफ़्ता को यहाँ के काम पर से हटाकर वहाँ घाट पर पांक्रातोव के नीचे कुली का काम देना चाहिए, साल-भर के लिए। बड़ा ज़लील नौकरशाह है!" ओल्गा ने बिफरते हुए कहा।

सूबा कमिटी का मंत्री मुस्कराता हुआ ओकुनेव, ओल्गा और दूसरों की इस बात को सुनता रहा कि तुफ़्ता को कार्यकर्ता विभाग से अलग कर देना चाहिए।

उसने ओल्गा को आश्वासन दिया, "इसमें तो कोई बहस ही नहीं कि कोर्चागिन को फिर से सूची में शामिल कर लिया जाएगा। अभी इसी वक़्त उसे एक नया कार्ड दे दिया जाएगा। मैं तुमसे सहमत हूँ कि तुफ़्ता क़ानून की लकीर का फ़क़ीर है। वही

उसकी ख़ास कमज़ोरी है। मगर यह मानना होगा कि उसने अपना काम बुरा नहीं किया है। जहाँ-जहाँ मैंने काम किया है, मैंने देखा है कि कोमसोमोल के कार्यकर्ताओं के काम के आँकड़े भयंकर गड़बड़ी में रहे हैं, वे क़तई ऐसे नहीं रहे हैं कि उनकी किसी भी एक संख्या पर भरोसा किया जा सके। हमारे कार्यकर्ता विभाग में आँकड़े काफ़ी अच्छी तरह रखे गए हैं। तुम लोग ख़ुद जानते हो कि तुफ़्ता अक्सर बैठा रात की रात काम करता रहता है। मैं इस सवाल को ऐसे देखता हूँ : तुफ़्ता को अलग करना आसान है लेकिन अगर उसकी जगह कोई मस्त लापरवाह आदमी ले लेता है, जिसे आँकड़े-वाँकड़े रखने का हाल कुछ भी नहीं मालूम, तो नौकरशाहियत से तो हमें छुटकारा मिल जाएगा, मगर फिर कोई नियम या व्यवस्था भी नहीं रहेगी। उसे अपनी जगह पर रहने दो। मैं उसे अच्छी तरह डाँट दूँगा। फ़िलहाल इससे काम चल जाएगा और आगे चलकर देखा जाएगा।

ओकुनेव ने बात मानते हुए कहा, “अच्छा, ठीक कहते हो, उसको रहने ही दो। चलो पावलुशा, हम लोग सोलोमेंका चलें। वहाँ पर आज रात क्लब में पार्टी की मीटिंग है। किसी को अभी यह नहीं मालूम कि तुम लौट आए हो। सोचो, सबको कितनी हैरानी होगी जब हम ऐलान करेंगे—अब कोर्चागिन तक़रीर करेगा। सचमुच पावलुशा, तुम बड़े ग़ज़ब के आदमी हो जो नहीं मरे। भला बताओ, तुम मर गए होते तो मज़दूर वर्ग के किस काम के होते!” कहते हुए ओकुनेव ने अपने दोस्त को अपनी बाँह में भर लिया और गलियारे में उसे ले चला।

“तुम चलोगी ओल्गा?”

“ज़रूर, ज़रूर।”

कोर्चागिन पांक्रातोव के यहाँ रात के खाने पर नहीं लौटा। सच बात तो यह है कि सारे दिन वह वहाँ नहीं गया। ओकुनेव सोवियत की इमारत में अपने कमरे में उसे ले गया। अच्छा से अच्छा खाना जो वह इकट्ठा कर सकता था, उसने पावेल को दिया और फिर अख़बारों का एक ढेर और ज़िला कोमसोमोल ब्यूरो की मीटिंगों की कार्यवाही की रिपोर्ट की दो मोटी-मोटी फ़ाइलें उसके सामने रखते हुए बोला :

“ये सब देख जाओ। तुम जब टाइफस लिये पड़े थे और अपना वक़्त ख़राब कर रहे थे, उस बीच बहुत-सी बातें हो गई हैं। मैं शाम को लौटूँगा और तब हम लोग साथ-साथ क्लब चलेंगे। अगर थक जाओ तो लेट जाना और थोड़ा सो लेना।”

अपनी जेबों में तमाम काग़ज़ात और ज़रूरी दस्तावेज़ भरते हुए (ओकुनेव को सिद्धान्ततः पोर्टफोलियो के इस्तेमाल से नफ़रत थी और वह उसके बिस्तर के नीचे उपेक्षित पड़ा था) ज़िला कमिटी के मंत्री ने उससे विदा ली और बाहर निकल गया।

जब वह शाम को लौटा तो कमरे के फ़र्श पर तमाम अख़बार बिखरे हुए थे और ढेर-भर किताबें बिस्तर के नीचे से बाहर निकालकर रखी हुई थीं। पावेल बिस्तर

पर बैठा हुआ केन्द्रीय कमिटी की आख़िरी चिट्ठियों को पढ़ रहा था। ये चिट्ठियाँ उसे अपने दोस्त के तकिये के नीचे मिली थीं।

ओकुनेव ने बनावटी ग़ुस्से से चिल्लाते हुए कहा, "क्या हालत कर रखी है तुमने मेरे कमरे की! ऐ कामरेड! ज़रा रुको तो! यह तुम क्या कर रहे हो? ये गुप्त काग़ज़ात हैं जो तुम पढ़ रहे हो! यही होता है, मैंने ख़ामख़ा तुम जैसे लम्बी नाकवाले आदमी को अपने कमरे में घुसने दिया।

पावेल ने मुस्कराते हुए ख़त उठाकर अलग रख दिया और बोला, "यह ख़त गुप्त नहीं था मगर वह वाला जिसे तुम लैम्प के ऊपर लगाए हुए हो, उस पर ज़रूर 'गोपनीय' लिखा हुआ है। यह देखो, सिरे के आस-पास वह तमाम जल गया है।"

ओकुनेव ने काग़ज़ के जले हुए टुकड़े को लैम्प पर से निकाला, उसके शीर्षक को देखा और माथा ठोंक लिया।

"तीन दिन से मैं इस कमबख़्त के पीछे हैरान हो रहा हूँ। समझ ही में नहीं आता था कि कहाँ चला गया। अब मुझे याद आया। वोलिन्तसेव ने इसी काग़ज़ से अभी उस रोज़ लैम्प का शेड बनाया था और फिर ख़ुद ही तमाम जगह उसको तलाश करता फिरा था।" ओकुनेव ने बहुत सावधानी से उस काग़ज़ को मोड़ा और गद्दे के नीचे ठूँस दिया और पावेल को जैसे विश्वास दिलाते हुए कहा, "थोड़ी देर बाद हम सब ठीक-ठाक कर लेंगे, अभी चलो जल्दी-जल्दी कुछ खा लें और भागकर क्लब चलें। अपनी कुरसी मेज़ के और पास खींच लो पावेल।"

एक जेब में से उसने अख़बार में से लिपटी हुई एक लम्बी-सी सूखी मछली निकाली और दूसरी जेब से डबलरोटी के दो टुकड़े। अख़बार उसने मेज़ पर बिछा दिया, मछली का सिर पकड़ा और मेज़ के सिरे पर उसे अच्छी तरह ठोंका।

मेज़ पर बैठकर, अपने जबड़ों का इस्तेमाल बहुत जोश के साथ करते हुए, ख़ुशमिज़ाज ओकुनेव ने पावेल को तमाम ख़बरें सुनाईं। वह बीच-बीच में मज़ाक़ भी करता जाता था।

क्लब में ओकुनेव कोर्चागिन को पिछले दरवाज़े से स्टेज पर ले गया। उस बड़े हॉल के एक कोने में, स्टेज के दाहिनी तरफ़ पियानो के पास, तालिया लगुतिना और आना बोर्हार्ट रेलवे बस्ती के कुछ कोमसोमोलों के साथ बैठी हुई थीं। रेलवे कारख़ाने का कोमसोमोल मंत्री वोलिन्तसेव आना के सामने बैठा हुआ था। उसका चेहरा अगस्त महीने के सेब की तरह सुर्ख़ था और उसके बाल और भवें पके हुए धान के रंग की थीं। उसकी बहुत ही फटी-पुरानी चमड़े की जाकेट किसी ज़माने में काली थी।

उसकी बग़ल में पियानो के ढक्कन पर लापरवाही से कुहनी टिकाए हुए

स्वेतायेव बैठा था। वह एक ख़ूबसूरत नौजवान था जिसके बादामी रंग के बाल और बहुत ही ख़ूबसूरत तराशे हुए होंठ थे। उसकी क़मीज़ गले पर खुली हुई थी।

उस टोली के पास पहुँचते हुए ओकुनेव ने आना को कहते सुना :

"कुछ लोग हैं जो इस बात के लिए अपना एड़ी-चोटी का ज़ोर लगा रहे हैं कि नये मेम्बरों का दाख़िला मुश्किल से मुश्किल होता जाए। उन्हीं लोगों में स्वेतायेव भी है।"

"कोमसोमोल कोई सैर-सपाटे का मैदान नहीं है, वह कोई पिकनिक की जगह नहीं है," स्वेतायेव ने किसी की कुछ परवाह न करते हुए कहा।

"वह देखो निकोलाई!" ओकुनेव को देखकर तालिया चिल्लाई, "आज रात वह कैसा चमक रहा है जैसे पॉलिश किया हुआ समोवार।"

ओकुनेव को सबों ने खींचकर अपने घेरे में ले लिया और उस पर सवालों के गोले दागने लगे।

"तुम कहाँ रहे?"

"अब मीटिंग की कार्रवाई शुरू करनी चाहिए।"

ओकुनेव ने सबको ख़ामोश करने के लिए हाथ उठाया।

"और कुछ देर इन्तज़ार करो दोस्तो। तोकारेव के आते ही हम लोग मीटिंग शुरू कर देंगे।"

"वह लो, वे भी आ गए," आना ने कहा।

पार्टी की ज़िला कमिटी के मंत्री तोकारेव चले आ रहे थे। उनसे मिलने के लिए ओकुनेव दौड़कर उनकी तरफ़ बढ़ा, "आओ काका, चलकर स्टेज के पीछे मेरे एक दोस्त से मिलो। मगर एक झटके के लिए अपने को तैयार कर लो!"

"क्या मामला है?" बुड्ढे ने अपने सिगरेट का कश लेते हुए अपनी भारी आवाज़ में गुर्राकर कहा, मगर ओकुनेव तो आस्तीन पकड़कर उन्हें खींचे लिये जा ही रहा था।

...ओकुनेव ने चेयरमैन की घंटी इतने ज़ोर से बजाई कि मीटिंग में आए हुए सबसे बातूनी लोग भी चुप हो गए।

तोकारेव के पीछे, सदाबहार लताओं के फ्रेम में से 'कम्युनिस्ट घोषणा-पत्र' की रचना करनेवाली महान प्रतिभा मार्क्स का शेर बबर जैसा सिर सभा को देख रहा था। ओकुनेव मीटिंग की कार्यवाही शुरू कर रहा था। और इस बीच तोकारेव की आँखें बराबर कोर्चागिन पर लगी हुई थीं जो बग़ल में खड़ा हुआ अपने बुलाए जाने का इन्तज़ार कर रहा था।

"साथियो! इसके पहले कि हम एजेंडे पर के संगठनात्मक सवालों पर बहस करें, यहाँ पर एक साथी ने बोलने की इजाज़त माँगी है। मेरा और तोकारेव का प्रस्ताव है कि उस साथी को बोलने का मौक़ा दिया जाए।"

हॉल में से श्रोताओं की सहमति का स्वर उठा और तब ओकुनेव ने कहा :

"मैं पावका कोर्चागिन को तक़रीर करने के लिए बुलाता हूँ।"

हॉल के सौ लोगों में से कम-से-कम अस्सी लोग कोर्चागिन को जानते थे और जब उसकी वह परिचित आकृति फुटलाइट के सामने आकर खड़ी हुई और उस लम्बे पीले नौजवान ने बोलना शुरू किया, तो श्रोताओं ने बेइन्तहा ख़ुशी से आवाज़ें करना और ज़ोर-ज़ोर से तालियाँ बजाना शुरू किया।

"प्यारे साथियो!"

कोर्चागिन की आवाज़ सधी हुई थी, मगर वह अपने भावावेश को छिपा नहीं पा रहा था।

"अच्छा तो दोस्तो, मैं तुम लोगों की क़तार में अपनी जगह लेने के लिए फिर लौट आया हूँ। मुझे बड़ी ख़ुशी है कि मैं एक बार फिर तुम्हारे बीच आ सका। मैं यहाँ अपने बहुत से दोस्तों को देख रहा हूँ। मेरा ख़याल है कि सोलोमेंका की कोमसोमोल में अब पहले से तीस फ़ीसदी ज़्यादा लोग हैं। अब वर्कशॉपों और यार्डों में सिगरेट लाइटर बनना बन्द हो गया है और रेलवे के क़ब्रिस्तान में से मशीनों की बड़ी-बड़ी लाशें मरम्मत के लिए आने लगी हैं। इसका मतलब है कि हमारे देश की नई ज़िन्दगी शुरू हो रही है और वह अपनी सारी ताक़त को इकट्ठा कर रहा है। यह सचमुच एक ऐसी चीज़ है जिसके लिए जीने में भी मज़ा है! ऐसे वक़्त भला मैं कैसे मर सकता था!" ख़ुशी की मुस्कराहट से कोर्चागिन की आँखें चमकने लगीं।

लोगों की तालियों और प्यार के बोलों के तूफ़ान के बीच पावेल मंच से उतरा और आना व तालिया के पास चला गया। अपनी तरफ़ बढ़े हुए हाथों से उसने हाथ मिलाया और फिर तमाम दोस्तों ने सरककर अपने बीच उसके लिए जगह बना ली। तालिया ने अपना हाथ उसके हाथ पर रख दिया और कसकर दबाया। आना की आँखें अब भी हैरत से फैली हुई थीं, उसकी बरौनियाँ धीमे-धीमे फड़क रही थीं और जिन आँखों से वह पावेल को देख रही थी, उनमें हार्दिक स्वागत का भाव था।

तेज़ी से दिन बीतते जा रहे थे। मगर उनके बीतने में कोई एकरसता न थी क्योंकि हर दिन अपने साथ कोई नई चीज़ लाता था और सवेरे अपने दिन के काम की योजना बनाते वक़्त पावेल कुछ क्षोभ से इस बात को लक्ष्य करता था कि सचमुच दिन बहुत छोटा होता है और बहुत कुछ जो करने का उसने इरादा किया था, उसे वह नहीं कर सका।

पावेल ओकुनेव के साथ रहने चला गया था। वह रेलवे के कारख़ाने में असिस्टेंट इलेक्ट्रिक फ़िटर का काम कर रहा था।

पावेल कोमसोमोल के नेतृत्व से कुछ दिन के लिए हटना चाहता था और इस सवाल को लेकर ओकुनेव से उसकी बड़ी बहस हुई और उस लम्बी बहस के बाद ही ओकुनेव इस चीज़ के लिए राज़ी हुआ।

ओकुनेव ने आपत्ति की थी, "हमारे पास यों भी बहुत कम आदमी हैं और तुम वर्कशॉप में जाकर पड़े रहने की बात करते हो। मुझे यह न बतलाओ कि तुम बीमार हो। टाइफस के बाद मैं ख़ुद एक महीने तक छड़ी लेकर लँगड़ाता घूमा था। पावका, तुम मुझे बेवक़ूफ़ नहीं बना सकते, मैं तुम्हें अच्छी तरह जानता हूँ, ज़रूर इसमें कोई बात है। बताओ क्या बात है, झट बोल दो," ओकुनेव ने आग्रह करते हुए कहा।

"तुम ठीक कहते हो कोलिया, है, और भी कोई बात। मैं पढ़ना चाहता हूँ।"

ओकुनेव आवेश में आकर चिल्लाया, "मैंने कहा था न! मैं समझ गया था कि ज़रूर कोई बात है! तुम क्या यह सोचते हो कि मेरे दिल में पढ़ने की ख़्वाहिश नहीं है। मगर यह सरासर तुम्हारा स्वार्थीपन होगा। तुम चाहते हो कि हम लोग तो पहिए को अपना कन्धा लगाएँ और तुम बैठकर पढ़ो! न भाई यह नहीं होगा, कल से तुम्हें संगठनकर्ता का काम शुरू करना होगा।"

मगर ख़ैर एक लम्बी बहस के बाद ओकुनेव मान गया।

"ठीक है, मैं दो महीने तुमसे कुछ नहीं बोलूँगा। मगर मेरी भलमनसाहत, मेरी उदारता की दाद तुम्हें देनी होगी। मगर मेरा ख़याल है कि स्वेतायेव से तुम्हारी नहीं बनेगी, वह ज़रा ज़्यादा घमंडी है।"

पावेल के वर्कशॉप में आ जाने से स्वेतायेव चौकन्ना हो गया था। उसे इस बात का पूरा यक़ीन था कि कोर्चागिन के आते ही नेतृत्व के लिए संघर्ष शुरू हो जाएगा। उसके अहंकार को चोट लगी और उसने डटकर पावेल का मुक़ाबला करने का फ़ैसला किया। मगर जल्दी ही उसने यह बात देख ली कि पावेल के बारे में ऐसा सोचना उसकी ग़लती थी। जब कोर्चागिन को मालूम हुआ कि उसको कोमसोमोल ब्यूरो का सदस्य बनाने की योजना है, तो वह सीधे कोमसोमोल के मंत्री के दफ़्तर में गया और उसको इस बात के लिए राज़ी कर लिया कि इस सवाल को एजेंडे पर से हटा दे। ओकुनेव से उसकी जो बात हुई थी, उसी को उसने कारण के रूप में पेश किया। वर्कशॉप के कोमसोमोल की सेल में पावेल राजनीतिक अध्ययन का एक क्लास लेता था। मगर ब्यूरो में काम करने की उसने कोई ख़्वाहिश नहीं दिखलाई। सरकारी काम के बाक़ायदा नेतृत्व में चाहे उसका हिस्सा रहा हो या न रहा हो, लेकिन पावेल का असर सभी कामों में दिखाई दे रहा था। कई मौक़ों पर उसने अपने दोस्ताना, साथियों जैसे, सीधे-सरल ढंग से स्वेतायेव को मुसीबतों में से निकाला भी था।

एक रोज़ कारख़ाने में आकर स्वेतायेव को यह देखकर बहुत हैरत हुई कि कोमसोमोल सेल के तमाम मेम्बर और कोई तीन दर्जन ग़ैर-पार्टी लड़के खिड़कियों

को धोने में लगे हैं और मशीनों पर बरसों से जमी गन्दगी को साफ़ कर रहे हैं और गाड़ी भर-भर के कूड़ा-करकट बाहर यार्ड में फेंक रहे हैं। पावेल के हाथ में एक बड़ा-सा कूँचा था और उससे वह बेतहाशा सीमेंट के फ़र्श की सफ़ाई किये जा रहा था जिस पर तमाम मशीन के तेल और ग्रीस के धब्बे थे।

स्वेतायेव ने पावेल से पूछा, "कहो, यह कैसी सफ़ाई हो रही है? यह कौन सा मौक़ा है?"

कोर्चागिन ने संक्षेप में जवाब दिया, "हम इस तमाम गन्दगी से हैरान आ गए हैं। बीस बरस से इस जगह की सफ़ाई नहीं हुई, अब हम लोग हफ़्ते-भर में इसे चमकाकर एकदम नया कर देंगे।

स्वेतायेव ने अपने कन्धे उचकाए और चला गया।

अपने वर्कशॉप की सफ़ाई से इलेक्ट्रीशियनों का जी नहीं भरा तो उन्होंने कारख़ाने के हाते की भी सफ़ाई में हाथ लगाया। बरसों से उस लम्बे-चौड़े हाते का इस्तेमाल कूड़े के ढेर की शक़्ल में हो रहा था जहाँ पर तमाम इस्तेमाल से ख़ारिज सामान फेंक दिया जाया करता था। गाड़ी के सैकड़ों पहिए और ऐक्सेल, जंग लगे लोहे के पहाड़, रेल की पटरियाँ, ऐक्सेल बॉक्स—हज़ारों टन लोहा वहाँ खुले आसमान के नीचे पड़ा जंग खा रहा था। मगर कारख़ाने के व्यवस्थापकों ने इन नौजवानों के काम को रोक दिया।

उन्होंने कहा, "हमारे सामने ज़्यादा अहम मसले हैं। हाते की सफ़ाई अभी कुछ दिन तक रुक सकती है।"

लिहाज़ा इलेक्ट्रीशियनों ने वर्कशॉप के दरवाज़े के सामने की थोड़ी-सी जगह को पक्का कर दिया, दरवाज़े के बाहर तार का एक पाँव-पोश रख दिया और फ़िलहाल बात इतने पर ही छोड़ दी। मगर वर्कशॉप के अन्दर काम के घंटों के बाद सफ़ाई का काम बदस्तूर चलता रहा। जब एक हफ़्ते बाद चीफ़ इंजीनियर स्त्रिज आया तो उसने वर्कशॉप को ख़ूब रोशन पाया। लोहे के डंडे लगी बड़ी-बड़ी खिड़कियों से अब ख़ूब रोशनी आ रही थी क्योंकि उन पर से धूल और तेल की मोटी-मोटी परतें अलग कर दी गई थीं। खिड़की से आती हुई रोशनी डीजल इंजनों के पॉलिश किये हुए ताँबे के हिस्सों पर चमक रही थी। मशीनों के भारी-भारी पुरजों पर हरे रोगन की पुताई चमक रही थी और किसी ने पहियों की तीलियों पर रोगन से पीले-पीले तीर भी बना दिये थे।

"अच्छा-अच्छा..." स्त्रिज ने आश्चर्य से बुदबुदाकर कहा।

वर्कशॉप के दूर के एक कोने में कुछ लोग अपना काम पूरा कर रहे थे। स्त्रिज उनके पास गया। रास्ते में उसे रंग का टिन ले जाता कोर्चागिन मिला।

इंजीनियर ने उसको रोककर कहा, "ज़रा एक मिनट रुकना दोस्त! तुमने यहाँ जो कुछ किया है, मैं उससे पूरी तरह सहमत हूँ। मगर तुम्हें यह रंग कहाँ से मिला?

मैंने तो इस बात का कड़ा हुक्म दे रखा है कि मेरी इजाज़त के बिना रंग इस्तेमाल न किया जाए? ऐसे कामों के लिए हम रंग बरबाद नहीं कर सकते। हमारे पास जितना कुछ है, उसकी ज़रूरत हमें अपने इंजनों के लिए है।"

"यह रंग हमने फेंके हुए डिब्बों में से खुरच-खुरचकर निकाला है। इसमें हमारे दो दिन लगे। मगर हमने क़रीब पच्चीस पौंड रंग निकाल लिया। कामरेड इंजीनियर, हम लोग किसी भी नियम को तोड़ नहीं रहे हैं।"

इंजीनियर ने अब भी ग़ुस्से का इज़हार किया, मगर बात बदल गई थी। उसके चेहरे से ज़ाहिर था कि कहने को उसके पास कुछ ख़ास है नहीं।

"अच्छा, तो करो जो कर रहे हो। ठीक है। मगर यह वाक़ई बड़ी दिलचस्प बात है। इसका तुम्हारे पास क्या जवाब है...क्या नाम...इस बात का कि वर्कशॉप में सब लोग अपनी मरज़ी से सफ़ाई में दिलोजान से लगे हुए हैं? मैं समझता हूँ यह सब काम के घंटों के बाद ही हुआ होगा?"

कोर्चागिन ने इंजीनियर की आवाज़ में सच्ची हैरानी को लक्ष्य किया।

उसने कहा, "इसमें शक क्या है, काम के घंटों के बाद ही सब काम हुआ है। आपने क्या समझा था?"

"हाँ मगर..."

"कामरेड स्त्रिज, इसमें अचम्भे की ऐसी कोई बात नहीं है। आपसे यह किसने कहा कि बोल्शेविक गन्दगी को हाथ नहीं लगाएँगे और जैसा का तैसा पड़ा रहने देंगे? ज़रा रुकिए कुछ दिन और, जब तक कि हमारा यह मामला ठीक से चल नहीं निकलता, फिर आपको और भी बहुत-सी अचम्भे की चीज़ें देखने को मिलेंगी।"

और फिर इंजीनियर से अपने-आप को बचाते हुए, ताकि रंग उछलकर उसके ऊपर न जा पड़े, कोर्चागिन आगे बढ़ गया।

पावेल हर शाम को पब्लिक लाइब्रेरी जाता था और बड़ी रात तक वहीं रहता था। तीनों लाइब्रेरियनों से उसकी दोस्ती ही गई थी और समझाने-बुझाने की अपनी तमाम क़ाबिलीयत का इस्तेमाल करके उसने आज़ादी के साथ किताबों को लेने और पढ़ने का हक़ पा लिया था। वह ऊँचे-ऊँचे टाँड़ों में सीढ़ी लगाकर वहाँ पर घंटों अपने पढ़ने की सामग्री की तलाश में एक के बाद दूसरी किताब के पन्ने पलटता रहता था। ज़्यादातर किताबें पुरानी थीं। आधुनिक साहित्य सिर्फ़ एक छोटी-सी अलमारी में था। कुछ थोड़े से गृह-युद्ध के पैम्फलेट, मार्क्स का 'कैपिटल', जैक लंडन का 'आयरन हील' और ऐसी ही कुछ और। पुरानी किताबों को टटोलते हुए उसे 'स्पार्टाकस' नाम की किताब मिली। उसने दो रात में उसको पढ़ डाला और पढ़कर मैक्सिम गोर्की की किताबों की बग़ल में रख दिया। कुछ दिनों तक यही सिलसिला चलता रहा—धीरे-धीरे ऐसी अच्छी किताबों के चुनाव करने का सिलसिला जिनमें कोई आधुनिक क्रान्तिकारी सन्देश हो।

लाइब्रेरियनों ने कोई आपत्ति नहीं की : उनके लिए सब कुछ बराबर था।

रेलवे वर्कशॉप में कोमसोमोल की ज़िन्दगी शान्त ढंग से चली जा रही थी कि अचानक एक ऐसी घटना हुई जिसे पहले लोगों ने महत्त्वहीन समझा। मरम्मत का काम करने वाले काहिल, चेचकरू, चपटी नाक के कोस्त्या फिदिन ने, जो सेल की ब्यूरो का मेम्बर था, एक बहुत क़ीमती विदेशी ड्रिल तोड़ दी थी, लोहे के टुकड़े पर चलाकर। यह दुर्घटना सरासर लापरवाही का नतीजा थी। इतना ही नहीं, कभी-कभी तो यह भी लगता था कि जैसे फिदिन ने जान-बूझकर बदमाशी की हो।

सवेरे के वक़्त यह घटना हुई थी। मरम्मत के बड़े फ़ोरमैन खोदोरोव ने लोहे की एक पट्टी में कई सूराख़ करने के लिए कोस्त्या से कहा था। कोस्त्या ने पहले तो इनकार किया, मगर जब फ़ोरमैन ने बहुत इसरार किया तो उसने लोहा उठा लिया और उसमें सूराख़ करने लगा। खोदोरोव ने देखा कि कोस्त्या अपनी ड्रिल में तेल डाले बग़ैर उसको सूखा ही चला रहा है। उसने जल्दी से मशीन के पास जाकर कोस्त्या को रोका।

"तुम अन्धे हो क्या? इसी तरह ड्रिल इस्तेमाल करनी चाहिए?" उसने कोस्त्या को डाँटते हुए कहा, क्योंकि उसे मालूम था कि इस तरह ड्रिल ज़्यादा दिन नहीं चलेगी।

कोस्त्या ने पलटकर उसको जवाब दिया और फिर से लेथ को चालू कर दिया। डिपार्टमेंट के प्रधान से शिकायत करने के लिए खोदोरोव उसके पास गया। इसी बीच कोस्त्या, मशीन को चलता हुआ छोड़कर, जल्दी से तेल की कुप्पी लाने के लिए भागा ताकि प्रधान के आते-आते सब कुछ एकदम ठीक हो जाए। तेल लेकर लौटने लौटने तक में ड्रिल टूट चुकी थी। प्रधान ने फिदिन की रिपोर्ट की और माँग की कि उसको बर्ख़ास्त कर दिया जाए। मगर कोमसोमोल की सेल ब्यूरो ने यह कहकर फिदिन का साथ दिया कि खोदोरोव सभी सक्रिय कोमसोमोल सदस्यों से चिढ़ता है। मैनेजमेंट ने फिदिन के बर्ख़ास्त किये जाने पर ज़ोर दिया और मामला वर्कशॉपों की कोमसोमोल ब्यूरो के सामने रखा गया। लड़ाई शुरू हो गई।

ब्यूरो के पाँच में से तीन सदस्य इस राय के थे कि कोस्त्या को सरकारी तौर पर चेतावनी देकर दूसरे किसी काम पर लगा दिया जाए। स्वेतायेव उन तीन में से एक था। बाक़ी दो का ख़याल था कि फिदिन को कोई भी सज़ा न मिलनी चाहिए।

इस मामले की बहस के लिए ब्यूरो मीटिंग स्वेतायेव के दफ़्तर में बुलाई गई थी। एक बड़ी-सी मेज़ के इर्द-गिर्द, जिस पर लाल कपड़ा बिछा हुआ था, कई बेंच और स्टूल रखे थे, जिन्हें बढ़ई का काम करने वाले नौजवान कम्युनिस्टों ने

बनाया था। दीवार पर लीडरों की तसवीरें थीं और रेलवे वर्कशॉप का अपना झंडा मेज़ के पीछे एक पूरी दीवार पर फैला हुआ था।

स्वेतायेव अब पूरे वक़्त कोमसोमोल का काम करता था। पेशे से वह ख़रादघर का आदमी था मगर अपनी संगठनात्मक योग्यता के कारण वह कोमसोमोल के एक ऊँचे पद पर पहुँच गया था। अब वह कोमसोमोल की ज़िला कमिटी की ब्यूरो का मेम्बर था और साथ ही सूबा कमिटी का भी मेम्बर था। एक मशीन के कारख़ाने के ख़रादघर में उसने काम किया था और रेलवे के कारख़ाने के लिए नया था। शुरू से ही उसने प्रबन्ध की बाग़डोर मज़बूती से अपने हाथों में ले ली थी। स्वभाव से वह ज़रा ज़्यादा आत्मविश्वासी था और फ़ैसले बहुत जल्दी दे देता था। इस कारण, उसने शुरू से ही कोमसोमोल के दूसरे सदस्यों की स्वतंत्र काम करने की योग्यता को मार दिया था। वह सब काम अपने ही हाथों से करने पर ज़ोर देता था और जब नहीं कर पाता था तो अपने सहायकों को सुस्त और कामचोर कहकर उनकी लानत-मलामत करता था।

यहाँ तक कि दफ़्तर की सजावट भी उसकी निजी निगरानी में हुई थी।

मीटिंग की कार्यवाही वह कमरे में रखी हुई अकेली गद्देदार आरामकुरसी पर बैठा हुआ चला रहा था। यह कुरसी क्लब से उठाकर लाई गई थी। यह एक बन्द मीटिंग थी। पार्टी संगठनकर्ता खोमुतोव ने अभी-अभी बोलने की इजाज़त माँगी थी जबकि भीतर से दरवाज़े पर दस्तक पड़ी। इस आवाज़ से स्वेतायेव के माथे पर बल पड़ गए। दुबारा दस्तक पड़ी। कात्या जेलेनोवा उठी और उसने दरवाज़ा खोला। दहलीज़ पर कोर्चागिन खड़ा था। कात्या ने उसे अन्दर आने दिया।

पावेल एक ख़ाली सीट की तरफ़ बढ़ता जा रहा था कि स्वेतायेव ने उससे कहा :

"कोर्चागिन, यह ब्यूरो की बन्द मीटिंग है जिसमें सबको आने की इजाज़त नहीं है।"

पावेल के चेहरे पर ख़ून उतर आया और वह धीरे-धीरे घूमकर मेज़ के सामने खड़ा हो गया।

"मुझे मालूम है। फिदिन के मामले में आपकी क्या राय है, मुझे यह सुनने में दिलचस्पी है। मैं इस सिलसिले में कुछ कहना चाहता हूँ। क्यों, क्या मामला है? क्या आपको मेरे यहाँ रहने में आपत्ति है?"

"मुझे आपत्ति नहीं है, मगर तुमको जानना चाहिए कि बन्द मीटिंगें सिर्फ़ ब्यूरो मेम्बरों के लिए ही होती हैं। जितने ही ज़्यादा लोग हो जाते हैं, मसले पर ठीक से बहस करके किसी नतीजे पर पहुँचना उतना ही मुश्किल हो जाता है। मगर जब तुम आ ही गए हो, तो यहाँ बैठ सकते हो।"

कोर्चागिन को कभी ऐसी उपेक्षा नहीं मिली थी। उसके माथे पर एक और शिकन पड़ गई।

"यह सब शिष्टाचार किसलिए?" खोमुतोव ने अपनी नाराज़गी ज़ाहिर करते हुए कहा। मगर कोर्चागिन ने हाथ के इशारे से उसे चुप कर दिया और बैठ गया। खोमुतोव ने फिर अपना कहना शुरू किया, "हाँ तो जो बात मैं कहना चाह रहा था, वह यह है। यह सच है कि खोदोरोव पुराने विचारों का आदमी है, मगर अनुशासन के लिए हमें कुछ न कुछ करना ही होगा। अगर तमाम कोमसोमोल वाले इसी तरह ड्रिलें तोड़ते रहे तो हमारे पास काम करने के लिए ड्रिलें रहेंगी ही नहीं। और इससे भी बड़ी बात यह है कि इस तरह हम पार्टी के बाहर के मज़दूरों के सामने बुरा उदाहरण रखेंगे। मेरी राय में उस लड़के को सख़्त चेतावनी देनी चाहिए।"

स्वेतायेव ने उसको बात खतम करने का मौक़ा नहीं दिया और अपनी दलीलें देनी शुरू कर दीं। दस मिनट गुज़र गए। इस बीच कोर्चागिन ने भाँप लिया कि हवा का रुख किस तरफ़ है। आख़िरकार जब मामला वोट के लिए पेश किया गया, तो कोर्चागिन ने उठकर बोलने की इजाज़त माँगी। स्वेतायेव ने बहुत अनिच्छा से उसको बोलने की इजाज़त दी।

"साथियो, फिदिन के मामले में मैं आपको अपनी राय देना चाहता हूँ," पावेल ने बोलना शुरू किया। न चाहते हुए भी उसकी आवाज़ रूखी और कठोर सुनाई पड़ रही थी।

"फिदिन का मामला एक सिग्नल है और हमको यह देखना है कि सबसे अहम चीज़ कोस्त्या की, अकेले उसकी, हरकत नहीं है। मैंने कल कुछ तथ्य इकट्ठा किये हैं। पावेल ने अपनी जेब से एक नोटबुक निकाली। ये आँकड़े मुझे हाज़िरी का रजिस्टर रखनेवाले से मिले। अब ज़रा ग़ौर से सुनिए : हमारे कोमसोमोलों में तेईस फ़ीसदी लोग पाँच से लेकर पन्द्रह मिनट तक की देरी करके काम पर आते हैं। यह रोज़ का सिलसिला है। नियम-सा बन गया है। सत्रह फ़ीसदी लोग हर महीने एक या दो रोज़ बिलकुल काम पर आते ही नहीं। ग़ैर-पार्टी मज़दूरों में काम पर न आनेवाले चौदह फ़ीसदी हैं। साथियो, ये आँकड़े चाबुक़ की तरह हमारी पीठ पर पड़ते हैं। मैंने और भी कुछ आँकड़े जमा किये हैं। हमारे पार्टी मेम्बरों में चार फ़ीसदी लोग महीने में एक रोज़ काम पर नहीं आते और चार फ़ीसदी देर से आते हैं। ग़ैर-पार्टी मज़दूरों में ग्यारह फ़ीसदी लोग महीने में एक रोज़ नहीं आते हैं और तेरह फ़ीसदी लोग हर रोज़ देर से पहुँचते हैं। नब्बे फ़ीसदी टूट-फूट के लिए नौजवान मज़दूर ज़िम्मेदार होते हैं जिनमें सात फ़ीसदी बिलकुल नये लोग हैं। इन आँकड़ों से यह निष्कर्ष निकलता है कि हम कोमसोमोल के लोग पार्टी मेम्बरों और वयस्क मज़दूरों के मुक़ाबले में बहुत बुरा काम कर रहे हैं। मगर सब जगह यही हालत नहीं है। ख़रादघर के काम का रेकार्ड बहुत अच्छा है, बिजलीवाले भी कुछ ख़ास बुरे नहीं हैं, मगर बाक़ी लोग ज़्यादातर एक ही सतह पर हैं। मेरी राय में कामरेड खोमुतोव ने अनुशासन के बारे में जितना कहना चाहिए, उसका शतांश ही कहा है।

तात्कालिक समस्या यह है कि इन टेढ़े-मेढ़े मामलों को कैसे सीधा किया जाए? मैं आप लोगों को जोश दिलाने के लिए यहाँ पर कोई तक़रीर नहीं करना चाहता, मगर इतना ज़रूर कहूँगा कि इस लापरवाही और ढील-ढाल को हमें बन्द करना ही होगा। पुराने मज़दूर ईमानदारी से इस बात को मान रहे हैं कि वे अपने पूँजीपति मालिकों के लिए ज़्यादा अच्छा काम किया करते थे। मगर अब तो हम ख़ुद अपने मालिक हैं और बुरा काम करने के लिए कोई कारण नहीं है। बात सिर्फ़ एक कोस्त्या और दूसरे किसी मज़दूर की नहीं है जिसे दोष देकर हम छुट्टी पा लें। हम सभी लोगों की ग़लती है कि हम ठीक से इस बुराई से लड़ने के बदले किसी-न-किसी बहाने से कोस्त्या जैसे मज़दूरों की वकालत करते हैं।

"समोखिन और बुतिलियाक ने अभी-अभी यहाँ पर कहा है कि फिदिन अच्छा लड़का है, हमारे बेहतरीन लोगों में से है, आगे बढ़कर कोमसोमोल का काम करता है, वग़ैरह-वग़ैरह। क्या हुआ अगर उसके हाथ से एक ड्रिल टूट गई, किसी के भी हाथ से टूट सकती थी। ख़ास बात यह है कि कोस्त्या हममें से एक है और फ़ोरमैन नहीं है। मगर क्या कभी किसी ने खोदोरोव से बात करने की कोशिश की। इस बात को न भूलिए कि वह चाहे जितना बड़बड़ाए, उसके पीछे काम का तीस साल का तजुर्बा है! हम उसकी राजनीति की चर्चा नहीं करना चाहते। पर इस ख़ास मामले में उसी का पक्ष मज़बूत है, क्योंकि वह पार्टी के बाहर का होते हुए भी सरकारी जायदाद की फ़िक्र करता है और हम हैं कि क़ीमती-क़ीमती औज़ारों को तोड़ डाल रहे हैं। ऐसे सूरते हाल को आप क्या कहोगे? मैं समझता हूँ कि हमें अभी पहला वार करना चाहिए और इस मोर्चे पर हमला बोल देना चाहिए।

"मैं प्रस्ताव करता हूँ कि फिदिन को काम से जी चुराने और उत्पादन में अव्यवस्था फैलाने के अभियोग में कोमसोमोल से निकाल दिया जाए। दीवार के अख़बार में इस मामले पर बहस होनी चाहिए और बिना इस बात से डरे कि इसका क्या नतीजा होगा, सारे तथ्य सम्पादकीय में दे देने चाहिए। हम मज़बूत हैं, हमारे पास ऐसी शक्तियाँ हैं जिन पर हम भरोसा कर सकते हैं। कोमसोमोल के अधिकांश सदस्य अच्छे काम करनेवाले हैं। उनमें से साठ बोयार्का में रह चुके हैं और वह बड़ी कठिन परीक्षा थी। उनकी मदद और उनके सहयोग से हम तमाम कठिनाइयों को सुलझा लेंगे। ज़रूरत सिर्फ़ इस बात की है कि हम इस मसले पर अपने रवैये को बिलकुल बदल दें।"

कोर्चागिन आम तौर पर बहुत ख़ामोश और चुप रहनेवाला आदमी था, मगर इस वक़्त वह इतने जोश से बोल रहा था कि स्वेतायेव को अचम्भा हुआ। असली पावेल को वह आज पहली बार देख रहा था। उसने इस बात को समझा कि पावेल ठीक बात कह रहा है; मगर सावधानी बरतने के ख़याल से वह खुलेआम अपनी सहमति नहीं दिखलाना चाहता था। उसने कोर्चागिन के भाषण को इस रूप में लिया

कि जैसे वह पूरे संगठन की सामान्य दशा की बड़ी कठोर आलोचना हो, मानो वह स्वेतायेव की शक्ति को कम करने की कोशिश हो और इसलिए उसने अपने प्रतिद्वन्द्वी को कुचल देने का फ़ैसला किया। उसने अपना भाषण कोर्चागिन पर यह अभियोग लगाते हुए शुरू किया कि कोर्चागिन मेन्शेविक खोदोरोव का पक्ष ले रहा है।

यह तूफ़ानी बहस-मुबाहिसा तीन घंटे तक चला। बहुत रात गए आख़िरी बात पर लोग पहुँचे। तथ्यों के निर्मम तर्क से हारकर और यह देखकर कि बहुमत कोर्चागिन के साथ हो गया है, स्वेतायेव ने एक ग़लत क़दम उठाया। उसने जनवाद के नियमों का उल्लंघन करते हुए, वोट लेने के ठीक पहले, कोर्चागिन को कमरे से निकल जाने का आदेश दिया।

"बहुत अच्छा, मैं चला जाऊँगा मगर स्वेतायेव, तुम्हारा यह आचरण ठीक नहीं। मैं तुम्हें चेतावनी देता हूँ कि अगर तुम अपनी बात पर अड़े रहे तो कल मैं इस मामले को जनरल मीटिंग के सामने रखूँगा और मुझे इस बात का पक्का यक़ीन है कि वहाँ पर तुम बहुमत को अपने साथ न ले जा सकोगे। स्वेतायेव, तुम्हारी बात ठीक नहीं है। कामरेड खोमुतोव, मेरा ख़याल है कि यह आपका कर्तव्य है कि आप इस मामले को जनरल मीटिंग के पार्टी-ग्रुप के सामने उठाएँ।"

स्वेतायेव ने उद्दंडता से चीख़ते हुए कहा, "मुझे डराने की कोशिश मत करो। मैं ख़ुद पार्टी ग्रुप के सामने जा सकता हूँ और मैं तुम्हें बतला दूँ कि उनको तुम्हारे बारे में बतलाने के लिए भी मेरे पास कुछ बातें हैं। अगर तुम ख़ुद काम नहीं करना चाहते, तो कम-से-कम दूसरों के काम में अड़ंगा तो न लगाओ।"

पावेल बाहर निकल गया। बाहर निकलकर उसने कमरे का दरवाज़ा बन्द किया, अपने जलते हुए माथे पर हाथ फेरा और ख़ाली दफ़्तर में से होता हुआ बाहर के दरवाज़े की तरफ़ बढ़ा। सड़क पर पहुँचकर उसने एक गहरी साँस ली, एक सिगरेट जलाई और बातियेवा पहाड़ी के उस छोटे-से घर की तरफ़ चल दिया जहाँ तोकारेव रहता था।

उस बुड्ढे मेकैनिक को उसने खाना खाते पाया।

तोकारेव ने पावेल को खाने के लिए बुलाते हुए कहा, "आओ, कहो क्या ख़बर है? दार्या, इस लड़के के लिए एक रकाबी में खिचड़ी ले आओ।"

तोकारेव की बीवी दार्या फोमीनिचना अच्छी लम्बी-तगड़ी औरत थी जबकि उसका पति नाटा और दुबला-सा आदमी था। उसने एक रकाबी में ज्वार की खिचड़ी लाकर पावेल के सामने रख दी और अपने गीले होंठों को अपने सफ़ेद एप्रन के छोर से पोंछती हुई बड़े प्यार से बोली, "शुरू करो बेटा!"

उन दिनों जब बूढ़ा तोकारेव रेलवे के कारख़ाने में काम करता था, पावेल अक्सर उनके यहाँ जाया करता था और इस बूढ़े दम्पती के साथ उसने बहुत सी अपनी अच्छी शामें गुजारी थीं। मगर इस बार शहर में लौटने पर वह पहली मर्तबा तोकारेव के यहाँ गया था।

बुड्ढे मेकैनिक ने बड़े ध्यान से पावेल की कहानी सुनी। कहानी सुनते समय वह बराबर चम्मच से खाना खाता जा रहा था और बीच-बीच में बस थोड़ा-सा हाँ-हूँ कर लेता था। इससे ज़्यादा कोई टीका-टिप्पणी उसने नहीं की। अपनी खिचड़ी खतम करके उसने अपनी मूँछ रूमाल से पोंछी और खखारकर गला साफ़ किया।

उसने कहा, "तुम्हारी बात बिलकुल ठीक है, इसमें ज़रा भी सन्देह नहीं। इस सवाल को ठीक से उठाने का यही मौक़ा है, अब और देर करना अच्छा न होगा। कारख़ाने में हमारे इलाक़े-भर में दूसरी किसी भी जगह से ज़्यादा कम्युनिस्ट हैं और हमें अपनी बात की शुरुआत इसी जगह से करनी चाहिए। अच्छा, तो तुममें और स्वेतायेव में ठन गई? बहुत बुरी बात है। इसमें तो ख़ैर शक नहीं कि उसमें ज़रा से प्यादे से फ़रज़ीं बननेवाले का घमंड है। मगर उससे क्या, तुम तो पहले सबके साथ निभा लिया करते थे? अच्छा, यह तो बताओ कि कारख़ाने में तुम क्या काम करते हो?"

"मैं एक डिपार्टमेंट में काम कर रहा हूँ और आमतौर पर जहाँ भी कोई काम होता रहता है मैं उसमें ज़रूर रहता हूँ। अपने सेल में मैं एक राजनीतिक स्टडी सर्किल चलाता हूँ।"

"तुम ब्यूरो में नहीं हो?"

कोर्चागिन ने कुछ हिचकते हुए जवाब दिया :

"मैंने सोचा कि जब तक मेरी टाँगों में ठीक से ताक़त नहीं आ जाती, और इस ख़याल से भी कि मैं कुछ पढ़ना-लिखना चाहता था, मैं अभी कुछ दिन बाक़ायदा नेतृत्व में कोई हिस्सा न लूँगा।"

"अच्छा तो यह बात है!" तोकारेव ने बात बुरी लगने के अन्दाज़ में कहा। "भाईजान, अगर आपकी तन्दुरुस्ती की बात न होती, तो मैंने आज आपकी ख़बर ली होती। मगर यह तो कहो कि अब कैसे हो? पहले से कुछ ज़्यादा ताक़त महसूस करते हो?"

"हाँ।"

"अच्छा, अब तुम ज़रा जी लगाकर काम में जुट जाओ। इधर-उधर की बात करने से कोई फ़ायदा नहीं। और न इस तरह अलग-थलग बैठे रहना ही ठीक होगा। तुम अपनी ज़िम्मेदारी से मुँह चुराते हो और ख़ुद भी इस बात को जानते हो। बात और कुछ नहीं है। अब कल से ही तुम्हें चीज़ों को ठीक करने में लग जाना

होगा। ओकुनेव को मैं इसकी ख़बर दे दूँगा।" तोकारेव के स्वर से उसकी खीज साफ़ व्यक्त हो रही थी।

"न बाबा, आप उससे कुछ न कहिएगा," पावेल ने जल्दी से आपत्ति करते हुए कहा, "मैंने ख़ुद ही उससे कहा था कि मुझे कोई काम न दे।"

तोकारेव ने कुछ नाराज़गी से सीटी बजाई।

"अच्छा तो तुमने कहा और उसने तुम्हें छोड़ भी दिया? ख़ैर जो है ठीक है, तुम कोमसोमोलों के साथ हम कर ही क्या सकते हैं...अच्छा बेटा तुम ज़रा मुझे अख़बार पढ़कर सुनाओगे, जैसे पहले सुनाया करते थे? मेरी आँखें अब उतनी ठीक नहीं।"

कारख़ानों के पार्टी ब्यूरो ने कोमसोमोल के ब्यूरो के बहुमत के फ़ैसले की तसदीक़ की और पार्टी और कोमसोमोल के ग्रुप मज़दूरों के अनुशासन का उदाहरण रखने के महत्त्वपूर्ण और मुश्किल काम में लग गए। स्वेतायेव पर ब्यूरो में बहुत कसकर डाँट पड़ी। उसने पहले तो बहुत बढ़-बढ़कर बात की, मगर मंत्री लोपाखिन ने उसे बिलकुल पस्त कर दिया। आख़िरकार मजबूर होकर स्वेतायेव ने अंशतः अपनी ग़लती क़बूल की।

अगले रोज़ दीवार के अख़बारों में कई लेख थे जिनसे रेलवे कारख़ानों में अच्छी-ख़ासी सनसनी फैल गई। वे लेख ज़ोर-ज़ोर से पढ़े गए और उन पर गरमागरम बहसें हुईं और उसी शाम को नौजवानों की जो मीटिंग हुई उसमें हमेशा से कहीं ज़्यादा उपस्थिति रही और सारी बातचीत लेखों में उठाई गई समस्याओं के सम्बन्ध में ही हुई।

फिदिन को कोमसोमोल से निकाल दिया गया और ब्यूरो में एक नये मेम्बर को लिया गया और उसे राजनीतिक शिक्षा का भार दे दिया गया। यह नया मेम्बर था कोर्चागिन।

जिस वक़्त मीटिंग में नेज्दानोव, इस नई परिस्थिति में रेलवे के कारख़ानों के सामने आए हुए नये कामों की रूपरेखा बतला रहा था, उस समय हॉल में असाधारण शान्ति थी।

मीटिंग के बाद स्वेतायेव ने कोर्चागिन को बाहर अपना इन्तज़ार करते हुए पाया।

पावेल ने कहा, "चलो हम लोग साथ-साथ चलें। मुझे तुमसे कुछ कहना है।"

"किस चीज़ के बारे में?" स्वेतायेव ने अप्रिय ढंग से पूछा।

पावेल ने उसकी बाँह अपनी बाँह में ले ली और चार-छह गज़ आगे जाकर एक बेंच के पास रुक गया।

"आओ बैठें थोड़ी देर," कहते हुए वह बैठ गया।

स्वेतायेव की सिगरेट का जलता हुआ सिरा कभी ज़ोर से जल उठता था और कभी बुझने-सा लगता था।

"स्वेतायेव, मुझसे तुम्हें क्या शिकायत है?"

कुछ मिनट तक ख़ामोशी रही।

"ओह, तो यह बात है? मैंने सोचा था कि तुम मुझसे कुछ काम की बात करना चाहते होगे?" स्वेतायेव ने आश्चर्य दिखाते हुए कहा, मगर उसकी आवाज़ काँप रही थी।

पावेल ने मज़बूती से अपना हाथ स्वेतायेव के घुटने पर रख दिया।

"दिमका, ज़रा अपना यह नखरा छोड़कर सीधे से बात करो। तुम जिस तरह बातें कर रहे हो न, वैसे बड़े-बड़े कूटनीतिज्ञ किया करते हैं। तुम मुझको यह बतलाओ कि तुम्हें मुझसे इस क़दर चिढ़ क्यों है?"

स्वेतायेव को बेचैनी महसूस ही रही थी और वह बार-बार उसके पहलू बदलने से प्रकट हो रही थी।

"तुम काहे के बारे में बात कर रहे हो? मुझे तुमसे चिढ़ क्यों होने लगी? मैंने ख़ुद तुम्हें काम दिया था कि नहीं? तुमने वह काम करने से इनकार किया और अब तुम मुझ पर यह दोष लगाते हो कि मैं तुम्हें काम से बाहर रखने की कोशिश करता हूँ।"

मगर उसके शब्दों में वह आत्मविश्वास नहीं था जो दूसरों के अन्दर विश्वास जगाता है। पावेल का हाथ अब भी स्वेतायेव के घुटने पर टिका हुआ था और उसने मार्मिक स्वर में कहा :

"अगर तुम वह बात नहीं कहोगे, तो मैं कहूँगा। तुम सोचते हो कि मैं तुम्हारे काम करने के ढंग पर शिकंजा चढ़ाना चाहता हूँ। तुम्हारा ख़याल है कि मैं तुमसे तुम्हारा काम छीन लेना चाहता हूँ। अगर तुम ऐसा न सोचते तो उस कोस्त्या वाले मामले में हमारे बीच ऐसा झगड़ा न हुआ होता। इस तरह के आपसी सम्बन्ध हमारे काम को तबाह करके रख देंगे। अगर यह सिर्फ़ हम दोनों के बीच की बात होती तो कोई बात न थी, मुझे इसकी ख़ाक परवाह न होती कि तुम मेरे बारे में क्या सोचते हो। लेकिन कल से हम लोगों को साथ-साथ काम करना है। इस तरह भला कैसे काम चलेगा? अच्छा अब मेरी बात सुनो। हमारे बीच कोई दरार न होनी चाहिए। हम दोनों मेहनतकश हैं। अगर अपना लक्ष्य तुमको दुनिया में सबसे प्यारा हो तो लाओ अपना हाथ दो और चलो हम लोग कल से दोस्त की तरह काम करें। लेकिन इसके लिए ज़रूरी है कि तुम अपने दिमाग़ से सारा कूड़ा-करकट निकाल दो और किसी तरह की साज़िश में न पड़ो, वरना अगर काम में कोई ज़रा सी भी गड़बड़ी हुई तो हर बार हमारे बीच महाभारत होगा। लो ये लो, यह रहा मेरा हाथ, यह दोस्ती का हाथ है।"

स्वेतायेव की खुरदुरी उँगलियाँ उसकी हथेली पर आकर जमीं तो कोर्चागिन को गहरे सन्तोष की अनुभूति हुई।

एक हफ़्ता गुज़र गया। पार्टी की ज़िला कमिटी में काम का समय खतम होने आ रहा था। दफ़्तरों में शान्ति छा गई थी। मगर तोकारेव अब भी अपनी मेज़ पर बैठा काम कर रहा था। वह अपनी कुरसी पर बैठा एकदम ताज़ी रिपोर्टों को देख रहा था जबकि दरवाज़े पर एक दस्तक पड़ी।

"चले आओ!"

कोर्चागिन अन्दर आ गया और उसने सेक्रेटरी की मेज़ पर प्रश्नावलियों के दो भरे हुए फ़ॉर्म रख दिये।

"यह क्या है?"

"यह ग़ैर-ज़िम्मेदारी का ख़ात्मा है। और अगर आप मुझसे पूछें तो अब इस चीज़ को और टाला भी नहीं जा सकता। यों ही बहुत देर हो गई। अगर आप भी मेरी राय के हों और इस काम में मेरी सहायता कर सकें तो मैं आपका बड़ा कृतज्ञ होऊँगा।"

तोकारेव ने उड़ती हुई दृष्टि शीर्षक पर डाली, इस नौजवान को देखा और अपना क़लम उठा लिया। "रूसी कम्युनिस्ट पार्टी (बोल्शेविक) की उम्मीदवार मेम्बरी के लिए पावेल आन्द्रिएविच कोर्चागिन की सिफ़ारिश करनेवाले साथी की पार्टी ज़िन्दगी कब से शुरू हुई?" इस शीर्षक के नीचे उसने मज़बूत हाथ से '1903' लिखा और अपना हस्ताक्षर कर दिया।

"यह लो बेटा। मैं जानता हूँ कि तुम कभी मेरे सफ़ेद बालों को लज्जित नहीं होने दोगे।"

कमरा इतना गरम था कि दम घुट रहा था। सबके दिमाग़ में बस एक यही ख़याल सबसे ऊपर था कि कैसे जल्दी से जल्दी सोलोमेंका के बाँज के दरख़्तों की शीतल छाँह में पहुँच जाएँ।

"खतम करो पावका, अब मुझसे एक मिनट भी और यह चीज़ बरदाश्त न होगी," स्वेतायेव ने, जिसके शरीर से पसीने का परनाला जारी था, अनुनय के स्वर में कहा। कात्युशा और दूसरों ने उसका समर्थन किया।

पावेल कोर्चागिन ने किताब बन्द कर दी और स्टडी सर्किल खतम हुआ।

जब वे लोग उठे तो दीवार पर टँगे हुए पुरानी चाल के एरिक्सन टेलीफ़ोन

की घंटी घनघनाई। स्वेतायेव ने टेलीफ़ोन लिया, मगर कमरे में इतना शोर मच रहा था कि अपनी बात सुनाने के लिए उसे ज़ोर से टेलीफ़ोन में बोलना पड़ रहा था।

उसने रिसीवर रख दिया और कोर्चागिन की तरफ़ मुड़ा।

"पोलिश दूतावास के दो रेल के डिब्बे स्टेशन पर हैं। उनकी बत्ती बुझ गई है, तार में कोई गड़बड़ी है। एक घंटे में गाड़ी छूटेगी। थोड़े से औज़ार ले लो पावेल और लपककर उसे ठीक कर दो। यह बहुत ज़रूरी काम है।

पहले प्लेटफॉर्म पर सोनेवाले मुसाफ़िरों के दो डिब्बे खड़े थे। उनके शीशे और पॉलिश किये हुए पीतल के उनके हिस्से चमक रहे थे। सब लोगों के बैठने के डिब्बे में, जिसमें बड़ी-बड़ी खिड़कियाँ थीं, ख़ूब रोशनी थी। मगर उससे लगे हुए डिब्बे में अँधेरा था।

पावेल उस ख़ूबसूरत शानदार पुलमैन के पावदान तक गया और डिब्बे में दाख़िल होने के इरादे से उसमें लगे हुए लोहे के डंडे को पकड़ लिया।

स्टेशन की दीवार से जल्दी से अलग होती हुई एक आकृति ने पावेल के कन्धे पकड़ लिये।

"कहाँ जा रहे हो?"

यह आवाज़ पहचानी हुई थी। पावेल मुड़ा और उसने उस आदमी की जाकेट, चौड़े माथे की टोपी, उसकी पतली-सी टेढ़ी नाक और उसकी सतर्क, शंकालु आँखों को देखा।

यह आर्त्युखिन था। उसने पहले पावेल को नहीं पहचाना। लेकिन अब उसका हाथ पावेल के कन्धे से गिर पड़ा और उसके चेहरे का तनाव हल्का हो गया, मगर वह बदस्तूर अपनी प्रश्न करती हुई आँखों से औज़ारों की पेटी को देखता रहा।

"तुम कहाँ जा रहे थे?" उसने कुछ कम खिंचे-तने स्वर में पूछा।

पावेल ने संक्षेप में बतलाया। फिर डिब्बे के पीछे से एक और आकृति सामने आई।

"एक मिनट रुकिए, मैं उनके कंडक्टर को बुलाता हूँ।"

कोर्चागिन जब कंडक्टर के पीछे-पीछे उस सैलून गाड़ी में दाख़िल हुआ तो उसने कई लोगों को बाक़ायदा सफ़री कपड़े पहने हुए बैठे देखा। किसी के कपड़े में कोई नुक्स नहीं निकाला जा सकता था। एक औरत दमश्क के कपड़े के मेज़पोश से ढकी हुई एक मेज़ से लगी दरवाज़े की तरफ़ पीठ किये बैठी थी। जिस वक़्त पावेल अन्दर दाख़िल हुआ, वह अपने सामने खड़े हुए एक लम्बे अफ़सर से बात कर रही थी। इलेक्ट्रीशियन के आते ही उन्होंने अपनी बातचीत बन्द कर दी।

कोर्चागिन ने फुर्ती से उन तारों की जाँच की जो आख़िरी बत्ती से गलियारे तक दौड़ रहे थे। मगर उसे बिलकुल ठीक पाकर वह गड़बड़ी की तलाश में उस डिब्बे से निकलकर दूसरे डिब्बे में चला गया। वह मोटा-तगड़ा साँड़ की-सी गर्दन वाला

कंडक्टर पावेल के पीछे-पीछे चल रहा था। उसकी वरदी पीतल के बड़े-बड़े बटनों से चमक रही थी, जिन पर पोलैंड का राजचिह्न ईगल बना हुआ था।

"चलिए हम लोग अगला डिब्बा देखें, यहाँ तो सब ठीक है। बैटरी काम कर रही है। गड़बड़ वहाँ पर होगी।"

कंडक्टर ने दरवाज़े के अन्दर चाबी घुमाई और वे दोनों अँधेरे गलियारे में पहुँच गए। तारों के ऊपर अपनी टॉर्च की रोशनी फेंकते हुए पावेल को जल्दी ही वह जगह मिल गई जहाँ शार्ट-सर्किट हो रहा था। कुछ ही मिनट बाद गलियारे में बत्ती जल गई और गलियारा रोशनी से भर उठा।

कोर्चागिन ने अपने गाइड से कहा, "कम्पार्टमेंट के बल्ब बदलने होंगे। वे जल गए हैं।"

"उस हालत में हमें उस महिला को बुलाना होगा, उसी के पास चाबी है।" कंडक्टर इलेक्ट्रीशियन को डिब्बे में अकेला नहीं छोड़ना चाहता था, इसलिए उसने पावेल को अपने पीछे-पीछे आने के लिए कहा।

पहले वह महिला कम्पार्टमेंट में दाख़िल हुई और फिर उसके पीछे-पीछे कोर्चागिन आया। कंडक्टर रास्ता रोके हुए दरवाज़े में खड़ा रहा। पावेल ने चमड़े के दो बहुत ठाठदार सफ़री झोले, सीट पर लापरवाही से फेंका हुआ एक रेशमी चोग़ा, इत्र की एक बोतल और खिड़की के पास मेज़ पर एक छोटा-सा फैशनेबल स्त्रियों वाला वैनिटी केस देखा। वह स्त्री कोच के एक सिरे पर बैठी हुई थी और अपने सुनहरे बालों में हाथ फेरती हुई बिजलीवाले को काम करते हुए ग़ौर से देख रही थी।

कंडक्टर ने कुछ मुश्किल से अपनी साँड़ जैसी गर्दन को झुकाते हुए बड़े स्वामिभक्त नौकर के ढंग से कहा, "श्रीमती जी, मुझे ज़रा देर के लिए जाने की इजाज़त देंगी? मेजर साहब ने थोड़ी-सी ठंडी बियर मँगाई है।"

"तुम जा सकते हो," उस औरत ने बनावटी रोबदाब से जवाब दिया।

यह बात पोलिश ज़बान में हुई थी।

गलियारे से आती हुई रोशनी उस औरत के कन्धे पर पड़ रही थी। कोर्चागिन उसके एक कन्धे और बाँह को देख पा रहा था और वे हाथीदाँत के बने हुए से जान पड़ते थे। चेहरा छाया में था। तेज़ी से पेचकश को चलाते हुए पावेल ने छत में के तार बदल दिये और पल-भर बाद कम्पार्टमेंट में बत्तियाँ जल उठीं। अब सिर्फ़ उस सोफ़े के ऊपर का बल्ब देखना था जिस पर वह बैठी हुई थी।

"मुझे उस बल्ब को देखना है," कोर्चागिन ने उस औरत के सामने जाकर रुकते हुए कहा।

औरत ने रूसी ज़बान में कहा, "अरे हाँ, मैं तुम्हारे रास्ते में आ रही हूँ।" वह उठी और हल्के क़दमों से जाकर पावेल के बग़ल में खड़ी हो गई। अब पावेल उसको पूरी तरह देख सका। उसकी वह कमानीदार भवें और सम्पुटित, उपेक्षापूर्ण

होंठ उसके पहचाने हुए थे। इसमें कोई सन्देह ही न हो सकता था : यह वही वकील की लड़की नेली लेशचिन्स्की थी। पावेल के चेहरे पर अचम्भे का जो भाव था, उस स्त्री ने भी उसको लक्ष्य किया। मगर गोकि पावेल उसको पहचान रहा था, तो भी वह ख़ुद इन पिछले चार बरसों में इतना बदल गया था कि नेली लेशचिन्स्की यह नहीं समझ सकी कि यह बिजलीवाला उसी का फ़सादी पड़ोसी है।

पावेल आश्चर्य से उसको घूर रहा था। यह चीज़ लेशचिन्स्की को बुरी मालूम हुई और उसके माथे पर बल पड़ गए। वह कम्पार्टमेंट के दरवाज़े के पास चली गई और वहाँ खड़ी बेचैनी से अपने पेटेंट जूते की एड़ी ज़मीन पर धीमे-धीमे पटकने लगी। पावेल ने दूसरे बल्ब की जाँच शुरू की। उसने पेच को खोला, बल्ब को रोशनी के सामने उठाकर देखा और न जाने कैसे अचानक उससे पोलिश में पूछ बैठा :

"क्या विक्टर भी यहीं है?"

बोलते समय पावेल पीछे नहीं मुड़ा था। उसने नेली के चेहरे को नहीं देखा। मगर उसके सवाल के बाद जो लम्बी ख़ामोशी आई, उससे यह बात ज़ाहिर थी कि वह स्त्री घबराहट में पड़ गई थी।

"क्यों, तुम उसे जानते हो क्या?"

"हाँ, और बहुत अच्छी तरह। लगता है आप भूल गईं। हम लोग पड़ोसी थे।" पावेल उसको देखने के लिए पीछे मुड़ा।

"तुम...तुम पावेल हो, मेरी..." नेली बात कहते-कहते मारे घबराहट के रुक गई।

"...रसोईदारिन का बेटा," कोर्चागिन ने उसकी बात पूरी की।

"मगर देखने में तो तुम कैसे बड़े-से हो गए! उस वक़्त तो तुम बस छोकरे थे, हाँ, लड़ने-भिड़ने में तुम ज़रूर तेज़ थे।"

नेली ने उसे सिर से पैर तक बहुत ध्यान से देखा।

"तुम विक्टर के बारे में क्यों पूछते हो? जहाँ तक मुझे याद है, तुम और वह आपस में कुछ बड़े दोस्त तो थे नहीं," उसने अपनी सुरीली आवाज़ में कहा। वह बड़ी उकताहट महसूस कर रही थी और इस अचानक मुलाक़ात से उसे कुछ राहत-सी मिली।

पेच तेज़ी से दीवार के अन्दर घुस गया।

"मेरा एक क़र्ज़ है जिसे विक्टर ने अभी तक नहीं चुकाया। उससे मिलो तो कह देना कि उसे चुकता कराने की उम्मीद मैंने अभी नहीं छोड़ी है।"

"मुझे बता दो कि उसको तुम्हारा कितना देना है और मैं उसकी तरफ़ से दे दूँगी।"

उसको अच्छी तरह मालूम था कि कोर्चागिन किस क़र्ज़ की बात कर रहा है। उसे मालूम था कि विक्टर ने ही पावेल को पेतल्युरा के सिपाहियों के हाथ में दिया था। मगर इस 'आवारे' का मज़ाक़ बनाने के ख़याल से उसने जान-बूझकर यह अपमानजनक रवैया अख़्तियार किया था।

“बताओ, क्या यह बात सच है कि हमारा मकान लूटा गया है और अब टूट-फूट रहा है? निश्चय ही वह ग्रीष्म-कुंज और वे तमाम झाड़ियाँ उखाड़ डाली गई होंगी,” नेली ने उत्सुकता के साथ पूछा।

“वह मकान अब तुम्हारा नहीं हमारा है और अपनी ही जायदाद को अब हम तबाह और बरबाद नहीं करेंगे।”

नेली मज़ाक़ उड़ाने के ढंग पर धीरे-से हँसी।

“ओह, देखती हूँ कि तुम अब अच्छी तरह दीक्षित हो गए हो! मगर इस बात को न भूलना कि यह गाड़ी पोलिश मिशन की है और यहाँ पर मैं स्वामी हूँ और तुम नौकर, जैसे कि तुम हमेशा थे। तुम इसलिए काम कर रहे हो कि यहाँ रोशनी आ जाए ताकि मैं इस सोफ़े पर आराम से लेटकर पढ़ सकूँ, समझे! तुम्हारी माँ हमारे कपड़े धोती थी और तुम उसे पानी लाकर दिया करते थे। हम फिर बहुत कुछ उन्हीं परिस्थितियों में एक-दूसरे से मिल रहे हैं।”

उसकी आवाज़ में विजय की द्वेषपूर्ण गूँज थी। अपने चाकू से तार को छीलते हुए पावेल ने उस पोलिश औरत को ऐसी निगाहों से देखा जिनमें घृणा साफ़-साफ़ झलक रही थी।

“अगर तुम्हारे लिए काम करने की बात होती, तो मैं यहाँ एक जंग लगी कील भी न ठोंकता। लेकिन चूँकि पूँजीपतियों ने कूटनीतिज्ञों का आविष्कार किया है, इसलिए हमको भी वही खेल खेलना पड़ता है। हम उनकी गर्दन नहीं उड़ाते, इतना ही नहीं उनके साथ शिष्टाचार का व्यवहार करते हैं, मगर तुममें तो इसका भी शऊर नहीं।”

नेली के गाल लाल हो गए।

“मान लो तुम वारसा फ़तह कर लो तो मेरे साथ क्या सलूक करोगे? मैं समझती हूँ कि तुम मेरा कीमा बना दोगे, या शायद मुझको रख लो?”

वह दरवाज़े में बड़ी अदा के साथ खड़ी थी, उसके नथुने, जो कोकीन से अब अपरिचित नहीं थे, फड़क रहे थे। सोफ़े के ऊपर की बत्ती जल गई थी। पावेल उठकर सीधा खड़ा हो गया।

“तुमको? तुम्हें मारकर कौन अपना हाथ ख़ामख़ा ख़राब करेगा! तुम तो यों ही, हमारे हाथ लगाए बिना ही कोकीन की ज़्यादती से टें हो जाओगी। और जहाँ तक तुमको रखने की बात है, मैं सड़क पर की किसी वेश्या को ज़्यादा पसन्द करूँगा।”

उसने अपना औज़ारों का डिब्बा उठाया और दरवाज़े की तरफ़ बढ़ा। नेली उसको रास्ता देने के लिए एक ओर हट गई। वह गलियारे में आधे रास्ते गया होगा कि उसने अपने पीछे नेली के मुँह से निकली हुई यह गाली सुनी :

“बदमाश बोल्शेविक!”

उसके अगले रोज़ शाम को जब पावेल लाइब्रेरी की ओर जा रहा था तो रास्ते में उसे कात्युशा जेलेनोवा मिली। उसने अपने छोटे-छोटे हाथों से उसकी आस्तीन पकड़ ली और हँसते हुए उसका रास्ता रोककर खड़ी हो गई।

"कहाँ तेज़ी से भागे जा रहे हो, राजनीति और ज्ञान के पंडित?"

पावेल ने उसी दिल्लगी के स्वर में जवाब दिया, "लाइब्रेरी जा रहा हूँ चाची, मुझे जाने दो!" उसने हल्के से कात्युशा के कन्धों को पकड़ा और उसे एक ओर को हटा दिया। कात्युशा ने उसके हाथों से अपने को छुड़ा लिया और उसके साथ-साथ चलने लगी।

"मेरी बात सुनो पावलुशा! यह भी कैसी बात है कि तुम हर वक़्त पढ़ते ही रहते हो, ज़रा सोचो तो यह भी कहीं होता है। सुनो मैं एक बात कहती हूँ—चलो हम लोग आज रात एक पार्टी में चलें। जीना ग्लेडिश के यहाँ सब लोग मिल रहे हैं। लड़कियाँ मुझसे बराबर कहा करती हैं कि मैं तुम्हें ले आऊँ, मगर आजकल तुम्हें पढ़ने के अलावा कोई बात नहीं सूझती। क्या तुम्हें किसी मनोरंजन की ज़रूरत कभी नहीं पड़ती? ऐसे मौक़ों पर एकाध बार पढ़ाई छोड़ देना तुम्हारे लिए भी अच्छा ही रहेगा," कात्युशा ने आग्रह करते हुए कहा।

"कैसी पार्टी है यह? हम लोग क्या करेंगे वहाँ?"

"हम लोग क्या करेंगे!" कात्युशा ने मुस्कराकर उसका मज़ाक़ बनाने की कोशिश करते हुए कहा, "अरे करेंगे क्या, भगवान की प्रार्थना तो करेंगे नहीं, नाचेंगे, मौज-मज़ा लेंगे और क्या। तुम अकार्डियन बजाते हो न? मैंने कभी तुमको बजाते नहीं सुना, एक बार भी नहीं! आज ज़रूर चलो और चलकर बजाओ, चलोगे न? मेरी ख़ातिर? जीना के चचा के पास अकार्डियन तो है, मगर बजाना-वजाना उसे ख़ाक नहीं आता। लड़कियों को तुममें बड़ी दिलचस्पी है, मगर तुम्हें अपनी किताबों से ही फ़ुरसत नहीं, अजब किताबी कीड़े हो। यह किसने कहा कि कोमसोमोल को दिल बहलाव के लिए कुछ न करना चाहिए? चलो-चलो, तुम्हें तो मनाते-मनाते मेरी जान पर बन आई। नहीं चलोगे तो हमारा झगड़ा हो जाएगा और फिर मैं तुमसे महीने-भर तक नहीं बोलूँगी।"

कात्या मकानों के रंग-रोगन का काम करती थी। वह बड़ी अच्छी कामरेड थी और कोमसोमोल की सबसे कर्मठ सदस्यों में से एक। पावेल इस लड़की का दिल नहीं दुखाना चाहता था। लिहाज़ा उसने कात्या की बात मान ली, गोकि इसमें शक नहीं कि ऐसी पार्टियों में उसे बड़ा अटपटा सा लगता था, ख़ासी परेशानी होती थी।

इंजन ड्राइवर ग्लेडिश के घर पर तमाम नौजवानों की शोर मचाती हुई भीड़

इकट्ठा थी। बड़े लोग दूसरे कमरे में चले गए थे और वह बड़ा कमरा और सायबान, जो सामनेवाले छोटे-से बाग़ीचे में खुलता था, उन्होंने इन पन्द्रह लड़के-लड़कियों के लिए छोड़ दिया था। 'कबूतर चुगाने' का खेल चल रहा था जब कात्युशा पावेल को लेकर बाग़ीचे में से होकर सायबान में आई। सायबान के बीचोबीच दो कुरसियाँ पीठ से पीठ जुटाकर रखी हुई थीं। गृहस्वामिनी खेल का नेतृत्व कर रही थी। उसके आवाज़ देने पर एक लड़का और एक लड़की आकर कुरसियों पर पीठ से पीठ लगाकर बैठ गए और जब उसने आवाज़ दी, "अब कबूतरों को चुगाओ!" तो लड़का और लड़की दोनों पीछे को झुके और उनके होंठ मिल गए। दर्शकों को इसमें बड़ा आनन्द मिल रहा था। इसके बाद उन्होंने 'अँगूठी' और 'डाकिये की दस्तक' नाम के दो खेल खेले। ये दोनों चुम्बन के खेल थे गोकि 'डाकिये की दस्तक' में खेलनेवाले खुलेआम रोशनी से चमकते सायबान में एक-दूसरे को न चूमकर कमरे में रोशनी बुझाकर चूमते थे। उन लोगों के लिए, जिन्हें इन दोनों खेलों में दिलचस्पी न थी, एक कोने में छोटी-सी गोल मेज़ पर 'फ्लावर फ्लर्ट' ताशों की गड्डी रखी थी। पावेल के बग़ल में क़रीब सोलह साल की एक लड़की थी जिसकी आँखें हल्की नीली थीं और जिसने मुरा कहकर अपना परिचय दिया। उस लड़की ने नज़ाक़त से उसको देखते हुए उसे एक ताश दिया और धीमे से कहा :

"वायलेट।"

कुछ बरस पहले पावेल ऐसी पार्टियों में शरीक हुआ था और गोकि वह ख़ुद सीधे-सीधे इन सारी मस्तियों में शरीक नहीं हुआ था, तो भी उसने इसमें कोई बुराई नहीं देखी थी और यही समझता था कि यह एक आम क़ायदा है। मगर अब क़स्बे की निम्न मध्यवर्गीय ज़िन्दगी से हमेशा के लिए नाता तोड़ लेने पर उसको यह पार्टी बड़ी घृणित लगी और उसे कुछ-कुछ हँसी भी आई।

मगर वह तो ख़ैर जो था सो था, अभी उसके हाथ में वह 'फूलवाला' ताश था।

'वायलेट' के सामने लिखा था, "मैं तुम्हें बहुत पसन्द करती हूँ।"

पावेल ने आँख उठाकर उस लड़की को देखा। उस लड़की ने बिना झिझक पावेल की निगाह का जवाब दिया।

"क्यों?"

अपना यह सवाल पावेल को बड़ा बेहूदा-सा मालूम हुआ। मगर मुरा के पास जवाब तैयार था।

उसने धीरे-से कहा, "गुलाब" और पावेल को दूसरा पत्ता पकड़ा दिया।

गुलाबवाले पत्ते पर लिखा था, "तुम मेरे आदर्श हो।"

कोर्चागिन उस लड़की की तरफ़ मुड़ा और अपनी आवाज़ को नरम बनाने की कोशिश करते हुए उसने पूछा :

"यह सब बेहूदगियाँ तुम क्यों करती हो?"

पावेल की बात सुनकर मुरा तो स्तब्ध-सी रह गई और उसकी समझ में नहीं आया कि क्या कहे।

"मेरी बात तुमको बुरी लगी क्या?" उसने मान करती हुई छोकरी की तरह होंठ निकालते हुए कहा।

पावेल ने इस सवाल पर कोई ध्यान नहीं दिया, मगर वह इस लड़की के बारे में और जानने के लिए उत्सुक था। उसने उससे बहुत से सवाल पूछे जिनका उस लड़की ने ख़ुशी-ख़ुशी जवाब दिया। कुछ ही मिनटों में वह जान गया कि वह लड़की माध्यमिक स्कूल में पढ़ने जाती है, उसका बाप कारख़ाने में काम करता है और यह कि वह पावेल को बहुत दिनों से जानती है और उससे परिचित होना चाहती थी।

पावेल ने पूछा, "तुम्हारा दूसरा नाम क्या है?"

"वोलिन्तसेवा।"

"तुम्हारा भाई रेलवे यार्ड की कोमसोमोल सेल का मंत्री है न?"

"हाँ।"

अब कोर्चागिन परिचित भूमि पर था। यह बात उनके नज़दीक अब साफ़ थी कि उस इलाक़े के सबसे सक्रिय कोमसोमोलों में से एक वोलिन्तसेव अपनी ही बहन को किसी तरह की राजनीतिक शिक्षा या संस्कार नहीं दे रहा था। वह क़स्बे की दूसरी मध्यवर्गीय लड़कियों की तरह, उन्हीं जैसे संस्कार लेकर बड़ी हो रही थी। पिछले साल वह और उसकी सहेलियाँ ऐसी न जाने कितनी ही चुम्बन-गोष्ठियों में शरीक हुई थीं। मुरा ने पावेल को बतलाया कि उसने कई बार उसे अपने भाई के यहाँ देखा था।

मुरा ने महसूस किया कि उसके पड़ोसी को उसका आचरण पसन्द नहीं आया। कोर्चागिन के चेहरे की उपेक्षापूर्ण मुस्कराहट को देख उसने आवाज़ दिये जाने पर भी 'कबूतर चुगाने' के खेल में हिस्सा लेने से साफ़ इनकार कर दिया। वे दोनों और भी चन्द मिनट तक बैठे एक-दूसरे से बातें करते रहे और मुरा पावेल को अपने बारे में बतलाती रही जबकि जेलेनोवा उन लोगों के पास आई।

"मैं तुम्हारे लिए अकार्डियन ले आऊँ?" उसने पूछा और शरारत-भरी निगाहों से मुरा को देखते हुए इतना और जोड़ा, "लगता है तुम लोगों में बड़ी दोस्ती हो गई?"

पावेल ने कात्युशा को अपने पास बिठाल लिया और अपने आसपास के शोर-शराबे और हँसी की आवाज़ों का फ़ायदा उठाते हुए बोला :

"मैं नहीं बजाऊँगा। हम दोनों जा रहे हैं।"

जेलेनोवा ने ताने के स्वर में कहा, "ओहो! अच्छा तो ग़रज़ तीर लग चुका है, क्यों?"

"ठीक कहती हो। अच्छा बताओ कात्युशा, हमारे अलावा यहाँ कोमसोमोल के और भी कोई लोग हैं? या सिर्फ़ हम लोग ही 'कबूतर प्रेमी' हैं?"

कात्युशा ने जैसे पावेल को मनाते हुए कहा, "अब यह सब बचपना खतम करके हम लोग नाचना शुरू करेंगे।"

कोर्चागिन उठा।

"बहुत अच्छा, तुम नाचो मगर मुरा और मैं, दोनों चलते हैं।"

एक रोज़ शाम को आना बोर्हार्ट ओकुनेव के घर आई और वहाँ उसने कोर्चागिन को अकेले पाया।

"क्या तुम बड़े व्यस्त हो पावेल? मेरे साथ शहर की सोवियत के खुले इजलास में चलोगे? मैं अकेले नहीं जाना चाहती। ख़ासकर इसलिए कि लौटने में काफ़ी देर हो जाएगी।"

कोर्चागिन जाने के लिए फ़ौरन तैयार हो गया। वह अपने बिस्तर के ऊपर लटकती हुई माउजर को उठाने ही वाला था, मगर यह सोचकर इरादा बदल दिया कि वह ज़्यादा भारी पड़ेगा। लिहाज़ा उसने दराज में से ओकुनेव का रिवॉल्वर निकाला और उसे अपनी जेब में डाल लिया। ओकुनेव के लिए उसने एक पुरजा लिखकर रख दिया और चाबी ऐसी जगह रख दी जहाँ उसके कमरे के साथी को वह मिल जाए।

शहर सोवियत का इजहास थियेटर हॉल में हो रहा था। वहाँ पर उनकी मुलाक़ात पांक्रातोव और ओल्गा यूरेनेवा से हुई। वे सब साथ-साथ हॉल में बैठे और इंटरवलों में संग-संग टोली बनाकर स्क्वायर में टहलते रहे। आना का जैसा ख़याल था, मीटिंग बड़ी देर में खतम हुई।

ओल्गा ने प्रस्ताव किया, "कैसा हो अगर तुम मेरे घर पर चलकर रात गुज़ारो? देर हो गई है और तुम्हें बहुत दूर जाना है।"

मगर आना ने इनकार कर दिया और बोली, "पावेल ने मुझे घर पहुँचाने का वादा किया है।"

पांक्रातोव और ओल्गा संग-संग बड़ी सड़क पर चल दिये और आना और पावेल ने सोलोमेंका का चढ़ाई वाला रास्ता पकड़ा।

रात बहुत अँधेरी थी, हवा बन्द थी और दम घुट रहा था। जिस वक़्त शहर सोवियत की इजलास में हिस्सा लेनेवाले ये लोग अपने-अपने घरों की तरफ़ जा रहे थे, शहर सो रहा था। धीरे-धीरे उनके क़दमों की आहट और उनकी आवाज़ें डूब गईं। पावेल और आना शहर के बिचले हिस्से से दूर तेज़ी से चले जा रहे थे। बाज़ार में, जो रात के वक़्त उजाड़ सा था, गश्त करने वाले सिपाहियों की एक टोली ने उनको रोका और उनके काग़ज़ात का मुआइना किया और फिर उन्हें आगे

बढ़ जाने दिया। उन्होंने बड़ी सड़क को पार किया और फिर एक अँधेरी ख़ामोश गली में पहुँचे जो एक सूने और उजड़े खित्ते को काटती थी। बाईं तरफ़ मुड़ते हुए वे रेलवे के ख़ास गोदामों के समानान्तर बड़ी सड़क पर आगे बढ़ते रहे। रेलवे गोदाम की इमारतें सीमेंट की थीं और इस अँधेरे में उनकी लम्बी क़तार और भी डरावनी लग रही थी। आना के मन में न जाने क्यों एक धुँधली सी आशंका थी, वह घबराई हुई अँधेरे में आँख गड़ाकर देख रही थी। जैसे अपनी निगाहों से अँधेरे को चीर रही हो और अपने साथी के सवालों का जवाब अटक-अटक और रुक-रुककर दे रही थी। जब वह भयानक छाया जिससे आना को डर लग रहा था, केवल टेलीफ़ोन का एक खम्भा निकली तो वह ज़ोर से हँस पड़ी और अपनी घबराहट की बात उसने पावेल से कही। उसने पावेल की बाँह पकड़ ली और पावेल के कन्धे के भार को अपने कन्धे पर महसूस करते हुए उसके दिल को बहुत ढाढ़स मालूम हुआ।

"मैं अभी सिर्फ़ तेईस बरस की हूँ, मगर घबराहट के मामले में किसी बुढ़िया से कम नहीं। अगर तुम मुझे बुजदिल समझो तो यह तुम्हारी ग़लती होगी। मगर पता नहीं क्यों आज रात मैं एक अजीब परेशानी और बेचैनी सी महसूस कर रही हूँ, गो इसमें शक नहीं कि तुम्हारे साथ रहने से अपने-आप को मैं काफ़ी महफ़ूज़ समझती हूँ और सच बात तो यह है कि मुझे इस तरह अपने डरने पर शर्म आ रही है।"

और सचमुच पावेल की गम्भीर शान्ति, उसकी जलती हुई सिगरेट जो बीच-बीच में पल-भर के लिए उसके चेहरे के एक भाग को अलोकित कर देती थी और उस आलोक में उसकी साहसी लोगों जैसों भवें दिख जाती थीं—इन सब चीज़ों ने उन डरों और आशंकाओं को दूर भगा दिया जिन्हें अँधेरी रात, उस जगह के सूनेपन और उस कहानी ने पैदा किया था जिसे अभी उन्होंने मीटिंग में सुना था। मीटिंग की अगली रात को शहर के छोर पर एक बड़ा भयानक क़त्ल हो गया था, उसी की कहानी उन्हें सुनने को मिली थी।

मालगोदाम पीछे छूट गया। एक छोटी सी खाड़ी थी जिस पर पुल बना हुआ था। उन्होंने उस पुल को पार किया और रेलवे लाइन के नीचे-नीचे चलने वाली टनेल को जाने वाली सड़क पर बढ़ते रहे। यही टनेल शहर के इस हिस्से को रेलवे के इलाक़े से जोड़ती थी।

स्टेशन की इमारत दाहिनी तरफ़ को अब उनके बहुत पीछे छूट गई थी। यह सड़क डिपो के उस पार एक अन्धी गली में खतम होती थी। वे अब समतल ज़मीन पर पहुँच गए थे। ऊपर रेलवे लाइन के आसपास स्विचों और रेलगाड़ी की आमद बतलाने वाले आले की रंगीन रोशनियाँ अँधेरे में चमक रही थीं और डिपो के पास एक यार्ड इंजन रात को घर लौटता हुआ मारे थकान के लम्बी साँस छोड़ रहा था।

टनेल के मुहाने पर एक सड़क का लैम्प जंगदार काँटे से लटक रहा था। हवा में वह हल्के-हल्के हिल रहा था जिससे उसकी धुँधली पीली रोशनी कभी टनेल की

एक दीवार पर और कभी दूसरी दीवार पर पड़ रही थी।

टनेल के मुहाने से क़रीब दस ग़ज पर, बड़ी सड़क के पास, एक छोटी सी बंगलिया अकेली खड़ी थी। दो साल पहले तोप के एक गोले ने उसके भीतरी हिस्से को तबाह कर दिया था और उसके अगवाड़े को खँडहर बना दिया था। लिहाज़ा इस वक़्त वहाँ एक बड़ा सा गढ़ा बना हुआ था और वह बंगलिया अपनी दरिद्रता का प्रदर्शन करते हुए सड़क के किनारे किसी भिखारी की तरह खड़ी थी। ऊपर से एक रेलगाड़ी के गरजने की आवाज़ आ रही थी।

"हम लोग अब क़रीब-क़रीब घर पहुँच गए," आना ने चैन की साँस लेते हुए कहा।

पावेल ने आना की नज़र बचाकर अपनी बाँह को छुड़ाने की कोशिश की। मगर आना ने उसकी बाँह नहीं छोड़ी। वे लोग उस उजड़े हुए घर के पास से गुज़र गए।

तभी अचानक उन्हें अपने पीछे कुछ आवाज़ें सुनाई दी। ये दौड़ते हुए पैरों और ज़ोर-ज़ोर से साँस लेने की आवाज़ें थीं। पीछे के लोगों ने उन्हें आकर पकड़ लिया।

कोर्चागिन ने अपनी बाँह को झटका दिया मगर डरी हुई आना उसे पूरे ज़ोर से पकड़े हुए थी। और इसके पहले कि वह अपनी बाँह को छुड़ा सके, मौक़ा हाथ से निकल चुका था, उसकी गर्दन को किसी ने अपने मज़बूत पंजे में ले लिया था। एक लम्हा और गुज़रा और उसे ऐसा झटका लगा कि वह घूमकर अपने हमला करने वाले के सामने आ गया। वह हाथ उसके गले की तरफ़ बढ़ा और उसके ट्यूनिक के कॉलर को इतना मरोड़ते हुए कि पावेल का गला घुटने लगा, उसने रिवॉल्वर की नली उसके मुँह से अड़ा दी।

पावेल की डरी और ठहरी हुई आँखें अपने भीतर का सारा ज़ोर लगाकर अतिमानवी तनाव से रिवॉल्वर का घूमना देख रही थीं। रिवॉल्वर की नली में से मौत उसे घूर रही थी और उसके अन्दर न तो इतनी शक्ति थी, न इतनी इच्छा-शक्ति कि एक पल के लिए भी अपनी आँख को रिवॉल्वर की नली से हटा सकता। वह अपनी मौत का इन्तज़ार करता रहा। मगर आक्रमणकारी ने गोली नहीं चलाई और पावेल की फैली हुई आँखों ने उस लुटेरे के चेहरे को देखा, उसके बड़े से खोपड़े को, उसके भारी जबड़े को, और उसकी कई दिन की दाढ़ी और मूँछ की काली छाया को। मगर टोपी की चौड़ी बारी के नीचे उसकी आँखें नहीं दिखाई दे रही थीं।

कोर्चागिन ने अपनी आँख की कोर से आना के खड़िये की तरह सफ़ेद चेहरे की एक हल्की सी झलक पाई। आना को उसी वक़्त उन तीन लुटेरों में से एक दीवार के उस बड़े से मोखे के अन्दर घसीट ले गया। बेदर्दी से उसकी बाँह को मरोड़ते हुए उसने आना को ज़मीन पर गिरा दिया। एक और छाया पावेल की तरफ़ लपकी, पावेल ने केवल उसकी छाया टनेल की दीवार पर देखी। उसे पीछे के उस खँडहर मकान के भीतर हाथापाई की आवाज़ सुन पड़ी। आना जी-जान से लड़ रही थी,

उसकी घुटती हुई आवाज़ एकाएक बन्द हो गई, जब उसके मुँह में एक टोपी ठूँस दी गई। वह बड़ी खोपड़ीवाला बदमाश जिसके हाथ में कोर्चागिन की ज़िन्दगी थी, बलात्कार के उस स्थल की ओर वैसे ही खिंचा जैसे कोई जंगली जानवर अपने शिकार की ओर। स्पष्ट ही वह इस गिरोह का सरदार था और उसको यह शोभा नहीं देता था कि ऐसे मामले में निष्क्रिय दर्शक बना खड़ा रहे! यह छोकरा तो अभी कल का लौंडा था, उससे डरने की कोई बात नहीं।

"इसके सिर पर कसकर दो घूँसे लगाओ और कह दो कि मैदान में होकर भाग जाए और तुम देखना वह बिना एक बार मुड़े और पीछे को ताके सरपट शहर तक भागता चला जाएगा।" उसने अपनी पकड़ ढीली कर दी।

"भाग जाओ...जिधर से आए थे उधर ही को लौट जाओ और देखो चिल्लाना-विल्लाना मत, नहीं तो अभी एक गोली तुम्हारी गर्दन के पार हो जाएगी," उसने अपनी बन्दूक़ की नली कोर्चागिन के माथे से अड़ाते हुए कहा। "अच्छा भागो," उसने अपनी फटी आवाज़ में धीरे से कहा और अपनी बन्दूक़ नीचे कर दी ताकि उसके शिकार को गोली का डर न रहे।

कोर्चागिन लड़खड़ाता हुआ पीछे हटा और आक्रमणकारी पर निगाह रखते हुए तिरछा होकर दौड़ने लगा। वह बदमाश यह देखकर कि उस छोकरे को अब भी गोली का डर लग रहा है, मुड़ा और उस खँडहर मकान की तरफ़ बढ़ा।

कोर्चागिन का हाथ तेज़ी से अपनी जेब पर गया। काश कि वह काफ़ी फुर्ती से काम कर सकता! उसने घूमकर अपना बायाँ हाथ आगे बढ़ाया, जल्दी से निशाना लिया और गोली चला दी।

लुटेरे को अपनी ग़लती समझने में बहुत देर हो गई थी। उसे हाथ उठाने का भी वक़्त नहीं मिला और गोली उसके पहलू को चीरती हुई निकल गई।

गोली लगने से वह धीमे से कराहता और लड़खड़ाता हुआ जाकर टनेल की दीवार से टकराया और दीवार को अपने पंजों से पकड़ने की कोशिश करता हुआ धीरे-धीरे वहीं ज़मीन पर ढेर हो गया। मकान के भीतर से एक छाया चुपके से बाहर आई और नीचे गली की तरफ़ भागी। कोर्चागिन ने उस पर भी गोली छोड़ी। एक दूसरी छाया झुककर कमर दुहरी किये तीर की तरह टनेल की स्याह गहराई की तरफ़ भागी। एक गोली चलने की आवाज़ हुई। गोली ने कंकरीट को फोड़ दिया और धूल उड़ी। उस काली आकृति पर भी वह धूल पड़ी। वह आकृति उछलकर एक ओर हटी और अँधेरे में खो गई। एक बार फिर ब्राउनिंग की गोली ने रात की निस्तब्धता को चीर दिया। दीवार के पास वह बड़े से खोपड़े वाला लुटेरा अपनी मृत्यु की यंत्रणा में ऐंठ रहा था।

कोर्चागिन ने आना को उसके पैरों पर खड़ा किया। अभी जो कुछ उस पर गुज़री थी, उसके आतंक से स्तब्ध वह लुटेरे का दर्द से ऐंठना देख रही थी। मगर

अब भी उसे विश्वास नहीं हो रहा था कि वह सुरक्षित है।

कोर्चागिन उसे रोशनी के घेरे से हटाकर वापस शहर की ओर बढ़ते हुए अँधेरे में घसीट ले गया। जब वे दौड़कर रेलवे स्टेशन की तरफ़ जा रहे थे, तो रोशनियाँ टनेल के पास ऊपर टीले पर चमक रही थीं और रेलवे लाइन पर एक राइफ़ल छूटने की आवाज़ हुई।

बातियेवा पहाड़ी पर आना के घर पहुँचते-पहुँचते मुर्गे बाँग देने लगे थे। आना बिस्तर पर लेट गई। कोर्चागिन मेज़ के पास बैठा सिगरेट पीता और अपनी सिगरेट के धुएँ का ऊपर उठना देखता रहा...उसने अपनी ज़िन्दगी में यह चौथी बार किसी की जान ली थी।

उसने अपने मन में सोचा, क्या सचमुच हिम्मत नाम की कोई चीज़ होती है? कोई ऐसी चीज़ जो सदा अपने निर्विकार रूप में दिखलाई देती हो? अपनी अनुभूतियों को दुहराते हुए उसने इस बात को अपने तईं स्वीकार किया कि उन कुछ क्षणों में जब बन्दूक़ की नली की भयानक काली आँख उसको घूर रही थी, उस वक़्त वह दहशत से काँप गया था, मानो दहशत ने उसके दिल को अपनी बर्फ़ानी गिरफ़्त में ले लिया हो। और वे जो दो काली छायाएँ बचकर निकल गईं, इसका कारण क्या सिर्फ़ यह था कि उसकी आँखें कमज़ोर थीं या यह कि उसे बाएँ हाथ से गोली चलानी पड़ रही थी? नहीं। कुछ क़दमों की दूरी पर उसका निशाना कभी नहीं चूक सकता था और वे जो दो लोग बच गए, उसका कारण सिर्फ़ यह था कि वह घबरा गया था और इसीलिए जल्दी में उसका हाथ काँप गया था।

टेबल लैम्प की रोशनी उसके सिर पर ही सबसे ज़्यादा पड़ रही थी। आना ग़ौर से उसको देख रही थी और उसके चेहरे पर आते-जाते हर भाव को और उसके सिर के हिलने वग़ैरह को समझ रही थी। पावेल की आँखें शान्त थीं, उसकी पेशानी की झुर्रियों से ही उसकी गहरी सोच का पता चल रहा था।

"तुम क्या सोच रहे हो पावेल?"

अचानक पूछे गए इस सवाल से उसके विचार उसी तरह उड़ गए जिस तरह धुआँ उड़ता हुआ रोशनी के घेरे से बाहर निकल जाता है। और उसने पहली बात जो दिमाग़ में आई, कह दी :

"मुझे कमांडेंट के दफ़्तर जाना ही चाहिए। इस मामले की फ़ौरन रिपोर्ट होनी चाहिए।"

बुरी तरह थकान महसूस करता हुआ वह बेमन से उठा।

आना ने उसका हाथ पकड़ लिया क्योंकि अकेले छूट जाने के ख़याल से उसे

डर मालूम हो रहा था। फिर उसने पावेल को दरवाज़े तक पहुँचाया और ड्योढ़ी पर खड़ी-खड़ी उस नौजवान को, जिसकी अब वह इतनी ऋणी थी, तब तक देखती रही जब तक कि वह अँधेरे में खो नहीं गया।

कोर्चागिन की रिपोर्ट ने उस हत्या के रहस्य का पता चला दिया जिससे रेलवे के सन्तरी बहुत परेशान थे। फ़ौरन उस लाश की शिनाख़्त हुई और यह मालूम हुआ कि वह फिम्का नाम के एक नम्बरी मुजरिम की लाश थी। यह फिम्का नम्बरी हत्यारा और लुटेरा था और बहुत बार जेल काट आया था।

अगले रोज़ हर आदमी टनेल के पास की इस घटना के बारे में बात कर रहा था। इतना ही नहीं, यह घटना पावेल और स्वेतायेव के बीच एक अप्रत्याशित झगड़े का भी कारण बनी।

काम अभी चल ही रहा था जब स्वेतायेव वर्कशॉप में आया और उसने कोर्चागिन को बात करने के लिए बुलाया। स्वेतायेव आगे-आगे ख़ामोश चला जा रहा था और गलियारे के एक दूर कोने में पहुँच गया था। वह बहुत उद्विग्न हो रहा था और उसकी समझ में नहीं आ रहा था कि बात कैसे शुरू करे। आख़िरकार उसने कहा :

"मुझे बतलाओ कल क्या हुआ।"

"मैं समझता था कि तुम्हें मालूम होगा।"

स्वेतायेव ने बेकली से अपने कन्धे उचकाए। पावेल को इस बात का पता नहीं था कि उस टनेल वाले कांड का असर दूसरों से कहीं ज़्यादा स्वेतायेव पर हुआ था। पावेल को यह बात नहीं मालूम थी कि चाहे वह लोहार स्वेतायेव ऊपर से कितनी ही उदासीनता क्यों न दिखलाता हो, सच बात यह थी कि उसे आना बोर्हार्ट से प्रेम था। उस लड़की की ओर आकृष्ट होने वाला वह अकेला आदमी नहीं था, मगर प्रेम के तीर ने उसी को सबसे ज़्यादा बेधा था। लगुतिना ने अभी-अभी रात की टनेल वाली घटना के बारे में उसको बतलाया था और अब एक ही सवाल उसे तंग कर रहा था जिसका जवाब उसे नहीं मिला था। वह लट्ठमार तरीक़े से अपना सवाल पावेल से न कर सकता था, मगर तब भी जवाब तो उसे मिलना ही था। उसकी अच्छी भावनाओं ने उससे पूछा कि उसके मन को जो डर कुतर रहा है, वह बहुत क्षुद्र और स्वार्थी है। लेकिन उसके अन्दर जो अन्तर्द्वन्द्व चल रहा था, उसमें उसके भीतर के आदिम वन्य-पशु की ही जीत हुई।

"सुनो कोर्चागिन," उसने फटी हुई भारी आवाज़ में कहा, "यह बात केवल तुम्हारे और मेरे बीच रहनी चाहिए। मैं जानता हूँ कि तुम आना की ख़ातिर उस चीज़ के बारे में कुछ बोलना नहीं चाहते, मगर तुम मेरे ऊपर तो विश्वास कर सकते हो। तुम मुझे यह बतलाओ कि जब वह लुटेरा तुम्हें अपनी गिरफ़्त में लिये हुए था, तो क्या उस वक़्त उसके दूसरे साथियों ने आना के साथ बलात्कार किया?"

घबराकर उसने अपनी बात खतम करने के पहले ही अपनी आँखें नीची कर लीं।

कोर्चागिन की समझ में यह बात धुँधले तरीक़े से आने लगी कि वह कौन सी चीज़ है जो स्वेतायेव को तंग कर रही है। "अगर उसे आना की परवाह न होती और उससे कुछ लेना-देना न होता, तो वह हरगिज़ इतना परेशान न होता। लेकिन अगर आना उसे प्रिय है तो..." और पावेल आना के प्रति उस अपमान से जल उठा जो स्वेतायेव के सवाल में निहित था।

"तुम क्यों पूछ रहे हो?"

स्वेतायेव ने मुँह ही मुँह में कुछ उखड़ी-उखड़ी सी बात कही जो समझ में नहीं आती थी। उसको लगा कि पावेल समझ रहा है कि क्या मामला है और इसीलिए उसे ग़ुस्सा आ गया :

"उलटे मुझसे सवाल करके तुम अब बचने की कोशिश न करो। मैं सीधा-सादा जवाब चाहता हूँ।"

"तुम आना से प्यार करते हो?"

बड़ी देर तक ख़ामोशी रही। आख़िरकार स्वेतायेव ने अपने ऊपर बहुत जब्र करके जवाब दिया, "हाँ।"

कोर्चागिन कोशिश करके अपने ग़ुस्से को दबाता हुआ मुड़ा और एक बार भी पीछे की ओर देखे बिना सीधे गलियारे में आगे बढ़ता गया।

एक रात ओकुनेव, जो अनिश्चय की हालत में कुछ देर से अपने दोस्त के बिस्तर के पास मँडरा रहा था, आख़िरकार बिस्तर के छोर पर बैठ गया और उसने उस किताब पर अपना हाथ रख दिया जिसे पावेल पढ़ रहा था।

"सुनो पावलुश्का, एक बात है जिसका बोझ मैं अपने सीने से उतारना चाहता हूँ। एक दृष्टि से तो वह बिलकुल महत्त्वहीन-सी बात मालूम पड़ेगी, मगर दूसरी दृष्टि से वह उतनी ही महत्त्वपूर्ण है। मेरे और तालिया लगुतिना के बीच ग़लतफ़हमी हो गई है। बात यह है कि पहले मैं उसे काफ़ी चाहता था।" ओकुनेव ने बड़े कातर ढंग से अपना सिर खुजलाया। मगर जब उसने अपने दोस्त के चेहरे पर हँसी का कोई निशान नहीं देखा, तो उसे हिम्मत हुई। "मगर तालिया...तुम जानते ही हो। ठीक तो है मैं तुम्हें तमाम तफ़सील की बातें न बतलाऊँगा, जरूरत भी नहीं है, उनके बिना भी बात काफ़ी साफ़ है। कल हम दोनों ने शादी करने का फ़ैसला किया। अब देखो मामला कैसा चलता है। मैं बाईस साल का हुआ, हम दोनों को वोट देने का अधिकार है। हम दोनों बराबरी के आधार पर रहना चाहते हैं। तुम्हारा क्या ख़याल है?"

कोर्चागिन ने सवाल पर ग़ौर किया।

"मैं क्या कहूँ कोलिया? तुम दोनों मेरे दोस्त हो, हम सब एक ही बिरादरी के लोग हैं और हमारे सबके तौर-तरीक़े एक-दूसरे से बिलकुल मिलते हैं। तालिया बहुत अच्छी लड़की है। मज़े में चलेगी ज़िन्दगी, उसमें कहना क्या है?"

दूसरे रोज़ कोर्चागिन डिपो मज़दूरों के होस्टल में चला गया और कुछ दिन बाद आना ने तालिया और निकोलाई के सम्मान में एक पार्टी दी, एक सादी-सी कम्युनिस्ट पार्टी जिसमें खाना-पीना नहीं था। यह अपने संस्मरण सुनाने और अपनी प्रिय किताबों से टुकड़े पढ़ने की शाम थी। उन्होंने बहुत से गाने गाए और अच्छी तरह गाए। उनकी आवाज़ें दूर तक गूँजीं। उसके बाद कात्युशा जेलेनोवा और वोलिन्तसेवा एक अकार्डियन ले आईं और कमरा उसकी रुपहली लयों और भारी, जानदार आवाज़ों से गूँज उठा। उस शाम को पावेल ने और दिनों से भी ज़्यादा अच्छा बजाया और जब सभी के दिलों में ख़ुशी बिखेरते हुए भारी-भरकम पांक्रातोव ने नाचना शुरू कर दिया, तो पावेल भी अपने बजाने की उदास शैली को भूल गया और बड़ी मस्ती से बजाने लगा।

देनिकिन जब जाएगा जान
कोलचक के भी कट गए कान
होगा तब वह भी सिड़ी सुलतान

अकार्डियन पिछले ज़माने के गीत गा रहा था, उन तूफ़ानी सालों के गीत और आज की दोस्ती और संघर्षों और आनन्दों के गीत। मगर जब वह बाजा वोलिन्तसेव को दिया गया और जब उस मेकैनिक ने 'यावलेव्को' नृत्य की मस्त धुन शुरू की, तो कोर्चागिन से न रहा गया और वह सुध-बुध भूलकर नाचने लगा। अपनी ज़िन्दगी में पावेल यह तीसरी और आख़िरी बार नाचा था।

तेरह

यह सरहद है—दो चौकियाँ हैं, जो दो अलग-अलग दुनिया की प्रतीक हैं और अपनी निश्शब्द शत्रुता लिये आमने-सामने खड़ी हैं। उनमें से एक पर अच्छी तरह रन्दा किया हुआ है। उस पर पॉलिश भी है और काले व सफ़ेद रंग में वह रँगी हुई भी है और देखने में पुलिस बॉक्स जैसी जान पड़ती है। उसके मस्तक पर एक सिरवाला ईगल मोटे-मोटे कीलों से अपनी जगह पर अच्छी तरह टँका हुआ है। उसके डैने फैले हुए हैं, पंजे धारीदार खम्भे को पकड़े हुए हैं, टेढ़ी चोंच खुली हुई है और वह शिकारी पक्षी अपनी द्वेषपूर्ण आँखों से सामने के उस खम्भे को देख रहा है जिस

पर हँसिये-हथौड़े का निशान है। यह एक बाँज का मज़बूत, गोल, मोटा, भद्दा गढ़ा हुआ खम्भा है, जो मज़बूती से ज़मीन के ऊपर पैर जमाए खड़ा है। दोनों खम्भे समतल ज़मीन पर हैं, मगर उनके बीच एक गहरी खाई है और वह खाई यह है कि दोनों दो दुनियाओं के प्रतीक हैं। उनके दरमियान छह क़दमों के बराबर जो जगह है, उसे आप अपनी जान को ख़तरे में डाले बिना नहीं पार कर सकते।

यह सरहद है।

काले सागर से लेकर हज़ारों मील सुदूर उत्तर में आर्कटिक महासागर तक, सोवियत समाजवादी प्रजातंत्र के ये शान्त पहरुए अपने लोहे के कवच पर श्रम का महान प्रतीक लगाए मूर्तिवत खड़े हैं। ईगल वाली चौकी पर सोवियत उक्रेन और पूँजीवादी पोलैंड की सरहदें मिलती हैं। वह उक्रेन के भीतरी प्रदेश में बेरेजदोव नामक क़स्बे से क़रीब आठ मील पर स्थित है और उसके सामने कोरेक नामक पोलिश क़स्बा है। स्लावुता से लेकर अनापोल तक के सरहदी इलाक़े में उत्तरी सरहदी बटालियन का पहरा है।

सरहद पर के ये सैनिक बर्फ़ से ढके हुए मैदानों पर मार्च करते हैं, जंगलों को काटकर उनके बीच से रास्ता बनाते हैं, नीचे वादियों में घुसते हैं और पहाड़ियों पर चढ़ते हैं, पहाड़ों की चोटियों के पीछे खो जाते हैं और एक नदी के घाट पर जाकर रुकते हैं और वहाँ से एक विरोधी देश के सर्द मैदानों को देखते हैं।

हड्डी को कँपा देनेवाली सरदी पड़ रही है। यह एक ऐसा दिन है जब पाले की वजह से फेल्ट जूते के तल्ले से दबकर बर्फ़ चरमर करती है। लाल सेना का एक भीमाकार सैनिक पौराणिक वीरों के योग्य हेलमेट लगाए हँसिये-हथौड़े वाली चौकी से निकलकर अपने भारी क़दमों से गश्त पर निकल जाता है। वह एक बड़ा-सा भूरा बरानकोट और फेल्ट जूते पहने है। बरानकोट के ऊपर वह एक बड़ा-सा भेड़ के ऊन का कोट पहने है जो उसकी एड़ी तक पहुँचता है और जिसका कॉलर भी वैसा ही बड़ा है। वह बर्फ़ के भयानक से भयानक तूफ़ान में भी आदमी को गरम रखता है। उसके सिर पर कपड़े का एक हेलमेट है और उसके हाथों में भेड़ की खाल के दस्ताने हैं। अपनी राइफ़ल उसने कन्धे पर लटका रखी है और गश्त लगाते समय ज़मीन पर लसरते हुए उसके कोट से बर्फ़ पर निशान बनता जाता है और वह अपने घर पर उगाई हुई तम्बाकू की सिगरेट का कश ख़ूब मज़े ले-लेकर खींच रहा है। खुले हुए मैदानों में सोवियत के ये सरहदी सन्तरी एक-एक किलोमीटर की दूरी पर तैनात हैं ताकि एक सन्तरी हमेशा दूसरे को देख सके।

एक पोलिश पैदल सिपाही अपनी गश्त के रास्ते पर बढ़ता हुआ लाल सैनिक की तरफ़ आता है। वह मोटे-मोटे फ़ौजी बूट और कुछ हरापन लिये ख़ाकी वरदी पहने है और उसके ऊपर एक काला कोट है जिसमें चमचमाती बटनों की दो क़तारें लगी हुई हैं। उसके सिर पर सफ़ेद ईगल का चिह्न लिये उसकी वरदीवाली

चौखुटी टोपी है। उसके कन्धों के फीतों और कॉलर पर और भी सफ़ेद ईगल बने हुए हैं, मगर उनसे उसके जिस्म को कोई गरमी नहीं मिलती। उस जाड़े-पाले में वह बुरी तरह ठिठुर गया है और अपने शरीर को गरमाने के लिए अपने सरदी से सुन्न पड़े हुए कानों को घिसता है और चलते-चलते एक एड़ी को दूसरी एड़ी से भी मिला लिया करता है। मगर पतले दस्तानों के भीतर उसके हाथ सरदी से ऐंठे जा रहे हैं। पाला इतने ज़ोरों से गिर रहा है और सरदी ऐसी भयानक है कि वह पोल एक क्षण को भी कहीं रुकने की जुर्रत नहीं कर सकता, क्योंकि ख़तरा है कि पाला उसके अंग-अंग को जकड़ देगा। लिहाज़ा वह बीच-बीच में दौड़ने भी लग जाता है। जब दोनों सन्तरी पास आ गए तो पोलिश सिपाही लाल सैनिक के साथ-साथ चलने के लिए घूम पड़ा।

सरहद पर सैनिकों का आपस में बातें करना मना है। मगर जब कोई आसपास न हो और एक किलोमीटर की दूरी पर ही दूसरा आदमी हो, तो फिर कौन कह सकता है कि सन्तरी चुपचाप गश्त लगा रहा है या अन्तरराष्ट्रीय नियमों का उल्लंघन कर रहा है।

पोलिश सिपाही को सिगरेट की ज़बरदस्त तलब लगी है, मगर अपनी माचिस वह बारिक में भूल आया है और इस वक़्त जैसे उसको और भी ललचाने के लिए सोवियत सरहद की तरफ़ से तम्बाकू की ख़ुशबू आ रही है, गोया हवा उसको सताने के लिए ही यह ख़ुशबू उड़ाकर ला रही हो। और उस पोलिश सिपाही की सिगरेट की प्यास और तेज़ हो जाती है। पोल अपना कान घिसना बन्द कर देता है और गर्दन मोड़कर पीछे देखता है, कौन जाने कप्तान साहब या हुज़ूर लेफ़्टिनेंट साहब अपने घोड़े पर सवार, किसी टीले के पीछे से सामने आ जाएँ। अक्सर ही तो वे निगरानी के लिए निकला करते हैं। मगर उसे कुछ दिखाई नहीं देता, सिवा धूप में चमकती हुई सफ़ेद बर्फ़ के। आसमान में बादल का नाम नहीं है।

"दियासलाई है कामरेड?" उस पोल ने ही सबसे पहले नियम को तोड़ा। और अपनी तलवार जैसी संगीन लगी फ्रांसीसी राइफ़ल को ठेलकर कन्धे पर डालते हुए उसने अपनी अकड़ी हुई उँगलियों से बड़ी मुश्किल से अपने कोट की जेब में से सस्ती सिगरेट का एक पैकेट निकाला।

लाल सैनिक ने उसकी बात तो सुन ली, मगर सरहद की दूसरी तरफ़ के आदमी से बात करना क़ायदे के ख़िलाफ़ है, इसलिए उसने कोई जवाब नहीं दिया। इसके अलावा यह भी था कि लाल सैनिक ठीक समझ नहीं पाया कि वह सिपाही क्या कहना चाहता है। इसलिए वह अपने रास्ते पर आगे बढ़ गया। उसके नरम और गरम फेल्ट के जूतों के नीचे बर्फ़ चरमर कर रही थी।

"कामरेड बोल्शेविक, दियासलाई है? माचिस की डिबिया फेंक दो न!" इस बार पोलिश सिपाही ने रूसी में बात की।

लाल सैनिक ने अपने पड़ोसी को बहुत ग़ौर से देखा। उसने अपने मन में कहा, "लगता है कि पाले ने इन जनाब को बुरी तरह जकड़ लिया है। होने को तो बेचारा थैलीशाह का सिपाही है, मगर देखो कैसी भयानक ज़िन्दगी है। ज़रा सोचो, इतने कम कपड़ों में उसे बाहर की सरदी में ढकेल दिया गया है! क्या ताज्जुब कि वह खरहे की तरह उचकता फिर रहा है, और तब जबकि सिगरेट पीने का भी इन्तज़ाम न हो।" बिना पीछे मुड़े लाल सैनिक ने माचिस की डिबिया उसकी तरफ़ फेंक दी। सिपाही ने उसे लपक लिया और कई बार की नाकाम कोशिश के बाद आख़िरकार उसकी सिगरेट जली और उसने माचिस की डिबिया वापस लाल सैनिक के पास फेंक दी। तब लाल सैनिक ने अनिच्छापूर्वक ही सही, नियम भंग करते हुए कहा :

"रखे रहो, मेरे पास और भी माचिस है।"

सरहद के उस पार से जवाब आया :

"धन्यवाद, मैं नहीं रखूँगा। कहीं उन्होंने मेरे पास यह डिबिया देख ली तो मुझे दो साल जेल में काटना पड़ेगा।"

लाल सैनिक ने ग़ौर से अपनी माचिस की डिबिया को देखा। उसके लेबल पर एक हवाई जहाज़ बना था जिसमें प्रोपेलर की जगह एक मज़बूत मुट्ठी बनी हुई थी और अल्टीमेटम लिखा हुआ था।

"ठीक है, उनके यहाँ यह चीज़ नहीं चलेगी।"

वह सिपाही लाल सैनिक के साथ-साथ गश्त लगाता रहा। इस वीरान मैदान में वह बेहद अकेला महसूस कर रहा था।

घोड़े इत्मीनान से दुलकी चाल से चले जा रहे थे और उनकी चाल के अनुसार काठियों के चूँ-चूँ करने में भी एक लय थी। पाले की हवा में घोड़ों के नथुनों से निकली हुई साँस थोड़ी देर के लिए जमकर सफ़ेद भाप-सी बन जाती थी। काले घोड़े के नथुने के इर्द-गिर्द थोड़ा-सा पाला जमा हुआ था। अपनी ख़ूबसूरत गर्दन को तिरछी किये और बड़ी ख़ूबसूरती से डग भरती हुई बटालियन कमांडर की घोड़ी अपने मुँह में पकड़े लगाम से खिलवाड़ कर रही थी। दोनों घुड़सवार फ़ौजी बरानकोट पहने हुए थे, उनकी कमर पर पेटी लगी थी और उनकी आस्तीनों पर तीन लाल चौखुटे बने हुए थे। दोनों में फ़र्क़ बस इतना ही था कि बटालियन कमांडर गाव्रिलोव की वरदी के कफ़-कॉलर वग़ैरह हरे रंग के थे और उसके साथी के लाल रंग के। गाव्रिलोव सरहदी सैनिकों के साथ था, इस पचपन मील लम्बे विस्तार में उसी की बटालियन सरहदी चौकियों की देखभाल करती थी, वही इस सरहदी इलाक़े का इंचार्ज था। उसका साथी बेरेजदोव से आया हुआ एक आदमी था—बटालियन

कमिसार कोर्चागिन, जो सार्वजनिक फ़ौजी शिक्षा-व्यवस्था की ओर से आया था।

रात को बर्फ़ गिरी थी और ताज़ी सफ़ेद बर्फ़ के गाले कम्बल की तरह उस सारे इलाक़े पर पड़े हुए थे जिन्हें आदमी या जानवर किसी ने हाथ तक नहीं लगाया था। दोनों आदमी दुलकी चाल से अपने घोड़े को बढ़ाते हुए जंगल में से निकले और खुले मैदान को पार करने ही वाले थे, जहाँ से चालीस क़दम पर सरहदी चौकियाँ थीं, जबकि गाव्रिलोव ने एकाएक अपने घोड़े को रोक लिया। कोर्चागिन ने पीछे मुड़कर देखा कि गाव्रिलोव काठी से नीचे झुका हुआ बर्फ़ पर पड़े कुछ अजीब से निशानों का मुआइना कर रहा है। उसको देखकर ऐसा लगता था जैसे कोई छोटा-सा दानेदार पहिया उस पर से गुज़रा हो। कोई मक्कार जानवर इधर से गुज़रा होगा और बर्फ़ पर ये दाग़ छोड़ गया है जो अब उलझन पैदा कर रहे हैं। यह तो पता लगाना मुश्किल था कि जानवर किधर गया, मगर बटालियन कमांडर के रुकने की वजह यह नहीं थी। उस निशान से दो क़दम पर, बर्फ़ के हलके से चूरे के नीचे एक और निशान था, किसी आदमी के पैर का निशान। पैर के निशानों में संशय की कोई बात न थी, वे सीधे जंगल की ओर निर्देश कर रहे थे और इसमें ज़रा सा भी सन्देह नहीं था कि पोलिश सीमा से कोई आदमी आया था। बटालियन कमांडर अपने घोड़े को आगे बढ़ाता हुआ सन्तरी की गश्त के रास्ते के साथ-साथ चल रहा था। पैर के ये निशान पोलिश सरहद पर दस-बारह क़दम तक दिखलाई दे रहे थे।

बटालियन कमांडर ने बड़बड़ाते हुए कहा, "रात को उधर से सरहद पार करके कोई आया था। तीसरा प्लैटून फिर ऊँघने लगा है—इस चीज़ का कोई हवाला उनकी सवेरे की रिपोर्ट में नहीं है। बहुत ख़राब बात है।" गाव्रिलोव की पकती हुई मूँछें बर्फ़ और पाले में उसकी साँस से और भी सफ़ेद हो रही थीं और इस तरह उसके होंठों पर बैठी हुई थीं कि उनको देखकर डर लगता था।

दूर पर दो आकृतियाँ इन घुड़सवारों के पास आ रही थीं। उनमें से एक दुबला-पतला आदमी था जो काले कपड़े पहने था और जिसकी फ्रांसीसी संगीन धूप में चमक रही थी, और दूसरा एक बहुत ऊँचा-पूरा आदमी था जो पीले रंग का भेड़ की खाल का कोट पहने था। चित्ती घोड़ी एड़ के जवाब में तेज़ी से दौड़ रही थी और वे दोनों घुड़सवार इन लोगों के पास जल्दी से पहुँच गए। आकर लाल सैनिक ने राइफ़ल अपने कन्धे से उतार ली और अपने मुँह में दबा हुआ सिगरेट का टुकड़ा बर्फ़ में थूक दिया।

"सुबह मुबारक़ हो कामरेड। तुम्हारे यहाँ क्या हालचाल है?" बटालियन कमांडर ने अपना हाथ उस लाल सैनिक की तरफ़ बढ़ाया। लाल सैनिक ने हाथ मिलाने के लिए जल्दी से अपने हाथ का दस्ताना अलग किया। वह सरहदी सन्तरी इतना लम्बा था कि उस तक पहुँचने के लिए कमांडर को अपनी काठी से आगे झुकने की भी ज़रूरत नहीं पड़ी।

वह पोल दूर से देखता रहा। यहाँ पर दो बोल्शेविक अफ़सर एक सैनिक का ऐसे अभिवादन कर रहे थे जैसे वह उनका बड़ा गहरा दोस्त हो। क्षण-भर के लिए उसकी आँख के सामने भी यह तस्वीर आ गई कि जैसे वह मेजर जाक्रज्वेस्की से हाथ मिला रहा है। मगर यह विचार ही बेवक़ूफ़ी से इतना भरा था कि उसने चौंककर अपने इर्द-गिर्द देखा।

"मैंने आज ही चार्ज लिया है, कामरेड बटालियन कमांडर," उस लाल सैनिक ने रिपोर्ट दी।

"वहाँ का सारा रास्ता देख लिया है?"

"नहीं, अभी नहीं।"

"यहाँ पर रात दो से छह बजे तक किसकी ड्यूटी थी?"

"सुरोतेंको की, कामरेड बटालियन कमांडर।"

"अच्छा-अच्छा, मगर ज़रा आँखें खोलकर चलना।"

कमांडर ने अपने घोड़े को बढ़ाते-बढ़ाते चेतावनी के ये शब्द कहे :

"और देखो, उन आदमियों के साथ ज़रा कम घूमा करो।"

सरहद से बेरेजदोव जाने की चौड़ी सड़क पर उनके घोड़े दुलकी चाल से चले जा रहे थे। कमांडर ने अपने साथी से कहा, "यहाँ सरहद पर तुम अपनी आँखें ज़रा खुली रखना। ज़रा सी भी अगर कोई चूक हुई, तो उसका बुरा भुगतान करना पड़ेगा। हम लोगों का काम ऐसा है कि हम ज़रा भी सुस्ताने की जुर्रत नहीं कर सकते। दिन-दहाड़े तो सरहद में घुस आना आसान नहीं है, मगर रात को काफ़ी होशियार रहने की ज़रूरत है। तुम्हीं सोचो कामरेड कोर्चागिन। मेरे हिस्से में, हमारी सरहद चार गाँवों को काटती हुई जाती है, इससे मामला काफ़ी पेचीदा हो जाता है। चाहे कितने ही पास-पास तुम सन्तरियों को क्यों न खड़ा करो, होगा यही कि सीमा-रेखा के एक तरफ़ के सम्बन्धी, रेखा की दूसरी तरफ़ होनेवाली हर शादी और जश्न में ज़रूर शरीक होंगे। और क्या ताज्जुब—उन झोंपड़ियों और खाड़ी के छिछले पानी के बीच मुश्किल से पच्चीस क़दम का फ़ासला होगा और वह पानी भी इतना छिछला है कि मुर्ग़ी का बच्चा तक उसे पाँव-पाँव पार कर ले। इतना ही नहीं, सरहद पर माल का लेन-देन भी चोरी से होता है। यह सही है कि ज़्यादातर बहुत छोटे पैमाने पर यह चीज़ होती है, जैसे कोई औरत पोलिश शराब की एक-दो बोतल ले आई या इसी क़िस्म की चीज़ें। मगर थोड़ा-बहुत यह काम बड़े पैमाने पर भी होता है, बड़े-बड़े पैसेवाले इस काम को करते हैं। तुमने सुना है न कि सरहद पर के तमाम गाँवों में पोलों ने दूकानें खोल दी हैं जिनमें तुम्हें ज़रूरत की हर चीज़ मिल सकती है? और यक़ीन मानो कि ये दूकानें उन्होंने अपने ग़रीब किसानों के लिए नहीं खोली हैं।"

बटालियन कमांडर की बात सुनते-सुनते कोर्चागिन सोचने लगा कि सरहद की

ज़िन्दगी स्काउटिंग करने जैसी ज़िन्दगी है जिसका कोई भी ओर-छोर नहीं।

"तुम्हारा क्या ख़याल है कामरेड गाव्रिलोव, मैं तो सोचता हूँ कि शायद चोरी-चोरी माल की बिक्री के अलावा और भी कुछ ज़्यादा गम्भीर चीज़ें यहाँ पर चल रही हैं?"

"यही तो मुसीबत है," बटालियन कमांडर ने चिन्ता के स्वर में जवाब दिया।

बेरेजदोव एक छोटा-सा क़स्बा था जिसमें ख़ास आबादी यहूदियों की थी। उसमें दो-तीन सौ छोटे-छोटे मकान थे जो बेतरतीबी से इधर-उधर फैले हुए थे और एक बड़ा-सा बाज़ार का चौक था जिसके बीचोबीच कोई दो दर्जन दूकानें थीं। वह चौक लीद-गोबर से गन्दा रहता था। ख़ास क़स्बे के चारों तरफ़ किसानों की झोंपड़ियाँ थीं। यहूदियों की आबादी वाले हिस्से के बीच में बूचड़खाने के रास्ते पर एक पुराना यहूदी गिरजाघर खड़ा था। उसकी बड़ी टूटी-फूटी गन्दी सी इमारत थी। गोकि इस गिरजाघर में सनीचर को भीड़ इकट्ठा होती थी, मगर तो भी अब उसके चहल-पहल के दिन ग़ायब हो चुके थे और गिरजाघर का यहूदी पादरी एक ऐसी ज़िन्दगी बसर करता था जो कि निश्चय ही उसको बहुत प्रिय न थी। 1917 में जो कुछ हुआ था, वह ज़रूर ही बुरी चीज़ थी क्योंकि उसी की वजह से तो अब यह हालत थी कि इस मनहूस जगह में भी ज़रा-ज़रा से छोकरे तक उसकी कोई इज़्ज़त न करते थे जबकि उसे यह इज़्ज़त पाने का हक़ था। यह सच है कि बूढ़े-पुराने लोग सिर्फ़ कोशर (हलाल) खाना खाते थे, मगर न जाने कितने छोकरे थे जो सूअर के गोश्त जैसी हराम चीज़ के बने हुए सॉसेज खाते थे। इस ख़याल से ही यहूदी पादरी को मितली मालूम होने लगती थी! और रबाई बोरुख ने ग़ुस्से में आकर ज़ोर से एक सूअर के लात लगाई जो लीद-गोबर के ढेर में अपने खाने की चीज़ ढूँढ़ रहा था। पादरी को इस बात की ज़रा भी ख़ुशी नहीं थी कि बेरेजदोव को ज़िले का केन्द्र बना दिया गया और न उसे ये कम्युनिस्ट ही पसन्द थे जो भगवान जाने कहाँ से आ गए थे और अब तमाम चीज़ों को उलट-पलट कर रखे दे रहे थे। हर रोज़ कोई नई बदमज़गी पैदा हो जाती। मिसाल के लिए, कल उसने पादरी के मकान के दरवाज़े पर यह साइन-बोर्ड लगा देखा : 'बेरेजदोव ज़िला कमिटी, उक्रेन की नौजवान कम्युनिस्ट लीग।'

रबाई ने सोचा कि इस साइन-बोर्ड से सिवा बुराई के दूसरी किसी भी चीज़ की उम्मीद करना बेसूद होगा। वह अपने ख़याल में इतना डूबा हुआ था कि उसने अपने गिरजाघर के दरवाज़े पर चिपकी हुई नोटिस को देखा ही नहीं, जब तक कि वह उसके ठीक सामने न पहुँच गया। नोटिस में लिखा हुआ था :

'मज़दूर नौजवानों की एक आम सभा आज क्लब में होगी। कार्यकारिणी

समिति के चेयरमैन लिसित्सिन और नौजवान कम्युनिस्ट लीग की ज़िला कमिटी के कार्यवाहक मंत्री कोर्चागिन के भाषण होंगे। मीटिंग के बाद नौ वर्षीय स्कूल के विद्यार्थी गाने-बजाने का कार्यक्रम पेश करेंगे।'

रबाई ने ग़ुस्से में आकर नोटिस को नोच लिया और बोला, "अच्छा तो उन्होंने बिस्मिल्ला कर भी दिया!"

स्थानीय गिरजाघर से लगे हुए एक लम्बे-चौड़े बाग़ के बीच में एक बड़ा-सा पुराना मकान खड़ा था जो किसी ज़माने में पादरी का था। मकान के कमरों में, जहाँ पादरी अपनी बीवी के साथ रहता था, हवा में घुटन-सी महसूस होती थी और ऐसा मालूम होता था कि वहाँ के कोने-कोने में भयानक ऊब और थकान भरी हुई है। यह मियाँ-बीवी उस मकान ही की तरह बुड्ढे और उतने ही जड़ थे और बहुत ज़माने से एक-दूसरे से बिलकुल ऊबे हुए थे। मकान के नये मालिकों के आने के साथ ही वहाँ की सारी ऊब और थकान भी जैसे साफ़ हो गई। उस बड़े हॉल में, जिसमें वे धर्मप्राण लोग सिर्फ़ गिरजाघर की छुट्टियों के रोज़ अपने मेहमानों का स्वागत-सत्कार करते थे, अब हमेशा भीड़ लगी रहती थी क्योंकि वह मकान अब बेरेजदोव कम्युनिस्ट पार्टी कमिटी का हेडक्वार्टर था। सामने के हॉल के दाहिनी तरफ़ वाले छोटे कमरे के दरवाज़े पर खड़िये से 'कोमसोमोल ज़िला कमिटी' लिखा हुआ था। यहीं पर कोर्चागिन, जो दूसरी यूनिवर्सल मिलिटरी ट्रेनिंग बटालियन का फ़ौजी कमिसार होने के साथ ही साथ नवसंगठित कोमसोमोल ज़िला कमिटी का कार्यवाहक मंत्री भी था, अपने दिन का काफ़ी वक़्त गुज़ारता था।

आना के घर की उस गोष्ठी में गए उसको आठ महीने गुज़र चुके थे, मगर उसको ऐसा लगता था कि जैसे यह अभी कल की ही बात हो। कोर्चागिन ने काग़ज़ के ढेर को एक तरफ़ सरका दिया और अपनी कुरसी पर पीछे को झुका हुआ अपने ख़यालों में डूब गया...

घर में शान्ति थी। रात काफ़ी जा चुकी थी और पार्टी कमिटी का दफ़्तर ख़ाली हो गया था। कमिटी का मंत्री त्रोफीमोव कोर्चागिन को घर में अकेला छोड़कर थोड़ी देर पहले अपने घर चला गया था। पाले से खिड़की पर अजीब अजीब-सी आकृतियाँ बनी हुई थीं, मगर कमरा गरम था। मेज़ पर मिट्टी के तेल का लैम्प जल रहा था। कोर्चागिन अभी कुछ दिन पहले की बातें याद कर रहा था। उसे याद आया कि कैसे अगस्त के महीने में कारख़ाने के कोमसोमोल संगठन ने उसे नौजवानों का संगठनकर्ता बनाकर एक मरम्मती गाड़ी के साथ एकातेरीनोस्लाव भेजा था। पतझड़ के आख़िरी दिनों तक वह रेलगाड़ी के डेढ़ सौ लोगों के साथ-साथ एक

स्टेशन से दूसरे स्टेशन घूमता फिरा था। लड़ाई के बाद की गड़बड़ी को दूर करके व्यवस्था स्थापित करना, टूटी-फूटी चीज़ों की मरम्मत करना और रेल के जले हुए और टूटे-फूटे डिब्बों के अवशेषों की सफ़ाई करना—यही उसका काम था। सिनेलनिकोवो से पोलोगी तक उन लोगों ने सफ़र किया और यही वह इलाक़ा था जिसमें माखनो डाकू लूटपाट करके चारों तरफ़ तबाही व बरबादी फैलाया करता था। गुलियाईपोलिये में वाटर टावर की ईंट की बनी इमारत की मरम्मत करने और डाइनामाइट से उड़ाई गई पानी की टंकी की दीवारों पर जहाँ-तहाँ लोहे की पत्तरें बिछाने में पूरा एक हफ़्ता लगा। गोकि पावेल फिटर नहीं था और इस भारी काम का आदी नहीं था, तब भी औरों के साथ-साथ उसने भी रिंच सँभाली और न जाने कितने हज़ार जंग-लगे बोल्टू कसे।

पतझड़ बीतते-बीतते रेलगाड़ी घर लौटी और कारख़ाने फिर अपने डेढ़ सौ काम करनेवालों को पा गए...।

इलेक्ट्रीशियन पावेल अब अक्सर आना के घर जाया करता। उसके माथे की झुर्रियाँ साफ़ हो गईं और उसकी हँसी फिर से सुनी जाने लगी।

रेलवे कारख़ाने के धूल-धक्कड़ से भरे चेहरे वाले मज़दूर एक बार फिर उसके मुँह से संघर्ष के पिछले वर्षों की कहानी सुनने के लिए जुटे, उन प्रयत्नों की कहानी जो ग़ुलाम मगर विद्रोही रूस के किसानों ने अपने कन्धों पर सवार बादशाहों को उलटने के लिए किये थे, स्तेपान राजिन और पुगाचोव के विद्रोहों की कहानी।

एक शाम आना के घर पर, जब रोज़ से ज़्यादा नौजवान इकट्ठा हुए थे, पावेल ने घोषणा की कि वह सिगरेट पीना छोड़ देगा, जिसकी आदत उसे लगभग अपने बचपन से ही पड़ी हुई थी।

उसने दृढ़ संकल्प के स्वर में घोषणा की, "अब मैं कभी सिगरेट नहीं पीऊँगा।"

यह चीज़ अचानक ही हुई। वहाँ पर मौजूद एक नौजवान ने यह कहा कि आदत—मसलन सिगरेट पीने की आदत—इच्छाशक्ति से ज़्यादा मज़बूत चीज़ होती है। इस सवाल पर दो मत थे। पहले तो पावेल ने कुछ नहीं कहा, मगर जब तालिया ने उसको बहस में खींचा तो आख़िरकार वह भी बहस में शरीक हो गया।

"आदमी अपनी आदतों पर शासन करता है, न कि आदतें आदमी पर। अगर ऐसा न हो तो पता नहीं हम कहाँ पहुँच जाएँ।"

स्वेतायेव ने एक कोने में बैठे-बैठे अपनी जगह से कहा, "सुनने में बात बहुत अच्छी लगती है, है न? कोर्चागिन को बढ़-बढ़कर बात करना पसन्द है। मगर अपनी विद्वत्ता का इस्तेमाल वह अपने ऊपर क्यों नहीं करता? वह सिगरेट पीता है, झूठ कहता हूँ? यह भी उसे मालूम है कि यह बड़ी गन्दी आदत है। अच्छी तरह उसे यह बात मालूम है। मगर उसमें इतनी मर्दानगी नहीं कि इस आदत को छोड़ दे।" फिर अपने स्वर को बदलते हुए स्वेतायेव ने तीखे व्यंग के स्वर में कहा : "अभी

कुछ ही रोज़ पहले वह अध्ययन केन्द्रों में संस्कृति का प्रसार करने में लगा था, मगर इससे उसका गाली बकना बन्द हुआ क्या? कोई भी आदमी जो पावका को जानता है, यही कहेगा कि वह बहुत गाली नहीं बकता, मगर एक बार जब शुरू करता है तो फिर उसे कोई रोक-टोक पसन्द नहीं होती। दूसरे को उपदेश पिलाना ख़ुद आचरण करने से हमेशा ज़्यादा सरल पड़ता है।"

इसके बाद ख़ामोशी छा गई जिसमें काफ़ी तनाव था। स्वेतायेव के स्वर के तीखेपन ने सबको जैसे ठंडा कर दिया था। कोर्चागिन ने तत्काल कोई जवाब नहीं दिया। धीरे-धीरे उसने अपने होंठों के बीच से सिगरेट निकाली और कहा :

"अब मैं फिर कभी सिगरेट नहीं पीऊँगा।"

फिर थोड़ी देर की ख़ामोशी के बाद उसने कहा :

"यह मैं दिम्का की ख़ातिर नहीं, ख़ुद अपने ख़याल से कर रहा हूँ। जो आदमी किसी बुरी आदत से अपना पीछा नहीं छुड़ा सकता, वह किस काम का आदमी है। इसके बाद अब सिर्फ़ वह गाली बकने वाली आदत रह जाती है, जिसकी मुझे फ़िक्र करनी होगी। मैं जानता हूँ कि मैं इस ज़लील आदत पर अब तक क़ाबू नहीं पा सका हूँ, मगर दिम्का भी इस बात को मानता है कि अब वह मेरे मुँह से गालियाँ कम ही सुनता है। सिगरेट पीना बन्द करने से किसी बुरे शब्द का मुँह से निकलना बन्द करना ज़्यादा मुश्किल काम है। इसलिए अभी मैं यह नहीं कह सकता कि सिगरेट ही की तरह मैं आज से गाली बकना भी बन्द कर दूँगा। लेकिन इसका मैं तुम्हें विश्वास दिलाता हूँ कि यह बुरी आदत भी मैं छोड़ ज़रूर दूँगा।"

पाला शुरू होने के ठीक पहले नदी में बहकर आते हुए लकड़ी के कुन्दों ने नहर को जाम कर दिया। फिर पतझड़ की बाढ़ों ने उन्हें तोड़ दिया और तेज़ बहता हुआ पानी उस लकड़ी को, जिसकी इतनी सख़्त ज़रूरत थी, बहा ले गया। और तब तक एक बार फिर सोलोमेंका ने अपने लोगों को रक्षा के काम पर भेजा, इस बार उस अनमोल लकड़ी की रक्षा के लिए।

कोर्चागिन दूसरे लोगों से पीछे नहीं छूटना चाहता था, इसलिए उसने हफ़्ते भर तक, जब तक कि किनारे पर लकड़ी का ढेर नहीं लग गया, किसी को यह नहीं बतलाया कि उसे सरदी लग गई है। उसी बर्फ़ानी पानी और पतझड़ की उस ठंडी सीलन ने उसके ख़ून में सोते हुए उसके पुराने दुश्मन को जगा दिया और उसे तेज़ बुख़ार चढ़ आया। वह फिर बिस्तर पर पड़ गया। दो हफ़्ते तक उसके शरीर में गठिये की सख़्त तकलीफ़ रही और जब वह अस्पताल से लौटा तो उसकी यह हालत थी कि वह एक टाँग बेंच के इधर और एक टाँग उधर रखकर ही अपनी

जगह पर काम कर सका। फ़ोरमैन उसको देखकर उदासी से सिर हिलाता था। कुछ दिन बाद एक मेडिकल बोर्ड ने उसे काम के लिए अयोग्य घोषित कर दिया और उसको बर्ख़ास्तगी की तनखा और पेंशन पाने के अधिकार का सर्टिफ़िकेट दे दिया गया। मगर कोर्चागिन ने ग़ुस्से से उसको लेने से इनकार कर दिया।

वह कारख़ाने से चला तो उसका दिल भारी था। वह धीरे-धीरे अपनी छड़ी का सहारा लिये चला जा रहा था, मगर हर क़दम पर उसे सख़्त दर्द महसूस होता था। उसे अपनी माँ के कई ख़त मिले थे जिसमें उसने पावेल को घर बुलाया था और हर बार उसे अपनी माँ का ख़याल आता, तो उसके मन में अपनी माँ के विदाई के समय के ये शब्द गूँज जाते :

"मैं तो तुम्हें तभी देखती हूँ जब तुम लाचार और मजबूर होते हो।"

सूबा कमिटी में उसे अपना कोमसोमोल और पार्टी का कार्ड दिया गया और फिर वह जाते समय कम-से-कम लोगों से मिलकर, ताकि जुदाई में उतना ही कम दर्द हो, चुपके से अपनी माँ के पास जाने के लिए शहर से निकल गया। दो हफ़्ते तक उसकी बुढ़िया माँ ने उसकी सूजी टाँगों को भाप से सेंका और उनकी मालिश की और महीने-भर में ही वह इस क़ाबिल हो गया कि बिना अपनी छड़ी का सहारा लिये चल सकता था। उसका मन उस समय ख़ुशी से भर उठा जब उसकी ज़िन्दगी में गोधूलि की जगह यह एक नया सवेरा फिर से आया। एक बार फिर रेलगाड़ी उसे सूबे के केन्द्र में ले आई। तीन दिन उसने वहाँ पर गुज़ारे और संगठन विभाग ने उसे प्रादेशिक फ़ौजी कमिसारियट में एक फ़ौजी शिक्षा की यूनिट में राजनीतिक कार्यकर्ता का काम सौंप दिया।

एक हफ़्ता और गुज़रा और पावेल दूसरे नम्बर की बटालियन का फ़ौजी कमिसार बनकर एक छोटे से, बर्फ़ से ढके हुए, क़स्बे में पहुँच गया। कोमसोमोल की एरिया कमिटी ने भी उसे एक काम सौंप दिया : वह काम था इलाक़े के बिखरे हुए कोमसोमोल सदस्यों को इकट्ठा करना और उस ज़िले में नौजवान सभा का संगठन क़ायम करना। और इस तरह ज़िन्दगी फिर चल निकली।

बाहर बड़ी सख़्त, दम घोंटनेवाली गरमी थी। कार्यकारिणी समिति के दफ़्तर की खुली खिड़की में से चेरी के पेड़ की एक शाख भीतर झाँक रही थी। सड़क के उस पार एक पोलिश गिरजे के गोथिक शैली के घंटाघर के ऊपर लगा हुआ सुनहरा क्रॉस धूप में चमक रहा था और खिड़की के सामने हाते में छोटे-छोटे, आसपास की घास के समान हरे-हरे बतख़ के बच्चे खाने की तलाश में व्यस्त घूम रहे थे। ये बतख़ के बच्चे कार्यकारिणी समिति के रखवाले के थे।

कार्यकारिणी समिति के चेयरमैन ने उस ख़त को जो अभी-अभी उसे मिला था, पढ़कर खतम किया। उसके चेहरे पर एक छाया-सी आ गई और उसका बड़ा सा गठीला हाथ उसके बड़े-बड़े बालों में घूमने लगा और वहीं रुक गया।

बेरेजदोव कार्यकारिणी समिति के चेयरमैन निकोलाई निकोलायेविच लिसित्सिन की उमर सिर्फ़ चौबीस साल की थी, मगर न तो उसके कर्मचारी और न कोई स्थानीय पार्टी कार्यकर्ता ही इस बात का विश्वास करता था। लिसित्सिन लम्बा-चौड़ा मज़बूत आदमी था और देखने में इतना कठोर कि अक्सर डर लगता था और इसी सबसे उसकी उमर कम से कम पैंतीस की मालूम होती थी। उसका शरीर ख़ूब तगड़ा था, मोटी सी गर्दन और उस पर बड़ा सा सिर, भूरे रंग की तेज़ नुकीली आँखें जिनमें एक फौलादी चमक थी और मज़बूत जबड़े जिनको देखकर लगता था कि यह उत्साही आदमी है। वह नीले रंग की बिरजिस और भूरी वरदी पहनता था जो अब घिस गई थी और जिसकी बाईं तरफ़ वाली जेब पर 'ऑर्डर ऑफ़ द रेड बैनर' टँका हुआ था।

अपने बाप और दादा की तरह लिसित्सिन भी बचपन से ही धातु का काम करने वाला मज़दूर रहा था और अक्तूबर क्रान्ति के पहले तुला नगर के एक तोप के कारख़ाने में वह एक खराद का 'कमांडर' था।

पतझड़ की उस रात से शुरू करके जब तुला का यह लोहार कन्धे पर राइफ़ल रखकर मज़दूरों के राज के लिए लड़ने गया, तब से अब तक वह घटनाओं के भँवर में ही चल रहा था। क्रान्ति और पार्टी ने कोलिया लिसित्सिन को एक कठिन जगह से दूसरी कठिन जगह भेजा और उन सभी जगहों में अपने काम को शान से पूरा करते हुए लिसित्सिन लाल सेना के साधारण सैनिक से रेजिमेंट का कमांडर और कमिसार बना।

लड़ाई की आग और तोपों की गरज अब अतीत का अंग हो गई थी। अब निकोलाई लिसित्सिन सरहद पर के एक ज़िले में काम कर रहा था। ज़िन्दगी धीमे-धीमे सम चाल से चली जा रही थी और कार्यकारिणी का चेयरमैन अपने दफ़्तर में बैठा हर रोज़ बड़ी रात तक खेती की फ़सल की रिपोर्ट को उलटता-पुलटता रहता था। इस वक़्त उसके सामने जो ख़त था, उसने थोड़ी देर के लिए उसके हाल के गुज़रे हुए ज़माने की याद को ताजा कर दिया। यह तार की संक्षिप्त भाषा में एक चेतावनी थी :

> 'अत्यन्त गोपनीय। बेरेजदोव कार्यकारिणी समिति के चेयरमैन लिसित्सिन के नाम।
>
> 'इधर देखने में आ रहा है कि सरहद पर पोल लोग हमारी सीमा में सरहदी इलाक़े के लोगों में आतंक फैलाने के लिए बड़े-बड़े गिरोहों को भेज

रहे हैं। बचाव का इन्तज़ाम करने की ज़रूरत है। हमारा प्रस्ताव है कि अर्थ-विभाग की तमाम क़ीमती चीज़ें, जिनमें जमा किया हुआ टैक्स भी शामिल है, एरिया सेंटर में भेज दी जाएँ।'

अपनी खिड़की में से लिसित्सिन ज़िला कार्यकारिणी समिति की इमारत में आनेवाले हर आदमी को देख सकता था। उसने नज़र उठाई तो पावेल कोर्चागिन को सायबान में खड़ा पाया। क्षण-भर बाद दरवाज़े पर दस्तक पड़ी।

लिसित्सिन ने पावेल से हाथ मिलाते हुए कहा, "बैठ जाओ, मुझे तुमसे कुछ कहना है।"

पूरे एक घंटे तक दोनों दफ़्तर में बैठे बातें करते रहे।

कोर्चागिन के दफ़्तर से निकलते-निकलते दोपहर का वक़्त हो गया था। जैसे ही वह दफ़्तर से बाहर आया, लिसित्सिन की छोटी बहन, जो थी तो बच्ची मगर अपनी उमर से कहीं ज़्यादा गम्भीर थी, बाग़ीचे में से भागकर उसके पास आई। कोर्चागिन को देखकर वह हमेशा बड़े प्यार से मुस्करा देती थी। कोर्चागिन उसे प्यार में अन्युत्का कहकर बुलाता था, जो उसके नाम का संक्षिप्त रूप था। इस वक़्त भी उसने लजाते हुए पावेल का अभिवादन किया और सिर को झटका देकर एक बिखरी हुई लट को माथे पर से पीछे हटा दिया।

उसने पूछा, "क्या कोलिया बहुत व्यस्त है? मारिया मिखाइलोवना बड़ी देर से उसका खाना तैयार करके बैठी हुई है।"

"अन्दर चली न जाओ अन्युत्का, वह अकेला बैठा है।"

दूसरे रोज़ सवेरे, भोर होने के बहुत पहले तीन गाड़ियाँ, जिन्हें अच्छे मोटे-ताज़े घोड़े खींच रहे थे, आकर कार्यकारिणी समिति के सामने रुकीं। उन गाड़ियों के साथ जो लोग आए थे, उन्होंने धीमी आवाज़ में आपस में बातें कीं और इसके बाद कई मुहरबन्द बोरे अर्थ-विभाग से बाहर लाए गए। उन्हें गाड़ियों पर लादा गया और कुछ मिनट बाद गाड़ियाँ उनको लेकर चली गईं और सड़क पर उनकी दूर जाती हुई आवाज़ सुनाई देने लगी। इन गाड़ियों को हिफ़ाज़त से अपनी जगह पर पहुँचाने की ज़िम्मेदारी एक सैनिक दस्ते की थी जिसका नायक कोर्चागिन था। वहाँ से प्रादेशिक केन्द्र तीस मील दूर था (जिसमें से कोई बाईस मील का रास्ता जंगल से होकर था)। सुरक्षित ढंग से वे सारी क़ीमती चीज़ें एरिया अर्थ-विभाग की तिज़ोरियों में पहुँच गईं।

इसके कुछ दिन बाद एक घुड़सवार, जिसके घोड़े के मुँह से फिचकुर निकल रहा था, सरहद की ओर से सरपट बेरेजदोव में आया। वह सड़कों के बीच से गुज़रा तो शहर के नाकारे लोग अचम्भे से उसको घूरने लगे।

कार्यकारिणी समिति के फाटक पर पहुँचकर सवार कूदकर घोड़े से नीचे

आ गया और अपनी तलवार को एक हाथ से सँभाले, अपने भारी-भारी बूट पहने सीढ़ियों पर धम-धम चढ़ गया। उसको देखकर लिसित्सिन के माथे पर परेशानी से बल पड़ गए और उसने उसके हाथ से ख़त ले लिया और लिफ़ाफ़े पर दस्तख़त करके लिफ़ाफ़ा उसे वापस दे दिया। चिट्ठी देकर वह सरहदी सन्तरी अपने घोड़े पर सवार हुआ और घोड़े को सुस्ताने का ज़रा भी समय दिये बिना उसने घोड़े को एड़ लगाई और जिधर से आया था, सरपट उधर ही चला गया।

कार्यकारिणी समिति के चेयरमैन के अलावा और किसी को नहीं मालूम था कि उस चिट्ठी में क्या लिखा है, और अभी ही उसने उस चिट्ठी को पढ़ा था। मगर शहरवालों की नाक भी अजीब होती है, उनको पता नहीं कैसे होनेवाली घटनाओं का सुराग़ मिल जाता है। यहाँ के तीन में से दो छोटे-मोटे सौदागर चोरी से माल लाने-ले जाने का काम कुछ न कुछ ज़रूर करते थे और इस काम को करने के ही सिलसिले में आनेवाले ख़तरे को समझ जाने की एक सहज चेतना उनके अन्दर पैदा हो गई थी।

दो आदमी तेज़ी से फ़ौजी ट्रेनिंग बटालियन के हेडक्वार्टर को जाने वाले चौड़े रास्ते पर चले जा रहे थे। उनमें से एक पावेल कोर्चागिन था। वह हथियारों से लैस था मगर इससे दर्शकों को कोई आश्चर्य नहीं हो रहा था। यह तो उसकी आदत थी। मगर इस बात से उनको ख़तरे का कुछ-कुछ आभास रहा था कि पार्टी कमिटी के मंत्री त्रोफीमोव ने भी रिवॉल्वर लटका रखी थी।

कुछ मिनट बाद एक दर्जन लोग अपनी राइफ़लों में संगीनें लगाए हेडक्वार्टर में से निकले और फुर्ती से मार्च करते हुए चौराहे पर खड़ी मिल के पास पहुँच गए। स्थानीय कम्युनिस्ट पार्टी और कोमसोमोल के बाक़ी सदस्यों को पार्टी दफ़्तर में हथियार दिये जा रहे थे। कार्यकारिणी समिति का चेयरमैन कौसेकों वाली टोपी और हमेशा की तरह अपनी माउज़र पेटी में लगाए घोड़े पर सरपट निकल गया। ज़रूर कुछ मामला है। ख़ास चौक और आसपास की गलियाँ सूनी हो गईं। चिड़िया का पूत नज़र नहीं आता था। देखते-देखते उन छोटी-मोटी दूकानों के दरवाजों पर बाबा आदम के वक़्त के बड़े-बड़े ताले लटकने लगे और खिड़कियों को चिटखनियाँ चढ़ा दी गईं। सिर्फ़ निडर मुर्गियाँ और सूअर गरमी से परेशान होकर गन्दगी के ढेर में अपने खाने की तलाश में घूमते रहे।

शहर के छोर पर के बाग़ीचों में वे सिपाही छिप गए। वहाँ से खुला मैदान और सीधी दूर तक चली जाती हुई सड़क उन्हें साफ़ दिखाई देती थी।

लिसित्सिन को जो चिट्ठी मिली थी उसमें बहुत संक्षेप में बस यह लिखा था :

> "कल रात लगभग सौ घुड़सवार दो हल्की मशीनगनें लेकर पोदुब्सी के इलाक़े में एक झड़प के बाद सोवियत क्षेत्र में घुस आए। बचाव की तदबीर

करो। हमलावर गिरोह का निशान स्लावुता के जंगलों में जाकर खो गया है। गिरोह का पीछा करने के लिए एक बोल्शेविक कौसेक कम्पनी भेजी गई है। यह कम्पनी दिन के वक़्त बेरेजदोव से गुज़रेगी। उनको दुश्मन न समझना।

गाव्रिलोव; कमांडर, सरहदी बटालियन।"

मुश्किल से एक घंटा गुज़रा होगा जब एक घुड़सवार शहर जाने वाली सड़क पर दिखाई दिया। उसके क़रीब पाँच-छह फर्लांग पीछे और भी घुड़सवार चले आ रहे थे। कोर्चागिन बड़े ग़ौर से उनको देख रहा था। आगे-आगे चलने वाला घुड़सवार सातवीं लाल कौसेक रेजिमेंट का एक नौजवान सैनिक था। बावजूद इसके कि वह बहुत होशियारी से आगे बढ़ रहा था, उसे सड़क के पास के बाग़ीचों में छिपे हुए लोग दिखाई नहीं दिये। इससे पहले कि वह मामले को समझ पाए, हथियारों से लैस लोगों ने हरियाली में से बाहर सड़क पर आकर उसे चारों ओर से घेर लिया। उसने उन लोगों की वर्दियों पर कोमसोमोल का निशान देखा, तो खिसियाकर मुस्कराया। संक्षेप में उसको बात समझाई गई और उसने अपना घोड़ा फेरा और पीछे दुलकी चाल से चले आते हुए घुड़सवारों के पास सरपट अपने घोड़े को भगा ले गया। कोमसोमोल के इन लोगों ने लाल कौसेकों को गुज़र जाने दिया और वापस अपनी जगहों पर पहुँचकर पहरा देने लगे।

लिसित्सिन के कई दिन बड़ी चिन्ता में गुज़रे। कई दिन बाद ही उसको यह ख़बर मिली कि हमलावर पोलों का वह गिरोह अपना काम करने में नाकाम रहा था। लाल घुड़सवारों ने उसका पीछा किया और उसे भागकर अपनी सरहद में चला जाना पड़ा।

उन्नीस बोल्शेविकों ने इस इलाक़े में सोवियत ज़िन्दगी के निर्माण के काम को उत्साह के साथ करना शुरू किया। यह एक नया इलाक़ा था और इसलिए हर काम की शुरुआत नींव से करनी थी। इसके अलावा चूँकि सरहद यहाँ से बहुत पास थी, इसलिए सबको बहुत सावधान रहना पड़ता था।

लिसित्सिन, त्रोफीमोव, कोर्चागिन और दूसरे मुट्ठी-भर कार्यकर्ता, जिन्हें उन्होंने इकट्ठा किया था, सबेरे से शाम तक सोवियतों के नये चुनाव का इन्तज़ाम, डाकुओं से लड़ना, सांस्कृतिक काम का संगठन, चोरी से माल लाने-ले जाने की रोकथाम वग़ैरह किया करते थे और इसके साथ-साथ अपनी सुरक्षा को मज़बूत करने का पार्टी और कोमसोमोल का काम भी करते थे।

घोड़े की पीठ पर से मेज़ पर और फिर मेज़ से मैदान में, जहाँ फ़ौजी शिक्षार्थी ड्रिल किया करते थे, फिर क्लब और स्कूल और दो-तीन कमिटी मीटिंगें—दूसरी बटालियन के फ़ौजी कमिसार की यही दिनचर्या थी। उसके बग़ल में माउज़र लटकी रहती और अक्सर उसकी रातें घोड़े की पीठ पर गुज़रती थीं—ऐसी रातें जिनकी

निस्तब्धता "हाल्ट, कौन है?" और चोरी से लाए गए माल से लदी हुई तेज़ी से भागती हुई गाड़ियों के पहियों की आवाज़ से ही भंग होती थी।

बेरेजदोव की कोमसोमोल ज़िला कमिटी में कोर्चागिन, लिदा पोलेविख और जेंका राजवालिखिन थे। लिदा वोल्गा की रहने वाली नीली आँख की एक लड़की थी जो महिला विभाग की अध्यक्षा थी और जेंका राजवालिखिन एक लम्बा ख़ूबसूरत नौजवान था जो अभी कुछ ही समय पहले हाई स्कूल का विद्यार्थी था। राजवालिखिन के मन में रोमांचकारी साहसिक कारनामों के लिए ज़बरदस्त मोह था और शरलॉक होम्स और लुई बुसेनार के बारे में तो उससे ज़्यादा कोई जानता ही न था। पहले वह पार्टी की ज़िला कमिटी का ऑफ़िस मैनेजर था और गोकि कोमसोमोल में आए उसे अभी सिर्फ़ चार ही महीने हुए थे वह दूसरे नौजवानों के सामने अपने को 'पुराना बोल्शेविक' कहता था। एरिया कमिटी ने कुछ हिचकते हुए उसको राजनीतिक शिक्षा का भार देकर बेरेजदोव भेजा था और इसलिए भेजा था क्योंकि दूसरा कोई आदमी उपलब्ध नहीं था।

सूरज अपने शिखर पर था। हर तरफ़ गरमी थी और सभी जीवित प्राणी छाया में शरण ढूँढ़ रहे थे। यहाँ तक कि कुत्ते भी शेडों में घुसे हुए हाँफते, ऊँघते और बेजान से पड़े थे। गाँवों में ज़िन्दगी की अकेली निशानी एक सूअर था जो कुएँ के पास कीचड़ की एक तलैया में मौज से पड़ा था।

कोर्चागिन ने अपने घोड़े को खोला और घुटने के दर्द से होंठों को काटता हुआ कूदकर घोड़े की पीठ पर सवार हुआ। उस्तानी स्कूल की इमारत की सीढ़ियों पर खड़ी थी और धूप से बचने के लिए आँख पर हथेली की आड़ लिये हुए थी।

उसने मुस्कराकर कहा, "कामरेड फ़ौजी कमिसार, उम्मीद करती हूँ कि आपसे फिर मुलाक़ात होगी।"

घोड़ा अधीर होकर पैर पटक रहा था और अपनी गर्दन तानकर रास पर ज़ोर दे रहा था।

"अच्छा विदा कामरेड राकीतिना! तो यह बात तय हो गई, कल पहला सबक आप ही पढ़ाएँगी।"

रास को ढीला पाकर घोड़ा तेज़ी से चल दिया। तभी एकाएक पावेल के कानों में ज़ोर-ज़ोर से चीख़ने की आवाज़ें आईं। यह गाँव में आग लग जाने पर औरतों के चीख़ने जैसी आवाज़ थी। तेज़ी से अपने घोड़े को लौटाते हुए फ़ौजी कमिसार पावेल ने एक नौजवान किसान स्त्री को बेतहाशा गाँव में भागकर आते देखा। राकीतिना ने जल्दी से आगे बढ़कर उस औरत को रोका। पास की झोंपड़ियों से उनमें रहनेवाले,

जिनमें ज़्यादातर बूढ़े स्त्री व पुरुष थे, क्योंकि मेहनत कर सकनेवाले किसान खेतों में काम कर रहे थे, बाहर की ओर देखने लगे।

"ओह भाइयो, जल्दी चलो, जल्दी चलो! वहाँ वे लोग एक-दूसरे को मारे डाल रहे हैं।"

कोर्चागिन जब सरपट भागकर वहाँ पहुँचा तो लोग उस औरत के इर्द-गिर्द भीड़ लगा रहे थे, उसके सफ़ेद ब्लाउज़ को पकड़कर तान रहे थे और बहुत चिन्तित होकर उससे सवाल पर सवाल किये जा रहे थे। मगर उनकी समझ में नहीं आ रहा था कि मामला क्या है, क्योंकि वह औरत बेतहाशा चीख़े जा रही थी, "क़त्ल हो रहा है! वे लोग काटकर रखे दे रहे हैं!" बस इतना ही कह पाती थी। उलझी हुई दाढ़ीवाला एक बुड्ढा अपने हाथ के कते-बुने पाजामे को एक हाथ से सँभाले दौड़ने की कोशिश करता हुआ वहाँ आया।

उसने उस घबराई हुई औरत से चिल्लाकर कहा, "बन्द करो अपना चीख़ना, साफ़-साफ़ तो बोलो कुछ! किसका क़त्ल हो रहा है? मामला क्या है? अपनी यह भौं-भौं तो बन्द करो!"

"हमारे आदमियों में और पोदुब्सीवालों में लड़ाई हो रही है। वे हमारे आदमियों का क़त्ल कर रहे हैं!"

इसी से सारी बात उनकी समझ में आ गई। औरतें रोने लगीं और बुड्ढे लोग ग़ुस्से में ज़ोर-ज़ोर से साँस छोड़ने लगे। यह ख़बर गाँव-भर में, कोनों-अंतरों तक में लहर की तरह फैल गई : "वे पोदुब्सीवाले हँसियों से हमारे आदमियों को काटे डाल रहे हैं...फिर वही पुराना सरहदवाला झगड़ा है!" सिर्फ़ वे लोग जो बिस्तर पकड़े हुए थे, घर के अन्दर रहे, बाक़ी सारे लोग बाहर गाँव की सड़क पर निकल आए और लाठी, गँड़ासा, कुल्हाड़ी, वग़ैरह से लैस होकर उन खेतों की तरफ़ दौड़े जहाँ दोनों लोग मेंड़ के झगड़ों को लेकर एक-दूसरे का ख़ून बहा रहे थे। और साल में एक बार यह चीज़ ज़रूर होती थी।

कोर्चागिन ने अपने घोड़े को चाबुक़ लगाया और घोड़ा सरपट भाग चला। घुड़सवार कोर्चागिन की आवाज़ों से घोड़ा दौड़ता हुआ गाँववालों के पास से तीर की तरह निकल गया। उसके कान पीछे को दबे हुए थे और उसकी टापें ज़मीन को रौंद रही थीं और उसकी चाल बराबर तेज़ होती जा रही थी। सामने एक पहाड़ी पर एक हवा की चक्की बाँहें फैलाए खड़ी थी मानो घोड़े का रास्ता रोकना चाहती हो। दाहिनी तरफ़ नदी के किनारे खाले में चरागाह थी और बाईं तरफ़ एक राई का खेत था, जो दूर क्षितिज तक चला गया था। पकी हुई राई की बालें हवा में झूम रही थीं। दोनों तरफ़ पॉपी के लाल-लाल फूल थे। यहाँ पर शान्ति थी और गरमी असह्य थी। मगर दूर से, जहाँ पर नदी एक रुपहले फीते-सी नज़र आती और धूप खाती जान पड़ती थी, लड़ाई की आवाज़ें आ रही थीं।

घोड़ा चरागाहों पर बेतहाशा भागता चला जा रहा था। 'अगर यह कहीं ठोकर खाकर गिरा तो हम दोनों का काम तमाम हो जाएगा।' पावेल के मन में एकाएक यह ख़याल आया। मगर अब रुकने का वक़्त न था और उसे इसी तरह बढ़ते जाना था, काठी पर इसी तरह नीचे झुके हुए और कानों में तेज़ हवा की सीटी-सी बजती हुई।

आँधी की तरह वह सरपट उस खेत पर पहुँचा जहाँ लोग ग़ुस्से से अन्धे होकर जंगली जानवरों की तरह आपस में लड़ रहे थे। बहुत से लोग लहूलुहान होकर ज़मीन पर पड़े थे।

घोड़े ने एक दाढ़ीवाले किसान को अपने पैरों से कुचल दिया जो एक हँसिया के बेंट का सिरा हाथ में लिये एक नौजवान का पीछा कर रहा था और जिसके चेहरे से ख़ून बह रहा था। उसके पास ही एक विशालकाय आदमी अपने बड़े-बड़े भारी बूटों से अपने ज़मीन पर पड़े हुए दुश्मन के पेट में बेदर्दी से ठोकर मार रहा था।

इन लड़ते हुए आदमियों की भीड़ में तेज़ी से घोड़े को दौड़ाते हुए कोर्चागिन ने उन सबको तितर-बितर कर दिया। इस अचानक हमले से सँभलने के पहले कोर्चागिन कभी एक आदमी पर और कभी दूसरे आदमी पर जा चढ़ता था। क्योंकि यह बात उसने समझ ली थी कि ये ख़ून में लिथड़े हुए आदमी जो इस वक़्त जानवर हो गए हैं, डराकर ही तितर-बितर किये जा सकते हैं।

पावेल ने ग़ुस्से में ज़ोर से चिल्लाकर कहा, "भाग जाओ, जानवर कहीं के! भाग जाओ लुटेरो, नहीं तो मैं तुममें से एक-एक को गोली से भून दूँगा!"

और अपनी पिस्तौल निकालते हुए उसने एक ऊपर उठे हुए, ग़ुस्से से वहशियाना नज़र आते हुए चेहरे पर गोली चलाई। घोड़ा फिर दौड़ा और पिस्तौल फिर बोली। कुछ लड़नेवालों ने अपने हँसिये छोड़ दिये और लौट पड़े। फ़ौजी कमिसार पावेल ने अपने घोड़े पर सवार इधर से उधर तक मैदान को रौंदकर और लगातार गोली चलाते हुए स्थिति पर क़ाबू पा लिया। किसान भाग निकले और चारों तरफ़ तितर-बितर हो गए, क्योंकि वे इस ख़ूनी झगड़े की ज़िम्मेदारी से बचना चाहते थे और इस ख़तरनाक घुड़सवार से भी जो ग़ुस्से से पागल होकर बेतहाशा गोली चलाए जा रहा था।

सौभाग्य से कोई मरा नहीं और घायल लोग ठीक हो गए। बहरहाल, थोड़ी ही देर बाद इस मामले की सुनवाई के लिए पोदुब्त्सी में ज़िले की अदालत बैठी, मगर बदमाशों के सरगना लोगों का पता लगाने की जज की सारी कोशिश नाकाम हुई। सच्चे बोल्शेविक की दृढ़ता और धैर्य से जज ने अपने सामने के बिगड़े हुए किसानों को यह दिखाने की कोशिश की कि उनका काम कितना बर्बर था। जज ने यह भी स्पष्ट कर दिया कि इस तरह की मार-काट बरदाश्त नहीं की जाएगी।

किसानों ने कहा, "कामरेड जज, दोष हमारा नहीं, चौहद्दी का है। पता नहीं

कैसे हर बार आपस में गड्डमड्ड हो जाती है और हर साल हमें उसके पीछे लड़ना पड़ता है।"

मगर ख़ैर वह जो भी हो, कुछ किसानों को इस लड़ाई की जवाबदेही करनी पड़ी।

हफ़्ते-भर बाद एक कमीशन वहाँ आया और झगड़े की ज़मीनों की छान-बीन करने लगा।

"ज़मीन की नाप-जोख करते मुझे तीस साल हो गए और मैंने देखा है कि हमेशा झगड़ा बँटवारे की लाइन को लेकर होता है," कमीशन के बुड्ढे सर्वेयर ने अपना फीता लपेटते हुए कोर्चागिन से कहा। वह बुड्ढा गरमी के कारण और काफ़ी पैदल चलने के कारण बिलकुल थक गया था और उसके शरीर से पसीना चू रहा था। "सचमुच अपनी आँख पर यक़ीन नहीं आता, ज़रा देखो कैसे ये चरागाहें बाँटी गई हैं। कोई शराबी भी इससे ज़्यादा सीधी रेखाएँ खींच सकता था। और खेतों का हाल तो और भी बुरा है। तीन-तीन क़दमों के बराबर ज़मीन की पट्टियाँ हैं और उस पर तुर्रा यह कि एक की टाँग दूसरे में घुसी हुई है—कोई उनको अलग करने की कोशिश करे तो पागल हो जाए। इस पर से जब लड़के बड़े होते हैं और बाप अपनी ज़मीनों के और भी टुकड़े करते हैं, तो उन छोटी-मोटी पट्टियों के और भी टुकड़े हो जाते हैं। मेरी बात का यक़ीन करो कि आज से बीस बरस बाद जोतने के लिए कोई धरती बाक़ी न रहेगी, सिर्फ़ मेंड़ें ही मेंड़ें रह जाएँगी। यों भी कुल ज़मीन का दस फ़ीसदी मेड़ों के पीछे बरबाद हो रहा है।"

कोर्चागिन मुस्कराया।

"कामरेड सर्वेयर, आज से बीस बरस बाद एक भी मेंड़ बाक़ी न रहेगी।"

उस बुड्ढे ने पावेल को बहुत बड़प्पन के भाव से देखा, जैसे उसकी बेवक़ूफ़ी पर तरस खा रहा हो।

"तुम्हारा मतलब कम्युनिस्ट समाज से है? वह ज़रा बहुत दूर की बात है। है न?"

"आपने बुदानोव्का कोलखोज़ के बारे में सुना है?"

"ओह, यह मतलब है तुम्हारा।"

"आपका क्या कहना है उसके बारे में?"

"मैं बुदानोव्का में रह चुका हूँ। मगर वह बात अपवाद है, कामरेड कोर्चागिन।"

कमीशन धरती की पट्टियों की पैमाइश करता रहा। दो नौजवान खूँटे गाड़ रहे थे और दोनों तरफ़ खड़े हुए किसान बड़े ग़ौर से यह देख रहे थे कि वे सड़ी-सी डंडियाँ ठीक उस जगह पर गड़ें जहाँ विभाजन की रेखा पहले थी, जो घास में मुश्किल से दिखाई दे रही थी।

अपनी मरियल घोड़ी पर चाबुक़ फटकारते हुए बातूनी कोचवान अपनी सवारियों की तरफ़ मुड़ा।

उसने कहा, "मेरी समझ में ही नहीं आता, ये कोमसोमोल के छोकरे कहाँ से फट पड़े। आज से पहले ऐसी कोई चीज़ कभी न हुई थी, कम-से-कम मुझे तो याद नहीं। मैं तो दावे से कह सकता हूँ कि यह वही उस्तानी है जिसने यह सारा खेल-तमाशा शुरू किया है। उसका नाम राकीतिना है, हो सकता है आपने भी उसका नाम सुना हो? है तो वह जवान औरत मगर किसी काम की नहीं। वह गाँव-भर की तमाम औरतों को भड़काती है। उनके दिमाग़ में न जाने कहाँ-कहाँ की वाही-तबाही की बातें भर देती है और उसी से तो मुसीबत शुरू होती है। उसी के चलते तो आज यह हाल है कि कोई आदमी अपनी बीवी को पीट तक नहीं सकता। पुराने ज़माने में ज़रा भी अपनी तबीयत नाराज़ होने पर तुम अपनी बुढ़िया को डंडा लगा सकते थे, फिर चाहे वह कहीं जाकर कोने में बिसूरती रहे! मगर अब तुमने कुछ किया नहीं कि वह इतना हल्ला मचाती है कि तुम कान पर हाथ धरने लगते हो कि मुझे क्या सूझी थी कि मैंने इसे छू दिया। आज तो वह तुम्हें जनता की अदालत की धमकी देती है। और जहाँ तक जवान लड़कियों की बात है, वे तो तलाक़ की बात करती हैं और दुनिया-भर के क़ानून सुनाने लगती हैं। मेरी गांका को ही देखो, कैसी ख़ामोश औरत थी वह, जैसी दुनिया में न मिले। लेकिन अब उसे देखो जाकर, प्रतिनिधि बन गई है। इसका मतलब शायद यह होता है कि औरतों के समाज में उसे बड़ा समझा जाता है। गाँव-भर की औरतें उसके पास आती हैं। मैंने जब इस चीज़ के बारे में सुना तो मेरे जी में आया कि चाबुक़ से उसकी ज़रा अच्छी तरह मरम्मत करूँ, मगर फिर मैंने जाने दिया, कहा, इस मामले में हाथ डालना ठीक नहीं। जब सब जहन्नुम में जाना ही चाहती हैं, तो जाएँ। जहाँ तक घर के कामकाज की बात है, तो वह औरत बुरी नहीं है।"

कोचवान की गाढ़े की क़मीज़ की खुली हुई जगह में से उसका बालदार सीना दिखाई दे रहा था। उसने अपने सीने को खुजलाया और घोड़े की पीठ पर अपना चाबुक़ फटकारा। गाड़ी में राजवालिखिन और लिदा बैठे हुए थे। उन दोनों को पोदुब्सी में काम था। लिदा महिला प्रतिनिधियों के एक सम्मेलन की योजना बना रही थी और राजवालिखिन को स्थानीय सेल के काम के संगठन में मदद पहुँचाने के लिए भेजा गया था।

लिदा ने मज़ाक़ के स्वर में कोचवान से पूछा, "तो तुम्हें कोमसोमोल अच्छे नहीं लगते?"

कोचवान जवाब देने के पहले थोड़ी देर तक अपनी छोटी-सी खसखसी दाढ़ी के बाल नोचता रहा।

"नहीं, मुझे बुरे नहीं लगते...मैं इस बात का हामी हूँ कि नौजवानों को मस्ती

का मौक़ा देना चाहिए, लोग नाटक-वाटक किया करें। मुझे ख़ुद हँसने-हँसानेवाले नाटक पसन्द हैं, अगर अच्छे हों। शुरू में हमने ज़रूर सोचा था कि नौजवान हमारे क़ाबू के बाहर हो जाएँगे, मगर बाद में उलटी ही बात निकली। मैंने लोगों को कहते सुना है कि वे लोग शराब-वराब पीने और झगड़े करने वग़ैरह के मामले में बड़े सख़्त हैं। उनका ज़्यादा झुकाव किताब पढ़ने पर होता है। मगर पता नहीं क्यों वे लोग भगवान को अपनी जगह नहीं रहने देते, जब देखो तब वे गिरजे छीनकर उनको क्लब में बदलने की फ़िराक़ में रहते हैं। मगर कुल मिलाकर वे लोग बुरे नहीं हैं। अगर तुम मुझसे पूछो, तो मैं यह ज़रूर कहूँगा कि गाँव के सभी दरिद्र लोगों को अपने में शरीक करके उन्होंने बड़ी ग़लती की। ऐसे लोगों को लेने से क्या फ़ायदा जो ख़रीदे जा सकते हैं या जो अपनी खेती की देखभाल ठीक से नहीं कर सकते। धनी किसानों के लड़कों से वे लोग कोई सरोकार ही नहीं रखते।"

गाड़ी खड़खड़ाती हुई पहाड़ी के नीचे उतरी और स्कूल की इमारत के सामने जाकर रुक गई।

दरबान की बीवी इन नये आगन्तुकों के ठहरने का इन्तज़ाम करके पुआल पर सोने चली गई थी। लिदा और राजवालिखिन अभी एक मीटिंग से लौटे थे जो ज़रा देर में खतम हुई थी। झोंपड़ी के अन्दर अँधेरा था। लिदा ने जल्दी-जल्दी कपड़े उतारे, कूदकर बिस्तर पर गई और पलक मारते सो गई। उसकी नींद अपने शरीर पर फिरते हुए राजवालिखिन के हाथों के स्पर्श से अचानक खुली। राजवालिखिन के हाथ उसके शरीर पर इस तरह से फिर रहे थे कि लिदा के मन में कोई सन्देह न रहा कि राजवालिखिन का क्या इरादा है।

"क्या है?"

"श्-श्, लिदा, इतना हल्ला मत करो। अकेले पड़े-पड़े मैं तो उकता गया। इस तरह खर्राटे भरने से अच्छी भी कोई चीज़ हो सकती है, क्या यह तुम्हारी समझ में नहीं आता?"

"अपने पंजों से मुझे इस तरह गूँधो मत और फ़ौरन मेरे बिस्तर पर से चले जाओ!" लिदा ने उसको धक्का देते हुए कहा। राजवालिखिन की तेल जैसी चिकनी मुस्कराहट से उसे हमेशा नफ़रत होती थी और उसके जी में आया कि उसको लज्जित और अपमानित करने के लिए कोई कड़ी बात कहे, मगर नींद उस पर भारी हो रही थी और उसने आँखें मूँद लीं।

"अरे मान भी जाओ! यह कैसी बात तुम कर रही हो? तुम कोई संन्यासिन तो हो नहीं, तुम्हारा लालन-पालन किसी मठ में तो हुआ नहीं, तब फिर ऐसा क्यों? बहुत भोली न बनो, तुम मुझे चरका नहीं दे सकतीं। अगर तुम सचमुच प्रगतिशील स्त्री होतीं तो मेरी इच्छा पूरी करके फिर मन चाहे जितना सोतीं।"

इस मामले को तय जानकर वह फिर लिदा के बिस्तरे की पाटी पर जाकर बैठ

गया और लिदा के कन्धे पर उसने अपना हाथ रखा।

लिदा अब बिलकुल अच्छी तरह जाग गई थी, बोली, "जहन्नुम में जाओ! मैं कल कोर्चागिन को इसके बारे में बतला दूँगी।"

राजवालिखिन ने उसका हाथ पकड़ लिया और झुँझलाते हुए धीरे-से बोला, "मैं तुम्हारे कोर्चागिन की ख़ाक परवाह नहीं करता और देखो मेरी बात मान जाओ, मुझे रोकने की कोशिश मत करो, नहीं तो मुझे तुम्हारे साथ ज़बरदस्ती करनी पड़ेगी।"

ज़रा देर हाथापाई हुई और फिर रात की निस्तब्धता में कसकर जड़े गए दो तमाचे गूँज उठे। राजवालिखिन कूदकर अलग हो गया। लिदा टटोलती हुई दरवाज़े के पास गई, धक्का देकर उसे खोला और दौड़कर हाते में निकल गई। वहाँ वह चाँदनी में खड़ी थी, उसके अन्दर ग़ुस्सा उबाल खा रहा था।

"अन्दर चली आओ, बेवक़ूफ़ कहीं की!" राजवालिखिन ने दुष्टता से उसको पुकारते हुए कहा।

वह ख़ुद अपना बिस्तर बाहर ओल्ती के नीचे निकाल लाया और बाक़ी रात उसने वहीं गुज़ारी। लिदा ने भीतर से कुंडी बन्द कर ली और अपने बिस्तर में सिमटकर फिर से सो गई।

सवेरे वे लोग अपने घर के लिए रवाना हो गए। राजवालिखिन बूढ़े कोचवान के बग़ल में बैठा सिगरेट पर सिगरेट पीता जा रहा था।

"यह छुई-मुई कहीं सचमुच जाकर कोर्चागिन के सामने मेरा भंडाफोड़ न कर दे। अरे किसने सोचा था कि वह ऐसी सती-साध्वी निकलेगी! नखरे तो ऐसे हैं कि जैसे पता नहीं कहाँ की हसीना हो, मगर शकल-सूरत कुछ है नहीं। लेकिन उससे समझौता कर लेना अच्छा होगा, वरना मुसीबत होगी। यों भी कोर्चागिन की निगाह मुझ पर है।"

वह लिदा के पास पहुँच गया। उसने ऐसा दिखलाया कि जैसे उसे अपने ऊपर बड़ी शर्म आ रही हो, उदास चेहरा बना लिया और माफ़ी माँगने के दो-चार शब्द बुदबुदाए।

उससे काम बन गया। अभी उन्होंने गाँव की सरहद पार भी न की थी कि लिदा ने उसे वचन दे दिया कि रात की बात वह किसी से न बतलाएगी।

सरहद पर के गाँवों में एक के बाद दूसरी जगह कोमसोमोल के संगठन बन रहे थे। ज़िला कमिटी के मेम्बर बड़ी सावधानी से कम्युनिस्ट आन्दोलन की इन पहली नई कोंपलों की देखभाल कर रहे थे। कोर्चागिन और लिदा पोलेविख अलग-अलग बस्तियों में स्थानीय संगठन के मेम्बरों के साथ बहुत वक़्त गुज़ारते थे।

राजवालिखिन को गाँवों में जाना अच्छा नहीं लगता था। वह नहीं जानता था कि कैसे किसान लड़कों का विश्वास पाए और बस कोई-न-कोई गड़बड़ी पैदा कर देता था। लिदा और पावेल को किसान नौजवानों से दोस्ती पैदा करने में कोई मुश्किल न होती थी। लड़कियाँ फ़ौरन लिदा को चाहने लग जाती थीं। वे उसे फ़ौरन अपने में से ही एक समझने लगतीं और लिदा धीरे-धीरे उनके मन में कोमसोमोल आन्दोलन के प्रति दिलचस्पी पैदा करती। जहाँ तक कोर्चागिन की बात थी, ज़िले के सारे नौजवान उसको जानते थे। सौलह सौ नौजवान जो फ़ौजी सर्विस के लिए बुलाए जानेवाले थे, वे आरम्भिक फ़ौजी शिक्षा उसकी बटालियन में ही पाते थे। उसका अकार्डियन इस गाँव में प्रचार के काम में जितना सहायक साबित हो रहा था, उतना पहले कभी नहीं हुआ था। अपने बाजे के कारण पावेल नौजवानों के बीच बड़ा लोकप्रिय था। वे नौजवान अक्सर शाम को गाँव की गलियों में जमा हो जाते थे और गाते-बजाते थे। और पता नहीं कितने बिगड़ैल जवानों ने यहीं से कोमसोमोल की तरफ़ अपना सफ़र शुरू किया था, अकार्डियन के इसी मोहक संगीत को सुनकर, जो कभी आवेगपूर्ण और उत्तेजक होता था, कभी ओजस्वी और साहसपूर्ण और कभी कोमल और दुलार-भरा जैसे कि उक्रेन के उदास, हसरत-भरे गाने ही हो सकते हैं। वे अकार्डियन सुनते थे और उस नौजवान आदमी की बात सुनते थे जो अकार्डियन बजाता था, जो कभी रेलवे मज़दूर था और अब फ़ौजी कमिसार और कोमसोमोल का मंत्री था। और तब उन्हें ऐसा महसूस होता कि जैसे अकार्डियन का संगीत उस नौजवान कमिसार की बात के अन्दर डूब गया हो और दोनों के स्वर आपस में मिल गए हों। फिर जल्दी ही नये-नये गाने गाँवों में गूँजने लगते और झोंपड़ियों में बाइबिलों और प्रार्थना-पुस्तकों के पास दूसरी नई-नई पुस्तकें दिखाई देने लगतीं।

चोरी-चोरी माल को लाने-ले जाने वालों को अब सरहद के सन्तरियों के अलावा एक दूसरी शक्ति का भी सामना करना पड़ता था। कोमसोमोल के सदस्यों की शक़्ल में सोवियत सरकार को अपने बड़े पक्के दोस्त और उत्साही सहायक मिल गए थे। कभी-कभी सरहदी क़स्बे के कोमसोमोल संगठन दुश्मन को पकड़ने के उत्साह में हद से गुज़र जाते थे और तब कोर्चागिन को अपने नौजवान साथियों की मदद के लिए आगे आना पड़ता था। एक बार ग्रिशुत्का खोरोवोदको को अपने निजी सूत्रों से यह पता चला कि उस रात को कुछ चोरी से लाया हुआ माल गाँव की मिल में आनेवाला था। नीली आँखोंवाला ग्रिशुत्का खोरोवोदको पोदुब्सी ग्राम सेल का मंत्री था। वह गरम मिज़ाज का लड़का था, उसको बहस करना अच्छा लगता था और धर्म-विरोधी आन्दोलन में वह बहुत सक्रिय रहता था। उसने कोमसोमोल के सारे सदस्यों को जगाया और एक ट्रेनिंग राइफ़ल और दो संगीनों से लैस होकर वे लोग आधी रात को बाहर आए, चुपके से मिल में एक जगह छिपकर बैठ गए

और अपने शिकार का इन्तज़ार करने लगे। ख़ुफ़िया विभाग की सरहदी चौकी को भी चोरी का माल लेनेवालों के इस इरादे की ख़बर लग गई थी और उन्होंने भी अपने आदमी भेजे थे। अँधेरे में दोनों लोग एक-दूसरे से लड़ पड़े और अगर सरहदी सन्तरियों ने सूझ-बूझ से काम न लिया होता, तो उस झगड़े में कोमसोमोल के बहुत से नौजवान मारे जाते या घायल होते। फ़िलहाल हुआ यह कि उन लड़कों से हथियार छीन लिये गए और उन्हें तीन मील दूर एक गाँव में ले जाकर हवालात में बन्द कर दिया गया।

संयोग से कोर्चागिन उस समय गाव्रिलोव के घर पर था। जब अगली सुबह को बटालियन कमांडर ने उसको यह ख़बर दी, तो पावेल घोड़े पर सवार होकर अपने लड़कों को बचाने के लिए सरपट भागा।

ख़ुफ़िया विभाग के आदमी ने, जो उस जगह ड्यूटी पर था, हँसते हुए उसको यह कहानी सुनाई।

उसने कहा, "कामरेड कोर्चागिन, मैं तुमको बतलाऊँ कि हम लोग क्या करने जा रहे हैं। ये अच्छे लड़के हैं और हम उन्हें परेशान करना नहीं चाहते, मगर अच्छा हो कि तुम उन्हें ज़रा डाँट-डपट दो ताकि आगे से वे हमारा काम करने की कोशिश न करें।"

सन्तरी ने शेड का दरवाज़ा खोला तो ग्यारहों लड़के खड़े हो गए और खिसियाए हुए से कभी इस और कभी उस पैर पर ज़ोर देते खड़े रहे।

ख़ुफ़िया विभाग के आदमी ने जान-बूझकर और भी कठोरता से कहा, "इनको देखो, इन्होंने लेकर सारा मामला गड़बड़ कर दिया और अब मुझे इन लोगों को एरिया हेडक्वार्टर भेजना होगा।"

तब ग्रिशुत्का बोल उठा।

"मगर कामरेड सखारोव," उसने आवेशपूर्ण स्वर में कहा, "हमने कौन सा जुर्म किया है? हम लोग बहुत दिनों से उन बदमाशों की टोह में थे। हम तो सोवियत अधिकारियों की मदद करना चाहते थे और आप हैं कि हमें लाकर यहाँ बन्द कर दिया, जैसे हम कोई डाकू हों!" यह कहते हुए वह इस तरह दूसरी ओर मुँह फेरकर खड़ा हो गया जैसे उसके साथ बड़ा अन्याय हुआ हो।

कोर्चागिन और सखारोव में गम्भीर परामर्श हुआ, मगर यह मामला ऐसा था कि उन्हें कई बार अपनी गम्भीरता बनाए रखने में मुश्किल हुई। आख़िरकार, सलाह-मशविरे के बाद उन्होंने फ़ैसला किया कि बहुत हो गया, लड़कों को काफ़ी तम्बीह हो गई, अब काफ़ी डर गए होंगे।

सखारोव ने पावेल से कहा, "अगर तुम उनकी गारंटी लो और वादा करो कि अब वे फिर कभी चहलक़दमी करते हुए सरहद पर न जा निकलेंगे, तो मैं उन्हें छोड़ दूँगा। अगर वे मदद करना ही चाहते हैं, तो उसके दूसरे तरीक़े हैं।"

"बहुत अच्छा, मैं उनकी गारंटी लेता हूँ। मुझे उम्मीद है कि वे मुझे लज्जित होने का मौक़ा न देंगे।"

कोमसोमोल के वे लड़के गाते हुए पोदुब्सी वापस आए। मामला दबा दिया गया। और कुछ ही दिन बाद वह मिलवाला पकड़ लिया गया। इस बार क़ानून ने उसको पकड़ा था।

मैदान-विला के जंगलों में धनी जर्मन किसानों की एक बस्ती थी। ये कुलक फार्म आधे-आधे किलोमीटर की दूरी पर थे और ऐसे मज़बूत बने हुए थे मानो छोटे-मोटे किले हों। मैदान-विला को ही अपना केन्द्र बनाकर आन्तोन्युक और उसके गिरोह वाले लूटपाट किया करते थे। आन्तोन्युक एक समय जारशाही फ़ौज में सार्जेंट मेजर रह चुका था। अब उसने अपने अजीज़ रिश्तेदारों में से सात ख़ूनियों को जमा कर लिया था और उन्हें पिस्तौलों से लैस करके गाँव की सड़कों पर डकैतियाँ किया करता था। ख़ून बहाने में उसे कोई दरेग न था। अमीर सट्टेबाज़ों और मुनाफ़ाख़ोरों को लूटने में उसे आपत्ति न थी, मगर उसके साथ ही साथ वह सोवियत मज़दूरों को भी लूटता था। आन्तोन्युक की ख़ास बात उसकी तेज़ रफ़्तार थी। एक रोज़ वह कोआपरेटिव स्टोर के दो क्लर्कों को लूटता और उसके अगले ही रोज़ अठारह मील दूर किसी गाँव में डाकखाने के किसी कर्मचारी के हथियार वग़ैरह छीन लेता और उसके पास जो कुछ होता, कौड़ी-कौड़ी लूट लेता। आन्तोन्युक की प्रतियोगिता गोर्देई से थी जो उसी की तरह एक दूसरा लुटेरा था और किसी भी तरह आन्तोन्युक से बेहतर नहीं था। दोनों लुटेरों को लेकर उस इलाक़े की मिलीशिया और ख़ुफ़ियों के लोग बड़े परेशान रहते थे। आन्तोन्युक का इलाक़ा बेरेजदोव के ठीक बाहर था और धीरे-धीरे यह हालत पैदा हो गई कि शहर जानेवाली सड़क पर निकलना ख़तरनाक हो गया। उस लुटेरे को पकड़ना मुश्किल हो रहा था, वह हमेशा बचकर निकल जाता था। जब वह अपने को ख़तरे में देखता, तो सरहद के उस पार चला जाता और कुछ दिनों तक ख़ामोश पड़ा रहता और फिर अचानक जबकि किसी को उसकी उम्मीद न होती, वह दुबारा अपनी लूटपाट शुरू कर देता। उसका यह बार-बार बचकर निकल जाना ही उसको और भी ख़तरनाक बना रहा था। इस लुटेरे की किसी नई लूटपाट की रिपोर्ट मिलने पर लिसित्सिन ग़ुस्से से अपने होंठों को चबाने लगता।

"कब यह साँप हमको काटना बन्द करेगा? मगर हरामज़ादे, अब ज़रा बचकर रहना नहीं तो मैं ही तेरी बोटी-बोटी अलग करूँगा," उसने दाँत पीसते हुए कहा। दो बार ज़िला कार्यकारिणी के चेयरमैन ने कोर्चागिन और तीन दूसरे कम्युनिस्टों को

लेकर उस लुटेरे का पीछा किया, मगर हर बार वह बचकर निकल गया।

लुटेरे से लड़ने के लिए एरिया सेंटर से एक ख़ास टुकड़ी बेरेजदोव भेजी गई। इस टुकड़ी का कमांडर फिलातोव नाम का बाँका जवान था। कार्यकारिणी समिति के चेयरमैन को अपने आने की रिपोर्ट देने के पहले, जैसा कि उसे सरहदी नियमों के अनुसार करना चाहिए था, यह घमंडी छैला जवान सीधे सबसे पास के गाँव सेमाकी गया। आधी रात को वह गाँव में पहुँचा और अपने आदमियों को लेकर गाँव के छोर पर एक मकान पर ठहर गया। इन सशस्त्र लोगों के अचानक और रहस्यपूर्ण आगमन को बग़ल के घर के एक कोमसोमोल मेम्बर ने लक्ष्य किया और झटपट गाँव की सोवियत के चेयरमैन को इसकी रिपोर्ट देने चल दिया। गाँव की सोवियत के चेयरमैन को इस टुकड़ी के बारे में कुछ भी नहीं मालूम था। इसलिए स्वभावत: उसने उन्हें लुटेरा समझा और उस युवा कम्युनिस्ट को फ़ौरन ज़िला केन्द्र में मदद हासिल करने के लिए भेजा। फिलातोव की इस अहमकाना बहादुरी से कई लोगों की जानें चली गई होतीं। लिसित्सिन ने आधी रात को मिलिशिया वालों को जगाया और एक दर्जन आदमियों को लेकर सेमाकी के इन 'लुटेरों' का सफ़ाया करने के लिए चला। वे अपने घोड़ों पर सरपट उस मकान तक आए, घोड़ों से उतरे और बाड़ी को फाँदते हुए मकान के पास पहुँचे। उस सन्तरी के, जो दरवाज़े पर खड़ा पहरा दे रहा था, सिर पर रिवॉल्वर से चोट मारकर उसे गिरा दिया गया। लिसित्सिन और उसके आदमी तेज़ी से उस कमरे में घुसे जिसमें छत से लटकते हुए एक तेल के चिराग़ का मद्धिम प्रकाश था। एक हाथ में दस्ती बम और दूसरे में रिवॉल्वर लिये लिसित्सिन इतने ज़ोर से गरजा कि खिड़की के शीशे खड़खड़ा उठे :

"हथियार डाल दो, नहीं तो मैं तुम लोगों को गोली से उड़ा दूँगा!"

एक क्षण की ही बात और थी और वे निंदासे लोग जो फ़र्श पर से उछल-उछल कर खड़े हो रहे थे, गोलियों की बौछार से वहीं ढेर कर दिये गए होते। मगर उस आदमी की शकल, जो दस्ती बम फेंकने के लिए तैयार खड़ा था, इतनी भयानक थी कि उन्होंने डर के मारे हाथ उठा दिये। कुछ मिनट बाद जाँघिया पहने 'लुटेरों' को बाहर ले जाया गया तो फिलातोव ने लिसित्सिन की वरदी पर लगे हुए तमगे को देखा और उसको हालत की सफ़ाई देने लगा।

लिसित्सिन को बड़ा ग़ुस्सा आया। उसने नफ़रत से कहा, "गधा कहीं का!"

जर्मन क्रान्ति की ख़बरें, हाम्बुर्ग के बैरीकेडों के राइफ़लों की हल्की गूँजें, इस सरहदी इलाक़े में भी पहुँचीं। वातावरण में बड़ा तनाव था। लोग बड़ी आतुर आशा से अख़बार पढ़ते थे। क्रान्ति की हवा पश्चिम से आ रही थी। कोमसोमोल ज़िला

कमिटी में नौजवान कम्युनिस्टों की अर्ज़ियों पर अर्ज़ियाँ आ रही थीं कि वे लाल फ़ौज में भरती होना चाहते हैं। कोर्चागिन उन लोगों को समझाने में व्यस्त था कि सोवियत देश शान्ति की नीति का अनुसरण कर रहा है और उसका कोई इरादा अपने पड़ोसियों से लड़ने का नहीं है। मगर इसका कोई ख़ास असर नहीं पड़ा। हर इतवार को सारे ज़िले के कोमसोमोल सदस्य पादरी के मकान के बड़े बाग़ीचे में मीटिंग करते थे और एक रोज़ दोपहर को पोदुब्सी का सेल बाक़ायदा मार्च करता हुआ ज़िला कमिटी के हाते में आया। कोर्चागिन ने उन्हें खिड़की में से देखा और बाहर सायबान में निकल आया। वे ग्यारह लड़के थे और खोरोवोदको सबसे आगे था। सब बड़े-बड़े फ़ौजी बूट पहने हुए थे और सबके कन्धों पर बड़े-बड़े किरमिच के किटबैग थे। वे आकर दरवाज़े पर रुके।

कोर्चागिन ने आश्चर्य से पूछा, "यह क्या है ग्रिशा?"

खोरोवोदको ने जवाब देने के बदले पावेल को आँख का इशारा किया और उसके साथ मकान के अन्दर चला गया। लिदा, राजवालिखिन तथा दो और कोमसोमोल के सदस्य खोरोवोदको के पास घिर आए और उससे पूछने लगे कि यह क्या मामला है। खोरोवोदको ने दरवाज़ा बन्द कर दिया और अपनी भवों में झुर्री डालते हुए बोला :

"साथियो, यह एक तरह का टेस्ट मोबिलाइज़ेशन है। यह मेरी ही सूझ है। आज सवेरे मैंने लड़कों को बतलाया कि ज़िला केन्द्र से एक बहुत ख़ुफ़िया तार आया है कि जर्मन पूँजीशाहों से हमारी लड़ाई ठननेवाली है और जल्दी ही पोलिश जागीरदारों से भी हमें लड़ना होगा। मैंने उनको बतलाया कि मास्को से हमको आदेश मिला है कि तमाम नौजवान कम्युनिस्टों को मोर्चे के लिए जमा करो। जिस किसी को भी डर लगता हो, वह अर्ज़ी दे सकता है और उसे घर पर रहने की इजाज़त मिल जाएगी। मैंने उन्हें कहा कि किसी से लड़ाई के बारे में एक शब्द भी न कहें, बस एक डबलरोटी और थोड़ा-सा गोश्त लेकर आ जाएँ और जिनके पास गोश्त न हो, वे लहसुन-प्याज भी ला सकते हैं। हम लोग, गाँव के बाहर गुप्त रूप से मिलनेवाले थे और फिर वहाँ से ज़िला केन्द्र में जाने का हमारा इरादा था और फिर ज़िला केन्द्र से एरिया केन्द्र में जहाँ हथियार मिलने की बात थी। तुम देखते हो कि लड़कों पर इस चीज़ का कैसा गहरा असर पड़ा था! उन्होंने मुझसे बात उगलवाने की बहुत कोशिश की, मगर मैंने उनसे कहा कि चटपट तैयारी करने में लग जाओ और फ़िज़ूल के सवालात में मत पड़ो। वे लोग, जो मोर्चे पर न जाना चाहते हों, बतला दें। हमें सिर्फ़ स्वयंसेवकों की ज़रूरत है। ख़ैर इसके बाद मेरे लड़के चले गए और मैं परेशान होने लगा। मान लो उनमें से कोई न लौटा? अगर ऐसा हुआ तो मैं पूरी सेल को तोड़ दूँगा और किसी दूसरी जगह चला जाऊँगा। मैं गाँव के बाहर धड़कते हुए दिल से उनका इन्तज़ार करता बैठा रहा। थोड़ी देर बाद, एक

के बाद एक उनका आना शुरू हुआ। उनमें से कुछ रोए थे, उनके चेहरे से यह बात साफ़ थी गोकि वे छिपाने की कोशिश कर रहे थे। दस के दसों आ गए, हमारे बीच एक भी भगोड़ा नहीं था। ऐसा है हमारा पोदुब्सी सेल!" उसने विजयोल्लास के स्वर में अपनी बात खतम की।

उसकी बात से लिदा पोलेविख को झटका-सा लगा और जब उसने खोरोवोदको को डाँटना शुरू किया तो वह उसकी ओर आश्चर्य से देखने लगा।

"तुम्हारी बात मेरी समझ में नहीं आई। मेरी समझ में तो यह उनकी परीक्षा का सबसे अच्छा तरीक़ा है। इस तरह हर आदमी को एकदम आर-पार देखा जा सकता है। यहाँ पर किसी धोखेधड़ी की गुंजाइश नहीं है। मैं नाटक को पूरा करने के लिए उन्हें सीधे एरिया सेंटर तक घसीट ले जाना चाहता था, लेकिन वे बुरी तरह थक गए हैं। कोर्चागिन, तुम्हें उनके सामने छोटी-सी तक़रीर करनी होगी। करोगे न? तक़रीर के बिना बात कुछ बनेगी नहीं। उनसे बतला देना कि भरती बन्द हो गई है या इसी क़िस्म की कोई बात, मगर उससे क्या, हमें अपने जवानों पर गर्व है।"

कोर्चागिन एरिया सेंटर में कम ही जाता था क्योंकि रास्ते में कई रोज़ लग जाते थे और काम की ऐसी भीड़ थी कि उसका हरदम अपने ज़िले में रहना ज़रूरी था। इसके विपरीत राजवालिखिन छोटे-छोटे बहाने से भी हरदम शहर जाने के लिए तैयार रहता था। सिर से पैर तक अस्त्र-शस्त्रों से सुसज्जित होकर वह निकलता था और शायद अपने दिल में ख़ुद को फेनीमोर कूपर का नायक समझता था। जंगल में से गुज़रते वक़्त वह कौओं और गिलहरियों पर गोली का निशाना लगाता, अकेले राहगीरों को रोक लेता और उनसे सवाल करता कि तुम कौन हो, कहाँ से आ रहे हो, कहाँ जा रहे हो। शहर के पास पहुँचकर वह अपने हथियार अलग रख देता, अपनी राइफ़ल गाड़ी में घास के नीचे डाल देता और रिवॉल्वर अपनी जेब में छिपाकर रख लेता और जब कोमसोमोल की एरिया कमिटी के दफ़्तर में पहुँचता तो अपने साधारण रूप में दिखाई देता।

"कहो बेरेजदोव की क्या ख़बर है?" एरिया कमिटी के मंत्री फेदोतोव ने एक रोज़ दफ़्तर से आने पर राजवालिखिन से पूछा।

फेदोतोव के दफ़्तर में हर वक़्त भीड़ लगी रहती थी और सब लोग एक साथ ही बातें करते थे। ऐसी हालत में काम करना आसान नहीं था। एक ही साथ चार लोगों की बात सुनना, पाँचवें आदमी की बात का जवाब देना और फिर बीच-बीच में लिखते भी जाना। गोकि फेदोतोव की उमर बहुत कम थी, तब भी वह 1919 से ही पार्टी मेम्बर था। उन तूफ़ानी दिनों में ही यह बात मुमकिन थी कि

कोई पन्द्रह बरस का लड़का पार्टी के अन्दर लिया जा सकता था।

राजवालिखिन ने लापरवाही से जवाब दिया, "अरे तमाम ख़बरें ही ख़बरें हैं। इतनी ख़बरें हैं कि सब एक साथ बतलाना भी मुश्किल है। सवेरे से लेकर रात तक हम लोग पिसे रहते हैं। इतना ज़्यादा काम है। आप जानते ही हैं कि हमें एकदम नींव से शुरू करना पड़ा। हमने दो नये सेल बनाए। अब बतलाइए कि आपने मुझे यहाँ काहे के लिए बुलाया है?" और वह एक आराम कुरसी पर बड़े कामकाजी आदमी के ढंग से बैठ गया।

अर्थ विभाग के प्रधान, क्रिम्स्की ने एक पल के लिए अपनी मेज़ पर फैले हुए काग़ज़ों के ढेर से आँख उठाकर देखा।

उसने कहा, "हमने तो कोर्चागिन को बुलाया था, तुमको तो बुलाया नहीं था।"

राजवालिखिन ने मुँह से सिगरेट के धुएँ का बादल छोड़ा।

"कोर्चागिन को यहाँ आना अच्छा नहीं लगता, इसलिए दूसरे कामों के अलावा यह काम भी मुझे ही करना पड़ता है...आम तौर पर कुछ सेक्रेटरियों की ज़िन्दगी मज़े से गुज़र रही है। वे ख़ुद कुछ काम नहीं करते और मुझ जैसे गधों को ही सारा बोझ ढोना पड़ता है। एक बार सरहद के इलाक़े में चले जाने पर कोर्चागिन फिर दो-तीन हफ़्ते नहीं लौटता और फिर सारा काम मेरे सिर आ पड़ता है।"

राजवालिखिन के इस इशारे को सबने यही समझा कि ज़िला मंत्री बनने के लिए वह अपने को ज़्यादा योग्य समझता है।

राजवालिखिन के चले जाने पर फेदोतोव ने अपने दूसरे साथियों से कहा, "यह आदमी मुझे अच्छा नहीं लगता।"

राजवालिखिन की चालबाज़ी का परदाफ़ाश यों ही अचानक हो गया। एक रोज़ लिसित्सिन अपनी डाक लेने के लिए फेदोतोव के दफ़्तर में आया। देहात में काम करने वालों का यही आम क़ायदा था। दोनों आदमियों की बातचीत के दौरान में राजवालिखिन का परदाफ़ाश हो गया।

"कोर्चागिन को यहाँ ज़रूर भेजो। हम तो अभी तक उसे अच्छी तरह जानते भी नहीं," फेदोतोव ने लिसित्सन से चलते समय कहा।

"बहुत अच्छा। मगर देखना, उसको हम लोगों के पास से छीनने की कोशिश मत करना। यह हम कभी न होने देंगे।"

इस साल सरहद पर अक्टूबर क्रान्ति की सालगिरह और सालों से भी ज़्यादा उत्साह से मनाई गई। सरहद के गाँवों में इस उत्सव का संगठन करने के लिए जो कमिटी बनाई गई थी, उसका चेयरमैन कोर्चागिन को चुना गया। पोदुब्सी की मीटिंग के बाद

आसपास के तीन गाँवों के पाँच हज़ार किसान आधा मील लम्बा जुलूस बनाकर, बड़े-बड़े लाल झंडे लिये और फ़ौजी बैंड और ट्रेनिंग बटालियन को आगे किये सीमान्त की तरफ़ बढ़े। सोवियत सीमा में वे लोग बाक़ायदा मार्च कर रहे थे। वे सरहदी चौकी के बराबर-बराबर चले जा रहे थे और उन गाँवों की तरफ़ बढ़ रहे थे जिन्हें विभाजन-रेखा ने दो टुकड़ों में बाँट दिया था। इसके पहले पोलों ने अपनी सीमा पर ऐसे लोगों को नहीं देखा था। बटालियन कमांडर गाव्रिलोव और कोर्चागिन अपने घोड़ों पर सवार जुलूस के आगे-आगे चल रहे थे और उनके पीछे बैंड बज रहा था, झंडे हवा में फरफरा रहे थे और लोगों के गाने की आवाज़ दूर-दूर तक गूँज रही थी। किसान नौजवान अपने बेहतरीन कपड़े पहने हुए थे और बड़े जोश में थे। गाँव की लड़कियाँ ख़ूब मगन थीं और हँस रही थीं। प्रौढ़ लोग गम्भीरतापूर्वक मार्च कर रहे थे और बुड्ढों के चेहरों पर विजय के उल्लास का शान्त भाव था। जहाँ तक दिखाई देता था, यह मानव समुद्र फैला हुआ था। इसका एक किनारा सरहद पर था, मगर किसी ने उस निषिद्ध रेखा के उस पार क़दम भी नहीं रखा। कोर्चागिन ने आदमियों के इस समुद्र को गुज़रते देखा। कोमसोमोल के गाने "घने जंगलों से लेकर ब्रिटेन के समुद्रों तक लाल फ़ौज ही सबसे मज़बूत है!" की जगह लड़कियों का यह समवेत गान चल रहा था : "उधर पहाड़ी के उस पार लड़कियाँ खेत काट रही हैं...!"

सोवियत सन्तरियों ने अपनी सन्तुष्ट मुस्कराहट से इस जुलूस का स्वागत किया। पोलिश सन्तरी हैरान खड़े देख रहे थे। इस प्रदर्शन से सरहद की दूसरी तरफ़ काफ़ी खलबली मची, बावजूद इसके कि पोलिश कमांड को पहले से ही इस चीज़ के बारे में पता था। घोड़े पर सवार सिपाही गश्त करते हुए बेचैनी से ऊपर-नीचे और आगे-पीछे आ जा रहे थे। सरहदी सन्तरियों की संख्या पंचगुनी कर दी गई थी और पहाड़ियों के पीछे रिज़र्व फ़ौज को भी रखा गया था, जो ज़रूरत के वक़्त तत्काल बुलाई जा सकती थी। मगर जुलूस अपने ही हिस्से में घूमता हुआ मस्ती से मार्च कर रहा था और हवा उसके गाने से भरी हुई थी।

एक पोलिश सन्तरी एक टीले पर खड़ा था। जुलूस नपी-तुली चाल से क़रीब आता जा रहा था। मार्च करने के समय का एक गीत शुरू हुआ। उस पोल ने फुर्ती से अपनी राइफ़ल नीचे कर ली और सलामी दी और कोर्चागिन ने उसके शब्द स्पष्ट सुने : "मज़दूरों का राज ज़िन्दाबाद!"

उस सैनिक की आँखों से पावेल को मालूम हो गया कि उसी के मुँह से ये शब्द निकले थे। पावेल मुग्ध होकर उसे देखता रहा।

एक दोस्त! सिपाही की वरदी के भीतर जो दिल धड़क रहा है, उसे प्रदर्शनकारियों से सहानुभूति है। पावेल ने धीरे-से पोलिश में जवाब दिया :

"बधाई कामरेड!"

सन्तरी उसी मुद्रा में खड़ा रहा और प्रदर्शनकारी गुज़र गए। पावेल उस छोटी-सी काली आकृति को देखने के लिए कई बार पीछे मुड़ा। यह एक और पोल था। उसकी गलमुच्छें पकने लगी थीं और उसकी टोपी के चमकदार छज्जे के नीचे उसकी आँखें एकदम भावशून्य थीं। पावेल ने अभी थोड़ी देर पहले जो बात सुनी थी, उसका संस्कार अब भी उसके मन पर था, इसलिए उसने जैसे अपने-आप से बुदबुदाकर पोलिश ज़बान में कहा :

"बधाई कामरेड!"

मगर कोई जवाब न मिला।

गाव्रिलोव मुस्कराया। जो कुछ बातें हुई थीं उसने सुन लिया था।

उसने कहा, "तुम ज़रूरत से ज़्यादा उम्मीद करते हो। वे सब के सब सीधे-सादे सिपाही नहीं हैं। उनमें से कुछ ऊँचे पद के सैनिक भी हैं। तुमने उसकी आस्तीन पर वह चिह्न नहीं देखा? निश्चय ही वह फ़ौजी पुलिस का आदमी है।"

जुलूस का अगला हिस्सा पहाड़ी के नीचे उतरने लगा था और एक गाँव की तरफ़ बढ़ रहा था जिसे सरहद ने दो हिस्सों में बाँट दिया था। गाँव का सोवियतवाला आधा हिस्सा मेहमानों के स्वागत की ज़बरदस्त तैयारी कर रहा था। गाँव के सारे रहनेवाले नदी के किनारे सरहद के पुल पर खड़े इन्तज़ार कर रहे थे। सड़क के दोनों तरफ़ नौजवान खड़े थे। गाँव के पोलिश हिस्से के घरों और शेडों की छतों पर लोग भरे हुए थे। वे नदी के इस पार की कार्रवाइयों को बड़ी गहरी और सतर्क दिलचस्पी से देख रहे थे। घरों के सायबानों में और बाग़ीचों की बाड़ियों पर किसानों की भीड़ थी। आदमियों के उस गलियारे में दाख़िल होने पर जुलूस ने 'इंटरनेशनल' गान की तान छेड़ी। उसके बाद एक मंच पर से, जिसे हरी-हरी पत्तियों से सजाया गया था, ख़ूब ज़ोरदार तक़रीरें हुईं। नौजवानों और सफ़ेद बालवाले बुड्ढे क्रान्तिकारियों ने भाषण दिये। कोर्चागिन ने भी अपनी मातृभाषा उक्रेनी में भाषण दिया। उसके शब्द उड़ते हुए सरहद के उस पार पहुँचे और नदी पार के लोगों ने उनको सुना। फ़ौजी पुलिस के आदमियों ने वहाँ पर जमा देहातियों को भगाना शुरू कर दिया क्योंकि उन्हें डर था कि वे शब्द उन सुननेवालों के दिलों में भी आग लगा देंगे। गोलियाँ हवा में छोड़ी जाने लगीं।

सड़कें ख़ाली हो गईं। नौजवान फ़ौजी पुलिस की गोलियों से डरकर छतों पर से हट गए। सोवियत सरहद के लोग इन चीज़ों को देखते रहे और उनके चेहरे गम्भीर हो गए। जो कुछ अभी देखा था, उससे अत्यन्त क्रुद्ध होकर एक बुड्ढा गड़ेरिया गाँव के कुछ लड़कों की मदद से मंच पर चढ़ आया और उत्तेजित होकर भाषण देने लगा :

"तुमने देखा मेरे बच्चो! यही सलूक कभी हमारे साथ भी होता था। मगर अब किसान हमारे यहाँ गाँव का राजा है और अब कहीं नगाइका नहीं है। जागीरदारों,

ताल्लुक़ेदारों का राज खतम हो गया है और हमारी पीठ पर अब उनके कोड़े नहीं पड़ते। बच्चो, यह तुम्हारा काम है कि तुम अब फिर कभी उन जागीरदारों और थैलीशाहों को लौटने न दो। मैं बुड्ढा आदमी हूँ और मुझे भाषण-वाषण देना नहीं आता। लेकिन अगर मैं बोल सकता, तो मेरे पास कहने को बहुत कुछ है। ज़ारशाही में हम लोग सारी ज़िन्दगी बैलों की तरह काम करते थे और भूख और बदहाली में रहते थे...उन बेचारों की ही तरह!" कहते हुए उसने अपने दुबले-पतले हाथ से नदी के उस पार इशारा किया और फूट-फूटकर रोने लगा जैसे बच्चे और बुड्ढे ही रो सकते हैं।

उसके बाद ग्रिशुत्का खोरोवोदको बोला। उसकी ग़ुस्से से भरी हुई तक़रीर को सुनते हुए गाव्रिलोव ने अपना घोड़ा मोड़ा और नदी के दूसरे किनारे पर यह देखने के लिए निगाह डाली कि कोई इन तक़रीरों का नोट ले रहा है या नहीं। मगर नदी का किनारा वीरान था। पुल पर तैनात सन्तरी भी हटा लिया गया था।

उसने हँसते हुए कहा, "अच्छा है, लगता है कि विदेशी मामलों की कमिसारियट के पास कोई प्रतिवाद नहीं भेजा जाएगा।"

पतझड़ के आख़िरी दिनों में एक बरसाती रात को आन्तोन्युक और उसके सात आदमियों की ख़ून और तबाही की कहानी आख़िरकार खतम हो गई। वह लुटेरा मैदान-विला की जर्मन बस्ती में एक धनी किसान के घर एक शादी के मौक़े पर पकड़ा गया। ख्रोलिन्स्की कम्यून के किसानों ने उसको पकड़ा था।

गाँव की औरतों ने शादी में आए हुए इन मेहमानों के बारे में ख़बर दी और बाहर कोमसोमोल फ़ौरन इकट्ठा हो गए और जो भी हथियार मिले, उनसे लैस होकर गाड़ी पर चढ़कर मैदान-विला के लिए रवाना हुए और एक आदमी को ख़बर लेकर बेरेजदोव भेज दिया। सेमाकी में संयोग से उस ख़बर ले जानेवाले आदमी की मुलाक़ात फिलातोव की टुकड़ी से हो गई जो ख़बर मिलते ही लुटेरों को पकड़ने के लिए चल दी। ख्रोलिन्स्की के आदमियों ने फ़ार्म को घेर लिया और उनमें और आन्तोन्युक के गिरोह के लोगों में राइफ़लें चलने लगीं। आन्तोन्युक के गिरोहवाले मकान के एक हिस्से में क़िलेबन्दी करके बैठ गए और जो भी उनकी राइफ़ल की मार में आता, उस पर फ़ौरन गोली चलाते। उन्होंने एक बार भाग निकलने की भी कोशिश की। मगर उन्हें मारकर फिर उस इमारत के अन्दर घुसने पर मजबूर कर दिया गया। इस कोशिश में उनका एक आदमी मारा गया। आन्तोन्युक ऐसी अनेक कठिन घड़ियों से गुज़र चुका था और अपने दस्ती बमों और अँधेरे की मदद से लड़कर अपना रास्ता बनाने में कामयाब हुआ था। इस बार भी वह भाग गया होता,

क्योंकि ख्रोलिन्स्की के नौजवान कम्युनिस्टों के दो आदमी मारे जा चुके थे। मगर संयोग से उसी वक़्त फिलातोव मौक़े पर पहुँच गया। आन्तोन्युक ने समझ लिया कि उसका खेल अब खतम हो गया। सवेरे तक वह तमाम खिड़कियों में से गोलियाँ चलाता ही रहा, मगर भोर होते-होते उसे पकड़ लिया गया। उन सातों में से एक ने भी आत्म-समर्पण नहीं किया। इन लुटेरों का सफ़ाया करने में चार जानें गईं। उनमें से तीन हाल ही में संगठित ख्रोलिन्स्की के कोमसोमोल दल के लड़के थे।

कोर्चागिन की बटालियन को इलाक़ाई फ़ौजों की पतझड़ के दिनों की फ़ौजी कार्रवाइयों के लिए बुला लिया गया। बटालियन मूसलाधार बारिश में एक ही दिन में तीस मील मार्च करके डिवीजनल कैम्प पर पहुँची। वे सवेरे रवाना हुए और बहुत रात गए अपनी मंज़िल पर पहुँचे। बटालियन कमांडर गुसेव और उसका कमिसार दोनों घोड़ों पर सवार थे। बटालियन के आठ सौ ट्रेनिंग पानेवाले जब बारिक में पहुँचे तो थककर चूर हो रहे थे और वे फ़ौरन सो गए। दाँव-पेच की कार्रवाइयाँ अगले रोज़ सुबह शुरू होनेवाली थीं; टेरीटोरियल डिवीजन के हेडक्वार्टर ने बटालियन को बुलाने में देर कर दी थी। बटालियन के लोग जब अपनी वर्दियाँ पहने और राइफ़लें लिये मुआइने के लिए क़तार में खड़े हुए, तो उनकी शकल एकदम बदली हुई थी। इन नौजवानों को फ़ौजी ट्रेनिंग देने में गुसेव और कोर्चागिन ने बहुत समय और शक्ति लगाई थी और उन्हें इस बात का पूरा विश्वास था कि उनकी यूनिट इम्तहान में पास हो जाएगी। जब सरकारी मुआइना खतम हो गया और बटालियन ने ड्रिल के मैदान में अपनी योग्यता भी दिखला दी, तब एक कमांडर ने, जो ख़ूबसूरत मगर थुलथुल आदमी था, कोर्चागिन की तरफ़ मुड़कर तेज़ स्वर में जवाबतलब किया :

"तुम घोड़े पर क्यों सवार हो? हमारी ट्रेनिंग बटालियनों के कमांडरों और कमिसारों को घोड़े पर सवार होने का हक़ नहीं। अपने घोड़े को अस्तबल में रख दो और पैदल आकर इन कार्रवाइयों में शरीक होओ।"

कोर्चागिन जानता था कि अगर वह घोड़े से उतर पड़ा तो परेड में हिस्सा न ले सकेगा क्योंकि उसकी टाँगों में एक क़दम भी चलने की ताक़त न थी। मगर वह अपनी बात कैसे इस बढ़-बढ़कर बात करनेवाले छैले को समझाए जो इतने ठाठ-बाट से अपने फीते-वीते लगाए हुए है!

"मैं पैदल परेड में हिस्सा न ले सकूँगा।"

"क्यों?"

यह समझकर कि उसे कोई न कोई जवाब देना ही होगा, कोर्चागिन ने धीरे-से कहा :

"मेरी टाँगें सूजी हुई हैं और मैं एक हफ़्ते तक इस दौड़ने-भागने को बरदाश्त नहीं कर सकूँगा। मगर यह तो बतलाओ कामरेड कि तुम कौन हो?"

"पहली बात तो यह कि मैं तुम्हारी रेजिमेंट का चीफ़ ऑफ़ स्टाफ़ हूँ, और दूसरी बात यह कि मैं एक बार फिर तुमको घोड़े पर से उतरने का हुक्म देता हूँ। अगर तुम बीमार हो, तो तुम्हें फ़ौज में नहीं होना चाहिए।"

पावेल को ऐसा महसूस हुआ जैसे किसी ने उसके मुँह पर चाबुक़ मार दिया। उसने ज़ोर से लगाम को अपनी तरफ़ खींचा और जैसे उतरने को हुआ, मगर गुसेव के मज़बूत हाथ ने उसे रोक दिया। कुछ देर तक पावेल के मन में आहत स्वाभिमान और आत्मसंयम के बीच द्वन्द्व हुआ। मगर पावेल कोर्चागिन अब मामूली लाल सैनिक न था जो बहुत आसानी से इस यूनिट से उस यूनिट तक जा सकता था। अब वह बटालियन कमिसार था और उसके पीछे उसकी बटालियन खड़ी थी। अगर वही हुक्म न माने, तो अपने आदमियों के सामने अनुशासन की दृष्टि से वह कैसा बुरा उदाहरण रखेगा! इस घमंडी गधे के लिए तो उसने अपनी बटालियन को तैयार किया नहीं था। उसने रकाब में से अपने पैर निकाले, घोड़े से उतर पड़ा और घुटनों के भयानक दर्द से लड़ता हुआ दाहिनी तरफ़ चला गया।

कई दिन तक मौसम बहुत ही अच्छा रहा। परेड और दूसरी फ़ौजी कार्रवाइयाँ अब खतम होने को आ रही थीं। पाँचवें रोज़ सैनिक शेपेतोवका के क़रीब थे और यहीं ये कार्रवाइयाँ खतम होनेवाली थीं। बेरेजदोव की बटालियन को क्लिमेन्तोविची गाँव की तरफ़ से स्टेशन पर क़ब्ज़ा करने का काम दिया गया था।

कोर्चागिन ने, जो अब अपने घर की ज़मीन पर था, स्टेशन पर पहुँचने के सभी रास्ते गुसेव को दिखला दिये। बटालियन दो हिस्सों में बँट गई और एक लम्बा घेरा लेते हुए दुश्मन की पिछली पाँतों में जा निकली और ख़ुशी से ज़ोर-ज़ोर से चिल्लाते हुए स्टेशन की इमारत में घुस गई। इस काम की बड़ी प्रशंसा हुई। बेरेजदोव के लोगों का क़ब्ज़ा स्टेशन पर क़ायम रहा और जिस बटालियन ने स्टेशन की रक्षा की थी, वह जंगल में चली गई और फ़ैसला करनेवालों ने यह फ़ैसला किया कि उन्होंने अपने आधे आदमी गँवा दिये थे।

कोर्चागिन बटालियन के आधे हिस्से का कमांडर था। उसने अपने आदमियों को मैदान में फैल जाने का हुक्म दे दिया था और कमांडर और तीसरी कम्पनी के राजनीतिक शिक्षक के साथ सड़क के बीच में खड़ा था, जबकि एक लाल सैनिक उसके पास दौड़ता हुआ आया।

उसने हाँफते हुए कहा, "कामरेड कमिसार, बटालियन कमांडर जानना चाहते

हैं कि क्या तोपची रेलवे क्रॉसिंगों का बचाव करेंगे। कमीशन के लोग इधर ही आ रहे हैं।"

पावेल और उसके साथ के कमांडर एक क्रॉसिंग पर गए। रेजिमेंटल कमांडर और उसके सहायक वहाँ पर थे। गुसेव को इस कामयाब फ़ौजी कार्रवाई के लिए बधाई दी गई। हारी हुई बटालियन के प्रतिनिधि खिसियाए-से खड़े थे और उन्होंने अपनी सफ़ाई में भी कुछ नहीं कहा।

गुसेव ने कहा, "इस चीज़ का श्रेय मैं नहीं ले सकता। कोर्चागिन ने ही हमको रास्ता दिखलाया था। वह यहीं का आदमी है।"

चीफ़ ऑफ़ स्टाफ़ घोड़े पर सवार होकर पावेल के पास आया और व्यंग्य के स्वर में बोला, "तो तुम अच्छा-ख़ासा दौड़ लेते हो, कामरेड। घोड़ा जो तुमने ले रखा था, वह केवल रोब जमाने के लिए, क्यों?" वह और कुछ कहने जा रहा था, मगर कोर्चागिन के चेहरे के भाव को देखकर रुक गया।

जब बड़े कमांडर चले गए तो कोर्चागिन ने गुसेव से पूछा, "तुम्हें इस आदमी का नाम तो नहीं मालूम?"

गुसेव ने उसके कन्धे पर हाथ मारा।

"अरे छोड़ो भी, क्यों फ़िज़ूल उस छिछोरे के पीछे अपना दिमाग़ ख़राब करते हो। उसका नाम चुजानिन है। पहले वह शायद अलमबरदार था।"

उस रोज़ पावेल ने कई बार अपने दिमाग़ पर ज़ोर डालकर यह याद करने की कोशिश की कि यह नाम उसने पहले कहाँ सुना था, मगर उसे याद नहीं आया।

दाँव-पेच की कार्रवाइयाँ खतम हो गई थीं। बटालियन बहुत प्रशंसित होकर बेरेजदोव लौट गई। कोर्चागिन अपनी माँ से मिलने के लिए एक-दो दिन के लिए रुक गया। उसकी माँ के दिन बड़ी मुश्किल से कट रहे थे। दो रोज़ तक वह बारह-बारह घंटे सोया और तीसरे रोज़ आर्तेम से मिलने के लिए यार्ड में गया। इस धूल से अँटे हुए, धुएँ से काले घर में पावेल को बड़ा अच्छा मालूम हुआ। उसने भूखे आदमी की तरह कोयले के धुएँ को अपने फेफड़ों में भरा। यही उसकी असली जगह थी और यहीं पर वह रहना चाहता था। उसको लगा कि जैसे उसकी कोई बहुत ही प्यारी चीज़ खो गई हो। इंजन की सीटी सुने महीनों हो गए थे और पहले के इस फ़ायरमैन और बिजलीवाले के मन में अपने परिचित परिवेश के लिए वैसी ही प्यास थी जैसी किसी मल्लाह के दिल में बहुत दिनों तक समुद्र के किनारे पर रहने के बाद समुद्र के असीम विस्तार के लिए होती है। इस भावना पर विजय पाने में उसे काफ़ी समय लगा। वह अपने भाई से ज़्यादा नहीं बोला। उसका भाई अब लोहारख़ाने में काम

करता था। आर्तेम के माथे पर उसने नई झुर्रियाँ देखीं। अब वह दो बच्चों का बाप था। साफ़ ज़ाहिर था कि आर्तेम की ज़िन्दगी आराम की ज़िन्दगी न थी। उसने कोई शिकायत नहीं की, मगर पावेल ख़ुद इस बात को समझ गया।

दोनों ने संग-संग एक-दो घंटे काम किया और फिर अलग हो गए।

रेलवे क्रॉसिंग पर पावेल ने अपने घोड़े की लगाम खींची और रुका और बड़ी देर तक स्टेशन को देखता रहा। फिर उसने घोड़े को चाबुक़ लगाया और जंगल में होता हुआ सरपट सड़क पर निकल गया।

जंगल की सड़कें अब काफ़ी सुरक्षित थीं। बोल्शेविकों ने सभी छोटे-बड़े लुटेरों का सफ़ाया कर दिया था और उस इलाक़े के गाँव अब शान्ति से ज़िन्दगी बसर करते थे।

दोपहर होते-होते पावेल बेरेजदोव पहुँचा। लिदा पोलेविख उसके स्वागत के लिए दौड़कर ज़िला कमिटी के सायबान में निकल आई।

उसने बड़ी प्यार-भरी मुस्कराहट के साथ कहा, "स्वागत, घर लौटने पर! तुम्हारे बिना यहाँ बहुत बुरा लगता था!" उसने पावेल को अपनी बाँहों में ले लिया और फिर दोनों कमरे में चले गए।

अपना कोट उतारते हुए उसने लिदा से पूछा, "राजवालिखिन कहाँ है?"

लिदा ने अनमने ढंग से जवाब दिया, "मुझे नहीं मालूम। अरे हाँ, याद आया। उसने आज सुबह ही मुझसे कहा था कि वह तुम्हारे बदले समाज शास्त्र का क्लास लेने स्कूल जा रहा है। वह कहता है कि यह तुम्हारा नहीं, उसका काम है।"

पावेल को अचानक मिलने वाली इस ख़बर से तकलीफ़ हुई। राजवालिखिन उसे कभी अच्छा नहीं लगता था। पावेल ने चिढ़ते हुए अपने मन में कहा, "स्कूल में यह सारा मामला गड़बड़ कर देगा, पता नहीं क्या अनाप-शनाप पढ़ाए।"

उसने लिदा ने कहा, "उसकी तुम फ़िक्र न करो। मुझे बतलाओ, यहाँ की अच्छी-अच्छी ख़बरें क्या हैं? तुम क्रूसेव्का गई थीं? वहाँ लड़कों का क्या हाल है?"

लिदा जब उसको सारी ख़बरें दे रही थी, उस वक़्त पावेल अपने थके हुए शरीर को आराम देने के लिए कोच पर लेटा हुआ था।

"परसों राकीतिना को पार्टी का उम्मीदवार सदस्य बना लिया गया। इससे हमारा पोदुब्सी सेल बहुत मजबूत हो जाएगा। राकीतिना अच्छी लड़की है, मैं उसे बहुत पसन्द करती हूँ। यहाँ की उस्तानियाँ अब हमारे साथ आने लगी हैं, उनमें से कुछ तो आ भी चुकी हैं।"

कोर्चागिन और पार्टी की ज़िला कमिटी का नया मंत्री लिचीकोव, ये दोनों अक्सर

शाम को लिसित्सिन के घर पर मिलते थे और फिर तीनों उस बड़ी मेज़ पर बैठे बड़ी रात तक पढ़ते रहते थे।

जिस कमरे में लिसित्सिन की बीवी और बहन सोती थीं, उसका दरवाज़ा कसकर बन्द कर दिया जाता और फिर तीनों किसी छोटी-सी किताब पर झुके हुए धीमे-धीमे आपस में बातें करते। लिसित्सिन को पढ़ने का वक़्त सिर्फ़ रात को मिलता था। तब भी जब कभी पावेल अपनी अक्सर होनेवाली गाँव की यात्राओं से लौटता, तो उसे यह देखकर बड़ी खीज होती कि उसके साथी बहुत आगे निकल गए हैं।

एक दिन पोदुब्सी के सन्देशवाहक ने यह ख़बर दी कि न जाने किन लोगों ने पिछली रात को ग्रिशुत्का खोरोवोदको की हत्या कर दी थी। पावेल फ़ौरन भागा-भागा कार्यकारिणी समिति के अस्तबल में गया और अपनी टाँगों के दर्द को भूलकर पागल आदमी की तरह जल्दी-जल्दी एक घोड़े की जीन कसी और उस पर सवार होकर सरपट सरहद की तरफ़ चल दिया।

ग्रिशुत्का गाँव की सोवियत के मकान में सनोबर की शाखों से ढका एक मेज़ पर पड़ा था और सोवियत का लाल झंडा उस पर पड़ा हुआ था। एक सरहदी सन्तरी और एक कोमसोमोल दरवाज़े पर खड़े पहरा दे रहे थे और जब तक कि अधिकारी नहीं आ गए, वे किसी को अन्दर नहीं जाने देते थे। कोर्चागिन मकान के अन्दर दाख़िल हुआ, मेज़ के पास गया और झंडे को उलट दिया।

ग्रिशुत्का का चेहरा मोम की तरह पीला था और उसकी आँखें फैली हुई थीं जैसी मौत की यंत्रणा में हो गई होंगी, और उसका सिर एक तरफ़ को लुढ़का हुआ था। सनोबर की एक टहनी सिर के पिछले हिस्से में उस जगह को ढके हुए थी, जिसे किसी तेज़ हथियार ने काट दिया था।

इस नौजवान की जान किसने ली? विधवा खोरोवोदको के इस इकलौते बेटे की? उस विधवा के बेटे की जिसका पति मिल का मज़दूर था और बाद में ग़रीब किसानों की कमिटी का मेम्बर हो गया था और जिसने क्रान्ति के लिए लड़ते हुए जान दी थी?

अपने बेटे की मृत्यु से बुढ़िया को जो आघात लगा, उससे उसने बिस्तर पकड़ लिया। अभागी माँ को पड़ोसी सान्त्वना देने की कोशिश कर रहे थे और उसका बेटा सर्द और बेजान पड़ा था, अपनी असामयिक मृत्यु के रहस्य को छिपाए हुए।

ग्रिशुत्का के क़त्ल से गाँव के सारे लोगों में ग़ुस्सा छा गया। कोमसोमोल के इस नौजवान नेता और ग़रीब किसानों के हिमायती के गाँव में दुश्मनों से कहीं ज़्यादा दोस्त निकले।

राकीतिना को इस ख़बर से बड़ी सख़्त चोट लगी और वह अपने कमरे में बैठी फफक-फफककर रोती रही। कोर्चागिन कमरे में आया तो उसने आँख उठाकर भी नहीं देखा।

"राकीतिना, तुम्हारा क्या ख़याल है, किसने यह हत्या की?" कोर्चागिन ने थकान से बेदम होकर कुरसी पर बैठते हुए भर्राई हुई आवाज़ में पूछा।

"ये वही मिलवाले बदमाश होंगे, वही जो चोरी से माल लाते-ले जाते हैं। ग्रिशा उनके पहलू का काँटा था।"

दो गाँव के लोग ग्रिशा खोरोवोदको के जनाज़े में शरीक हुए। कोर्चागिन अपनी बटालियन को ले आया और कोमसोमोल के सभी लोग अपने साथी को अन्तिम श्रद्धांजलि देने के लिए इकट्ठा हुए। गाव्रिलोव ने गाँव सोवियत के सामनेवाले चौक में ढाई सौ सरहदी सन्तरियों की एक कम्पनी को जमा किया। जनाज़े की मातमी धुनों के बीच लाल झंडे में लिपटा हुआ ताबूत बाहर लाया गया और चौक में रखा गया। वहाँ गृहयुद्ध में जान देनेवाले बोल्शेविक छापेमारों की क़ब्रों के पास एक नई क़ब्र खोदी गई।

ग्रिशुत्का की मौत ने उन सभी लोगों को एकता की डोर में बाँध दिया जिनके हितों के लिए वह बराबर उद्योग करता रहा था। नौजवान खेतिहर मज़दूरों और ग़रीब किसानों ने कोमसोमोल की मदद करने की शपथ ली और उस मौक़े पर जितने लोग बोले, उन सबने ग़ुस्से के साथ इस बात की माँग की कि ख़ूनियों का पता लगाया जाए और यहीं इस चौक में, इस क़ब्र के पास ही उन पर मुक़दमा चलाया जाए ताकि हर कोई देख सके कि वे दुश्मन कौन हैं जिन्होंने यह ख़ून किया।

राइफ़लें तीन बार गरजीं और सनोबर की ताज़ी टहनियाँ क़ब्र पर रखी गईं। उसी शाम को सेल ने राकीतिना को अपना नया मंत्री चुना। ख़ुफ़िया की सरहदी चौकी से कोर्चागिन के पास ख़बर आई कि वे लोग ख़ूनियों का पता लगाने की कोशिश कर रहे हैं।

एक हफ़्ते बाद जब क़स्बे के थियेटर हॉल में ज़िले की सोवियत का दूसरा सम्मेलन शुरू हुआ, तो लिसित्सिन ने गम्भीर उल्लास के स्वर में घोषणा की :

"साथियो, मुझे इस सम्मेलन को यह ख़बर देते हुए बड़ी ख़ुशी हो रही है कि पिछले एक साल में हमने बहुत सफलताएँ प्राप्त की हैं। इस ज़िले में सोवियत सत्ता मज़बूती से क़ायम हो गई है, लुटेरों का सफ़ाया कर दिया गया है और चोरी से माल लाने-ले जाने के व्यापार का भी लगभग ख़ात्मा कर दिया गया है। गाँवों में ग़रीब किसानों के मज़बूत संगठन पैदा हो गए हैं, कोमसोमोल के संगठन पहले से दस

गुना ज़्यादा मज़बूत हैं और पार्टी के संगठनों में भी विस्तार आया है। पोदुब्सी के कुलकों की उस आख़िरी काली करतूत का भी परदाफ़ाश कर दिया गया है जिसने हमारे कामरेड खोरोवोदको की जान ली। ख़ूनी पकड़ लिये गए हैं। मिलवाले और उसके दामाद ने यह ख़ून किया था। कुछ ही दिनों में सूबे की अदालत में उन पर मुक़दमा चलेगा। गाँवों के कई प्रतिनिधि-मंडलों ने माँग की है कि यह सम्मेलन प्रस्ताव पास करे कि इन लुटेरों और ख़ूनियों को मौत की सज़ा दी जाए।

इस बात के समर्थन में एक तूफ़ान-सा उठा जिससे हॉल हिल उठा।

"ज़रूर-ज़रूर! सोवियत सत्ता के दुश्मनों को मौत की सज़ा दी जाए!"

लिदा पोलेविख पीछे के एक दरवाज़े पर दिखाई दी। उसने इशारे से पावेल को बुलाया।

बाहर गलियारे में पहुँचकर उसने पावेल को एक लिफ़ाफ़ा दिया जिस पर 'बहुत ज़रूरी' लिखा हुआ था। पावेल ने लिफ़ाफ़ा खोला और पढ़ा :

> 'कोमसोमोल की बेरेजदोव ज़िला कमिटी के नाम। नक़ल पार्टी की ज़िला कमिटी को। सूबा कमिटी के फ़ैसले के अनुसार कामरेड कोर्चागिन को ज़िले से सूबा कमिटी में कोमसोमोल के ज़िम्मेदार काम के लिए बुलाया जाता है।'

पावेल ने इस ज़िले से छुट्टी ली जहाँ उसने पिछले साल-भर काम किया था। उसके जाने के ठीक पहले पार्टी की ज़िला कमिटी की जो आख़िरी मीटिंग हुई उसके सामने एजेंडे में ये दो ख़ास बातें थीं : (1) कामरेड कोर्चागिन को कम्युनिस्ट पार्टी की मेम्बरी देना; (2) कोमसोमोल की ज़िला कमिटी के मंत्री पद से पावेल को मुक्त करते हुए उसके सर्टिफ़िकेट की तसदीक़ करना।

विदा होते समय लिसित्सिन और लिदा ने ज़ोर से पावेल से हाथ मिलाया और प्यार से उसे गले लगाया और जब उसका घोड़ा हाते में से निकलकर सड़क पर पहुँचा तो एक दर्जन रिवॉल्वरों ने उसको विदा की सलामी दी।

चौदह

ट्राम फुन्दुकलियेव पहाड़ी पर चढ़ते हुए धीरे-धीरे रेंग रही थी और उसका इंजन जैसे थकान से कराह रहा था। ऑपेरा हाउस पर पहुँचकर वह रुक गई और उसमें से कुछ नौजवान बाहर निकले। ट्राम फिर चढ़ाई चढ़ने लगी।

पांक्रातोव ने दूसरों को ठेलते हुए कहा, "चलो ज़रा तेज़ रफ़्तार से चलो, नहीं तो देर हो जाएगी।"

ओकुनेव ने थियेटर के दरवाज़े पर जाकर पांक्रातोव को पकड़ लिया।

"हम लोग ऐसी ही परिस्थितियों में तीन साल पहले यहाँ आए थे। तुम्हें याद है न गेंका? यह उस वक़्त की बात है जब दुबावा अपना मज़दूरों का विरोधी दल लेकर हमारे पास आया था। कैसी शानदार मीटिंग हुई थी! और आज फिर हमें उसी से मोर्चा लेना है!"

वे अपने पास देकर हॉल में दाख़िल हो गए थे जबकि पांक्रातोव ने जवाब दिया :

"हाँ, इतिहास ठीक उसी जगह पर अपने-आप को दुहरा रहा है।"

हॉल में बैठे हुए दूसरे लोगों ने उन्हें चुप होने के लिए कहा। सम्मेलन का शाम का अधिवेशन शुरू हो गया था और जो भी सीट मिल जाए, उसी पर उन्हें बैठ जाना था। एक नौजवान औरत मंच से बोल रही थी।

पांक्रातोव ने ओकुनेव की पसली में उँगली गड़ाते हुए धीरे से कहा, "हम लोग बिलकुल ठीक वक़्त पर आए हैं। अब चुप बैठो और सुनो बीबी जी क्या कहती हैं।"

"...यह सच है कि हम लोगों ने इस बहस में अपना बहुत वक़्त और ताक़त ख़र्च की है। मगर मेरा ख़याल है कि हम सबने इससे बहुत-कुछ सीखा है। आज हमें यह देखकर बड़ी ख़ुशी होती है कि हमारे संगठन में वॉत्स्की के अनुयायी हार गए हैं। वे यह शिकायत नहीं कर सकते कि लोगों ने उन्हें सुना नहीं। बात इसकी उलटी है : उन्हें अपना दृष्टिकोण दूसरों के सामने रखने का पूरा मौक़ा दिया गया है। सच बात यह है कि उनको दी गई आज़ादी का उन्होंने बेजा इस्तेमाल किया है और पार्टी के अनुशासन को बहुत बार बुरी तरह भंग किया है।"

तालिया बहुत उत्तेजित थी। बोलते समय उसके बालों की जो लट आँखों पर आ जाती थी, उसको पीछे करने के लिए जिस तरह वह सिर को झटक रही थी, उससे यह बात साफ़ ज़ाहिर थी।

"देहातों के बहुत से साथी यहाँ पर बोले हैं और उन सबके पास त्रॉत्स्की-पंथियों के कारनामों के बारे में कुछ-न-कुछ कहने को रहा है। इस सम्मेलन में काफ़ी त्रॉत्स्की-पंथी भी हैं। देहात के लोगों ने समझ-बूझकर उनको यहाँ भेजा है ताकि हम पार्टी के इस शहर सम्मेलन में उनकी बात को सुनने का एक और मौक़ा पाएँ। अगर वे इस अवसर का पूरा लाभ नहीं उठा रहे हैं, तो इसमें हमारा कोई दोष नहीं है। देहातों और सेलों में जिस प्रकार वे पूरी तरह पराजित हुए हैं, उससे ज़रूर उन्होंने कुछ-न-कुछ सबक लिया है। यही वजह है कि उन्हें इस बात का साहस नहीं हुआ कि जो बातें अभी वे कल तक कह रहे थे, उन्हें आज इस सम्मेलन के सामने कहें।"

हॉल के दाहिने कोने से आती हुई एक करख्त आवाज़ ने इस जगह पर तालिया को टोका :

"अभी तक हम अपनी पूरी बात नहीं कह पाए हैं!"

तालिया उस आवाज़ की तरफ़ मुड़ी :

"बहुत अच्छा दुबावा, तुम अभी आ जाओ और बोलो, हम तुम्हारी बात सुनेंगे।"

दुबावा ने चिन्ता में डूबे-डूबे उसको देखा और उसके होंठ क्रोध में ऐंठ गए।

उसने चिल्लाकर कहा, "हम भी बोलेंगे, वक़्त आने दो!" ख़ुद अपने इलाक़े में एक रोज़ पहले उसे जो करारी हार खानी पड़ी थी, उसका ख़याल दुबावा को आया। उसकी याद अब भी उसके दिल में खटक रही थी।

हॉल में एक धीमी भुनभुनाहट फैल गई। पांक्रातोव अब अपने को बस में नहीं रख सका और चिल्ला उठा :

"फिर पार्टी को उलटने-पुलटने का इरादा है क्या?"

दुबावा ने आवाज़ को पहचान लिया, मगर उस ओर मुड़ा नहीं। उसने होंठ भींच लिये और सिर झुका लिया।

तालिया बोली, "त्रॉत्स्की-पंथी किस तरह पार्टी अनुशासन का उल्लंघन कर रहे हैं, ख़ुद दुबावा इसकी बहुत अच्छी मिसाल है। उसने बहुत दिन कोमसोमोल में काम किया है। हममें से बहुत से लोग उसको जानते हैं, और ख़ासकर हथियार कारख़ाने के मज़दूर। वह खारकीव कम्युनिस्ट यूनिवर्सिटी का छात्र है, फिर भी पिछले तीन हफ़्ते से यहाँ पर शुम्स्की के साथ है और हमको यह बात मालूम है। यूनिवर्सिटी खुली हुई है, ऐसे वक़्त वह कौन सी चीज़ है जो इन लोगों को यहाँ पर लाई है? इस क़स्बे में एक भी देहात नहीं है, जहाँ पर उन्होंने भाषण न दिये हों। यह सही है कि पिछले कुछ दिनों में यह देखने में आया है कि शुम्स्की की अक़्ल ठिकाने पर आ रही है। उसको किसने यहाँ पर भेजा है? उनके अलावा भिन्न-भिन्न संगठनों के और भी कई त्रॉत्स्की-पंथी यहाँ पर उपस्थित हैं। इन सभी ने एक-न-एक वक़्त यहाँ पर काम किया है और अब ये लोग यहाँ पार्टी में गड़बड़ी फैलाने के लिए आए हैं। उनके पार्टी संगठनों को क्या यह बात मालूम है कि वे कहाँ गए हैं? बिलकुल नहीं।"

सम्मेलन को यह आशा थी कि त्रॉत्स्की-पंथी आगे आकर अपनी ग़लतियों को क़बूल कर लेंगे। तालिया को भी यह उम्मीद थी कि वह उनको ऐसा करने के लिए राज़ी कर लेगी, इसीलिए उसने सच्चे दिल से उनसे इस बात की अपील की। दोस्ताना लहज़े में उसने सीधे-सीधे उनको सम्बोधित करते हुए कहा :

"तीन साल पहले इसी हॉल में दुबावा अपने 'मज़दूरों के विरोधी दल' की बात लेकर आया था। याद है? और उसने क्या कहा था, यह भी याद है? तब उसने कहा

था : 'हम कभी पार्टी झंडे को अपने हाथ से गिरने न देंगे।' मगर अभी मुश्किल से तीन साल ही गुज़रे हैं और दुबावा ने फिर वही काम किया है। हाँ, मैं अपनी बात को दुहराती हूँ कि उसने पार्टी झंडे को गिरा दिया है। वह कहता है, अभी हमने अपनी पूरी बात नहीं कही है। इसका मतलब है कि वह और उसके दूसरे सहयोगी त्रॉत्स्की-पंथी अभी और भी आगे बढ़ने का इरादा रखते हैं।

पिछली क़तारों से एक आवाज़ आई, "तुफ़्ता हमको बैरोमीटर के बारे में बताए। वही इन लोगों के मौसमी उतार-चढ़ाव का विशेषज्ञ है।"

इसके जवाब में क्रुद्ध आवाज़ें आईं :

"यह इस तरह के मज़ाक़ों का वक़्त नहीं है!"

"ये लोग पार्टी से लड़ना बन्द करेंगे या नहीं? हमें इस बात का उत्तर चाहिए!"

"ये लोग हमको बताएँ कि वह पार्टी विरोधी ऐलान किसने लिखा!"

हॉल के अन्दर ग़ुस्सा तेज़ से और तेज़ होता गया और चेयरमैन ने लोगों को चुप कराने के लिए बार-बार और बड़ी-बड़ी देर तक घंटी बजाई। तालिया की आवाज़ शोर में डूब गई और तूफ़ान के थमने में काफ़ी देर लगी। और तूफ़ान के हल्के पड़ने पर ही वह अपनी बात जारी रख सकी।

"दूरदराज के अपने साथियों के जो ख़त हमको मिलते हैं, उनसे पता चलता है कि वे लोग हमारे साथ हैं और इस चीज़ से हमको बहुत बल मिलता है। मैं आपको ऐसे ही एक ख़त का कुछ हिस्सा पढ़कर सुनाना चाहती हूँ। यह ख़त ओल्गा यूरेनेवा ने भेजा है। आप में से बहुत से लोग उसको जानते हैं। वह कोमसोमोल की एक एरिया कमिटी के संगठन विभाग की इंचार्ज है।

तालिया ने अपने सामने पड़े हुए ढेर में से एक काग़ज़ निकाला, उस पर निगाह दौड़ाई और पढ़ना शुरू किया :

> "अमली काम की तरफ़ कोई ध्यान नहीं दिया गया है। पिछले चार दिन से सारे ब्यूरो मेम्बर देहातों में गए हुए हैं जहाँ त्रॉत्स्की-पंथियों ने पहले से भी ज़्यादा ज़हरीला प्रचार शुरू कर दिया है। कल एक ऐसी घटना हुई जिससे संगठन के सभी लोग बहुत बिगड़ उठे हैं। जब विरोधियों को शहर के एक भी सेल में बहुमत नहीं प्राप्त हुआ, तो उन्होंने अपनी सारी शक्ति को जमा करके एरिया फ़ौजी कमिसारियट की सेल में लड़ने का फ़ैसला किया। एरिया फ़ौजी कमिसारियट की सेल में एरिया प्लैनिंग कमीशन और शिक्षा विभाग में काम करने वाले कम्युनिस्ट भी शामिल हैं। इस सेल में बयालीस मेम्बर हैं। मगर वहाँ के सारे त्रॉत्स्की-पंथी एक होकर काम करते हैं। उस मीटिंग में जैसे पार्टी विरोधी भाषण हुए, वैसे हमने पहले कभी नहीं सुने थे। फ़ौजी कमिसारियट का एक मेम्बर उठ पड़ा और साफ़-साफ़ बोला : 'अगर पार्टी

की मशीन हमारी बात नहीं मानती तो हम उसे अपनी ताक़त से तोड़ देंगे।' जब उसने यह बात कही तो विरोधी दल वालों ने ख़ूब तालियाँ बजाईं। तब कोर्चागिन बोलने के लिए उठा। उसने कहा, 'आप कैसे पार्टी मेम्बर हैं जो उस फ़ासिस्ट की बात पर ताली बजा रहे हैं?' मगर इन लोगों ने इतना शोर मचाया, चीख़े-चिल्लाए, कुर्सियाँ बजाईं कि कोर्चागिन नहीं बोल सका। विरोधियों के इस बेहूदा आचरण से बिगड़कर सेल के मेम्बरों ने माँग की कि कोर्चागिन को अपनी बात कहने का मौक़ा दिया जाए। मगर जैसे ही कोर्चागिन ने बोलना शुरू किया कि फिर वैसा ही शोर मचा। कोर्चागिन ने उस शोर को अपनी आवाज़ से दबाते हुए और भी चीख़कर कहा, "इसी को आप जनवाद कहते हैं! मगर कोई बात नहीं, इतने पर भी मैं बोलूँगा और ज़रूर बोलूँगा!' उसी वक़्त कई लोग उस पर टूट पड़े और उसे मंच से घसीटकर अलग करने लगे। बड़ा हंगामा मचा। पावेल उनका मुक़ाबला करता रहा और बोलता गया, मगर उन्होंने उसे मंच से घसीटकर बग़ल के एक दरवाज़े से बाहर सीढ़ी के पास धकेल दिया। किसी बदमाश ने उसके चेहरे पर चाकू मार दिया। उसके बाद लगभग सभी सेल मेम्बर मीटिंग छोड़कर चले गए। इस घटना ने बहुत से लोगों की आँखें खोल दीं...।"

इसके बाद तालिया मंच से हट गई।

पार्टी की सूबा कमिटी के प्रचार-आन्दोलन विभाग के काम की देखभाल पिछले दो महीनों से सेगल कर रहा था। सेगल सभापति मंडली में तोकारेव के बग़ल में बैठा हुआ था और बड़े ग़ौर से प्रतिनिधियों के भाषण सुन रहा था। अब तक सम्मेलन में नौजवान लोग ही बोले थे जो अभी कोमसोमोल में ही थे।

सेगल सोच रहा था, "इन पिछले कुछ सालों में इनकी बुद्धि कितनी प्रौढ़ हो गई है!"

उसने तोकारेव से कहा, "विरोधियों को अच्छी मार पड़ रही है और जबकि अभी बड़ी-बड़ी तोपें मैदान में उतारी ही नहीं गईं। अभी तो यह लड़के ही त्रॉत्स्की-पंथियों को खदेड़े दे रहे हैं।"

उसी वक़्त तुफ़्ता कूदकर मंच पर आ गया। उसके आते ही लोगों ने अपनी नापसन्दी का इज़हार करते हुए भुनभुनाना शुरू किया और एक कहकहा भी पड़ा। तुफ़्ता अपने इस स्वागत का प्रतिवाद करने के लिए सभापति मंडली की तरफ़ मुड़ा, मगर तब तक हॉल में काफ़ी शान्ति छा गई थी।

"किसी ने यहाँ पर मुझको मौसम के उतार-चढ़ाव का विशेषज्ञ कहा है। आप

साथियों का यहाँ पर बहुमत है और इस तरह आप मेरे राजनीतिक विचारों का मख़ौल उड़ाते हैं!" उसने एक साँस में कह डाला।

एक ज़ोर के कहकहे से उसके शब्दों का स्वागत हुआ। तुफ़्ता ने बिगड़कर चेयरमैन से अपील की।

"आप हँस सकते हैं, मगर मैं एक बात फिर आपको बतलाना चाहता हूँ कि युवक बैरोमीटर होते हैं। लेनिन ने बार-बार यह बात कही है।"

पल-भर के लिए हॉल में शान्ति छा गई।

"लेनिन ने क्या कहा है?" श्रोताओं में से आवाज़ आई। तुफ़्ता की जान में जान आई।

"जिस वक़्त अक्तूबर क्रान्ति की तैयारियाँ हो रही थीं, लेनिन ने निर्देश किया था कि हिम्मतवर मज़दूर युवकों को जमा करो, उन्हें हथियार दो और सबसे अहम मुकामों पर उन्हें जहाज़ियों के साथ-साथ भेजो। क्या आप चाहते हैं कि मैं वह टुकड़ा पढ़कर आपको सुनाऊँ? मेरे पास सारे उद्धरण यहाँ कार्ड पर लिखे हुए रखे हैं।" कहते हुए तुफ़्ता ने अपने बस्ते में हाथ डाला।

"जाने दो, जाने दो, उसकी ज़रूरत नहीं, हमें मालूम है!"

"मगर यह तो बताओ कि लेनिन ने पार्टी की एकता के बारे में क्या लिखा है?"

"और पार्टी अनुशासन के बारे में?"

"लेनिन ने कब नये लोगों को पुराने वोल्शेविकों के मुक़ाबले में खड़ा किया?"

तुफ्ता के विचारों की कड़ियाँ टूट गईं और वह दूसरी ही बात कहने लगा :

"अभी लगुतिना ने यूरेनेवा का एक ख़त पढ़कर आपको सुनाया। बहस-मुबाहसे के दौरान में अगर कोई ज़्यादतियाँ हो जाती हैं, तो हमसे उनका जवाबतलब करने का क्या मतलब है?"

शुम्स्की के बग़ल में बैठे हुए स्वेतायेव ने ग़ुस्से से दाँत पीसते हुए कहा, "गदहा...।"

शुम्स्की ने वैसे ही फुसफुसाकर जवाब दिया, "हाँ, यह बेवक़ूफ़ हमारा काम बिलकुल बिगाड़ देगा।"

तुफ़्ता की तीखी बुलन्द आवाज़ श्रोताओं के कान में सीसा उड़ेलती रही :

"अगर आप बहुमत का दल संगठित कर सकते हैं, तो हमको भी अधिकार है कि हम अल्पमत का दल संगठित करें।"

हॉल में शोर मचा।

चारों तरफ़ से लोगों की क्रुद्ध आवाज़ें तुफ़्ता पर बरसने लगीं :

"यह क्या? फिर वही बोल्शेविक और मेंशेविक का झगड़ा!"

रूसी कम्युनिस्ट पार्टी कोई पार्लियामेंट नहीं है!"

"ये लोग म्यासनिकोव से लेकर मार्तोव तक सबका काम कर रहे हैं।" तुफ़्ता

ने इस तरह अपनी बाँहें उठाईं जैसे नदी में कूदने जा रहा हो और जल्दी-जल्दी जवाब देने लगा।

"हाँ, हमको अपना दल बनाने की आज़ादी मिलनी चाहिए। वरना कैसे हम लोग, जो अलग विचार रखते हैं, अपने मत के लिए एक ऐसे संगठित अनुशासित बहुमत के ख़िलाफ़ लड़ सकते हैं?"

शोर बढ़ता गया। पांक्रातोव उठा और चिल्लाकर बोला :

"उसको बोलने दो। हम सुनें तो कि वह क्या कहना चाहता है। तुफ़्ता में इतनी बात तो अच्छी है कि जिन बातों को दूसरे लोग अपने दिल में रखे हुए हैं, उनको वह उगले दे रहा है।"

हॉल शान्त हो गया। तुफ़्ता ने महसूस किया कि वह हद से गुज़रा जा रहा है। शायद उसको यह बात अभी नहीं कहनी चाहिए थी। उसके विचार दूसरी ही ओर मुड़ गए और उसने तेज़ी से बोलते हुए अपनी बात खतम की :

"आप चाहें तो हमें निकाल बाहर कर सकते हैं। वह चीज़ शुरू भी हो गई है। आपने मुझे कोमसोमोल की सूबा कमिटी में से निकाल दिया है। मगर कोई बात नहीं, जल्दी ही यह बात साफ़ हो जाएगी कि कौन सही था और कौन ग़लत।" यह कहते हुए वह मंच से कूदकर हॉल में आ गया।

स्वेतायेव ने एक पुरजा लिखकर दुबावा के पास भेजा।

"मितियाई, अब तुम बोलो। मैं जानता हूँ कि इससे बात कुछ ख़ास बदलेगी नहीं। हमें यहाँ बुरी मार पड़ रही है। तुफ़्ता की अक़्ल हमें ठीक करनी होगी। यह बिलकुल गदहा है और जो जी में आता है, बक डालता है।"

दुबावा ने बोलने की इजाज़त माँगी जो उसे फ़ौरन मिल गई।

वह मंच पर चढ़ा तो हॉल में शान्ति छा गई और लोग आतुरता से उसकी बात का इन्तज़ार करने लगे। यह किसी भी भाषण के पहले छाने वाली शान्ति थी, मगर दुबावा को लगा कि जैसे उसमें शत्रुता का भाव मिला हुआ हो। जिस जोश से वह सेल मीटिंगों में बोला करता था, वह जोश अब ठंडा पड़ गया था। रोज़-ब-रोज़ उसका उत्साह कम होता जा रहा था और अपने पुराने साथियों के हाथ ऐसी करारी हार खाकर और उनकी उस सख़्त डाँट-फटकार से उसकी हालत उस आग जैसी हो रही थी जिस पर पानी डाल दिया गया हो। आग अब नहीं थी और केवल धुआँ रह गया था, उसके आहत अहंकार का तीखा धुआँ जिसका तीखापन इस बात से और भी बढ़ जाता था कि वह अपनी ग़लती मानने से बराबर इनकार किये जा रहा था। उसने सीधे-सीधे अपनी बात कहने का संकल्प किया, गोकि वह समझ रहा था कि ऐसा करने से वह बहुमत के लोगों से और भी कटकर दूर जा पड़ेगा। बोलते समय उसकी आवाज़ में कोई उतार-चढ़ाव नहीं था, मगर आवाज़ साफ़ थी।

"बराय मेहरबानी मुझे टोकिएगा नहीं और न बेकार के सवाल पूछकर मुझे चिढ़ाने

की कोशिश कीजिएगा। मैं अपने लोगों का पूरा विचार आपके सामने रखना चाहता हूँ, गोकि मैं पहले से जानता हूँ कि इसका कोई फ़ायदा नहीं है। आप बहुमत में हैं।"

उसने बोलना खतम किया तो ऐसा लगा कि जैसे हॉल में बम फूटा हो। चारों तरफ़ से लोगों की ग़ुस्से से भरी बिफरी हुई आवाज़ों का तूफ़ान उस पर टूटा और उसको लगा कि जैसे उसके शरीर पर कोड़े पड़ रहे हों।

"शर्म की बात है!'

"फूट डालने वालों का नाश हो!

"यह कीचड़ उछालना बन्द करो!"

लोग मज़ाक़ उड़ाते हुए हँस रहे थे और उनकी इस हँसी के बीच दुबावा अपनी सीट पर जाकर बैठ गया और उस हँसी ने ही मानो उसका काम तमाम कर दिया। अगर लोगों ने अपने ग़ुस्से का इज़हार किया होता और बिगड़कर उस पर हमला किया होता, तब शायद उसके मन को सन्तोष होता। मगर यह तो ऐसा था कि जैसे वह कोई निकृष्ट अभिनेता हो, जिसकी आवाज़ ग़लत जगह पर फट गई हो और लोग उसका मज़ाक़ उड़ा रहे हों।

सभापति ने ऐलान किया, "अब शुम्स्की बोलेगा।"

शुम्स्की ने खड़े होकर कहा, "मैं बोलने से इनकार करता हूँ।"

तब पिछली क़तारों में से पांक्रातोव की भारी आवाज़ गूँजती हुई सुनाई दी : "मुझको बोलने दो!"

उसकी आवाज़ से दुबावा जान गया कि पांक्रातोव के दिल में तूफ़ान मचल रहा है। उस मल्लाह की भारी आवाज़ इसी तरह गूँजती थी जब उसका ज़बरदस्त अपमान होता था और दुबावा के मन में तब बड़ी बेचैनी हुई जब उसने लम्बी, कुछ झुकी हुई उस आकृति को जल्दी-जल्दी मंच की ओर जाते अपनी सचिन्त आँखों से देखा। वह जानता था कि पांक्रातोव क्या कहने जा रहा है। उसे दो रोज़ पहले सोलोमेंका में अपने पुराने दोस्तों के साथ अपनी मुलाक़ात की बात याद आई और याद आया कि कैसे उन्होंने उस पर ज़ोर दिया था कि वह विरोधियों से अपना सम्बन्ध तोड़ ले। उसके साथ स्वेतायेव और शुम्स्की भी थे। तोकारेव के घर पर उससे मुलाक़ात हुई थी। पांक्रातोव, ओकुनेव, तालिया, वोलिन्तसेव, जेलेनोवा, स्तारोवेरोव और आर्त्युखिन भी मौजूद थे। एकता क़ायम करने की बड़ी कोशिश की गई, लेकिन दुबावा ने उस पर कोई कान न दिया। बहस के बीच में ही वह स्वेतायेव के साथ बाहर निकल गया और इस तरह उसने यह चीज़ और भी दिखला दी कि अपनी ग़लती मानने के लिए वह क़तई तैयार नहीं है। शुम्स्की रुक गया था। और अब उसने बोलने से इनकार कर दिया था। "बेदम, बुद्धिजीवी! रीढ़ ही नहीं है! ज़रूर उन लोगों ने उसको मिला लिया है," दुबावा ने ग़ुस्से के साथ सोचा-विचारा।

इस कठिन संघर्ष में वह एक के बाद दूसरा दोस्त खोता जा रहा था। यूनिवर्सिटी

में ज़ार्की के संग उसकी दोस्ती टूट गई थी। ज़ार्की ने पार्टी की ब्यूरो की एक मीटिंग में 'छियालीस लोगों' की घोषणा की कड़ी आलोचना की थी। और बाद में जब संघर्ष और तेज़ हुआ, तो उनकी आपस में बोलचाल भी बन्द हो गई थी। उसके बाद ज़ार्की कई बार आना से मिलने उसके घर आया था। दुबावा और आना की शादी हुए एक साल हो चुका था। दोनों अलग-अलग कमरों में रहते थे और दुबावा को इस बात का पक्का यक़ीन था कि आना के साथ उसके बिगाड़ का कारण यही नहीं था कि आना का मत उससे नहीं मिलता था, बल्कि यह भी कि ज़ार्की के बार-बार आने से आना और उसके सम्बन्ध में और भी तनाव आ गया था। यह ईर्ष्या की बात नहीं थी, उसने अपने मन को समझाने की कोशिश की। लेकिन उन हालतों में ज़ार्की के साथ आना की दोस्ती से उसको चिढ़ ज़रूर मालूम होती थी। इसके बारे में उसने आना से बात की थी, मगर कोई ख़ास नतीजा न निकला, सिर्फ़ लड़ाई होकर रह गई। आना को बिना यह बतलाए कि वह कहाँ जा रहा है, वह सम्मेलन में चला आया था।

उसके विचार तेज़ी से उड़े चले जा रहे थे जबकि पांक्रातोव की बात ने उसको बीच ही में काट दिया।

पांक्रातोव ने मंच के छोर पर खड़े होते हुए अपनी गूँजती हुई आवाज़ में कहा, "साथियो! पिछले नौ दिन से हम विरोधियों की बातें सुनते आ रहे हैं और मैं साफ़-साफ़ कहना चाहूँगा कि वे लोग वर्गयुद्ध में हमारे साथियों की तरह, संग-संग लड़ने वालों की तरह, क्रान्तिकारियों की तरह नहीं बोल रहे थे। उनकी तक़रीरें दुश्मनों जैसी थीं, उनमें उनके मन का मैल था, वे गाली देने के अन्दाज़ में बातें कह रहे थे। हाँ साथियो, गाली देने के अन्दाज़ में! उन्होंने हम बोल्शेविकों की ऐसी तसवीर खींची है मानो हम पार्टी के अन्दर लाठी का राज क़ायम करने की कोशिश कर रहे हों, जैसे हमने अपने वर्ग और क्रान्ति के हितों के साथ विश्वासघात किया हो। उन्होंने हमारे पुराने बोल्शेविकों को, जो हमारी पार्टी के सबसे तपे हुए और विश्वसनीय लोग हैं उनको, पार्टी तानाशाह कहा है—उन लोगों को जिन्होंने रूसी कम्युनिस्ट पार्टी का निर्माण किया है, जिन्होंने जारशाही क़ैदख़ानों में तकलीफ़ें सही हैं, जिन्होंने कामरेड लेनिन के नेतृत्व में दुनिया-भर के मेंशेविकों और त्रॉत्स्की के ख़िलाफ़ निर्मम संघर्ष किया है। क्या दुश्मन के अलावा और कोई इस तरह की बात कह सकता था? क्या पार्टी और उसके कार्यकर्ता एक सम्पूर्ण इकाई नहीं है? तब मैं यह जानना चाहता हूँ कि ऐसी बातें क्यों कही जा रही हैं? हम ऐसे लोगों को क्या कहेंगे जो नौजवान लाल सैनिकों को अपने कमांडरों और कमिसारों के ख़िलाफ़ और फ़ौजी हेडक्वार्टर के ख़िलाफ़ भड़का रहे हैं—और ऐसे समय में जबकि यूनिट दुश्मनों से घिरी हुई है। त्रॉत्स्की-पंथियों के अनुसार मैं जब तक मेकैनिक हूँ तब तक ठीक हूँ, लेकिन अगर कल के रोज़ मैं पार्टी का मंत्री हो जाऊँ तो 'तानाशाह' और 'कुरसी तोड़ने

वाला' हो जाऊँगा। क्या यह बात कुछ अजीब सी नहीं है साथियो, कि विरोध करने वालों में, जो तानाशाही के ख़िलाफ़ और जनवाद के लिए संघर्ष कर रहे हैं, तुफ़्ता जैसे लोग हैं जिसे अभी हाल ही में तानाशाही के जुर्म में अपने काम से अलग किया गया था? या स्वेतायेव को ही लीजिए जिसे सोलोमेंका के लोग अच्छी तरह जानते हैं कि वह जनवाद का कैसा हामी है, या अफानासिएव को ही लीजिए जिसे सूबा कमिटी ने तीन-तीन बार पोदोल्स्क के इलाक़े में मनमाने ढंग से काम करने के जुर्म में अलग किया है? देखने में यह आता है कि वे तमाम लोग जिन्हें पार्टी ने सज़ा दी है, पार्टी से लड़ने के लिए एक हो गए हैं। मैं चाहता हूँ कि हमारे पुराने बोल्शेविक हमें त्रॉत्स्की के बोल्शेविज़्म के बारे में बतलाएँ। नौजवानों के लिए यह जानना बहुत ज़रूरी है कि कैसे त्रॉत्स्की ने बोल्शेविकों के ख़िलाफ़ लड़ाई लड़ी, कैसे वह बराबर एक कैम्प से दूसरे कैम्प में पहुँचता रहा। विरोधियों के ख़िलाफ़ इस संघर्ष में हमारी एकता बढ़ी है और विचारों की सफ़ाई के ख़याल से हमारे नौजवानों का स्तर भी ऊँचा हुआ है। निम्न मध्यवर्गीय प्रवृत्तियों के ख़िलाफ़ बोल्शेविक पार्टी और कोमसोमोल और भी मज़बूत हुए हैं। हमारे विरोधी, जो लोगों में घबराहट फैलाना चाहते हैं, यह कह रहे हैं कि हमारा आर्थिक और राजनीतिक सर्वनाश हो जाएगा। यह तो हमारा आगामी कल ही बतलाएगा कि इन भविष्यवाणियों में कोई सार था या नहीं। वे लोग माँग कर रहे हैं कि हम तोकारेव जैसे पुराने बोल्शेविकों को पीछे करके उनकी जगह दुबावा जैसे अवसरवादी को रख दें। उनका यह ख़याल है कि पार्टी के ख़िलाफ़ वह जो संघर्ष कर रहा है, वह कोई बड़ी बहादुरी का काम है। नहीं साथियो, हम कभी यह बात नहीं मान सकते। पुराने बोल्शेविकों की जगह नये आदमी रखे जाएँगे, लेकिन ये नये आदमी उन लोगों में से नहीं आएँगे जो हर कठिन घड़ी में पार्टी नीति पर आक्रमण किया करते हैं। हम अपनी महान पार्टी की एकता को भंग नहीं होने देंगे। कभी भी पुराने और नये साथियों के बीच दरार नहीं पड़ने पाएगी। लेनिन के झंडे के नीचे हम निम्न मध्यवर्गीय प्रवृत्तियों के ख़िलाफ़ जमकर संघर्ष करते हुए विजय की ओर आगे बढ़ते जाएँगे।"

पांक्रातोव तालियों की ज़बरदस्त गड़गड़ाहट के बीच मंच से नीचे उतर आया।

अगले रोज़ दस लोग तुफ़्ता के घर पर मिले।

दुबावा ने कहा, "मैं और शुम्स्की आज खारकीव जा रहे हैं। यहाँ पर अब हमारा कोई काम नहीं। तुम लोग अपनी एकता को बनाए रखने की कोशिश करना। अब हमें सिर्फ़ यह करना है कि इन्तज़ार करें और देखें कि क्या होता है। यह बिलकुल ज़ाहिर बात है कि अखिल रूसी सम्मेलन हमारी निन्दा करेगा, मगर मेरा ख़याल

है कि अभी हमारे ख़िलाफ़ दमन की कार्रवाइयों का वक़्त नहीं आया है। बहुमत वालों ने हमें और एक मौक़ा देने का फ़ैसला किया है। अब इस सम्मेलन के बाद खुलेआम संघर्ष चलाने का मतलब तो यह होगा कि हमें पार्टी में से ठोकर मारकर निकाल दिया जाएगा। इसलिए अब खुलेआम लड़ाई चलाना तो हमारी योजना में नहीं है। यह तो कहना मुश्किल है कि भविष्य में क्या होगा। फिलहाल मैं समझता हूँ कि कहने की बात इतनी ही है।" यह कहकर दुबावा जाने के लिए उठा।

दुबला-पतला स्तारोवेरोव भी उठा जिसके होंठ पतले-पतले थे।

उसने कुछ-कुछ हकलाते हुए कहा, "मैं तुम्हारी बात नहीं समझ पाता मितियाई। क्या मैं यह समझूँ कि सम्मेलन के फ़ैसले हमारे ऊपर लागू नहीं होते?"

"ज़ाब्ते के हिसाब से तो होते हैं," स्वेतायेव ने एकाएक बीच में कहा, "वरना तुम्हारा पार्टी कार्ड छिन जाएगा। मगर असल बात यह है कि हम इन्तज़ार करेंगे और हवा का रुख देखेंगे और इस बीच इधर-उधर बिखर जाएँगे।"

तुफ़्ता अपनी कुरसी में बेचैनी से हिला। शुम्स्की ज़र्द हो रहा था, उसकी तबीयत बुझी हुई थी और उसकी आँखों के नीचे नीले दाग़ पड़ गए थे। वह खिड़की के पास बैठा दाँत से नाख़ून काट रहा था। स्वेतायेव की बात को सुनकर उसने नाख़ून काटना बन्द कर दिया और मीटिंग की तरफ़ मुड़ा।

एकाएक उसने गुस्से से कहा, "मैं इस तरह की कार्रवाइयों के ख़िलाफ़ हूँ। मेरा निजी ख़याल यह है कि सम्मेलन के फ़ैसले हमारे ऊपर लागू होते हैं। हम लोगों ने अपने विश्वासों के लिए संघर्ष किया, लेकिन अब हमें लिये गए फ़ैसलों को मानना चाहिए।"

स्तारोवेरोव ने उसकी ओर समर्थन-सूचक आँखों से देखा।

उसने तुतलाते हुए कहा, "यही बात मैं कहना चाहता था।"

दुबावा ने शुम्स्की को तरेरा और अपनी आवाज़ में व्यंग भरकर कहा :

"यह कौन कह रहा है कि तुम कुछ करो। अब भी तुम्हें सूबा सम्मेलन में पश्चात्ताप करने का मौका मिलेगा!"

शुभ्स्की उछलकर खड़ा हो गया।

"मुझे तुम्हारी बात के स्वर से एतराज़ है दिमित्री ! और मैं साफ़-साफ़ कहना चाहूँगा कि तुम जो बात कह रहे हो, उससे मुझे सख़्त नफ़रत होती है और वह मुझे मजबूर कर रही है कि मैं दुबारा अपनी स्थिति पर विचार करूँ।"

दुबावा ने ऐसे हाथ हिलाया जैसे उसकी बात को उड़ा रहा हो।

"मैं ठीक समझ रहा था कि तुम यही बात करने की सोचोगे। भागकर जाओ और उनके सामने रो-गा आओ, कहीं देर न हो जाए।" यह कहकर दुबावा ने तुफ़्ता और दूसरे लोगों से हाथ मिलाया और चला गया। उसके ठीक बाद शुम्स्की और स्तारोवेरोव भी चले गए।

बड़ी सख़्त और बेदर्द सरदी से सन् 1924 की शुरुआत हुई। जनवरी का बर्फ़ानी पंजा बर्फ़ से ढकी धरती पर जमा हुआ था और महीने के दूसरे पखवाड़े में आँधी और तूफ़ान का ज़बरदस्त ज़ोर था।

दक्षिण-पश्चिमी रेलवे लाइनें बर्फ़ से ढकी हुई थीं। आदमी पगलाई हुई प्राकृतिक शक्तियों से लड़ रहे थे। बर्फ़ की सफ़ाई करनेवाले फावड़े बर्फ़ को काट-काटकर रेलगाड़ियों के लिए रास्ता बना रहे थे। टेलीग्राफ़ के तार बर्फ़ के बोझ से आँधी और तूफ़ान के कारण टूटे जा रहे थे और बारह लाइनों में से कुल तीन काम कर रही थीं—एक इंडो-योरोपियन और दो सरकारी लाइनें।

शेपेतोवका स्टेशन के तारघर में तीन आले अनवरत खटखटा रहे थे, मगर उनकी भाषा ऐसी थी जो सिर्फ़ जानकार आदमी की ही समझ में आ सकती थी।

ऑपरेटर लड़कियाँ अभी जवान थीं, मगर अभी उन्होंने बीस किलोमीटर से ज़्यादा फीता न टपटपाया होगा जबकि उनके बग़ल का बुड्ढा तार बाबू दो सौ किलोमीटर से ज़्यादा कर चुका था। अपने नौजवान साथियों की तरह उस बुड्ढे को तार से भेजा गया सन्देश समझने के लिए उस फीते को पढ़ना नहीं पड़ता था, न वह मुश्किल शब्दों और वाक्यांशों की ही पहेली में उलझता था, और न उसके माथे पर झुर्रियाँ ही पड़ती थीं। उसका ढंग यह था कि शब्द पढ़ता जा रहा था और मशीन टपटपाता जा रहा था। तभी उसके कान में शब्द पड़े, "सबके लिए, सबके लिए, सबके लिए!"

"बर्फ़ साफ़ करने के बारे में कोई दूसरा सरकुलर होगा," बुड्ढे तार बाबू ने उन शब्दों को लिख़ते हुए अपने मन में कहा। बाहर बर्फ़ का तूफ़ान ज़ोरों से चल रहा था जिससे कड़ी-कड़ी बर्फ़ आकर खिड़की से टकराती थी। तार बाबू ने सोचा कि खिड़की पर कोई दस्तक दे रहा है। उसकी आँखें आवाज़ की ओर मुड़ गईं और वह क्षण-भर के लिए खिड़की के शीशे पर बर्फ़ से बनी हुई आकृतियों को देखने लगा। कोई भी नक़्क़ाश पत्ती की ऐसी नक़्क़ाशी न कर सकता था।

उसके विचार इधर-उधर बहने लगे और थोड़ी देर के लिए उसने तार के आले को सुनना बन्द कर दिया। मगर थोड़ी ही देर बाद उसने निगाह नीची की और उन शब्दों को पढ़ने के लिए, जिन्हें उसने बीच में ही छोड़ दिया था, फीते की तरफ़ हाथ बढ़ाया।

तार की मशीन ने ये शब्द लिखे थे :

'21 जनवरी की शाम को छह बजकर पचास मिनट पर...'

तार बाबू ने जल्दी-जल्दी ये शब्द लिखे, फीते को नीचे रख दिया और अपने सिर को हाथ पर टिकाकर आगे की बात सुनने लगा।

'कल गोर्की में मृत्यु हो गई...' धीरे-धीरे उसने ये शब्द काग़ज़ पर उतार दिये। अपनी लम्बी ज़िन्दगी में उसने न जाने कितने सन्देश लिखे थे, ख़ुशी के सन्देश

और गम के सन्देश; कितनी बार दूसरों के दर्द और दूसरों की ख़ुशी की ख़बर उसी ने सबसे पहले सुनी थी। अपने काम के सिलसिले में उसने न जाने कब से तार के उन छोटे सन्देशों के अर्थ पर ध्यान देना छोड़ दिया था। उसका तो काम बस इतना था कि ध्वनियों को पकड़े और मशीन की तरह उनको काग़ज़ पर उतार दे।

यह भी किसी की मौत की ख़बर थी और किसी को इसकी सूचना दी जा रही थी। तार बाबू को शुरू के वे शब्द "सबके लिए, सबके लिए, सबके लिए," भूल गए। मशीन ने टिक-टिक करके 'व्लादीमीर इलिच' लिखा और बुड्ढे तार बाबू ने उनको अक्षरों में उतार दिया। उसके ऊपर कोई असर नहीं हुआ, बस थोड़ी-सी थकान मालूम हुई। व्लादीमीर इलिच नाम का आदमी कहीं मर गया था और किसी को दुख की यह ख़बर मिलेगी, दर्द की एक चीख़ किसी के सीने से निकलेगी मगर उसको इससे क्या? मशीन डैश-डॉट-डैश-डॉट बोलती जा रही थी। अपनी उस सुपरिचित ध्वनि में से तार बाबू ने पहला अक्षर पकड़ा और उसे तार के फारम पर लिखा। यह अंग्रेज़ी का 'एल' था। फिर दूसरा अक्षर था 'ई'। उसके बाद ही उसने लिखा 'एन', फिर जल्दी ही जोड़ा 'आई', फिर आख़िरी अक्षर लिखा 'एन'।

इसके बाद मशीन ने विराम दिया और क्षण-भर के लिए तार बाबू की आँखें अपने लिखे हुए शब्द 'लेनिन' पर ठहर गईं।

मशीन टपटपाती रही, मगर अब वह परिचित नाम तार बाबू की चेतना में दाख़िल हुआ। उसने एक बार फिर उस सन्देश के आख़िरी शब्द पर निगाह डाली 'लेनिन'। क्या? लेनिन? तार की सारी इबारत उसके मन में बिजली की तरह कौंध गई। वह तार के फारम को घूरता हुआ बैठा रहा और अपने काम की बत्तीस बरस की ज़िन्दगी में पहली बार वह अपने लिखे हुए शब्दों का विश्वास नहीं कर सका।

उसने तीन बार उस लाइन पर जल्दी-जल्दी निगाह दौड़ाई, मगर वे शब्द ज़रा भी नहीं बदले, 'व्लादीमीर इलिच लेनिन की मृत्यु हो गई।' बुड्ढा उछलकर खड़ा हो गया, उसने फीते को उठा लिया और उसको ऐसे घूरने लगा जैसे उसमें छेद कर देगा। जिस बात पर विश्वास करने से वह इनकार कर रहा था, उस पर काग़ज़ के उस टुकड़े ने तसदीक़ की मुहर लगा दी थी। उसका चेहरा ऐसा ज़र्द पड़ गया जैसे उसमें जान ही न बाक़ी हो। वह अपने दूसरे साथियों की तरफ़ मुड़ा और उसकी चीख़ उनके कानों में पड़ी, "लेनिन मर गए!"

इस भयानक मृत्यु की ख़बर तारघर के खुले हुए दरवाज़े में से निकली और आँधी की तरह स्टेशन में फैल गई और तूफ़ान के डैनों पर सवार होकर रेल की पटरियों और स्विचों से जाकर टकराई और बर्फ़ के तूफ़ान के साथ-साथ रेलवे वर्कशॉप के बर्फ़ से ढके हुए फाटकों को चीरती हुई अन्दर घुस गई।

मरम्मत करनेवाले कुछ मज़दूर पहले से ही पिट पर खड़े हुए एक इंजन की मरम्मत कर रहे थे। बूढ़ा पोलेन्ताव्स्की ख़ुद अपने इंजन के नीचे घुसकर उन जगहों

को बतला रहा था जिनमें गड़बड़ी थी। जखार, ब्रुजाख और आर्तेम आतिशदान की मुड़ी हुई लोहे की सलाख़ों को सीधा कर रहे थे। जखार उसको निहाई पर रखे हुए था और आर्तेम हथौड़ा चला रहा था।

जखार अधेड़ हो गया था। पिछले कुछ सालों ने उसके माथे पर गहरी झुर्रियाँ डाल दी थीं और उसकी कनपटी के बाल सफ़ेद हो चले थे। उसकी कमर झुक गई थी और उसकी गढ़े में धँसी हुई आँखों में स्याही थी।

दरवाज़े में खड़े हुए किसी आदमी की छायाकृति क्षण-भर के लिए दिखाई दी और फिर रात का अँधेरा उसको निगल गया। लोहे पर हथौड़ों की चोटों ने उसकी पहली चीख़ को डुबा दिया, मगर जब वह इंजन पर काम करते हुए आदमियों के पास पहुँचा तो आर्तेम के हाथ का हथौड़ा उठा का उठा रह गया।

"साथियो! लेनिन मर गए!"

हथौड़ा धीरे-धीरे आर्तेम के कन्धे से नीचे आ गया और उसके हाथों ने ख़ामोशी से उसको नीचे कंकरीट के फ़र्श पर रख दिया।

"क्या हुआ? तुमने क्या कहा?" कहते हुए आर्तेम ने यह भयानक ख़बर लानेवाले आदमी की चमड़े की जाकेट को पागल की तरह झटके से पकड़ लिया।

और उसने हाँफते हुए, बर्फ़ से ढके हुए, अपनी धीमी, टूटी हुई आवाज़ में दुहराया :

"हाँ साथियो, लेनिन मर गए!"

और चूँकि उस आदमी ने बात धीरे-से कही थी, इसलिए आर्तेम ने समझ लिया कि यह भयानक ख़बर ज़रूर सही होगी। कुछ देर बाद उसने इस आदमी को पहचाना। यह स्थानीय पार्टी संगठन का मंत्री था।

इंजन की मरम्मत करनेवाले मज़दूर पिट में से कूदकर बाहर आए और उन्होंने मौन होकर उस आदमी की मौत की ख़बर सुनी जिसका नाम सारी दुनिया में गूँज रहा था।

फाटक के बाहर कहीं एक इंजन सीटी दे रहा था, जिसे सुनकर ये लोग काँप गए। इंजन की इस दर्द में डूबी हुई आवाज़ के बाद वैसी ही आवाज़ दूर पर एक और इंजन ने की, उसके बाद एक और ने। उनकी इस आवाज़ में बिजलीघर के सायरन ने योग दिया। सायरन की आवाज़ बुलन्द और बम के उड़ते हुए छर्रों की तरह तेज़ और चुभनेवाली थी। फिर ये आवाज़ें ज़रा देर बाद कीव के लिए रवाना होनेवाली मुसाफ़िर गाड़ी के ख़ूबसूरत 'एस' इंजन की भारी गूँजती हुई आवाज़ में डूब गईं।

ख़ुफ़िया का आदमी चौंक गया जब शेपेतोवका-वारसा एक्सप्रेस के पोलिश इंजन ड्राइवर ने इंजनों की इन सीटियों का कारण जानने पर, कान लगाकर उसको सुना और फिर धीरे-धीरे अपना हाथ उठाकर सीटी की रस्सी को खींचा। वह जानता

था कि यह आख़िरी बार उसको ऐसा करने का मौक़ा मिल रहा है, इसके बाद उसे फिर कभी यह गाड़ी चलाने को न मिलेगी। मगर उसके हाथ ने सीटी के तार को न छोड़ा और उसके इंजन की चीख़ ने पोलिश दूतों और कूटनीतिज्ञों को चौंकाकर उन्हें अपने नरम कोचों से उठा दिया।

रेलवे के हाते में लोगों की भीड़ जमा थी। वे तमाम फाटकों के अन्दर चले आ रहे थे और जब वह विशाल इमारत ठसाठस भर गई, तो शोक-सभा निस्तब्ध शान्ति के वातावरण में आरम्भ हुई। पार्टी के शेपेतोवका एरिया कमिटी के मंत्री, पुराने बोल्शेविक शराब्रिन ने तक़रीर की।

"साथियो! लेनिन, दुनिया-भर के मज़दूरों के नेता लेनिन, मर गए। पार्टी की अपूरणीय क्षति हुई है क्योंकि वह आदमी उठ गया जिसने बोल्शेविक पार्टी का निर्माण किया और उसको दुश्मनों के प्रति निर्मम होना सिखलाया...हमारी पार्टी और हमारे वर्ग के नेता की मृत्यु मज़दूर वर्ग की सर्वोत्तम सन्तानों के लिए एक पुकार है कि वे आकर हमारी पार्टी में शामिल हों...।"

शोक-संगीत की धुनें गूँज उठीं। वहाँ पर उपस्थित उन सैकड़ों लोगों ने अपनी टोपियाँ उतार लीं और वह आर्तेम जो पन्द्रह बरस से नहीं रोया था, उसको लगा कि जैसे दर्द से उसका गला घुट रहा है और उसके वे मज़बूत चौड़े कन्धे हिल उठे।

आदमियों की भीड़ के दबाव से रेलवे मज़दूरों के क्लब की दीवारें भी मानो कराह रही थीं। बाहर बड़ी सख़्त सरदी थी, हॉल के दरवाज़े के पास खड़े हुए दो लम्बे-लम्बे फर के दरख़्त बर्फ़ का लबादा पहने खड़े थे। मगर हॉल के अन्दर अँगीठियों और छह सौ लोगों की साँसों के कारण घुटन महसूस हो रही थी। ये छह सौ लोग पार्टी द्वारा बुलाई हुई इस शोक-सभा में आए थे।

हॉल में कहीं बातचीत की भुनभुनाहट नहीं थी। गहरे दर्द ने लोगों की आवाज़ें रूँध दी थीं और वे एक-दूसरे से धीरे-धीरे फुसफुसाकर बातें कर रहे थे और उन तमाम सैकड़ों लोगों की आँखों में दुख और चिन्ता के भाव थे। वे एक ऐसी कश्ती के मल्लाह थे जिसकी पतवार चलानेवाला तूफ़ान में ही उनसे बिछुड़ गया था।

ब्यूरो के मेम्बरों ने शान्ति से मंच पर आसन ग्रहण किया। मोटे-तगड़े सिरोतेंको ने सावधानी से घंटी उठाई, धीरे-से उसको बजाया और वापस मेज़ पर रख दिया। इतने ही से हॉल में शान्ति छा गई।

मुख्य भाषण के बाद पार्टी संगठन का मंत्री सिरोतेंको बोलने के लिए उठा। यद्यपि उसने जो घोषणा की, वह शोक-सभा के लिए कुछ असाधारण ही थी, मगर किसी को उससे आश्चर्य नहीं हुआ।

उसने कहा, "कई मज़दूरों ने इस सभा से माँग की है कि वह पार्टी मेम्बरी की अर्ज़ी पर विचार करे। इस अर्ज़ी पर सैंतीस साथियों के हस्ताक्षर हैं।" और उसने वह अर्ज़ी पढ़कर सुना दी :

"दक्षिण-पश्चिम रेलवे शेपेतोवका स्टेशन की बोल्शेविक पार्टी के रेलवे संगठन की सेवा में।

"हमारे नेता की मृत्यु हमारे लिए पुकार है कि हम बोल्शेविक पार्टी में शामिल हों। और हम सभा से अनुरोध करते हैं कि वह इस बात पर विचार करे कि हम लेनिन की पार्टी के सदस्य होने के योग्य हैं या नहीं।"

इस छोटे-से वक्तव्य पर दो कॉलम भरकर हस्ताक्षर थे।

सिरोतेंको ने उन्हें पढ़कर सुना दिया और हर नाम के बाद वह थोड़ी देर के लिए रुक जाता था ताकि श्रोताओं को वह नाम याद हो जाए।

"स्तानिस्लाव जिग्मन्दोविच पोलेनताव्स्की, इंजन ड्राइवर, छत्तीस साल की सर्विस।"

हॉल में समर्थन की ध्वनि गूँज गई।

"आर्तेम आन्द्रीएविच कोर्चागिन, मेकैनिक, सत्रह साल की सर्विस।"

"जखार फिलिप्पोविच ब्रुजाक, इंजन ड्राइवर, इक्कीस साल की सर्विस।"

मंच पर बैठा हुआ वह आदमी जैसे-जैसे गठीले हाथोंवाले रेलवे मज़दूरों की बिरादरी के पुराने तपे हुए लोगों के नाम पुकारता जाता था वैसे-वैसे हॉल में शोर बढ़ता जाता था।

मगर फिर शान्ति छा गई जब पोलेनताव्स्की, जिसका नाम सूची में सबसे पहले था, आकर सभा के सामने खड़ा हुआ।

अपनी ज़िन्दगी की कहानी सुनाते समय उसके मन में जो उद्वेग था, उसको वह बुड्ढा इंजन ड्राइवर छिपा नहीं सका।

"...मैं आपको क्या बतलाऊँ साथियो? आप सभी जानते हैं कि उन दिनों में हम मज़दूरों की ज़िन्दगी कैसी थी। मैंने ज़िन्दगी-भर ग़ुलाम की तरह मेहनत की, फिर भी बुढ़ापे में आकर मैं भिखमंगे का भिखमंगा ही रहा। जब क्रान्ति आई तो मुझे यह कहने में संकोच नहीं है कि मैं अपने को गिरस्ती की परेशानियों के बोझ से दबा हुआ एक बुड्ढा आदमी समझता रहा और पार्टी के अन्दर नहीं आया। और गोकि मैंने कभी दुश्मन का साथ नहीं दिया, फिर भी ख़ुद संघर्ष में मैंने कम ही भाग लिया। 1905 में मैं वारसा में मोटर के कारख़ाने में हड़ताल कमिटी का मेम्बर था और बोल्शेविकों के साथ था। तब मैं जवान था और मुझमें लड़ने की शक्ति थी। मगर अब उन बीती बातों को याद करने से क्या फ़ायदा? इलिच के मरने से मेरे दिल पर भारी धक्का-सा लगा है, हमने अपना दोस्त और साथी खो दिया है और आज यह आख़िरी बार मैं अपने बुड्ढे होने की बात कह रहा हूँ। मैं समझ नहीं पा रहा हूँ कि कैसे अपनी बात कहूँ, क्योंकि मुझे कभी भाषण देना नहीं आया। मगर मैं सिर्फ़ इतना कहना चाहता हूँ कि मेरा रास्ता बोल्शेविकों का रास्ता है, दूसरा कोई रास्ता नहीं है।"

उस इंजन ड्राइवर ने अपने पके बालोंवाले सर को झटका दिया और उसकी सफ़ेद भवों के नीचे उसकी आँखें श्रोताओं को दृढ़ता से देखती रहीं जैसे उनके फ़ैसले का इन्तज़ार कर रही हों।

उस छोटे-से, पके बालोंवाले आदमी की अर्ज़ी के ख़िलाफ़ विरोध की एक भी आवाज़ नहीं उठी और सब लोगों ने वोट दिया। इस वोट में ग़ैर-पार्टी लोगों को भी शरीक किया गया।

पोलेनताव्स्की जब सभापति मंडली की मेज़ से हटा, तो वह कम्युनिस्ट पार्टी का मेम्बर था।

हर आदमी समझ रहा था कि कोई ऐतिहासिक बात हो रही है। अब उस इंजन ड्राइवर की जगह विशालकाय आर्तेम खड़ा था। उस मेकैनिक की समझ में नहीं आ रहा था कि अपने हाथों का क्या करे, लिहाज़ा वह बार-बार अपनी ख़ूब बालोंवाली फर की टोपी को तान रहा था। उसकी भेड़ की खाल की जाकेट, जिसके सिरे एकदम घिस गए थे, खुली हुई थी। मगर उसकी भूरी फ़ौजी वरदी के गले तक पहुँचनेवाले कॉलर में पीतल के दो बटन लगे हुए थे, जिससे उसकी आकृति बड़ी चुस्त-दुरुस्त नज़र आ रही थी, जैसी छुट्टी के दिन अच्छे-अच्छे कपड़ों के पहनने पर नज़र आती है। आर्तेम हॉल की ओर मुड़ा और उसे एक परिचित स्त्री के चेहरे की झलक मिली। यह राजगीर की लड़की गालिना थी जो अपनी दर्जिन साथियों के साथ वहाँ बैठी हुई थी। वह उसे सहानुभूतिपूर्ण मुस्कराहट की आँखों से देख रही थी और उस मुस्कराहट में आर्तेम ने समर्थन पाया, और, और भी कुछ जिसे शब्दों में रख सकना उसके लिए सम्भव न था।

उसने सिरातेंको को कहते सुना, "लोगों को अपने बारे में बतलाओ आर्तेम!"

मगर आर्तेम के लिए अपनी कहानी शुरू करना आसान न था। ऐसी बड़ी सभा में बोलने का वह आदी न था और उसने एकाएक महसूस किया कि ज़िन्दगी ने जो कुछ उसके अन्दर भर दिया था, उन सबको व्यक्त करना उसकी शक्ति के बाहर था। शब्दों के लिए वह अटक रहा था और अपनी घबराहट के कारण ही बोलने में उसे और भी मुश्किल हो रही थी। इसके पहले उसने कभी ऐसा नहीं महसूस किया था। उसको इस बात की तीक्ष्ण चेतना थी कि वह किसी बड़े परिवर्तन के मोड़ पर खड़ा है, कि वह एक ऐसा क़दम उठाने जा रहा है जो उसकी कठोर, ऐंठी हुई, घुटी हुई ज़िन्दगी में गरमाहट भर देगा और उसकी ज़िन्दगी फिर बेमानी न रह जाएगी।

आर्तेम ने शुरू किया, "हम लोग चार आदमी थे।"

हॉल में शान्ति थी। छह सौ लोग उत्सुकता से इस टेढ़ी नाकवाले लम्बे मज़दूर को सुन रहे थे, जिसकी आँखें घनी भवों के नीचे छिपी हुई थीं।

"मेरी माँ अमीर लोगों के घरों में रसोई पकाया करती थी। मुझे अपने बाप की कुछ ख़ास याद नहीं है, उसमें और मेरी माँ में नहीं बनती थी। वह बहुत ज़्यादा

शराब पीता था। इसलिए मेरी माँ को ही हम बच्चों की देखभाल करनी पड़ती थी। इतने लोगों के खाने का इन्तज़ाम करना उसके लिए आसान न था। सवेरे से लेकर रात तक वह बैल की तरह काम में जुटी रहती थी और इसके लिए उसे महीने में चार रूबल और खाना मिलता था। मैं इतना ख़ुशकिस्मत था कि मुझे दो साल स्कूल में पढ़ने का मौक़ा मिला। उन्होंने मुझे पढ़ना-लिखना सिखाया। मगर मैं जब नौ साल का हुआ तो मेरी माँ के सामने इसके अलावा कोई रास्ता न था कि मुझे ले जाकर एक कारख़ाने में भरती करा दे। तीन साल तक मैंने सिर्फ़ खाने पर काम किया...उस कारख़ाने का मालिक फेस्टर नाम का एक जर्मन था। पहले वह मुझे लेना न चाहता था, क्योंकि मैं बहुत छोटा था। मगर मैं बहुत तगड़ा था और फिर मेरी माँ ने मेरी उमर दो साल बढ़ाकर बतलाई थी। तीन साल तक मैंने उस जर्मन के लिए काम किया मगर कोई काम न सीख सका क्योंकि मुझे घर की सेवा-टहल के काम करने पड़ते थे और दौड़-दौड़कर वोदका लानी पड़ती थी। मेरा मालिक बुरी तरह पीता था...वह मुझे कोयला और लोहा लाने के लिए भी भेजता!...मालकिन ने तो मुझे बिलकुल ग़ुलाम ही बना लिया था : मुझे आलू छीलने पड़ते, बरतन धोने पड़ते। अक्सर मार पड़ती और ख़ामख़ा, क्योंकि उनको मारने की आदत पड़ी हुई थी। अगर मैं अपनी मालकिन को ख़ुश न कर सकता, तो वह कसकर मेरे मुँह पर थप्पड़ मारती और उसकी हालत यह थी कि अपने पति के पीने के कारण वह हमेशा ग़ुस्से में भरी बैठी रहती थी। मैं उससे भागकर सड़क पर पहुँच जाता, मगर कहाँ जाता, किससे शिकायत करता? मेरी माँ चालीस मील दूर थी और फिर मुझे वह अपने पास रख भी तो नहीं सकती थी...और कारख़ाने में भी तो हालत कुछ बेहतर न थी। मालिक के भाई उसके इंचार्ज थे। बड़ा सूअर आदमी था वह। उसे मुझको तंग करने में मज़ा आता था। कभी वह मुझसे कहता, 'ए छोकरे, वह वाशर तो उठा ला,' और कोने में भट्ठी की तरफ़ इशारा करता। मैं दौड़कर जाता और वाशर को उठा लेता और ज़ोर से चीख़ पड़ता क्योंकि वह ताज़ा-ताज़ा भट्ठी से निकलकर पड़ा होता, और गोकि ज़मीन पर पड़ा हुआ वह काला नज़र आता, मगर छूते ही आग लग जाती। और तब मैं दर्द से चीख़ता खड़ा होता और उसके पेट में हँसते-हँसते बल पड़ जाते। मैं यह तकलीफ़ बरदाश्त न कर सका और भागकर अपने घर माँ के पास चला गया। मगर वह समझ नहीं पाती थी कि मेरा वह क्या बन्दोबस्त करे, लिहाज़ा वह फिर मुझे एक जर्मन के यहाँ ले गई। मुझे याद है, वह पूरे रास्ते रोती गई। कहीं तीसरे साल जाकर उन्होंने मुझको कुछ-कुछ काम सिखलाना शुरू किया, मगर मार-पीट बदस्तूर चलती रही। मैं फिर भाग गया और इस बार स्तारोकोन्स्तान्तिनोव पहुँचा। वहाँ मुझे एक सॉसेज के कारख़ाने में काम मिल गया और मैंने डेढ़ साल डिब्बे धोने के पीछे बरबाद किये। फिर हमारे मालिक ने जुए के पीछे कारख़ाने को तबाह कर दिया, चार महीने तक हमें एक

कौड़ी भी न दी और ग़ायब हो गया। इस तरह मैं उस खन्दक में से निकला। तब मैंने जमेरिंका की गाड़ी पकड़ी और वहाँ काम ढूँढ़ने निकला। संयोग से, वहाँ पर मुझे एक रेलवे मज़दूर मिला, जिसे मुझ पर दया आई। जब मैंने उसको बतलाया कि मैं थोड़ा-बहुत मेकैनिक का काम जानता हूँ, तो वह मुझको अपने मालिक के पास ले गया और बोला कि यह मेरा भतीजा है और मुझे काम देने की सिफ़ारिश की। मेरा डील-डौल ऐसा था कि उन्होंने मुझको सत्रह साल का समझा और इस तरह मुझे एक मेकैनिक के मददगार का काम मिल गया। जहाँ तक मेरे मौजूदा काम का ताल्लुक़ है, मैं आठ साल से यहाँ काम कर रहा हूँ। अपनी पिछली ज़िन्दगी के बारे में इससे ज़्यादा मुझे कुछ नहीं कहना है। यहाँ की मेरी ज़िन्दगी के बारे में आप सब जानते ही हैं।"

आर्तेम ने अपनी टोपी से माथा पोंछा और एक लम्बी साँस ली। अभी तक उसने ख़ास बात नहीं कही थी। और इसी को कहना सबसे कठिन काम था, मगर कहना तो था ही और कोई वह अनिवार्य सवाल पूछ बैठे, इसके पहले ही कहना था। लिहाज़ा अपनी घनी भवों में बल डालते हुए उसने अपनी कहानी को जारी रखा :

"आप सबको मुझसे यह सवाल पूछने का हक़ है कि मैं क्रान्ति के पहले दिनों में बोल्शेविक पार्टी में क्यों नहीं शरीक हुआ? आप मुझसे यह सवाल पूछ सकते हैं। मगर मैं इसका क्या जवाब दूँ? अभी मैं बुड्ढा तो हुआ नहीं, तब नहीं तो अब सही। मगर सवाल यह है कि अब तक मुझे यह रास्ता क्यों नहीं दिखाई दिया? मैं सीधे-सीधे बात करूँगा, क्योंकि मेरे पास छिपाने को कुछ नहीं। वह रास्ता हमें दिखाई नहीं दिया और यह हमारी ही ग़लती थी। हमें 1918 में ही इस रास्ते को पकड़ना चाहिए था जब हमने जर्मनों के ख़िलाफ़ बग़ावत की थी। मल्लाह जुखराई ने हमसे बहुत बार यही बात कही। 1920 में आकर ही मैंने पहली बार राइफ़ल उठाई। तूफ़ान के खतम होने पर और श्वेत रूसियों को काले सागर में ढकेलकर हम लोग लौट आए। उसके बाद फिर परिवार, बच्चे...मैं घर-गृहस्थी में एकदम उलझ गया। मगर अब जबकि कामरेड लेनिन नहीं हैं और पार्टी ने हमको पुकारा है, तो मैंने पीछे मुड़कर अपनी ज़िन्दगी को देखा है और समझ रहा हूँ कि उसमें किस चीज़ की कमी थी। अपने राज की हिफ़ाज़त करना ही काफ़ी नहीं है, हमें लेनिन की जगह एक बड़े परिवार की तरह एकता की मज़बूत डोर में बँधकर रहना है ताकि सोवियत राज फ़ौलाद के पहाड़ की तरह मज़बूती से खड़ा रहे और उसे कोई हिला न सके। हमको बोल्शेविक बनना ही है। यही हमारी पार्टी है, या मैं झूठ कहता हूँ?"

इन्हीं सीधे-सादे शब्दों में मगर गहरी ईमानदारी से मेकैनिक आर्तेम ने अपनी बात कही। और जब उसकी बात खतम हुई, तो जहाँ उसे थोड़ी-थोड़ी लाज भी लग रही थी कि वह कैसे यों धाराप्रवाह बोलता गया, वहाँ उसे यह भी महसूस हुआ कि

जैसे उसके कन्धे पर से कोई भारी बोझ उतर गया और अच्छी तरह तनकर खड़े होते हुए वह आनेवाले सवालों का इन्तज़ार करने लगा।

"कोई सवाल?" सिरोतेंको की आवाज़ ने शान्ति को भंग किया।

उपस्थित लोगों में खलबली-सी मची, मगर किसी ने पहले सभापति की बात का जवाब नहीं दिया। तब एक फ़ायरमैन, जो सीधे अपने इंजन से चला आ रहा था और कालिख की तरह काला हो रहा था, निश्चयात्मक स्वर में बोला :

"पूछने को क्या है? हम उसे जानते नहीं क्या? उसे पार्टी में ले लो और क्या!"

लोहार गिलियाका का चेहरा गरमी और आवेश से लाल हो रहा था। उसने अपनी फटी हुई आवाज़ में चिल्लाकर कहा :

"यह बिलकुल ठीक ढंग का कामरेड है, कभी गद्दारी नहीं करेगा। तुम उस पर भरोसा कर सकते हो। वोट ले लो सिरोतेंको!"

हॉल के पिछले हिस्से में से, जहाँ कोमसोमोल बैठे हुए थे, कोई जो उस अँधेरे में दिखाई नहीं दे रहा था, उठा और बोला :

"कामरेड कोर्चागिन बतलाएँ कि उन्होंने क्यों किसानी जीवन अपनाया है और कैसे उसका मेल मज़दूर मनोवृत्ति के साथ बिठाते हैं।"

हॉल में नाराज़गी की एक हल्की-सी भुनभुनाहट पैदा हुई और किसी ने एतराज़ करते हुए कहा :

"तुम ऐसे क्यों नहीं बोलते जिससे सीधे-सादे लोग भी तुम्हारी बात समझ सकें? ख़ूब वक़्त चुना तुमने भी क़ाबिलीयत बघारने के लिए...।"

मगर आर्तेम ने जवाब देना शुरू कर दिया था :

"यह बिलकुल ठीक बात उसने पूछी है, कामरेड। उसने बिलकुल ठीक कहा है कि मैंने किसानी जीवन अपना लिया है। मगर मैं कहना चाहता हूँ कि मैंने अपने मज़दूर विवेक के साथ विश्वासघात नहीं किया है। बहरहाल, आज से वह चीज़ खतम हो गई। मैं अपने परिवार को रेलवे यार्ड के और पास ले आ रहा हूँ। यहाँ ज़्यादा अच्छा रहेगा। वह मनहूस खेत बहुत दिन से मेरे गले में फँसता रहा है।

एक बार फिर आर्तेम का दिल काँपा जब उसने अपने समर्थन में उठे हुए हाथों के उस जंगल को देखा, और सिर ऊँचा करके जब वह आकर अपनी सीट पर बैठा तो उसे ऐसा लग रहा था जैसे उड़ा जा रहा हो। अपने पीछे उसने सिरोतेंको को ऐलान करते सुना, "सर्वसम्मति से पास।"

मंच पर खड़ा होनेवाला तीसरा आदमी पोलेनताव्स्की का पहले का मददगार जखार ब्रुजाक था। यह ख़ामोश तबीयत का बुड्ढा आदमी ख़ुद बहुत दिनों से इंजन ड्राइवर था। उसने जब अपनी मेहनत की ज़िन्दगी का वर्णन खतम किया और कहानी को उस दिन तक ले आया, तो उसकी आवाज़ धीमी पड़ गई और वह धीमे-धीमे बोलता रहा, पर इतने धीमे नहीं कि लोग उसकी बात सुन न सकें :

"मेरे बच्चों ने जो चीज़ शुरू की, उसको पूरा करना मेरा कर्तव्य है। उनको हरगिज़ यह बात पसन्द नहीं होती कि मैं अपने दर्द को लेकर एक कोने में मुँह छिपाए पड़ा रहूँ। इस चीज़ के लिए उन्होंने जान नहीं दी। उनके मर जाने से जो कमी हो गई है, अब तक मैंने उस कमी को पूरा करने की कोशिश नहीं की है। मगर हमारे नेता लेनिन की मृत्यु से मेरी आँखें खुल गई हैं। मुझको अपने पिछले ज़माने की जवाबदेही करने के लिए न कहो। आज से हमारी नई ज़िन्दगी शुरू होती है।"

जखार के दिल में दर्द से भरी हुई यादें घुमड़ रही थीं, उसके चेहरे पर मानो बादल-सा छा गया था, मगर उसका चेहरा कठोर था। लेकिन जब उसको पार्टी में लेने के समर्थन में हाथों का एक समन्दर लहराया, तो उसकी आँखें चमकने लगीं और उसका पके बालोंवाला सिर गर्व से तन गया।

नये लोगों को पार्टी में लेने की यह कार्रवाई बहुत रात गए तक चलती रही। सबसे अच्छे और ऐसे लोग ही लिये गए, जिन्हें सब लोग जानते थे और जिनके जीवन में कहीं कोई धब्बा न था।

लेनिन की मृत्यु ने लाखों मज़दूरों को बोल्शेविक बनाया। नेता चला गया, मगर पार्टी बदस्तूर क़ायम रही, उसमें कहीं कोई कमज़ोरी नहीं आई। कोई दरख़्त जिसकी विशाल जड़ें धरती में मज़बूती के साथ गड़ी होती हैं, उसके सिरे को अगर काट भी दिया जाए, तब भी वह मरता नहीं।

पन्द्रह

होटल के कंसर्ट हॉल के दरवाज़े पर दो आदमी खड़े थे। उनमें लम्बावाला नाक के ऊपर ठहरा हुआ चश्मा लगाए था और उसकी बाँह में एक लाल फीता बँधा था जिस पर लिखा था 'कमांडेंट'।

रिता ने पूछा, "क्या उक्रेन के डेलीगेशन की मीटिंग यहीं हो रही है?"

उस लम्बे आदमी ने सर्द शिष्टाचार के स्वर में जवाब दिया, "हाँ। आपको क्या काम है कामरेड?"

वह लम्बा आदमी रास्ते को रोककर खड़ा हो गया और रिता को ऊपर से लेकर नीचे तक देखने लगा।

"आपके पास डेलीगेट कार्ड है?"

रिता ने अपना कार्ड पेश कर दिया जिस पर सुनहले अक्षरों में लिखा था, 'केन्द्रीय समिति की सदस्य।' उसको देखते ही उस आदमी का बरताव फ़ौरन बहुत नम्र और मीठा हो गया।

"अन्दर चलिए कामरेड, आपको उधर बाईं तरफ़ कुछ ख़ाली सीटें मिल जाएँगी।"

रिता गई और एक ख़ाली सीट पर जाकर बैठ गई।

स्पष्ट ही मीटिंग खतम होने जा रही थी क्योंकि सभापति का अन्तिम भाषण चल रहा था। उसकी आवाज़ रिता को परिचित लगी।

"अखिल रूसी कांग्रेस की कौंसिल का निर्वाचन हो गया। कांग्रेस की कार्रवाई दो घंटे में शुरू होगी। इस बीच मैं आपकी इजाज़त से डेलीगेटों की फ़ेहरिस्त को एक बार फिर दुहरा देना चाहता हूँ।"

यह अकिम था! रिता ध्यानावस्थित होकर सुनती रही और वह फ़ेहरिस्त को जल्दी-जल्दी पढ़ रहा था। हर डेलीगेट अपना नाम पुकारे जाने पर अपना लाल या सफ़ेद पास लेकर हाथ उठाता था।

तभी रिता ने एक परिचित नाम सुना : पांक्रातोव।

एक हाथ तेज़ी से उठा। रिता ने मुड़कर उसको देखा मगर बीच में इतनी क़तारें थीं कि वह उस मल्लाह का चेहरा न देख सकी। नामों का पढ़ा जाना चलता रहा और फिर रिता ने एक परिचित नाम सुना—ओकुनेव और उसके बाद एक और, ज़ार्की।

डेलीगेटों के चेहरों को ग़ौर से देखते हुए उसकी नज़र ज़ार्की पर पड़ी। वह उससे थोड़ी ही दूर पर बैठा हुआ था और उसका चेहरा आधा उसी की तरफ़ मुड़ा हुआ था। हाँ, यह वान्या ही था। वह उस चेहरे को लगभग भूल ही गई थी। उसको देखे कई बरस बीत भी तो गए थे।

नाम पुकारे जाते रहे। और तब अकिम ने एक नाम पढ़ा जिसे सुनकर रिता ज़ोर से चौंक पड़ी :

"कोर्चागिन।"

दूर पर सामने की क़तार में एक हाथ उठा और गिरा और अजीब बात थी कि रिता उस्तिनोविच के मन में उस आदमी के चेहरे को देखने की दारुण चाह हुई जिसका नाम वही था जो उसके बिछुड़े हुए साथी का था। वह उस जगह से अपनी आँख अलग न कर सकी, जहाँ से वह हाथ उठा था। मगर पीछे से सामने की क़तार में बैठे हुए सब लोगों के सिर एक-जैसे नज़र आते थे। रिता उठ खड़ी हुई और बीच के रास्ते से सामनेवाली क़तारों की तरफ़ बढ़ी। उसी वक़्त अकिम ने नाम पढ़ना खतम किया। लोगों ने ज़ोर से अपनी कुर्सियाँ पीछे खिसकाईं और हॉल आवाज़ों की भुनभुनाहट और नौजवानों की हँसी से भर उठा। इस शोर में अपनी बात लोगों के कानों तक पहुँचाने के लिए अकिम ने चिल्लाकर कहा :

"बोलशोय थियेटर.. सात बजे। देरी न हो!"

हॉल से निकलने के अकेले दरवाज़े पर डेलीगेटों की भीड़ लग गई। रिता ने देखा कि इस भीड़ में वह अपने किसी भी पुराने दोस्त को कभी न कभी ढूँढ़ सकेगी। अकिम के जाने के पहले उसी को पकड़ने की कोशिश करनी चाहिए, दूसरों को

ढूँढ़ने में उसी से मदद मिलेगी। तभी कुछ डेलीगेट दरवाज़े की तरफ़ बढ़ते हुए उसके पास से गुज़रे और उसने किसी को कहते सुना :

"अच्छा कोर्चागिन, अब हम लोगों को भी चलना चाहिए।"

और एक आवाज़ ने, जो इतनी परिचित थी और हमेशा याद रहनेवाली, जवाब दिया :

"हाँ चलो।"

रिता झट से मुड़ी। उसके सामने एक लम्बा, दबे रंग का नौजवान ख़ाकी वरदी और नीली बिरजिस पहने खड़ा था। उसकी वरदी में एक पतली-सी काकेशियन पेटी लगी हुई थी।

रिता ने आँख फाड़कर उसको देखा। फिर उसने उसकी बाँहों को अपने गिर्द महसूस किया और उसकी काँपती हुई आवाज़ को धीरे-से कहते सुना, "रिता," और वह जान गई कि यह पावेल कोर्चागिन ही था।

"तो अभी तुम ज़िन्दा हो?"

इन शब्दों से पावेल की समझ में सारी बात आ गई। मतलब कि रिता को यह नहीं मालूम हुआ था कि उसकी मौत की ख़बर ग़लत थी।

हॉल बड़ी देर का ख़ाली हो चुका था और त्वेर्स्काया का शोर-शराबा खुली हुई खिड़की में से अन्दर आ रहा था। घड़ी ने छह बजाया। मगर उन दोनों को ऐसा लग रहा था कि जैसे अभी क्षण-भर पहले मिले हों। मगर घड़ी की आवाज़ सुनकर उनको बोलशोय थियेटर का ख़याल आया। ख़ूब चौड़ी सीढ़ी से उतरकर रिता ने एक बार और पावेल को ग़ौर से देखा। अब वह उससे काफ़ी ऊँचा हो गया था और ज़्यादा परिपक्व और आत्मसंयमी दीख पड़ता था। इसके अलावा पावेल में कुछ भी नहीं बदला था और वह वही पुराना पावेल था।

रिता ने कहा, "मुझे देखो कि मैंने तुमसे यह भी नहीं पूछा कि कहाँ काम कर रहे हो?"

पावेल ने मुस्कराते हुए जवाब दिया, "मैं कोमसोमोल की एरिया कमिटी का मंत्री हूँ, दुबावा के शब्दों में कलम-घिस्सू!"

"तुम उससे मिले हो?"

"हाँ, और उस मुलाक़ात की मेरी याद बहुत कड़वी है।"

वे सड़क पर निकल आए। मोटरें जूँ-जूँ करती भागी जा रही थीं और शोर करती भीड़ पक्के फुटपाथों पर जमा थी। थियेटर के रास्ते में उनमें आपस में कोई बात नहीं हुई, एक ही विचार दोनों के दिमाग़ों में भरे हुए थे। उन्होंने जाकर देखा कि थियेटर बहुत से लोगों के एक तूफ़ानी समन्दर से घिरा हुआ है, जिसकी लहरें थियेटर की इमारत के पत्थरों से आ-आकर टकरा रही हैं ताकि दरवाज़ों पर पहरा देते हुए लाल सैनिकों के घेरे को तोड़कर अन्दर घुस जाएँ। मगर सन्तरी सिर्फ़ डेलीगेटों को

अन्दर आने दे रहे थे और वे अपने पास शान से दिखलाकर अन्दर चले आते थे।

यह कोमसोमोल का समन्दर था जो थियेटर को घेरे हुए था, नौजवानों का एक समन्दर जिन्हें कांग्रेस के उद्घाटन समारोह का टिकट नहीं मिल पाया था मगर जो किसी भी क़ीमत पर अन्दर घुसने पर तुले हुए थे। उनमें से कुछ नौजवान जो ज़्यादा फुर्तीले थे, डेलीगेटों की टोली में पहुँच गए थे और काग़ज़ का कोई लाल टुकड़ा दिखलाकर दरवाज़े तक पहुँचने में कामयाब हुए थे।

कुछ थोड़े से वे लोग दरवाज़े के अन्दर घुसने में कामयाब हुए थे। मगर अन्दर पहुँचकर उन्हें ड्यूटी पर तैनात केन्द्रीय समिति के आदमी या कमांडेंट से डाँट खानी पड़ती थी जो अतिथियों और डेलीगेटों को उनकी नियुक्त जगहें दिखला रहे थे। और फिर उन्हें बाहर निकाल दिया जाता था जिससे उन तमाम लोगों को, जिनके पास टिकट नहीं थे, अपार सन्तोष होता था।

जितने लोग उपस्थित होना चाह रहे थे, उनके दशांश लोगों के लिए भी थियेटर में जगह नहीं थी।

रिता और पावेल बड़ी मुश्किल से हॉल के दरवाज़े तक पहुँचे। डेलीगेट लोग आते रहे, कुछ लोग ट्रामगाड़ी से आए, कुछ लोग मोटर से आए। वे सब दरवाज़े पर इकट्ठा हो गए थे और लाल सैनिक, जो ख़ुद भी कोमसोमोल थे, दीवार से चिपककर खड़े थे। उसी वक़्त दरवाज़े के पास भीड़ में से एक शोर उठा :

"बाउमान इंस्टीच्यूट, यह चला!"

"चलो दोस्तो, हमारी जीत हो रही है!"

"हुर्रा!"

पावेल और रिता के साथ ही हॉल में तेज़ आँखोंवाला एक लड़का घुसा, जो कोमसोमोल का बैज लगाए हुए था और कमांडेंट की आँख बचाकर थियेटर के बाहरवाले बड़े कमरे की तरफ़ सीधे लपका। क्षण-भर में वह भीड़ में खो गया।

रिता ने पीछे की क़तार में एक कोने की दो सीटों की तरफ़ इशारा करते हुए कहा, "आओ यहाँ बैठें।"

बैठने पर रिता ने कहा, "मैं तुमसे एक सवाल पूछना चाहती हूँ। इसका ताल्लुक़ गुज़रे हुए ज़माने से है, मगर मुझे यक़ीन है कि तुम जवाब देने से इनकार नहीं करोगे। बतलाओ, तुमने क्यों उस वक़्त हम लोगों का संग-संग पढ़ना छोड़ दिया और हमारी दोस्ती तोड़ दी?"

और गोकि पावेल बड़ी देर से इस सवाल का इन्तज़ार कर रहा था, जब से रिता मिली थी तभी से, फिर भी इस सवाल से उसे परेशानी हुई। उनकी आँखें मिलीं और पावेल ने देख लिया कि रिता असली कारण जानती है।

"मेरा ख़याल है कि तुम ख़ुद अपने सवाल का जवाब जानती हो रिता। यह चीज़ तीन बरस पहले हुई थी और अब मैं सिर्फ़ यह कह सकता हूँ कि उस बात

के लिए पावका की निन्दा करूँ। सच बात यह है कि कोर्चागिन ने अपनी ज़िन्दगी में बहुत सी छोटी-बड़ी भूलें की हैं। वह भी उन्हीं में से एक है।"

रिता मुस्कराई।

"भूमिका तो बहुत अच्छी है। मगर अब जवाब दो!"

पावेल ने धीमी आवाज़ में शुरू किया, "इसमें दोष अकेले मेरा न था। इसमें गैडफ्लाई का भी दोष था, उसके क्रान्तिकारी रोमांस का। उन दिनों मुझ पर ऐसी किताबों का बड़ा गहरा असर था, जिनमें तपे हुए साहसी क्रान्तिकारियों का सजीव चित्रण होता था, ऐसे लोगों का, जिन्होंने अपने पवित्र लक्ष्य के लिए अपने को न्योछावर कर दिया। ऐसे लोगों का मुझ पर बड़ा गहरा असर पड़ता था और मैं भी उन्हीं की तरह बनना चाहता था। तुम्हारे प्रति मेरे मन के जो भाव थे, उन पर मैंने उस 'गैडफ्लाई' नाम की किताब का असर पड़ने दिया। अब वह बात बड़ी बेवक़ूफ़ी की मालूम होती है और मेरे पास शब्द नहीं हैं कि मैं बतला सकूँ कि मुझे इस चीज़ के लिए कितना खेद है।"

"तो तुमने उस किताब के बारे में अपनी राय बदल दी है?"

"नहीं रिता, बुनियादी तौर पर नहीं, लेकिन हाँ, इतना मैंने ज़रूर किया है कि अपनी इच्छाशक्ति की बार-बार परीक्षा लेने की कष्टदायी प्रक्रिया और उससे पैदा होने वाली अनावश्यक ट्रेजेडी की व्यर्थता को समझ लिया है। मैं अब भी उस किताब की सबसे अहम बातों का हामी हूँ, उसके साहस का, उसकी असीम सहन-शक्ति का। मेरे नज़दीक वह एक ऐसे आदमी का रूप है जो अपने दर्द को हर ऐरे-ग़ैरे को दिखलाए बग़ैर मौन होकर अपनी पीड़ा को झेल सकता है। मैं उस तरह के क्रान्तिकारी होने का समर्थक हूँ, जो पूरे समाज की ज़िन्दगी के सामने अपनी निजी ज़िन्दगी को कुछ नहीं समझता हो।"

"कितने अफ़सोस की बात है पावेल कि तीन बरस पहले तुमने मुझे यह बात न बतलाई," रिता ने एक ऐसी मुस्कराहट के साथ कहा जिससे पता चल रहा था कि उसके विचार कहीं दूर भटक रहे हैं।

"अफ़सोस की बात तुम इसीलिए कहती हो न रिता, कि मैं तुम्हारे नज़दीक कभी एक कामरेड से ज़्यादा कुछ नहीं था?"

"नहीं पावेल, तुम उससे ज़्यादा बन सकते थे।"

"मगर वह तो अब भी हो सकता है।"

"नहीं कामरेड गैडफ्लाई, अब बहुत देर हो गई।"

रिता ने मुस्कराते हुए अपनी बात साफ़ की, "बात यह है कि अब मेरी एक छोटी-सी लड़की है। मैं उसके पिता को बहुत प्यार करती हूँ। हम तीनों में बड़ी दोस्ती है और अभी तो तीनों अविभाज्य हैं।"

उसकी उँगलियाँ पावेल के हाथ को छू रही थीं। पावेल के प्रति सहानुभूति

से ही उसने ऐसा किया था, मगर फ़ौरन ही उसने समझ लिया कि इस चीज़ की ज़रूरत नहीं है। हाँ, इन तीन सालों में पावेल परिपक्व हुआ था और शारीरिक रूप से ही नहीं, मानसिक रूप से भी। उसकी आँखों को देखकर रिता ने समझ लिया कि उसकी स्पष्टोक्ति से पावेल को कितनी चोट लगी है। मगर पावेल ने सिर्फ़ यह कहा :

"जो कुछ मैंने अभी-अभी खोया है, उसके मुक़ाबले में जो कुछ अभी मेरे पास बचा है, वह कहीं बड़ा है, कहीं ज़्यादा।" और रिता ने समझा कि यह कोई खोखले शब्द नहीं हैं जो पावेल ने कहे हैं, यह तो सीधा-सादा सत्य है।

मंच के पास जाकर बैठने का समय हो गया था। वे उठे और उस क़तार की तरफ़ बढ़े जिसमें उक्रेन के डेलीगेशन के लोग बैठे हुए थे। बैंड बजने लगा। हॉल में लगी हुई झंडियों पर लिखा हुआ था, 'भविष्य हमारा है!' हज़ारों लोग उस हॉल की सीटों पर बैठे हुए थे। ये हज़ारों लोग मिलकर एक विराट इकाई बन गए थे जिनमें अशेष उत्साह लहरें मार रहा था। देश के औद्योगिक मज़दूरों की बिरादरी की श्रेष्ठतम नई सन्तानें यहाँ पर उपस्थित थीं। हज़ारों आँखों में सामने के भारी परदे के इन जलते हुए अक्षरों की प्रतिच्छाया चमक रही थी, 'भविष्य हमारा है!' और अब भी लोगों की भीड़ अन्दर चली आ रही थी। कुछ ही क्षण बाद वह मख़मल का भारी परदा हट जाएगा और फिर रूसी कम्युनिस्ट युवक संघ की केन्द्रीय समिति का मंत्री इस महान अवसर पर क्षण-भर के लिए उद्विग्न होकर घोषणा करेगा :

"अब रूसी कम्युनिस्ट युवक संघ की छठी कांग्रेस की कार्रवाई शुरू होती है।"

इसके पहले कभी पावेल कोर्चागिन को क्रान्ति की महत्ता और शक्ति की ऐसी गहरी मार्मिक चेतना नहीं हुई थी और यह सोचकर उसका मन वर्णनातीत आनन्द और गर्व से भर उठा कि ज़िन्दगी उसे नौजवान बोल्शेविकों की विराट रैली में ले आई थी, उसको, जो ख़ुद भी एक सैनिक और निर्माता था।

भोर से लेकर बहुत रात तक उसका सारा समय कांग्रेस में चला जाता था। इसलिए कई दिन बाद, जब कांग्रेस खतम होने को आ रही थी और उसके आख़िरी इजलास हो रहे थे, पावेल की रिता से दुबारा मुलाक़ात हुई। वह उक्रेनियनों के एक दल के साथ थी।

रिता ने उसको बतलाया, "कांग्रेस खतम होते ही मैं कल चली जाऊँगी। मैं नहीं जानती कि मुझे फिर तुमसे बात करने का मौक़ा मिलेगा या नहीं और इसलिए मैंने अपनी डायरी की दो पुरानी नोटबुकें और एक छोटी-सी चिट्ठी तुम्हारे लिए तैयार की है। उनको पढ़ लेना और पढ़कर डाक से मुझे वापस भेज देना। वे तुम्हें वह सब कुछ बतला देंगी जो मैं तुम्हें नहीं बतला सकी।"

पावेल ने रिता का हाथ दबाया और बड़ी देर तक उसको देखता रहा जैसे उसके चेहरे को दिमाग़ में पक्की तरह बिठाल रहा हो।

अगले रोज़ वायदे के अनुसार वे दोनों बड़े दरवाज़े पर मिले और रिता ने उसको एक पैकेट और एक बन्द लिफ़ाफ़ा पकड़ा दिया। वे अकेले नहीं थे, उनके आस-पास और लोग थे, इसलिए उन्हें अपने ऊपर संयम रखते हुए एक-दूसरे से विदा होना पड़ा। मगर तब भी पावेल ने रिता की कुछ-कुछ आर्द्र आँखों में गहरे ममत्व को पढ़ा जिसमें दर्द भी मिला हुआ था।

अगले रोज़ उनकी गाड़ियाँ उन्हें अलग-अलग दिशाओं में लेकर चली गईं। जिस गाड़ी में पावेल सफ़र कर रहा था, उसके कई डिब्बों में उक्रेन के डेलीगेशन के लोग थे। उसके कम्पार्टमेंट में कीव के कुछ डेलीगेट थे। शाम को जब दूसरे मुसाफ़िर सो गए और पास की बर्थ पर ओकुनेव आराम से खर्राटे भरने लगा, तब पावेल ने लैम्प को पास सरकाया और चिट्ठी को खोला।

> 'पावेल, मेरे प्यारे पावेल! ये सब बातें मैं तुम्हें उस वक़्त बतला सकती थी जब हम साथ थे। मगर इस तरह और अच्छा होगा। मैं सिर्फ़ एक बात की कामना करती हूँ कि कांग्रेस के पहले हम लोगों ने जो बातें कीं, उनके घाव का कोई निशान तुम्हारी ज़िन्दगी पर न रहे। मैं जानती हूँ कि तुम मज़बूत आदमी हो और मैं यह भी जानती हूँ कि अपने व्यक्तिगत सम्बन्धों में, चाहे कभी-ही-कभी, अपवाद किये जा सकते हैं बशर्ते कि वे एक सच्चे और गहरे प्यार पर आधारित हों। मैं तुम्हारे लिए यह अपवाद कर सकती थी, मगर मैंने जवानी के उस आवेश को ठुकरा दिया। मैं समझती हूँ कि ऐसा करने से हम दोनों में से किसी को सच्चा सुख नहीं मिलेगा। मगर फिर भी मैं यह कहूँगी पावेल, कि तुम्हें अपने साथ इतना कठोर न होना चाहिए। हमारी ज़िन्दगी में केवल संघर्ष ही नहीं है, उसमें उस सुख के लिए भी जगह है जो सच्चे प्यार से मिलता है।
>
> 'जहाँ तक तुम्हारे जीवन के मूल अभिप्राय, उसके मर्म की बात है, मुझे उसके बारे में किसी तरह की कोई शंका नहीं है। मैं अपने हृदय के समस्त प्यार से तुम्हारे हाथ को अपने हाथ में लेती हूँ।
>
> —रिता'

पावेल ने अपने विचार में डूबे-डूबे उस चिट्ठी के टुकड़े-टुकड़े कर दिये। उसने खिड़की में से हाथ निकाला और हवा उसके हाथ से काग़ज़ के उन टुकड़ों को उड़ा ले गई।

सवेरा होते-होते उसने रिता की डायरी की दोनों नोटबुकें पढ़ ली थीं और उन्हें लपेट और बाँधकर डाक में छोड़ने के लिये तैयार कर दिया था। ओकुनेव, पांक्रातोव और दूसरे कुछ डेलीगेटों के साथ वह खारकीव में गाड़ी से उतर पड़ा। ओकुनेव तालिया को ले आने के लिए कीव जा रहा था। तालिया वहाँ पर आना के

साथ ठहरी हुई थी। पांक्रातोव उक्रेन की कोमसोमोल की केन्द्रीय समिति का सदस्य चुना गया था। उसको भी कीव में काम था। पावेल ने उनके साथ कीव जाने और वहाँ जाकर दुबावा और आना से मिलने का फ़ैसला किया।

कीव स्टेशन के डाकघर में रिता के पार्सल को छोड़कर वह बाहर आया तो उसने देखा कि बाक़ी लोग जा चुके थे, इसलिए वह अकेला ही चल पड़ा। ट्राम आना और दुबावा के घर के सामने रुकी। पावेल सीढ़ी चढ़कर दूसरी मंज़िल पर पहुँचा और बाईं तरफ़ आना के कमरे के दरवाज़े पर दस्तक दी । कोई जवाब नहीं मिला । अभी तो काम पर निकल जाने का समय नहीं हुआ। "ज़रूर सो रही होगी," उसने सोचा। पास के कमरे का दरवाज़ा खुला और आँखों में नींद भरे दुबावा बाहर निकला। उसका चेहरा मुरझाया हुआ था और उसकी आँख के नीचे नीले हल्के धब्बे थे। उसके शरीर से प्याज़ की तेज़ गन्ध आ रही थी। और पावेल की तेज़ नाक को शराब की भी बदबू मिली। आधे खुले हुए दरवाज़े में से पावेल ने बिस्तर पर लेटी हुई किसी औरत की मांसल जाँघों और कन्धों की झलक पाई।

दुबावा ने पावेल को उधर देखते हुए पाकर पैर से धक्का देकर दरवाज़े को बन्द कर दिया।

पावेल की आँखों को बचाते हुए उसने फटी हुई आवाज़ में पूछा, "तुम शायद कामरेड बोर्हार्ट से मिलने आए हो? अब वह यहाँ नहीं रहती। तुमको यह बात नहीं मालूम थी क्या?"

कोर्चागिन का चेहरा कठोर हो गया था। उसने दुबावा पर अपनी पैनी दृष्टि गड़ाई।

"नहीं, मुझे नहीं मालूम था। कहाँ चली गई?"

अचानक दुबावा के दिमाग़ का पारा गरम हो गया।

उसने चिल्लाकर कहा, "मैं क्या जानूँ!" उसने डकार ली और दबे हुए द्वेष के स्वर में कहा : "उसे ढाढ़स देने आए हो, है न? तुम ठीक मौक़े से आए हो, जो जगह ख़ाली हुई है, उसको भर सकोगे। अब तुम्हारा मौक़ा है। फ़िक्र न करो, वह इनकार न करेगी। वह मुझे बहुत बार बतला चुकी है कि तुमको वह कितना चाहती है। जाओ जाओ, लोहा जब गरम हो, तभी उस पर घन की चोट मारनी चाहिए। ठीक अर्थों में यही शरीर और आत्मा का मिलन होगा।"

पावेल ने महसूस किया कि उसके चेहरे पर ख़ून उतरा आ रहा है। उसने बड़ी मुश्किल से अपने को वश में किया और मद्धिम आवाज़ में कहा :

"अपनी यह तुम क्या गत बना रहे हो, मितियाई! मैंने कभी यह नहीं सोचा था कि तुम्हारा ऐसा पतन होगा। एक समय ऐसा भी था जब तुम ख़ासे अच्छे आदमी थे। तुम क्यों अपने-आप को बरबाद कर रहे हो?"

दुबावा दीवार के सहारे टिक गया। स्पष्ट ही सीमेंट का फ़र्श उसके नंगे पैरों को बहुत ठंडा लग रहा था क्योंकि वह काँप रहा था।

दरवाज़ा खुला और एक औरत का चेहरा दिखाई दिया। उसकी आँखें सूजी हुई और गाल फूले हुए थे।

"अन्दर आ जाओ प्यारे, बाहर खड़े क्या कर रहे हो?"

उसके और कुछ कहने के पहले दुबावा ने दरवाज़ा झटके से बन्द कर दिया और टिककर खड़ा हो गया।

"अच्छी शुरुआत है," पावेल ने कहा, "ज़रा देखो कैसे लोगों की संगत तुम कर रहे हो। इस चीज़ का अन्त कहाँ होगा?"

मगर दुबावा अब और कुछ सुनने को तैयार न था।

उसने चीख़ते हुए कहा, "अब क्या तुम मुझे यह भी बतलाओगे कि मैं किसके साथ सोऊँ और किसके साथ न सोऊँ? बहुत हो चुका, अब मुझे तुम्हारे और उपदेश की ज़रूरत नहीं है। जहाँ से आए हो, वहीं लौट जाओ! भागते हुए जाओ और सबसे जाकर कह दो कि दुबावा शराब पीने लगा है और बदचलन औरतों के साथ सोता है।"

पावेल उसकी ओर बढ़ा और अपने मन के आवेग को दबाते हुए बोला :

"मितियाई, उस औरत को भगा दो। मैं तुमसे कुछ बात करना चाहता हूँ, आख़िरी बार...।"

दुबावा का चेहरा काला पड़ गया। वह मुड़ा और बिना एक शब्द बोले अपने कमरे में वापस चला गया।

"सूअर का बच्चा!" पावेल ने कहा और धीरे-धीरे सीढ़ी से नीचे उतरने लगा।

दो साल गुज़र गए। समय की निर्बाध गति से दिन और महीने बीतते जा रहे थे, मगर ज़िन्दगी में रंगों का मेला था जिससे उसकी दीख पड़नेवाली एकरसता में सदा कोई नवीनता रहती थी और दो दिन एक-से न रहते थे। सोलह करोड़ जनता का यह महान राष्ट्र, धन-धान्य से पूर्ण अपने विशाल देश के भविष्य को अपने हाथों में लेनेवाली संसार की पहली जनता, युद्ध से तहस-नहस आर्थिक व्यवस्था को ठीक करने के विराट काम में लगी हुई थी। देश की शक्ति बढ़ी, उसकी रगों में नया उत्साह बढ़ने लगा और अब कहीं भी ऐसे उजड़े कारख़ाने नहीं थे जिनसे धुआँ न उठता हो और जिन्हें देखकर दिल को तकलीफ़ होती हो।

पावेल के लिए वे दो साल अनवरत काम के प्रवाह में तेज़ी से बीत गए। वह ज़िन्दगी को आराम से बितानेवाला आदमी नहीं था कि नये दिन का स्वागत इत्मीनान की एक जम्हाई से करता और दस का घंटा बजते ही सोने के लिए बिस्तर पर पहुँच जाता। उसकी ज़िन्दगी की रफ़्तार तेज़ थी और वह न ख़ुद अपने को और

न किसी दूसरे को एक भी क्षण बरबाद करने देता था।

सोने के लिए उसने कम-से-कम वक़्त दिया था। अक्सर उसकी खिड़की की रोशनी बहुत रात गए तक जलती रहती और कमरे के भीतर लोग एक मेज़ के इर्द-गिर्द बैठे हुए पढ़ाई में मशगूल नज़र आते। इन दो सालों में उन्होंने 'कैपिटल' के तीसरे खंड का गहरा अध्ययन कर लिया था और पूँजीवादी शोषण की सूक्ष्म कार्य-प्रणाली का चित्र अब उनके सामने बिलकुल स्पष्ट हो गया था।

जिस इलाक़े में इन दिनों कोर्चागिन काम करता था, उसी में राजवालिखिन भी आ गया था। उसको सूबा कमिटी ने इस सिफ़ारिश के साथ वहाँ भेजा था कि उसे देहात के किसी कोमसोमोल संगठन का मंत्री बना दिया जाए। राजवालिखिन जब आया तब पावेल कहीं बाहर गया हुआ था और उसकी अनुपस्थिति में ब्यूरो ने राजवालिखिन को एक देहात में भेज दिया। लौटने पर पावेल को यह ख़बर मिली और उसे सुनकर वह कुछ नहीं बोला।

महीने-भर बाद पावेल एक रोज़ अचानक राजवालिखिन के देहात में पहुँच गया। वहाँ ज़्यादा कुछ देखने को तो नहीं मिला, मगर जो कुछ मिला, वह काफ़ी निन्दनीय था। नया मंत्री शराब पीता था, उसने अपने इर्द-गिर्द ख़ुशामदी लोगों को जमा कर लिया था और ईमानदार सच्चे सदस्यों की आगे बढ़कर काम करने की प्रवृत्ति को दबा रहा था। पावेल ने यह चीज़ ब्यूरो के सामने रखी और जब मीटिंग ने यह प्रस्ताव रखा कि राजवालिखिन को कड़ाई से फटकार सुनाई जाए, तो पावेल ने उठकर कहा :

"मैं प्रस्ताव करता हूँ कि उसको संगठन से निकाल दिया जाए और यह एक अन्तिम निश्चय हो जिसकी कहीं भी सुनवाई न हो।"

पावेल के इस प्रस्ताव से दूसरे लोग हैरत में आ गए। उनका ख़याल था कि यह सज़ा परिस्थिति को देखते हुए ज़रूरत से ज़्यादा कड़ी है। मगर पावेल ने अपनी बात पर ज़ोर दिया।

"उस बदमाश को निकाल देना ही चाहिए। उसे एक अच्छे इनसान बनने के सारे मौक़े थे, मगर वह कोमसोमोल के अन्दर आज भी एक परदेसी बना हुआ है।" और पावेल ने ब्यूरो को बेरोज़दोव वाली घटना के बारे में बतलाया।

राजवालिखिन ने चिल्लाकर कहा, "मैं इसका प्रतिवाद करता हूँ। कोर्चागिन व्यक्तिगत झगड़ों के आधार पर ऐसा कह रहा है। उसकी बात में कोई सार नहीं है। उससे कहिए कि अपने अभियोगों के समर्थन में तथ्य पेश करे, काग़ज़ात पेश करे। मान लीजिए मैं आपके पास आकर यह कहूँ कि कोर्चागिन चोरी से माल लाता-ले जाता है, तो क्या उसकी बिना पर आप कोर्चागिन को कोमसोमोल से निकाल देंगे? उसे लिखित प्रमाण देना चाहिए।"

कोर्चागिन ने जवाब दिया, "फ़िक्र न करो, मैं सारे ज़रूरी प्रमाण दूँगा।"

राजवालिखिन कमरे से बाहर चला गया। आध घंटे बाद पावेल ने ब्यूरो को अपनी बात समझाकर इस फ़ैसले के लिए राज़ी कर लिया था कि राजवालिखिन को कोमसोमोल से निकाल दिया जाए, क्योंकि वह कोमसोमोल के भीतर एक विजातीय तत्त्व है।

गरमी आई और उसके साथ गरमी की छुट्टियाँ आईं। पावेल के साथ काम करने वाले एक के बाद दूसरे अपनी छुट्टियाँ बिताने चले गए। ये छुट्टियाँ पाने का उन्हें हक़ था क्योंकि उन्होंने अपने कठिन श्रम से उन्हें अर्जित किया था। जिन लोगों को स्वास्थ्य के ख़याल से समुद्र किनारे जाने की ज़रूरत थी, वे लोग वहाँ गए और पावेल ने उनको सेनेटोरियम में जगह और रुपये-पैसे दिलाने में उनकी मदद की। वे गए तो पीले और कुम्हलाए हुए थे, मगर छुट्टियों के ख़याल से बड़े ख़ुश थे। उनके काम का बोझ पावेल के कन्धों पर आ गया और पावेल ने बिना एक शब्द कहे इस अतिरिक्त बोझ को उठा लिया। कुछ समय बाद वे जीवन और उत्साह से भरकर और धूप में सिंककर लौट आए और दूसरे लोग चले गए। गरमी-भर दफ़्तर में काम करने वालों की कमी रही। मगर उससे जीवन की तेज़ गति में कोई कमी नहीं पड़ी और पावेल एक दिन का भी काम छोड़ने की स्थिति में नहीं था।

गरमी बीत गई। पावेल को इस ख़याल से ही डर मालूम हो रहा था कि अब पतझड़ और उसके बाद जाड़ा आएगा क्योंकि इन ऋतुओं में उसे बहुत शारीरिक यातना होती थी।

उस साल उसने विशेष उत्सुकता से गरमी के आने की प्रतीक्षा की थी। क्योंकि चाहे उसे अपने तईं भी यह बात मानने में कितनी ही तकलीफ़ क्यों न होती हो, यह बात सही थी कि वह साल-ब-साल अपनी ताक़त को कम होते महसूस कर रहा था। उसके सामने सिर्फ़ दो रास्ते थे : या तो वह इस बात को मंज़ूर कर ले कि उतनी कड़ी मेहनत उसके लिए मुमकिन न थी और अपनी असमर्थता की घोषणा कर दे या जब तक दम-में-दम है, तब तक अपनी चौकी पर मुस्तैदी से जमा रहे। उसने यह बादवाला रास्ता ही अख़्तियार किया।

एक रोज़ पार्टी की एरिया कमिटी की ब्यूरो मीटिंग में डॉक्टर बार्तेलिक उसके पास आकर बैठ गए। वह पार्टी के एक पुराने अंडरग्राउंड कार्यकर्ता थे जो इन दिनों पब्लिक हेल्थ के इंचार्ज थे।

"तुम काफ़ी कमज़ोर नज़र आ रहे हो, कोर्चागिन! तुम्हारी सेहत कैसी है? मेडिकल बोर्ड ने तुम्हारी जाँच की है? नहीं? मेरा भी यही ख़याल था। मगर दोस्त,

मैं समझता हूँ कि तुम्हें पूरी ओवरहॉलिंग की ज़रूरत है। बृहस्पति की शाम को चले आना, हम लोग तुमको देख लेंगे।"

पावेल नहीं गया। वह बहुत व्यस्त था। मगर बार्तेलिक उसे नहीं भूले और कुछ दिन बाद आकर पावेल को जाँच के लिए अपने साथ मेडिकल बोर्ड में ले गए। वहाँ वे न्यूरोपैथालॉजिस्ट की हैसियत से काम करते थे। मेडिकल बोर्ड ने पावेल की जाँच करके लिखा, 'पावेल कोर्चागिन को फ़ौरन छुट्टी दी जानी चाहिए ताकि वह क्रीमिया जाकर रह सके और अपना इलाज काफ़ी दिनों तक करा सके। उसके बाद उसका बाक़ायदा इलाज होना चाहिए। अगर यह नहीं किया गया तो परिणाम भयंकर हो सकता है।'

मेडिकल बोर्ड की सिफ़ारिश के साथ लैटिन ज़बान में जिन तमाम बीमारियों की लम्बी फ़ेहरिस्त थी, उनको देख पावेल की समझ में सिर्फ़ इतनी बात आई कि ख़ास बीमारी उसकी टाँगों में नहीं, बल्कि उसके केन्द्रीय स्नायु-तंत्र में है जो काफ़ी ख़राब हो गया है।

बार्तेलिक ने बोर्ड का फ़ैसला ब्यूरो के सामने रखा और उसके इस प्रस्ताव का किसी ने विरोध नहीं किया कि कोर्चागिन को फ़ौरन काम से छुट्टी दे दी जाए। मगर ख़ुद कोर्चागिन ने ज़रूर यह बात कही कि उसकी छुट्टी तब तक स्थगित रखी जाए जब तक कि संगठन विभाग का प्रधान स्वितनेव लौट नहीं आता। वह कमिटी को नेतृत्वहीन नहीं छोड़ना चाहता था। ब्यूरो ने उसकी बात मान ली गोकि बार्तेलिक ने इस देरी पर आपत्ति की।

और इस तरह, अब तीन हफ़्ते बाद पावेल छुट्टी पर चला जाएगा, जो कि उसकी ज़िन्दगी की पहली छुट्टी थी। योपेतोरिया के सेनेटोरियम में उसके लिये जगह रिज़र्व कर दी गई थी और इस आशय का एक क़ाग़ज़ उसकी मेज़ की दराज़ में पड़ा हुआ था।

इस बीच पावेल ने और भी तेज़ी से काम करना शुरू किया। उसने एरिया कोमसोमोल के सभी सदस्यों की एक मीटिंग की और अपने साथ बेदर्द होते हुए जी-जान से इस बात की कोशिश की कि सभी बिखरे हुए सूत्रों को बटोर ले ताकि वह शान्ति से जा सके।

और उसके जाने के ठीक पहले, जबकि उसे समुद्र की पहली झलक मिलने वाली थी, एक बड़ी घृणित बात हुई जिस पर यों शायद वह विश्वास भी न करता।

उस दिन काम के बाद पावेल पार्टी के प्रचार आन्दोलन विभाग की एक मीटिंग में गया हुआ था। जब वह पहुँचा तब कमरे में कोई नहीं था और इसलिए वह दूसरे लोगों के आने के इन्तज़ार में किताबों की आलमारी के पीछे खुली हुई खिड़की पर बैठा हुआ था। थोड़ी ही देर बाद कई लोग अन्दर आ गए। किताब की आलमारी के पीछे से वह उन्हें देख तो न सकता था, मगर एक आवाज़ पहचानी-सी मालूम

हुई। यह फ़ाइलो की आवाज़ थी। फ़ाइलो एरिया के अर्थ विभाग का इंचार्ज था, लम्बा, ख़ूबसूरत, फ़ौजी चाल-ढाल। शराब पीने और औरतों के पीछे भागने के लिए वह बदनाम था।

किसी ज़माने में फ़ाइलो छापेमार रहा था और अब भी वह डींग हाँकने का कोई मौक़ा हाथ से जाने न देता था और बहुत हँस-हँसकर बतलाया करता था कि कैसे उसने माखनो डाकू के दर्जनों लोगों के सिर उड़ा दिये थे। पावेल को इस आदमी से सख़्त नफ़रत थी। एक रोज़ एक कोमसोमोल लड़की पावेल के पास रोती हुई आई और उसने बतलाया कि फ़ाइलो ने उसको शादी करने का वचन दिया था, मगर एक हफ़्ते तक उसे अपने पास रखकर उसे छोड़कर चला गया और अब मुलाक़ात होने पर साधारण नमस्कार भी नहीं करता। जब यह मामला कंट्रोल कमीशन के सामने आया तो फ़ाइलो साफ़ बचकर निकल गया क्योंकि वह लड़की कोई प्रमाण न दे सकी। मगर पावेल को उसकी बात का विश्वास हो गया था। अब वह उन लोगों की बात सुन रहा था। वे लोग आपस में खुलकर बातें कर रहे थे और उन्हें पावेल की उपस्थिति का ज्ञान नहीं था।

"कहो फ़ाइलो, क्या हाल-चाल है? इधर तुमने कौन से नये गुल खिलाए?"

यह ग्रिबोव था, फ़ाइलो का लँगोटिया यार। किसी कारण से ग्रिबोव को अच्छा प्रचारक समझा जाता था गोकि वह बिलकुल अनपढ़, संकुचित दिमाग़ का और बेवक़ूफ़ आदमी था। मगर वह सब जो भी हो, ग्रिबोव को इस बात का गर्व था कि उसे प्रचार कार्यकर्ता कहा जाता है और वह हर मौक़े पर लोगों को इस बात की याद दिला ही देता।

"मुझे बधाई दो दोस्त! कल मैंने एक नई फ़तह की है—कोरोतायेवा की। तुम कहते थे कि कोई नतीजा न निकलेगा। यही तो तुम्हारी ग़लती है यार। जब मैं किसी औरत का पीछा करूँ तो अच्छी तरह समझ लिया करो कि आगे-पीछे मैं ज़रूर हथिया लूँगा," फ़ाइलो ने घमंड से कहा और उसके साथ एक अश्लील बात कही।

पावेल के अन्दर जब कोई गहरी खलबली मचती तो उसका शरीर बुरी तरह काँपने लगता। इस वक़्त भी उसका वही हाल हो रहा था। कोरोतायेवा महिलाओं के काम की देखभाल करती थी और उसके साथ ही एरिया कमिटी में आई थी। पावेल जानता था कि कोरोतायेवा एक ख़ुशदिल, लगनवाली पार्टी कार्यकर्ता है जो उन औरतों के साथ सहानुभूति का बरताव करती है जो उसके पास मदद के लिए और सलाह-मशविरे के लिए आती हैं। पावेल यह भी जानता था कि कमिटी के दूसरे लोग उसको आदर की दृष्टि से देखते थे। पावेल जानता था कि उसकी शादी नहीं हुई है और उसे कोई शक नहीं रहा कि फ़ाइलो उसी की बात कर रहा है।

"सुनाओ फ़ाइलो, यह कैसे हुआ? उस औरत के बारे में इस बात पर यक़ीन नहीं आता। लगता है तुम यों ही उड़ा रहे हो।"

"मैं उड़ा रहा हूँ? तुमने मुझे समझा क्या है? मैंने इससे भी बड़े-बड़े मार्के सर किये हैं, यह छोकरी किस खेत की मूली है! सारी बात यह है कि तुमको काम करने का ढंग आना चाहिए। हर लड़की के पास पहुँचने का अलग ढंग होता है और वही मालूम हो जाए तो मामला फ़तह समझो। उनमें से कुछ होती हैं जो फ़ौरन अपने-आप को दे डालती हैं। मगर ऐसी लड़कियाँ किसी काम की नहीं होतीं। कुछ होती हैं जिन्हें पटाने में पूरा एक महीना लग जाता है। महत्त्व की बात यह है कि उनके मनोविज्ञान को समझ लेना चाहिए। कैसे उन पर हमला किया जाए, यही ख़ास बात है। अरे यार, यह तो पूरा विज्ञान है, मगर मैं भी तो आख़िर उसका एक पंडित हूँ। सारा विज्ञान घोखे बैठा हूँ। हो-हो-हो!"

फ़ाइलो अपनी ही बात पर बेइन्तहा मगन हो रहा था। उसका श्रोता उसे कुरेद रहा था ताकि वह उसको और भी रस-भरी तफ़सीलें सुनाए।

कोर्चागिन उठ खड़ा हुआ। उसने कसकर अपनी मुट्ठी बन्द कर ली। उसका दिल ज़ोरों से धड़क रहा था।

"मैं जानता था कि साधारण चारे से कोरोतायेवा को पकड़ने की कोई उम्मीद न थी। मगर मैं शिकार को छोड़ना न चाहता था, ख़ासकर इसलिए कि मैंने ग्रिबोव से इसी चीज़ के लिए शराब की एक दर्जन बोतलों की शर्त बदी थी। इसलिए मैंने अन्दरूनी दाँव-पेच का इस्तेमाल किया। मैं उससे मिलने के लिए एक-दो बार गया, मगर मैंने देखा कि उस पर कोई ख़ास असर नहीं पड़ रहा है। इसके अलावा एक मुसीबत यह भी तो है कि मेरे बारे में दुनिया-भर की बातें कही जा रही हैं और उनमें से कुछ बातें उसके कानों में भी पहुँची ही होंगी...। संक्षेप में यह कि जब सीधा वार ख़ाली गया, तो मैंने बग़ल से वार किया। हो-हो! बड़ा मज़ा आया उसमें! हाँ तो मैंने उसे अपनी करुण कहानी सुनाई कि कैसे मैं मोर्चे पर लड़ा, दुनिया-भर में भटका और ठोकरें खाईं, मगर मुझे अपने मन की स्त्री न मिली और इसी तरह भटक रहा हूँ, एक अकेला आदमी जिसे कोई प्यार करने वाला नहीं...और इसी तरह की बहुत सी बकवास। देखते हो न, मैं उसके मर्म की कमज़ोर जगह पर चोट कर रहा था। यह तो मुझे मानना ही चाहिए कि उसे फँसाने में काफ़ी मुश्किल हुई। एक बार मैंने यह भी सोचा कि क्या रखा है इसमें, जाने भी दो साली को! मगर अब तो सिद्धान्त की बात आ गई थी और इसलिए मैंने निश्चय किया कि मैं मामले को यों ही अधूरा नहीं छोड़ सकता। कहने का मतलब कि आख़िरकार मैंने उसे फ़तह कर ही लिया। और जानते हो? वह कुमारी निकली, अक्षतयोनि कुमारी! हा-हा! बड़ा मज़ा आया!

और इसी तरह फ़ाइलो अपनी उस घिनौनी कहानी को सुनाता रहा।

पावेल ग़ुस्से से उबलता हुआ फ़ाइलो के बग़ल में जा पहुँचा था।

उसने गरजकर कहा, "सूअर!"

"ओह, मैं सूअर हूँ और तुम क्या हो जो चोरी-चोरी दूसरों की बातें सुनते हो?"

पावेल ने ज़रूर और भी कुछ कहा, क्योंकि फ़ाइलो ने, जो होश में नहीं था, उसकी वरदी को सामने से पकड़ लिया था।

"मेरा अपमान करने आए हो?" वह चीख़ा और पावेल पर घूँसा चलाया।

पावेल ने बाँज की लकड़ी का बना हुआ एक भारी स्टूल उठा लिया और एक ही चोट में उसे ढेर कर दिया। फ़ाइलो क़िस्मत का धनी था कि उस समय पावेल के पास अपना रिवॉल्वर नहीं था नहीं तो वह मर ही गया होता।

मगर वह अजीब बेसिर-पैर का कांड हो ही गया। अतएव जिस दिन पावेल क्रीमिया के लिए रवाना होनेवाला था, उस दिन वह पार्टी की अदालत के सामने खड़ा था।

पार्टी के सभी लोग क़स्बे के थियेटर हॉल में इकट्ठा हो गए थे। इस घटना से सब लोगों के अन्दर बड़ी खलबली मच गई थी और मामले की सुनवाई, पार्टी की नैतिकता, उसके आचार-विचार और व्यक्तिगत सम्बन्धों की एक गम्भीर बहस में तब्दील हो गई। इस मामले में जो सिद्धान्त की बातें निहित थीं, उनकी बहस के लिए इस मामले ने सिग्नल का काम किया और ख़ुद यह घटना गौण हो गई। फ़ाइलो ने बहुत उद्धत ढंग से आचरण किया, बड़ी दुष्टता से मुस्कराया और बोला कि इस मामले को जनता की अदालत के सामने ले जाएगा और कोर्चागिन को उसका सिर फोड़ने के जुर्म में कड़ी मशक़्क़त की सज़ा मिलेगी। उसने किसी भी सवाल का जवाब देने से साफ़ इनकार कर दिया।

"तुम मुझे लेकर गपशप का मसाला पाना चाहते हो? वह नहीं होने का। तुम मुझ पर चाहे जो भी अभियोग लगाओ, मगर सचाई यह है कि यहाँ की औरतें मुझसे खार खाए रहती हैं क्योंकि मैं उनको कुछ समझता ही नहीं। और तुम्हारा यह पूरा मामला तो बिलकुल फ़िज़ूल की बकवास है। अगर यह 1918 होता तो मैंने अपने ही तरीक़े से इस पागल कोर्चागिन से अपना झगड़ा सुलझा लिया होता। और अब आप मेरे बिना भी काम चला सकते हैं," यह कहते हुए फ़ाइलो हॉल से निकल गया।

तब चेयरमैन ने पावेल से घटना का विवरण देने के लिए कहा। पावेल ने काफ़ी शान्ति से आरम्भ किया गोकि अपने को संयत रखने में उसे काफ़ी कठिनाई हो रही थी।

"यह सारी घटना इसलिए हुई कि मैं अपने को क़ाबू में नहीं रख सका। मगर वे दिन कब के विदा हो गए जबकि मैं अपनी अक़्ल की बनिस्बत अपने हाथों से ज़्यादा काम लिया करता था। इस बार जो चीज़ हुई है, वह एक आकस्मिक घटना है। मुझे याद भी नहीं है कि मैंने कब और कैसे फ़ाइलो को मारकर गिरा दिया। पिछले कई वर्षों में यह मेरी पहली 'छापेमार' कार्रवाई है जिसका मैं दोषी हूँ और जिसकी मैं ख़ुद भी निन्दा करता हूँ, गोकि मैं समझता हूँ कि फ़ाइलो की हरकत इसी के योग्य थी। फ़ाइलो घृणित आदमी है। मैं कभी नहीं समझ सकता और मैं कभी इस

बात का विश्वास नहीं करूँगा कि एक क्रान्तिकारी, एक कम्युनिस्ट ऐसा बदमाश और जालिम जानवर भी हो सकता है। इस मामले ने सिर्फ़ एक अच्छी बात की है और वह यह कि इसने हमारा ध्यान इस बात पर केन्द्रित कर दिया है कि हमारे सहयोगी कम्युनिस्ट कार्यकर्ता अपनी व्यक्तिगत ज़िन्दगी में कैसा आचरण करते हैं।"

सदस्यों के एक विशाल बहुमत ने इस प्रस्ताव के पक्ष में वोट दिया कि फ़ाइलो को पार्टी से निकाल दिया जाए। ग्रिबोव को झूठी गवाही देने के जुर्म में कड़ी फटकार मिली और उसे चेतावनी दी गई कि अगर फिर उसने कोई जुर्म किया, तो उसे भी पार्टी से निकाल दिया जाएगा। बाक़ी लोगों ने, जो उस दिन की बातचीत में शरीक थे, अपनी ग़लती मान ली और उन्हें डाँटकर छोड़ दिया गया।

तब बार्तेलिक ने सभा को पावेल की स्नायविक स्थिति के बारे में बतलाया और सभा ने कड़े शब्दों में अपना विरोध व्यक्त किया, जब इस मामले की छानबीन के लिए पार्टी की ओर से नियुक्त साथी ने प्रस्ताव रखा कि कोर्चागिन को भी चेतावनी दी जाए। उस साथी ने अपना प्रस्ताव वापस ले लिया और पावेल निर्दोष घोषित करके रिहा कर दिया गया।

कुछ रोज़ बाद पावेल खारकीव के लिए रवाना हो गया। पार्टी की एरिया कमिटी ने आख़िरकार उसका यह आग्रह मान लिया था कि उसे अपने मौजूदा काम से छुट्टी देकर उक्रेन के कोमसोमोल की केन्द्रीय समिति के साथ लगा दिया जाए। अकिम भी केन्द्रीय समिति का एक मंत्री था। खारकीव पहुँचते ही पावेल उससे मिलने गया और उसे पूरी कहानी सुनाई।

अकिम ने पावेल के सर्टिफ़िकेट पर नज़र डाली। उसमें लिखा था कि वह 'पार्टी में असीम श्रद्धा रखता है', मगर साथ ही यह भी लिखा था, 'कुल मिलाकर वह सन्तुलित बुद्धि का कार्यकर्ता है, मगर कभी-कभी अपना आत्मसंयम खो बैठता है। इसका कारण उसकी स्नायविक बीमारी है।'

अकिम ने कहा, "यह बात लिखकर उन्होंने एक अच्छे टेस्टीमोनियल को ख़राब कर दिया पावेल! मगर कोई बात नहीं दोस्त, ऐसी चीज़ें मज़बूत से मज़बूत आदमियों के साथ भी होती हैं। दक्षिण जाओ और अपनी सेहत बनाओ और जब तुम लौट आओगे तब हम तुम्हारे काम के बारे में बातें करेंगे।"

अकिम ने दिल खोलकर बड़ी मुहब्बत से उससे हाथ मिलाया।

केन्द्रीय समिति का कम्युनार्ड सेनेटोरियम। गुलाब की झाड़ियों के बाग़ीचे के बीचोबीच सफ़ेद इमारतें जिन पर लताएँ चढ़ी हुई हैं, और चमकते हुए फ़व्वारे और वहाँ छुटियाँ बिताने के लिए आए हुए लोग गरमी के सफ़ेद कपड़े और नहाने के चुस्त कपड़े पहने हुए। एक नौजवान डॉक्टरनी ने उसका नाम रजिस्टर में दर्ज किया और वह कोनेवाली इमारत के एक बड़े कमरे में पहुँच गया। हंस के पर जैसे सफ़ेद तकिये और बिस्तर की चादर, चारों ओर अत्यधिक स्वच्छता और शान्ति, पूर्ण शान्ति, कहीं कोई शोर-शराबा नहीं।

वह नहाकर ताज़ा हुआ और कपड़े बदल जल्दी-जल्दी समुद्र के किनारे चला गया।

उसके सामने समुद्र फैला हुआ था, शान्त, अत्यन्त सुन्दर, शानदार मानो पॉलिश किये हुए संगमरमर का नीला-काला विस्तार दूर क्षितिज तक फैला हुआ हो। बहुत दूर पर, जहाँ समुद्र आकाश से मिलता था, नीला-सा कुहासा छाया हुआ था और उसकी सतह पर सूरज की लाल-लाल चमक फैली हुई थी। सवेरे के उस कुहासे के बीच से एक पर्वत शृंखला की रूपरेखा धुँधली-धुँधली दिखाई दे रही थी। पावेल ने गहरी साँस लेकर ताज़ी समुद्री हवा को अपने फेफड़ों में भरा और उस नीले विस्तार की असीम शान्ति को निर्निमेष देखता रहा।

एक लहर धीरे-धीरे उसके पैरों पर आई और किनारे पर की सुनहरी बालू को छू गई।

सोलह

सेंट्रल पॉलीक्लीनिक का बाग़ीचा केन्द्रीय समिति के सेनेटोरियम के मैदान से लगा हुआ था; केन्द्रीय समिति के सेनेटोरियम के मरीज़ समुद्र-किनारे से घर लौटते हुए उस बाग़ीचे में से होकर गुज़रते थे क्योंकि उधर से आने में कम चलना पड़ता था। पावेल को एक बड़े से चिनार के पेड़ की छाया में विश्राम करना बहुत अच्छा लगता था। यह पेड़ चूने के पत्थर की एक ऊँची दीवार के बग़ल में उगा हुआ था। अपनी इस शान्त जगह से वह बाग़ीचे के रास्ते पर टहलते हुए लोगों को देख सकता था और शाम को अपने उस कोने में बैठकर, उस बड़े सेनेटोरियम के मस्त लोगों की भीड़ के धक्के खाए बिना वह संगीत सुन सकता था।

आज भी वह अपनी चुनी हुई जगह पर पहुँच गया था। धूप और समुद्र में नहाने के कारण उसे नींद-सी मालूम हो रही थी और वह इत्मीनान से आरामकुरसी पर लेट गया और तन्द्रा में डूब गया। उसकी तौलिया और वह किताब, जो वह पढ़

रहा था, फर्मानोव का 'विद्रोह', दोनों चीज़ें उसकी बग़ल में कुरसी पर पड़ी हुई थीं। अभी सेनेटोरियम आने के अपने पहले दिनों में तो उसके स्नायुओं को फ़ायदा नहीं पहुँचा था और उसके सिर का दर्द अब भी बदस्तूर चल रहा था। सेनेटोरियम के डॉक्टर अब तक उसकी बीमारी को समझ नहीं पा रहे थे और परेशान थे, मगर वे बीमारी की जड़ को पकड़ने की कोशिश ज़रूर कर रहे थे। बार-बार की डॉक्टरी जाँच से पावेल परेशान था। उससे उसको थकान मालूम होती थी और वह अपने वार्ड की डॉक्टर से बचने की हर मुमकिन कोशिश करता था। उसके वार्ड की डॉक्टर एक ख़ुशदिल औरत थी; वह पार्टी मेम्बर थी और उसका अजीब-सा नाम था, येरूसालिम्चिक। अपने इस मरीज़ को खोज निकालने में और उसे इस बात के लिए राज़ी करने में कि वह कभी एक विशेषज्ञ और कभी दूसरे विशेषज्ञ के यहाँ चले, उसे बहुत कठिनाई होती थी।

पावेल उससे याचना के स्वर में कहता, "मैं तो इस चीज़ से तंग आ गया हूँ। दिन में पाँच बार मुझे वही कहानी दुहरानी पड़ती है और एक-से-एक बेहूदा सवालों का जवाब देना पड़ता है : क्या तुम्हारी दादी का दिमाग़ ख़राब था? क्या तुम्हारे परदादा को गठिया हुआ था? मुझे क्या मालूम कि उन्हें क्या हुआ था, क्या नहीं हुआ था! मैंने तो उन्हें देखा तक नहीं। हर डॉक्टर मुझे बहलाने की कोशिश करता है कि मैं मान लूँ कि मुझे सूजाक या उससे भी कोई बुरी बीमारी हुई थी और ऐसे सवाल इतनी देर तक चलते रहते हैं कि मेरा जी होने लगता है कि उनके गंजे सिरों पर कसकर एक धौल जमा दूँ। मुझे आराम करने का मौक़ा दो, मुझे किसी और चीज़ की ज़रूरत नहीं, बस आराम की ज़रूरत है। अगर पूरे छह हफ़्ते, जब तक कि मुझे यहाँ रहना है, इसी तरह मेरा रोग-निदान चलता रहा, तो मैं निश्चय ही समाज के लिए एक ख़तरा बन जाऊँगा।"

येरूसालिम्चिक हँसती और उसके साथ मज़ाक़ करती, मगर फिर कुछ मिनट बाद बड़ी नरमी से उसकी बाँह पकड़ती और रास्ते-भर बकबक करती हुई उसे सर्जन के पास ले जाती।

मगर आज कोई जाँच नहीं होनी थी और खाने में अभी घंटे-भर की देर थी। तभी अपनी तन्द्रा की अवस्था में उसने पास आते क़दमों की आहट सुनी। उसने आँखें नहीं खोलीं, 'वे सोचेंगे कि मैं सो रहा हूँ और चले जाएँगे', उसने अपने मन में कहा। मगर यह कोरी दुराशा थी। उसने अपने पास की कुरसी का चरमराना सुना और कोई उस पर बैठा। उसे इत्र की हल्की-सी ख़ुशबू मिली जिससे उसने समझ लिया कि यह कोई औरत है। उसने आँखें खोलीं। पहली चीज़ जो उसने देखी वह एक चमचमाती हुई सफ़ेद पोशाक थी। उसके साथ ही उसने नरम चमड़े की स्लीपर पहने हुए पैर देखे, फिर लड़कों की तरह के कटे हुए बाल, दो बड़ी-बड़ी आँखें और सफ़ेद दाँतों की एक पंक्ति, वैसे दाँत जो चूहे के दाँतों जैसे तेज़ नज़र

आते थे। वह स्त्री उसे देखकर कुछ झेंपी और मुस्कराई।

"मेरे यहाँ रहने से आपके आराम में ख़लल तो नहीं पड़ रहा है?"

पावेल ने कोई जवाब नहीं दिया। यह शिष्टाचार के ख़याल से कोई अच्छी बात न थी, मगर अब भी पावेल को उम्मीद थी कि वह चली जाएगी।

"यह क्या आपकी किताब है?" वह 'विद्रोह' के पन्ने पलट रही थी।

"जी हाँ, मेरी ही है।"

क्षण-भर को शान्ति छा गई।

"कम्युनार्ड सेनेटोरियम में हैं न?"

पावेल बेचैनी से हिला। यह कैसी औरत है कि ख़ामख़ा परेशान कर रही है? वाह रे, यह तो ख़ूब आराम हो रहा है। अभी देखना, वह मेरी बीमारी के बारे में सवाल पूछने लग जाएगी। कोई चारा नहीं, मुझे यहाँ से जाना ही होगा।

उसने रुखाई से जवाब दिया, "नहीं।"

"मेरा तो ख़याल है, मैंने आपको वहाँ देखा है।"

पावेल उठने ही वाला था कि उसे अपने पीछे किसी स्त्री की एक गहरी और अच्छी लगनेवाली आवाज़ सुनाई दी।

"क्यों डोरा, तुम यहाँ क्या कर रही हो?"

एक मोटी-ताज़ी, धूप से तपे हुए रंग की सुनहरे बालोंवाली लड़की समुद्र किनारे लेटने के कपड़े पहने हुए एक कुरसी के छोर पर बैठ गई थी। उसने तेज़ी से कोर्चागिन पर निगाह डाली।

"मैंने तुमको कहीं देखा है, कामरेड! तुम खारकीव के हो न?"

"हाँ।"

"कहाँ काम करते हो?"

पावेल ने इस बातचीत को खतम करने का फ़ैसला किया।

उसने जवाब दिया, "कूड़े-करकट की सफ़ाई के विभाग में।" उसके इस मज़ाक़ पर जो हँसी हुई, उससे पावेल चौंक पड़ा।

"तुम्हें कोई यह दोष नहीं दे सकता कामरेड कि तुम ज़रूरत से ज़्यादा शिष्ट हो!"

इसी तरह उनकी दोस्ती शुरू हुई। बाद में मालूम हुआ कि डोरा रादकिना खारकीव की पार्टी के शहरी कमिटी ब्यूरो की मेम्बर थी और बाद में जब दोनों में दोस्ती हो गई, तो वह अक्सर अपनी पहली मुलाक़ात की इस मज़ेदार घटना को लेकर पावेल को चिढ़ाया करती।

एक रोज़ तीसरे पहर थलासा सेनेटोरियम के मैदान की खुली जगह में संगीत का

एक आयोजन हुआ और वहाँ पर पावेल की अचानक अपने पुराने दोस्त ज़ार्की से मुलाक़ात हो गई। और अजीब बात यह थी कि एक नाच के सिलसिले में उनकी मुलाक़ात हुई।

सबसे पहले एक अच्छी, ख़ूबसूरत, भरे जिस्म की स्त्री ने अपनी पतली, सुरीली और तेज़ आवाज़ में, वह दिलफ़रेब गाना 'आह, हमारी वो रंग-रंगीली मद-भरी रातें!' बड़े मार्मिक स्वर में श्रोताओं को सुनाया। उसके बाद एक स्त्री और पुरुष कूदकर स्टेज पर आ गए। पुरुष एकदम नंगा था, बस उसके सिर पर एक लाल टॉप-हैट थी और कूल्हों पर कुछ चमकदार सलमा-सितारे, बदन पर एक चमकदार सफ़ेद क़मीज़ का सामने का हिस्सा और गले में बो टाई, और कुल मिलाकर वह आदमी किसी हब्शी की नक़ल मालूम हो रहा था। गुड़िये के-से चेहरेवाली उसकी संगिन ढेरों कपड़ों में लिपटी हुई थी। आरामकुर्सियों और खाटों पर सेनेटोरियम के मरीज़ बैठे थे और उनके पीछे मोटी-मोटी गर्दनोंवाले नेपमैनों की भीड़ बेहद मगन होकर तरह-तरह की आवाज़ें कर रही थी और वह जोड़ा स्टेज पर फॉक्स-ट्रॉट की ताल पर चक्कर लगा-लगाकर नाच रहा था। इससे ज़्यादा घृणित दृश्य की कल्पना भी नहीं की जा सकती थी। वह मोटा थुलथुल आदमी घामड़ की तरह टॉप-हैट लगाए अपनी संगिन को कसकर अपने शरीर से चिपकाए ऐसी मुद्राओं में नाच रहा था जिसके अन्दर नंगे इशारे छिपे हुए थे। पावेल ने पीठ पीछे किसी मोटे थुलथुल आदमी की भारी साँस की एक गड़गड़ाहट सुनी। वह जाने के लिए मुड़ा ही था कि सामने बैठा हुआ कोई आदमी उठा और ज़ोर से चिल्लाया :

"यह चकलों का तमाशा बन्द करो! भाड़ में जाए!"

यह ज़ार्की था।

पियानो बजानेवाले ने बजाना बन्द कर दिया और वायलिन एक पतली चीख़ की आवाज़ करके चुप हो गया। सामने स्टेज पर नाचते हुए जोड़े ने नाच बन्द कर दिया जिसे देखकर नर-मादा कीड़ों की किलबिल का आभास मिलता था। पीछे की भीड़ ने मारपीट पर उतारू ढंग से शोर मचाना शुरू किया।

"कैसी बदतमीज़ी है, बीच में लेकर नाच को रोक दिया!"

"सारा योरप नाच रहा है, एक इन्हीं को...।"

"हद हो गई बदतमीज़ी की!"

मगर सर्योजा जबानोव ने, जो चेरेपोवेत्स कोमसोमोल का मंत्री था और कम्युनार्ड सेनेटोरियम में रहता था, अपनी चार उँगलियाँ मुँह में डालीं और ज़ोर से सीटी बजाई। दूसरों ने भी उसका अनुकरण किया और देखते-देखते वे दोनों नाचनेवाले स्टेज से ऐसे ग़ायब हो गए जैसे हवा उन्हें उड़ा ले गई हो। नाचनेवाली मंडली के ख़ुशामदी सरदार ने, जो देखने में अर्दली मालूम होता था, ऐलान किया कि मंडली जा रही है।

"चलो गलाजत मिटी, पाप कटा!" एक लड़के ने, जो नहाने के कपड़े पहने

हुए था, चिल्लाकर कहा और सब लोग उसकी बात सुन हँसने लगे।

पावेल सामने की क़तार में पहुँचा और वहाँ ज़ार्की से उसकी मुलाक़ात हुई। दोनों दोस्तों में बड़ी देर तक पावेल के कमरे में बातचीत होती रही। ज़ार्की ने पावेल को बतलाया कि वह पार्टी की एक एरिया कमिटी के प्रचार-आन्दोलन विभाग में काम कर रहा है।

ज़ार्की ने कहा, "तुम्हें पता है या नहीं कि मेरी शादी हो गई? जल्दी ही मेरी बीवी को बच्चा होनेवाला है, पता नहीं लड़का है कि लड़की।"

पावेल ने आश्चर्य से कहा, "शादी हो गई? किससे?"

ज़ार्की ने अपनी जेब से एक फ़ोटो निकाला और पावेल को दिखाया।

"पहचानते हो?"

यह उसका और आना बोर्हार्ट का फ़ोटो था।

"और दुबावा का क्या हुआ?" पावेल ने और भी आश्चर्य से पूछा।

"वह मास्को में है। पार्टी से निकाले जाने के बाद उसने यूनिवर्सिटी छोड़ दी। अब वह बाउमान टेक्निकल इंस्टीच्यूट में है। मैंने सुना है कि उसे फिर पार्टी में लिया गया। अगर यह ख़बर सही है, तो कहना होगा कि बहुत बुरा हुआ। वह तो ऊपर से नीचे तक एकदम सड़ गया था...जानते हो, पांक्रातोव क्या कर रहा है? वह एक शिपयार्ड का सहायक डाइरेक्टर है। दूसरों के बारे में मुझे कुछ ख़ास नहीं मालूम। इधर हम लोगों का सम्बन्ध टूट-सा गया है। हम सब देश के अलग-अलग कोनों में काम करते हैं। मगर कभी-कभी इस तरह मिल लेने और पुराने दिनों की याद कर लेने से बहुत अच्छा मालूम होता है।"

डोरा अन्दर आई और अपने साथ और भी कई लोगों को लाई। उसने ज़ार्की के जाकेट पर लगे हुए तमगे को देखा और पावेल से पूछा :

"क्या तुम्हारे यह साथी पार्टी मेम्बर हैं? कहाँ काम करते हैं?"

पावेल को कुछ हैरानी हुई, मगर उसने संक्षेप में उस लड़की को ज़ार्की के बारे में बतलाया।

लड़की ने कहा, "अच्छा, तब इनके रहने में कोई बुराई नहीं है। यह साथी अभी-अभी मास्को से आए हैं। यह हमको पार्टी की ताज़ी ख़बरें सुनाएँगे। हमने तय किया है कि तुम्हारे कमरे में चलकर एक छोटी-सी पार्टी मीटिंग की जाए," उसने बात साफ़ की।

पावेल और ज़ार्की को छोड़ बाक़ी वे सब पुराने बोल्शेविक थे। बार्ताशेव ने, जो मास्को कंट्रोल कमीशन का मेम्बर था, उन लोगों को उस नये विरोधी दल की बात बतलाई जिसके नेता त्रॉत्स्की, ज़िनोवियेव और कामेनेव थे।

बार्ताशेव ने अपनी बात खतम करते हुए कहा, "ऐसे संगीन मौक़े पर हम सबको अपनी-अपनी जगह पर होना चाहिए। मैं कल यहाँ से जा रहा हूँ।"

पावेल के कमरे की इस मीटिंग के तीन दिन बाद सेनेटोरियम एकदम ख़ाली हो गया। पावेल भी कुछ रोज़ बाद, अपना वक़्त खतम होने के पहले ही वहाँ से चला गया।

कोमसोमोल की केन्द्रीय समिति ने उसको अपने पास नहीं रोका। उसे कोमसोमोल का मंत्री बनाकर एक औद्योगिक इलाक़े में भेज दिया गया और हफ़्ते-भर में ही वह फिर स्थानीय संगठन की एक मीटिंग में बोल रहा था।

उसी पतझड़ के आख़िरी दिनों में वह मोटर, जिसमें पावेल तथा दो और पार्टी कार्यकर्ता दूर के देहात जा रहे थे, एक खाई में जा गिरी और उलट गई।

मोटर में बैठे हुए सभी लोगों को चोटें लगीं। पावेल का दाहिना घुटना पिस गया था। कुछ दिन बाद उसे खारकीव के सर्जिकल इंस्टीच्यूट में ले जाया गया। जाँच के बाद और ज़ख़्मी घुटने का एक्सरे करके मेडिकल बोर्ड ने राय दी कि फ़ौरन आपरेशन होना चाहिए।

पावेल ने स्वीकृति दे दी।

"तो फिर कल सवेरे," उस मोटे प्रोफ़ेसर ने कहा जो बोर्ड का प्रधान था। वह उठा और बाक़ी लोग भी उसके पीछे-पीछे चले गए।

एक छोटा ख़ूब रोशनीदार वार्ड था जिसमें सिर्फ़ एक खाट पड़ी थी। वहाँ ख़ूब सफ़ाई थी और अस्पताल की वह ख़ास गन्ध थी, जिसे वह बहुत दिनों से भूला हुआ था। उसने आसपास निगाह डाली। खाट की बग़ल में एक छोटी मेज़ थी जिस पर बर्फ़ जैसा सफ़ेद मेज़पोश पड़ा हुआ था और उसके पास ही सफ़ेद रोगन से पुता हुआ एक स्टूल था। और बस।

नर्स उसका खाना लाई। पावेल ने उसे लौटा दिया। अपने बिस्तर पर बैठकर वह चिट्ठियाँ लिख रहा था। घुटने का दर्द उसके विचार-क्रम को भंग कर रहा था और इसी दर्द के कारण उसकी भूख भी ग़ायब हो गई थी।

उसने अपनी चौथी चिट्ठी लिख ली थी, तभी दरवाज़ा धीरे-से खुला और सफ़ेद साया पहने और टोपी लगाए एक युवती उसके बिस्तर के पास आई।

उस धुँधलके में पावेल ने उसकी नाज़ुक भवों और बड़ी-बड़ी आँखों को देखा जो काली नज़र आ रही थीं। उसके एक हाथ में एक चमड़े का बैग था और दूसरे में एक पन्ना काग़ज़ और एक पेंसिल।

युवती ने कहा, "मैं तुम्हारे वार्ड की डॉक्टर हूँ। अब मैं तुमसे बहुत से सवाल पूछूँगी और तुम्हें अच्छा लगे चाहे न लगे, मुझको अपने बारे में सब कुछ बतलाना होगा।"

बड़े प्यारे ढंग से वह मुस्कराई और उसकी मुस्कराहट से पावेल के मन से आनेवाली 'जिरह' का डर टूट गया। क़रीब एक घंटे तक पावेल उसको न सिर्फ़ अपने बारे में, बल्कि कई पुश्त पीछे तक के अपने तमाम रिश्तेदारों के बारे में बतलाता रहा।

...आपरेशन थियेटर। लोग नाक पर और मुँह पर बारीक जालियाँ लगाए हुए थे। चमचमाते हुए निकेल के औज़ार, एक लम्बी सँकरी-सी मेज़, जिसके नीचे एक बड़ी-सी चिलमची रखी थी।

प्रोफ़ेसर अभी हाथ धो रहा था जबकि पावेल आपरेशन टेबल पर लेट गया। उसकी पीठ पीछे आपरेशन की तैयारियाँ जल्दी-जल्दी की जा रही थीं। उसने उधर को अपना सिर घुमाया। नर्स आपरेशन के तमाम औज़ार, नश्तर के चाकू और चिमटियाँ वग़ैरह निकालकर रख रही थी।

"इधर मत देखो कामरेड कोर्चागिन," उसकी वार्ड डॉक्टर बाज़ानोवा ने उसकी टाँग की पट्टी खोलते हुए कहा, "यह स्नायुओं के लिए अच्छा नहीं पड़ता, ख़ामख़ा घबराहट मालूम होने लगती है।"

"किसके स्नायु और कैसी घबराहट, डॉक्टर!" पावेल ने मज़ाक़ के ढंग से मुस्कराते हुए पूछा।

कुछ मिनट बाद उसके चेहरे पर एक भारी मास्क लगा दिया गया और उसने प्रोफ़ेसर साहब की आवाज़ को कहते सुना :

"हम तुम्हें क्लोरोफ़ार्म देने जा रहे हैं। नाक से लम्बी साँस लो और गिनती गिनना शुरू करो।"

"बहुत अच्छा," मास्क के भीतर से एक घुटी हुई शान्त आवाज़ ने जवाब दिया, "बेहोशी की हालत में अगर मैं कोई बहुत भद्दी बात बोल बैठूँ तो मैं नहीं जानता। मैं पहले से ही उसके लिए माफ़ी माँग लेता हूँ।"

प्रोफ़ेसर बरबस मुस्करा पड़ा।

क्लोरोफ़ार्म की पहली बूँदें। वह दम घोंटनेवाली, घिनौनी गन्ध।

पावेल ने लम्बी साँस ली और ज़ोर लगाकर साफ़ स्वर में गिनना शुरू किया। उसके जीवन के दुखान्त नाटक के पहले अंक का परदा उठ गया था।

आर्तेम ने लिफ़ाफ़ा फाड़ा और चिट्ठी की परतें खोलीं। पहली कुछ पंक्तियों पर

उसने ज़ोर से आँख गड़ाई और बाक़ी चिट्‌ठी को जल्दी-जल्दी पढ़ गया।

'आर्तेम! हम लोग एक-दूसरे को कितनी कम चिट्ठियाँ लिखते हैं, साल में मुश्किल से एक-दो बार! मगर कितनी बार लिखते हैं, यह तो मेरी समझ में कोई बड़ी अहम बात नहीं है। तुमने लिखा है कि तुम अपने परिवार को लेकर शेपेतोवका से कज़ातिन के रेलवे यार्ड में पहुँच गए हो, क्योंकि तुम देहात से अपना सम्बन्ध काटना चाहते हो, वहाँ की ज़मीन से अपनी जड़ों को उखाड़ना चाहते हो। मैं जानता हूँ कि असल में वे जड़ें स्त्योशा और उनके सम्बन्धियों की पिछड़ी हुई, निम्न पूँजीवादी मनोवृत्ति में हैं। स्त्योशा की तरह के लोगों का पुनर्निर्माण कठिन काम है और मुझे आशंका है कि तुम इसमें भी सफल नहीं होगे। तुमने लिखा है कि अब इस बुढ़ापे में तुम्हें अध्ययन करने में काफ़ी कठिनाई हो रही है, मगर मैं तो सोचता हूँ कि तुम्हारी प्रगति बुरी नहीं है। तुम जो कारख़ाने को छोड़ शहर की सोवियत के चेयरमैन का काम सँभालने से बराबर इनकार करते जा रहे हो, यह बात ठीक नहीं है। बतलाओ कि क्या तुम इसी मज़दूर राज के लिए लड़े थे या नहीं? तब फिर अब उसे अपने हाथ में क्यों नहीं लेते? कल ही तुम शहर की सोवियत का काम अपने हाथ में ले लो और उसमें जुट जाओ।

'अब मैं तुम्हें अपने बारे में बतलाऊँ। मेरे साथ कोई बड़ी गड़बड़ी हो गई है। मैं बार-बार अस्पताल पहुँचने लगा हूँ। दो बार मेरा आपरेशन हो चुका है, काफ़ी ख़ून भी गया है और ताक़त भी, कुछ पता नहीं चलता कि यह चीज़ कब खतम होगी।

'मैं अपने काम से अलग पड़ गया हूँ और अब एक नया ही धन्धा मैंने अपना लिया है और वह धन्धा यह है कि मैं मरीज़ हूँ। मुझे बहुत दर्द सहना पड़ता है और कुल मिलाकर इस सबका नतीजा यह है कि मैं अपने दाहिने घुटने को हिला भी नहीं सकता, मेरे शरीर के तमाम अंगों में नश्तर के तमाम घावों के निशान हैं और उसके बाद यह ताज़ी डॉक्टरी खोज सुनने को मिली : सात बरस पहले मेरी रीढ़ की हड्डी में चोट लगी थी और अब उन लोगों का कहना है कि यह चोट मेरे लिए बहुत महँगी पड़ सकती है। मगर मैं कुछ भी सहने के लिए तैयार हूँ, बशर्ते मैं लौटकर अपने मोर्चे पर फिर पहुँच सकूँ।

'ज़िन्दगी में मेरे लिए इससे ज़्यादा भयानक बात कोई नहीं है कि मैं अपनी फ़ौज से कटकर अलग जा पहुँचूँ। यह एक ऐसी सम्भावना है जिस पर विचार करने के लिए भी मैं कभी तैयार नहीं हो सकता। और इसलिए वे लोग मेरे साथ जो भी करना चाहते हैं, मैं सब कुछ उन्हें करने देता हूँ।

मगर मेरी हालत में कोई सुधार नहीं हो रहा है और बादल रोज़-ब-रोज़ और भी काले और भी घने होते जा रहे हैं। पहले आपरेशन के बाद मैं जैसे ही चलने-फिरने के क़ाबिल हुआ, फ़ौरन अपने काम पर वापस पहुँच गया। मगर कुछ ही दिन बाद वे लोग फिर मुझे यहाँ ले आए। अब मुझे योपेतोरिया के एक सेनेटोरियम में भेजा जा रहा है। मैं कल यहाँ से चला जाऊँगा। मगर उदास मत हो आर्तेम, तुम जानते हो कि मैं जल्दी हार माननेवाला आसामी नहीं हूँ। मुझमें तीन आदमियों के बराबर प्राण-शक्ति है। मेरें भाई, अभी तुमको और मुझको बहुत काम करना है। अब तुम अपनी सेहत की फ़िक्र करो, बूते से बाहर अपनी ताक़त को ख़र्च न करो क्योंकि सेहत की मरम्मत की भारी क़ीमत पार्टी को चुकानी पड़ती है। वह सारा तजुर्बा जो हमें काम के दौरान में मिलता है, और ज्ञान जो हमें अध्ययन से मिलता है, बड़ी अनमोल चीज़ें हैं और उन्हें इस तरह अस्पताल में बन्द रहकर बरबाद नहीं किया जा सकता। प्यार के साथ...

—पावेल'

जिस वक़्त आर्तेम, माथे पर झुर्रियाँ डाले अपने भाई का ख़त पढ़ रहा था, पावेल अस्पताल में डॉक्टर बाज़ानोवा से विदा हो रहा था।

युवती ने पावेल के हाथ में अपना हाथ देते हुए कहा, "तो कल तुम क्रीमिया के लिए रवाना हो जाओगे? बाक़ी दिन-भर तुम्हें क्या करना है?"

पावेल ने जवाब दिया, "कामरेड रादकिना थोड़ी देर में यहाँ आनेवाली हैं। वह मुझे अपने परिवारवालों से मिलाने के लिए अपने घर ले जाएँगी। रात मैं वहीं गुज़ारूँगा और कल वही मुझे स्टेशन ले जाएँगी।"

बाज़ानोवा डोरा को जानती थी क्योंकि वह पावेल से मिलने कई बार अस्पताल आई थी।

"मगर कामरेड कोर्चागिन, क्या तुम अपने वायदे को भूल गए कि जाने से पहले एक बार मेरे पिता से मिलोगे? मैंने उनको तुम्हारी बीमारी के बारे में विस्तार से बताया है और मैं चाहती हूँ कि वह एक बार तुम्हारी जाँच कर लें। क्या आज शाम को नहीं हो सकता?"

पावेल ने फ़ौरन उसकी बात मान ली।

उसी शाम को बाज़ानोवा पावेल को अपने पिता के बड़े और साफ़-सुथरे दफ़्तर में ले गई।

उस मशहूर सर्जन ने बड़ी सावधानी से पावेल की जाँच की। उनकी बेटी क्लीनिक से पावेल के एक्सरे की तमाम तसवीरें और रिपोर्ट लेती आई थी। पावेल ने भी लक्ष्य किया कि जब बाज़ानोवा के पिता ने लैटिन में कोई बात कही, तो उसका चेहरा अचानक पीला पड़ गया। पावेल ने अपने ऊपर झुके हुए प्रोफ़ेसर के बड़े गंजे सिर को बहुत ग़ौर से देखा और उनकी तेज़ आँखों में अपने सवाल का जवाब ढूँढ़ने की कोशिश की। मगर बाज़ानोवा के चेहरे के भाव से उसे कुछ पता न चल सका।

पावेल ने कपड़े पहन लिये तो प्रोफ़ेसर ने बड़ी आजिज़ी से उससे छुट्टी ली और बतलाया कि उन्हें एक सम्मेलन में जाना है और अपनी जाँच का नतीजा पावेल को बतलाने का काम अपनी लड़की पर छोड़ दिया।

पावेल बाज़ानोवा के ख़ूबसूरती से सजे हुए कमरे में कोच पर लेटा हुआ डॉक्टरनी के बोलने का इन्तज़ार कर रहा था। मगर बाज़ानोवा की समझ में नहीं आ रहा था कि बात कैसे शुरू करे। उसकी हिम्मत नहीं पड़ रही थी कि उसके पिता ने जो कुछ उसे बतलाया था, उसको दुहरा दे—कि दवाइयाँ अब तक पावेल के शरीर में होनेवाली घातक सूजन की रोकथाम नहीं कर सकी थीं। प्रोफ़ेसर साहब आपरेशन के हक़ में नहीं थे। "इस नौजवान को लकवे का ख़तरा है और इस दुखदायी बात को रोकना हमारी ताक़त के बाहर है।"

न तो डॉक्टर की हैसियत से और न दोस्त की हैसियत से ही उसने पूरी बात पावेल को बतलाना ठीक समझा। इसलिए थोड़े से शब्दों में उसने पावेल को सचाई का एक अंश ही बतलाया।

"मुझे यक़ीन है कामरेड कोर्चागिन कि योपेतोरिया की गीली मिट्टी से तुम्हें फ़ायदा होगा और पतझड़ आते-आते तुम अपने काम पर लौट सकोगे।"

मगर वह भूल गई थी कि पावेल की तेज़ आँखें उसे ग़ौर से देख रही थीं।

"तुम जो कुछ कह रही हो, बल्कि यों कहूँ कि जो कुछ तुमने नहीं कहा है, उससे मैं समझ रहा हूँ कि मेरी हालत संगीन है। याद करो, मैंने तुमसे कहा था कि मुझे खोलकर पूरी बात बतला दिया करना। मुझसे कुछ छिपाने की ज़रूरत नहीं। सुनकर न तो मैं बेहोश हो जाऊँगा और न अपना गला ही काटने की कोशिश करूँगा। मगर यह मैं ज़रूर जानना चाहता हूँ कि मुझे आगे अभी और क्या भुगतना है।"

बाज़ानोवा, जी को ख़ुश करनेवाली दिल्लगी की बात कहकर सीधे जवाब को बचा गई और पावेल को उस रात सच्ची बात नहीं मालूम हो सकी।

विदा होते समय डॉक्टर ने धीमे-से कहा, "मेरी दोस्ती को मत भूल जाना, कामरेड कोर्चागिन। कौन जाने हमारे लिए ज़िन्दगी में कब क्या होना है। अगर कभी तुम्हें मेरी मदद या मेरे सलाह-मशविरे की ज़रूरत पड़े, तो मुझे लिखना। मैं जो कुछ भी तुम्हारे लिए कर सकूँगी, ज़रूर करूँगी।"

खिड़की में से उसने उस लम्बी, चमड़े का कोट पहनी हुई आकृति को छड़ी का सहारा लेकर बहुत दर्द के साथ दरवाज़े से बस तक जाते देखा जो उसका इन्तज़ार करती खड़ी थी।

एक बार फिर योपेतोरिया की गरम दक्खिनी धूप। धूप से सँवलाए हुए, शोर मचाते लोग, बेलबूटेदार टोपियाँ लगाए हुए। मोटर का दस मिनट का सफ़र नये आनेवालों को चूने के पत्थर की बनी एक दुमंज़िला भूरी इमारत पर ले आया—यह माइनाक सेनेटोरियम था।

ड्यूटी पर तैनात डॉक्टर को जब यह मालूम हुआ कि पावेल के रहने की जगह उक्रेन की कम्युनिस्ट पार्टी की केन्द्रीय समिति ने रिज़र्व की है, तो वह उसे ग्यारह नम्बर के कमरे में ले गया।

"मैं तुम्हें कामरेड एबनर के साथ रखूँगा। वह जर्मन हैं और उन्होंने अपने कमरे में एक रूसी साथी की माँग की है," डॉक्टर ने दरवाज़े पर दस्तक देते हुए कहा। भीतर से किसी जर्मन की आवाज़ सुनाई दी, "आ जाओ।"

पावेल ने अपना सफ़री थैला रख दिया और उस सुनहले बालों और चमकती हुई नीली आँखोंवाले आदमी की तरफ़ मुड़ा जो बिस्तर पर लेटा हुआ था। उस जर्मन ने मुहब्बत-भरी मुस्कराहट से उसका स्वागत किया।

जर्मन ने पहले अपनी भाषा में उसका अभिवादन किया, मगर फिर अपने को सुधारते हुए रूसी में कहा, "दिन मुबारक़ हो," और अपनी लम्बी-लम्बी उँगलियों वाला पीला हाथ पावेल की तरफ़ बढ़ाया।

कुछ क्षण बाद पावेल उसके बिस्तर के पास बैठा हुआ था और दोनों 'अन्तरराष्ट्रीय भाषा' में घुट-घुटकर बातें कर रहे थे, उस भाषा में जिसमें शब्दों का महत्त्व गौण होता है और कल्पना, मुद्राएँ और संकेत—अलिखित भाषा के वे सारे माध्यम—शब्दों की कमी को पूरा कर देते हैं।

पावेल को मालूम हुआ कि एबनर एक जर्मन मज़दूर था जिसे 1923 के हाम्बुर्ग विद्रोह में कूल्हे पर चोट लगी थी। वह पुराना ज़ख़्म फिर खुल गया था और इसीलिए वह बिस्तर पकड़ने पर मजबूर हुआ था। वह प्रसन्न चित्त से अपनी सारी यातनाओं को सह रहा था और इसीलिए तत्काल पावेल का मन उसके लिए आदर से भर उठा।

उससे अच्छे साथी की आकांक्षा पावेल नहीं कर सकता था। सबसे अच्छी बात उसमें यही थी कि सुबह से लेकर रात तक वह अपनी तकलीफ़ों और बीमारियों का दुखड़ा न रोएगा। इसके विपरीत, उसकी संगत में आदमी ख़ुद अपनी तकलीफ़ को भूल जा सकता था।

'मगर कितनी बुरी बात है कि मुझे जर्मन नहीं आती,' पावेल ने खिन्न होते हुए सोचा।

सेनेटोरियम के मैदान के एक कोने में कुछ 'झूलनेवाली कुर्सियाँ', बाँस की एक मेज़ और दो लम्बी आरामकुर्सियाँ रखी हुई थीं। इसी जगह पर ये पाँच मरीज़, जिन्हें बाक़ी लोग 'कम्युनिस्ट इंटरनेशनल की कार्यकारिणी' के नाम से पुकारते थे, इलाज के बाद अपना समय गुज़ारा करते थे।

एबनर आरामकुरसी पर अधलेटा पड़ा था। पावेल भी, जिसे टहलने की मनाही थी, दूसरी कुरसी पर लेटा हुआ था। इनके अलावा उस टोली के बाक़ी तीन सदस्य थे : वाइमान, जो एस्तोनिया का रहनेवाला एक मोटा-तगड़ा मज़दूर था, और वाणिज्य-व्यापार की कमिसारिएट में काम करता था; मार्ता लॉरिन, जो एक नौजवान, भूरी आँखों की, लातविया की रहनेवाली स्त्री थी और देखने में अठारह साल की लड़की मालूम होती थी, और लम्बा-तगड़ा साइबेरियन लेदेनेव, जिसकी कनपटी के बाल पक चले थे। इस छोटी-सी टोली में वस्तुत: पाँच भिन्न जातियों के प्रतिनिधि थे—जर्मन, एस्तोनियन, लातवियन, रूसी और उक्रेनियन। मार्ता और वाइमान जर्मन ज़बान बोलते थे और एबनर उनसे दुभाषिये का काम लेता था। पावेल और एबनर दोस्त थे क्योंकि दोनों एक ही कमरे में रहते थे; मार्ता, वाइमान और एबनर भी दोस्त थे क्योंकि उनकी ज़बान एक थी। लेदेनेव और कोर्चागिन के बीच दोस्ती का आधार शतरंज थी।

लेदेनेव के आने से पहले कोर्चागिन सेनेटोरियम में शतरंज का चैम्पियन था। उसने बड़ी कठिन लड़ाई के बाद वाइमान से यह पद जीता था। अपनी हार से उस मोटे एस्तोनियन को काफ़ी धक्का-सा लगा था और बहुत दिन तक वह कोर्चागिन को इस बात के लिए माफ़ नहीं कर सका था कि उसने उसको हराया था। मगर एक रोज़ एक लम्बा आदमी सेनेटोरियम में आया जो अपनी पचास बरस की उमर को देखते हुए बहुत ही नौजवान नज़र आता था, उसने कोर्चागिन से शतरंज की एक बाज़ी खेलने के लिए कहा। पावेल को इस बात का कोई गुमान नहीं था कि कैसे खिलाड़ी से उसका पाला पड़ा है, इसलिए उसने बड़े इत्मीनान से एक ऐसी चाल चली जिससे ज़ाहिरा तो उसका वजीर कट जाता था, मगर दूसरे खिलाड़ी की मात हो जाती थी। लेदेनेव मँजा खिलाड़ी था, इसलिए वह मज़े में चाल समझ गया और उसका जवाब उसने बीच के पैदलों को आगे बढ़ाकर दिया। चैम्पियन की हैसियत से पावेल को हर नये आनेवाले के साथ बाज़ी खेलनी पड़ती थी और खेल में दिलचस्पी रखनेवाले बहुत से दर्शक शतरंज की बिसात के इर्द-गिर्द खड़े हो जाते थे। नवीं चाल के बाद पावेल ने महसूस किया कि उसका विरोधी बराबर अपने पैदलों को आगे बढ़ाता हुआ उसके खेल को अपंग करके रखे दे रहा है। अब पावेल की समझ में आया कि ख़तरनाक खिलाड़ी से उसका पाला पड़ा है और उसे मन में दुख होने लगा कि वह शुरू में इतनी लापरवाही से क्यों खेला।

तीन घंटे तक उनकी लड़ाई चली और इस बीच पावेल ने पूरा ज़ोर लगाया। आख़िरकार उसे हार माननी पड़ी। दर्शकों के बहुत पहले ही उसने इस बात को देख लिया था कि उसकी हार लाज़िमी है। उसने अपने विरोधी की ओर नज़र उठाई और देखा कि लेदेनेव विजेता-सुलभ मुस्कराहट से उसकी ओर देख रहा है। स्पष्ट था कि उसने भी देख लिया था कि बाज़ी का क्या अन्त होनेवाला है। वह एस्तोनियन भी देख रहा था जिसे पावेल ने हराया था। वह बड़े ग़ौर से खेल को देख रहा था और अपनी इस ख़्वाहिश को छिपा भी नहीं रहा था कि कोर्चागिन हार जाए। मगर अभी उसकी समझ में नहीं आ रहा था कि ऊँट किस करवट बैठने वाला है।

"मैं हमेशा अपने आख़िरी पैदल तक खेल खेलता हूँ और हार नहीं मानता", पावेल ने कहा और लेदेनेव ने उसके समर्थन में अपना सिर हिलाया।

पाँच दिन में पावेल ने लेदेनेव के साथ दस बाज़ी खेली जिनमें से सात वह हारा, दो जीता और एक में बाज़ी बराबरी पर छूट गई।

वाइमान बहुत ख़ुश था।

"शुक्रिया, शुक्रिया, कामरेड लेदेनेव! उसकी तुमने अच्छी मरम्मत की! उसको इसी की ज़रूरत थी! उसने हम सब पुराने खिलाड़ियों को हराकर नाक में दम कर दिया था और आख़िरकार उसे एक पुराने खिलाड़ी से हार खानी ही पड़ी। हा...हा!"

पहले के विजयी और अब के हारे हुए पावेल को चिढ़ाते हुए उसने कहा, "कहो, हारने में कैसा लगता है?"

लेदेनेव के आने से पावेल का चैम्पियन का पद तो छिन गया, मगर उसे एक दोस्त ज़रूर मिल गया जो आगे चलकर उसके लिए बहुत अनमोल साबित हुआ। अब उसकी समझ में आया कि शतरंज में उसकी हार स्वाभाविक ही थी। शतरंज के दाँव-पेच की उसकी जानकारी बहुत उथली थी। और उसने एक ऐसे खिलाड़ी के हाथ हार खाई थी जिसे खेल के सारे राज़, खेल के दाँव-पेच का पूरा रहस्य मालूम था।

कोर्चागिन और लेदेनेव को पता चला कि उनकी ज़िन्दगी में एक तारीख़ समान थी : पावेल जिस साल पैदा हुआ था, उसी साल लेदेनेव पार्टी में दाख़िल हुआ था। दोनों अपनी-अपनी जगह पुराने और नये बोल्शेविकों के ठेठ प्रतिनिधि थे। एक के पीछे गहरे राजनीतिक कामों की, हलचलों की लम्बी ज़िन्दगी थी, अंडरग्राउंड आन्दोलन में छिप-छिपकर कई साल का काम और ज़ारशाही की क़ैदें और उन सबके बाद महत्त्व का सरकारी काम; दूसरे के पीछे थी उसकी जलती हुई जवानी और सिर्फ़ आठ साल का संघर्ष। मगर ये आठ साल ऐसे थे जो एक पूरी ज़िन्दगी को जलाकर ख़ाक कर देने के लिए काफ़ी थे और ये दोनों, जिनमें से एक बूढ़ा था और दूसरा नौजवान, ज़िन्दगी से बेहद प्यार करते थे, मगर उनकी तन्दुरुस्ती टूटी हुई थी।

शाम के वक़्त एबनर और कोर्चागिन का कमरा क्लब जैसा बन जाता था। सारी राजनीतिक ख़बरें यहीं से शुरू होती थीं। कमरा कहकहों और बातचीत से गूँजता रहता। वाइमान अक्सर बातचीत में छोटा-मोटा गन्दा लतीफ़ा घुसेड़ने की कोशिश करता। मगर हमेशा दो तरफ़ से उसके ऊपर हमला होता, मार्ता की तरफ़ से और कोर्चागिन की तरफ़ से। आम तौर पर मार्ता कोई तेज़ व्यंग्यपूर्ण बात कहकर उसका मुँह बन्द करने में कामयाब होती। मगर जब उससे काम न चलता तो कोर्चागिन को दख़ल देना पड़ता।

मार्ता कहती, "वाइमान, तुम्हारा मज़ाक़ हमें कुछ पसन्द नहीं आता।"

कोर्चागिन ग़ुस्से में भरते हुए कहता, "मेरी समझ में नहीं आता कि तुम्हारे मुँह से ऐसी गन्दी बात क्योंकर निकलती है।"

वाइमान अपना मोटा निचला होंठ निकालकर अपनी छोटी-छोटी आँखों में व्यंग्य की चमक भरकर देखता।

"हमें राजनीतिक शिक्षा-विभाग के अन्तर्गत एक सदाचार का विभाग भी खोलना पड़ेगा और मैं प्रस्ताव करता हूँ कि कोर्चागिन को उसका चीफ़ इंस्पेक्टर बनाया जाए। मार्ता क्यों आपत्ति करती है, यह बात मेरी समझ में आ सकती है, क्योंकि वह स्त्री है और विरोध करना उसका धर्म है। मगर कोर्चागिन तो ख़ामख़ा भोला बनने की कोशिश करता है, जैसे वह कोई नन्हा-सा कोमसोमोल बच्चा हो और जंगल में खो गया हो...इतना ही नहीं, ख़ास आपत्ति तो मुझे इस बात पर है कि अंडा मुर्ग़ी को पाठ पढ़ाने की कोशिश कर रहा है!"

कम्युनिस्ट नैतिकता के सवाल पर गरमागरम बहस हुई और उसके बाद गन्दे मज़ाक़ों के मसले पर सिद्धान्त की दृष्टि से बहस की गई। लोगों की अलग-अलग रायों को मार्ता ने अनुवाद करके एबनर को बतलाया।

एबनर ने कहा, "ये गन्दे लतीफ़े अच्छे नहीं कहे जा सकते। मैं पावेल से सहमत हूँ।"

वाइमान को मजबूर होकर पीछे हटना पड़ा। उसने भरसक इस मामले को हँसकर उड़ाने की कोशिश की। मगर इतना हुआ कि इसके बाद उसने फिर कभी अपने गन्दे लतीफ़े नहीं सुनाए।

पावेल ने मार्ता को कोमसोमोल का मेम्बर समझा था क्योंकि उसका ख़याल था कि वह उन्नीस से ज़्यादा की न होगी। उसे यह जानकर बड़ा अचरज हुआ कि वह 1917 से पार्टी में थी, उसकी उमर इकतीस साल की थी और वह लातविया की कम्युनिस्ट पार्टी की बहुत सक्रिय मेम्बर थी। 1918 में क्रान्ति-विरोधी श्वेत-रूसियों ने उसको गोली से उड़ाने की सज़ा दी थी, मगर वह बच गई क्योंकि जब क़ैदियों की अदला-बदली हुई तो कुछ और साथियों के साथ वह सोवियत सरकार के हवाले कर दी गई। इन दिनों वह 'प्रावदा' के सम्पादकीय विभाग में काम कर

रही थी और उसके साथ ही यूनिवर्सिटी में पढ़ रही थी। न जाने कब उसके और पावेल के बीच दोस्ती पैदा हो गई और वह छोटी-सी लातवियन स्त्री, जो अक्सर एबनर से मिलने आया करती थी, इन पाँचों की टोली का एक ज़रूरी अंग बन गई।

इस मामले को लेकर एग्लिट, जो लातविया का एक अंडरग्राउंड कार्यकर्ता था, उसे अक्सर चिढ़ाया करता था, "अब उस बेचारे ओजोल का क्या होगा जो मास्को में घर पर बैठा तुम्हारे लिए आहें भर रहा है? अरे मार्ता, यह तुमने क्या ग़ज़ब किया?"

एक रोज़ सुबह को, बिस्तर छोड़ने की घंटी बजने से ठीक पहले, एक मुर्ग़े ने सेनेटोरियम में ज़ोर से बाँग दी। उसकी आवाज़ सुनकर परेशान नौकर इधर-उधर उस चिड़िया की तलाश में दौड़ने लगे जिसने यह ग़लत काम किया था। उनको इस बात का ख़याल भी नहीं आया कि एबनर ने, जो मुर्ग़े की बाँग की हूबहू नक़ल कर लेता था, उनको हैरान करने के लिए ऐसा किया था। कई रोज़ तक सुबह यही चीज़ होती रही और एबनर इस चीज़ का मज़ा लेता रहा।

सेनेटोरियम में अपने महीने-भर रहने के आख़िरी दिनों में पावेल की हालत और ख़राब हो गई। डॉक्टरों ने उसे बिस्तर पर लेटे रहने का आदेश दिया। एबनर को इससे बड़ी बेचैनी हुई। वह इस हिम्मती नौजवान बोल्शेविक से बहुत प्यार करने लगा था, जिसमें इतना जीवन और इतना उत्साह था और जो इतनी कच्ची उमर में अपनी सेहत खो बैठा था। और जब मार्ता ने एबनर को बतलाया कि कोर्चागिन के भविष्य के बारे में डॉक्टर कैसी दर्दनाक बात कहते हैं, तो एबनर को सख़्त तकलीफ़ हुई।

बाक़ी जितने दिन पावेल सेनेटोरियम में रहा, उसमें वह लगातार बिस्तर पर ही पड़ा रहा। वह अपने आसपास के लोगों से अपनी तकलीफ़ छिपा लेता था और अकेले मार्ता उसके चेहरे की भयानक ज़र्दी से भाँप जाती थी कि उसे बहुत दर्द हो रहा है। अपने जाने के एक हफ़्ता पहले पावेल को उक्रेनियन केन्द्रीय समिति का ख़त मिला जिसमें लिखा था कि डॉक्टरों की सलाह के अनुसार उसकी छुट्टी और दो महीने बढ़ाई जाती है क्योंकि उनका कहना है कि वह काम करने के अयोग्य है। ख़त के साथ ही ख़र्चे के लिए पैसा आया।

पावेल ने इस पहली चोट को उसी तरह सह लिया जिस तरह उसने बरसों पहले घूँसेबाज़ी का सबक लेते हुए ज़ुख़राई के घूँसे खाए थे। तब भी वह गिर पड़ा था, मगर फ़ौरन ही फिर उठ खड़े होने के लिए।

उसको माँ की एक चिट्ठी मिली जिसमें उसने पावेल को यह लिखा था कि वह जाकर उसकी एक पुरानी दोस्त से मिल आए। इस दोस्त का नाम अलबिना क्युत्सम था। वह योपेतोरिया के पास ही समुद्र के किनारे एक छोटे-से क़स्बे में रहती थी। पावेल की माँ अपनी दोस्त से पन्द्रह साल से नहीं मिली थी और उसने पावेल से बहुत अनुरोध किया था कि जब तक वह क्रीमिया में है, उसी बीच जाकर

उससे मिल ले। इस चिट्ठी ने पावेल की ज़िन्दगी में आगे चलकर बहुत महत्त्व की भूमिका अदा की।

एक हफ़्ते बाद उसके सेनेटोरियम के दोस्तों ने उसे जहाज़ के घाट पर जाकर बहुत मोहब्बत से विदा किया। एबनर ने भाई की तरह गले से लगाया और चूमा। मार्ता उस वक़्त कहीं गई हुई थी और पावेल बिना उससे विदा लिये हुए ही चला गया।

दूसरे रोज़ सुबह जब वह घाट पर पहुँचा, तो घोड़ागाड़ी उसे एक छोटे-से मकान में ले गई जिसके सामने एक वैसा ही छोटा-सा बाग़ीचा था।

क्युत्सम परिवार में पाँच लोग थे : माँ अलबिना, जो एक अधेड़ स्थूलकाय स्त्री थी और जिसकी आँखें काली और उदास थीं। उसके बूढ़े हो रहे चेहरे पर पुराने सौन्दर्य की निशानियाँ थीं। माँ के अलावा उस परिवार में दो बेटियाँ थीं—लोला और ताया; लोला का नन्हा-सा बेटा और बूढ़ा क्युत्सम, जो घर का स्वामी था। बूढ़ा क्युत्सम मोटा-सा चिड़चिड़ा आदमी था और देखने में सूअर-जैसा था।

बूढ़ा क्युत्सम कोऑपरेटिव स्टोर में काम करता था। छोटी लड़की ताया जो भी काम हाथ लग जाए, करती थी और लोला, जो टाइपिस्ट रह चुकी थी, हाल ही में अपने पति से अलग हुई थी। उसका पति शराबी और बदमिज़ाज आदमी था। लोला अब घर पर रहकर अपने छोटे-से लड़के की देखभाल करती थी और घर के काम में अपनी माँ का हाथ बँटाती थी।

इन दो बेटियों के अलावा घर में एक बेटा भी था जिसका नाम जॉर्ज था और जो उस वक़्त, जब पावेल वहाँ पहुँचा तब लेनिनग्राद में था।

घरवालों ने पावेल का हार्दिक स्वागत किया। सिर्फ़ बुड्ढे ने अतिथि को सन्देह और शत्रुता की आँखों से देखा।

पावेल ने धैर्यपूर्वक अलबिना को अपने घर के बारे में सारी ख़बरें बताईं और उसके जवाब में उसे भी क्युत्सम के कुनबे की ज़िन्दगी के बारे में बहुत कुछ जानने का मौक़ा मिला।

लोला बाईस बरस की थी। वह एक सीधी-सादी लड़की थी जिसके भूरे बाल कटे हुए थे। उसका चौड़ा-सा खुला हुआ चेहरा था और उसने फ़ौरन पावेल को अपना अन्तरंग बना लिया और उसे अपने घर के सारे राज़ बतला दिये। उसने बतलाया कि बुड्ढा निरंकुश राजा की तरह पूरे परिवार पर शासन करता है और घर के लोगों में किसी भी तरह की स्वतंत्रता की भावना के आते ही फ़ौरन उसे दबा देता है। वह संकीर्ण बुद्धि का, कट्टर और ज़िद्दी आदमी था और घरवालों को आतंकित करके रखता था। इसी वजह से घर के सारे बच्चे उससे बहुत चिढ़ते थे और उसकी बीवी उससे नफ़रत करती थी। उसकी बीवी ने पच्चीस साल तक उसकी निरंकुशता के ख़िलाफ़ संघर्ष किया मगर कोई नतीजा न निकला। लड़कियाँ हमेशा अपनी माँ का साथ देती थीं। घर में होनेवाले उन रोज़-रोज़ के झगड़ों ने

उनकी ज़िन्दगी में ज़हर घोल दिया था। दिन के दिन गुज़र जाते थे और झगड़े, गाली-गुफ्ता, तू-तू-मैं-मैं खतम ही न होने आते थे।

लोला ने पावेल को बताया कि घर की ज़िन्दगी का एक और पाप उसका भाई जॉर्ज था जो एक बिलकुल नाकारा, ज़ीटियल, घमंडी लड़का था, जिसे अच्छे खाने, तेज़ शराबों और ठाठदार कपड़ों के अलावा और किसी चीज़ की फ़िक्र न थी। स्कूल की पढ़ाई खतम करने पर जॉर्ज ने ऐलान किया कि वह राजधानी जा रहा है और उसने अपने इस सफ़र के लिए पैसे माँगे।

"मैं यूनिवर्सिटी में जा रहा हूँ। लोला अपनी अँगूठी बेच सकती है और तुम्हारे पास भी कुछ चीज़ें हैं जिन्हें गिरवी रखकर तुम पैसे पा सकती हो। मुझे पैसों की ज़रूरत है और मुझे इससे बहस नहीं कि तुम कहाँ से उन पैसों को लाती हो।"

जॉर्ज को अच्छी तरह मालूम था कि उसकी माँ कभी किसी चीज़ के लिए उसे इनकार नहीं करेगी और इसलिए वह अपने प्रति माँ के प्यार का बेजा फ़ायदा उठाता था। अपनी बहनों के साथ उसका बरताव ऐसा था जैसे वे उसके सामने कुछ न हों, जैसे वे उसकी बाँदियाँ हों। माँ अपने पति से जो भी पैसे खींचतानकर निकाल पाती थी, उन्हें अपने बेटे के पास भेज देती थी और उसके अलावा ताया जो कुछ भी कमाती थी वह भी। इस बीच जॉर्ज मैट्रिक की परीक्षा में फेल होकर अब लेनिनग्राद में मज़े उड़ा रहा था। वह अपने मामा के साथ रहता था और बार-बार तार से पैसे मँगा-मँगाकर अपनी माँ को सताया करता था।

पावेल जिस रोज़ वहाँ पहुँचा, उस रोज़ कहीं रात में जाकर उसकी मुलाक़ात ताया से हुई। उसकी माँ अपनी बेटी से मिलने के लिए झट से बाहर हॉलवाले रास्ते में गई और पावेल ने माँ को फुसफुसाकर उसके आने की ख़बर अपनी बेटी को देते सुना। उस लड़की ने शरमाते हुए इस अपरिचित नौजवान से हाथ मिलाया और मारे शर्म के उसका चेहरा लाल हो गया। पावेल काफ़ी देर तक उसके मज़बूत, घाठीदार हाथ को अपने हाथ में लिये रहा।

ताया उन्नीसवें साल में चल रही थी। वह ख़ूबसूरत न थी, मगर फिर भी उसकी बड़ी-बड़ी भूरी आँखें और उसका मंगोलों जैसा चेहरा, अच्छी-सी नाक और भरे हुए ताज़े होंठ, इन सबको मिलाकर वह आकर्षक लगती थी। धारीदार ब्लाउज़ के नीचे उसकी कसी हुई जवान छातियाँ उभरी हुई थीं।

दोनों बहनों के पास अपनी-अपनी दो छोटी-छोटी कोठरियाँ थीं। ताया के कमरे में लोहे की एक तंग खाट थी, दराज़ों की एक आलमारी थी जिसमें दुनिया-भर की छोटी-मोटी चीज़ें भरी हुई थीं, एक छोटा-सा आईना था और दीवारों पर दर्जनों फ़ोटो और तसवीरोंवाले पोस्टकार्ड थे। खिड़की पर दो गुलदान रखे थे जिनमें लाल जेरेनियम और हल्के पीले और गुलाबी ऐस्टर के फूल लगे हुए थे। लेस के परदे में एक हल्का नीला फीता टँगा हुआ था।

लोला ने अपनी बहन को चिढ़ाते हुए कहा, "आम तौर पर ताया पुरुषों को अपने कमरे में नहीं घुसने देती। तुम्हारे लिए वह इस नियम का अपवाद कर रही है।"

दूसरे रोज़ शाम को घर के लोग बूढ़े दम्पती के रहने की जगह में चाय पर बैठे हुए थे। क्युत्सम तेज़ी से अपनी चाय चला रहा था और बीच-बीच में सामने बैठे हुए अतिथि पावेल को अपनी ऐनक के ऊपर से देख लेता था।

उसने कहा, "आजकल जो शादी के क़ानून बन रहे हैं, उनको मैं बिलकुल बेकार समझता हूँ। आज शादी हुई और कल के रोज़ शादी नहीं रही। जो जी चाहे कीजिए। पूरी आज़ादी है।"

बुड्ढे का गला फँस रहा था और वह बड़बड़ा रहा था। उसकी साँस लौटी तो उसने लोला की तरफ़ इशारा किया।

"इसको देखो, यह गई और बिना किसी की इजाज़त लिये अपने उस आदमी से शादी कर बैठी और फिर उसी तरह बिना किसी से कुछ पूछे-जाँचे उससे अलग भी हो गई। और अब मुझे ही उसके और उसके छोकरे दोनों के खाने का बन्दोबस्त करना पड़ता है। कैसी बेहूदा बात है!"

लोला को बड़ी चोट लगी और वह शर्म से गड़ गई। उसने अपनी नम आँखें पावेल से छिपा लीं।

"तो आपका ख़याल है कि उसे उस बदमाश के साथ रहना चाहिए था, क्यों?" पावेल ने पूछा और उसकी आँखों में ग़ुस्से की चमक आ गई।

"उसे अच्छी तरह समझ लेना चाहिए था कि वह किससे शादी कर रही है।"

अलबिना ने बीच-बचाव किया। किसी-न-किसी तरह अपने ग़ुस्से को दबाते हुए उसने तेज़ी से कहा, "कैसे हो, एक नये आदमी के सामने ऐसी बातों पर बहस कर रहे हो? तुम्हारे पास बात करने के लिए और कुछ नहीं है?"

बुड्ढा मुड़ा और उसी पर झपट पड़ा :

"मैं ख़ूब जानता हूँ कि मैं क्या बात कह रहा हूँ! यह तुम कब से मुझे नसीहत देने लगीं कि मुझे क्या कहना चाहिए!"

उस रात को पावेल बड़ी देर तक अपने बिस्तर में जागता पड़ा रहा और क्युत्सम परिवार के बारे में सोचता रहा। संयोग से ही वह यहाँ आ गया था और अनजाने ही इस पारिवारिक नाटक में शरीक हो गया था। उसकी समझ में नहीं आता था कि वह किस तरह माँ और बेटियों को इस बन्धन से मुक्त करने में सहायक हो सकता था। ख़ुद उसकी ज़िन्दगी बिलकुल अव्यवस्थित थी, बहुत से मसले थे जिन्हें अभी हल करना बाक़ी था और कोई हिम्मत का क़दम उठाना उसके लिए और दिनों से ज़्यादा मुश्किल काम था।

स्पष्ट ही केवल एक रास्ता था : यह कि इस परिवार को तोड़ दिया जाए और माँ और बेटियाँ बुड्ढे को छोड़कर अलग हो जाएँ। मगर यह आसान काम न था।

पावेल इस पारिवारिक क्रान्ति का बोझ उठाने की स्थिति में नहीं था क्योंकि उसे कुछ ही दिनों में वहाँ से चला जाना था और मुमकिन है कि फिर कभी उन लोगों से उसकी मुलाक़ात भी न हो। क्या यह ज़्यादा अच्छा न होगा कि वह उस चीज़ को जैसे-का-तैसा छोड़ दे और जो होना हो, हो? तलैया के इस गन्दे पानी को हिलाने-डुलाने से क्या फ़ायदा? मगर उस बुड्ढे के घिनौने चेहरे की याद उसे चैन न लेने देती। बहुत-सी योजनाएँ पावेल के दिमाग़ में आईं, मगर उन्हें अव्यावहारिक समझकर उसने छोड़ दिया।

अगले दिन इतवार था और जब पावेल टहलकर शहर से वापस आया तो उसने ताया को घर में अकेला पाया। बाक़ी लोग रिश्तेदारों से मिलने बाहर गए हुए थे।

पावेल उसके कमरे में गया और थका हुआ तो था ही, एक कुरसी पर लस्त होकर पड़ गया।

उसने ताया से पूछा, "तुम कभी बाहर क्यों नहीं जातीं और अपनी ख़ुशी का कोई सामान क्यों नहीं करतीं?"

ताया ने धीमे स्वर में जवाब दिया, "मेरा कहीं जाने को जी नहीं चाहता।"

पावेल को अपनी रात की सोची हुई योजनाओं की याद आई और उसने उन्हें ताया के सामने रखने का फ़ैसला किया।

जल्दी-जल्दी बोलते हुए ताकि दूसरों के आने के पहले ही वह अपनी बात खतम कर ले, पावेल सीधे अपनी ख़ास बात पर आ गया।

"सुनो ताया, हम दोनों अच्छे दोस्त हैं। तब फिर हम लोग क्यों एक-दूसरे के साथ झूठा शिष्टाचार बरतें। मैं जल्दी ही यहाँ से चला जाऊँगा। बड़े दुख की बात है कि मैंने तुम्हारे परिवार को ठीक ऐसे समय में जाना जबकि मैं ख़ुद मुसीबत में हूँ, नहीं तो सूरत कुछ दूसरी ही होती। अगर यह चीज़ साल-भर पहले हुई होती तो हम सब लोग एक साथ यहाँ से चले जा सकते थे। तुम्हारे और लोला जैसे लोगों के लिए चारों तरफ़ तमाम काम ही काम है। बुड्ढे को छोड़ो, उसकी बात अलग है, उसकी अक़्ल को ठीक नहीं किया जा सकता। मगर वह तो ख़ैर जो भी है, इस वक़्त कोई रास्ता नहीं है। मैं अभी यही नहीं जानता कि मेरा क्या होगा। इस वक़्त मैं बिलकुल असहाय हूँ। मगर उसका तो ख़ैर कोई इलाज नहीं है। मैं इस बात पर ज़ोर देने जा रहा हूँ कि मुझे वापस काम पर भेजा जाए। डॉक्टरों ने मेरे बारे में पता नहीं क्या-क्या वाहियात बातें लिख दी हैं और साथी लोग मेरा पीछा ही नहीं छोड़ते। उनका कहना है कि मैं क़यामत के रोज़ तक अपना इलाज कराता बैठा रहूँ। मगर ख़ैर उसके बारे में देखेंगे कि क्या किया जा सकता है। मैं माँ को चिट्ठी लिखूँगा और तुम्हारे यहाँ के झगड़े के बारे में उससे सलाह लूँगा। मैं इस तरह इस चीज़ को चलने नहीं दे सकता। मगर तुम्हें समझना चाहिए ताया कि इसका मतलब होगा कि तुम्हें अपने को अपनी मौजूदा ज़िन्दगी से काटकर

जबरन अलग करना होगा। क्या तुम्हें यह चीज़ पसन्द होगी और इसकी ताक़त तुम अपने अन्दर पाओगी?"

ताया ने आँख ऊपर उठाकर देखा।

फिर धीमे से कहा, "मुझे यह चीज़ ज़रूर पसन्द होगी और जहाँ तक ताक़त की बात है, मैं नहीं कह सकती।"

पावेल उसके अनिश्चय को समझ गया।

"कोई बात नहीं ताया। अगर तुम्हारे अन्दर इस चीज़ की चाह है तो सब ठीक हो जाएगा। क्या तुम सचमुच अपने परिवार को बहुत चाहती हो?"

इस सवाल ने ताया को थोड़ा परेशानी में डाल दिया क्योंकि वह इसके लिए तैयार न थी और जवाब देने में पल-भर को हिचकिचाई।

आख़िरकार उसने कहा, "मुझे माँ के लिए बड़ा दुख है। पिताजी ने उसकी ज़िन्दगी दूभर कर रखी है और अब जॉर्ज उसको सता रहा है। मुझे उसके लिए सचमुच बेहद दुख होता है गोकि मैं जानती हूँ कि उसने कभी मुझे जॉर्ज के बराबर प्यार नहीं किया...।"

दोनों बड़ी देर तक इसी तरह दिल खोलकर बातें करते रहे। घरवालों के लौटने के थोड़ी देर पहले पावेल ने मज़ाक़ में कहा :

"ताज्जुब की बात है कि बुड्ढे ने अब तक तुम्हें किसी से ब्याह नहीं दिया!"

इस विचार से ही डर के मारे ताया ने हाथ फटकारे।

"न बाबा, मैं कभी शादी न करूँगी। मैंने देखा कि बेचारी लोला को क्या-क्या भुगतना पड़ा है। मैं कभी किसी क़ीमत पर शादी न करूँगी।"

पावेल हँसा।

"अच्छा तो तुमने अपनी पूरी ज़िन्दगी के लिए आख़िरी बार इस मामले का फ़ैसला कर डाला है? और मान लो कोई अच्छा-भला ख़ूबसूरत नौजवान तुम्हारी ज़िन्दगी में आ जाए, तो क्या हो?"

"नहीं, मैं कभी शादी न करूँगी। शादी के पहले सब बड़े अच्छे रहते हैं।"

पावेल ने उसको मनाने के अन्दाज़ में उसके कन्धे पर अपना हाथ रखा।

"बहुत अच्छी बात है, ताया। पति के बिना भी तुम बड़े मज़े में चल सकती हो। मगर तुम्हें सभी नौजवानों के बारे में ऐसी बेइंसाफ़ी की बात न कहनी चाहिए। यह अच्छा है कि तुम मुझ पर यह सन्देह नहीं कर रही हो कि मैं तुमसे प्रणय-निवेदन करने की कोशिश कर रहा हूँ, वरना मुसीबत ही थी!" और उसने बड़े भाई के अन्दाज़ में ताया की बाँह को थपथपाया।

ताया ने धीमे से कहा, "तुम्हारी तरह के आदमी किसी और ही तरह की लड़कियों से शादी करते हैं।"

कुछ दिन बाद पावेल खारकीव के लिए रवाना हो गया। ताया, लोला और अपनी बहन रोज़ा के साथ अलबिना उसे विदा करने स्टेशन पर आई। अलबिना ने पावेल से वचन ले लिया कि वह उसकी लड़कियों को न भूलेगा और उन्हें अपनी मौजूदा परेशानी में से निकलने में मदद पहुँचाएगा। उन्होंने पावेल को उसी तरह विदा किया जैसे किसी बहुत सगे और प्यारे आदमी को किया जाता है। उस वक़्त ताया की आँखों में आँसू थे। अपने डिब्बे की खिड़की में से पावेल ने लोला की सफ़ेद रूमाल और ताया के धारीदार ब्लाउज़ को बराबर छोटे-से-छोटा होते देखा जब तक कि वे नज़र से ओझल न हो गए।

खारकीव पहुँचकर वह सीधे अपने दोस्त पेत्या नोवीकोव के घर गया क्योंकि वह डोरा को परेशान नहीं करना चाहता था। सफ़र की थकान मिटते ही वह केन्द्रीय समिति में गया। वहाँ उसने अकिम का इन्तज़ार किया और आख़िर में जब दोनों अकेले रह गए, तो उसने कहा कि उसे फ़ौरन काम पर भेजा जाए। अकिम ने अस्वीकृति में सिर हिलाया :

"यह चीज़ नहीं हो सकती पावेल! हमारे सामने मेडिकल बोर्ड और सेंट्रल कमिटी का फ़ैसला है। उसके मुताबिक़ तुम्हारी तन्दुरुस्ती की संगीन हालत को देखते हुए तुम्हें इलाज के लिए 'न्यूरो पैथोलॉजिकल इंस्टीच्यूट' भेजा जाना चाहिए और किसी हालत में तुम्हें काम नहीं करने देना चाहिए।"

"मुझे ख़ाक परवाह नहीं कि वे लोग क्या कहते हैं, अकिम! मैं तुमसे विनती करता हूँ, मुझे काम करने का मौक़ा दो! एक अस्पताल से दूसरे अस्पताल में जाना मुझे कोई फ़ायदा नहीं पहुँचा रहा है।"

अकिम ने इनकार करने की कोशिश की, "हम लोग फ़ैसले के ख़िलाफ़ नहीं जा सकते। तुम इस बात को नहीं देखते पावलुशा कि यह तुम्हारे फ़ायदे की बात है!" उसने तर्क करते हुए कहा। मगर पावेल ने इतने ज़ोरों से वकालत की कि आख़िर में अकिम को उसकी बात माननी ही पड़ी।

अगले ही रोज़ पावेल केन्द्रीय समिति के सेक्रेटेरियट के विशेष विभाग में काम करने लगा। उसका ख़याल था कि काम शुरू करते ही उसकी गई हुई ताक़त लौट आएगी। मगर जल्दी ही उसने देख लिया कि ऐसा सोचना उसकी भूल थी। वह दोपहर का खाना खाए बग़ैर आठ-आठ घंटे तक मेज़ पर बैठा काम करता रहता था, और सिर्फ़ इसलिए, कि खाना खाने के लिए तीन-तीन जीना नीचे उतरकर पब्लिक भोजनालय में जाने की ताक़त उसके अन्दर नहीं थी। अक्सर उसके हाथ-पैर अचानक सुन्न पड़ जाते और कभी-कभी उसका पूरा शरीर थोड़ी देर के लिए

ऐसा हो जाता कि जैसे उसे लकवा मार गया हो। हरारत उसे हमेशा ही बनी रहती। किसी-किसी रोज़ सुबह को वह अपने अन्दर इतनी ताक़त भी न पाता कि बिस्तर से उठ सके और जब तक लकवे का हमला थमता, तब तक उसे काम पर जाने में एक घंटे की देर हो गई रहती और इसका उसे बहुत दुख होता। आख़िरकार वह दिन आया जब उसे काम पर देर से आने के लिए सरकारी तौर पर तम्बीह की गई। यह उस चीज़ की शुरुआत थी जिससे अपनी ज़िन्दगी में वह सबसे ज़्यादा डरता था—वह आगे बढ़नेवाले सैनिकों की क़तार में पीछे छूटा जा रहा था।

दो बार अकिम ने उसको दूसरे काम पर लगाकर उसकी मदद की, मगर जो चीज़ अनिवार्य थी वह होकर रही। काम पर लौटने के महीने-भर बाद पावेल ने फिर से बिस्तर पकड़ लिया। उस वक़्त उसे विदाई के समय कहे हुए बाज़ानोवा के शब्द याद आए। उसने उसको चिट्ठी लिखी और वह उसी दिन आ गई और आकर उसने पावेल को वह बात बतलाई जिसे वह जानना चाहता था : यह कि अस्पताल में जाना एकदम ज़रूरी नहीं है।

"तो मेरा हाल इतना अच्छा है कि मुझे इलाज की भी ज़रूरत नहीं है?" उसने दिल्लगी के स्वर में कहा। मगर वह दिल्लगी का मौक़ा न था, इसलिए मज़ाक़ बेमानी होकर रह गया।

जैसे ही उसने अपने भीतर कुछ और ताक़त महसूस की, वह वापस केन्द्रीय समिति में पहुँच गया। इस बार अकिम ने दृढ़ता से उसका विरोध किया। उसने इस बात पर ज़ोर दिया कि पावेल अस्पताल जाए।

पावेल ने थके हुए स्वर में कहा, "मैं कहीं नहीं जा रहा हूँ। उससे कोई फ़ायदा नहीं। यह बात मुझे अच्छे-अच्छे डॉक्टरों से मालूम हुई है जिन्हें इस चीज़ के बारे में राय देने का हक़ है। मेरे लिए करने को सिर्फ़ अब एक चीज़ बची है कि पेन्शन ले लूँ और रिटायर हो जाऊँ। मगर मैं ऐसा नहीं करूँगा! तुम मुझे काम छोड़ने पर मजबूर नहीं कर सकते। मैं अभी सिर्फ़ चौबीस साल का हूँ और बीमार की तरह इस अस्पताल से उस अस्पताल का चक्कर लगाते हुए अपनी ज़िन्दगी काटने के लिए तैयार नहीं हूँ। मैं यह जानता हूँ कि अस्पताल में जाने से मुझे कोई फ़ायदा नहीं होगा। तुम्हें चाहिए कि मुझे कोई काम दो, ऐसा काम जो मेरी स्थिति के अनुकूल हो। मैं घर पर बैठकर काम कर सकता हूँ। बस एक दरख़्वास्त है कि क्लर्की का ऐसा काम मत दो जिसमें मुझे सिर्फ़ दफ़्तर से बाहर जानेवाले काग़ज़ात पर नम्बर दर्ज करना पड़े। मुझे ऐसा काम मिलना चाहिए जिससे मुझे यह सन्तोष हो कि अब भी मेरी कुछ उपयोगिता है।"

भावावेश में पावेल की आवाज़ बुलन्द होती गई।

अकिम को पावेल से गहरी सहानुभूति थी। वह समझता था कि इस जोशीले नौजवान की ज़िन्दगी की यह सबसे बड़ी ट्रैजेडी थी—उस नौजवान की, जिसने

अपनी छोटी-सी ज़िन्दगी का एक-एक क्षण पार्टी को दिया था। पावेल को संघर्ष से मजबूरन अलग होना पड़ रहा था और दूर एक कोने में घुटने तोड़कर बैठना पड़ रहा था। इस विचार से पावेल को कितनी मानसिक यातना हो रही होगी, यह बात अकिम समझ रहा था। उसने तय किया कि उसकी मदद के लिए जो कुछ बन पड़ेगा, वह ज़रूर करेगा।

"बहुत अच्छा पावेल, तुम परेशान न हो। कल सेक्रेटेरियट की मीटिंग होगी और मैं तुम्हारे मामले को साथियों के सामने रखूँगा। मैं तुम्हें वचन देता हूँ कि मुझसे जो कुछ बन पड़ेगा, मैं तुम्हारे लिए करूँगा।"

पावेल थके हुए, भारी क़दमों से उठा और अकिम का हाथ पकड़ लिया।

"अकिम, क्या तुम सचमुच यह सोचते हो कि ज़िन्दगी एक कोने में ढकेलकर मुझे कुचल सकती है? जब तक मेरे दिल में यहाँ यह धड़कन बाक़ी है"—कहते हुए उसने अकिम का हाथ अपने सीने पर रख लिया ताकि वह उसके दिल की धड़कन को महसूस कर सके—"जब तक यह धड़कन है, तब तक कोई भी मुझे पार्टी से काटकर अलग नहीं कर सकता। सिर्फ़ मौत ही मुझे लड़नेवाले सैनिकों की क़तार से अलग कर सकती है। इसे याद रखना, मेरे दोस्त!"

अकिम ने कुछ नहीं कहा। वह जानता था कि यह कोरी लफ़्फ़ाज़ी नहीं है। यह एक ऐसे सिपाही की चीख़ थी जिसे लड़ाई में सख़्त चोट लगी है। वह जानता था कि कोर्चागिन जैसे लोग इसके सिवा किसी और तरह से नहीं बोल सकते और न महसूस ही कर सकते हैं।

दो दिन बाद अकिम ने पावेल को बतलाया कि उसे एक बड़े अख़बार के कार्यालय में काम करने का अवसर दिया जानेवाला है, बशर्ते उसमें साहित्यिक काम करने की योग्यता हो। सम्पादकीय दफ़्तर में पावेल का बहुत अच्छा स्वागत हुआ और सहायक सम्पादक ने, जो एक पुरानी पार्टी कार्यकर्ता और उक्रेन की केन्द्रीय कंट्रोल कमिटी की सदस्य थी, उससे पूछताछ की।

उसने पावेल से पूछा, "तुम्हें क्या शिक्षा मिली है कामरेड?"

"प्राथमिक पाठशाला में तीन साल।"

"क्या तुम पार्टी के किसी सियासी स्कूल में भी रहे हो?"

"नहीं।"

"कोई बात नहीं, कुछ लोग इसके बिना भी अच्छे पत्रकार बनते देखे गए हैं। कामरेड अकिम ने तुम्हारे बारे में हमको बतलाया है। हम तुम्हें ऐसा काम दे सकते हैं जिसे तुम घर बैठे कर सको और मोटे तौर पर हम तुम्हारे लिए ऐसा इन्तज़ाम करने के लिए तैयार हैं कि तुम सहूलियत से काम कर सको। मगर इस तरह के काम में काफ़ी जानकारी की ज़रूरत होती है। ख़ास करके साहित्य और भाषा के क्षेत्र में।"

इस सबसे पावेल को लगा कि इस काम में उसकी हार अवश्यम्भावी है। आध घंटे की उस पूछताछ से उसे पता चल गया कि उसकी जानकारी काफ़ी नहीं है। और उसका इम्तहान लेने के लिए जो लेख उससे लिखाया गया था, वह जब उसके पास लौटा तो उसमें शैली और हिज्जे की तीन दर्जन ग़लतियाँ थीं जिन पर लाल पेंसिल से निशान लगा हुआ था।

सम्पादिका ने कहा, "कामरेड कोर्चागिन, तुममें काफ़ी योग्यता है और अगर कुछ मेहनत करोगे तो काफ़ी अच्छा लिखने लगोगे। मगर इस वक़्त तुमसे व्याकरण की भूलें हो जाती हैं। तुम्हारे लेख से पता चलता है कि तुम अच्छी तरह रूसी भाषा नहीं जानते। यों इसमें ताज्जुब की कोई बात नहीं है क्योंकि तुम्हें पढ़ने का मौक़ा ही नहीं मिला। हमें खेद है कि हम तुम्हारा उपयोग नहीं कर सकते, गोकि जैसा मैंने अभी कहा, तुम्हारे अन्दर योग्यता है। अगर तुम्हारे लेख को सुधारा जाता, बिना उसकी विषय-वस्तु को बदले, तो इसमें सन्देह नहीं कि वह बहुत अच्छा हो जाता। मगर बात यह है कि हमें ऐसे लोगों की ज़रूरत है जो दूसरों के लेखों को सुधार सकें।"

कोर्चागिन छड़ी का सहारा लेते हुए उठा। उसकी दाहिनी पलक फड़की।

"ठीक है, मैं आपकी बात समझ गया। सचमुच मैं किस काम का पत्रकार होऊँगा। किसी ज़माने में मैं बुरा फ़ायरमैन नहीं था और इलेक्ट्रीशियन भी बुरा नहीं था। घुड़सवारी मैं अच्छी करता था और कोमसोमोल के नौजवानों को आन्दोलित करना भी मुझे आता था। लेकिन जहाँ तक आपके मोर्चे की बात है, निश्चय ही मैं उसके लिए किसी काम का साबित नहीं होऊँगा, यह बात मेरी समझ में आ गई।"

उसने हाथ मिलाया और चला गया।

गलियारे के एक मोड़ पर वह लड़खड़ाया और अगर पास से गुज़रती हुई एक औरत ने उसे पकड़ न लिया होता, तो वह गिर पड़ता।

"क्या बात है कामरेड? तुम तो काफ़ी बीमार नज़र आते हो!"

पावेल को होश आने में कुछ क्षण लगे। तब उसने धीरे-से उस औरत को एक ओर कर दिया और अपनी छड़ी के सहारे आगे बढ़ गया।

उस दिन के बाद से पावेल ने महसूस किया कि उसकी ज़िन्दगी ढलवान पर है। काम करने का अब सवाल ही नहीं उठता था। उसे बार-बार और पहले से कहीं ज़्यादा बिस्तर पकड़ना पड़ता। केन्द्रीय समिति ने उसे काम से छुट्टी दे दी और उसकी पेन्शन का प्रबन्ध कर दिया। ठीक समय पर पेंशन आ गई और उसके साथ-साथ बीमार होने का सर्टिफ़िकेट भी। केन्द्रीय समिति ने उसे पैसा दिया और उसके काग़ज़ात उसके हवाले कर दिये जिनसे उसे हक़ मिल गया कि वह जहाँ चाहे जाए।

मार्ता के पास से उसे एक ख़त मिला जिसमें उसने पावेल को मास्को आने और उसके यहाँ रहकर कुछ दिन आराम करने की दावत दी थी। मास्को जाने का

तो पावेल का इरादा यों भी था, क्योंकि उसके मन में अभी तक यह धुँधली-सी आस बाक़ी थी कि ऑल यूनियन सेंट्रल कमिटी उसे ऐसा कोई काम दे सकेगी जिसमें इधर-उधर दौड़ने-भागने की ज़रूरत न होगी। मगर मास्को में भी उसे डॉक्टरी इलाज कराने की सलाह दी गई और एक अच्छे अस्पताल में जगह देने की बात कही गई। मगर उसने इनकार कर दिया।

उसके उन्नीस दिन तो मार्ता के घर में, जहाँ वह अपने दोस्त नादिया पीटरसन के साथ रहती थी, जल्दी से बीत गए। पावेल ज़्यादातर घर में अकेला ही रहता क्योंकि दोनों युवतियाँ सवेरे ही घर से काम पर निकल जातीं और शाम को लौटतीं। पावेल मार्ता की अच्छी लाइब्रेरी में से किताबें ले-लेकर पढ़ने में अपना वक़्त गुज़ारता। शामें उन दोनों लड़कियों और उनके दोस्तों की सोहबत में मज़े से कट जातीं।

क्युत्सम परिवार के ख़त आते जिनमें उसे वहाँ बुलाया जाता। वहाँ पर ज़िन्दगी असह्य होती जा रही थी और पावेल की मदद की ज़रूरत थी।

लिहाज़ा एक रोज़ सवेरे कोर्चागिन ने गुस्यातनिकोव स्ट्रीट का वह ख़ामोश छोटा-सा फ़्लैट छोड़ दिया। रेलगाड़ी उसे तेज़ी से दक्खिनी समुद्र की तरफ़ ले चली, नम बरसाती पतझड़ से दूर दक्खिनी क्रीमिया के गरम तट की तरफ़। वह खिड़की पर बैठा तार के खम्भों का तेज़ी से गुज़रना देखता रहा। उसके माथे पर बल पड़े हुए थे और उसकी काली-काली आँखों में हठीली चमक थी।

सत्रह

नीचे समुद्र की लहरें चट्टान से टकराकर पछाड़ खा रही थीं। दूर तुर्की से आती हुई तेज़ ख़ुश्क हवा उसके चेहरे को स्पर्श कर रही थी। बन्दरगाह, जिसे सीमेंट का एक रास्ता बनाकर समुद्र के सीधे हमले से बचाया गया था, टेढ़े-मेढ़े अर्धवृत्त आकार में फैला हुआ था और उस सबके ऊपर से दीख पड़ रही थीं, शहर के छोर पर की छोटी-छोटी सफ़ेद इमारतें, जो पहाड़ के ढलवान पर बनी थीं और ठीक नीचे समुद्र का नीला विस्तार था।

शहर के बाहर इस पुराने पार्क में बहुत शान्ति थी। मेपल के दरख़्त की पीली-पीली पत्तियाँ उड़-उड़कर धीरे-धीरे पार्क के रास्तों पर गिर रही थीं और रास्तों पर घास उगी हुई थी।

वह बूढ़ा ईरानी गाड़ीवान, जो पावेल को शहर से वहाँ ले आया था, पावेल के गाड़ी से उतरने पर यह सवाल पूछ ही बैठा :

"यहाँ क्यों आए हो? न यहाँ जवान औरतें हैं, न दिल बहलाने का और कोई सामान। यहाँ तो बस गीदड़ हैं...यहाँ क्या करोगे? मिस्टर कामरेड, बेहतर हो कि मैं तुम्हें शहर में वापस ले चलूँ!"

पावेल ने गाड़ी का किराया चुकाया और बूढ़ा गाड़ी लेकर चला गया।

वह पार्क सचमुच एक जंगल था। पावेल को पहाड़ी पर एक ख़ाली बेंच मिल गई और वह उस पर बैठ गया। पावेल ने पतझड़ के हल्के सूरज की ओर मुँह उठाया। पहाड़ी समुद्र के किनारे पर थी।

वह इस ख़ामोश जगह में यह सोचकर आया था कि अपनी ज़िन्दगी पर ग़ौर करेगा, उसकी ज़िन्दगी जो राह पकड़ रही थी, उसके बारे में और यह कि अब उसको क्या करना चाहिए। परिस्थिति पर विचार करने और कोई फ़ैसला लेने का वक़्त आ गया था।

दूसरी बार, जब यह क्युत्सम के यहाँ गया तो घर के झगड़े और भी बढ़ गए और ऐसी हालत पैदा हो गई कि उस झगड़े को खतम करने के लिए कोई-न-कोई क़दम उठाना ज़रूरी जान पड़ने लगा। बुड्ढे को जब उसके आने की बात मालूम हुई तो वह आग-बबूला हो गया और उसने इस चीज़ के ख़िलाफ़ बड़ा शोर मचाया। स्वभावतः उसका मुक़ाबला करने की ज़िम्मेदारी कोर्चागिन पर आ गई। बुड्ढे को बड़ा ताज्जुब हुआ जब उसकी बीवी और लड़कियों ने डटकर उसका विरोध किया, क्योंकि उसको इस चीज़ की उम्मीद न थी। पावेल के आने के पहले रोज़ से ही घर दो विरोधी शिविरों में बँट गया। मकान के जिस आधे हिस्से में माँ-बाप रहते थे, उसके दरवाज़े में ताला जड़ दिया गया और बग़ल का एक छोटा कमरा कोर्चागिन को किराए पर दे दिया गया। पावेल ने किराया पेशगी दे दिया और इस चीज़ से बुड्ढे का ग़ुस्सा कुछ कम हुआ। अब उसकी लड़कियाँ उससे अलग हो गई थीं और इसलिए उनके भरण-पोषण की ज़िम्मेदारी उसकी न रह गई थी।

कूटनीतिक कारणों से अलबिना अपने पति के साथ ही रही। जहाँ तक बुड्ढे की बात थी, तो वह अपने ही हिस्से में रहता था और उस आदमी से मिलना बचाता था जिससे उसको इतनी सख़्त नफ़रत थी। मगर बाहर हाते में वह ज़्यादा से ज़्यादा शोर मचाता था ताकि यह बात किसी को भूलने न पाए कि वही घर का मालिक है।

को-ऑपरेटिव में काम करने से पहले बुड्ढा क्युत्सम जूते बनाकर और बढ़ईगीरी के काम से अपनी रोज़ी चलाता था और अब अपने लिए उसने एक छोटी-सी वर्कशॉप घर के पिछवाड़े के हाते में बना ली थी। अब पावेल को तंग करने के लिए उसने अपने काम करने की बेंच शेड से हटाकर पावेल की खिड़की के ठीक सामने हाते में जमा ली थी और वहाँ बैठा घंटों ताबड़तोड़ हथौड़ी चलाया करता और उसको इस बात से एक ढंग का सन्तोष मिलता कि उसके काम से कोर्चागिन की पढ़ाई में बाधा पड़ रही है।

वह दाँत पीसकर अपने मन में कहता, "रुको बच्चू, मैं ऐसी हालत पैदा कर दूँगा कि सर पर पैर रखकर भागोगे...।"

दूर क्षितिज पर स्टीमर का काला धुआँ पानी पर फैला हुआ था। समुद्री चिड़ियों का झुंड तीखी आवाज़ में शोर करता हुआ समुद्र पर टूटता था।

पावेल हथेली पर अपनी ठुड्डी टिकाए अपने विचारों में डूबा बैठा था। उसकी पूरी ज़िन्दगी, बचपन से लेकर आज तक, जल्दी-जल्दी उसकी मन की आँखों के आगे घूम गई। उसकी ज़िन्दगी के चौबीस बरस कैसे बीत गए थे? उसने अपनी ज़िन्दगी को ठीक से बिताया था या नहीं? उसने साल-के-साल उनके ऊपर दुबारा ग़ौर किया, गम्भीरता से, निष्पक्ष होकर, और तब उसे यह जानकर बड़ा सन्तोष मिला कि उसने ज़िन्दगी को कुछ यों ही नहीं बिताया था, उसका ठीक ही इस्तेमाल उसने किया था। उसमें ग़लतियाँ ज़रूर हुई थीं, जवानी की अनुभवहीनता की ग़लतियाँ और मुख्य रूप से समझदारी की कमी की ग़लतियाँ। मगर सोवियत सत्ता के लिए होनेवाले संघर्ष के तूफ़ानी दिनों में वह लड़ाई के तूफ़ान में रहा था और क्रान्ति के लाल झंडे पर उसके अपने ख़ून की भी कुछ बूँदें ज़रूर थीं।

जब तक उसकी शक्तियों ने जवाब न दे दिया, वह बराबर लड़नेवालों की क़तार में रहता आया और अब घायल हो जाने पर, जबकि गोली चलानेवालों की क़तार में खड़े रहना उसके लिए मुमकिन न था, इसके सिवा वह और कर भी क्या सकता था कि मैदानी अस्पताल में दिन गुज़ारे। उसे उस समय की याद आई जब उन लोगों ने वारसा पर हमला किया था और लड़ाई जब अपने शिखर पर थी, तो कैसे एक सिपाही को गोली लगी थी। वह अपने घोड़े की टापों के नीचे ज़मीन पर गिर पड़ा। उसके साथियों ने जल्दी-जल्दी उसके ज़ख़्म पर पट्टी बाँधी, उसे स्ट्रेचरवालों के सिपुर्द किया और दुश्मन का पीछा करते हुए तेज़ी से आगे निकल गए। एक घायल सैनिक के लिए आगे बढ़ता हुआ दस्ता रुका न था। एक महान लक्ष्य के लिए लड़ी जानेवाली लड़ाई में ऐसा ही हो सकता था और ऐसा ही हुआ। यह सही है कि उसने ऐसे तोपची भी देखे थे जिनकी टाँगें न थीं और जो तोप को खींचनेवाली गाड़ियों पर सवार होकर लड़ाई में जाते थे। ऐसे आदमी दुश्मन को दहलाकर रख देते थे, उनकी तोपें चारों तरफ़ मौत और तबाही बिखेर देती थीं और अपनी इस्पाती हिम्मत और कभी न चूकनेवाली आँख के कारण वे अपनी टुकड़ियों के लिए गौरव योग्य भी होते थे। मगर ऐसे लोग बहुत कम थे।

अब उसे क्या करना था, जब पराजय ने उसे छा लिया था और लड़नेवालों की क़तार में वापस पहुँचने की कोई उम्मीद न थी? क्या उसने बाज़ानोवा से खोद-खोदकर यह बात नहीं पूछ ली थी कि उसे भविष्य में और भी बड़ी यातनाएँ भुगतनी पड़ेंगी? तो अब क्या किया जाए? यह सवाल, उसके पैरों के पास फैली

हुई चौड़ी-सी खाई की तरह, मुँह बाए उसके सामने खड़ा था और इसका कोई जवाब उसके पास न था।

अब वह किस चीज़ के लिए जिये, जब वही चीज़ न रही जो उसकी नज़र में सबसे अनमोल थी, यानी लड़ सकने की क्षमता? वह क्या कहकर अपने मन को समझाए कि वह आज किस चीज़ के लिए जी रहा है और कल किस चीज़ के लिए जिएगा, जब कहीं कोई ख़ुशी नहीं? किस तरह वह अपनी ज़िन्दगी के दिनों को गुज़ारे? जिये सिर्फ़ साँस लेने के लिए, खाने के लिए, पीने के लिए? जब उसके साथी लड़ते हुए आगे बढ़ रहे हों, तो क्या वह असहाय दर्शक की तरह खड़ा रहे? एक बोझ बन जाए अपनी फ़ौजी टुकड़ी के लिए? क्या यह बेहतर न होगा कि वह अपने शरीर को खतम कर दे जिसने उसके साथ दग़ा किया? सीने में एक गोली—और मामला साफ़, यह बेमतलब ज़िन्दगी खतम! एक ज़िन्दगी, जो अच्छी तरह बिताई गई, जिसके लिए आदमी को फ़ख़्र हो सकता है, उसका यही मुनासिब अन्त होगा! इसके बाद भी जीना तो लाश को घसीटना होगा! अपनी यंत्रणा को खतम करने के लिए जिस सिपाही ने अपने-आप को खतम कर दिया, उसकी निन्दा कोई क्यों करेगा?

उसने अपनी जेब में पड़ी चपटी ब्राउनिंग पिस्तौल का स्पर्श अनुभव किया। उसके हत्थे पर उसकी उँगलियाँ मज़बूती से जम गईं और धीरे-धीरे उसने अपनी पिस्तौल बाहर निकाली।

'किसने सोचा था कि तुम्हारा यह अन्त होगा?'

पिस्तौल की नली ठंडी उपेक्षा से उसी ओर देख रही थी। उसने पिस्तौल अपने घुटने पर रख ली और अपने-आप को बुरा-भला कहने लगा।

'वीरता का यह प्रदर्शन बहुत सस्ता है दोस्त! ख़ुद को गोली मारकर तुम दिखलाना चाहते हो कि बड़ी बहादुरी का काम कर रहे हो! मगर इसमें क्या रखा है, कोई भी अपने-आप को गोली मार सकता है, बेवक़ूफ़-से-बेवक़ूफ़ आदमी भी। यह तो सबसे आसान रास्ता है, कायर आदमी का रास्ता। जब ज़िन्दगी भारी हो जाए, तब गोली तो मारी ही जा सकती है। मगर क्या तुमने ज़िन्दगी से लड़कर उसे हराने की कोशिश की? क्या तुम विश्वास के साथ यह कह सकते हो कि इस फ़ौलादी घेरे को तोड़कर निकलने की तुमने हर मुमकिन कोशिश की? क्या तुम नोवोग्राद-वोलिन्स्की की उस लड़ाई को भूल गए जिसमें हमने दिन-भर में सत्रह बार हमले किये और आख़िरकार सभी मुश्किलों के बावजूद कामयाबी हासिल की? पिस्तौल को रख दो और फिर कभी इसकी बात किसी से न कहो। जीवन जब असह्य हो उठे, तब भी जीने की कला सीखो। अपने जीवन को उपयोगी बनाओ।'

वह उठ खड़ा हुआ और सड़क पर चलने लगा। उधर से गुज़रते हुए एक

पर्वतारोही ने उसे अपनी गाड़ी पर चढ़ा लिया। शहर पहुँचकर वह उतर गया और उसने एक अख़बार ख़रीदा और देमियान बेदनी क्लब में शहर के पार्टी ग्रुप की एक मीटिंग का ऐलान पढ़ा। उस रात को जब पावेल घर लौटा तो बहुत देर हो गई थी। वह उस मीटिंग में बोला भी था और उसे इस बात का क़तई गुमान न था कि वह अपनी ज़िन्दगी में आख़िरी बार किसी बड़ी आम मीटिंग में बोल रहा है।

वह घर लौटा तो उसने देखा कि ताया अब भी जगी हुई थी। पावेल के इतनी देर तक न आने से वह परेशान हो रही थी। सोच रही थी कि उसके साथ क्या बात हो गई जो वह घर नहीं लौटा। उसे इसलिए और भी परेशानी हो रही थी कि उस सुबह को उसने पावेल की आँखों में एक अजीब कठोर, ठंडा भाव देखा था, उन आँखों में जो हमेशा ज़िन्दगी से इतनी भरपूर नज़र आती थीं। उसे अपने बारे में बात करना अच्छा नहीं मालूम होता था। मगर ताया महसूस कर रही थी कि पावेल को कोई गहरी मानसिक परेशानी है।

उसकी माँ के कमरे की दीवार घड़ी ने जिस वक़्त दो का घंटा बजाया, उसने फाटक के चूँ करने की आवाज़ सुनी और अपनी जाकेट चढ़ाती हुई दरवाज़े को खोलने के लिए गई। ताया उसके पास से गुज़री तो लोला, जो अपने कमरे में सो रही थी, बेचैनी से बड़बड़ाई।

"मुझे परेशानी होने लगी थी," ताया ने ख़ुशी और इत्मीनान से फुसफुसाकर उस समय कहा जबकि पावेल हॉल के अन्दर दाख़िल हुआ।

पावेल ने भी वैसे ही धीमे-से जवाब दिया, "ताया, जब तक मैं ज़िन्दा हूँ, मुझे कुछ नहीं हो सकता। लोला सो रही है? किसी वजह से मुझे ज़रा भी नींद नहीं आ रही है। मुझे तुमसे कुछ बात कहनी है। चलो हम लोग तुम्हारे कमरे में चलें ताकि लोला की नींद ख़राब न हो।"

ताया हिचकिचाई। रात बहुत जा चुकी थी। इतनी रात गए वह कैसे पावेल को अपने कमरे में ले जाए? माँ क्या सोचेगी? मगर वह इनकार न कर सकी क्योंकि उसे डर था कि पावेल का जी दुखेगा। उसने मन में कहा, "क्या बात हो सकती है," और उसे अपने कमरे में ले गई।

"बात यह है ताया," पावेल ने धीमी आवाज़ में कहना शुरू किया। कमरे में मद्धिम प्रकाश था और पावेल ताया के ठीक सामने बैठ गया, इतने पास कि ताया उसकी साँस को महसूस कर सकती थी। "ज़िन्दगी कभी-कभी ऐसे अजीब मोड़ ले लेती है कि आदमी हैरान रह जाता है। मेरे पिछले कुछ दिन बहुत बुरे गुज़रे हैं। मेरी समझ ही में नहीं आता था कि मैं जीऊँ कैसे। इसके पहले कभी मुझे ज़िन्दगी

इतनी अँधेरी न नज़र आई थी। मगर आज मैंने अपने मन के पॉलिटिकल ब्यूरो की एक मीटिंग की और उसमें एक बहुत अहम फ़ैसला किया। मैं जो कुछ तुमसे कहने जा रहा हूँ, उसे सुनकर चौंकना मत।"

उसने ताया को वह सब कुछ बतलाया जो पिछले महीनों उस पर गुज़रा था और बहुत-सी वे बातें भी जो उस दिन पार्क में उसके मन में आई थीं।

"तो यही मेरी परिस्थिति है। अब वह सबसे ज़रूरी बात जो मैं तुमसे कहना चाहता हूँ। इस घर के अन्दर तूफ़ान अब शुरू ही हो रहा है। हमें इस कुएँ में से जितनी दूर मुमकिन हो सके, बाहर ताज़ी हवा में चले जाना चाहिए। हमें नये सिरे से अपनी ज़िन्दगी शुरू करनी चाहिए। एक बार जब मैंने इस लड़ाई में हिस्सा लिया है, तो मैं अन्त तक उसको निबाहूँगा। हम लोगों की, यानी तुम्हारी और मेरी ज़िन्दगी इस वक़्त कुछ बहुत सुखी नहीं है। मैंने फ़ैसला किया है कि इसके अन्दर कुछ नई गरमाहट डालूँगा। क्या तुम जानती हो कि मेरा क्या मतलब है? तुम क्या मेरी जीवन संगिनी, मेरी पत्नी बनोगी?"

ताया साँस रोककर उसकी बातों को सुन रही थी और इन अन्तिम शब्दों को सुनकर चौंक पड़ी।

पावेल अपनी बात कहता गया, "मैं आज रात ही तुमसे जवाब देने के लिए नहीं कह रहा हूँ। तुम अच्छी तरह इस चीज़ पर विचार कर लो। मैं समझता हूँ कि तुम्हारी समझ में यह बात नहीं आ रही है कि पहले बहुत दिन तक प्रेम का क़िस्सा चलाए बिना कैसे यह चीज़ ऐसे लट्ठमार तरीक़े से कही जा सकती है। मगर हमको इस तरह की वाहियात बातों की कोई ज़रूरत नहीं है। यह लो, मैं तुम्हें अपना हाथ देता हूँ। अगर तुम मुझ पर विश्वास करोगी तो मुझे ग़लत न समझोगी। हम दोनों एक-दूसरे को बहुत कुछ दे सकते हैं। मैंने जो निश्चय किया है, वह यह कि हमारा सम्बन्ध तब तक क़ायम रहेगा जब तक कि तुम एक सच्ची इनसान, एक सच्ची बोल्शेविक नहीं बन जातीं। अगर मैं तुम्हारे लिए इतना भी न कर सकूँ तो मेरा मोल कौड़ी के बराबर भी नहीं। तब तक हमें यह सम्बन्ध नहीं तोड़ना होगा। मगर जब तुम बड़ी हो जाओगी, समझदार हो जाओगी, तब तुम्हारे ऊपर किसी क़िस्म की क़ैद नहीं रहेगी। कौन जानता है क्या हो? हो सकता है कि मेरा शरीर बिलकुल टूट जाए और उस हालत में इस बात को याद रखना कि तुम अपने-आप को किसी भी तरह मुझसे बँधा हुआ न समझना।"

कुछ क्षणों के लिए वह ख़ामोश हो गया और फिर प्यार से भरी हुई, नरम आवाज़ में बोला, "और फ़िलहाल मैं तुम्हें अपनी दोस्ती और अपना प्यार देना चाहता हूँ।"

उसने ताया का हाथ अपने हाथ में ले लिया और बड़ा इत्मीनान महसूस करने लगा मानो ताया अपनी रज़ामन्दी दे चुकी हो।

"तुम वादा करते हो कि मुझे कभी नहीं छोड़ोगे?"

"मैं तुम्हें सिर्फ़ वचन दे सकता हूँ ताया। तुम चाहे विश्वास करो, चाहे न करो, लेकिन तुम्हें समझना चाहिए कि मेरे जैसे आदमी अपने दोस्तों के साथ दग़ा नहीं करते...इतना बहुत है कि वे मेरे साथ दग़ा न करें," उसने तीखेपन से इतना और जोड़ दिया।

ताया ने जवाब दिया, "मैं आज रात तुमको जवाब नहीं दे सकती। मुझे सोचने का समय दो, यह तो बड़ी अचानक बात हो गई।"

पावेल उठ खड़ा हुआ।

"सो जाओ ताया। सुबह होने में अब देर नहीं है।"

वह अपने कमरे में चला गया और बिना कपड़े उतारे बिस्तर पर लेट गया और इधर उसका सिर तकिये से लगा और उधर वह नींद में डूब गया।

पावेल के कमरे में खिड़की के पासवाली मेज़ पर पार्टी की लाइब्रेरी की किताबों, अख़बारों और कई कॉपियों का ढेर लगा था जिनमें पावेल ने अपने नोट लिख रखे थे। इसके अलावा उसके कमरे में था एक बिस्तर, दो कुर्सियाँ और चीन का एक बड़ा-सा नक़्शा जिस पर काली और लाल झंडियाँ पिन से खुसी हुई थीं और जो उसके और ताया के कमरे के बीच के दरवाज़े के ऊपर पिन से जड़ा हुआ था। स्थानीय पार्टी कमिटी के लोगों ने पावेल को उसकी ज़रूरत की किताबें और पत्र-पत्रिकाएँ देना मंजूर कर लिया था और वादा किया था कि शहर की सबसे बड़ी पब्लिक लाइब्रेरी के मैनेजर से कह देंगे कि पावेल जो कुछ भी माँगे, वह उसे भेज दिया करे। कुछ ही दिन बाद किताबों के बड़े-बड़े पार्सल आने लगे। लोला को यह देखकर बड़ी हैरानी होती थी कि वह बड़े सवेरे से उठकर अपनी किताबें लिये बैठा होता और सारा दिन पढ़ता और नोट बनाता रहता। सिर्फ़ नाश्ते और खाने के लिए थोड़ी-थोड़ी देर के लिए उठता। शाम का वक़्त वह दोनों लड़कियों के साथ गुज़ारता और उन्हें अपनी दिन-भर की पढ़ी हुई बातें बतलाया करता।

आधी रात के भी बहुत बाद तक बुड्ढा क्युत्सम अपने इस आवांछित अतिथि, पावेल के कमरे के दरवाज़े की सन्ध में से आती हुई रोशनी की पतली किरणों को देखता। वह पंजे के बल खिड़की तक जाता और दरवाज़े की सन्ध से भीतर को झाँकता तो देखता कि पावेल मेज़ पर सिर झुकाए पढ़ रहा है।

बुड्ढा अपने कमरे में लौटते हुए बड़बड़ाता, "शरीफ़ लोग न जाने कब सो गए मगर इसे देखो कि रात-भर रोशनी जलाता रहता है। समझता है जैसे वही यहाँ का मालिक हो। जब से वह यहाँ आया है, लड़कियाँ भी हाथ से बिलकुल निकल गईं।"

आठ साल में पहली बार पावेल को ख़ूब अवकाश मिल रहा था और उस पर किसी तरह के काम की कोई ज़िम्मेदारी न थी। उसने अपने वक़्त का

अच्छा इस्तेमाल किया और ख़ूब उत्साह से पढ़ता रहता, ऐसा उत्साह जो नये जिज्ञासुओं में ही पाया जाता है। वह दिन में अठारह घंटे पढ़ता रहता। कहा नहीं जा सकता कि इस क़दर मेहनत को उसकी सेहत और कितने दिन तक बरदाश्त कर सकेगी। मगर एक रोज़ ताया ने यूँ ही एक बात कह दी जिसने सारा नक़्शा ही बदल दिया।

"तुम्हारे कमरे में खुलनेवाले दरवाज़े से जो आलमारी अड़ी हुई थी, उसको मैंने अलग कर दिया है। अब अगर कभी तुम्हारी इच्छा मुझसे बात करने की हो तो तुम सीधे मेरे कमरे में आ सकते हो। लोला के कमरे में से होकर आने की कोई ज़रूरत नहीं।"

आवेग से पावेल का चेहरा तमतमा गया। ताया ख़ुशी से मुस्कराई। उनके सम्बन्ध पर मुहर लग गई।

बुड्ढे को अब कोनेवाले कमरे की बन्द खिड़की की सन्ध में से रोशनी नज़र नहीं आती। ताया की माँ ने भी बेटी की आँखों में एक ऐसी चमक देखी जो एक ऐसे सुख का पता दे रही थी जिसे वह लड़की छिपा न पाती थी। उसकी आँखों के नीले हल्के विनिद्र रातों की कहानी कहते थे। अब अक्सर उस छोटे-से घर में ताया के गाने और गिटार के बजने की गूँज सुनाई देती।

मगर ताया का सुख बिना काँटों का नहीं था। उसका जागा हुआ नारीत्व उनके सम्बन्ध की गोपन प्रकृति के ख़िलाफ़ विद्रोह करता था। हर आवाज़ पर वह काँप-काँप जाती थी, क्योंकि उसे लगता था कि जैसे वह अपनी माँ के क़दमों की आहट सुन रही हो। मान लो अगर वे पूछ बैठें कि वह क्यों रात को अपने कमरे की कुंडी चढ़ा लेती है तो? पावेल ने उसके इस भय को लक्ष्य किया और उसे आश्वस्त करने की कोशिश की।

वह बड़ी नरमी से कहता, "तुम्हें किस चीज़ का डर है? हम दोनों ही तो यहाँ के मालिक हैं। इत्मीनान से सोओ। कोई हमारी ज़िन्दगी में मदाख़लत नहीं करने पाएगा।"

आश्वस्त होकर वह अपना गाल उसके सीने पर रख लेती और अपने प्रेमी को बाँहों में भरे हुए सो जाती और वह जागता पड़ा रहता और उसकी निश्चिन्त निर्द्वन्द्व साँसें सुनता रहता। वह ज़रा भी न हिलता-डुलता ताकि ताया की नींद न ख़राब हो और भीतर-बाहर से उसका मन इस लड़की के लिए गहरे प्यार से भर उठता जिसने अपनी ज़िन्दगी उसके हाथों में सौंप दी थी।

ताया की आँखों की चमक का राज़ सबसे पहले लोला ने समझा और उस

दिन से दोनों बहनों के बीच एक खाई-सी पड़ गई। जल्दी ही माँ ने भी इस चीज़ का पता पा लिया, या यूँ कहें कि उसने भाँप लिया। और तब उसे परेशानी हुई। उसे कोर्चागिन से इस चीज़ की उम्मीद न थी।

उसने लोला से कहा, "ताया का इस आदमी के साथ ठीक जोड़ नहीं बैठता। मैं तो समझ नहीं पा रही हूँ कि इसका क्या नतीजा निकलेगा?"

उसके मन में तरह-तरह की चिन्ताएँ उठीं। मगर उसे इतना साहस न हुआ कि कोर्चागिन से कुछ कह सके।

बहुत से नौजवान पावेल के पास आने लगे और कभी-कभी इतने लोग हो जाते कि उस छोटे-से कमरे में उन सबके लिए काफ़ी जगह ही न रहती। मधुमक्खियों की गुँजार की तरह उन लोगों की आवाज़ें बुड्ढे के कान में पड़तीं और अक्सर वह उन लोगों का कोरस गान सुनता :

गूँज रहा है यह डरावना पागल सागर
गूँज रहा दिन-रात क्रुद्ध भीषण इसका स्वर

और पावेल का प्रिय गाना :

सारी दुनिया भीज गई आँखों के जल से

यह नौजवान कार्यकर्ताओं का वह स्टडी सर्किल था जिसे पार्टी कमिटी ने पावेल के ज़िम्मे सौंपा था, क्योंकि वह बार-बार माँग कर रहा था कि उसे प्रचार का काम दिया जाए। इसी तरह पावेल के दिन गुज़रते थे।

उसने एक बार फिर अपने दोनों हाथों से मज़बूती से पतवार पकड़ ली थी और उसकी ज़िन्दगी की किश्ती, जो कई बार चट्टानों से टकराते-टकराते बची थी, अब फिर एक नई राह पर आगे बढ़ी जा रही थी। उसका यह सपना कि वह अध्ययन के ज़रिये फिर से लड़नेवाले सैनिकों की क़तार में शरीक हो सकेगा, पूरा होने को आ रहा था।

मगर ज़िन्दगी उसकी राह में काँटे बिछाती जा रही थी और वह हर काँटे को बहुत तकलीफ़ और क्षोभ के साथ देखता था, क्योंकि उसके कारण उसे अपने लक्ष्य को प्राप्त करने में देर हो रही थी।

एक रोज़ वह अभागा विद्यार्थी जॉर्ज मास्को से आ गया और अपने साथ अपनी बीवी को भी लेता आया। वह अपने बैरिस्टर ससुर के घर ठहरा और वहाँ से अपनी माँ को पैसे के लिए परेशान करने लगा।

जॉर्ज के आने से क्युत्सम घराने की खाई और चौड़ी हो गई। जॉर्ज ने निस्संकोच होकर अपने बाप का साथ दिया और अपनी बीवी के घरवालों की मदद से, जो कुछ-कुछ सोवियत-विरोधी थे, उसने बेजा तरीक़ों का इस्तेमाल करके कोर्चागिन को

घर से निकालने की कोशिश की और ताया को बहलाना चाहा कि वह कोर्चागिन से सम्बन्ध-विच्छेद कर ले।

जॉर्ज के आने के दो हफ़्ते बाद लोला को एक दूसरे शहर में नौकरी मिल गई और वह अपनी माँ और छोटे-से लड़के को लेकर चली गई। कुछ रोज़ बाद पावेल और ताया भी समुद्र तट के एक शहर में चले गए।

आर्तेम को अपने भाई के ख़त बहुत कम ही मिलते थे। मगर कभी-कभी जब उसे अपनी परिचित लिखावट का लिफ़ाफ़ा शहर की सोवियत में अपनी मेज़ पर पड़ा मिलता तो वह बड़े आवेग से उसके पन्नों पर नज़र दौड़ाता। यह आवेग आर्तेम के लिए असाधारण चीज़ थी। आज भी जब उसने लिफ़ाफ़ा खोला तो प्यार से भरते हुए सोचा :

'आह पावेल! काश कि तुम मेरे और पास रहा करते। मुझे तुम्हारी सलाह की कितनी ज़रूरत पड़ती है!'

उसने पढ़ा :

'आर्तेम, मैं आज तुम्हें वह सब कुछ बतलाने के लिए ख़त लिख रहा हूँ, जो पिछले दिनों मुझ पर गुज़रा है। ऐसी बातें मैं तुम्हें छोड़ और किसी को नहीं लिखता। मगर मैं जानता हूँ कि मैं अपनी गुप्त-से गुप्त बात तुमसे कह सकता हूँ क्योंकि तुम मुझे अच्छी तरह जानते हो और मेरी बात को समझोगे।

'तन्दुरुस्ती के मोर्चे पर ज़िन्दगी मुझे बराबर दबाती जा रही है और एक के बाद दूसरी चोट लगा रही है। एक चोट के बाद मैं किसी-किसी तरह अपने पैरों पर खड़ा हो पाता हूँ कि दूसरी चोट, पहली से भी ज़्यादा निर्मम, ज़्यादा कठोर, आकर मुझे ढेर कर देती है। सबसे भयानक बात यह है कि इसका मुक़ाबला करने की ताक़त अब मेरे अन्दर नहीं हैं। पहले मेरी बाईं बाँह में लकवा लगा। और अब जैसे कि उतना ही काफ़ी न हो, मेरी टाँगों ने जवाब दे दिया है। पहले ही मैं मुश्किल से चल-फिर सकता था (यानी अपने कमरे के अन्दर) मगर अब तो मेरे लिए बिस्तर से मेज़ तक घिसटकर जाना भी मुश्किल हो गया है। और अभी और भी पता नहीं क्या-क्या देखना है। कोई नहीं जानता कि कल क्या होगा।

'मैं कभी घर से बाहर नहीं जाता और मेरी खिड़की से समुद्र का एक बहुत छोटा-सा टुकड़ा दिखाई देता है। क्या इससे ज़्यादा करुण कोई बात हो सकती है कि एक ही आदमी में दो विरोधी चीज़ों का मेल हो जाए—एक

दग़ाबाज़ शरीर जिस पर किसी का वश न हो और एक बोल्शेविक का दिल, ऐसे बोल्शेविक का जो काम के लिए तरसता है, लड़नेवालों की क़तार में, तुम्हारी बग़ल में, आकर खड़ा होना चाहता है, उन लोगों की क़तार में जो आँधी और तूफ़ान में पूरे मोर्चे पर आगे बढ़ रहे हैं।

'मुझे अब भी विश्वास है कि मैं लड़नेवालों की क़तार में शरीक हो सकूँगा और हमला करनेवाले दस्तों में मेरी संगीन की भी अपनी जगह होगी। मुझे यह विश्वास करना ही होगा। इस विश्वास को मैं छोड़ दूँ, इसका मुझे अधिकार नहीं है। दस साल तक पार्टी और कोमसोमोल ने मुझे लड़ना सिखाया है और हमारे नेता के शब्द, जो सबको सम्बोधित करके कहे गए थे, मेरे ऊपर उसी तरह लागू होते हैं : "ऐसे कोई क़िले नहीं हैं जिन्हें बोल्शेविक फ़तह नहीं कर सकते।"

'मेरी ज़िन्दगी इन दिनों पूरी तरह पढ़ाई में ही गुज़र रही है। किताबें, किताबें और किताबें। मैंने बहुत-कुछ पढ़ लिया है, आर्तेम। मैंने मार्क्सवाद-लेनिनवाद की तमाम बुनियादी किताबें अच्छी तरह पढ़ ली हैं और कम्युनिस्ट यूनिवर्सिटी की पत्रों द्वारा दी गई शिक्षा का पहले साल का इम्तहान पास कर लिया है। शाम को मैं कम्युनिस्ट नौजवानों का स्टडी सर्किल लेता हूँ। ये नौजवान साथी पार्टी संगठन की अमली ज़िन्दगी के साथ मेरे सम्बन्ध की कड़ी हैं। फिर ताया है जिसकी राजनीतिक शिक्षा और सामान्य ज्ञान को बढ़ाने की मैं भरसक कोशिश कर रहा हूँ। और फिर प्यार तो है ही और मेरी छोटी-सी बीवी की मुहब्बत की बातें। हम दोनों, ताया और मैं, एक-दूसरे के सबसे अच्छे दोस्त हैं। हमारा घर बड़ी सादगी से चलता है—मेरी बत्तीस रूबल की पेंशन और ताया की कमाई से हमारा काम अच्छी तरह चल जाता है। ताया उसी रास्ते पर चल रही है जिस रास्ते से मैं पार्टी में पहुँचा : कुछ दिन तक उसने एक घर में नौकरानी का काम किया और अब एक पब्लिक डाइनिंग रूम में (इस क़स्बे में कोई उद्योग-धन्धे नहीं हैं) रकाबी धोने का काम करती है।

'अभी उस रोज़ की बात है कि ताया ने बड़े गर्व से मुझे अपना डेलीगेट का पहला पास दिखलाया जो उसे महिला विभाग ने दिया है। उसके लिए यह कोरा दफ्ती का टुकड़ा नहीं है। उसके अन्दर मैं नई ज़िन्दगी को जन्म लेते देख रहा हूँ और नये के इस जन्म में मैं उसकी मदद करने की हर कोशिश कर रहा हूँ। इसके बाद का अगला क़दम होगा एक बड़े कारख़ाने में काम करना। वहाँ मेहनकशों की एक बड़ी जमात के अंग के रूप में उसमें धीरे-धीरे राजनीतिक परिपक्वता आएगी। मगर यहाँ तो जो अकेला रास्ता उसके लिए खुला है, उसी को वह ले रही है।

'ताया की माँ दो बार हमसे मिलने आ चुकी हैं। अपने अनजाने में ही वह इस बात की कोशिश कर रही हैं कि ताया को फिर उन्हीं ओछी बातों की ज़िन्दगी में घसीट लिया जाए, उसी टुच्ची ज़िन्दगी में, जो चारों तरफ़ छोटे-मोटे स्वार्थों से घिरी हुई है। मैंने अलबिना को यह समझाने की कोशिश की कि उसे ऐसा कुछ न करना चाहिए जिससे कि उसके पिछले कुत्सित जीवन की छाया उस रास्ते को अँधेरा कर दे जिसे उसकी लड़की ने अपने लिए चुना है। मगर कोई नतीजा नहीं निकला। मैं महसूस कर रहा हूँ कि एक-न-एक रोज़ माँ अपनी बेटी के रास्ते में आड़े आएगी और तब झगड़ा होकर रहेगा। प्यार लो,

तुम्हारा—पावेल'

पुराने मत्सेत्सा में सेनेटोरियम नम्बर पाँच...ईंट की एक तिमंज़िला इमारत, पहाड़ के कगार पर खड़ी हुई। चारों तरफ़ घना जंगल और एक टेढ़ा-मेढ़ा रास्ता समुद्र की तरफ़ को। खिड़कियाँ खुली हुई हैं और हवा के साथ गन्धक के सोतों की गन्ध कमरे में आ रही है। पावेल कोर्चागिन कमरे में अकेला है। कल नये मरीज आएँगे और तब उसे अपने कमरे का साथी मिलेगा। खिड़की के बाहर वह पैरों की आहट और एक परिचित आवाज़ सुनता है। कई लोग बात कर रहे हैं। मगर यह गहरी भारी आवाज़ उसने पहले कहाँ सुनी है? स्मृति के धुँधले परदों के पीछे से, जहाँ वह छिपा पड़ा था मगर भूला न था, वह नाम उसके दिमाग़ में आता है : लेदेनेव इन्नोकेंती पावलोविच। वही है और कोई नहीं।

पावेल ने विश्वास से अपने मित्र को आवाज़ दी और क्षण-भर बाद लेदेनेव उसके बिस्तर के बग़ल में खड़ा उससे हाथ मिला रहा था।

"तो कोर्चागिन अब भी मज़े में चला जा रहा है? हाँ, तो तुम्हें अपने बारे में क्या कहना है? मैं यह नहीं सुनना चाहता कि तुमने लम्बी बीमारी का फ़ैसला किया है? नहीं, यह नहीं होने का! तुम्हें मुझसे नसीहत लेनी चाहिए। डॉक्टरों ने मुझे भी उठाकर ताक पर रखने की कोशिश की, मगर मैं बावजूद उनके गज़े में चला जा रहा हूँ।" और लेदेनेव दिल खोलकर हँसा।

मगर पावेल ने उस हँसी के पीछे छिपी हुई सहानुभूति और वेदना को अनुभव किया।

उन्होंने दो घंटे साथ गुज़ारे। लेदेनेव ने पावेल को मास्को की ताज़ी-ताज़ी ख़बरें सुनाईं। उसी से पावेल को खेती के समूहीकरण और गाँवों की ज़िन्दगी के पुनर्संगठन के बारे में पार्टी के अहम फ़ैसलों की बात पहले-पहल मालूम हुई और उसने प्यासे की भाँति उसके एक-एक शब्द को पी लिया।

लेदेनेव ने कहा, "मैं तो सोच रहा था कि तुम अपने उक्रेन में कुछ हलचल

मचा रहे होगे। मगर तुमने तो मुझे निराश कर दिया। पर कोई बात नहीं, मेरी हालत तो तुम से भी ख़राब थी। मैं तो सोचता था कि मैंने हमेशा के लिए बिस्तर पकड़ लिया और अब देखो मैं मज़े में चल-फिर रहा हूँ। आजकल ज़िन्दगी में आराम नहीं है। उससे काम ही नहीं चल सकता! मैं अपने दिल का चोर तुमसे कहूँ, मैं कभी-कभी सोचता है कि कैसा अच्छा हो अगर थोड़ा आराम कर सकूँ। यही समझो कि चैन से साँस ले सकूँ। यह भूलने से तो काम नहीं चलेगा कि मैं अब पहले की तरह जवान नहीं हूँ और कभी-कभी दिन में दस-बारह घंटे काम करना मेरे लिए मुश्किल हो जाता है। मगर उससे होता क्या है, मैं थोड़ी देर इस विचार से अपने जी को बहला लेता हूँ और अपने बोझ को कम भी करने लग जाता हूँ। मगर उसका नतीजा कुछ ख़ास नहीं निकलता। पता नहीं कब और कैसे फिर तुम काम के पहाड़ के नीचे दब जाते हो और आधी रात के पहले घर लौटना नसीब नहीं होता। जितनी ही ताक़तवर मशीन होती है, उतने ही तेज़ उसके पहिये दौड़ते हैं और हम लोगों का तो यह हाल है कि हमारी रफ़्तार रोज़-ब-रोज़ बढ़ती जाती है, यहाँ तक कि हमारे जैसे बुड्ढों को भी नौजवान बने रहना पड़ता है।"

लेदेनेव ने अपनी चौड़ी पेशानी पर हाथ फेरा और नरमी से बोला :

"और अब तुम मुझे अपने बारे में बतलाओ।"

अपनी पिछली मुलाक़ात से लेकर अब तक पावेल ने लेदेनेव को अपनी ज़िन्दगी का ब्योरा दिया और बोलते समय उसने अपने दोस्त की प्यार भरी निगाहें अपने ऊपर महसूस कीं, मानो वे उसकी बात का समर्थन कर रही हों।

चट्टान के एक कोने में पेड़ों की छाया में सेनेटोरियम के कुछ मरीज़ एक छोटी-सी मेज़ के चारों तरफ़ बैठे हुए थे। उनमें से एक 'प्रावदा' पढ़ रहा था, उसकी घनी भवों में बल पड़े हुए थे। उसकी काली रूसी क़मीज़, पुरानी-सी चिगुड़ी-मिगुड़ी टोपी और दाढ़ी बढ़ा हुआ चेहरा, गढ़े में धँसी हुई नीली आँखें—इन सबसे पता चलता था कि वह पुराना खान मज़दूर है। खिसांफ चेर्नोकोजोव को खान छोड़े और एक महत्वपूर्ण सरकारी पद पर पहुँचे बारह बरस हो चुके थे, मगर उसको देखकर ऐसा लगता था कि जैसे वह अभी-अभी खान में से निकलकर आ रहा हो। उसकी चाल-ढाल, उसका बोलने का तरीक़ा, उसकी हर चीज़ में पता चलता था कि वह खान-मज़दूर है।

चेर्नोकोजोव पार्टी की इलाक़ाई ब्यूरो का मेम्बर और सरकार का सदस्य था। एक बहुत तकलीफ़देह बीमारी उसकी ताक़त को खाये जा रही थी : चेर्नोकोजोव की टाँग में गैंगरीन था जिससे उसे सख़्त नफ़रत थी, क्योंकि उसीके कारण वह क़रीब छह महीने से बिस्तर पर पड़ा हुआ था।

उसके सामने, अपने विचार में डूबी हुई और सिगरेट का कश खींचती हुई जिगारेवा बैठी थी—अलेक्जांड़ा अलेक्सीयेवना जिगारेवा। उसकी उमर सैंतीस साल

थी और उनमें से उन्नीस साल से वह पार्टी मेम्बर थी। पीटर्सबर्ग के अंडरग्राउंड आन्दोलन के साथी उसे 'धातु मज़दूर शुरोचका' पुकारते थे। वह जब लड़की ही थी, तभी उसे साइबेरिया निर्वासित किया गया था।

इस टोली का तीसरा सदस्य पांकोव था। उसका ख़ूबसूरत सिर जो किसी मूर्तिकार की छेनी से तराशा हुआ मालूम होता था, एक जर्मन पत्रिका पर झुका हुआ था। वह बीच-बीच में हाथ उठाकर सींग की डंडी वाली अपनी बड़ी-सी ऐनक को ठीक कर लेता था। कसरती शरीर वाले इस तीस साल के आदमी को अपनी लकवे की भारी टाँग को घसीटते देखकर बड़ी तकलीफ़ होती थी। पांकोव सम्पादक और लेखक था और शिक्षा की कमिसारियट में काम करता था। योरप के बारे में उसे बहुत जानकारी थी और उसे कई विदेशी ज़बानें आती थीं। वह काफ़ी पढ़ा-लिखा आदमी था, और कम बोलने वाला चेर्नोकोजोव उसके साथ आदर का बरताव करता था।

"तो वही तुम्हारे कमरे का साथी है?" जिगारेवा ने धीमे से चेर्नोकोजोव से कहा और उस कुरसी की तरफ़ इशारा किया जिस पर पावेल बैठा था।

चेर्नोकोजोव ने अख़बार पर से निगाह उठाई और उसकी पेशानी की झुर्रियाँ साफ़ हो गईं।

"हाँ! वह कोर्चागिन है। तुम्हें उसे जानना चाहिए शुरा। बड़ी बुरी बात है, बीमारी ने उसको लंगी मार दी है, नहीं तो वह हमारे बड़े काम का हो सकता था। वह कोमसोमोल की पहली पीढ़ी का आदमी है। मुझे इस बात का यक़ीन है कि अगर हम उसकी मदद करें—और वही करने का मैंने फ़ैसला किया है—तो वह अब भी काम कर सकेगा।"

पांकोव ने भी चेर्नोकोजोव की बात सुनी।

"उसे क्या बीमारी है?" शुरा जिगारेवा ने धीमे से पूछा।

"गृह-युद्ध का उपसंहार। उसकी रीढ़ की हड्डी में कोई तकलीफ़ है। मैंने यहाँ के डॉक्टर से बात की थी और उसने मुझे बतलाया कि उसके पूरे शरीर में लकवा मार जाने का ख़तरा है। बेचारा लड़का!"

"मैं जाकर उसे यहाँ ले आती हूँ," शुरा ने कहा।

यही उनकी दोस्ती की शुरुआत थी। पावेल उस समय यह नहीं जानता था कि आगे चलकर उसे जिगारेवा और चेर्नोकोजोव से इतना प्यार हो जाएगा और आगामी बीमारी के सालों में वे ही उसका सहारा बनेंगे।

ज़िन्दगी बदस्तूर बढ़ती रही। ताया काम करती थी और पावेल पढ़ता था। स्टडी सर्किल के काम को दुबारा शुरू करने से पहले एक और मुसीबत अनचिते में उस पर टूट पड़ी। लकवे से उसकी दोनों टाँगें बिलकुल बेकार हो गईं। अब उसे सिर्फ़ अपने दाहिने हाथ पर बस रह गया। जब बार-बार कोशिश करने के बाद आख़िरकार

उसकी समझ में यह बात आ गई कि अपने शरीर पर उसका कोई बस नहीं रहा, तो उसने इतने ज़ोर से दाँत अपने होंठ पर गड़ाए कि ख़ून आ गया। ताया को इस बात से बड़ा क्षोभ और बड़ी पीड़ा होती थी कि वह पावेल की कोई मदद करने में असमर्थ थी। मगर उसने बड़ी वीरता से अपने मन के उस भाव को छिपा लिया। लेकिन पावेल ने मुस्कराकर मानो क्षमा माँगते हुए ताया से कहा :

"ताया, अब हम दोनों को एक-दूसरे से अलग हो जाना चाहिए। यह चीज़ हमारे इक़रारनामे में नहीं थी। आज मैं इसके बारे में ठीक से सोचूँगा।"

ताया ने उसको बोलने नहीं दिया। वह सिसकियाँ लेने लगी और रोते-रोते अपना चेहरा उसने पावेल के सीने में छिपा लिया।

आर्तेम को जब अपने भाई की इस आख़िरी बदनसीबी की ख़बर मालूम हुई तो उसने अपनी माँ को ख़त लिखा। मारिया याकोवलेवना सब कुछ छोड़कर फ़ौरन अपने बेटे के पास गई। अब तीनों साथ रहने लगे। ताया और पावेल की माँ में शुरू से ही बनने लगी।

पावेल सब कुछ के बावजूद अपना अध्ययन चलाता रहा।

जाड़े की एक शाम को ताया ने घर आकर अपनी पहली विजय का समाचार दिया—वह शहर सोवियत के लिए निर्वाचित हुई थी। उसके बाद पावेल की ताया से बहुत कम मुलाक़ात हो पाती। सेनेटोरियम की रसोई में दिन-भर काम करने के बाद, और उसका काम रकाबियाँ धोना था, ताया सीधे सोवियत में जाती और जब बहुत रात गए घर लौटती तो थकी होती। मगर तमाम ख़यालात उसके अन्दर भरे होते। कुछ ही रोज़ बाद वह पार्टी मेम्बर की उम्मीदवारी के लिए दरख़ास्त देगी और वह बड़ी आतुर उत्सुकता से अपने उस चिर-प्रतीक्षित दिन की तैयारी कर रही थी। और तभी दुर्भाग्य ने पावेल पर एक और चोट की। पावेल की बराबर बढ़ती हुई बीमारी अन्दर-ही अन्दर अपना काम किये जा रही थी। पावेल की दाहिनी आँख में तेज़ जलन और भयानक दर्द हुआ जो तेज़ी से बाईं आँख में भी पहुँच गया। एक काला परदा गिर गया और उसके चारों तरफ़ की दुनिया बुझ गई और ज़िन्दगी में पहली बार पावेल ने अन्धे हो जाने की भयानकता को समझा।

एक नई बाधा चुपके-चुपके आकर उसके रास्ते में खड़ी हो गई थी—एक भयंकर, अजेय दीख पड़नेवाली बाधा। उसके कारण ताया और पावेल की माँ को बड़ी निराशा हुई, मगर पावेल बर्फ़ की तरह सर्द और ख़ामोश था। उसने मन में संकल्प करते हुए कहा :

"मुझे इन्तज़ार करना चाहिए, देखूँ क्या होता है। अगर सचमुच आगे बढ़ने की कोई सम्भावना न हो, अगर लड़नेवालों की क़तार में वापस पहुँचने की मेरी तमाम कोशिशों को यह आँख की रोशनी का चला जाना खतम किये दे रहा हो, तो मैं ज़िन्दगी की कहानी को ही समाप्त कर दूँगा।"

पावेल ने अपने दोस्तों को चिट्ठियाँ लिखीं और उसके दोस्तों ने उसे जवाब देते हुए यह लिखा कि हिम्मत से काम लो और अपनी ज़िन्दगी की लड़ाई को बुलन्दी से जारी रखो।

कठिन संघर्ष के इन्हीं दिनों में एक रोज़ ताया बहुत ख़ुश-ख़ुश घर आई और उसने ऐलान किया :

"मैं पार्टी की उम्मीदवार हो गई, पावलुशा।"

पावेल ने उस सेल-मीटिंग का वृत्तान्त आवेश में भरी हुई ताया के मुँह से सुना जिसमें उम्मीदवारी की उसकी अर्ज़ी मंज़ूर हुई थी और उस समय पावेल को अपने वे दिन याद आए जब उसने पार्टी के अन्दर क़दम रखा था।

उसने ताया का हाथ दबाते हुए कहा, "अच्छा तो कामरेड कोर्चागिन, तुम और मैं मिलकर अब एक कम्युनिस्ट फैक्शन बन गए।"

अगले रोज़ उसने पार्टी की ज़िला कमिटी के मंत्री को एक ख़त लिखा जिसमें उससे दरख़ास्त की कि वह आकर उससे मिले। उसी शाम को कीचड़ में सनी हुई एक गाड़ी मकान के सामने आकर रुकी और उसके एक मिनट बाद वोलमर पावेल का हाथ ख़ूब ज़ोरों से दबा रहा था। वोलमर एक अधेड़ लातवियन था और उसकी ख़ूब फैली हुई, कानों तक पहुँचती हुई दाढ़ी थी।

"कहो क्या हाल है? तुम्हारी इन हरकतों का क्या मतलब है? फ़ौरन उठ बैठो। हम तुम्हें गाँव में काम करने भेज देंगे," उसने हँसते हुए कहा।

वह दो घंटे तक पावेल के पास रहा और उस मीटिंग के बारे में भी भूल गया जिसमें उसे जाना था। वह कमरे में टहलता रहा और पावेल के इस आग्रहपूर्ण अनुरोध को सुनता रहा कि उसे कोई काम दिया जाए।

पावेल ने जब अपनी बात खतम कर ली तो उसने कहा, "स्टडी सर्किलों की बात करना छोड़ दो। तुम्हें आराम करना है। और हमें तुम्हारी आँख की भी फ़िक्र करनी है। मुमकिन है अब भी कुछ हो सके। कैसा रहे अगर तुम अपनी आँख मास्को के किसी विशेषज्ञ को दिखलाओ? सोच देखो...।"

मगर पावेल ने उसको बीच में ही टोकते हुए कहा :

"कामरेड वोलमर, मुझे आदमी चाहिए, जीते-जागते रक्त और मांस के आदमी! आज मुझे उन्हीं की ज़रूरत है और जितनी ज़रूरत आज है, उतनी पहले कभी नहीं थी। मेरे पास लड़कों को भेजिए, उनको जिनके पास सबसे कम अनुभव है। वे यहाँ गाँवों में बहुत उग्र वामपक्षी होते जा रहे हैं। पंचायती खेती से उनकी शक्तियों को काफ़ी निकास नहीं मिलता, वे अपने कम्यून बनाना चाहते हैं। कोमसोमोलों को तो आप जानते ही हो, अगर उन्हें पीछे न खींचा जाए तो कुछ अजब नहीं कि वे दस्ते के आगे-आगे चलने लगें। मैं ख़ुद भी ऐसा ही था।"

वोलमर टहलता-टहलता रुक गया।

"तुम्हें यह बात कैसे मालूम हुई? आज ही तो देहात से यह ख़बर मिली है।"

पावेल मुस्कराया।

"मेरी बीवी ने मुझे बतलाया। तुम्हें शायद उसकी याद हो। उसे कल पार्टी के अन्दर ले लिया गया।"

"तुम्हारा मतलब कोर्चागिन से है जो रकाबियाँ धोती है? अच्छा तो वह तुम्हारी बीवी है! मुझे नहीं मालूम था!" कुछ देर के लिए वह चुप हो गया। मगर तभी उसे कोई ख़याल आया और उसने अपने माथे पर हाथ मारा। मैं समझ गया कि तुम्हारे पास किसे भेजूँगा—लेव बर्सेनेव को। उससे अच्छे साथी की तुम आकांक्षा नहीं कर सकते। वह बिलकुल तुम्हारे दिल का आदमी है। तुम दोनों में ख़ूब पटेगी—दो हाई फ्रीक्वेंसी ट्रांसफ़ार्मरों की तरह। मैं भी कभी बिजली का काम करता था और उसी के शब्द अब तक मुझे याद हैं। लेव तुम्हारे लिए रेडियो तैयार कर देगा। इस काम में वह बहुत उस्ताद है। मैं अक्सर उसके घर पर कान में इयरफ़ोन लगाए दो-दो बजे रात तक बैठा रहता हूँ। मेरी बीवी को तो मुझ पर शक होने लगा। वह जानना चाहती थी कि मैं क्यों इतनी-इतनी देर करके घर लौटता हूँ।"

कोर्चागिन मुस्कराया।

उसने पूछा, "बर्सेनेव कौन है?"

वोलमर ने टहलना बन्द कर दिया और बैठ गया।

"वह हमारा नाज़िर है, मगर सच पूछो तो उसको यह काम उतना ही आता है जितना मुझे बैले नृत्य करना। अभी हाल तक वह एक महत्त्वपूर्ण पद पर था। सन् 1912 से वह आन्दोलन में है और क्रान्ति के समय से ही पार्टी मेम्बर है। गृहयुद्ध के दिनों में वह दूसरी घुड़सवार फ़ौज की क्रान्तिकारी अदालत में काम कर चुका है। यही वह वक़्त था जब ह्वाइट-गार्ड पिस्सुओं की सफ़ाई की जा रही थी। वह ज़ारित्सिन में भी था और दक्खिनी मोर्चे पर भी। फिर कुछ दिनों तक वह सुदूर पूर्वी प्रजातंत्र की सर्वोच्च फ़ौजी अदालत का भी सदस्य था। वहाँ उसे बहुत काम करना पड़ता था; और उसके दिन आसान नहीं गुज़रते थे। आख़िरकार उसे तपेदिक हो गया। तब वह उस सुदूर-पूर्वी इलाक़े को छोड़कर यहाँ काकेशस में चला आया। पहले वह यहाँ एक सूबाई अदालत का चेयरमैन और टेरीटोरियल अदालत का नायब चेयरमैन रहा। फिर उसकी फेफड़े की बीमारी ने उसे बिलकुल ही माजूर कर दिया। तब उसके सामने यही रास्ता रह गया कि या तो यहाँ आकर आराम करे या मर जाए। इस तरह हमको इतना अच्छा नाज़िर मिला। यह काम भी अच्छा ही है। इसमें बहुत भाग-दौड़ नहीं करनी पड़ती और उसके लिए ऐसे ही काम की ज़रूरत थी। धीरे-धीरे यहाँ के लोगों ने उसके ज़िम्मे एक सेल कर दिया। उसके बाद वह ज़िला कमिटी के अन्दर चुना गया। और फिर देखते-देखते एक राजनीतिक स्कूल का भार उसे सौंप दिया गया और अब वह कंट्रोल कमीशन

में है। वह ऐसे तमाम महत्त्वपूर्ण कमीशनों का स्थायी सदस्य है जो कठिन झगड़ों को सुलझाने के लिए बनाए जाते हैं। इसके अलावा उसे शिकार का शौक है। उसे रेडियो भी बहुत अच्छा लगता है और गोकि अब उसके पास सिर्फ़ एक फेफड़ा है, लेकिन यह तुम उसको देखकर भाँप नहीं सकते। उसके अन्दर शक्ति तो फूटी पड़ती है। मैं अच्छी तरह जानता हूँ कि उसकी मौत ज़िला कमिटी और अदालत के रास्ते में ही कहीं होगी।"

पावेल ने उसकी बात को काटा।

तेज़ स्वर में उसने पूछा, "तुम लोगों ने आख़िर क्यों उस पर इतना बोझ लाद दिया है? यहाँ तो वह पहले से भी ज़्यादा काम कर रहा है।"

वोलमर ने उसको मज़ाक़ के अन्दाज़ में देखा और कहा :

"और मान लो मैं तुम्हें कोई स्टडी सर्किल या ऐसा ही कोई काम थमा दूँ, तो लेव ज़रूर यही कहेगा, 'तुम लोगों ने आख़िर क्यों उस पर इतना बोझ लाद दिया है?' मगर जहाँ तक उसकी अपनी बात है, वह यही कहता है कि मुझे एक साल तक डटकर काम करना मंज़ूर है, मगर पाँच साल अस्पताल में पड़े रहकर खटिया तोड़ना मंज़ूर नहीं। ऐसा लगता है कि समाजवाद क़ायम होने के पहले हम लोग अपने आदमियों की ठीक देखभाल न कर सकेंगे।"

"यह बात बिलकुल सच है। मुझे ख़ुद जीवन और उत्साह का एक वर्ष, बेकार के पाँच वर्षों से ज़्यादा पसन्द है। मगर यह भी मानना पड़ेगा कि हम लोग कभी-कभी अपनी शक्तियों को बहुत बुरी तरह बरबाद कर देते हैं, जिसका हमें कोई हक़ नहीं है। अब मैं इस बात को समझ गया कि यह चीज़ वीरता का चिह्न उतना नहीं है, जितना कि अयोग्यता और ग़ैर-ज़िम्मेदारी का। अब मैं इस बात को समझने लगा हूँ कि मुझे अपनी तन्दुरुस्ती के बारे में इतनी लापरवाही करने का हक़ नहीं था। अब मैं देख रहा हूँ कि ऐसा करके मैंने कोई बड़ी वीरता का काम नहीं किया। अगर मैंने अपने साथ वे सब फ़िज़ूल सख़्तियाँ न की होतीं, तो शायद कुछ और साल चल सकता था। दूसरे शब्दों में, वामपन्थी बालव्याधि ही एक मुख्य ख़तरा है।"

वोलमर ने सोचा, 'अभी तो यह ऐसी बात कह रहा है, मगर ज़रा पैर पर खड़े होने दो और फिर वह सारी बातें भूल जाएगा और उसे सिर्फ़ काम ही याद रह जाएगा।' मगर उसने कुछ कहा नहीं।

दूसरे रोज़ शाम को लेव बर्सेनेव आया। आधी रात को वह पावेल के यहाँ से गया तो उसे ऐसा लग रहा था जैसे उसे अपना भाई मिल गया हो।

सवेरे के वक़्त लोग कोर्चागिन के घर की छत पर रेडियो का एरियल लगाने लगे और लेव घर में बैठा रेडियो तैयार करने लगा। वह काम करता जाता था और पावेल को अपनी पिछली ज़िन्दगी की दिलचस्प कहानियाँ सुनाता जाता था। पावेल उसको देख नहीं सकता था, मगर उसके बारे में ताया ने पावेल को जो कुछ बताया

था, उसके आधार पर उसने समझ लिया था कि लेव एक लम्बा, सुनहरे बालों और नीली आँखोंवाला नौजवान है जिसकी भाव-भंगिमाओं में हृदय का आवेग भरा होता है। लेव से पहली बार मिलने पर पावेल ने अपने मन में उसकी ठीक यही छवि उतारी थी।

शाम होते-होते कमरे में रेडियो के तीन वॉल्व चमकने लगे। लेव ने गर्व से पावेल को इयरफ़ोन पकड़ाया। तमाम आवाज़ें हवा में भरी हुई थीं। पोर्ट के ट्रांसमीटर चिड़ियों की तरह चूँ-चूँ कर रहे थे और पास ही समुद्र पर किसी जहाज़ का वायरलेस डॉटों और डैशों की लहरें भेज रहा था। मगर इन सब तरह-तरह के शोरों और आवाज़ों के बीच से तार ने एक शान्त और आत्मविश्वास से भरी हुई आवाज़ को पकड़ लिया :

"यह मास्को है...।"

उस छोटे-से वायरलेस ने दुनिया के तमाम हिस्सों के साठ ब्रॉडकास्टिंग स्टेशन पावेल की पहुँच के भीतर ला दिये। वह ज़िन्दगी, जिससे अब वह वंचित कर दिया गया था, इयरफ़ोन के अन्दर से अब फिर उसके पास तक पहुँचने लगी। एक बार फिर वह ज़िन्दगी की तेज़ धड़कन महसूस करने लगा।

पावेल की आँखों में ख़ुशी की चमक देखकर थका हुआ बर्सेनेव सन्तोष से मुस्कराया।

उस बड़े से मकान में चारों ओर निस्तब्धता थी। ताया नींद में बेचैनी से बड़बड़ा रही थी। इन दिनों पावेल की मुलाक़ात अपनी बीवी से बहुत कम ही हो पाती थी। वह बहुत रात गए थकी और सरदी से काँपती हुई घर लौटती। उसका काम उसका ज़्यादा-से-ज़्यादा समय लेता जा रहा था और शायद ही कभी उसको एक ख़ाली शाम मिलती। इस चीज़ के बारे में बर्सेनेव ने उससे जो कुछ कहा था, उसकी याद पावेल को आई :

"अगर किसी बोल्शेविक की बीवी भी पार्टी कामरेड हो, तो दोनों में शायद ही कभी भेंट हो पाती है। मगर इसके दो फ़ायदे हैं : एक तो वे कभी एक-दूसरे से ऊबते नहीं और दूसरे उन्हें झगड़ने का वक़्त ही नहीं मिलता!"

और सचमुच पावेल आपत्ति करता भी तो किस आधार पर? आख़िर इसी चीज़ की तो सम्भावना थी। एक वक़्त था कि ताया की सभी शामें उसी को समर्पित थीं। तब उनके आपसी सम्बन्ध में ज़्यादा गरमाहट, ज़्यादा प्यार और नरमी थी। मगर तब वह केवल उसकी पत्नी थी, अब वह उसकी शिष्या और पार्टी कामरेड है।

वह जानता था कि ताया में जितनी ही राजनीतिक प्रौढ़ता आएगी, उतना ही कम वक़्त वह दे सकेगी और उसने इस अनिवार्यता के आगे सिर झुका दिया।

उसे एक स्टडी सर्किल लेने का काम दिया गया और एक बार फिर शाम के

वक़्त घर में आवाज़ें गूँजने लगीं। ये घंटे, जो पावेल इन नौजवानों के साथ गुज़ारता था, उसके अन्दर नई शक्ति और नया उत्साह भर देते थे।

बाक़ी वक़्त रेडियो सुनने में निकल जाता था, यहाँ तक कि खाने के वक़्त भी उसकी माँ को उसके हाथ से इयरफ़ोन छुड़ाने में मुश्किल होती थी।

रेडियो उसे वह चीज़ देता था जो उसके अन्धेपन ने उससे छीन ली थी—ज्ञान प्राप्त करने का अवसर। उसके अन्दर ज्ञान प्राप्त करने की यह जो ज़बरदस्त भूख थी, उसके कारण वह उस दर्द को भूल जाता था जो उसके शरीर को तोड़े डाल रहा था, उस आग को, जो उसकी आँखों में सलाख़ें चुभो रही थी और उन मुसीबतों को जिनका पहाड़ उसके ऊपर टूटा था।

जब पावेल की पीढ़ी के बाद के नौजवान कम्युनिस्टों की सफलताओं की ख़बर मैगनितोस्त्रोय से रेडियो पर आई तो पावेल को बेहद ख़ुशी हुई।

उसकी सूनी आँखों के आगे उन निर्मम बर्फ़ के तूफ़ानों की तसवीर खिंच गई, यूराल के उस तीखे जाड़े-पाले की, जो भूखे भेड़ियों की तरह क्रूर था। उसने हवा का तेज़ सनसनाना सुना और उड़ती हुई बर्फ़ के बीच से दूसरी पीढ़ी के कोमसोमोलों की एक टुकड़ी को, आर्क लैम्पों की रोशनी में, एक विशाल कारख़ाने की इमारत की छत पर, उस कारख़ाने को बर्फ़ के हमले से बचाने के काम में लगा देखा। इसकी तुलना में जंगल का वह रेल की पटरी बिछाने का काम, जिसमें कीव के कोमसोमोलों की पहली पीढ़ी ने प्रकृति के ख़िलाफ़ लड़ाई लड़ी थी, कितना छोटा था! देश ने प्रगति की थी और उसके साथ ही जनता ने।

और नीपर नदी पर पानी ने लोहे के बाँधों को तोड़ दिया था, आदमी और मशीनों को बहा ले गया था। और एक बार फिर कोमसोमोल नौजवानों ने उस दरार के बीच अपने को झोंक दिया था और दो दिन तक उस निरंकुश प्रवाह के ख़िलाफ़ डटकर मोर्चा लेते हुए उस पर क़ाबू पा लिया था। इस महान संघर्ष में एक नई पीढ़ी आगे-आगे चल रही थी और इन वीरों में पावेल ने अपने पुराने साथी पांक्रातोव का नाम सुना।

अठारह

मास्को में पहले कुछ दिन वे लोग एक संस्था के पुराने काग़ज़ात रखने की जगह में रहे। उसका प्रधान पावेल को एक ख़ास क्लीनिक में ठहराने का बन्दोबस्त कर रहा था।

अब पावेल की समझ में आया कि तब बहादुरी कितनी आसान थी, जब उसके

पास अपनी जवानी थी और एक मज़बूत जिस्म था। लेकिन अब जब ज़िन्दगी ने उसे अपने फ़ौलादी पंजे में दबोच लिया था, यह सब उसके लिए इज़्ज़त की बात हो गई थी।

पावेल कोर्चागिन को मास्को आए डेढ़ साल हो गए थे—वर्णनातीत पीड़ा के अठारह महीने।

आँख के क्लीनिक में प्रोफ़ेसर आयरबाक ने पावेल को साफ़-साफ़ बतला दिया था कि उसकी आँख की रोशनी लौटने की कोई उम्मीद नहीं है। भविष्य में जब सूजन ग़ायब हो जाएगी, तब मुमकिन है आपरेशन हो सके। तब तक उसने सूजन को रोकने के लिए एक आपरेशन की सलाह दी।

पावेल से जब उसकी अनुमति माँगी गई, तो उसने डॉक्टरों से कहा कि वे जो कुछ भी ज़रूरी समझें, करें।

तीन बार उसने मौत के स्याह डैनों के स्पर्श को अनुभव किया, जब वह घंटों आपरेशन की मेज़ पर लेटा रहा और डॉक्टर का चाकू उसके थाइरॉयड ग्लैंड को निकालने के लिए उसके गले में घूमता रहता था। मगर पावेल कसकर ज़िन्दगी को पकड़े हुए था और कई घंटों की अनिश्चय-भरी प्रतीक्षा की यातना के बाद ताया फिर अपने प्रिय पावेल को पा लेती। उसके चेहरे पर मौत सरीखा पीलापन होता, मगर वह हमेशा की तरह सजीव, शान्त और नम्र दिखाई देता :

"घबराओ मत प्यारी, मुझे मारना इतना आसान नहीं है। मैं ज़िन्दा रहूँगा, अगर और किसी के लिए नहीं तो इसीलिए कि मैं इन विद्वान डॉक्टरों की कही हुई तमाम बातों को उलट-पुलट कर रख देना चाहता हूँ। मेरी तन्दुरुस्ती के बारे में वे जो कुछ कहते हैं, सब ठीक है, मगर उनकी सबसे बड़ी ग़लती यह है कि वे मुझे काम के लिए बिलकुल अयोग्य क़रार देकर घूर पर उठाकर रख देना चाहते हैं। देखूँगा कि वे ऐसा कैसे कर पाते हैं!"

पावेल का संकल्प था कि नई ज़िन्दगी के निर्माताओं की क़तार में अपनी जगह लिये बिना वह नहीं रहेगा। अब उसे मालूम हो गया था कि उसे क्या करना चाहिए।

जाड़ा बीत गया था और खुली खिड़कियों में से बसन्त अन्दर घुस रहा था। पावेल का एक और ऑपरेशन हुआ और वह उससे ज़िन्दा निकल आया। उसने संकल्प किया कि वह कितना ही कमज़ोर क्यों न हो, अस्पताल में अब और नहीं रहेगा। इतने महीनों तक लोगों की इतनी पीड़ा के बीच रहना, चारों तरफ़ ऐसे लोगों के रोने-कराहने से घिरे रहना, जिन लोगों के बचने की कोई उम्मीद न थी, ख़ुद अपनी तकलीफ़ को सहने से ज़्यादा मुश्किल था।

और इसलिए जब एक और आपरेशन का प्रस्ताव किया गया तो उसने रुखाई से जवाब दिया :

"नहीं, अब नहीं। बहुत हो चुका। मैंने विज्ञान के लिए अपना काफ़ी ख़ून दे दिया। अब जो बचा है, उसके लिए मेरे पास दूसरा उपयोग है।"

उसी रोज़ पावेल ने केन्द्रीय समिति को ख़त लिखा जिसमें उसने बतलाया कि चूँकि इलाज की तलाश में अब और भटकना बेकार है, इसलिए वह मास्को में रहना चाहता है जहाँ उसकी बीवी इन दिनों काम करती है। यह पहला मौक़ा था जब उसने पार्टी से सहायता माँगी थी। उसकी दरख़ास्त मंज़ूर हो गई और मास्को की सोवियत ने उसको रहने की जगह दे दी। वह अस्पताल से चला तो उसके मन में यही कामना थी कि फिर कभी वहाँ लौटना न पड़े।

क्रोपोत्किंसकाया के पास की एक ख़ामोश गली में उसका यह मामूली-सा कमरा उसके लिए शान-शौकत की सबसे ऊँची चोटी था। और अक्सर रात को जागते समय पावेल को यह विश्वास करने में कठिनाई होती कि अब अस्पताल सचमुच उसके लिए बीते दिनों की एक चीज़ हो गया था।

ताया अब तक पूरी पार्टी मेम्बर हो गई थी। वह बहुत अच्छी कार्यकर्ता थी और व्यक्तिगत ज़िन्दगी की दुखद घटनाओं के बावजूद कारख़ाने के सबसे आगे बढ़े हुए मज़दूरों से किसी मामले में पीछे नहीं रहती थी। उसके साथ के मज़दूरों ने इस शान्त और विनम्र युवती के प्रति अपना सम्मान दिखलाने के लिए उसे कारख़ाने की ट्रेड यूनियन कमिटी का मेम्बर चुन लिया। पावेल को अपनी पत्नी के लिए गर्व होता था क्योंकि वह धीरे-धीरे एक सच्ची बोल्शेविक बनती जा रही थी और इससे पावेल को ख़ुद अपनी तकलीफ़ को सहने में मदद मिलती थी।

बाज़ानोवा किसी काम से मास्को आई और पावेल से मिलने गई। उन दोनों में बड़ी देर तक बातें हुईं। पावेल जब उसको अपनी योजनाएँ बतलाने लगा कि कैसे वह जल्दी ही नई ज़िन्दगी के निर्माताओं की क़तार में पहुँच जाएगा, तो उस वक़्त वह आवेश से चंचल हो उठा।

बाज़ानोवा ने पावेल की कनपटी पर चाँदी के तारों को देखा और धीमे से कहा :

"साफ़ दिखाई देता है कि तुम्हें बहुत तकलीफ़ों के बीच से गुज़रना पड़ा है मगर तब भी तुम्हारा उत्साह ज़रा भी कम नहीं हुआ। तुम्हें और क्या चाहिए? मुझे ख़ुशी है कि तुमने उस काम को शुरू करने का फ़ैसला किया है, जिसके लिए तुम पिछले पाँच सालों से अपने-आप को तैयार करते आ रहे हो। मगर कैसे करोगे?"

पावेल आत्मविश्वास से मुस्कराया।

"कल मेरे दोस्त मुझे दफ्ती का एक स्टेंसिल लाकर देंगे जिसकी मदद से लाइनों को एक-दूसरे पर चढ़ाए बिना सीधे-सीधे लिख सकूँगा। उसके बिना मैं लिख ही नहीं सकता। बहुत सोचने के बाद मुझे यह तदबीर सूझी। होगा यह कि दफ्ती के बड़े सिरे मेरी पेंसिल को सीधी लाइन से इधर-उधर बहकने न देंगे। इसमें क्या शक कि ऐसे बिना देखे लिखना, और जबकि तुम अपने लिखे हुए को पढ़ भी न सको, बहुत मुश्किल काम है। मगर नामुमकिन नहीं। मैंने उसे करके देखा है और जानता हूँ कि किया जा सकता है। इसका तरीक़ा समझने में मुझे बहुत वक़्त लगा, मगर अब मैंने धीरे-धीरे, पर अक्षर को रुक-रुककर लिखना सीख लिया है और परिणाम काफ़ी सन्तोषजनक है।"

और इस तरह पावेल ने काम शुरू किया।

उसने वीर कोतोव्स्की डिवीजन के बारे में एक उपन्यास लिखने की बात सोची थी; उसका शीर्षक अपने-आप उसे सूझ गया : 'तूफ़ान के बेटे'।

उसकी समूची ज़िन्दगी अब इस उपन्यास के लिखने में ही लगी हुई थी। धीरे-धीरे एक-एक लाइन करके पन्ने निकलने लगे। काम करते वक़्त वह अपनी तसवीरों की दुनिया में पूरी तरह डूबा रहता और उसे अपने आस-पास की किसी चीज़ का ध्यान न रह जाता। जीवन में पहली बार उसे सृजन की पीड़ा की अनुभूति हुई और उसने उस क्षोभ और दर्द को महसूस किया, जिसे कलाकार उस वक़्त महसूस करता है, जब जीते-जागते, कभी न भूलनेवाले दृश्य, जो आँखों के सामने खड़े दिखते हैं, काग़ज़ पर उतरते ही बेजान और पीले लगने लगते हैं।

उसे अपना लिखा हुआ एक-एक शब्द याद रखना पड़ता। ज़रा-सी भी बाधा से उसके विचारों की श्रृंखला टूट जाती और उसका काम रुक जाता। उसकी माँ अपने बेटे के काम को भय और शंका की दृष्टि से देखती थी।

कभी-कभी उसे पूरे-पूरे सफ़े और यहाँ तक कि अध्याय भी अपनी याद से सुनाने पड़ते और ऐसे मौक़े आते थे जब उसकी माँ को डर लगने लगता था कि पावेल का दिमाग़ ख़राब हो रहा है। उसके काम करते समय उसके पास जाने का माँ को साहस न होता, मगर फ़र्श पर गिरे हुए काग़ज़ों को चुनते समय वह डरते-डरते पावेल से कहती :

"मेरी बड़ी इच्छा है पावलुशा कि तुम और कोई काम करो। इस तरह जो तुम हरदम बैठे लिखा करते हो, यह तुम्हारे लिए अच्छी बात नहीं...।"

पावेल हँसकर उसकी शंकाओं को उड़ा देता और अपनी बुड्ढी माँ को आश्वासन देता कि घबराने की कोई बात नहीं है। अभी उसका दिमाग़ ठीक है।

उसकी किताब के तीन अध्याय हो गए थे। पावेल ने उन्हें कोतोव्स्की डिवीजन के अपने पुराने सैनिक साथियों के पास राय के लिए ओदेसा भेजा और थोड़े ही

रोज़ बाद उसे एक ख़त मिला जिसमें उसके काम की तारीफ़ की गई थी। मगर उसकी पांडुलिपि लौटते समय डाक में खो गई। छह महीनों के काम पर पानी फिर गया। यह उसके लिए एक भयानक आघात था। उसे बहुत क्षोभ हो रहा था कि उसने क्यों अपनी पांडुलिपि, जिसकी नक़ल भी उसके पास नहीं थी, बाहर भेजी। लेदेनेव को जब यह बात मालूम हुई तो उसने पावेल को डाँटा :

"तुम इतने लापरवाह कैसे हो गए? मगर कोई बात नहीं, बीती बात को भूल जाओ, उस पर सिर धुनने से कोई लाभ नहीं। अब फिर से शुरू करो।"

"मगर इन्नोकेंती पावलोविच, मेरी तो छह महीने की मेहनत लुट गई। हर रोज़ मैंने आठ-आठ घंटे काम किया था। जहन्नुम में जाएँ सब।"

लेदेनेव ने अपने दोस्त को सान्त्वना देने की पूरी कोशिश की।

काम को दुबारा शुरू करने के अलावा कोई चारा न था। लेदेनेव ने उसे काग़ज़ लाकर दिया और पांडुलिपि के टाइप कराने में उसकी मदद की। छह हफ़्ते बाद पहला अध्याय दुबारा लिख लिया गया था।

कोर्चागिन के घर के ही एक हिस्से में अलेक्सियेव नाम का एक परिवार रहता था। उनका बड़ा लड़का अलेक्जांडर कोमसोमोल की एक ज़िला कमिटी का मंत्री था। उसकी बहन गालिया एक कारख़ाने के ट्रेनिंग स्कूल में पढ़ती थी। गालिया अठारह साल की एक ख़ुशमिज़ाज लड़की थी। पावेल ने अपनी माँ से कहा कि वह गालिया से बात करे और पता लगाए कि क्या वह पावेल के सेक्रेटरी की हैसियत से उसके काम में मदद करने के लिए तैयार होगी। गालिया फ़ौरन राज़ी हो गई। वह एक रोज़ मुस्कराती हुई आई और उसे बड़ी ख़ुशी हुई जब उसे मालूम हुआ कि पावेल एक उपन्यास लिख रहा है।

उसने कहा, "कामरेड कोर्चागिन, मैं बड़ी ख़ुशी से तुम्हारे काम में हाथ बटाऊँगी। पिताजी की उन उबा देनेवाली गश्ती चिट्ठियों से, जिनमें बतलाया जाता है कि पंचायती घरों में कैसे सफ़ाई रखनी चाहिए, कहीं ज़्यादा मज़ा इस काम में आएगा।"

उस दिन से पावेल का काम दुगनी तेज़ी से होने लगा। सचमुच एक महीने में इतना काम हो गया कि पावेल को अचम्भा हुआ। गालिया के प्रसन्नचित्त सहयोग और सहानुभूति से उसे अपने काम में बड़ी मदद मिलती थी। उसकी पेंसिल तेज़ी से काग़ज़ पर चलती जाती थी और जब कोई टुकड़ा उसे ख़ास तौर पर अच्छा मालूम होता, तो वह उसे कई-कई बार पढ़ती और पावेल की सफलता से उसे हार्दिक ख़ुशी होती। उस घर में सम्भवत: वह अकेली थी जिसे पावेल के काम में विश्वास था। बाक़ी लोग सोचते थे कि इसका कोई नतीजा न निकलेगा और पावेल मजबूर होकर बेकार बैठे रहने की हालत में अपनी सूनी घड़ियों को भरने के लिए कुछ कर रहा है।

लेदेनेव किसी काम से शहर से बाहर गया हुआ था। मास्को लौटने पर उसने पहले के कुछ अध्याय पढ़े और कहा :

"लिखे जाओ दोस्त। मुझे कोई सन्देह नहीं कि तुम्हारी विजय होगी। कामरेड पावेल, तुम्हारे सामने महान सुख का साम्राज्य बिखरा हुआ है। मुझे पक्का विश्वास है कि तुम्हारा लड़नेवालों की क़तार में वापस पहुँचने का सपना जल्द ही पूरा होगा। उम्मीद मत हारो, बेटा!"

वह बुड्ढा पावेल को इतने उत्साह में देखकर वहाँ से लौटा तो सन्तुष्ट था।

गालिया नियमित रूप से आती और उसकी पेंसिल सफ़ों पर तेज़ी से दौड़ती रहती और अविस्मरणीय अतीत के दृश्य फिर से जी उठते। उन क्षणों में जब पावेल स्मृतियों की बाढ़ में बहता हुआ अपने विचारों में खो जाता, तो गालिया को उसकी बरौनियों का फड़कना दिखाई देता और उसकी आँखों से पता चलता कि विचार कैसी तेज़ी से उसके आगे आ रहे हैं। इस बात पर विश्वास करने को जी नहीं होता कि वे आँखें देख नहीं सकती थीं क्योंकि उसकी साफ़ बेदाग़ पुतलियों में बहुत जान नज़र आती थी।

दिन का काम खतम होने पर वह अपना लिखा हुआ पावेल को पढ़कर सुनाती। पावेल ग़ौर से उसे सुनता और उसकी पेशानी पर झुर्रियाँ पड़ जातीं।

"तुम्हारी त्योरी में बल क्यों पड़ रहे हैं? अच्छा नहीं हुआ क्या?"

"नहीं गालिया, बात बनी नहीं।"

जो सफ़े उसे अच्छे न लगते, उन्हें वह फिर से ख़ुद ही लिखता। स्टेंसिल के उस तंग, सँकरे से टुकड़े के कारण उसे काम में रुकावट होती और वह कभी-कभी झुँझलाकर उसे दूर फेंक देता। और फिर जीवन से क्रुद्ध होकर, क्योंकि उसी ने उसकी आँख की रोशनी छीन ली थी, वह अपनी पेंसिल को तोड़ देता और होंठों को चबाने लगता, यहाँ तक कि ख़ून निकल आता।

जैसे-जैसे काम समाप्ति पर आ रहा था, निषिद्ध भावनाएँ उसकी चिर जागरूक इच्छा-शक्ति के बन्धनों को तोड़े डाल रही थीं। ये निषिद्ध भावनाएँ थीं—उदासी और सीधी-सच्ची मानवीय अनुभूतियाँ, प्यार की और दुलार की अनुभूतियाँ, जिनका अधिकार अकेले उसको छोड़कर दुनिया में सबको था। मगर वह जानता था कि अगर उनमें से किसी एक के सामने भी उसने घुटना टेक दिया, तो उसका परिणाम अत्यन्त करुण होगा।

ताया जब रात को कारख़ाने से घर लौटती तो उस वक़्त भी पावेल को काम करता पाती और मारिया याकोवलेवना से बहुत धीमे-धीमे दो-एक बात करके, ताकि पावेल के काम में रुकावट न पड़े, वह सोने के लिए चली जाती।

आख़िरकार अन्तिम अध्याय लिखा गया। फिर कुछ दिन तक गालिया ने पावेल को पूरी किताब पढ़कर सुनाई।

कल पांडुलिपि प्रादेशिक पार्टी कमिटी के सांस्कृतिक विभाग के पास लेनिनग्राद भेजी जाएगी। अगर किताब मंज़ूर होती है, तो उसे प्रकाशक को दिया जाएगा और फिर...

इस ख़याल से उसका दिल ज़ोर से धड़कने लगा। अगर सब कुछ ठीक-ठाक रहा तो उसकी नई ज़िन्दगी शुरू होगी जिसके लिए उसने बरसों हाड़-तोड़ मेहनत की थी, मगर हिम्मत न हारी थी।

किताब की क़िस्मत का फ़ैसला ख़ुद पावेल की क़िस्मत का फ़ैसला होगा। अगर पांडुलिपि अस्वीकृत होती है, तो इसका मतलब होगा कि पावेल का जीवन शेष। अगर उसके कुछ अंशों को ही ख़राब पाया जाता है और उसके दोषों को और मेहनत करके दूर किया जा सकता है, तो वह फिर फ़ौरन अपने नये उद्योग में लग जाएगा।

उसकी माँ पांडुलिपि का पार्सल डाकख़ाने में ले गई। आतुर प्रतीक्षा के दिन शुरू हुए। इसके पहले जीवन में कभी पावेल ने किसी चिट्ठी के लिए ऐसी आतुर प्रतीक्षा न की थी और न कभी उसे इस दुविधा ने इतना सताया था कि पता नहीं कैसी चिट्ठी आए। सवेरे से लेकर शाम तक वह डाक का इन्तज़ार करता रहता मानो यही उसकी ज़िन्दगी का अकेला काम हो। मगर लेनिनग्राद से कोई समाचार न आया।

प्रकाशकों की इस चुप्पी से पावेल को डर मालूम होने लगा। रोज़-ब-रोज़ उसकी यह आशंका बढ़ती गई और पावेल ने इस बात को अपने तईं स्वीकार किया कि किताब के पूरी तरह अस्वीकृत किये जाने के बाद वह जी नहीं सकेगा। यह चीज़ उसकी सहनशक्ति के बाहर होगी। तब जीने के लिए उसके पास कोई कारण ही नहीं बचेगा।

ऐसे क्षणों में उसे समुद्र के किनारेवाली पहाड़ी के उस पार्क की याद आती और वह यही सवाल अपने से बार-बार पूछता :

"क्या तुमने इस फ़ौलादी शिकंजे से बाहर निकलने और लड़नेवालों की क़तार में वापस पहुँचने की, अपने जीवन को उपयोगी बनाने की, हर मुमकिन कोशिश की?"

और उसे जवाब देना पड़ता : "हाँ, मैं समझता हूँ कि मैंने सब कुछ किया।"

आख़िरकार जब प्रतीक्षा की पीड़ा प्रायः असह्य हो गई तो उसकी माँ, जिसे

अपने बेटे के बराबर ही वह पीड़ा हो रही थी, एक रोज़ दौड़ती और चिल्लाती हुई कमरे में आई :

यह प्रादेशिक कमिटी का तार था। तार की संक्षिप्त भाषा में लिखा हुआ था : "उपन्यास बहुत पसन्द किया गया। प्रकाशकों को दे दिया गया। सफलता पर बधाई!"

उसका दिल तेज़ी से धड़क रहा था। उसका हमेशा-हमेशा का सँजोया हुआ सपना पूरा हो रहा था। वह फ़ौलादी शिकंजा छिन्न-भिन्न पड़ा था और अब एक नये हथियार से लैस होकर पावेल एक बार फिर ज़िन्दगी के मैदान में लड़नेवालों की क़तार में वापस आ गया था।

किसानों की आत्महत्याओं से सुलगता भारतः समस्याएँ एवं चुनौतियाँ

डॉ. नीशू कुमार

P.P.H

प्रशांत पब्लिशिंग हाउस

प्रकाशक

प्रशांत पब्लिशिंग हाउस

सी–34, 28 फुटा रोड़ गली न. 3

वेस्ट करावल नगर

दिल्ली–110094

मो : 9810396373, 8826258746

email : prashantpublishinghouse@gmail.com

www.pphbooks.co.in

ISBN : 978-93-88526-34-0

मुद्रक

रोशन आफसेट प्रिंटर्स दिल्ली